# 宁古塔

NINGGUTA

韩毅峰 著

中国社会出版社
国家一级出版社 · 全国百佳图书出版单位
北京 · BEIJING

**图书在版编目（CIP）数据**

宁古塔 / 韩毅峰著 . -- 北京 ：中国社会出版社，2025. 6. -- ISBN 978-7-5087-7204-2

Ⅰ. I247.5

中国国家版本馆 CIP 数据核字第 2025XR4321 号

**宁古塔**

**责任编辑：**杜　康

**责任校对：**秦　健

**装帧设计：**尹　帅

**出版发行：**中国社会出版社

（北京市西城区二龙路甲 33 号　邮编 100032）

**印刷装订：**河北鑫兆源印刷有限公司

**版　　次：**2025 年 6 月第 1 版

**印　　次：**2025 年 6 月第 1 次印刷

**开　　本：**170mm × 240mm　1/16

**字　　数：**330 千字

**印　　张：**20.25

**定　　价：**98.00 元

---

# 目录

# 目录

# 楔　子　宁古塔说

宁古塔没有塔。清代方拱乾在《绝域纪略》序言中说："相传当年曾有六人坐于阜。满呼六为宁公，坐为特，故曰宁公特。一讹为宁公台，再讹为宁古塔矣。故无台无塔也。"

宁古塔流人吴兆骞之子吴桭臣在《宁古塔纪略》中说："相传昔有兄弟六个，各占一方，满洲称六为'宁古'，个为'塔'，其言'宁古塔'，犹华言'六个'也。"另一流人杨越之子杨宾两次来宁古塔探亲，他在《柳边纪略》中说："宁古塔之名不知始于何时，'宁古'者，汉言'六'，'塔'者汉言'个'。"

历史上的宁古塔，有两个地方：一个是如今黑龙江省海林市旧街；另一个是康熙五年（1666）所建新城，就是现在的黑龙江省宁安市。清初朝廷设立宁古塔将军，管辖今天的黑龙江、吉林和内蒙古自治区的一部分，还包括俄罗斯乌苏里江以东、黑龙江以北、外兴安岭以南的广大地区。当时宁古塔远离京师，在辽东极北，去京五六千里，其地重冰积雪，白草黄沙，冰天雪地，被称为绝域的蛮荒之地。"弥望无庐舍，常行数日，不见一人。""其地寒苦。自春初至三月，终日夜大风，如雷鸣电激，尘埃蔽天，咫尺皆迷。七月中，有白鹅飞下，便不能复起。不数日即有浓霜。八月中，即下大雪。九月中，河尽冻。十月地裂盈尺，雪才到地，即成坚冰，虽向日照灼不消。初至者必三袭裘，久居即重裘可御寒矣。至三月终，冻始解，草木尚未萌芽。"（清代杨宾《柳边纪略》）更有豺狼虎豹四处出没。这里自然成了朝廷流放犯人的理想之地。

# 第一章　祸起萧墙

苏州布政使梁鸿凯的家坐落在别致的湖畔园林中，梁府仿着江南园林样式修建，虽不如拙政园、沧浪亭那样出名，却别有一番雅致风情。在苏州城外紧靠着寒山寺不远，后面依着苍翠的山岭，前面流淌着清澈碧波。雕栏外面，水清如镜，荷叶青青长茎，托举翠绿盖头；菡萏艳艳披红，迎风摇曳身姿。里面亭台轩榭，雅致天成。酉时正是夕阳高照，晚霞映天，楼挂红绸；华灯初上，酒美人欢，好不热闹。

梁家人正在宴请几位贵客。考究的江南菜肴，三十年窖藏的状元红和杏花村摆在桌案上。酒至半酣，家中侍女，细腰如柳，唇如点绛，含笑带羞和着丝弦檀板边舞边唱。女子边舞边吴语侬哝地唱着柳三变的《蝶恋花·伫倚危楼风细细》。一个长相和她几乎一样的美艳少女吹着洞箫伴奏，凤转莺鸣，十分动听。她俩是孪生姐妹，边舞边唱的是姐姐梁雁，吹箫的是妹妹梁鹃。主桌正位上一位官员看得如醉如痴，身不由己地随乐而动。忽而随着音律击节，忽而举杯畅饮。坐在旁边一桌的梁家大公子梁藩、二公子梁潆和三公子梁潇鄙夷地看着那位官员。他那死鱼一样的眼睛紧紧地盯着少女的胸脯。主人梁鸿凯几次举杯请他共饮，他都不理。一曲唱罢，梁大人只好站起身来举杯大声说："各位大人，今日是犬子梁潇与杨兄的爱女定亲之日，我梁家略备薄酒宴请各位，有请各位大人共同再敬娄大人一杯。这一是我梁家要是没有娄大人从中成全，恐怕也会卷入太湖反诗案中。就算未能坐实，也脱不得干系。如果那样，我梁某哪能有机缘和杨兄成为亲家？就是有心攀上杨兄家的千金，结百年之好，也没有……"梁大人见众人都举杯，只有娄大人还在痴痴地看着唱曲舞蹈的侍女，众人举杯敬酒，他竟然没有一丝反应。众人虽然心里不屑，脸上还是强露出微笑，端着酒杯等在那里。

这色眼迷离的娄大人正是巡察御史娄兆兴。梁夫人见他心思都在侍女身上，连忙打圆场："娄大人，这小妮子论唱曲儿比起你家的那位号称'樊素口'的姑娘可就差得多了。"说罢摆手让那个唱曲儿的侍女就此打住："先别唱了，来娄大人身边侍候。"那女子虽心里十分不情愿，却也不敢违拗老夫人。推开拦着她的妹妹，一只手拿着一片罗帕儿半掩俏颊，另一只手轻提罗裙，轻移莲步，眼睛却看着三公子梁潇。梁潇早就按捺不住了："梁雁不是下人，是我妹子，岂能去给……"大哥和二哥一个捂住他的嘴不让他说下去，另一个强按住他坐下。娄兆兴虽酒至半酣，但听觉比没喝时还要灵敏，丢下乌木包银筷子，斜着一双怪眼怒视着梁家兄弟就要翻脸。梁家老大急忙起身道："娄大人，我家三弟说我家梁雁唱得吓人，比起你家'樊素口'姑娘差得远呢，正想安排人去你家，请素素姑娘来唱曲儿，我家的梁雁伴舞，岂不是珠联璧合？"一个娄家随从见主人失态愠怒，又不敢劝阻，只好用扇子遮着半个脸，献媚道："大人，她不过是梁家的侍女，和杨家的小姐相比简直是暗星比皓月。"娄兆兴当然知道杨家小姐是苏州城第一美女，可那是杨大人的千金，就是有淫心，如何能弄到手？

娄兆兴瞪着眼睛等着梁雁过来陪酒，两淮盐运使杨建泽如今是梁大人的亲家，见娄兆兴不高兴，连忙赔笑道："娄大人要是觉得这小女子有几分秀色，别说叫来陪酒，就是领回去当个侍妾那也是梁家的荣幸。要是没有娄大人从中斡旋，请明珠大人安排都察院明察秋毫，还我两家清白，还不知我两家会被安上什么罪名，哪里还有今日？就是一样，娄大人怕不怕领美人回家，没等到'一树梨花压海棠'，就被嫂夫人河东狮吼，弄得可望而不可即，到那时候，别说安置这小美人，就怕连娄大人也不敢回府了。"

众人附和着笑起来。司马大人想化解尴尬的气氛，笑道："听说娄大人家的'樊素口'生得不单俊俏，更擅音律，苏州城里堪称第一。娄大人当年收留她时就想纳为侍妾，按说早该'近水楼台先得月'，让那美人'向阳花木早逢春'了。可还不是让嫂夫人霸去了，让那美人只能在嫂夫人身边当个贴身丫头？"众人皆大笑不已。娄兆兴不想和众人都闹翻了，只好强装笑颜，心里还是舍不下这婀娜多姿的美人。只见那女子脸上化着淡淡的妆，在月光水榭下，显得娇俏清丽，比那些香艳的风尘女子，似乎多了几分清纯脱俗。他酒助色胆，不怕在众人面前失态，想着一会儿梁家将要发生的，自己策划的抄家劫难，更是有恃无恐。冷笑着一只手摸向梁雁的细腰，另一只手端起酒杯：

“老夫是看在梁家祖上帮过娄家的分上，担着天大的风险让你梁家保住了万贯家私，要不然你梁大人还能继续当官威风八面？别做出什么事来让老夫后悔。哼！要不是你亲家杨大人百般恳请，老夫才不想来蹚这浑水……”苏州通判钱宏镛道：“娄大人的恩德，梁兄不知反复谢过多少次了，还是娄大人明察秋毫为梁家伸张正义，也免去了我钱家、赵家、司马家可能受到的牵连，我们几家都感激不尽。还是请……”梁鸿凯压着心里的厌恶和愤怒，强装笑容举杯道：“雁儿，还不替娄大人端杯，请娄大人再饮一杯，我梁家、杨家还有钱兄敬您一杯!”娄兆兴不好拂了众人面子，接过梁雁手上酒杯一饮而尽。梁夫人命侍女春杏拿过一个托盘，上面盖着一方红帕，呈给娄兆兴，梁夫人道：“这是梁家祖上传下来的宝玉，听说还是当年大宋时高宗皇帝赏给梁家祖上大将军……”娄大人搂着不敢挣扎的侍女，那小女子在他怀里浑身颤抖。梁潇见状气愤至极，大声道：“我梁家不是妓院，家人也不是娼妓，请娄大人自重，不要在这丢……”梁家老大急忙将一杯酒泼到他的脸上，他的那句“丢人现眼”才没说出口。梁大人连忙起身挡住娄兆兴的视线，好在娄兆兴只顾看着梁雁的俏脸，并没注意梁潇的话。梁雁连忙机智地讨好道：“大人是朝廷里最有能力、最公正廉明、最有同情心的清官。您的声望姑苏城里尽人皆知……”娄兆兴对她前倨后恭十分不快，显然明白她的用意。见美女屈从了，又十分得意。梁大人说：“大人看中她，那是她的福分。”摆手命梁雁给娄兆兴斟酒。

梁潇早挣开大哥二哥的撕扯抢过来，拦在梁雁身前道：“满城人都说娄大人海量，咱就陪大人换大碗，如何?”娄兆兴面带愠色，老大过来急忙用眼色命梁雁上前敬酒。梁雁怕梁潇呆劲上来惹出祸事，连忙端起托盘，拿壶斟酒。娄兆兴斜眼瞅着梁潇，趁机抓住梁雁的手。梁雁使劲挣了几下没能挣脱，脸涨得通红。一用力，手里的托盘翻了。托盘里的酒壶酒杯全部掉到娄兆兴身上、腿上，酒水洒了一身，酒壶掉到地上摔得粉碎。梁老爷和夫人急忙命手足无措的梁雁给他擦拭身上的酒水，却被梁潇一把拦住，把一碗酒摔在娄兆兴面前，怒道：“咱梁家再落魄，也轮不到你拿咱家当妓院!”

娄兆兴脸上挂不住了，正犹豫是否就此发作。这时，娄兆兴的随行官员怒了，起身端着酒杯冷笑道：“你一家人的性命都是拜娄大人所赐，如果不是娄大人拯救你家人于水火，别说你家的婢女，就是夫人小姐也都要流放到宁古塔给披甲人为奴，弄不好还会被砍头。要是大人真的喜欢上她，那是她的福分，也是她的造化！难道你梁家的一个贱婢比你全家老小四十六口人的身家性命还珍贵不成?”

娄兆兴本来以为梁家人能屈从他，就此掠了这个美女让梁家出钱找个地方做个外宅。在清兵来之前先把她送走，免得梁家被查抄时再跟着一起登记造册，却没想到梁潇竟然如此不给面子。娄兆兴自我解嘲地哂笑片刻，见除了梁家的亲家帮衬他的场子，赔着笑脸，那些官员却没有人理他，他面子上更加过不去，气得他起身就想走。杨大人、梁大人和钱大人连忙劝他留下来，梁夫人拉着梁雁让她坐到娄兆兴身边。娄兆兴这时心里嫉恨梁潇，死死地搂着梁雁嚷道：“拿你家当妓院?！信不信我让你家连开窑子都没机会就人头落地?”梁雁不堪忍受娄兆兴蹂躏，用力从他怀里挣出来，一使劲把娄兆兴甩了个趔趄，险些从红木椅上摔下来。这下娄兆兴脸上可真挂不住了，起身吼道：“贱婢！敢给本官脸子？你梁家真是狗眼看人低！我……”梁雁姐妹俩听着梁夫人低声严厉的训斥，看出了利害，连忙上前拿出罗帕给娄兆兴擦嘴角上的酒水，扶着他坐下。娄兆兴怒道：“别说老子喜欢你家的一个下人，就是看中了你家的……”一想有些过分，“啊，要不是杨大官人苦苦相求，咱冒着天大的风险帮你们一把，你家人还不得全都死无葬身之地！”

钱大人再也压不住心头的怒火：“娄大人！请你把话说清楚，要是我们犯了大清的律法，自然有朝廷和圣上裁决，你就是有通天的本事，难道比皇上说了还算不成？人家梁家、杨家请你参加定亲宴，不过是想让你知道，要不是圣上钦定，说这些人忠孝可嘉，对大清朝廷鞭辟弊端，有利于我大清仁政更深入人心，不可信谗言让良臣寒心。你等的阴谋才没能得逞，你等恨不得梁家、杨家死无葬身之地的企图彻底挫败。还不是梁家、杨家宽宏大度，更是想让你等这些嫉妒小人能慑于圣上龙威，知难而退就此打住别再造谣中伤。你暗地里迫害梁家、杨家等肱骨良臣的阴谋诡计尽人皆知，只不过自古君子斗不过小人，忠臣惹不起奸佞，不想天天防着你在阴暗角落里算计而已。岂是怕了你不成?”说罢摔了酒杯，推开来劝他的杨大人转身就走，被梁大人强拉住。他不好拂了主家面子，只好坐到水榭廊柱一旁的椅子上生气。

众人重整杯盘，强装笑脸，再举杯都没了兴致，一时局面十分冷清。梁大人只好频频举杯，邀各位大人共饮，梁大人希望这让人难堪的宴会早些结束。可是娄兆兴似乎在等着什么，只见他浅酌慢饮，冷眼看着梁、杨两家人，众人只好强装欢颜陪着他。苏州织造司马云间为了缓和气氛，起身敬酒，娄兆兴不屑地扭头不理。梁雁连忙替他举起酒杯。娄兆兴贼眉鼠眼地看着左右，趁人不注意不失时机地偷摸梁雁的小手。旁边坐的杨大人故意不看娄兆兴的丑态，只和梁大人、钱大人碰杯。突然，一队清兵如狼似虎般冲进来，见人就锁上绑起来，顿时梁家水榭大厅里一片混乱。梁家男仆家丁一个个起身反抗，早被剁翻几个，靠门口的桌案被打翻。顿时，血水和着汤水混着菜肴酒水满地流淌，好端端的宴会顿时乱成一团。梁大人一边推开夫人，让她带着儿子快走，一边拦着清兵指着娄兆兴骂道："怪不得你敢在众人面前调戏我家佣人，原来你早就知道今天清兵要来抓人！你是假意应酬先稳住我们，好一网打尽?！你拿了我家和杨家的珍宝，说是送给明珠大人打通关节，难道这些都是假的？是掩人耳目，是骗我等钱财珠宝，为自己升官铺路，还想夺财霸女?"娄兆兴冷笑不语。"娄兆兴，你的狼子野心早就暴露无遗！你这个反复无常的小人，我和你拼了！"钱大人挣脱开清兵的撕扯，冲过来和娄兆兴拼命，被清兵乱棒打倒在地。杨大人一边护着杨夫人，推她和梁家老小一起逃，一边不顾清兵执着他的双臂，怒骂着："朝廷早就查明，太湖月夜写反诗，那些腐儒说的'皓月昨日明'嘲讽当今朝政昏乱一事，和我、梁大人无关哪！我和梁大人只是喝酒闲话，评论诗作是否符合平仄韵律有无佳句，并没有写诗作词，何罪之有?"司马云间和几个大人都怒目而视，所站的位置看似随意，实则是在帮着掩护梁家人逃往后面假山。

清兵佐领示意那些兵卒先看住要犯，追赶不在这一时。"我奉军令，已将你家围得铁桶般严密，你等插翅难逃！"佐领拿出几块梨木印刷雕版，丢在桌上让他们看个明白。"没有证据，谅你等也不服！"司马云间和几个大人上前去看，只见这是去年八月十五中秋夜，梁大人、杨大人与十几位当朝有官职的著名诗人在太湖游船上酒后各显文采的诗作雕版。梁大人看着三个儿子，怒目而视，十分不解。那些雕版他早命儿子拿出去烧了，怎么会流落出去?

梁大人大喊："有天大的事我梁家顶着，请让我家客人出去！"说着，他和夫人领着家人，和清兵撕扯在一起。钱大人和杨大人、杨夫人趁机溜到廊侧，越过栏杆想逃。娄兆兴酒早醒了，众人看他如此精神，都恍然大悟。原来他是装成醉态拖延时间，等着清兵到来。娄兆兴叫着："唉！刚刚牛气冲天，叫喊着什么都不怕的钱大人，还有司马大人，难道想从鼠洞里溜走不成?"清兵佐领指挥清兵冲过去，捉住钱大人、杨大人和司马大人，一个个捆成了大粽子，杨夫人吓得筛糠般抖个不停。

梁家三个儿子见佐领以雕版为证抓人，急着想凑上前看个真切。梁潇十分不解地看着梁雁，他俩销毁这些雕版时，他只留下几片认为写得极好的精品藏起来，剩下的全都烧了，哪来的这些东西？是梁家找匠人刻的部分雕版，还是娄兆兴私下伪造的雕版嫁祸于人？梁夫人趁司马大人、钱大人和他们叫骂的机会，急忙拉着三个儿子转到后院，让他们快跑！佐领冷眼看得真切，也不急着命人阻拦，似乎胸有成竹。转过假山，见后面没有清兵追来，三兄弟停下来，怎么也不肯丢下爹娘逃命。杨夫人领着梁雁姐俩追过来，见他们不跑，急了："是我的儿就听娘最后一句话，你爹和朋友们去年作的诗，一旦朝廷拿到真凭实据，就是诛灭九族的大罪。如今那狗官拿出来的证据还不知真假，如果你们侥幸逃出去，不但能给梁家留下根，或许还能弄清真相为爹娘报仇！还不快跑?!"梁潇危急时刻又犯了痴呆劲儿，拉着娘的手："娘，告密那人是谁？我抓了他去京城反告他，向皇上讨个公道。"杨夫人急道："潇儿，你要听大哥的话，时机不成熟不准提报仇的事。你只要活着，娶了媳妇，生个儿子延续梁家烟火，就是孝敬娘。"说着，一些梁家仆人慌忙逃过来，吵嚷着告诉大家，那清兵不但要抓老爷少爷，还要捉拿全家人，一个都不放过！梁夫人急忙命梁雁姐妹和那个忠仆梁星拦住哥仨，不准他们回去救梁大人。她带着女仆转过身迎着清兵，任凭他们捆绑。娄兆兴推着被捆起来的梁大人和杨大人来到假山前，一个梁家的仆人指点着山坡上茂密的竹林，告诉他们梁家公子最可能藏身的地方。

哥仨急忙转过假山穿过山洞，又跑了百多步来到水边。三人按大哥的安排，慌忙脱下外衣穿在四五根一人高的断木枯树上，丢进水里。黑暗中做成有人泅水逃跑的样子，顺水漂离岸边。他们几人迅速隐到坡上的竹林里，枯树段套着华丽的衣服顺流漂向水中，渐渐远去，引得一阵乱箭射来。清兵跑过来，叫嚷着命梁家停在水中的画舫快些摇过来，载他们向水里追去。哥仨交换着眼神儿，暗暗佩服父亲未雨绸缪的安排，早料到可能会有这番劫难，十几天前就派梁壮几个家丁预备下这些木桩，却在这时候派上用场。梁家船工心里想着主家，故意拖延时间，半天才把船摇到岸边，又故意将竹篙插到石头缝里。清兵头目急了，跳上船打了船工一记耳光。清兵头目夺过竹篙使尽全力一拔，不承想那竹篙根本就没卡在石头缝里，清兵头目想抢功，哪考虑那么多，力气使到极致猛地一拔，人随着竹篙一起翻进水里。他虽然只穿着软甲，在水里也笨重得难以浮起，只能挣扎着断断续续地露出头吐着水叫喊："救——命！"那只画舫没有人控制，早就离岸滑向水中。清兵用带鞘刀抽打几个岸边上梁家驶船的仆人，叫嚷着快救人。梁家仆人虽不愿帮忙，可也看不得活生生的人被淹死，急忙用挠钩去搭船帮。仓促间只有一根挠钩够到船，不但没能钩上，还就势推得远了。几个船工怕被责打，连忙跳进水里救起清兵头目，拖他上岸，趴在石阶上吐水。头目吐了半天混浊泥水才抚着后背被挠钩钩到的伤口，指挥清兵下水去拖那条船。闹腾了半晌，叫来水面上的划子和游船，将那些好心过来看热闹的游客丢在岸上，任凭他们乱嚷乱叫，三十几个人坐着五条小船和一只画舫追过去。闹腾的工夫梁家哥仨和梁雁姐妹还有两三个男仆向山上茂密的竹林深处逃去。

三兄弟和梁雁一行人趁黑夜掩护，沿着小路奔向秘洞。奔跑间梁潇拉住梁藩："大哥，咱们快抄近路从竹林右边往回走，再找船从水路逃。清兵在水路没寻到咱们，一定会来搜山，不会再去水边儿，这是出乎他们意料最安全的路线。何况，清兵把咱家围得铁桶似的，岂能放我等从密道逃出？咱们逃得如此顺畅，莫非有诈？"老大老二不信，形势紧急，哪肯听他絮叨。哥俩不听他细说理由，寻竹林的空隙往前狂奔。老三急跑几步抄到前面，扯住老大老二，坚决不让他们从大香樟树下的怪石洞里逃出。三兄弟拉扯着一边往前走，一边争执不休。来到秘洞附近，梁潇停下来坚决不肯进去。

紧急时刻，梁雁抢到哥俩面前："大少爷，三少爷不像人家说的那样呆，他虽不会做生活琐事，不懂得经济之道，却对兵法计谋有更多的了解，咱们还是听他的。那些兵刚刚从水路追过去，一会儿就会无功而返。我们突然折回去，暗夜里紧贴着水边的黑影走，转过弯从虎丘山后面上船，出其不意躲开他们逃出去。"二哥不听，拉住大哥往前跑："呆瓜三弟，你那傻劲留着有空再发，要是再迟疑就会误了咱哥仨的命！听爹的安排还会有差？"三个男仆在逃跑中不知什么时候丢了两个，剩下一个听二哥的，冲在前面率先奔向洞口。老大虽然有些省悟，危急时却来不及细想，摆手道："三弟，火烧眉毛了，这时候哪有空领会兵法虚实？咱仨常玩的秘洞清兵谁能知道？"老三听了这话，更是着急："大哥，倘若清兵就是想让咱们在前面跑好为他们带路，趁机搜刮我家秘藏的东西再捉人，想一箭双雕，那岂不可怕？"话还没说完，二哥焦急地拉起大哥跑在前面，转过那棵百年香樟树，来到秘洞口。

梁家的秘洞十分隐秘，要不是知情人，就是大白天也不容易找到。必须掀开上面密密的一层绿色藤蔓才能见到与山石一样颜色的洞门，只有按动一根树根才能打开。梁藩和二弟跟着男仆刚进洞，回头不见三弟梁潇，后面就传来清兵的追杀声，三人来不及再等老三，只得慌忙掩上洞口拼命往里跑。梁潇虽预感进洞危险，却无法拦住大哥二哥。听到追杀声临近，危急时梁潇下意识地伏下身子就势一滚藏进茂密的草丛。好在梁雁这个时候仍然不离他的左右，让他心里稍安。他在暗中听着后面的追兵越来越近，连忙拉着梁雁倒退着进了浓密的矮竹丛，趴在地上一动不敢动。一条和竹枝几乎一样颜色，细细的竹叶青吐着信子出来觅食。它从梁雁头上的竹枝上爬过来，竹叶没能托住它，"啪"的一声，落到梁雁脖子上，滑落到她的脸前，青蛇吐着信子和她的俏脸对峙着。梁潇迅速捂住梁雁要惊叫的嘴巴，左手挥出，将那枚刚才梁家想要讨好娄兆兴的玉扳指掷出，青蛇受伤翻滚着滑向草丛深处。梁雁不再挣扎，仰卧在梁潇的怀里，睁着一双大眼睛看着梁潇。几个清兵用刀砍着细竹丛开路，从他俩身边搜过去，朝秘洞方向骂骂咧咧地走远了。

一会儿，洞口处传来砍伐草木的声响。梁雁推开还死死抱着她的梁潇，虽然她想在他的怀里永远不动才好，可是，此时尽快逃走才是上策。"三少爷，咱们还从水边走吗？"梁潇手指示意她噤声，指着山洞方向。片刻间，一个熟悉的声音传来："军爷，我帮你们找到了钦犯的窝巢，找到了梁家谋反的罪证。是不是把梁家那个叫梁雁的婢女赏了小人为妻？实在不行，她的孪生妹妹也行。让小人拿了赏钱和她走吧？"梁雁靠紧梁潇，两人黑暗中眼神一对，不约而同地互相捂住嘴，心道："原来是他?!"梁潇悄声问："妹妹呢？""刚刚我让她务必回去跟着咱娘。"梁潇心里一热，心想梁雁真是红颜知己，知道替他挂念着爹娘。本来他就担心知道秘洞的家人太多，家道落败，谁还能和梁家共患难？所以才隐隐约约地对进洞躲藏感到莫名其妙的不安，没想到恶仆梁豹竟然偷偷卖主求荣。

前天晚上，梁雁在廊厅水榭练习唱曲，准备接待娄兆兴。梁夫人特地强调，要是能陪得娄兆兴高兴，不再追究那些江湖上反清壮士与梁家的关系，那些反诗雕版早就毁了也没了证据。那样，梁家不但能保住老爷官职，还能让全家平安无事。也许还能凭着老爷多年清廉的名声，再升职也不是没有可能。梁潇却不认同："娘，那娄兆兴好色无度，我家岂能将雁姐姐当成礼物送给色鬼以求平安？"梁雁姐妹本是三岁时从河南逃难，跟着爹娘到了江南，爹被清兵当成明军余孽无端斩杀，娘带着她俩要饭，在街头要饿死时，梁夫人救了姐妹俩。梁家对她姐妹来说是恩重如山，就是赴汤蹈火，舍了身子能救梁家，她们也毫不吝惜。她不顾梁潇的反对慨然应允。当晚，她怕扰了别人休息，一个人来到水榭旁边练习唱曲。不想深夜里梁豹从暗影中出来，突然把梁雁死死抱住求欢。梁雁虽然自幼练习舞蹈，身轻如燕，可哪禁得住梁豹那豹子般的气力？危急时刻，一片断竹打在梁豹的手臂上。他压着嗓子恶狠狠地骂了一声："谁敢坏老子好事？老子剁了他喂狗！"梁豹正在回头四下张望，又一片断竹打过来，他门牙被打掉两颗。再想喊叫，心里有些胆怯，加上没牙漏风，已经叫骂不成句。又有三四块竹片打来，梁豹瘫软在地上。梁雁见这手法知道是谁，羞涩地说："三少爷？我猜一定是你。"梁豹不服气地骂道："梁潇傻里傻气的，我不信他会武功。是哪个胆大的，谁敢坏咱豹爷的好事儿？有本事你出来。"梁豹除了家主谁也不放在眼里，这深更半夜的，他不相信家主会出来，更不怕梁潇来。

月光下梁潇迈着四方步，从竹林里稳健地走出来。梁豹见真的没别人，只有梁潇，他才不怕。趁着梁潇凝视梁雁不及防备，突然跃起一拳打去。他自幼随大公子练岳武穆六合拳，十几年的童子功，一拳出去，虽然还不能开碑裂石，却也虎虎生风。拳出打空被一只手扣住，用力往回拽，脸涨红了仍纹丝不动。他吸了口气再使尽全力，梁潇突然放手，他猝不及防，脑袋摔在石板上疼得几乎要裂开。人们只知道梁潇那笨劲儿捉只鸡都费劲，谁知道他只是对日常生活之事又呆又笨，人情世故什么都不懂。如果让他着迷的事，谁又能有他悟得深？梁潇武功高超，文采出众，还真和他古怪的性格有关。他平日里不愿和那些官宦之家的公子结交，只好读书，只要谈起文章诗词，他立即精神百倍，只是不喜八股考试。他认为，天下最不该的是命题作文，把人的才学都集中到一个不熟悉的题目上，人们各有所长，哪能比出高下？他看到曹植七步成诗、他就想着自己如何能练成七步成诗、杯酒成诵的敏捷才思，每天都让婢女梁雁在他喝下一杯酒的工夫，任她出题目作出诗来。初时还不甚理想，总是顾得上韵律顾不上意境，顾得上诗情没了平仄格律。可梁潇就是梁潇，凡事架不住他执着追求。没日没夜地苦思冥想勤练，竟然在三个多月之后，杯酒之间即能成诗。那些诗作传到坊间，歌妓争相传唱，让他名声大噪。娄家几个公子听说了十分不服气，想找个机会设个套儿，让梁潇当众出丑才好。想了多日，也没找到机会，梁潇从来不与娄家的纨绔公子交往。梁潇整日只是看书，要是读到关节得意之处，茶不思饭不想，不读完了决不放手。然后就是狂饮花雕酒睡上几天几夜。梁大人也巴不得他这样省心，一是梁大人怕梁潇书痴，性情中人，要是对了脾气就是对下人也一样谦恭，要是对那些没有真才实学的人，不管多大的官，也不理不睬的，会得罪无数权贵，因此轻易不肯让他出去。二是梁大人自己也不愿和吹牛狂放、不懂诗书的人接触。那天梁府门前来了一位化缘的邋遢道士，梁家门房掩着鼻子撵他走，却被梁潇遇见了。梁潇见那道士的褡裢里有一部书，上面露出几个字，像似“鬼谷子”的“鬼”字和“谷”字上半部分“仌”字，顿时来了兴致。老道一见他，拂尘搭在手臂上两手合十：“无量寿福！沙砾珍珠？世间皆盲。顽石锈铁，宝剑锋藏，谁知奥秘？入我蛮荒。”梁潇连忙单手行礼，叫着师傅扯着老道衣袖不肯让他走。梁潇和道人在后面的园中一连盘桓了四五个昼夜，讲经说道，论武谈医，日夜不疲。直到有一天男仆梁星暗地里告诫梁雁：“梁潇要是入了魔道，跟这邋遢老道走了，你就傻了！”梁雁自小陪着梁潇长大，尽管她叫梁潇哥，和梁潇在一起又像是姐弟，但人情世故日常俗务她才是姐姐。两人像青梅竹马的恋人，又是整天黏在一起的贴身主仆。梁星是梁潇最得力的仆人，就是一样，他没脑子，只唯梁潇的意图为主意。为这，总是和梁潇一起胡闹，曾三番五次被老爷责骂，要不是梁潇万分不舍，早就被老爷打发走人了。梁星的一句话惊醒梦中人，她去送饭时听道人甩着拂尘搭到肩上告诉梁潇：“入得我门，必须得到喷壑挂流，树隐天经之地修炼，扚船绝嶂，结宇中茅，才能‘金回风术，玉步虚声’。要是舍不得凡间富贵的热闹繁华，怎能超脱凡事所累，飞升缥缈天地间？自在成仙，浪荡……”她明白了，再不制止，梁潇就会随这道士到深山去修行了。已经如醉如痴的梁潇岂肯听她的劝告？梁雁只好报告老爷。

梁老爷听了并不慌张，冷笑了几声道：“请道长前来一叙。”等梁潇得知后赶到老爷的会客厅，道士已经准备告辞了。见梁潇来了，双手合十：“无量寿福！贫道本来想度你为我辈，脱离尘世必能摆脱命运多舛，逃过一劫。见了你父亲，贫道算定你还得为人子尽孝道，定数难逃。可怜你必遭无妄之灾，冰寒之苦，绝恋之痛，生死之劫……唉！无量天尊，岂非定数……”那道士见梁潇心里不舍，在父亲面前却不敢出声，笑道：“这些银两贫道收了，结个善缘吧。这本《鬼谷子》真本送给你了。”说罢，头也不回地走了。梁潇送他回来，只见那些银子不知何时被道人送回来，齐齐整整地摆在案几上。此后不长时间，梁潇的功力让梁雁惊诧万分。那天她陪梁潇在湖边饮酒，见一片硕大的荷叶似一只小船，旁边的一株荷花又像是粉妆美女。梁潇见一旁水中有一段朽枝隐在叶下，逗梁雁："我和道长学得水上漂神功，能在水上站立不沉。"说着单脚跳上那片荷叶，下面有朽枝撑着，竟然不沉，一跳又弹回来。梁雁好奇也跳上去，瞬间落水。梁潇急忙跳过去救她，一根枯枝怎能承受两个人？梁潇为了救梁雁宁可自己掉进水里。他不会游泳，在水里挣扎着，没想到平静的水下是湍急的暗流，梁潇只漂了片刻，瞬间被卷进水底。梁潇心想此次必死无疑。没想到被暗流旋涡卷进去又冲出水面，急流把他冲到寒山寺下，被一个挂单的和尚救起。梁潇感恩和尚救命，加之这和尚虽然缁衣破旧，邋遢不堪，却和梁潇十分投缘，就天天去和他聊寒山寺拾得和尚的诗句。和尚和他相处日久，对他十分喜爱，就告诫他："人要居安思危，有文事者须有武备。"见他开窍儿，开始教他功夫，他学得如醉如痴。梁潇真的对一件事着迷用功了，哪是别人能比得了的？况且他天天夜半子时起练功，除了梁雁跟着侍候他，梁家没有人知道。只是此番现身救梁雁，让梁雁对他更是万分倾心。

梁潇恨这恶仆敢欺负自己最喜爱的姐姐，抓他一个反腕，这厮的小臂几乎都要断了。梁豹顿时没了脾气，连声求饶。梁潇虽然恨这厮，可他生性善良又不能杀了他，只好把他捆了，从他衣上撕下块破布，包上树叶子泥土塞进嘴丢进窑洞。这两天没工夫理他，没想到他不但解脱逃出去，还领来清兵在这里搜捕。

梁潇气得浑身发抖，想冲过去救两个哥哥，梁雁死死抱住他，还是无法控制住他。梁雁急中生智，踮起脚来咬住他的下巴，等他吃痛低下头时又热烈地亲吻他的嘴唇。梁潇一下子愣住了，他和梁雁虽然十分亲密却从没亲吻过。两人依着一棵大树相互搂抱，深情地吻着一动不敢动。梁豹领着清兵，沿着小路吵嚷着过来。月亮从云中露出脸儿，梁豹走在前面突然发现草丛中有一块闪光的东西。他紧走几步上前蹲下来一看，那是梁家的宝贝玉扳指！他刚想抢到手，猛然想起他最害怕的三公子。他惊叫着："大人！梁家老三就在附近！这里有，有梁家的祖传宝贝。"梁潇轻轻推开梁雁，附在梁雁耳边轻声道："千万别动，一会我来找你。"梁雁抓着梁潇的手一麻，他早已飞奔出十几步以外。瞬间，梁豹的眼睛被竹枝划过，疼得他凄厉地惨叫，顿时什么都看不见了。他惊呼的瞬间，梁潇早已冲过去扯断了捆绑在两个哥哥身上的绳索，手中长长的竹枝向清兵们的面门抽去，那些清兵尖叫着闭上眼睛。再睁开眼睛时，哥仨已消失在黑夜里。

哥几个慌不择路，跟着梁潇一阵疯跑。突然，前面一声梆子响，一帮兵卒围上来。领头的佐领叫道："你们就是眼下醒悟也为时已晚，梁家可真有意思，精明的公子傻乎乎，呆痴的傻瓜倒是不可小觑。"说着，他指挥清兵举着刀枪，张弓搭箭向三兄弟围过来。哥仨相互看了看，背靠背手拉着手，都在想着绝望的时刻还能不能找到生路？佐领嚷着："把这三个要犯绑了！"十几个兵卒围过来，佐领站在圈外，督促清兵上前捉拿。突然，梁雁箭步上前，用玉箫抵住佐领的咽喉，高声喊着："放了我家公子，饶你不死！"佐领又气又急，正想挣脱，突然想到计策，大声叫嚷："把梁家那两个老家伙弄过来，如果这贼女子胆敢撒野，就把两个老东西就地砍了！"佐领毕竟久经战阵，趁梁雁不备突然抬肘推过玉箫，反手劈向梁雁，趁她惊慌躲闪的工夫，抢过那只玉箫拼力砍向梁雁左肩，只一下玉箫"咔"的一声脆断！梁雁疼得尖叫一声倒在地上。梁潇猛虎般冲过去，出手极快，七八个清兵怎能挡得住？梁潇从地上抱起梁雁纵身跃起，几个箭步冲出十几丈远，消失在黑暗的竹林里。

梁家大公子二公子却没那么幸运，见爹娘被押过来，迟疑间被众兵卒刀枪抵住要害无法反抗，只能束手就擒。梁夫人喊道："憨三儿我儿，快跑！逃出去了就是孝敬爹娘！"佐领冷笑："他跑不了！"佐领朝黑暗的竹林深处喊道："梁潇你听好了，三日后午时三刻，你那反贼爹娘和你的哥哥开刀问斩！识相的把剩下的那些反诗雕版交出来，饶你全家不死。否则，诛你梁家九族！"说罢，喝令清兵押着梁家人、杨家人和钱家人打着火把走了。跟在后面的娄兆兴紧走几步跟上佐领，提醒佐领应当继续搜索，斩草除根。佐领对娄兆兴道："娄大人，咱们打个赌，信不信三日后这梁潇一定会来。到时候那些逃出去的梁家人也会被他带回来……"

佐领带兵卒押着一行人，回到梁家的水榭廊厅。梁家仆人神情萎靡地低着头，在清兵兵刃威胁下，打扫被打翻的桌椅，收拾破烂杯盘。娄兆兴骂着梁家仆人，要他们手脚麻利点。片刻收拾完毕，重整杯盘。酒菜虽然不如刚才齐整，却也尽是佳肴美味。梁家的家主和宾客以及仆人都被捆在廊柱和大树上，愤怒地看着佐领和娄兆兴。娄兆兴端起酒杯敬佐领道："请佐领大人品尝从梁家后山洞里搜出来的美酒。大人有所不知，梁家虽是叛逆罪不容诛，可酿酒却是江南第一。他家酿的酒，水取自于虎跑泉，米选自湖州糯香米，曲制于桂林的象鼻山腹中，更有梁家自大明太祖时几辈真传的酿酒绝技。梁家学自山东，得秋露白的绝技，融入江南玄醴，五齐方法，还加入了莲花上的真露，不愧是'玉露凝云在半空，银槽虚自泣秋红'。真乃是采天地之精华，聚山泉之灵气，合地骨之硬朗，汇日月之神韵……”清兵佐领练武出身是个粗人，只觉得甘冽的烧刀子才够味儿，哪懂这些好酒的微妙感觉？佐领接过酒杯，不听娄兆兴说的细细品才有滋味，一饮而尽。推开娄兆兴不让他再用壶斟酒，拿去壶盖把壶中酒倒进一只大碗。那酒液果然浆液清冽，醇香四溢。佐领举起大碗倒进大嘴里，“咕咚”一声咽下，用袖子抹去嘴边的酒滴，瞅着得意扬扬的娄兆兴冷笑道：“来人，把假投诚真反清的罪犯娄兆兴给我锁上！”娄兆兴惊恐道：“大人，我举报叛逆有功啊！大人！大人！大人饶命啊！”娄兆兴跪在那里扯着佐领的大腿不放手，抽泣着半晌说不出话来。被绑的众人相互交换眼神，既开心又疑惑。佐领并不理他，贪婪地抓起兵卒递过来的酒坛子，撕下红布封口，拍开泥封，闻了闻举起来张开大嘴又倒下半坛。佐领舒服地打了几个酒嗝儿，仰着脸道：“什么娄大人？你是彻头彻尾的小人！你挟嫌报复，恩将仇报，嫁祸于人，分明是地地道道的大恶人！我圣上英明，岂肯留下如此不仁不义之徒作恶于世间？把娄兆兴这老浑蛋给我锁上！再去抓他的家人，抄他的家！”

娄兆兴吓得尿了裤子，跪地捣蒜般叩头求饶。梁家人、杨家人瞅着这一幕既吃惊又高兴，恶人终于遭了报应。“报！”只见一个传令兵跑进来，“报佐领大人，娄兆兴已被朝廷任命为都察院左副都御史，即刻上任。副将军有令，不可按此前将令抓捕娄兆兴及一家，以礼相待恭请他回去上任。”娄兆兴吓坏了，四五个兵卒上前都扶不起来。佐领只好命传令兵重复念了三遍，他听清楚了还是不肯起来。裤裆以下全尿湿了怕人们看见，只好用手掩着。一动地上尿渍就会露出来，顾着面子不愿起身离开。坐在地上牛气地挺直脖颈，扯着嗓子叫着：“给梁鸿凯和杨建泽掌嘴四十！让他俩胆敢领着众人讥笑我，看咱们谁笑到最后？哼！我让你们立马就生不如死。”梁大人怒道：“不知道你给明珠大人还是给哪个贪婪大臣送了金银珠宝，买来个催命的官儿，还有脸叫嚣？这，可不算笑到最后。怕是你的结局……嘿嘿！”那些兵卒不听娄兆兴的，都看佐领的眼色。娄兆兴愠怒极了，眼睛死死地盯着佐领。半晌他才看懂佐领是在看着他尿湿的裤裆。“按察使大人，你是捡梁家的衣服挑合身的先换上，还是送您回府里更衣？”娄兆兴这才发现，被绑的众人都忍着笑盯着他的裤裆。他羞愧难当，急忙喊佐领的兵卒想让他们过来围着他，挡着地上的尿渍和裤子上湿处。佐领故意扭过脸命令：“赵有仓听令，你带五人护送娄大人回府更衣！”

# 第二章　蜣郎转丸

苏州兵营马棚里关押着梁家、杨家、钱家和司马几家人。杨姑娘和女仆翠花被关在靠后墙的马草垛边，隔着一条马槽是杨夫人和杨大人。杨姑娘昨晚就没听到梁家三公子梁潇的声音，她既高兴又担心。高兴的是梁潇竟然逃出去了；担心的是，表面上呆傻，实则古灵精怪的梁潇能不能安全脱逃？她心里实在是没底。佐领捉拿她们时，特地命人举着火把，足足看了她有一袋烟的工夫，佐领想把这个人称“苏州第一美人”的杨姑娘看个够。要不是知府大人一早就要审讯，他早将她带到隐秘的地方尽享人间艳福了。杨姑娘隔着马槽，听着娘的叹息声久久不能入睡。一阵凉风吹过，她脖子上有些疼痛。

那是个秋天的早上，和煦的阳光透过窗棂照进来，屋子里暖暖的。杨姑娘懒恹恹地倚在床头，散乱的秀发挡着她被爱情燃烧得通红的脸颊。她沉醉地看着梁潇让婢女梁雁刚刚送给她的情诗。那首诗并没有写海枯石烂两情相依的爱情誓言，只是一首藏着谜语的诗。梁潇的呆劲自然与众不同，就是写起情诗来也让人费尽心思。一首七绝写成的谜面是：“马入虎丘剑塔楼，狗尾续貂眠斑鸠。潇洒杯酒飞星事，梁魂已属垂杨柳。”杨姑娘既为梁公子的才气所折服，又叹他真是个呆子！要是自己只是略懂诗文，不像他那般才思敏捷，猜不出谜底，他岂不是等不到情人，白去了？自从那天父亲在家设宴，为她以诗选婿，那些苏州城里有名的官宦子弟、秀才举人全都蜂拥而至。个个装腔作势，摆出风流倜傥的模样，唯有梁潇大智若愚浑然天成。那天，他写的赋被杨家选为最好的佳作后，他已然成了杨家的乘龙快婿。可是像他这样让人猜谜似的约会情诗，学“红叶传书”的风流趣事，也未免太自信了。他的谜诗太复杂了，亏得他俩曾一起唱和过诗作，略知他的思路。机灵的梁雁还怕她猜不出来，提醒她：“马作时辰送真情……”要不然——杨姑娘不禁摇了摇头叹气。那句“马入虎丘剑塔楼”，虎丘塔马怎么上得去？狗尾续貂和斑鸠又咋能挨得上边儿？这样的猜谜诗就是心思再缜密的人也没法猜得出来。只有他们心有灵犀，她当然知道那“马”是指午时，那“狗尾续貂”是指戌时的最后时刻。午时和戌时两个时辰，一个是中午，一个是晚上，时间上差得多了。看到这儿杨姑娘开心地笑了，马入虎丘就是午时虎丘塔顶阳光下的影子指的位置，那里是一片寂静的竹林，是他俩第一次邂逅，一见钟情的地方。当时，她害羞急着要走，梁潇自然有和别人不同的想法，扯着她的衣袖，让她记住这是两人一见倾心的地方。她四下看了看，茂密的竹林并没有什么特别之处。梁潇告诉她既能记得住又不会让别人知道的办法：“记住了，午时太阳把虎丘斜塔的尖顶照到的地方就是咱们的定情位置。”杨姑娘“扑哧”一声笑了，这样记住方位恐怕只有这个痴痴的梁潇能想到。想到这儿，她掩着脸儿托着香腮羞怯怯地笑了，心里盘算着晚上怎么去，如何和娘说才能有借口好脱身。这时婢女翠花领着娄家婢女樊素素推门进来，杨姑娘急忙掩饰，将那张粉色纸笺藏到枕头下面。翠花顾不上看她的表情，推樊素素上前。樊素素急忙说：“姑娘是不是已经和梁家三公子梁潇情定终身？”见杨姑娘还有些羞怯犹疑，樊素素急了：“情况危急，娄家弄到了在太湖船上那些酸腐文士硬装风雅唱和诗词印刷的雕版，那些雕版里有你父亲写下的反诗呢！”樊素素见她不信，急忙说：“你父亲在那些文人圈子里的雅号是不是叫‘蜀山青莲’？”杨姑娘这下急了，“蜀山青莲”正是父亲的雅号，她连忙拉住樊素素的手，求她把事说明白。樊素素告诉她，娄家不知从哪儿弄来一捆雕版，听说是命人从梁家偷来的，梁家老官人要把那些反清义士煽动起事的反诗编印成册，再广泛传播蛊惑民众，没想到被娄家弄去了，娄老爷要报官呢，这可是要诛杀九族的滔天大罪！樊素素说罢急着要回去，慌得杨姑娘顿时手足无措，拉住她不让走。樊素素像是无心地说：“倒是有个办法，就是风险太大，尤其是……不知道是不是娄家二公子的真实想法，就得让杨姑娘舍身去救心上人和父亲。”杨姑娘此时为了救父亲和心上人，方寸早乱，哪辨得了真假？杨姑娘沉思了一会儿，她觉得不能听信娄家人说的，这么大的事必须得和娘商量。犹豫之间，老管家杨椿急匆匆地跑过来：“姑娘，你娘刚晕过去了，安排人去请神医李圣手还没到，你快去看看。唉，这可怎么办啊！”杨姑娘顾不得整理衣裙，提着裙子下摆光着脚跑到前院。几个仆人追着告诉她，杨大人被监察御史派镶黄旗清兵扣押在官盐税府衙，说是被人揭发与一些狂士写反诗蛊惑人心，要反清复明，证据确凿，等着圣旨下来就押到京城治罪。老夫人一边安排儿子拿着银两珠宝去打探消息，想办法救人，一边听娄家派来的黄管家告知，除非杨家姑娘能悔了和梁家的婚事，和娄家二公子娄垠成亲，两家成了亲家才好办。那京城派来的监察御史是他娄大人的叔伯舅子，放人不过是他一句话的事。杨夫人听了这话，再三嘱咐下人千万别告诉杨姑娘，要是那样，怕杨姑娘舍了身子去救父亲和梁潇。万一中了奸计，赔了姑娘还救不了人，那才悔之晚矣！正说着，翠花跑过来告诉杨夫人，娄家的樊素素早就来过了，在姑娘的屋里呢。杨夫人顿时急了，捶胸顿足地叫喊着姑娘："馨儿，千万别信娄家人说的话，娄家人都喜好蛣蜣结网，寻隙害人，无缝还下蛆，娄家哪是要攀亲？他们是想拴住咱杨家！万万不可贸然误入虎口，到头来悔之晚……"说着话一着急，一口气没上来昏过去了。众人帮着杨姑娘一阵忙乱，把老夫人抬到床上，掐人中，灌人参汤水地忙乎了半晌不见醒来，连忙命人再去催促大夫。杨姑娘忍着泪拿过娘的手给她摸脉，那脉象似乎越来越强劲。她判断娘是急火攻心，一时晕厥似无大碍。她想不出别的办法，只能偷偷跑出去找娄家救父亲和梁潇。娄家名声极差，她知道须谨慎从事，可哥哥去救父亲，没有亲人能商量，急得她捶胸顿足，珠泪涟涟。

苏州城里有名的神医李圣手来了，管家杨椿安排家人服侍李圣手给杨夫人看病，杨姑娘回避医生回到房间。她急了，此刻梁潇正在去和她约会的路上呢，不知祸事将要降临。怎么办？娘说了，只能等哥哥回来再想办法，怕她去了会"肉包子打狗一去不回"！她心里犹豫不定，想着樊素素刚才说的："娄老爷说了，你要是今天酉时前不来，呈给圣上公文的船就开走了。"正在她进退两难之际，跟着哥哥去打探风声的家人回来了，见杨夫人还没苏醒过来，只好随着老管家来报她："公子去监察御史处想使钱赎老爷回来，一进门没等说上几句话，就被那些清兵捆起来了，小的见无法进去，只得先回来报告姑娘，再想办法。"老管家杨椿急着问他："这么重大的事情，你就没和那些公人打听打听还有什么关系路子能救老爷和大公子？"大公子的跟班杨铎惶恐地说："我见大少爷没出来，等了半天，才看到娄家的二公子娄垠和几个人从监察御史的衙门出来，娄二公子的跟班娄禾扬扬得意地说了句，'想活命？还不快让你家姑娘来求二公子？'"老管家杨椿火了："混账！这话只能告诉夫人，怎能和姑娘说？"杨姑娘摆手让吓得战战兢兢的杨铎出去，她要安静一会儿。老管家杨椿抹着泪和杨铎回到前院，又暗地里安排翠花一定看好小姐，千万别让她一个人出去。杨姑娘沉思着，似乎对这一切都置之漠然。她眼下没人可商量，最信任的梁潇也随时可能被抓，梁伯父弄不好也会遭到毒手，爹和哥哥都被抓了，怎么办？父亲和梁潇一家人反清的事要是坐实了，就会被诛杀九族。思来想去，为了父亲，为了娘，为了那个肯为她牺牲一切，与她挚诚相爱的梁潇，她只有一个选择：牺牲自己！只有这样才有可能挽救亲人们的生命。可是，要是这样，就得和娄家那个纨绔子弟生活一辈子。可是，不这样又能怎么办？杨姑娘一边想着，一边对着铜镜装扮起来。看着镜子里的自己，杨姑娘不禁泪如泉涌，把刚刚抹上的铅粉冲出几道泪痕。再抹上粉妆，又被涌出的泪水冲出痕迹，反复几次，她只好干脆洗去脂粉，露出细嫩的真容，越发显得清丽脱俗，楚楚动人。翠花过来告诉她杨夫人醒了，让她过去。她来不及多想，急忙去看母亲。杨夫人刚醒过来，抓住她的手腕不松手，提醒她千万别信娄家人的话，娄家要娶她不仅是因为娄垠看上了她的美貌，而且是对咱杨家那天以诗词招亲的事儿愤愤不平，想找回面子。更重要的是，娄家以小人之心，怕你爹说出他管理朝廷盐库那些年里亏空的事，才想着杨娄两家联姻。杨姑娘不想刺激娘，不敢让病中的娘再操心着急，只好不住地点头。杨姑娘看着窗外的阳光照着窗棂，盘算着时间心急如焚，却装出听话的样子。“娘放心，那梁潇对我那般钟情，我要是去了娄家岂不是让他寒心死了。”说完杨姑娘捂着额头，一脸痛苦的样子。杨夫人以为她想着爹爹和哥哥着急上火，忙命翠花扶她去后房歇着。杨姑娘急忙回房，将梁潇送她的定情短剑藏在腰间，觉得十分刺眼，无法藏住，又怕藏不好这把古剑万一落到娄家人手里。踟蹰间不防翠花突然将门锁上，在门外道：“姑娘恕罪，老夫人吩咐了，不准姑娘出去。”杨姑娘心急，骂道：“混账的小蹄子，平日里待你等那般宽厚，情同姐妹，如今在这危急时刻，你却不帮我。”翠花也不强辩，笑道：“姑娘是宽厚待人，可是你总让我们也跟着背什么诗啊词的，背不会就罚，我的几两月银都被你罚光了。还惦记着让我们学梁家梁雁，背下三百首唐诗一百首宋词。我们要是能那般冰雪聪明，还用得着在你杨家当使唤丫头？”杨姑娘叹口气不再理她，“这死妮子的品相真让梁潇看透了！”那天她让翠花给梁潇送去一张笺，上面写了几句诗，梁潇让翠花带回的是一幅写意画。画上是一株恶槐，根须粗壮长得要将一块滋润养育它的山石涨破从峭岩栽下去，枝叶却稀疏得遮不了阴凉。杨姑娘一看就明白了，这是在告诉她，此株（姝）不凉（良）！她心里暗暗佩服梁潇识人有过人之处。这丫头指不上了，她只好自己再想办法。想了一会儿，她命翠花开门，她要亲手给娘做碗参汤。翠花没法，只好寸步不离地跟着她到厨间。杨姑娘看了一眼厨间的那苗山参小得可怜，命翠花去杨夫人房里取辽东周家送的那苗老山参来。翠花见左右家仆都在忙碌，只好急急地去了。回来时，不见了杨姑娘。一问，一个老妈子告诉她，杨姑娘刚刚去侧间了。她急忙去找，哪儿还有人影？只好硬着头皮报告杨椿。老管家知道不好，嘱咐她先别告诉老夫人，安排家人全部出动四下寻找，重点是去娄家和梁家。家人们分头出动了，老夫人岂能不知道？姑娘要是去梁家还罢，要是去了娄家，必定凶多吉少！她急火攻心又昏过去了。

娄兆兴正在内厅里一个人小酌。一壶绍兴状元红，几碟精致小菜。娄兆兴一对鹰一样的黄眼珠儿盯着窗户，看着窗外的阳光照在窗棂上，判断着时辰想着心事。希望杨家姑娘能及早到来，好解开他焦虑的心结。去年三月，杨家老官人奉旨从山西泽州府知府任上来苏州接了娄兆兴的两淮盐运史重任。娄兆兴舍不得交出这个肥差，更让他心慌的是，派人和杨家接头，按照以往他接任时的惯例，给杨家送去五百两黄金，期望和前几任一样，库存就是一本谁来都认可的糊涂账就是了，一任盖着一任的事，大家都好在官场上做人。特别是当年从两淮盐运史重任上去当吏部侍郎的张照乘，如今在朝廷混得风生水起，深得皇上信任，这人就是他娄兆兴的前两任。万一底牌被彻底揭开了，暴露的不仅是他娄家，那官场上的地震烈度可想而知。那些人家为了灭口，别说再升官了，他娄家人还想活在世上?！他一连几晚喝了十几斤状元红都睡不着觉，到头来只好想出歪点子先蒙过一时。交接清点时，管理仓库的总管突然暴病死了，杨老官人只好命自己的师爷领着人先点验。结果那些仓库大部分门都锁着，锁孔被灌了铜汁。费尽力气用铁锤砸开，掀开上层盐袋，下面的盐袋里都是沙子。再找前任对账，账房先生当晚落入太湖身亡。更蹊跷的是，那些账本刚刚交给杨家的账房，当晚就被一把大火给烧了个精光。账务无法再往下核对。杨家师爷领着账房根据实物亏空初步估算，至少差了几百万两银子。娄兆兴自己知道，这些拙劣的计谋虽然瞒得了一时，一旦杨家向朝廷奏明原委，朝廷派人来查就会暴露真相惹出更大的麻烦。接任的杨老爷一听师爷报账，他虽然早猜到账务会十分混乱，但没想到会乱到这个程度，让他十分惊心，吓出了一身冷汗。师爷悄声提醒：“老爷，这事要是一提，可能是太湖里捉蟹，一抓牵上来一长串。”娄兆兴为了悄然平息这天大的祸事，想尽办法百般讨好杨家都行不通。想和杨家联姻也被杨老爷用“诗词歌赋当场选婿”的办法巧妙地避开娄家，和梁家结为亲家。一向狂妄的娄兆兴只好低三下四地请杨老爷来他府上赴宴。告诉他：“无论哪朝哪代，历来两淮盐运史无论谁接任，都不会真的去盘点库存。官家轿子众人抬，谁要是折腾那些陈年老账，恐怕还会牵扯到前任的前任，会惊动吏部侍郎张家，还有他的前任，如今的王爷，明珠大人亲家的外甥，监察御史大人……”杨老爷把一沓子烧得焦煳的残余总账，连同被染得都是黑灰色的包袱兜在一起往娄兆兴桌案上一丢，拿出清点后的账单和交接手续，说：“无论你在不在交接清账上签字，这都是点验之后的实际库存。我杨某没立即上报圣上和朝廷算是给足了你时间和面子。可是，要想让我杨某欺骗圣上和你等同流合污，那也是痴心妄想!”

娄兆兴动了十几个晚上的脑筋，只好想了这个馊招儿，骗杨姑娘主动就范。虽然阴损了点，但可谓一石三鸟。一是儿子与杨姑娘要是有了夫妻之实，两家联姻，不怕你杨家会报告给朝廷。如果执意要那样，株连九族的罪，你杨家也会被杀得一个人不剩；二是这件事会让你杨家和梁家由儿女亲家翻脸交恶，不怕你两家联手对付娄家；三是“顺藤摸瓜”，还要“借刀杀人”，借这个机会让杨家把梁家的那些真的“太湖吟诗”雕版拿来。到时朝廷追究，岂不是你杨姑娘报的官？人们都会认为，杨家是为了一己之私，把那些官员们的醉酒之作、被认定为反诗的证据全拿到手，再上报朝廷。就是日后有人为这些人家寻仇，也是你杨家告的密，我娄家岂不是坐收渔人之利？当然，这并不是娄兆兴的全部打算，他绝不能容杨家人活在世上，他恨杨家，说是不报朝廷，实际上表面上稳住他，早就派人乘船去京城呈上状子，告他盐库巨额亏空。不过，让梁家和杨家始料不及的是，去送呈文的盐运司运判是娄家当权时的亲信。杨家接手管理盐务之后，那些娄家死党百般刁难，只有这个盐运司运判后来投靠了杨家，还主动提供了娄家私藏那些黑账的暗窖，为杨家进行实质性接管立下大功。当然，后来这些黑账都被大火烧光了，这也是他暗中作祟所为。让盐运司运判没想到的是，他脚踩两只船，想两面沾光却成了冤魂死鬼。他把杨家呈文偷偷拿给娄家看了，娄兆兴赏了他百两银票，冠冕堂皇地告诉他，那些亏空都是前几任的事，娄家不怕半夜鬼叫门，让他：“好好扶持杨大人，报效国家。”盐运司运判收好呈文按照杨老爷的安排当晚就乘快船送函件。他上船没等开出多远，就被船家趁他搂着银票高兴地醉入梦乡之际，绑上石头连同那份重要的呈文一起丢到了湖底。娄兆兴恨杨家一边稳着自己，一边悄悄报告，置他娄家人于死地。

他一边小酌一边想着心事，多亏攀上当朝王爷明珠大人亲家的外甥监察御史大人，虽然他收了百两黄金，没有直接答应帮他，却表示为他抓个把仇人还不是小菜一碟。如此一来，他才敢施行这个诡计。二公子娄垠在大厅门口抓耳挠腮坐立不安。一会儿实在忍不住了，跑进大厅嚷着："爹！你派樊素素去送信，那死丫头心眼极多早就心里暗恋梁潇，恨不得立马当上杨姑娘的通房丫头，和她一起嫁给梁潇，她会不会先给梁潇透了底牌，再告诉杨姑娘咱家的打算？万一告诉了梁潇，那梁潇要是上心的事，谁都斗不过他。他可不是真傻，要是他介入了，非得识破咱们的计谋。杨姑娘到现在还没来，是不是樊素素泄了密？"话说了一半，看着娄兆兴瞪着黄眼珠子，像是发情的公牛，吓得他硬是把后半截话咽了回去。娄兆兴岂能不担心这个，可他更怕别人提起这茬儿，怕人说出来会不吉利。自己壮着胆子骂道："樊素素那个丫头当然会想着做文人名流的红颜知己。可是，她不会不想想，她要是和梁潇一伙，她那叛逆的老爹还想不想出监了？杨姑娘要是来了，你今晚必须和她做成夫妻。"看着呆若木鸡的二儿子张口结舌地看着外面，顺着目光朝厅门口一瞧，不施粉黛的杨姑娘来了，她飘飘袅袅的好似仙子，白色的衣裙像一朵云儿托着她，带着一股青草的清新气息进来了。娄家父子没想到杨姑娘真的会来，竟一时语塞，倒是杨姑娘先开口道："如果娄伯父娄伯母不嫌小女子蒲柳之姿难上厅堂，小女子愿意嫁到娄家，以为箕帚。只是我毁了和梁家三公子的婚约，只身到娄家来，我父兄和梁家三公子的事还请娄伯父从中周旋。"说话间，娄夫人和一大家子婆子丫头佣人都闻讯赶过来了，娄夫人喜笑颜开地凑到近前："姑娘快坐下说话，咱们马上就是一家人啦！"管家婆黄三姑嚷着："怪不得咱家二公子谁都不要呢，如今见了杨姑娘，就是娶个皇上家的公主当驸马爷咱都不稀罕！世上还真有这么俊的女子?！和咱家二公子真是天上一对，地上一双！"众人一番言不由衷的客套之后，娄兆兴咳了几声，"杨姑娘兰心蕙质，深明大义……"没等娄兆兴说完，杨姑娘不卑不亢地笑道："我按照娄伯父的吩咐，避开母亲和家人，只身一人来了，什么时候放我父兄和梁家三公子回家？"娄兆兴道："尽管我娄家信得过你杨姑娘，可我们也得不见兔子不撒鹰。你什么时候嫁了我儿子，真的成了咱娄家人，咱们立马想法请监察御史大人放人就是了。"杨姑娘脸上还是透着笑意，平静地说："那好，我回家，等我爹和哥哥还有梁三公子回家了，我再履行承诺立马出嫁就是了。”黄婆子领着那些婆子丫头十几人瞬间吵嚷着，煞有介事地一拥而上堵住了厅门。娄垠急忙上前挡在杨姑娘面前：“这是我媳妇，谁也不准伤了她！”杨姑娘秀眉倒竖，平淡的声音里透着威严：“姑娘我虽然来了，可也不是砧板上的鱼肉任人宰割，要是不放人还想强留本姑娘，那我只有一死而已！”说着从袖子里抽出一柄七寸长的短剑，寒光闪闪，吓得冲在前面的黄婆子尖叫一声：“杀人啦！”扭头就往外跑，被丫头绊个跟头。杨姑娘以短剑指着自己白净的脖颈，剑尖用力抵着凹进肉里。黄婆子为了掩饰刚才逃命的丑态，挺着胸梗着脖子冷着脸嚷道：“进了娄家门还容得你拿刀弄杖地威胁大老爷大娘子不成?！你吓得了谁？谁不惜命？我还真就不信了，你还能自杀？告诉你，要是你让二公子和你生米做成了熟饭，咱家就放人。要不然让你先回家等着，你再趁机和梁潇沆瀣一气，让咱娄家煮熟的鸭子飞了？咱娄家岂能上你的当?”黄婆子看了看娄兆兴和大太太满意的神色，知道她又像以往一样说出了他们想说又不好说的话。她是个人来疯，顿时更来劲了：“咱娄家的要求嘛，也极简单，你必须得和二公子立马成亲才能救出你爹和你哥，还有那个傻傻的梁潇。”杨姑娘美目圆睁，短剑不离脖颈。“本姑娘只有看到我爹和哥哥回家，梁三公子不再被娄家唆使人追究罪责，那些要给我爹和梁伯父及梁潇定罪的‘反诗’雕版全都归还梁家，本姑娘才能嫁到娄家。”说着激动，无意间脖颈上被刺出了血，顺着白净的脖子流到锁骨，又流下来。娄垠连忙嚷道：“美人！千万别……别死啊！”他转过身抓住娄兆兴手臂叫着：“爹！咱们不能鸡飞蛋打，死了美女再让杨家梁家抓着把柄，整治咱们！爹！你快想办法呀！”娄兆兴虽然着急，可是不想在杨姑娘面前丢份儿，一把搡开娄垠，连忙装出笑脸道：“大侄女你别急啊，这样，你写下婚书，承诺嫁给我家二公子绝不反悔。把你写好的婚书送到你家，让你娘认可签字画押。然后我自然以《唐诗集注》雕版换下梁家的《太湖觞咏》反诗雕版，趁那昏官监察御史还在大醉没醒，把换回来的罪证拿在你手里，到那时你再入洞房，这样可好?”

一番折腾，拿着短剑的杨姑娘被黄三姑请到布置一新的房间。娄垠和家人娄禾当着她的面把一捆《唐诗集注》雕版装进袋里。黄三姑嚷着：“娄老爷马上到京城都察院任职，这新来苏州巡视的监察御史理所当然是娄老爷的部下，他再狂也得听咱娄家的。刚刚吃酒时娄老爷就安排二公子灌他好酒喝，老爷不惜把家里珍藏多年的杏花村酒拿出来请他，二公子不停地给他敬酒，让他喝得五迷三道的。二公子为了娶到杨小姐也得尽心尽力作点贡献啊。再说了，救老泰山出来，也是他的孝心不是?”说着推二公子娄垠上前去劝杨姑娘。二公子虽然盼着娶杨姑娘，见了她却窘得浑身是汗，嗫嚅道：“姑……姑娘放心，我，我去去就回。”黄三姑得意地笑道：“不过，咱娄家得先小人后君子，你得先在这婚书上签字，公子才能去。当然，时间紧迫你得快点儿，这一阵子折腾耽误了一个多时辰，就怕那监察御史大人酒醒了可就换不成了。”说着一摆手，一个丫头递过来一纸婚约，容不得杨姑娘再细斟酌，粗略看了几眼立马签字按上手印。娄兆兴倒也痛快，立即吩咐家人把口袋里装着的一捆《唐诗集注》雕版拿出来让杨姑娘大概看了好放心。娄家大太太命娄禾领着来找杨姑娘的仆人杨椿一起，去衙门用这套雕版换回那套反诗雕版，然后放人。老管家杨椿看着杨姑娘，老泪纵横却不知道说什么，只能先走一步是一步跟着去了。出了门娄禾命杨椿背上口袋，几个人一路小跑匆忙走了。

众人散去，丫头端来冰糖莲子羹，杨姑娘怕着了道，尽管又热又渴，却不敢喝一口。黄三姑见劝不动她，只好命刚刚回来的侍女樊素素过去劝她。“既然人都答应嫁给娄家，还不喝娄家的一碗羹?”杨姑娘看着樊素素，细想从开始到现在都是这个婢子来回传的话，她之所以相信樊素素，是因为梁潇总说她是个“有侠义之心的才女”。当时，杨姑娘还嘲笑梁潇，“判断女人心好不好，只有漂亮这一个标准。貌美就善良?”如今到这个时候了，她要不就是能帮她的贵人，要不就是送她下地狱的魔鬼！樊素素像什么也没觉察出来的纯真样子：“闹腾大半天了，你肯定渴得难受，是不是怕这莲子羹里有名堂?”说完喊丫头再拿来一只小碗，将那莲子羹分出一些，自己一口气喝掉。杨姑娘这才端起小碗喝了剩下的冰糖莲子羹，心里的急火才稍微熄了些。

黄三姑领着婆子丫头们走了，屋子里只剩下樊素素陪着杨姑娘。杨姑娘看着樊素素纯真的目光，想从她眼睛里找到秘密。细想梁潇对不理会的事再简单也弄不明白，要是对上心的事总能有过人的见解。也许像他说的那样，樊素素真的是个暗地里能帮助她的人。“姐姐告诉我，是不是娄家根本就没本事救我爹和梁家?”樊素素清澈的大眼睛里似乎没有一点城府，像是一汪清水让她看到底。俏脸儿上两腮绽开了酒窝儿，真诚爽朗地笑道：“娄家老爷进京述职不再去吏部行走，未曾进京就先任了新官。娄家二太太的外甥如今是朝廷里位高权重的明珠大人三福晋的女婿。娄老爷被参劾一事已经了结，不再追究，还被任命为都察院左副都御史，即刻赴京到任，沿途可便宜行事。苏州知府接到线报，杨大人与梁大人在太湖上纠集众多官员，以以诗会友为名，行反清串联之实，有那天晚上吟诵反诗的诗稿印刷雕版为证。幸亏娄家二公子与姑娘夙世姻缘，二公子求娄老爷帮忙，娄老爷初时不肯，娄垠爱姑娘的美貌不舍，娄家大太太出面求老爷才答应，约姑娘来结婚了就大事化小，小事化了。”杨姑娘听着，心里更是一团乱麻，不想再听樊素素说将来娄二公子进京后仕途无量，将来就是当个封疆大吏也不过是唾手可得。杨姑娘恨她，更恨她信赖的梁潇也有看错人的时候。她顺着樊素素频频向上翘起的嘴唇，看着窗棂上的影子，像是垂下来的一根窗杆在晃动，细看才看清楚那是一根长辫子垂了下来。杨姑娘顿时明白了，樊素素历经磨难，五岁就被娄兆兴买回来训练当家中歌伎，要在这儿生存自然得有过人的灵性。杨姑娘不想顺着她说，也不答话，听着她喋喋不休地讲着娄家的灿烂前景，想从中理出些暗示。杨姑娘听得昏昏欲睡的时候，黄三姑来了。她偷听了多时，只听樊素素一人在说，杨姑娘不答话，怕她两人在暗中用手势或笔墨交流。见杨姑娘眼睛凝视着窗棂上的影子，只得解嘲地骂道：“哪来的笨猪?！辫子像条蛇似的，还想偷听人家闺蜜说话?”说话间，杨椿来了：“小姐，那些老爷和梁家大老爷的一些朋友在太湖上吟咏的诗词雕版都拿回来了，你快看看……”杨姑娘接过口袋，从里面拿出一捆印刷雕版，抽出第一片，上面目录的第一首词《临江仙 · 月复明》就是她爹的得意“大作”，她记得事后爹多次吟咏，说他这首词盖住了整个画舫里十几个有名的大诗人。因为这首词，人们都称他为“舫间第一诗人”。不用细看，光是标题就足够人家做文章了。要“复明”！要恢复明朝!！对大清岂能无二心?！杨姑娘顾不上往下细看，一眼就让她惊心不已方寸大乱。娄家人似乎知道她是砧板上的死鱼，蹦不到水里去，也不理她，都躲到屋外听动静。杨姑娘泪如雨下，一片绢帕早被抹得一塌糊涂，顾不上听樊素素还在轻声哼着小曲《阮郎归》。思来想去，坚定了她“舍身饲虎”，出嫁救父的决心！她大声叫嚷着：“来人！快来人!”娄大娘子在一大群丫头婆子的簇拥下，昂首挺胸进来了，脸上带着得意的笑：“哎哟！咋把这姑苏城里的第一大美人哭成这样？瞧这可怜见的，多让人心疼。”说着过去拉杨姑娘的手，命婆子们端来铜盆请她洗脸，丫头们拿过脂粉胭红请她补上粉妆。杨姑娘草草洗了脸，不施粉黛冷着脸道：“娄家不是传话，只要我嫁给二公子，就找监察御史放了我爹和哥哥，也饶过梁家?”不等娄大娘子笑着开口，早有人未进门声先到：“当然！杨大官人和大公子，还有梁家的梁潇一并无罪释放，咱娄家还保他们升官。”二公子娄埌按捺不住淫心荡漾，一边往屋里跑，一边叫喊着。娄大娘子眉开眼笑地过来了：“咱们是不是得先履约，入洞房，明儿个等你爹放出来再举行婚礼？”杨姑娘冷冷地说：“就是没法立马见到我爹回家，那也得看到我爹和梁公子无罪释放的公文啊，要是看不到我是不会入洞房的。”娄埌急了：“我娄家冒着天大风险偷偷换了你爹和梁家刻印反诗的证据，让监察御史无法给你爹定罪，到头来你还推三阻四的，我就不信了，我就是要立马拿你当老婆。”说着就要强行搂抱杨姑娘。杨姑娘瞬间抽出短剑，横在自己的喉头上。黄三姑连忙过去要抢那柄短剑，到了近前又没把握只好停住，假笑着：“新婚燕尔，行周公之礼岂可勉强？”在她的指挥下众人鱼贯而出，屋子里只剩下杨家赶来打听情况的杨椿和她的丫头翠花。翠花劝她：“小姐，救父嫁人是你答应人家的，咱们在这紧要关头不能失信于人啊。娄二公子虽然不善孔孟之道，不谙诗词歌赋，可他仕途前程似锦，娄家在京城又攀上高官，日后的成就不比那梁潇强百倍？老夫人不是告诫你，选丈夫要看到二十年之后吗？”杨姑娘听得心烦，几次摆手，柳眉倒竖想命她闭上嘴。眼睛瞟着老杨椿高大的身躯遮掩着窗户，她似乎明白了。翠花慢慢走过来，嘴上叨叨地说着劝她，手指却在姑娘掌上写着画着。一会儿，杨姑娘知道了，这些雕版是等着她和娄二公子入了洞房之后，再送到衙门去当证据。杨椿比画着告诉她，他来之前去过梁家，看到梁潇已回家，他只是被叫去问了问有没有私藏反诗雕版，能不能记得写反诗人的名讳，雕版的手稿是不是藏在梁家。他告诫你：千万别中计，别犯“蒋干盗书”的错误。为什么是“蒋干盗书”？难道翠花得到的信息是娄家故意让她知道的？杨椿看出了她的疑虑，比画着告诉她：“不论咋样，必须得先把这些东西送出去，想办法毁了！让他们死无对证，那样才能万无一失！”杨姑娘心意已定，告诉他俩，一会儿不管发生什么事，都不要管她，立即将雕版带出去，送到梁家。三人互相传递着信息，杨椿和翠花迟疑着，不肯留下杨姑娘一个人在这里。三人急匆匆地互相用手势交流着，屋外樊素素哼小曲的声音突然断了，高声嚷着：“二公子，你在窗下布网，网绳上还带着倒须钩儿，要是把杨姑娘逼急了情急跳窗，急切间摔下来破了相，把如花似玉的脸儿刮破，你可就悔之……”黄三姑怒了：“你个死妮子！犯的是哪门子浑?！梁潇就是知道杨姑娘成了别人的媳妇也不会要你，他家还有一个叫梁雁的等着呢，你就是再帮他们也轮不上你当通房丫头。”屋外传来一声惨叫，似乎是樊素素被打了。翠花鄙夷地指指窗外，一脸不屑。杨姑娘打手势让杨椿将窗户推开，瞬间将她当新娘穿的新衣包袱丢出窗外。黑暗中人们一阵吵嚷，点燃了火把收网捉人。黄三姑领着婆子丫头们冲进来，杨姑娘迎上去。娄家的家丁娄虎、娄禾提着那个衣包进来，将它丢在地上。一团渔网带着倒须钩把那包衣服紧紧缠住，硕大的鱼钩闪闪发光让人胆寒。杨姑娘堵在窗前，高声喊着："娄家的老小听着，本姑娘要是看不到你们把诬陷杨家梁家的雕版销毁，现在就烧了房子，和你们娄家同归于尽！"说着，将一盏油灯打碎，灯油洒到桌上，迅速流向床下桌下。杨姑娘用蜡烛点燃纸媒带着火焰投向流动的灯油，"噗"的一声响，瞬间大火燃烧起来，烧着了床上的新婚被褥，火焰燎到窗帘上，涂着桐油的窗纸瞬间被烧得毕剥作响，迅速炸裂开。刹那间，屋里屋外大火燃起，照得院子里外如同白昼。慌乱间，娄兆兴闻声跑过来跺着脚一阵痛骂，家丁们争先恐后冲过来灭火。折腾了半晌火被扑灭了，杨姑娘也被捆上手脚，绑在一张太师椅上。黄三姑突然警醒，高声嚷着："反诗的证据呢？"人们再寻找，发现杨家的仆人杨椿和翠花，还有那一捆反诗雕版都不见了。娄大娘子骂道："一群废物！这么多人看不住三个蠢货？让人家来个'趁火打劫'，抢去了吟反诗的证据？"娄兆兴摆摆手不听二公子和大太太气急败坏的怒骂，转过头来冷笑道："杨姑娘，我本来看在你要成为我娄家人的分上，对你有七分客气三分宽容。你却给脸不要脸，放火掩护仆人偷去那些证据，以为死无对证?！我娄家拿你、你爹，还有那梁家都没办法？哈！哈！哈！"那狰狞的笑声极度恐怖，杨姑娘听了头皮都发麻。"咱就让你学个乖，别看梁家是将门之后，你杨家也是世代名将，岂不知：'要骗聪慧人，须得最亲人'的俗语？你以为让杨椿那个老蠢货偷了雕版销毁证据，自以为得计，却落入圈套里！哈哈哈……"娄兆兴又得意地大笑，命樊素素告诉杨姑娘他的诡计，杨姑娘听得心惊肉跳，呆若木鸡地愣在那儿，随后便是泪流满面。原来娄家根本没有什么反诗雕版，娄兆兴仍然是从两淮盐运使的任上调京城"吏部行走"，也就是调离原岗位到吏部待安排，根本不是什么都察院左副都御史。娄兆兴为了陷害杨家、梁家，花钱顾来一些穷酸文人，按照杨大人、梁大人和那些官员的诗文风格写了一些诗词，又亲自将那诗文改成隐晦反清的诗句。娄兆兴还让人从梁家盗来几片印刷雕版，比照着弄来相同的雕版材料，找个高手匠人雕刻得足以乱真，故意让杨姑娘的家人拿去交给梁潇。眼下梁潇正拿着这些假雕版和藏起来的真的一起对照呢。可他万万想不到的是，镶蓝旗的骁骑校已经带着京师来的虎狼之师赶到梁家，现场将梁潇和真正的反诗雕版拿到手。杨家、梁家将全都死无葬身之地。娄兆兴的“都察院左副都御史”原本是努力争取的目标，如今靠杨姑娘帮助找来的证据立功，不日将会成为真的。杨姑娘听了这些大叫一声，昏死过去。醒来时发现娄埌正要猥亵自己，杨姑娘急了，抽出头发上别着的那枚像是发簪的小蛇般的软剑狠狠刺向娄埌的脸。娄埌没防备，被短剑顺着额头刺下，刺中眼睛痛得惨叫一声，摔到床下。杨姑娘急忙拔剑，短剑带着眼仁儿一股子黑水流出来，娄埌眼睛已经瞎了一只，他又气又恨，一边嗷嗷地惨叫，一边从墙上抽出宝剑刺向杨姑娘。杨姑娘早就不想活了，迎着剑刃挺着脖颈扑过去，娄埌想收手已来不及，杨姑娘脖子早被宝剑割破，鲜血喷涌出来，倒在床上。眼睛剧痛让娄埌顾不上脸面，连忙扯过床单捂住眼睛，扯着公鸭嗓子喊叫来人。黄三姑率先进来，樊素素和众人随后进来，连忙给杨姑娘止血。丫头掌上灯，众人见娄埌裸着身子，缩在床单里疼得浑身发抖。娄大娘子听报赶来，见儿子一只眼被刺瞎伤心不已。樊素素惊道：“大太太，二公子把人给杀了！摊上人命官司！这可咋好?”顿时，娄家上下几十口人全都静下来，眼看着杨姑娘身体躺在床上，血把床上的被子褥子都染红了，还在往床下淌血。几声干咳传来，人们知道娄兆兴来了。他进来看了看儿子，虽然心里难受，可是压力更大的是出了人命。本来师爷出的怪招，根本没有什么反诗雕版，教他来个“无中生有”。他以朝廷明珠大人的权势威胁来巡视的御史扣押了杨大人，然后又抓了梁潇。没想到这人装傻，梁家来要人，御史问不出来什么只好放了。想强骗杨姑娘然后逼杨家和他家联姻，防止杨家再提他贪污盐款税银一事。没想到功亏一篑，投机不成还出了人命。见娄兆兴半晌没有反应，大太太只好提醒他：“老爷！快派人去寒山寺找那个草药和尚来，儿子的眼睛怕是保不住了。”见娄兆兴还是没有反应，大太太只好命人送二公子先回房止血，等郎中来治伤，然后摆摆手，命大家都散了。樊素素见谁也不管杨姑娘，不管她能不能活也得尽力救她。急忙把床单撕下一条缠裹住杨姑娘的伤口，一撒开手血还是如同泉涌。她只好从香炉上抓起一把香灰给杨姑娘胡乱涂在伤口上，血才慢慢止住。娄兆兴和大老婆回房，娄家大娘子压不住怒火吼道：“人命关天的官司，咋样才能平息了？听说新上任的知府是梁家老大的丈人，为人十分古板厉害，儿子要是瞎了一只眼睛，再摊上人命官司可咋办?”娄兆兴此刻心烦意乱，凝视着窗外，一声不吭。

# 第三章　移“尸”嫁祸

杨姑娘的丫头翠花和老家仆杨椿趁乱从娄家逃出，亏得杨姑娘急中生智，在新房里放火声东击西，他两人才将那些雕版送到梁家，交给梁三公子。翠花急着说：“三公子，我家小姐被骗到娄家，娄家逼她嫁给娄埌，说是只有嫁到娄家才能救你，还有她爹，姑娘不顾一切掩护我们，让我俩把这些反诗雕版送来，我家姑娘让你快想办法销毁这些证据，她为了你被困娄家，你快想办法啊！”两人来不及解释，也不管梁潇想什么办法去救杨姑娘，立马回家，和杨家人商量想办法救小姐。梁潇虽然心急如焚，不顾梁雁催促他快想办法去救人，还是先拿过雕版细看起来。看了一会儿，觉得有些蹊跷，其中道理没想明白。梁雁心急却不敢催他，知道他凡事一旦认真都会有过人的见识。梁潇沉思着，他知道杨姑娘不顾一切送来这些，肯定是让他梁家小心，或许更有深意。没彻底想明白之前，他如何先去施救？这些雕版除了目录有些似是而非，有点像那天晚上在太湖上，父亲、杨伯父和一些官场文人唱和诗词成集的目录，可是里面的内容简直连应景的打油诗都够不上。家父从来没让匠人刻制过这样的印刷雕版。时下市面上流行的印刷字体都是一种改型美化的宋体字，而梁潇从来只喜欢魏碑体。父亲把这事交给他办，他坚持要用魏碑体雕版，虽然费事却也不容易被人轻易模仿。而这几十块雕版是市面上通行的宋体，里面的诗自己从来没见过。父亲与那些诗友写作的时候，为了防止有人一时借着酒劲诗兴大发，写出禁忌字词，流传到市面上会贻害无穷，让大家都用各自的雅号来写，只是在目录上注明雅号是谁而已。而这些雕版上全是真名，什么《太湖月波》作者杨万成，《菡萏绰约》作者梁鹿起，《玉立芙蓉》作者太史观沧……梁潇想：用不用拿给父亲看看？梁雁在一旁提醒道：“是不是杨姑娘为了得到这些东西才被骗到娄家？咱家的那些雕版早就烧了，留下的几页是你喜欢留着把玩儿的，都藏好了。用不用拿出来对照一下，看看有什么不同?”一想梁潇从来过目不忘，哪还用得着拿来对照？何况那本诗集除了梁潇十分喜欢的几页雕版留下把玩儿，剩下的全部烧毁了。虽然这样，她还是趁梁潇沉思的工夫快速去假山后面，把藏下的几页雕版拿来，防止万一梁潇忘了想要对照再找费时费力。梁潇一边沉思，一边一目十行，迅速翻看，片刻早已了然于胸，和梁雁道：“杨姑娘心地淳厚不能识破这些人的阴谋诡计，娄家不会这么简单让她掩护翠花将这些重要的证据送出来，弄不好这是娄家要引来朝廷的清兵根据这些草蛇灰线，用假雕版做幌子也未可知。他们准是判定，我们拿到手会立即和真的雕版对照，看这些是不是真的。清军马上就会来，不用搜查就人赃俱获。快！马上烧了它！唉！几张真的雕版咋也拿来了？别怕！快去随便藏哪儿，不怕他们找到，这样才安全。”一大群清兵闯进来，直奔后院查抄反诗印刷雕版。令他们大失所望的是，只看到假山旁边石板上刚刚烧过黑黑的灰烬，依稀能看出来是没燃尽的雕版模样，泛着暗红色火光的木炭。清兵连忙取水浇灭，上面已经看不出来字迹。旁边还有一堆雕版放在那儿，清兵见没人管那些东西，认为无关紧要也不在意。那带头的骁骑校冷笑道：“是不是正在毁刻印反诗的证据?”梁潇答道：“这是我梁家祭奠祖先刻竹成赋的仪式，哪有什么刻印反诗的证据。”骁骑校也不多话，命令手下四下搜寻。不一会清兵从假山上的树洞里搜出来一捆印刷雕版，兴高采烈地来和骁骑校邀功。刚愎自用的骁骑校想了片刻立马判定，搜出来的雕版一定是梁潇假装藏匿故意露出马脚，想转移视线。骁骑校命兵卒把火堆旁边的几捆雕版全部收缴，不管梁潇和梁雁的叫嚷阻拦，扬长而去。看着他们的背影，梁雁暗道：吓死了！真的搜到了却不细看，假的拿走也不看个仔细，愚蠢地拿走了《唐诗集注》雕版。正在这时，门房来报樊素素来了。梁潇喜欢她不像一般的女佣，有很高的文学素养，从不把她当佣人，立马去见她。樊素素见面也不客套，直截了当地说：“杨姑娘为了救她爹，也为了你，现在一条船上生死不明，你去不去看看?”跟着来的丫头娄鸽惊道：“素素姐姐，你这么一说，这梁潇聪明过人，还能去吗?”樊素素不理她：“你梁潇上心的事，就是诸葛亮在世，刘伯温还阳也斗不过你。我告诉你，这些话是娄老爷让我和你说的，信不信由你，去还是不去，你看着办吧!”娄鸽惊道：“你咋敢？咋敢瞎说实话?”又怕梁潇不去或带着很多人去，激他道：“都说梁潇不呆，就是胆小。你敢不敢一个人去救你的心上人?”梁潇愣了片刻，深邃的目光看着天际，立马又现出那副高深莫测的微笑。吩咐梁雁："告诉大哥二哥，迅速把那些假的雕版全毁了，别再留下让人用来害我全家。我去了，千万别告诉我娘。"梁雁虽然和他是主仆，可是大他一岁，和他心心相印形影不离，连忙道："我和你去，遇事也好有个商量。""不，既然危险，干吗要那么多人去涉险？"说着不容置疑飞奔向樊素素说的湖边，任凭梁雁喊叫头也不回。

湖畔垂柳岸边泊着一只小船，灰白色的船篷下面依稀可见一个身着白衣的女子躺在那里。梁潇来不及多想，纵身跃起跳到船上。只见船上躺着的女子正是他的心上人——杨馨儿。杨馨儿身上穿一袭白色衣裙，像睡美人一样躺在那里。不经意间小船却顺水漂走了，原来船被水下人推着，像是顺流漂荡，缓缓地漂向娄家。突然，咣！咣！咣！迎面驶来一艘大船，上面一棒锣响，一群兵丁拦住了小船。几个清兵用挠钩搭上小船，四五个军汉跳上船将梁潇围在中间，也不仔细查看，高声喊道："杨姑娘已死，脖子上有刀伤，是这梁潇所为，初步判断是强奸未遂，杀人灭口所致。"说话间就要捉拿梁潇。这时梁潇才敢摸杨姑娘的脸，突然发现杨姑娘呼吸微弱。他连忙给她把脉，发现她心跳得很弱。梁潇急忙给杨姑娘救治。一听骁骑校大叫捉拿，他一个人逃跑不是什么难事，可是他舍不下濒死的杨姑娘。他猜测这一定是娄家的阴谋，脑子里飞速推演着各种结果。可是无论如何，他都无法理智地放弃杨姑娘。兵卒们将小船系在大船上拖着，慢慢靠岸。他抱着杨姑娘不敢乱动，怕杨姑娘伤口破裂出血就没救了，只好任由他们连同杨姑娘的"尸体"一起捆个结实。娄家老大娄增带着一群人来了，叫喊着：先将这对狗男女关起来，一会儿厘清了那些反诗印刷雕版再一并送官。梁潇任由他们折腾，心里却一阵后悔没听梁雁的话。如今连个送信的人都没带，怕是孤掌难鸣。几个壮汉上船将他和杨姑娘一起放到两根竹竿绑成的担架上，抬着穿过廊桥，走过假山石转过几栋灰瓦的楼阁，进了一座房子的后院。又穿过很长的长廊，打开一堵墙上的暗门进了地窖，才把他两人连着竹子担架一起放到昏暗的地上。梁潇被脸朝下趴着捆紧了，只好强抬起头让眼睛慢慢适应黑暗。待娄家仆人离去，梁潇急忙三下两下扯断绳索，抱起杨姑娘，将她的头放到自己的腿上。一号脉，十分微弱，查看伤口，刀锋刺破了脖子上的血管，幸好没割断气管。樊素素用香灰给她止血，虽然不干净，可也起到了止血的作用。梁潇急忙施救。道士当年教过他针灸之术。他没有金针，见门旁有一竹帚，连忙抽出细细的竹枝，折成六七根竹签，瞅准几处要穴用力刺进去。竹枝柔韧，一触即弯，亏得他手上功力了得。他虽然学过，在自己身上也试过一些穴位，可从来没给人治过病。一阵忙乱，自己汗如雨下，却不见杨姑娘苏醒。“馨儿，我本事太差，救不了你，我，跟你去了。”梁潇说着抹去泪水，然后用衣袖轻轻擦去杨姑娘脸上的污迹，拔去竹针，帮她整理白色的衣裙。抱起她，又忍不住泪脸贴上去，紧紧地搂着她，一边哭道：“馨儿，馨儿，我生死也和你在一起，我随你去了！”忽然杨姑娘却睁开眼：“疼死我了！”梁潇傻了：“你还活着？你活了！！”梁潇激动得一松手，杨姑娘重重地摔到地上，疼得叫了一声，晕过去了。一番折腾，杨姑娘才苏醒过来。梁潇拉着她舍不得放手，不知道说什么才好。“杨姑娘，我，我，刚才……”杨姑娘羞红脸儿：“你咋不叫我馨儿了，嘿！能有机会和你在一起，经历这场生死磨难也值了。”四目凝视着片刻，两人紧紧地依偎在一起。过了好大一阵子，门上锁响了。杨姑娘急忙整理衣裙，装作还是刚刚“死去”时的样子。梁潇又躺到那张椅子上，把绳子摆在身上，将断绳头压在身下。男仆娄境领着几个人进来，将梁潇捆坐的椅子下面绑上一大块青石板。娄垠一只眼睛上缠着一条黑布，进来问他：“你要是说了，就放你走，这块石板就只沉下杨姑娘的尸身。要是不说，这块石板就连着你，让你俩一起沉入湖底，你可想好了？”娄兆兴低着头钻进地窖，见梁潇还是傻傻地瞪着大眼睛看着顶棚，也不出声，挥着扇子命令他们：“沉到湖底，给他手腕上绑一根绳，要是他死到临头改了主意，扯动绳索时，再拉他上来。”娄境连忙拿来一根桑蚕丝搓成的细绳，几下缠到梁潇的手腕上，将他和杨姑娘的“尸床”连同“尸身”用棕绳捆得结实了。一个仆人推开后面的暗门，一股潮气扑过来，原来这是娄家通湖里的暗道。娄兆兴吩咐：“载得离家远些，到寒山寺附近水急的地方再丢。”

“老爷！”一个仆人进来禀报道，“一个武功极高的人，自称是您的师叔来了。”娄兆兴火冒三丈：“浑蛋！怎么能让外人进来？你想死了！”“小人哪拦得住啊？”仆人话音未落，一个洪亮的声音传来：“娄贤侄不认得老叔了？咱舍着身家性命来找你，就是要告诉你，当年咱们辽东的那些反清义士的财宝藏在哪儿。按照约定，这一辈人要是都濒临死期了，就得传一个可靠的下辈人。如今，你老叔我也性命难保，我从山东泰山脚下逃出来，东躲西藏地跑了近一个月才找到你，就是要告诉你藏宝秘密，要是再有个风吹草动，有人举起反清义旗，咱这些金银就能派上用场了。”说话间，一个高大魁梧的壮汉进来，只见那人手握一把雁翎刀，背上搭一青布包。娄兆兴一见此人脸色瞬间由阴沉狰狞变得万分真诚："雷师叔您来了，家父蒙您在战场上救过命，常提醒我们想办法找到您，要好好孝敬您，为您养老送终，我派几伙心腹之人去山东、河北、河南找了三四年都没找到您，没想到您来了！快随我到小厅。娄境，快去告诉他们备酒备菜，我要和雷师叔一醉方休。""不必了，贤侄，如今朝廷鹰犬四处追杀我，不知道哪个当年反清义士背叛盟约投降朝廷告了密，我等十八条好汉只活下来三人，分头逃命，我本不想给你添麻烦，只是不得已才不得不来。"说着他示意娄兆兴让左右家人退下，娄垠命众人都出去，只留下娄境和几个武功稍强的人把在门口。见众人退去，雷师叔的神经不再紧绷，一放松险些跌倒在地上，手拄着雁翎刀都没站住，只好丢了刀扶住椅背才勉强坐下："那年为了报复清兵扬州十日屠城，咱们原来辽东降将一起反了，只是做得不机密，被清军剿灭。那告密的人到底是谁？你娄兆兴当时不是对天发誓一定要在有生之年找到这人，为那些叔叔伯伯报仇！你做得咋样了？当年失败后为了保存那些汉人赞助起义的银两，只好在金山寺铸成一尊金佛，佛心之处有一丝暗纹，刻着极细微的数字，如果能破解其中奥秘就能找到藏起来的金银珠宝，有了钱粮就能统领反清义军再起大事。"贪婪成性的娄兆兴听到巨额钱财并不动心，连忙道："雷师叔，你身受重伤被追杀到这儿，还是先给您治好伤之后咱们再叙，如何？"杨姑娘和梁潇这时发现雷师叔似乎身体不支，强挺着不想让人发现自己身受重伤。不一会儿，他摇晃着颤抖几乎摔倒，血顺着裤管往下流。娄兆兴扶着他顺势躺倒在稻草上，叫着："师叔！师叔！"雷师叔惨笑，示意娄兆兴帮他将后背上的包袱取下来，慢慢打开。里面是一尊极精致的金佛，在昏暗的灯下熠熠发光。雷师叔再也支撑不下去了，手指着金佛，嘴张着说不出话就昏过去了。娄兆兴情真意切地叫嚷着："师叔！师叔！俺盼星星盼月亮地等你来，领着俺们……"雷师叔一动不动，似乎已经昏死了。娄兆兴露出阴险的笑容："亏得你老小子还信得着咱娄家，要是死到外面，还不得葬送了老子一家人的性命？"说着命闻声赶来的娄家老大老二快去取药。娄垠道："爹，是取救命的牛黄安宫丸和刀伤止血药？"娄兆兴恶狠狠地骂道："蠢货！虎狼之药，阴曹地府勾魂散，送他回辽东老家。"梁潇明白了，娄兆兴是想自己慢慢揣度着金佛里面的秘密，不能留雷师叔活着。一旦被朝廷发现，他就是窝藏朝廷通缉要犯的重罪，娄家就会株连九族。片刻娄二公子端着药回来了，雷师叔醒过来，娄兆兴连忙亲自拿过来一坛酒，小心地扶着雷师叔靠着墙坐起来。雷师叔闻到酒味顿时精神了许多，接过一坛花雕也不用碗，举着酒坛就“咕咚咕咚”喝了几大口，指着门外：“怕是会有清兵追来，你快把这金佛藏起来，把石板路上的血迹清理了，我缓缓劲就走，别给你带来祸患。”娄兆兴拦住他的话头：“师叔您说什么呢？咱汉人就是舍了命也不能再被这满清鞑子欺辱！俺爹说了，要俺拿您当成父亲待。您就住在这儿哪儿都别去，咱们一起详参金佛里的秘密，不怕他有什么风险，就是到了……”雷师叔摆手道：“不！将死之人不能再杀那些满清鞑子还我大明江山，也绝不给你添麻烦。”娄兆兴端过药碗递给雷师叔：“您先喝下，这是咱辽东千年老参汤做药引子的牛黄安宫丸，先续上元气，然后再找名医治伤。”雷师叔接过药碗十分感动：“贤侄，你要救老叔得冒着天大的风险，还会连累你全家人，我缓过劲来一会儿就走。”不知道是伤痛还是激动，他的手颤巍巍的，费力地把药碗端到嘴边。没等喝下，一节细竹像针一样飞过来，力道极大，打得药碗向外一倾，泼出去一些，幸好娄兆兴托住没全洒了。娄兆兴一边命娄垠去喊细心的樊素素来喂雷师叔喝药，一边帮雷师叔擦拭洒到衣服上的药液，亲切地安慰雷师叔。还没等樊素素来到，门外娄境急切地嚷着：“大人！大人！镶黄旗佐领奕清求见！”雷师叔扶着湿漉漉的墙壁猛然站起，嚷道：“好汉做事好汉当，他们是来抓我的，我去！不能给你娄家添灭门之祸！”说着四下寻找着他的雁翎刀。没等迈出一步，就像一堵墙崩塌般轰然倒地，昏了过去。娄垠道：“爹，趁这老厌物昏迷把他交给佐领就是了。”“笨蛋！交了如何能说得清他为什么只来找咱家？能撇得清楚吗？”娄兆兴搂过雷师叔的脑袋放到膝上叫了几声见没有动静，不再掩饰心底的憎恶，厌恶地将雷师叔“咚”的一声丢到石板地上。摆手命家人锁上门，剥下他的衣服，须得如此如此。一会儿，只听到湖水里有“扑通”的声响，人们呐喊着乱成一团。梁潇知道，这是娄家在声东击西，想告诉奕清，雷师叔跳水逃走了。梁潇连忙解开绳索施救雷师叔，几根竹针刺进去，雷师叔醒了。梁潇悄声告诉他药里有毒，千万别喝，拿上金佛快走。梁潇告诉他，一会儿会从暗门放出一条小船，等船走远了，清兵们追过去了，再用几节竹子当浮筒，慢慢划到岸边逃跑。雷师叔被十几根竹针刺得有了三分精神，恢复了五分神力。拿过雁翎刀，将那尊金佛托付给梁潇：“我生死难料，这个不能留给朝廷，更不能留给恶人。你留着吧，如果能找到那些秘密更好……”一队镶黄旗清兵搜过来，娄兆兴陪着引路。到了地窖门前，娄兆兴道：“前面是我家祖上藏酒的地窖，如今没有人像祖上那般好酒，早弃之不用了，只是……”“娄叔叔！谢谢你老人家成全，让小侄在这绝妙的湖畔听涛饮酒写诗作赋，小侄和杨姑娘走了，谢谢款待！”娄兆兴和娄垠都大吃一惊，死了的杨姑娘怎么活了！仔细一看，暗窖旁边的水边，一艘小船上面躺坐着杨姑娘，小船慢慢划走。佐领奕清道：“站住，无论是谁都得停下检查！”几个家人帮着清兵用挠钩搭过小船靠岸，清兵上前一阵搜查，杨姑娘被梁潇扶着站了起来，让娄垠和娄兆兴既惊奇又万分不舍，眼睁睁地看着却无可奈何。佐领听报没有可疑之处，摆摆手命梁潇开船走了。佐领眼睛盯着地窖大门，看得娄兆兴直发毛，以为官兵们发现了什么线索。佐领命清兵砸开门，里面没有任何可疑之处。娄垠暗暗高兴，心想那雷师叔果然仗义不给自己添乱。娄兆兴再一细想，心里万分难受，叹了口气，只能打掉了牙往肚子里咽：这下娄家在梁潇手里有了短处，贼咬一口，入骨三分！以后和梁家交往更得小心了。

# 第四章　真假雕版

苏州城西门前街，人们追着几十辆马拉的囚车看热闹。副监斩官佐领骑着高头大马，腰挎宝刀走在前面。一队清兵手执兵器围在囚车前后，簇拥着往西城门走去。梁大人在第一辆囚车上，两只手被捆在笼柱上，头发散乱被暗红色的血粘在脸上，脸颊上布满了受刑之后的累累伤痕。他两眼扫视街面，企图看到三儿子的身影。虽然梁家两个儿子都被绑在死囚车上，要随着他一起被斩，可他心里更挂念的是三儿子。挎着腰刀的娄兆兴勒马站在一旁，傲视着车上那些死囚从他面前走过。一辆囚车上载着一个蓬头垢面的囚犯叫嚷着："娄大人！娄大人！按您的吩咐我混迹于这些要犯中间，及时报告他们咒骂朝廷昏庸，企图买通看守偷偷传递消息将您参劾的情况。您说过，只要把这些人送上黄泉路就是立下不世之功，就放我回家。如今我陪着他们一起走到黄泉路口，都快到尽头了，您还不放我走？"骁骑校在一旁手按着刀把看着娄兆兴，娄兆兴怒道："死刑犯个个都是经刑部核准的要犯，哪个官员能擅自答应赦免？都到了刑场了，望乡台上还在做春秋大梦？立马开刀问斩之时，谁还敢将你释放？这等疯子妖言惑众，还不快让他闭嘴！"几个清兵纵马上前，从囚车木笼的空隙里伸进长枪大刀，又捅又捌，瞬间那人背上胁上伤痕累累，血流如注，痛得一声声惨叫，强喘过气又痛骂道："我为一己之私，帮着你害人！我死不足惜，我要说出真相揭开你的老底……哪位官人替我传个话？这梁大人和杨大人家里搜出来的那些反诗印刷雕版是我派徒弟偷偷放到他家的，全是假的！人家对朝廷都是忠心耿耿，是娄小人想陷他们于万劫不复之地……"一声惨叫，那人一只手臂被砍断，断臂连着那只手挂在笼柱上，鲜血喷出几丈远，近处看热闹的人的脸上身上都被喷上鲜血，吓得纷纷躲避。娄兆兴在靴底擦去刀上血迹，插刀入鞘，手背抹着头上的冷汗。"嘿嘿！"一声冷笑，监斩官大人的轿子来到近处。轿帘掀开处，大人露出高深莫测的笑。娄兆兴连忙低头嗫嚅着解释："这厮死到临头，还要污蔑本官，如此狂妄不得不让他闭上……"抬头看时，监斩官大人的大轿已经在众人的簇拥下走远了。骁骑校嚷道："监斩官大人有令，给这厮止血，免得没等斩首人先死了。"十几家人犯被带到菜市口，四下里被清军圈上。三十几个待处斩的人犯被拖下囚车，五花大绑地跪在监斩台两侧，背上插着死囚的牌子，名讳上面画着醒目的红钩儿。看热闹的人们被清兵拦在圈外，监斩台上坐着主监斩官苏州知府林琬琰，他捋着几缕胡须浅笑着，左边坐着娄兆兴，右边坐着佐领敖斯岭。娄兆兴四下寻找梁潇的身影，突然，他见法场东南角有些骚动，护着法场的清兵在持枪拦截几个想冲进法场的人。娄兆兴定睛一看，不禁心里一乐，来者果然是梁潇。他和知府、佐领道："各位大人请看，梁家漏网的三公子梁潇来自投罗网了，真乃天佑我大清。"佐领一挥手，身旁一个旗牌官驱马来到法场东南角："佐领大人有令，放梁潇等人进来。"清兵收起枪矛，梁潇和仆人梁豹还有梁雁都被放了进来。盗贼候佻一路上追着梁家三人，到了这里才追上，却犹豫着不肯跟进来。清兵们见不远处娄兆兴摆手，不容他不进来，四个人都被强押进法场。梁夫人见三儿子梁潇冲进来，被兵卒推搡着也不反抗。他小心地提着食盒，里面装着酒菜，是要给父母送上绝命饭。梁夫人哭道："我的儿，你是真傻，还是痴了？咋又回来了？你逃到天涯海角，逃得无影无踪，好给梁家留下棵根苗！唉，作孽呀！也好，全家人一起上路，免得阴阳两隔，相互牵挂。"梁潇给父亲和娘敬上一碗酒后，又给杨伯父敬上酒，给两个哥哥摆上酒菜，也不理两个哥哥惊诧的目光，将酒饭交给梁雁，让她侍候爹娘哥哥吃肉喝酒。他上前推开几个兵卒，到监斩台前面拱手为礼，朗声和监斩台上的官员道："娄大人，是不是你说的，只要我交出家父在太湖上与十七位好友所吟诗词刊印成集的印刷雕版就饶我爹娘哥哥，还有杨家伯父伯母？"娄兆兴知道以梁潇的秉性必来法场，没想到他在这关键时刻会拿出那些雕版，看来他安排的"以假乱真"计真的起作用了。这计高就高在让他们自己送上门来，自证有罪，岂能翻案？心里暗暗高兴。梁潇见娄兆兴不说话，厉声嚷道："二位大人，当初娄大人放话，只要我把父辈所作《太湖觞咏》雕版交出来就赦他们无罪，即使他们在太湖上吟诵过不当诗句，也可将功补过，如今这话还算不算数？"娄兆兴悄声和知府、佐领道："法场上将要行刑的这三十几口人，全是写反诗的重要分子及其家人，证据确凿。诗集中其余作者刊印时都用了笔名、雅号，那些名讳攀附着古人的声望，用者极多，无法确认，刑部难以核准不让捉拿。如果梁潇真的肯把那些人名与笔名对照的诗集目录交出来，既可甄别朝中还有哪些人暗地里参与了写反诗，又能为朝廷消除极大的隐患，立下不世之功。”娄兆兴小心地说着，他心里明白，那些官员所谓写反诗的真相，就连写诗的当事人都还蒙在鼓里，实情只有他知道。这三十几个人犯来自七家人，并不是对上了所用笔名和真名，而是在搜查杨家时，他命人悄悄地将伪造的雕版放到杨家书橱后面的暗格里，假托是从杨家抄出的罪证。为了斩草除根，还安排盗贼巧妙地给梁家送去几片伪造雕版，换下梁潇准备的“洁版”。如果不出意外，梁潇一定会聪明反被聪明误，拿他派人送去的假版当成改过的“洁版”送来。主监斩官笑笑：“这么说当时在船上吟反诗的还有三十多人未曾抓到？”娄兆兴道：“大人，顺着这条线索就能顺藤摸瓜，为朝廷彻底割去反叛毒瘤。可就是怕这梁潇再耍花招，想骗我等刀下留人，好让他们苟延残喘，寻得生机再谋反。”那个断臂死囚此时已经醒过来，狂怒着喊叫：“候佻，快毁了梁潇的雕版，杀了那个蠢极了的梁潇！不杀，我就不认你这个徒弟！这雕版一旦上缴就会让三十多家百十口人死于非命！”他见徒弟在法场边不肯近前，犹豫着要不要去和梁雁争抢那个青灰色的包袱。只好冲着梁潇骂道：“梁潇别傻了，你的‘洁版’早被人偷换了！快销毁了它！”梁大人和梁夫人听了，顿时慌了，叫嚷着：“潇儿千万别献什么雕版！咱不能为了自己活着，害了几百人哪！”他们的叫喊声早被断臂死囚的疯狂叫嚷声盖住了，人们听着那人声嘶力竭的狂喊，似乎明白了。梁潇献上来的印刷雕版是娄兆兴安排人伪造的，看热闹的人群里顿时引发一阵阵骚乱。娄兆兴慌了，急忙道：“快堵住这厮的嘴！别让他胡说，别让他扰了梁潇举报反叛的决心。”旗牌官不听他的，佐领摆手下令，才命清兵将断臂囚犯头脸强按在地上。梁家父母虽然知道梁潇心地淳厚，又十分聪明机灵，总会出奇招想办法救人，却不知道他此时能用什么雕版顶替那些做伪罪证的雕版。梁大人想提醒梁潇，娄兆兴诡计多端，要是弄巧成拙，人家故意设计让他送来真的，那就会贻害更多的人。那个被按着无法抬头的囚犯是个江湖上名气极大的江洋大盗，被人称为“赛时迁”，本事自然了得。他突然猛地运气，一个跟头翻过那些兵卒冲向梁潇。他虽然为盗，可是心里还坚守“盗亦有道”的原则，心底还是想保护这些有良知的文人。他的经历让他感觉到这些狂放的文人大多是百姓们认可的清官，特别是梁大人曾经捉住过他，他谎称家里有八十岁的老母时，梁大人还是放了他。他念及当年梁大人的恩情，所以当娄兆兴买通他徒弟候佻，以儿子娄垠拜师为名，施计骗他到娄兆兴家，他误喝毒酒被娄家捉拿，被逼去偷梁家藏的反诗雕版换解药时，他故意只盗了十几片刻着作者雅号的诗词，希望这样做既能应差，又能保住众人。可是他没想到这些就足够娄兆兴做文章，娄兆兴据此花重金买通匠人伪造目录，坐实了这七家三十几个人的罪证。官府还从他盗来的诗集雕版最后一页的“跋”中看到，这本诗集共一百三十六页，娄兆兴呈上来的只有二十三页，剩下那些呢？那些反诗和作者呢？

娄家得到了赛时迁盗来的雕版，不放心他再出去说出真相，趁他取解药时将他关起来。赛时迁本事极高，娄家的地窖自然关不住他，他用缩骨神功半夜从娄家逃出，还顺手带走了娄家几十个金元宝。他回家却发现独生儿子不见了，老婆哭喊着要跟着儿子去死。他为人仗义，从来不与江湖人结怨，知道一定是娄家所为。果然，不多时娄家派人送来了一封信笺，告诉他到娄家的后园看看。当晚他去看了，儿子被关在一个笼子里，对面的笼子关着一只老虎，老虎不停地吼叫，孩子已经被吓得危在旦夕。赛时迁为了儿子只好答应娄兆兴再去梁家送假造的刻印版。可是儿子被吓傻了，他心神也乱了，只好安排徒弟候佻按照娄兆兴的吩咐，去梁家换上娄家假造的反诗雕版。如今，娄家害死了他儿子，还要杀他，要害更多的人，他岂能让娄家的诡计得逞？他想趁机抢过那些徒弟偷换过的雕版，死也要保住那些廉洁的官人。梁潇哪知道娄兆兴就是要通过他的手送来被换过的雕版？梁潇天天夜里按道士传他的功法，子时起来练功到丑时，白天再从午时练到未时。梁雁也陪他一起练。那天晚上子时他来到后面假山，梁雁还没过来。梁潇想吓唬梁雁，纵身一跃爬到树上躲起来。不一会听到轻微声响，他以为是梁雁来了。他哪知道，梁雁刚转过那块假山就被人控制住了，无法出声。那人正是候佻，他身轻如燕，飞奔过来，到他藏东西的地方找了一会儿，将几十片雕版用块包袱皮包了背到肩上。梁潇悄悄跃下，趁他不备将他制住了。那人被梁潇踩住脖子，不住地向梁潇求情，告诉他师傅的儿子被娄家锁在笼子里与老虎为伴，不偷到这些物件没法换回师傅的独生子。梁潇心地善良，见候佻当着自己的面将偷来的雕版放回去，认为这些刻印版仍然是他和梁雁改过的雕版。没想到候佻放回的雕版是娄家偷偷伪造的，故意让梁潇以为还是他准备好的“洁版”刻印版。梁潇不知就里还胸有成竹，让梁雁把灰布包袱皮打开。包袱被打开了，几个清兵将雕版递到监斩官案前。苏州知府一看，不禁得意地笑了，梁潇送来的正是《太湖觞咏》的目录雕版。这恰好证实那些人雅号对应的真实名讳。梁家、杨家等三十多人都吟咏过反对朝廷的诗词，如今铁证如山，还有什么话可说？梁潇和梁雁被推到近前一看，顿时傻了，怎么会这样？刻印版怎么会成了刻着诗作者笔名与真名对照的最重要的那两片雕版？娄兆兴得意极了，笑道："这刻印版上明明白白地写着，'太湖钓叟'就是镶红旗佐领姚健虎，他的诗作可让人开眼了，说什么'满天云遮月，总有一朝明'。这还用人家曲解吗？这'寒山出俗'关善强不正是苏州织造总管吗？想不到他竟然还能写出这般诗作，'清晨尽是雾，红日出海明'，这'晨'字还不是影射的'朝'字？分明是说我大清朝尽是雾霭，只有明朝才有红日？这下可好了，那一百三十六页的反诗和三十七个写反诗的作者都清楚在案，我就不念了，免得跑了风声再让他们逃了。"梁潇目瞪口呆，眼下唯一能做的就是迅速将自己交来的雕版抢来毁了。梁潇抹去眼泪，突然跳起来，越过刀剑枪棍的阻拦，想要冲过去夺了雕版毁了它。他势如猛虎，疾如闪电，高超的道家功夫谁能挡得住？几个清兵被他三拳两脚打得东倒西歪，几个箭步冲到监斩台前。一跃上台抢下一片雕版，以这尺把长的雕版为兵器，挡着清兵砍杀来的长枪短刀。那些兵卒知道雕版重要，不敢用兵器硬磕怕把它打碎，只能出虚招见雕版就避开。梁潇趁机去抢主监斩官和娄兆兴手里的雕版。监斩官并不慌张，挥着手里的一片雕版在太师椅上向后面一仰躲开梁潇，大声道："刀斧手准备，如果梁潇抢了证据，不等他销毁立马把他爹娘砍了！"梁潇站在监斩案几上愣住了，梁雁提醒他："怕他什么？不管真假，先毁了这些雕版！"迟疑间清兵早抢过梁潇手里的那片雕版递给监斩官。清兵放梁雁过来拉着发愣的梁潇下了案儿，清兵围着他俩也不捆绑。佐领和监斩官道："印版目录所证实的二十九家都是朝廷要犯，必须立即捉拿归案，免得走漏风声再让这些人逃了。骁骑校张兴成立即派人速速行文至这些官员所在州府，将这些要犯迅速缉拿归案。"梁父跺着脚哭道："罪孽！罪孽呀！我梁家人死不足惜，可是在九泉之下如何对得起那十几家二百多口人。"

梁家男仆梁豹见大局已定，凑过去小声和娄兆兴道："娄大人，我这儿按您的安排全都做了，您答应我事成之后把梁雁或她的孪生妹妹赏给我，现如今梁雁立功，让她和我一起走吧。"娄兆兴斜眼看了看他，压低声骂道："不知进退的奴才！下去再说！"高兴地大声嚷着："梁雁帮助拿到罪犯证据有功，免于责罚，当场释放！”说着他示意几个清兵把梁雁放开，却劝她往自己清兵卫队里走。梁豹和清兵撕扯着拼命奔向监斩官案前，叫嚷：“娄大人，要不是我转移梁潇视线，你派的神偷能送得成假证据吗？你要说话不算数，非逼着我说出真相不成？我为了梁雁背叛梁家，你要是不兑现承诺，信不信我……”娄兆兴气极了，命人将他拖出去。梁豹虽被人拖着走却还在嚷着：“娄大人，我按您的意思，把梁雁私下藏的那张雕版偷偷换成你派人送来的假雕版……”娄兆兴怒了，命清兵上前给他掌嘴。几个清兵虎狼般冲过去，几个巴掌下去打得梁豹门牙掉了几颗，口吐血水。

旗牌官策马过来，到监斩官面前大声道：“大人，午时三刻已到。”大人看了看，那几个大人都扭着脸儿，没有人再说什么。一个刑部官员上前道：“大人，经查，梁家三子梁潇不与叛逆家人同流合污，主动将钦犯所作反诗刊印雕版交出，让我大清得以彻底铲除反清叛贼，朝廷清静，立有不世之功，给予当场释放。梁家婢女梁雁，协助梁潇保护雕版罪证有功，一并释放，其余人犯一律斩立决！”监斩官将令牌丢在地上：“开斩！”这一声宣布让梁潇彻底愤怒了，他不等刽子手挥刀开斩，一挥手将拉着他的梁雁甩出六七尺远，落在那些兵卒的圈外，一脚将那个来拽他的小校踢出丈八远倒地不起。那佐领以为他要抢兵器劫法场，叫嚷着命兵卒四下拦截。哪料到梁潇打倒拦路的兵卒，使足力气一头撞向丈八远的旗杆石头基座，急得监斩官跳起来慌忙喊着：“快拦住他！他身上还藏有我大清需要的秘密！”梁夫人也惊叫着：“潇儿！娘信你！你千万不能去死！千万别死啊！娘求你了……”慌乱间，赛时迁运起原本积下的功力，本想一会儿趁开刀问斩时瞬间发作逃出去时再用，如今却被梁潇的胆略和勇气感动，想救这个痴心的梁潇以报答梁大人对他的恩情。他一个扫堂腿将身旁的几个壮卒扫倒，就势从他们身上滚过去，横着飞出迎上梁潇撞来的头颅，将身躯挡在梁潇头颅的前面，重重地撞在石头旗墩上！“噗！”的一声闷响，赛时迁肚腹破裂，当场毙命。

# 第五章　作茧自缚

法场上那些人犯背后的牌子已经被丢到地上，刽子手举起了鬼头刀，三声追魂炮“咚咚咚”响过，震得人们心底发寒。炮火的烟气还没散去，笼罩在法场上空更显得阴森恐怖。梁潇虽然没撞死，却也晕晕乎乎的。候佻泣不成声地骂着：“你个梁潇，要不是你寻死，凭我师傅的功力早就逃了。”一边说着，一边撕开自己的衣服擦拭师父的遗体。那手快的刽子手班头儿，将鬼头刀刀把抵在膝上，朝两手掌上唾了两口唾沫，抓起鬼头刀手起刀落，排在监斩台第一位的苏州通判太史观澜一颗斗大的人头连着一根长辫子落地，血从脖腔里喷出，看热闹的人群发出一阵尖叫。一阵马蹄声传来：“报……”那些刽子手将刀拄在地上，看着监斩台上的官员。来人翻身下马半跪施礼，气喘吁吁地嚷着：“报大人！刑部紧急公文到！”旗牌官惊讶地从传令小校手里接过公文，急急报到监斩台上。主监斩官看罢冷笑一声，将公文递给左边的副监斩官曹大人和佐领。主监斩官突然从案上拿起一块令牌威严地吼道：“来人！把这‘金佛铁誓’反清盟主娄兆兴拿下！按刑部密令，将他家女性家眷全部官卖，男人十五岁以上皆为要犯全部斩首，剩余人员全部流放宁古塔！什么时候招出‘金佛铁誓’人员名单，还有那些起事造反的军资财物所藏地点，以证明其拥戴我大清的耿耿忠心方可赦免。”娄兆兴愣了片刻才反应过来，大哭道：“大人，我对朝廷尽心尽力，苍天可鉴！大人，是我报告了反清义士太湖反诗的雕版所在，是我安排人去梁家换上反诗雕版，让梁家虽无反叛物证，却有反叛之心的人有了铁证，坐实了罪行，遂朝廷意愿得以诛杀……”监斩大人和佐领交换眼神，一声锣响，兵卒们撤开一个口子。一队清兵押着娄家老小进了法场，娄兆兴大老婆叫嚷着：“官人！官人！你快告诉人家，那些参与‘金佛铁誓’盟约的人早就成不了气候，剩下的早就归降朝廷。那金佛不是早让你熔化成元宝，呈给蔡大人和明……”旗牌官看监斩官的脸色早就不耐烦了，一挥令旗，几个清兵过去打得她惨叫失声，无法再叫喊。监斩官案下，娄兆兴还跪在地上拼命求救：“我按大人吩咐悄悄地将梁家刻印的《唐诗集注》安排人换成反诗雕版。是我将‘金佛铁誓’掌令人骗来毒死，他带来的金佛虽然没来得及参透其中秘密，可是那尊佛早就熔成一个个金元宝，全都献给……”监斩官怒道：“死到临头还敢胡说八道诬赖良臣，来人，给他掌嘴，再敢胡说将他娄家的后辈男丁不管年龄再斩五人。”几棒锣声，刑场上安静下来。副监斩官站起念道：“娄兆兴向朝廷谎报去年八月十五太湖上有官员吟咏反清复明诗章一事，实则意欲借此掩盖和辽东一些当年因形势所迫，不得已降清的文官武将，在扬州十日忌日之后起事。因事不机密参与者大部被举报遭诛杀，余孽将汉人所集反清财物铸成一尊金佛。一是残余人等发毒誓反清，约为‘金佛铁誓’；二是以金佛隐财，其中暗藏剩余财物藏匿秘址。娄兆兴虽假意揭发梁家等要犯，却将金佛私藏，进可待那些起事人得势时图得官职，退可私占金佛秘密中所藏财宝，其心可诛！经刑部核准，对娄兆兴及其儿子娄城、娄增、娄筑斩立决。二子娄垠、五子娄睿流放宁古塔。”娄兆兴还想拼命抓住最后的救命稻草，一面跪着爬到监斩官面前，一面狂叫着：“大人！大人！你答应我要上奏朝廷保我升官，现在却要杀人灭口啊，你这是假公济私，你要是不放过我家人，信不信我和家人一旦死了，就会有人拿出金佛里藏的秘密去报告朝廷，让你身败名裂，死无葬身之地。”监斩官怒道：“浑蛋！朝廷岂能容你这个反噬恩人的白眼狼活在世上？”几个清兵抡起枪杆刀背上前将娄兆兴一顿暴打。

梁大人嚷着：“娄兆兴既然献上金佛，抓了‘金佛铁誓’的盟誓人员，承认那晚吟诵反诗是无中生有，我等均是无辜，为什么还不放人？是不是你这昏官贪了娄兆兴所赠金佛中至宝奥秘，怕我等知晓再报朝廷让你无法吞了那些起事造反之财？”杨大人更是硬气，叫嚷着：“刀斧手且慢，容我等说完这几句话，要是那昏官不允必是他怕我等说出他贪污财物，与娄兆兴沆瀣一气，也是参与‘金佛铁誓’的反清要人！”监斩官被这话噎得无言以对，只好干咳几声掩饰。场外百姓高声叫嚷：“既然没参加‘金佛铁誓’，为什么不敢让人家说话？”佐领见监斩官脸色如同死灰，厉声骂道：“官家在刑场斩诛要犯，容不得你等闲人在这儿胡言乱语。”他越是这样说，人们越是觉得这两个昏官在掩饰重要案情。那些人中有很多梁家、杨家的亲友故交，原来怕被牵连不敢说什么，这时混在众人当中使劲叫喊。监斩官打起精神急忙命旗牌官敲锣，咣！咣！咣！——锣声之后，骚乱的人们静下来，再一细看，杨大人早已倒在地上，喉管被割断了，血还在汩汩地流着，眼睛怒视。众皆骇然，谁也不敢再说什么。只有梁大人还在喊着："你拿去的金佛是被娄兆兴调换过的，真正的金佛是铜铸的，表面镀金，里面藏的秘密价值连城，当然，能知道这些秘密的人只有……"梁夫人急了："老爷，去阎王殿有我张金钏陪着你，你咋能说这些？暴露了秘密，那些反清义士岂能与我家善罢甘休？那不是贻害子孙？"佐领早派人过来将梁夫人按倒，不让她再干扰梁大人说话。梁大人似乎并不在意夫人的劝阻，命都没了还有什么可顾忌的？"当然，机缘巧合，这些东西被我三个儿子知道了，只有他们才能弄得清楚那些反清壮士所藏的举事财宝在哪儿，只有他们三人联手才能找到。""哈哈哈!"监斩官冷笑道，"梁大人死到临头还想保你三个儿子，即使你说得天花乱坠也保不了你大儿子二儿子，至于那个梁潇嘛，那个傻子本官就让他去宁古塔，能不能活下来就看他的造化了。"

娄家人被捆绑着躲避不开众人的口水唾骂，只好闭上眼睛硬挺，一些人甚至捡起石头砸向娄家人。梁家人、杨家人顿觉解气，真的是现世现报，但是眼看着又一家人要被斩首，虽然觉得他们罪有应得，可是，连带着家人仆人三四十口一起受到责罚甚至斩首，善良的人们还是乐不起来。人群中一阵骚乱，娄家刚刚被判斩立决的三个公子和几十口家人背上插着牌子画着红钩，被五花大绑押至监斩台左右两边，不等旗牌官再来报，监斩官早丢下令牌："斩!"那些刽子手赤裸着臂膀，凶狠地扯下那三十几人背后插的牌子，等三声追魂炮又重新响过之后，鬼头刀下，那些人人头落地。顿时法场上哀鸿遍野，惨相让人掩面不敢再看。

# 第六章　流放塞北

这天中午梁潇在一根木棍上刻字记录，这是他们离开苏州的第七十四天，一路走来万分辛苦还被鞭打虐待。押送官兵告诉他们：“出了山海关，送你们到宁古塔，能活着走到就是你们的造化。这些年流放去那里的人老弱病残在路上见阎王的就有七成多，就是到了那里，天寒地冻，不是给披甲人当奴隶就是到官庄做苦工，别想活着回来。”

没有希望的旅途倒让这些人对眼下的苦难麻木释然了。一行人被押着来到一个热闹的镇子，镇上的人们站在路两旁看着这些衣衫褴褛的犯人。有知情人卖弄地大声告诉那些围观的人：“听说这些人犯的都是‘蚊子狱’！没杀头就得流放！”有明白的人纠正他：“什么？蚊子狱？还‘苍蝇监’呢？是写了诗词被扯上反对朝廷的罪，那叫‘文字狱’！”这些人一路上被人们看惯了，听着人们议论也不在意，只是木然地往前走。梁潇告诉梁雁姐俩：“应该快到北京城了，你俩不是总想去京城看看吗？没想到咱们眼下以这个身份来到京城。”梁雁回头看去，这一队流放人犯七八家六十几人，为了防止逃跑，一个个都被绳索捆绑双臂，连成串前行。流放人犯中梁家人最少，只有梁雁和她的孪生妹妹梁鹃，还有梁潇的书童梁星。梁潇最关心的杨家人不知编在第几队。司马家少公子和一个老仆紧跟着一辆牛车，上面坐着老小六七人。钱家男女老少八九人簇拥着牛车，上面坐着老妇人和儿媳，儿媳怀里抱着一个襁褓中的婴儿，婴儿因饥饿不停地啼哭，儿媳紧锁眉头。只有钱家的那个少女，豆蔻年华不知愁滋味，一到放开绳索休息时，就在队伍中跑来跑去，和梁雁姐俩成了好朋友。

骁骑校听到梁潇和梁雁说笑要到京城逛逛，打马追过来冷笑道：“进京城？就你等流人罪犯也配？今晚在离京城六十里的长辛店镶黄旗大营宿营，等着与那几队流放人犯来会齐一起发配到宁古塔!”梁潇道:“将军,这塞北一到冬天就会大雪满地,有道是‘渊冰厚三尺,素雪覆千里’。眼下这已交冬月,我等都是南方人,没有棉衣御寒,这时候去宁古塔,到不了那里就在路上被冻死了。”梁雁扯着他的衣襟不让他再说。骁骑校道:“送你们到长辛店本官就完成任务了,还不知道谁押送你们去宁古塔呢。不过我要告诉你,要是藏有一点银两千万别舍不得花,在这儿尽快置办身厚棉衣,不然你们可能有一多半活不到那儿。”天黑时一行流放人犯才到了兵营,急忙生火做饭,饥饿的人们忙乎一阵子才吃完晚饭,早过了亥时,草草睡下。第二天一早梁潇才看明白,他们住宿的地方是兵营后面的马棚。早饭之后,骁骑校通知流犯允许每家去两三人,带好银两到街上买棉衣。梁潇和梁雁姐俩跟着众人,在看押兵卒的押解下来到街巷。太史家人见押解兵卒盯着店里的红焖羊肉垂涎欲滴,连忙拿出些碎银请他们吃羊肉。趁这工夫,梁雁姐俩来到不远处街口拐角的石阶上坐下,梁潇挡着人们视线,她俩把包袱打开,把一块木头掰开,从里面拿出几块碎银连忙贴身藏好。押解兵卒吃得没尽兴不想走,让他们沿这条街自行去采购御寒衣物。梁潇三人急忙到街市,买旧袄棉鞋狗皮帽子。梁雁见梁潇只去旧衣摊挑选讲价,挑的棉衣棉帽都是穿脏穿旧的,埋怨梁潇:“又不是钱不够,留着银两还不得被押送官兵抢去?”梁潇知道她好干净,叹口气也不解释。梁雁不肯试戴腥味十足的狗皮帽子,看着剩下的几块银两还想让梁潇给她姐妹俩买块花布做鞋面。梁鹃只是看着姐姐,既不帮梁潇也不帮姐姐。当着众多流放人犯梁潇也不多说,装作生气的样子不理她俩,气得梁雁扭着脸拉着妹妹和他离得远远的。直到梁潇给她们每人买了三个羊肉胡萝卜馅的包子,吃起来一高兴把不快早忘了。梁雁吃了三个还想吃,梁鹃就打她的手。梁潇早就不吃了,剩下四个让她俩藏好了给梁星留着。骁骑校亲自押着娄家哥俩上街,刚好和梁潇几人碰上。娄垠咧着大嘴嚷着:“大人,我说什么来着?这梁潇装疯卖傻私下藏着银两,不肯在路上孝敬您,在这偷着吃肉包子呢!”骁骑校马上就要将他们按册籍交接给下一段押送官,心急抢到银两,将马鞭子攥个圈儿,指着梁潇抡起来要打。梁潇连忙把一块足有十两的元宝递给他,乐得他在手里掂了掂,揣进怀里。骁骑校骂娄家兄弟尽想挑事,抡鞭子逼娄家哥俩按这个重量大小拿出银子来。摆手让梁潇随便在街上逛逛,便捂着怀里的大元宝走了。梁雁跺脚埋怨:“那么大块银子,也不藏好喽,还主动献出去,这下好了,没了银两拿什么买东西?”下午骁骑校回来

了，拿着那块银子找梁潇算账：“好你个梁潇敢和老子玩这手？拿块假银子骗老子，看老子不剥了你的皮！”梁雁正为梁潇担心，一个兵卒跑过来报：“镶黄旗佐领鄂尔泰命你速速集合人犯，立即交接。”他这才悻悻地走了。傍晚，镶黄旗兵卒通知他们移到马棚北面靠墙处露宿，还有人犯要来。夜里，梁雁见梁潇辗转反侧，悄悄凑过去问他：“想逃？还是想娘了？”梁潇拉着她的手小声说：“你听。”梁雁屏住呼吸仔细听了一会儿并没有听到什么声音，梁潇告诉她，杨姑娘来了，一定在马棚泥墙那边。因为杨姑娘刚才吟了几句我写的诗《枫桥月》。梁雁屏息细听，只听到马儿吃草的咀嚼声和不时打着响鼻的声音，还有那些流放犯的鼾声，哪有杨姑娘的吟诵声？梁雁知道他的呆劲上来了，只得迎合他道：“你两人心有灵犀，岂是谁都能听得到的。”静了片刻梁潇又听到了，高兴极了，“你听！‘枫桥水中倒映月，疑是嫦娥出广寒。’这是我那首《枫桥月》的第五句和第六句。”看守兵卒过来骂道：“半夜三更的闹什么呢？想逃你可就活到头了！”隔着马槽那边稻草里躺着的娄垠突然坐起来嚷着：“大人，亏你发现得及时，梁潇和杨家女犯以诗联系，要后半夜三更天里相互接应逃跑呢！”当值的看守吓了一跳，晚上接班时小校告诫他们，这些人是反叛朝廷免死的流放要犯，必须严加看守，不得打瞌睡，如有逃跑，当班的兵卒与他们同罪。他不敢耽误大事，当即筛响锣声，叫嚷着：“来人！有嫌犯要逃！”午夜时分，寂静的夜晚，锣声显得十分响亮。不一会儿，一个小校领着十几个兵卒持刀枪冲过来。那当值的兵士指着娄垠：“报！这罪犯举报，梁潇和杨家犯人约好要逃！”当班的队长睡得正香，半夜起来十分恼火。命人将娄垠扯过来，抡起手先给了他两耳光。娄垠一边喊疼，一边嚷着：“大人，罪人不敢扰了大人美梦，是情况紧急，罪犯梁潇在暗中联络隔壁杨家犯妇要逃。”队长还不认得梁潇，经娄垠指认兵卒才把梁潇带过来。梁潇也不慌张，故意揉着眼睛打着哈欠不知所以。娄垠气急败坏地说：“大人，他就是梁潇，他拿假银子骗了前任押送官，他刚刚和杨家犯妇用诗句暗中通气，想午夜破墙出逃！”队长见梁潇傻乎乎的，睡得迷迷瞪瞪的，手臂细长、白净脸儿，更像是个读书人，哪有力气破墙出逃？倒觉得娄垠贼眉鼠眼像是贼喊捉贼。“别和老子扯那些没用的，老子还要睡觉去，你有什么证据快说出来。”娄垠道：“梁潇在这边儿说的是‘更深月色棚为家，北斗阑干南斗斜’。墙那边儿杨家犯妇说的是‘破壁纵马随君去，今生相携浪天涯’。这不是他俩商量好要一起逃跑的证据吗？”队长不通文墨，又怕中了计谋，真的让这些人密谋逃了，连忙命人将梁家四人赶到马夫住的小屋里关起来。又派人去隔壁找杨家犯妇，那里只有娄家樊素素和太史家的女人们胡乱地睡在稻草堆里，根本没有杨姓女犯。樊素素和娄家人一同被流放，她原来是苏州城里有名的歌女，娄家老爷因为贪她美色，以出银两帮她把参与反清起义判死刑的父亲改判活命为由，骗她来家充当侍妾。后来她父亲不知死活，她却只能在娄家做杂活勉强度日。因为娄大娘子河东狮吼娄兆兴没法得手，她才沦为娄家佣人。娄垠哥几个总是想偷腥，可是碍着父亲的威严，一直都没得手。如今，娄垠娄睿没了父亲在场，便不再顾忌，一有机会总对她动手动脚。为了躲避娄家哥俩的骚扰，她只好借口出去方便，到隔壁马棚，在太史家女眷睡的稻草堆旁躺下。夜里思乡，想起了梁潇去年在太湖上即兴写的诗。没想到娄垠偷听到梁潇和梁雁的对话，听梁潇说杨姑娘在隔壁，寻思樊素素出去一个多时辰没回来，她一个女子不敢在外边睡，一定和杨家姑娘两人在隔壁呢。娄垠向来嫉妒梁潇，想趁押送官兵刚接班不熟悉这些人犯的机会，至少让梁潇吃些苦头。要是通过举报能立功，虽然不能摆脱眼下流放的境遇，至少也能一路上少吃些苦头。押送队长不懂诗词，本来想等到天亮将娄垠举报的诗作和人犯报佐领裁处。听到这儿他想也许能立下大功，也不枉折腾了大半夜，没想到派兵卒去隔壁根本就没有什么“杨姑娘”，只有太史家儿媳抱着婴儿在睡觉，旁边有一个清秀的女子，一问才知道是娄家的婢女樊素素，让他心里十分不爽。可是，谨慎起见他还是命人将梁家四人捆起来严加看守，娄垠谎报军情，给了十鞭子的“奖赏”。

迷迷糊糊靠柱子站着的梁潇这时才清醒过来：“队长大人，要是娄家人不举报，小人也许敢说实话，既然娄家举报咱家只是猜测又没事实，咱要是再举报说他要逃，队长还不得以为咱是报复他？唉！不说也罢。”队长急了：“你给老子说清楚到底是咋回事，不说明白，老子把你捆了吊到井水里，大冷的天，让你清醒清醒！”梁潇装出害怕不得不说的样子：“其实这也没什么，不过是娄家兄弟想逃，以为墙不结实一踹就倒，还有马骑逃得快。他们做晚饭时用柴棍捣了一下泥墙，把墙捣个窟窿，就在那呢！”说着一指。梁雁暗笑娄家兄弟太蠢，那墙窟窿是梁潇帮她劈柴，一根柴飞起来打坏的。“半夜里娄垠用‘藏谜诗’联系睡在墙边的弟弟娄睿，因为我听到了，问了一句四句诗意可是‘子夜潜逃’？娄垠慌了，以为我要告官，就恶人先告状，诬我等想逃，还编出来个杨姑娘，其心可诛！”娄垠慌了，叫嚷着：“大人！他胡说八道!”一个兵卒提示，队长命梁潇说出那首藏头诗。“郎前鹊桥遮月空，停车诗客马随风。秋水两人日藏碧，崔护去年戴雨红。”梁潇轻声诵读完，见队长不得其中奥秘，一边摇头晃脑地琢磨着，一边询问几个兵卒。娄垠吓得惨叫：“大人！这是他临机杜撰的，不是我说的。”他弟娄睿不知深浅怒吼着：“梁潇，咱家不怕你，你口占歪诗，每行第一字连起来是‘郎停秋崔’，与逃跑风马牛不相及，哪里有拆墙偷马逃跑之意？将军，必须将这诬陷人的罪徒施以重刑，不然的话，这一路上他不定出多少幺蛾子，给大人出难题。”梁潇见队长还在听几个兵卒瞎猜胡解，一听娄睿所言，看着梁潇有些不悦。连忙趁热打铁：“这开头的‘郎前’，夜空里的‘郎’当然是天上银河畔的牛郎，‘牛’之前就是丑时之前，那不是子夜，又是什么？”娄垠知道被梁潇赖上跳进黄河也洗不清，急得直跺脚，押送队长不许他打断梁潇说话。“第二句‘停车’取自‘停车坐爱枫林晚’，下一句岂不是‘霜叶红于二月花’？这分明是拿‘叶’字取其谐音‘夜’字，第三句……”娄垠和娄睿一起疯狂叫喊，梁潇没法再说下去，气得队长命兵卒抓起一把马粪塞进他俩嘴里，他俩吭哧着喊不出声来，笑得梁雁弯了腰。“这第三句，秋水两人，三点水加上两个人，下面有个日字，那分明是个潜逃的‘潜’字。”队长笑了：“你们这些南蛮子文人真厉害，你再说说最后一句。”“第四句，这‘崔护去’，那不是映射着人面桃花吗？分明是用“桃”字谐音为‘逃’字，这分明是他俩子时要逃!”队长怒了：“原来是你俩被人听到密谋逃走的谜诗，怕人揭发才恶人先告状，贼喊捉贼!”遂命兵卒将他二人打二十背花，捆到柱上天亮再说。梁潇举报有功，赏羊肉一碗、酒一壶。那些兵卒早困得不行了，恨娄家哥俩多事，半夜还闹得大家来听这些不咸不淡的诗句，不顾他俩叫喊，拉过去按在倒扣着的马槽上，猛打一顿背花也不数数，直到他俩叫不出声才罢手。兵卒端来酒肉，梁潇和梁雁姐妹还有梁星一起吃喝起来，梁潇知道樊素素怕得罪了娄家人没法过来，示意梁雁将一块肉骨头递给她。四人夸张地吧嗒嘴吃喝，气得娄垠脚上一使劲猛踹泥墙，背上杖伤疼得他一抖，憋了半天的尿撒出来，流到稻草上。娄睿厌恶地闭上嘴喘气躲着尿骚味，被捆着却躲不开。两人又气又疼又恨，黎明时分才合上眼睡着，不多时就听到锣声响，新的一天又开始了。

早上，佐领听说了，命师爷详细看一下那些谜诗是如何策划逃跑。梁潇听命将那首谜诗写出来报去，见师爷派人送来的笔是一支中白云，做工极为精细，梁潇十分喜爱。他临行时收拾装文房四宝的口袋被清兵抢去翻个遍，一路上几次被娄家兄弟举报，怀疑里面有‘金佛铁誓’的相关物件，几经折腾，只剩下一方铜砚，一块摔成几瓣儿的墨，还有几支笔毛干枯的湖笔，笔杆都被折断，笔毫散乱没法再用。梁潇用这支笔试着写几个字，十分应手，连忙把昨晚的那首诗用柳体楷书写下来，下面又用行书写明了引申的喻义。又趁小校不备，将那支笔与自己袋里破笔换了，套上铜笔帽也看不出来。佐领在帐里一边听师爷讲这首诗，一边吃早饭。师爷讲完了，看他还没吱声，小心地说："大人，以小人之见，这是娄家梁家世仇之争，无论谁都不可能在这么短的时间作出这样深奥的谜诗来，一定是梁家早准备好了，恰好被娄家举报。"佐领听不出个所以然，不耐烦师爷再啰唆，问："你就说他们谁更可能逃跑?"师爷怕喜怒无常的佐领发火，猜测他的心思说："按说这娄家举报，必是心有鬼胎，还有谜诗为证。不过这梁家后发制人，似乎更有心机。"佐领火了："废话！老子问的是谁想逃?"师爷理着山羊胡子赔着小心："按罪证肯定是娄家，可是，大人如果有心找娄家来问一问，这首诗他们可能一句都背不下来，怎么可能猜出谜来，再按诗里约定逃了?"佐领把酒碗往桌上一摔，怒道："娄家设计害人又被人反告，他家都不是厚道人，那首诗背不下来一定是装的，让这家人戴着木枷走，家人去后队挑粮不得替换！那个梁潇要是真的能七步成诗也算是个天才，也许能为本官所用。"

傍晚时分，又有三队流放人犯到了，每一队都有五六十人。梁潇大老远就听到杨姑娘掩着嘴闷声闷气的咳声，想着她即使咳也是那般优雅。他高兴地拉着梁雁跳起来嚷着："杨馨儿来了，她没死，她来了！"那天他把杨姑娘从娄家救回来，娘让他先送杨姑娘回家疗伤，然后再明媒正娶，没想到日后变故，险些阴阳两隔。那天在法场上，梁潇没见到杨姑娘，心里十分挂念。杨姑娘坐在牛车上，抱着娘想下来，却因坐了一路身子软弱无力。梁潇连忙和梁雁姐妹俩过去，扶杨夫人下车，老人家经不起牛车颠簸，捶着腿忍着疼躺到稻草铺上。杨姑娘素有洁癖，下车先去擦拭衣裙和鞋上污渍。梁雁帮着照顾杨夫人，梁潇帮杨姑娘擦拭衣衫。侍女翠花叨叨着发了一会儿牢骚见没人理她，心里有气，从牛车上将半袋米拿下来一使劲儿摔到马槽上，米袋漏了洒到地上，混到草料地上没法收拾。梁雁气极了："伯母，杨姑娘你们俩一会和我们一起吃，翠花把自己的那份口粮洒了，慢慢捡着吃吧。"杨家老管家杨椿这时才慢慢走到，步履蹒跚地拄根树棍，杨姑娘连忙去扶他。两家做好饭，煮了一些盐豆当菜，围在一起吃了起来。翠花盛了碗捞饭米汤不好意思过来，梁潇递给她半碗饭。梁雁指桑骂槐地说她："有的人狗眼看人低，早晚得遭报应，眼下觉着姑娘没吃过苦不如下人，要是到了宁古塔被哪个将军看中了，一步登天了，到时候有的人就算去舔人家脚指头缝儿里的泥，人家还嫌她有口臭。"梁鹃虽然和梁雁是孪生姐妹，性格却一点都不像。妹妹梁鹃十分内向，轻易不说话，一说话先笑，听说要启程了，要去艰苦的宁古塔，她忧郁得吃不下饭。原本指望着姐姐能和梁潇在一起，他俩都对她好，傍着他俩过日子就是了。如今心里合计着，要是到了宁古塔，梁潇虽然善良淳厚，可他自身都难保，这可咋办？听说那里的披甲人十分野蛮，要是自己被卖给他们当奴当妾，可咋活？老管家杨椿递给她半碗米汤，劝她："你们年轻，只要能活着就有希望回苏州老家。"梁潇见了杨姑娘整个世界都是美丽的春天，眼睛盯着杨姑娘也不吃饭。杨夫人叹口气，扶着梁雁出去活动身子骨儿，让他俩有一会儿独处的时光。

# 第七章　冤血祭程

这天一早，不到寅时就听到锣声响，一个镶黄旗兵卒一边敲锣一边嚷道："打火做饭，卯时启程……"流放的人犯连忙起身打火做饭，营地炊烟袅袅，一阵忙乱之后，草草吃了早饭。众人收拾破烂东西和铺盖，按照军卒的安排赶着牛车在军营的小校场集中。佐领坐在营门前的小扎几旁边，摆手命骁骑校去布置启程。骁骑校策马来到众人前面，朗声道："刚刚点过名，你等七十九人都是犯重罪的要犯，圣上恩典免你等死罪，流放宁古塔，你们分成三队，依次前行，这一路上千里，如果有逃跑抓回者，杀！如果有串联半路集体叛逃者，杀全家！"话说完了，佐领一摆手，几声启程号炮响了，前面一队清兵开路，后面一队队流放犯跟着启程。梁家四人因没有老幼也就没了来时牛车，他家来时的牛车分给后来的一些老幼人家。四人背着被褥，梁星和梁雁姐妹还抢着背梁潇舍不得丢下的书。有一套《唐诗万首》共十二卷。还有一本《文会堂词韵》，梁潇将它裹在被子里。梁潇帮杨姑娘扶杨夫人上车，用袖子拂了拂车上尘土，招呼杨姑娘坐上。一个小校跑过来道："佐领安排，查杨家流放人员册籍中，杨椿年逾七旬，老迈体弱，恐无法耐受一路颠簸之苦，即使到了宁古塔也无力在官庄劳作。经查，'金佛铁誓'要案与此人无关，特赦杨椿就地释放，报刑部备案。"杨姑娘急忙爬下牛车，既难舍难分，又为老人能免去流放之苦而高兴。杨椿老人一家四代在杨家为奴，杨家待下人宽厚，他早与杨家融为一体。他的儿孙都超过十五岁，皆在苏州那日和杨大人一起被斩首，老伴忧愁患病身亡。现全家只剩下他一个人，留下了又哪有活路？那些清兵不耐烦他们哭哭啼啼没完没了地告别，推搡着把杨椿弄到一边抹泪，催杨家牛车并入队伍启程。翠花催杨姑娘快走，怕受连累挨鞭子，杨姑娘不舍老管家，不肯放手，翠花撕扯强拉着杨姑娘上牛车。梁鹃赶过去推开翠花，

斥她："都是下人，一点同情心都没有？"翠花抢白她："你有？你领回去当祖宗供起来？也得官家允许，量你小蹄子也没那能耐。"梁潇跑过去和杨椿悄声道："杨爷爷，您去太湖边上的玄武庄，去找梁恒，他们一定能给您养老。"几个镶黄旗兵卒赶过来叫骂着抡鞭就打，梁潇躲过鞭子慌忙追上梁雁姐俩，和梁星一起推着杨家牛车走过土坎儿，追上大队。娄垠、娄睿被戴上木枷锁着铁链，跟在后队，他家的两个仆人娄禾、娄境都被派到后队挑粮，只有樊素素背着被子衣物跟在他们后面。娄家兄弟戴着枷锁走路十分痛苦，背上杖伤一动就疼，走得吃力跟不上队伍，骂樊素素和梁潇一起骚情来解气，气得樊素素刚想骂回去，就见那个斜楞眼儿的骁骑校打马跑过来，抡起鞭子抽得娄家哥俩嗷嗷叫，慌忙跑两步铁链磨得脚踝骨疼得更厉害，只好趴在地上赖着求情。佐领打马从后面过来，不听他俩哭诉，命小校将他俩拴到牛车后面跟着跑，要是还跟不上，晚上不准吃饭，要是连续三天跟不上，说明他们没有能力走到宁古塔，就地砍了。佐领勒马皱着眉头看着娄家人从面前走过，娄家哥俩什么也不拿，樊素素背着大包提着两个小包十分吃力，才出军营就汗流满面，佐领看着十分不悦，斜楞眼儿骁骑校看出端倪，跑过去抢下樊素素背上的大包和两手上的小包，追上娄家兄弟，将包袱全挂到他俩的木枷上，他俩干瞪眼不敢说什么，追赶牛车踉跄着跑了。

七十多个萎靡不振的流放人犯加上几十辆破烂牛车排成队出营，颇费一番工夫，清兵吆喝催促鞭打，足有半个多时辰才出了长辛店兵营。来到路口，梁潇站在高处回头看去，队伍拖了足有二里路。转过弯，路旁一溜香樟树随着微风树枝摇曳，让人顿时感到一阵初冬的凉意。忽然，梁潇见老管家杨椿不知道什么时候在路口等着呢，他白发皓髯，随风飘逸，干瘦的身躯，黑黑的脸膛，像一株枯朽的老树，两手拄着竹杖，又像一个老神仙般堵在路口。骁骑校上前命清兵将他拖开，老人拄着竹杖死死抵在那里不动，那些虎狼之兵心肠虽狠，可也不想在众人面前对耄耋老人动粗，只好狠命地扯他走开。"哧"的一声，老人家的青布夹袄被扯烂了，露出瘦瘦的肋骨，争闹撕扯间，佐领来了。老管家老泪纵横，将竹杖放到地上，拦着押送佐领，跪在那里不起来。骁骑校上前怒道："再不让开耽误大队开拔，误了时辰，信不信我让你就地死在这儿，哪儿都不用去了！"佐领骑在马上冷眼看着，也不出声。老管家颤巍巍的身子，一动像要散架，突然发力跃起，迅捷至极，劈手抢过清兵手里的雁翎刀，一抡刀舞得呼呼带风，吓得佐领狂叫："快！快来人！把这个老疯子剁了！”老管家飞快地挽了一个漂亮极了的刀花，将冲上来的三个清兵腰带瞬间割断，还顺手把他们手里的弓弦挑成断丝，刀枪拨得飞到远处，他天神般大叫一声：“不用怕！”左手丢出竹杖，那竹杖神奇地立在佐领马前不倒，老管家右手雁翎刀劈出，那竹杖应声劈开两半，竹节里面掉出一堆碎银子来。

老管家丢了雁翎刀拾起那些碎银子递给佐领。“大人，不用你把我留在这儿，老朽自己知道大限不远了。”说话间微风习习吹过，老人的须发飘飘，吓得那些清兵和流放人犯个个都随着丝丝凉风，顿时毛骨悚然，眼睛不由自主地瞅着路旁的香樟树林，又一阵强风袭来，树上的残枝败叶哗哗落下，更让人心头一紧，十分害怕。那苍老惊悚的声音接着说：“我熬不了多久了，就是勉强跟着去了也活不到宁古塔，这些银子是杨家留给我的棺材钱，人死了不睡在棺材里岂不是托生得更快？哈！哈！哈……”老人凄惨地笑着，“我原来想用这些银两将来给我家姑娘买件新衣当嫁妆，她拿我当亲爷爷一样……唉！如今这些全都给你了，求你一路上照顾照顾我家主母和小姐，我到了阴间在阎王爷那给您说个吉利话儿，保您官运亨通，子孙满堂，我给您叩头了……”杨姑娘跑过来捡起碎银，哭叫着：“爷爷，您拿回去留着养老吧，他们不能拿我们怎么样，咱不能拿自己的钱给他们这些……”杨椿双手颤抖，老泪纵横，捧起那些碎银：“军爷，军爷，我家主母带着一个小姐，这一路上还请您关照她们，我求您了。”杨姑娘扶起杨椿，收拾碎银包起来要给老人揣进怀里，骁骑校见了银两就像苍蝇见了血，一把抢过银两，用手掂了掂，心里高兴，看着杨姑娘白皙的脸颊，色心大动，只是碍着佐领在这儿不敢过于放肆，不怀好意地淫笑道：“你老就放心吧，我会好好照顾她的。”他摇摇头，万般无奈，十分不舍地给杨夫人叩头。骁骑校不耐烦他在这挡道，命清兵将他推开。老管家费力地站起来，又拉住杨姑娘泣不成声。杨姑娘叫着：“爷爷，您保重，我们会回来看您，给你养老……”骁骑校见佐领摇摇头走了，他早就不耐烦了，命兵卒推开杨椿。老管家丢开竹杖，突然高喊：“夫人、小姐保重，老仆为你们去求苍天，保佑我杨家……”说着一头撞在一棵香樟树上，轰然一声倒地，那些流放的人心都被揪了起来，女人们低头啜泣不忍再看，杨姑娘哭得倒地不起几乎昏过去。杨姑娘乞求骁骑校：“军爷，求求你让我们把爷爷埋了，让他入土为安。”骁骑校怒道：“他本该被押送去宁古塔，看他年迈，留他一条老命，他自己想死又怪得了谁？还不快走，天黑前要是到不了前面宿营地，你们全家都不准吃饭！”翠花扭着腰肢上前献媚道：“军爷，您别生气，她这大小姐当了十几年，人流放了心性还没进入流犯的角儿呢。”说着媚眼朝骁骑校一瞟，弄得骁骑校色心一荡，转脸笑道：“你们先走，我命后队的人埋了就是了，要不然你们这些人既没有力气还没有趁手的家伙，在这儿不是白搭工夫？”说罢骂骂咧咧地打马先走了。梁潇和梁雁姐妹扶着杨夫人，杨夫人拉起杨姑娘，想再过去看看老管家，兵卒用兵器抽打驱赶，不准他们再靠近。梁潇只好扶着杨姑娘给老人叩了几个头，抹去泪儿起身跟上大队。翠花撇着嘴道：“老吝啬鬼，攒那么多碎银，平日里连个烧饼都舍不得买，牙缝儿里省下钱来还不是肉包子打狗有去无回？早知道这样，还不如拿出来给大家分分买棉衣，也省得白白肥了骁骑校。唉！你这大小姐的身子，后面有你受不了的罪，还不如用漂亮的身子换点实惠的……”梁潇一听来气了，他待人随和，平日里仆人有时对他不礼貌他都不在意。可是，这恶婢骂了他的杨姑娘，气得他想打人，又没法对一个女人下手，恨恨地骂她：“狗在家人落难之时还不嫌弃，人活得别不如条狗！”翠花并不买账：“梁潇，咱平日里让着你，你是公子，如今和咱一样都是流放的犯人，你还是重犯，别咸吃萝卜淡操心来管我杨家事。”杨母威严地咳一声，她才打住。梁潇回头不见了梁雁姐妹，心里急了，沿路回头寻找，走了半里多路才看到梁雁姐妹俩跟上来。原来梁鹃胃疼病犯了，梁潇连忙求清兵让她先上谁家的牛车坐一会儿，明天最好能给梁家也弄一辆牛车，说着用手指比画着元宝形状，伍长一看高兴，允许他们先歇一会儿再走，就近上哪辆车都行，就是得跟上大队。杨姑娘素有洁癖，一跪一折腾弄得百褶裙被泥土粘得花花点点，她连忙从包袱中拿出绢帕，边走边擦拭。杨夫人见姑娘走得慢，怕清兵责怪，忙命翠花回头帮忙，翠花尽管百般不愿，老主母余威还在，只好回去帮她。杨姑娘边走边揩衣服上的污物，三寸金莲紧着倒腾，两步迈不了尺把远。翠花怕慢了挨打，她发现骁骑校好像看上姑娘了，姑娘走得慢，骁骑校的鞭子抽打她却不打姑娘，让她又气又恨，推搡杨姑娘几把。见杨姑娘还是看着后面，仍然不急不忙若有所思地走上几步。知道她在等梁潇，翠花恨道：“还以为自己是大家闺秀？到了流放地，要是把你赏了野蛮的披甲人，有你就着鼻涕眼泪和猪狗鸡鸭一起抢食吃的日子，到那时你还宁可饿死也嫌脏不吃？”杨姑娘是出了名的好脾气，从来不和下人发火，这个时候她还是平和地说：“翠花姐姐你没和那些下人一起拿了杨家东西逃走，我杨家谢你一辈子，到了宁古塔我们这些少爷小姐肯定不如你们这些从小干活的家人活得轻松，可就是再累再苦，我也得干净，这是打娘胎出来就形成的习惯了。”翠花听了心里苦笑道，我哪儿是不想卷了财物和那些家人一起逃了？不过是贪着多拿点跑得慢了，让清兵堵个正着，没逃成罢了。翠花是个出了名的“滚刀肉”，就是和男仆市井泼皮无赖打架，也污言秽语滔滔不绝，骂得男人抱头鼠窜，虽有三分姿色，却鄙俚浅陋，粗俗蛮横。杨家得势时主人在场还有七分收敛，如今杨家落魄成了阶下囚，她还怕谁？撇着嘴嘲弄杨姑娘道：“三寸金莲扭着腰儿，如风摆柳显风骚。可你眼下是流放的犯人，就是到了宁古塔，那些粗野的披甲人要的是大脚板的女人干活儿，还不放下身段抓紧时间练练？”一片树叶飘忽着打过来，虽然很轻，可是力道却很大，像刀子般刮过翠花的嘴唇，立马渗出淡红色的血丝。翠花不敢再说，她知道一定是梁潇和梁雁追上来了。梁雁见公子心疼杨家姑娘，她醋意大发，看那婢女不把主子放在眼里更是愤怒，把一肚子怒火都发到她身上。翠花谁也不怕，可她怕梁雁的功夫厉害，知道她陪着梁潇练过拳脚功夫，她可不吃眼前亏，赔笑道：“雁姐姐来得正好，我家小姐迈着莲花步，就是等到月亮升到半空也走不到宿营地，咱们大伙陪着还不都得挨鞭子？”梁潇不理她，拿过绢帕帮杨姑娘擦拭裙子下摆。他和杨姑娘相携走了几步，见杨姑娘看着鞋上的泥还是神情不安，一步迈不了六寸。他纵身跃起，从樟树上摘下几片树叶，用树叶给杨姑娘擦鞋。梁雁嫉妒也不帮他，杨姑娘极端洁癖的挑剔劲经过梁潇擦拭也没了。两人深情地看着，在被押送的流放路上，却也为他们除去了平时没法相见的苦恋，爱情使他们把艰难的旅程变成携手的美好时光。一会儿，押送的清兵跟着过来，用鞭子抽打梁潇和男仆梁星，催他们快走，梁潇挥手间化解了兵卒抽下来的鞭子，捡起一根断树杈拿给杨姑娘当拐棍，一行人在清兵的叫骂声中缓慢前行。到了宿营地已是子时前后，两家人忙着生火准备做饭，一个兵卒领着一个壮汉推着粮车过来，嫌他们到得太晚，骂骂咧咧地舀给他们一些米。梁雁接过来一看还没有平日的一半多，不等她发问，那个兵卒道：“你等十三人一路故意慢行，险些误了押送行期，押送官说少发一半口粮，以示惩罚，明日再犯一粒米不发。”杨夫人扯住梁潇不让他争吵：“唉，做些稀粥将就吧。”梁雁趁兵卒和梁潇争吵的工夫，转到手推车另一侧，悄悄用断竹的半边筒，插进粮车上的口袋里，然后迅速丢下包袱皮在地上接着，米粒顺着竹筒流下来。梁潇眼睛余光见了，气愤地和那兵卒吵闹从旁协助，叫喊着要强行从车上舀些米来。兵卒急了，连忙命壮汉快把车推走。梁潇追着车子跑，挡着兵卒的视线，兵卒感到有猫儿腻，踮起脚透过梁潇的肩头看过去，梁雁和杨姑娘早把柴草丢到米上掩盖。等兵卒走远了，两家人才开始煮饭，虽然没有菜，但这可是出了苏州之后的第一顿饱饭，等吃饱了躺下休息，天已快到丑时了。

这天一路走来，前面山峦起伏，道路开始上坡。牛拉着车爬坡吃力，背着包袱的人们饥饿难耐，走得更加费劲。太史家的小公子才十四岁，饿得走不动，只好扯着牛车绑绳上山。钱家、赵家、周家男仆多的人家逐渐不再被派去后队背米，杨家的仆人杨铎、梁家的梁星却都被派去了。梁潇告诉梁雁姐妹和杨姑娘："那些该去的人家都使了银两，咱们没花银子，苦活累活还在后面呢。"梁雁道："梁兄，你不是常说'世路艰难钱作马'？如今咱们还不想招儿，留着银子有什么用？"梁潇叹着气道："那些人家抄家前得到消息有时间收拾东西，总能藏下些银两，咱两家突然被抓，树倒猢狲散，抄家剩下的值钱东西早被席卷一空，这些押送官员胃口极大，欲壑难填，岂是一点点碎银就能满足的？"梁雁嗔他："你那聪明劲儿呢？不想招儿早晚得让你去挑粮，看你咋办？""唉！怕的是这些人家银子被掏空了之后，那些兵卒个个是淫邪精怪，会出大事啊。"听他一说，梁雁姐妹俩紧张了，杨姑娘虽然害怕，可是和梁潇在一起，总是觉得有依靠。山路崎岖，流人们走到晚上还没到达预定的宿营地，大队人马在黑夜里打着火把行进。骁骑校用马鞭抽打众人，但饥饿疲惫的人们还是快不起来。一个小校悄悄提醒他："大人，是不是我们克扣粮食准备去北面换皮张赚银子，发给这些人犯的口粮太少了，这些人没有油水再吃不饱饭，本来就都是少爷小姐的胚子，再扛上东西能走得动吗？"骁骑校怒道："胡说！要是饱了就想睡觉，还能赶路？"说归说，他心里也明白，那个小校曾几次参与押送流放人犯，告诉他最要紧的秘密，就是去的时候克扣粮米省下银两买盐，让这些人犯背到吉林乌拉或宁古塔就会赚四五倍的利，挣的银两再买貂皮、狐皮、虎骨、药材、野山参什么的回到京城再挣个六七倍的利，一来一回，一两银子就成了一两金子。骁骑校命他立即施行，全队人犯都被扣发粮食，到了第七天，每个人连最初定量的三成都不到，饿得走不出几里路，就前胸贴后背了。骁骑校心里算计着，从明天起，还得发给这些人犯五成到六成的口粮维持行进速度。

宿营的地方是一个只有七八户人家的山间小屯，兵卒们砸开几户房子好一些的大户人家，清兵住进去命那些人家烫酒炖肉煮饭，几条狗狂叫一阵子，都被清兵打死或逃到山林里躲起来。人犯只能露天倚着牛车或土坎儿边儿的树，寻个避风的地方休息。人们急忙借着月光去拾柴草引火做饭，梁家人和杨家人商量，只留下老人用吊着的瓦罐煮粥，梁星领着年轻人挖鼠洞找里面的粮食充饥。不一会儿，梁潇找到一个老鼠洞，挖开一看，鼠洞里面存着豆子和高粱米。梁雁姐俩连忙将粮食装进米袋，几只老鼠从暗处冲出来疯狂地咬人。梁潇乐了，指挥杨铎和梁雁围打老鼠，叫嚷着："有老鼠肉吃了！"杨姑娘嚷着拦住梁潇，不让将它们打死，洞里的粮食别全拿了，留些粮食给它们活命才是。

清晨，清兵筛锣叫人犯起来，人们都十分疲倦，还得强打精神，急忙去拾柴生火做饭。一个小校跑到杨家牛车跟前嚷道："杨家、梁家今日出官差，四人去后队挑粮，不得有误！太史家、钱家、赵家各出两人。"平日里出官差当挑夫都是一家出一人，今天却让杨家、梁家出四人，杨家只有一个男仆杨铎，梁家除了梁星和梁潇就只得再去一个女人。梁潇觉得蹊跷，他担心如果梁家只剩下梁雁姐妹留在大队里别遭了算计。是娄家使的坏，还是押送小校出的鬼主意？他多了一丝忧虑。早饭后，梁潇不让杨家出人，他和梁星、梁雁姐妹四人去应差。走几十里山路每人背六十多斤小米，梁雁姐妹俩累极了，到了营地，一动不动也不吃饭，倒头就睡。梁雁心疼妹妹不想让她背粮挨累，梁潇从小就和她在一起，事事离不开她照顾，再说她要不去也不足三人，只好让她也去应差。上路没多久，小校霸道地将钱家老小撵下牛车，让梁鹃将背的杂物放车上，容不得她推辞让她坐上去。中午吃饭时，一个兵卒给梁鹃送来一大碗羊肉炖萝卜和两个白白的蒸馍。梁鹃知道他们不怀好意，一路上流放人家的姑娘、媳妇凡是被押送军官看中了都是这个路数，先给好吃的，再胁迫陪押送官人过夜。杨家丫头杨翠花的心思不同别人，一心想不惜一切代价逃脱流放的命运。别人避之不及怕被押送清兵看中，她却盼着机会落到自己头上。见小校下午给梁鹃送来半新不旧的衣服，其中有几件还是路上抢杨姑娘的，气得她更是火冒三丈。趁着小校去前面报信，冲到车上抢那几件衣服。梁鹃虽然平日里不言语，可她和姐姐一样，身子灵活，又和梁潇练了几年功夫，她闪身躲过，翠花扑空一个趔趄险些倒在车上。梁鹃将那几件衣服丢给她："翠花，你要是想和那狗官好，你坐上来，穿好衣服等着他。"翠花还真的拉得下脸，不顾杨夫人的斥责和杨姑娘的劝说，将那些漂亮的衣服选颜色鲜艳的穿上，盘起腿稳坐在车上嘲笑杨姑娘和梁鹃："放着福不享，走得累、受折磨那是活该！"

傍晚时分，流放队伍来到了宿营地，翠花搔首弄姿地左顾右盼，等着小校来接她。杨夫人和杨姑娘见她心意已决，叹着气也不再劝。小校不等后队人犯赶上来，早早来接梁鹃去大户人家侍候骁骑校。小校见车上坐的女子颇有几分姿色，却不是骁骑校看中的梁鹃。他上前用刀鞘抽打翠花，让她滚下车，左右看不到梁鹃，他命翠花立马脱下那几件颜色艳丽的衣服去找回梁鹃，找不回来不准吃饭。翠花只得四下去找梁鹃，哪有她的身影？杨姑娘急着等梁潇跟上来，两辆牛车在村口等了一会儿，梁潇、梁雁姐妹俩和杨铎将挑的粮食交完差回来了，翠花递上那些衣衫，被梁鹃一件件踩到脚下，哪肯和她一起去找骁骑校。小校没带来梁鹃被骁骑校一顿责骂，小校迁怒杨家，晚饭少发四成口粮。第二天梁潇不放心梁鹃一人在前队，小校过来派工时，梁潇告诉他，梁家只去两人也能挑起三人担的分量，希望梁雁姐妹都留在大队。小校冷笑一声，也不理他，任他们去了。梁雁知道梁潇为了妹妹的安全要付出成倍的辛苦，心里感激。到了下午，大队人马行进到一段陡峭的山路，路边山势险峻，灌木丛生，林草虽然枯黄却十分茂密。人们好不容易登到坡上平缓处，回头望去，坡路足有五六里地。人们都累得气喘吁吁，满头是汗。梁雁姐妹和杨家人一起靠在牛车上稍事休息。几个兵卒突然跑过去报告小校："后队粮食被强人抢劫，挑粮的三人受伤，四人被劫匪杀死，两人掉到山崖下不知死活。"听到这儿，梁雁惦记梁潇，忙问："我家公子呢？他咋样了？"小校高深莫测地笑道："没见踪影，多半是坠崖身亡了。"梁雁急了，立马丢下包袱，一边往回跑一边嘱咐妹妹："千万和杨姑娘待在一起，我去去就来！"不等梁雁和梁潇回来，骁骑校过来了，他讪笑着打量着梁鹃，小校见骁骑校看得痴了，知道马屁拍到正地了，上前告诉梁鹃："你姐姐去救梁潇受伤，伤势太重在后队牛车上躺着呢，你还不去看看？"杨姑娘急忙问他："梁公子呢？"小校并不理她，梁鹃急了："姐姐在哪儿？"说完丢下包袱就朝后队跑，杨姑娘急了："鹃儿！等一等！你忘了梁潇说的？防备有诈，他不回来千万别离开这里。"梁鹃哪里还顾得上真假？早顺坡跑出去几十丈远。小校骂道："浑蛋，谁敢坏了大人的好事，那细腰女要是跑了，就拿她顶上！"说罢请骁骑校纵马向前。傍晚时分，梁潇、梁雁和梁星回来，他们并没有遇险，更没碰到梁鹃，梁雁一听妹妹被骗走急了，平日刚强的她痛哭失声。梁潇急了，揪住来发粮食的小校问他梁鹃的去向，小校淫笑着不理。梁潇大怒上去就是一拳，打得他一个趔趄。小校急了抽刀砍来，梁潇一把抢下他的腰刀望空劈去，小校和清兵们顿时骇然！"快放我梁家人回来，要是不放，大不了一死而已，我梁潇死之前送你们先见阎王！”梁雁和杨姑娘死命拉住梁潇，怕他伤了清兵局面不可收拾。就在这时，听到村前大槐树下一个女子高声叫着：“堂堂大清官员采用卑鄙手段诱骗犯妇到路边人家企图强行非礼，难道大清就没有王法了?!”梁雁惊愕，原来是妹妹梁鹃，她竟然制服了企图对她不轨的骁骑校，并用绳子把他吊在悬崖上。突然一阵梆子声响过，人们闻声看过去，只见一队骑兵张弓搭箭围在四周，将梁潇、梁雁、梁星与众人隔开来，一个清兵头领嚷道：“狂妄犯妇听着，你竟敢以色相引诱我大清官员，现在收手尚可从轻发落，要是不然，你梁家全家人抛尸荒野！”梁潇嚷道：“你信口胡言，明明是官员欺辱女人。”清兵头领道：“你不劝犯妇立刻收手，还火上浇油，还不给我退后！”梁潇离梁鹃只有七八步远了，他怎么肯放弃？清兵头领一摆手，十几支箭射过来，梁潇只好抓起一个兵卒掩护梁雁，和梁星一起躲在一棵大树后面。慌乱间，梁雁一声尖叫，显然中箭了，梁鹃一听情况危急，高声喊道：“都住手！你们别想暗箭伤我手臂救这个狗官！”那几个暗地里瞄着她的清兵见被她看破了诡计，只好松开弓弦等机会再射。梁鹃道：“大人，我拉这狗官上来，你放过梁家人，要是处罚，我一人做事一人当，要杀要剐随你们。”她见那官员迟疑着暗地里比画着手势，知道再拖下去于自己和梁家人不利，于是挥刀砍断了那根绳子，在人们的惊呼声中，她手上攥着的另一根绳抻得紧了。她两手捯扯着绳子拉骁骑校上来，清兵头领觉得她是无计可施，乐得她服软，骁骑校被拉到悬崖边上，上身露出草丛，一只手紧紧抓着绳子。梁鹃高喊：“姐姐！公子！你们一定要好好活着，为我报仇！”手上用力，骁骑校被强拉上崖。梁潇一边给梁雁包扎手臂上的箭伤，一边喊：“妹子，千万别傻！为这狗官死了不值！”清兵头领叫嚷：“把这妖女给老子捆起来！把梁家人都给老子绑了！”几个清兵上前，在梁鹃前面扯着绳子，拉骁骑校爬上崖顶。清兵们以为控制住了局面，弓上搭箭阻拦梁潇和梁雁靠上前。十几个兵卒慢慢围过去要抓梁鹃，梁鹃抡刀劈下，绳子应声而断。骁骑校忘了清兵早已控制绳子前头，顾不得裸着身子，下意识地拼命往坡上跑，光着身子冲出草丛，众流放犯和清兵们忍不住大笑起来。突然，他脚下一紧，随着隆隆声被拖倒在地，迅速滑向深渊。清兵头领气极了，命令清兵上前去捉梁鹃。梁鹃使足力气叫喊：“我虽非窦娥，但冤血成虹，此仇必报！”她仰头迎着清兵砍来的鬼头刀，脖颈早断。流犯们痛心疾首，泪如雨下，瞬间，黄昏的太阳落下，最后一丝余晖隐在大山后面，人们顿觉眼前一片漆黑。

# 第八章　谋凤抱鸡

一连几天，梁雁想着死去的梁鹃，水米不进，加上臂上的箭伤疼痛难忍，人更显消瘦。新任骁骑校看到她，心里暗叹真是个“病西施”，不禁打起她的主意。那天晚上，接到报告从后队骑快马赶来的佐领鄂尔泰命令把那队清兵的队长、小校统统流放，这才平息了众人犯的不满。鄂尔泰到骁骑校坠崖处向下一看，足有百多丈深，点燃火把丢下去，没掉下几丈深就被崖底上升的气流吹灭了，更没有清兵敢下去探视那官员死活，只好丢在那儿不管。鄂尔泰见梁潇几家三十余人围着梁鹃的遗体痛不欲生，知道他们闹得有理，又不肯让他们再闹出大事来，命新上任的押送队长只派十余个兵卒在不远处看着，任他们安葬了梁鹃。鄂尔泰早就接到密报，骁骑校姚庆绪克扣粮食，企图用粮钱买盐到吉林乌拉或宁古塔换皮草药材获取暴利。他虚晃一枪说是先走去吉林乌拉，实际在后队监督押阵。多次接到密报，想到这些车仗辎重里面所藏的猫儿腻，他摇摇头感叹：“刑部派来的押运官也太贪恋钱财，迷恋女色了，不给人留生路，人们绝望了岂能不以死相拼?”当晚，他坐到村里大户人家的火炕上听师爷报告：“清理辎重车仗和差人犯挑担运的盐折合粮食三百八十三石，合这些流犯二十一天的口粮，出发到现在走了三十一天，前队七十九人加上在宁远合并过来的三十四人，共计一百一十三人。如今，冻饿病死逃跑被杀，抓回来之后害怕严刑惩罚自尽，共计死亡二十九人，剩下人犯八十四人，尚有九人家中大人已病饿而死，只剩五岁以下孩童，暂时寄放到其他流人家，若无亲人关照，很难活到宁古塔。”鄂尔泰捋着胡须摇头算起来，这些人犯出了长辛店平均每天只有不到定量的三成口粮，要不是担着差点被杀头从轻发落的流放重罪，谁能一天只吃几两粮，还负重几十斤、上百斤挺到这个时候?“现在就地卖盐，用卖盐的钱买些粮食发给流人，总得将这些流放人犯大部分活着送到宁古塔才是，至于那些年幼孤儿，若无亲人抚养，就是带走也是个死，这……”新任队长揣摩鄂尔泰的心思道：“不如就在这儿全抛到崖下，既省了精力，也让他们早些摆脱痛苦。”鄂尔泰面色一凛，不悦道：“不可，那样做一会让这些人犯认为我大清朝廷没有人性，连幼童都不放过；二会让那些掌握‘金佛铁誓’反我大清的人更加坚定反叛之心。让流放人家认养这些孤儿，加倍发给口粮，实在不行，也可沿途送给愿意收养人家，不可坏了这些幼儿性命，方能让民众知道圣上体恤爱民之心。”从此，这些人犯的粮食总算勉强够吃，有时晚上也分给各家几小块猪油，苦难的路上总算有了一线生机，让人们看到困苦煎熬行程的希望。

这一日到了吉林乌拉，鄂尔泰要先去宁古塔向巴虎将军报告流放人犯情况，准备安置这些人犯的住宿窝棚和交接事宜。临行前他将押送骁骑校和各队队长招来，严厉地说：“我大清皇恩浩荡，才将这些已判死刑的一干人犯不斩首流放去宁古塔，要是到了宁古塔只剩不足一半人甚至更少，如何向圣上交代？如何体现圣上慈爱宽宥之心？何况这些人中还有本该处死，奈何掌控着‘金佛铁誓’秘密之人，要是这些人犯死于非命断了追究线索，不要说加官晋爵，你们还想活吗？”他又把目光转向新上任的骁骑校王锦虎道：“你等要是还敢贪恋女色，搜刮钱财，草菅人命，那我告诉你们，谁要是让我无法向朝廷交差，立即正法，严惩不贷。”众押送官员一个个骇然噤声，唯唯听令。早饭后，一个小校敲几声锣响大家静下来，新任押送官王锦虎站到一辆牛车上宣布：“今日起，山东、河南等地的流放人犯共计四十一人一并混编到你等队中，从这里向北走都是山高林密的险路，常有野兽横行，一路再有人犯企图逃跑，就算我等不再追捕，你们也会被野兽吃掉，如果不想活着到宁古塔，那你就跑。”说罢他命人将那二十几个逃跑被捉回来戴着木枷手铐的人犯全部解开。一个小校念着重新编组名单，梁潇这队人中增加了两家山东河南籍的流放人犯。一个河南籍流犯从后面追过来和梁潇施礼：“小弟吴若愚，久闻梁兄大名，小弟徒有虚名，兄台才是大智若愚。刚才飞身上下车的姐姐身手这么好，一定是梁兄的红颜知己梁雁吧，真的是绵腰如弱柳。”梁雁既得意又恼恨，狠狠地瞪了他一眼：“秀才之间论诗文，三句话离不开女人的腰，就这般胸襟，你也配和咱家公子称兄道弟？”吴若愚被抢白几句也不恼：“梁雁姐姐教训的是，只是姐姐名气极大，凡是知道梁兄才学的，没有人不晓得梁家姐姐的，在我老家一些不喜读书的人也叹息，要是有姐姐这般神仙似的美女相伴，谁还不愿意读书?”梁雁被夸得有些得意，又有点不好意思。梁潇连忙说：“吴兄过奖。”又一个山东籍的流犯过来：“兄弟钱聚，素闻梁兄最善七步成诗，天下无双……”没等说完，又有两兄弟抢上前来道：“兄弟太史玉马、太史从龙早就听说梁兄夕草五制，日赋十题，文冠当世，妙绝时人，咱早就有心结识，可惜远隔千里，如今尽管在艰苦流放的路途中，但能与梁兄相识真乃三生有幸，我等愿与梁兄结为兄弟。”杨姑娘和梁雁、樊素素想不到梁潇在文坛有如此盛名，相互交换眼神，十分高兴得意。娄家兄弟赶过来，见新编入队伍的美貌女子太史玉秀也用爱慕的眼神盯着梁潇，心里十分妒恨。上前和太史玉秀搭讪，她却连看都不看他俩。娄家兄弟见人们围着梁潇兴奋地谈天说地，言诗论赋，没有人理他俩，只好紧走几步追上众人打躬作揖地挤进人群：“兄弟苏州娄垠，有诗作“暮烟秋雨过枫桥”传于江南，鹊起塞北……”吴若愚声音低沉独特，朗声压住众人谈笑：“这位兄台大作果然有名……”娄垠翻着独眼瞅着太史玉秀一脸得意，吴若愚话头一转：“不过，这不是你娄垠所作，此句乃是杜牧的诗《怀吴中冯秀才》的第四句，都有名一千年了。”众人皆大笑，娄垠、娄睿张口结舌没了面子。文人流犯们众星捧月般簇拥着梁潇往前走，都请梁潇施展才学即兴吟上两首，好让大伙见识见识。梁潇心里兴奋，梁雁却在车上狠狠地瞪他，他顿时想起娘临终时的教诲，怕这些人中万一有人为了邀功解脱自身流放之苦，再将所论诗章牵强附会惹出麻烦，何况还有娄垠在场，连忙说：“兄弟吟诗有一个毛病，无酒无肉无佳句，无糕无饼无格律。无鱼无虾无辙韵，无橘无桃无琼琚。这一路走来，食不果腹，脑浆子都快卤成豆腐脑儿了，哪来的诗？别说七步成诗，就是走七天也找不到辙，惭愧，惭愧。”后面一个身材消瘦的男子过来赞叹：“梁兄果真名不虚传，信口一说，竟然用十二个‘无’字成诗，还说不会七步成诗?”那人的兄弟拱手道：“梁兄，我们是江州王家兄弟，这是大哥王嶂，我是老二王岭，老三叫王岐，咱们得找个机会一起研习诗作，好好学那吴兆骞，流放虽然艰辛，却能激发创作灵感，写下流芳千古的诗章!”说得这些流放文人个个荡气回肠，激动不已。这一段路平缓宽阔，十几个流放前当地的名流才子一处并行，说起作诗填词，撩起了那些流放文人的痒处。又有四五人闻声急忙赶过来，走在前面的一个女子身材窈窕丹凤眼，脸颊上有两个酒窝儿，浑身上下透着一股子媚气，眼眉一挑咯咯笑道：“世人都传梁兄不但文采飞扬，还有红袖添香，新诗吟罢凤求凰！既有美女梁雁相伴，还有一个樊素素相恋，真是尽享齐人之福，要是不会吟诗，岂能赢得美女芳心？正好我家三位公子在泉城可是百里之才，真的是文冠当世，妙绝时人。”说着话眼睛四下扫着，见梁潇身边并没有女子相伴，凑上前道：“小女子王晴愿意给梁潇绿衣捧砚，红袖……”梁雁坐在牛车上冷笑一声：“梁潇喜欢的是‘山无陵，天地合，乃敢与君绝’纯情专一的女子，岂是那些轻浮之辈？见有才能的人就贴上，人皆……”“那梁潇还没到宁古塔就敢聚集人众？是不是以论诗为名，行反叛之实，要密谋逃走？”十几个文人一听，顿时慌了，急忙四下散了。骁骑校骂道：“让你等吃了三天饱饭就能吟诗作词了？你等凡是今天和梁潇论过诗的就是企图谋反，统统到后队挑粮，每人一百八十斤！”由不得这些人争辩，都被鞭子抽得四散逃去。只有王氏兄弟老大王嶂凑到骁骑校身旁，赔着小心道：“将军来得太早了，还没等这些文痞疯子性情流露，放浪形骸开始发泄心底的积怨，说出企图逃跑的预谋，再……”骁骑校根本不听，一鞭子打得他“嗷”的一声号叫，逃向前面。梁雁嚷着：“娄垠、娄睿卑鄙小人，没人搭理你俩，可也不能这般下作，诬告人众，军爷，这些文人都在论诗，只有娄家哥俩劝大家聚在一起，人多势众找机会快逃，各位兄弟都能证明！”那些被打散的人都听明白了。

出了吉林乌拉不远，梁潇将走过的路在脑子里过了一遍。这里是玄天岭，越往北走树林越密，越走路越窄，坡越陡。各家准备防寒衣物时银两不足，没法购置足够的裘皮棉衣，天气寒冷冻得人们把能上身的衣物全都裹上，也抵挡不住刺骨的寒风。下起雪来，西北风刮得人们睁不开眼睛，只好扯着牛车挽绳行进。梁雁坐在牛车上缩在被子里冻得瑟瑟发抖。梁潇把白茬羊皮袄脱下来给她盖上，把围脖给杨姑娘围上，从队前跑到队尾，运气练功还是抵御不了严寒，说起话来上下牙控制不住直打战。杨姑娘和梁雁心疼他，要把皮袄和围巾给他，他早跑到后队和那个河南籍的吴若愚悄悄论诗去了。

一连几晚，新上任的骁骑校王锦虎都亲自到各队检查，特别看视那些收养孤儿人家是不是真的照顾孩子，他还强调：“谁家要是只为了多要口粮收养孩子，却不给孩子吃食饿死了，一律追责，扣你全家口粮。”一行人晓行夜宿走了七八天，虽然天冷难挨，可是押送清兵慑于鄂尔泰的威严，待人犯还算宽厚，人们都觉得这个骁骑校是个难得的好官。这天晚上，王锦虎坐到一个大户人家的炕头上，喝着烧刀子，品着炖狍子蹄筋儿，想着这些天“好官”

的功课做足了。那个鄂尔泰留下来监视他的清兵虽然装扮成刑部掌管押送人犯册籍的差官，可鄂尔泰防不了刑部真正的差官想讨好他这个实际管事的押送官捞到好处的欲望，正所谓“现官不如现管”，刑部差官一大早就跑来告诉他：“鄂尔泰的眼线昨晚连夜赶回去了！”他这个高兴，总该好好过过女人瘾了。几天来他认真巡视，实则内心真正关注的是这些人犯中的女人。他正想着如何弄到这些流犯美人上手出神，一盅酒端着没等喝光顾想好事，酒全洒到炕桌上。他住宿的那家主人怕遭兵祸，自然竭力奉承他。家主的小妾过来给他烧好一个大烟泡，拉过被摞让他靠上吸得舒服。那女人投怀送抱，却让他想起杨姑娘仙女般的美艳。小妾矫揉造作和杨姑娘相比，简直俗不可耐。王锦虎厌恶地推搡开俗气的小妾，前任留下来的清兵队长看出他的心思，连忙过来给他斟满酒：“鄂尔泰将军曾说过，要把杨家姑娘送给宁古塔将军巴虎，巴虎的扬州籍福晋想给儿子找一个南方姑娘当小妾，现如今他也没带走，一定是巴虎将军家不要了，您要是想……”王锦虎虽然欲火难挨，却内心忌惮鄂尔泰，急忙掩饰：“鄂尔泰将军刚刚严令，本官怎么会重蹈前任覆辙，再与犯妇有染？何况杨家犯妇还可能与‘金佛铁誓’要犯有关……”队长道：“前任姚大人也忒着急了，以为犯妇不敢不屈从就强迫人家，欺人家告状无门就恣意妄为，出了人命，要是晓之以利，让她主动来求咱，到了宁古塔，这样的事儿她又怎好主动说出来。”队长见骁骑校动心了，小心地说出让杨家姑娘上钩的主意。骁骑校听罢，十分对心思，恨不得让他立即实施。早上，押送队长给杨家送来两碗菜，一碗是五花肉炖酸菜，另一碗是小鸡炖蘑菇，翠花乐得合不上嘴，连忙给杨夫人盛上饭，自己抢先夹了一只鸡腿。杨姑娘心里没底不肯吃，连忙喊梁潇过来，翠花不满意了，嘀咕着：“就这么点油水不够咱家人塞牙缝儿的，还惦记那个姓梁的？他泥菩萨过河自身难保，叫他来又有什么用？”梁潇过来一看笑道：“伯母，快趁热吃了，大白天的不怕他们有什么花招儿。”梁潇不拿杨姑娘递过来的半碗鸡肉，倒半碗鸡汤回去给梁雁泡饭。晚上在一个只有七八户人家的小屯宿营。杨家正要生火做饭，一个兵士送来两大碗菜，一碗是猪肉炖山蘑，另一碗是狍子肉。杨家人正要大吃，梁潇急忙过来，喊着：“别动！”见杨姑娘端着碗，一大块狍子肉就要进嘴了，急忙拔起一株干草扔过去，蒿草带着泥根打落了杨姑娘手上的菜碗，虽然掉在地上没打翻了，泥土却溅到菜里。翠花十分不快：“这碗菜是送给我杨家的，又没请你梁潇来吃，用你来管闲事？”梁潇道：“早上是诱饵，让你们尝到甜头，晚上再送必有猫儿腻，切不可上当。”杨姑娘立马要全部倒掉，翠花却死活不让，争执一会儿，翠花答应倒掉，却自己端到后面的树林里一个人全吃了，杨姑娘远远看着叹了口气，虽然看不太清楚，可也猜得到她去干什么。杨姑娘和母亲就着咸萝卜吃了晚饭。那小校来命杨家人到屯里一个大户人家外屋住下，杨夫人和杨姑娘经梁潇提醒十分警惕，宁愿露宿也不肯去。翠花嘴上说去替老夫人看看，心里乐不得想着，要是被押送大人看中了，少遭多少罪？悄悄拿上她的被子去了。一进门送菜的小校问她，杨姑娘是不是吃了那些菜肴，她不敢实话实说全被她自己吃了，故作娇羞地告诉小校：“全家人都吃了，狍子肉都被姑娘一人吃了，我一个下人只能喝点汤汤水水的。”小校再细问，她药劲上来了，睡倒在外屋的火炕上。不久，骁骑校王锦虎打着酒嗝，醉眼迷离地回来了，小校没能按计划把杨姑娘弄来，躲在暗处不敢露面。骁骑校油灯下见被子里掩着的女人以为是杨姑娘，骁骑校激情后起身，才发现是杨姑娘的侍女翠花，不禁大失所望，气得抡起马鞭子狂抽那个小校，怒道：“明晚再不把杨姑娘弄来，信不信我剥了你的皮！”说罢急匆匆地走了。半夜，梁潇被杨姑娘叫起来，让他去找翠花。梁潇告诉杨姑娘：“她自己愿意投怀送抱，你能把她弄回来？”杨姑娘哭了：“你答应过以后一辈子都听我的，我从苏州一路走来就剩这么一个丫头了，你还这般推托？”杨姑娘善良的本性逼着梁潇去找，梁潇没办法，只好使出轻功，去东头几个大户人家查看，趁着值更看守兵卒被杨铎故意弄出的声响吸引过去，悄悄从牛车后侧跑过去，蹲到窗下一听，翠花正和小校在炕上颠鸾倒凤，梁潇只好悄悄回到暗处找到杨铎，告诉他：“一会我去把炕上的男人制服了，你抱翠花回去。”杨铎在暗中看梁潇手势，知道炕上男人被梁潇制服了，他连忙跳到炕上，将裸着的翠花用被包着抱回来。第二天一早，翠花似乎不以为耻，反以为攀上高枝，拾柴打水平日里的活计什么都不干，只顾着梳头洗脸，把杨姑娘一路上不再用的铅粉脂膏拿过来一阵子涂抹，等着骁骑校派人来找她。杨姑娘从梁潇家拿来点燃的柴草引火做熟了饭，翠花大模大样地学杨姑娘，眼睛却左顾右盼，就连昨日来送菜的那个小校都不见了。这天下午过来一个伍长，撵走几个追着杨家牛车，说些淫荡话语挑逗杨姑娘的清兵，主动和杨夫人打招呼：“杨伯母好，俺是河南开封的陈小二，当年俺爹在杨大人麾下当过旗牌官，俺爹叫陈长海。”他见杨夫人十分警觉，又笑道，“俺始终在后队，才调到第二队当副队长。”杨夫人回想着当年丈夫的旗牌官是有过几个北方人。正应和着，骁骑校打马过来，骂道："浑蛋！你和流犯套什么近乎？是不是想帮助他们传递消息逃跑?"吓得陈小二连忙跑到前面。一连几天，陈小二都悄悄地多分给杨家一些口粮，让杨家人对他的好感渐渐增加。杨夫人夜深时问梁潇："这人是不是真的良心发现？你伯父一辈子待人宽厚，当年没少帮助别人，他真的是来报恩?"梁潇道："从来人情如水，往低不往高，人心则相反，看高不看低，世上虽有好心人却难以遇到，这个陈小二……"翠花抢白他："你一个死脑筋总把人往坏里想，听你的，坏了杨家多少好事?"梁潇不愿理她，看着杨姑娘道："最怕的是包藏在善良外衣里面的坏心。"

北风卷起风雪，吹得人们浑身打战，虽然是初冬，奇寒的天气对这些长年生活在南方的人来说苦不堪言。人们迎着风雪前行，好不容易转过一个山弯，风明显小了些，押送官命人们就地歇一会儿。人犯们刚找背风的地方坐下，登山累得一身汗，被冷风一吹顿时直打冷战，瞬间满身起鸡皮疙瘩。突然，山坳深处林间传来一声梆子响："我乃河南开封府刘大官人家人刘中岳，那押送狗官听着，放刘大官人一家人留你等一条生路，如说半个不字，叫你们葬身深山老林!"骁骑校王锦虎打马过来，一挥手指挥清兵弓箭准备。冷笑道："几个逃亡的蟊贼也敢来这儿截道？真是癞蛤蟆鼓气充好汉!"他命清兵将河南刘家人押过来，鬼头刀架到脖子上，如有异动就地斩首。河南刘家十几个人不等清兵靠近瞬间发作，和清兵缠斗在一起。林中那些好汉冲过来，流放人犯都觉得这是逃走的良机，娄家人和太史家人、钱家人都一哄而起，呼爹喊娘丢下东西逃向密林。梁潇只顾着和吴若愚谈诗，梁星和梁雁陪着他落在后面。杨家的杨铎见大部分人都冲向林间，叫着翠花就要逃。杨姑娘见先跑进林中的娄家人都快要隐进林中看不见了，有些犹豫，更着急怕误了时机，梁潇一家不在跟前没有可信任的人商量。那个陈小二跑过来低声道："伯母，千万别轻举妄动!"杨铎对杨家人还有点情意有些不舍，动作慢了些。翠花贪着杨姑娘的几件衣服，抢了再跑落在后面，两人急匆匆追着前面的人奔向密林。没跑出八九步远，四下里几声锣响，清兵们迅速从埋伏的林中杀出来，人犯们跑在前面的被箭射死射伤，急忙往回折被抓个正着。这时那些接应的好汉顾不得受伤的人众，逃进林中不知去向，留下四五个伤重没法逃的在林边挣扎。骁骑校命骑兵追过去，那几人不肯束手就擒，不等骑兵近前挥刀自刎，甚是惨烈。逃出去的河南刘家人被驱赶到没冻结实的枯叶覆盖下的烂泥深潭里，拼命挣扎，却越陷越深。骁骑校命清兵朝刘家人放箭，只许射伤不许致命，逼得他们在冰冷的泥沼里越往里面走陷得越深，渐渐地，带着冰碴儿的烂泥没到人们脖子，只剩下鼻子喘喘着粗气惨叫着求饶。梁潇一家闻讯赶来，急忙解下牛车上的绳子投过去救他们，绳子软绳头没法投到地，梁潇急忙扯过绳子在绳头上绑块石头再投。刘公子在眼睛和嘴将要沉进泥沼的瞬间抓住绳子，梁潇拼力扯他露出头脸。刘公子顾不上抹去眼睛上的泥水，叫喊着："救命……"骁骑校命清兵抢过绳子，不承想梁潇拼命拽着，还有那些不忍看着刘家人惨死的流放人犯都跑过来帮梁潇拼命扯住牛绳。眼看刘公子渐渐靠近硬实的草地，骁骑校王锦虎催马跑过去，一刀将牛绳斩断，刘公子惨叫了半声，那半声被泥沼淹没了，泥水里冒出一串串气泡。可怜刘家人，一行十四口，只剩下三个小童，在泥沼边上挣扎，不敢靠近，又不舍亲人，看着凶神恶煞的清兵，也不敢回来。王锦虎一摆手，四五个骑兵冲过去，三个小童慌不择路，转身跑向沼泽深处，相互拉扯着陷进去，渐渐被泥沼淹没。流放的人犯们欲哭无泪，那些趁机逃跑被捉回来的人犯被戴上木枷脚镣，一顿鞭子抽得他们惨叫不迭。杨夫人庆幸自己没跟着跑，杨铎和翠花跑得慢些，虽然娄家兄弟俩一再举报，都被陈小二帮着化解没予追究。晚上，骁骑校恨梁潇救助刘家人，其全家被调往后队准备明天一早背粮。陈小二不但多给杨家分了口粮，还把娄家人拾来的柴火抢来给杨家生火做饭。细微的关心让杨家人渐渐地觉得陈小二真心想帮助他们。梁潇晚上悄悄过来，听了这些事不但不信，还提醒杨夫人："杨家败落之后流落到江湖上的人少说也有三四十个，要打听赫赫有名的金刀杨家逸事还不是唾手可得？就是道听途说也足够讲几天几夜的，他说他家人因为'金佛铁誓'跟着起事反清，怕连累主家才辞官离去？可'金佛铁誓'是近三年才兴起来的反清人众盟誓，岂是他陈小二父亲在杨家当差时发生的事？相差至少七八年，疑点甚多，务必谨慎才是。"杨姑娘觉得不应怀疑一切，特别是好心帮助她们的人。"他对咱家的好，我能感觉到是发自内心的，看不出来任何破绽，就是说起杨家的事有些牵强，也不过是时间长了，他想善意地拉近感情吧？"梁雁冷笑："馨儿姐姐，你不知道，看不出来破绽那不就是最大的破绽？"夜半巡更的梆子声响了，来不及细说，梁家人急忙趁着黑夜潜回后队宿营地。

这天晚上子时刚过，牛角号低沉的声音惊醒睡梦里的人们，火把燃起来，照得小村里恍如白昼，流放的人犯们一家人缩在一起，惊恐不安地看着打着火把奔来赶去的清兵。一会儿，随着锣声响，一个小校叫嚷着："流放人犯统统到村西头集合，不准带任何东西。”一会儿，人们都被驱赶到村西头，清兵围过来，几个身穿狍皮长袍、鹿皮裤，脚穿鹿皮靴，脖子上挂着野兽獠牙项链，头上插着几根雉鸡翎，背插弓箭，腰挎弯刀的骑马人，威风凛凛地押着三个流放人犯过来。梁潇悄悄靠到杨姑娘身边：“这就是披甲人，他们大多是马背上的民族，多为达斡尔人、鄂温克人和鄂伦春人，极善骑射，勇敢剽悍，在森林中追逐野兽，手段极其高明。”杨姑娘和梁潇十分奇怪，杨铎晚饭后说去喂牛，一会儿就回来，不知道为什么能和逃犯在一起？骁骑校打马在人群前面来回奔跑了几圈，勒马前蹄趵起，马嘶声更让人犯们心惊胆战。王锦虎冷笑几声，在暗夜里像是猫头鹰在叫，十分瘆人：“早告诉你们，在这段路上逃没有人管你，任你逃走，结局不过是葬身狼腹，不过这三人庆幸被我大清披甲人勇士擒获，来人，赏披甲人勇士每人烧酒一篓，将那逃犯和接应的反贼全部带上来。”火光之下，五花大绑的三个流人被推到前面跪下，那几个披甲人闻着烧酒味十分高兴，粗犷地咧开嘴大笑几声，接过酒篓打马远去。一个逃犯被带上来，梁潇认得这是太史家的仆人太史仲良，太史家流放路上早就逃了，不知道他怎么会追到这儿来。王锦虎问他：“说实话，偷偷跟到这儿，想联系谁家？想救谁逃走？说了饶你不死。”太史仲良梗着脖子怒道：“我等仁人志士共同订立‘金佛铁誓’，会集十万之众，一同起事反抗满清，你等汉人为虎作伥，必遭天谴！你王锦虎身为骁骑校一路上欺男霸女，搜刮钱财，恶贯满盈……”王锦虎岂能容他当众揭自己老底，一挥手，清兵上前乱刃将他砍死。又一个逃犯被带上来，不等王锦虎说话，早就吓得趴跪在地上叩头求饶：“将军，将军！我招，我全招！我们半夜听到洞箫三声，吹的是《江风微拂》，这个曲子是召唤我等集合的暗号，我们会合来接应的人们拿出‘金佛铁誓’里面藏的密码，去找起事失败所剩钱财藏匿所在，好联络人众再举义旗。”梁潇惊道：“不好！听这人是广西口音，参与‘金佛铁誓’的人大多祖籍山东河北，此人不是‘金佛铁誓’传人，必有阴谋！”王锦虎摆手，几个清兵将他拖到一边。杨铎被带上来，叫嚷着：“大人，我家的秘密在这儿，我带着出去会合众好汉，没想到被捉，这事与我家主人无关，是我自己想会合……”他从腰间抽出一支紫竹箫双手举着，兵卒接过来递给王锦虎。杨姑娘惊道：“三公子，这是我的箫！”梁潇道：“必是这贱人勾引杨铎叛家，出假证要害人，还假惺惺地做出保护家主的姿态。”杨姑娘和杨夫人顿时慌了，梁雁瞪着翠花骂道：“贱婢！是不是你勾结小校谋害杨姑娘？”翠花毫无惧色，梗着脖子嚷着："人家骁骑校惦记我家姑娘，就是我们不帮忙，还有人暗地里帮着呢。"

骁骑校过来问杨家："这竹箫是不是你家用来联系'金佛铁誓'反叛人众的器物？"杨姑娘虽然害怕，却不得不应道："就算是我家的，那也不是什么号令'金佛铁誓'人众的暗号，更没有什么秘密。"骁骑校冷笑："如果你是反叛朝廷贼众的同谋，谁能救得了你？除非……"陈小二上前道："大人，杨家人一路谨慎行事，并无半点违规之事，更没有叛逆之心。"骁骑校高深莫测地说："谨慎行事？呵呵！聚集起事的紫竹箫藏在杨家，还敢狡辩？"陈小二道："杨家即便从前参与过'金佛铁誓'组织，杨姑娘一路上从未离开她娘，与她无关。"骁骑校道："那逃犯，你说？"杨铎道："五天前半夜来接应逃跑的义士，啊，叛逆，潜到人犯中来找杨家公子，见公子不在，那人惊恐间弄出响动被清兵发现，慌忙逃跑，危急时刻只好把'金佛铁誓'中所藏的秘密交给杨夫人，杨夫人怕被搜出，只好将秘密藏到姑娘的箫里。"骁骑校命人将紫竹箫劈开，里面果然有几片绵纸抄写的文字，小校拿过去递给骁骑校王锦虎。王锦虎草草地看了一下："这是铁誓盟约的秘密，暗藏在金佛里的秘密的抄本，如今被杨家藏在箫里，这是满门抄斩的重罪，你等还有何话说？"杨姑娘失声痛哭："王大人，冤枉啊，我的箫掉进水里几次了，就算藏有绵纸也早就不成样子了，怎么会有什么'秘密'？"梁潇上前想抢过箫看看，被骁骑校命兵卒拦住。梁潇朝梁雁一递眼色，嘴上叫嚷着："既然是证据，总得让杨家看了才心服，如此重罪更得让众人心服。"说着做出寻机要抢的架势。那些兵卒不知是诈，防着他叫骂着抡起兵器就打，被身材瘦小的梁雁抓住机会，从兵卒身后跃出，如同鬼魅般迅速劈手抢过，顺手抛给梁潇。梁潇捋过来看了几行，王锦虎急忙命十几个清兵抡刀刺枪来抢，梁雁和梁星赤手空拳挡在前面拼命护着，想让他多看几眼。梁潇却不想让梁雁和梁星受到伤害，将那几片绵纸隔着丈八远，一掷出去，到了那个小校手里，这等功力可不是单单力气大的事儿，把那些兵卒吓了一跳。骁骑校见证据拿回来了，命人给杨夫人和杨姑娘戴上木枷，单独关押，等捉到那个来联络的人一并治罪。杨家人不用再去宁古塔，就地审问清楚"金佛铁誓"要员聚在一起有什么密谋，如企图逃跑，就地正法。那些兵卒立马动手将杨夫人先抓起来，杨姑娘哭着求饶，梁潇过去安慰她，气得她埋怨梁潇不想办法，赌气不理他。梁潇拉住她和她耳语几句，她抬起头来，瞪着俏丽的大眼睛看着骁骑校，不再求情。那些兵卒似乎在等骁骑校下令，只是做出姿态并不急于将杨夫人拖下去锁上枷锁。骁骑校摆手，那些兵卒连作势的样子也停下来：“不想救你娘了？给我拖下车绑了，戴上死囚重枷！”梁潇上前道：“王大人，那复制铁誓秘密的绵纸上面哪句话能证明和杨家，和杨夫人有关？凭什么要拿杨夫人？退一万步说，即便杨家人有罪，也得交州府衙门审清楚了报刑部定罪方能处置，你一个骁骑校有什么权力草菅人命？”骁骑校早料到梁潇会出头，瞪着眼睛看着梁潇，怒道：“本官在押送路途有权临机处置一切想逃跑的人犯，本官咋做还用你教？”梁潇道：“王大人说杨家与‘金佛铁誓’反叛朝廷秘密有关，那我问你，谁在眼下起事，为何要召集女子和老妇参加？”那些流放人犯都跟着嚷嚷：“就是，就是！”骁骑校急了：“浑蛋！你等都是流放人犯，难道都想加罪就地被砍头？”众人吓得不敢再出声。骁骑校恨梁潇挑事，指着他骂道：“你煽动人犯企图逃走，帮助‘金佛铁誓’盟主隐匿罪行，罪可当诛！来人，把他给老子抓起来！”不等兵卒动手，梁潇早跳上近处牛车，站在高处指着那几片证据道：“王大人，你抓‘金佛铁誓’要犯是假，图谋美色是真。”骁骑校急了：“你敢说这证据是假的？你胡说！老子把你也一起抓起来。”梁潇并不害怕，指着那几片绵纸道：“这不是假的？你敢不敢念一念？这些流放犯都经过‘文字狱’的伤害，知道每一个字重逾千斤！敢不敢当众念一遍？如果确有证据，你再抓人，不然的话，只怕这些人中只要还有一人活着，也会将真相告到鄂尔泰将军那，难道你还能将这些人犯全都杀了不成？”

骁骑校㞞了，一边摆手让兵卒放杨夫人回到杨姑娘身旁，一边悻悻地骂道：“梁潇！你给老子等着！”说着要走。梁潇得理不让人，不想留下后患，高声道：“王大人，你不敢念证据，就由我来读给你听，你们对照看着，要是说错了，算是我编的。”骁骑校咬牙切齿地骂道：“你要是敢念，我，我……”一个小校提醒骁骑校：“大人，梁潇看了不到一盅酒下肚的工夫，咱就让他念，再让流犯也过来三两个人做证，如果有错，那是他诬告押送官员，图谋叛乱，让他自找死不可活。”骁骑校早蒙了，最怕底细让梁潇给露出去，只好听从小校的办法，摆手命在前面看热闹的太史家、钱家、吴家各出一人，一起和小校看着四五片绵纸对照。只听梁潇大声背诵道：“铁誓盟主密令，康熙十二年腊月二十七日，着杨家杨馨儿和太史家歆云共同将金佛内里纹路中所藏秘密复制件《藏宝秘诗》交与来人，如途中遇险，则即刻销毁，以防万一。金佛铁誓盟主。这是全文，需要再读的是，这绵纸对折四次，折后的反面有一行字，这一行字写的是‘此件仅仅为抓杨家老夫人假托为证，用后销毁不得传入他人之手’。”“你这是胡编乱造，诬陷本官!”骁骑校歇斯底里地狂叫。流放人犯炸了锅，叫嚷着：“我们被陷害就是因为‘文字狱’，在押送流放的路上你这堂堂的押运官还伪造文书，陷害流犯企图不轨，你这狗官该当何罪?”梁潇道：“我在后队挑粮，听说佐领鄂尔泰不一会儿就到，咱们一起向鄂尔泰将军告状，看你还敢猖狂。”骁骑校一听吓得不知所措，那个心腹小校嚷着：“快把证据毁了，别让他们拿着告状!”梁潇道：“我全背下来了，这些人等都能做证，谁怕你抢去毁了?”骁骑校急忙变脸，讪笑道：“各位都散了吧，这是我奉大人之命，用这个办法测一下谁家还有心通反叛之徒，看来大家都能明辨是非，真是难得，如遇大赦，必能得到从宽处罚，本官一定为大家据理力争，就是回苏州城也是唾手可得啊。”说着急忙上马要逃。梁潇得理不让，拦住他的马头：“鄂尔泰大人要是来了，我是不是得告诉他你伪造证据，诬陷无辜，图谋女色?”骁骑校急了，看着人群中的陈小二骂道：“什么人伪造的证据？是这陈小二将杨家紫竹箫偷偷换下，杨家的箫早被杨铎丢到沼泽地里了。”

骁骑校忧心忡忡地等了一夜，到了早晨也不见鄂尔泰的影子，气得他七窍生烟，又不敢发作，心情郁闷又不想昨晚上的事被人笑话，觍着脸挺着胸从前队巡视到后队。娄垠想讨好他：“将军不必发愁，都是梁潇使的坏，将那梁潇调到后队离开杨家，杨家剩下孤女老妪还能有什么道行?”骁骑校被人看破心思，怒道：“浑蛋！本官就是要试探这些人是不是有反叛逃离之心，岂是你这等色鬼所能揣度？来人，娄家今晚不得发放口粮。”

# 第九章　蛇心鬼墙

流放人犯在额伊虎驿站一连休整几天，让这些养尊处优惯了的富家公子小姐好不容易喘上口气。饥寒的折磨稍有缓解，筋伤骨痛又全都找上来，人犯个个长吁短哼，各家的仆人也都累得腰酸腿软，只能强忍着浑身酸痛，委顿地窝在谷草堆里苟延残喘。众人住在驿站后面的马棚里，马粪味充满了鼻腔，乃至他们离开这里之后的十几天，无论到哪儿闻着都是马粪味。吃的还是高粱米饭、混合面的窝窝头儿。即便这般艰苦，比起一路上风餐露宿，这里也算得上是天堂了。即使有洁癖的杨姑娘这个时候也和大家一样，顾不上好干净的习惯，衣服上都是汤汤水水的印迹，既没处去洗，押送官兵也不准他们总去井边打水，还得派人跟着。更何况井水拔凉，就是想洗，手指冻僵了伸都伸不开，只好这样将就。一个个学着当地官兵的样子，把两只脏手相互抄在袖子里暖和，脏兮兮地睡去。不是他们改了洁净的习惯，而是初到北方，冷得他们伸出手来，不一会儿就冻得像红萝卜一样，疼得厉害。寒冷和疲劳让他们幻想着要是今年冬天都能睡在这儿就好了。没有人去想一路走来从没停顿，为什么会在这个小驿站停下来休整，只有骁骑校心里惴惴不安，害怕鄂尔泰安插的眼线报告了他的不轨言行，才在这里等待新官来接任。惴惴不安的骁骑校派人给梁潇和杨家送来几碗羊肉炖萝卜，梁潇乐了："谢王大人关照，咱可不知道有什么'金佛铁誓'的东西和王大人有关哪！"兵士也不理他，梁雁劝梁潇："要是换不了押送官，还是这个色鬼当权，还不得报复咱们？"梁潇告诉杨姑娘："那么大的场面，还说起朝廷最在意的'金佛铁誓'，要是不抓他，我随你姓杨。"休整的时光很快就结束了，第三天早上，新来的押送骁骑校命人给各家按定量发了高粱米和玉米面，各家生火做好高粱米粥，蒸好窝头，就着一点盐水煮黄豆吃了。三十几户人家七十多人被清兵吆喝着装上破烂东西，迎着北风出了额伊虎驿站马棚，沿着大雪覆盖的山路，迤逦向北行进。

北风呼啸，卷起枯叶积雪，迎面扑过来，吹得人们睁不开眼，刮在脸上如刀割般疼痛。人们只得扯着牛车，背着沉重的包裹，用各种能御寒的东西包住脸和身体艰难前行。那些富家小姐只要能走得动，都下了牛车跟着走来抵御寒冷。梁星拉着梁潇，梁潇拉着梁雁，梁星扯着牛车的绳索跟着大队前行。梁潇不时回头，盯着后面队伍里的杨馨儿和樊素素，杨馨儿仍旧坐在牛车上，脖子上围着粉红色的头巾十分显眼，他想过去招呼她们下车跑跑，别冻僵了，可是，梁雁脸冻得红红的，眯着眼睛避开寒风，紧紧拉着他的手，他又有些不忍放手。转过弯，山林间的路更窄了，只能容一辆牛车勉强通过，过了这段弯路，前面是通向山坳林间深处的两条道，押送佐领骑着黑马在转弯处督促着各家快速通过。走在前面的钱家人转过弯，见前头只有几个骑兵两手捂着耳朵怕被冻僵了，长枪拄在地上也不防备，大队押送清兵都在山崖转角后面，他们看到了机会，钱家老大急忙招呼过了山弯拐角的七八家三四十口人："快逃！分散开从岔路跑，押送清兵人少不敢分头追！"那些过了隘口的流人迟疑间，最前面的四五家人急忙丢弃了车上粗重家伙，拿着贵重细软，飞速分散跑到两条岔路口，连滚带爬地逃向密林深处。第四辆牛车上坐着吴夫人和女仆，吴夫人瘦弱的双手推着吴家公子吴若愚跟着那些人快逃，吴若愚叫嚷着："娘！我无论如何不能丢下你不管！"吴夫人在吴大人被斩时冲上去要一起赴死，被刽子手嫌她碍事猛地掀翻在地上，清兵冲过去一顿乱打，她的腿被打断了，一路上只能瘫在车上。吴夫人痛哭道："快跑！你要是不跑，我就死给你看，我这两条残腿，就是到了宁古塔也是个累赘，与其死在那儿，还不如死在这儿离老家近点。"吴家两个仆人按照老夫人的吩咐急忙拉着吴若愚要走，吴若愚却死死抓住车辕不放。吴夫人眼见那些人逃得远了，清兵们如果追之不及，就会回来把这些流人看得更紧，她急了，两手抓着牛车轮上凸起的盖板，一头栽下牛车，羸弱的脖颈摔断了歪在一边，头重重地磕在冻得铁一般硬的黑土地上，发出似木瓢破碎般的空空声响。几个清兵追到岔路口，迟疑是分头去追，还是看着过了拐弯儿没逃的人犯，一时拿不定主意，只好执着兵器，喘着粗气勒马站在三岔路口盯着众多人犯。吴若愚抱着母亲跪地痛哭，哪顾得上逃还是不逃，家仆吴若虎焦急地嚷道："公子，快逃吧，不能让夫人白死啊！"赶车的男仆吴若豹急了："公子快跑，有我们料理老夫人后事，你们快逃，再犹豫就来不及了！”吴若愚被母亲突然惨死吓傻了，用袖子抹去冰冷的眼泪，木然地被吴若虎拉着也不朝岔路上跑，就近转身攀上陡峭的山岩。守着三岔路口的清兵见状叫嚷着：“快站住！再跑放箭了！敢跑？杀了你全家！”吴若愚和吴若虎不听他们叫嚷，趁清兵无法分身的机会，拼命向上攀爬，片刻间就消失在清兵的视线里。转弯处剩下的两三家人左顾右盼，想逃又不敢，不逃又不甘心，急得围着自家的牛车转磨磨。梁潇一家人过了急弯，眼见那些人逃到林中，梁家人顿时精神为之一振，梁星丢下肩上的包裹，抽出里面梁潇最喜爱的那轴山水画，只有他和梁雁知道，这画轴里藏着一柄三尺软剑，扯着梁潇就要跟那些人逃跑。梁潇拉住他，扯着梁雁压着嗓子嚷道：“没准备吃食，没有御寒的靴袜手闷子，密林里如何能找得到出路？就是找到了，哪能寻到生路？就算是找到了生路，又能逃到哪儿去安身立命？更何况……”他眼睛向后面瞅，并不看那些逃走的人。梁雁觉得他考虑周全，当下没有十足的把握，逃跑并不是明智之举。还有一样，就是舍不下杨姑娘。佐领听到前面押送清兵叫嚷有人逃跑，急忙催马冲上前，抽出腰刀大声叫着，命清兵将没转过弯的车仗和流放人犯拦在后面，严加看守。他抹去头上汗水回头查看还有多少人犯没跑，见梁潇和梁星、梁雁等站在路口向林中张望，气得挥刀用刀背砍向梁潇：“梁潇你也想逃？弓箭准备！”前面开路的二十几个清兵向前急速追去，一行人快马追至岔路口，不知应该如何分兵去追，勒住马在三岔路口等佐领命令。接到即刻射杀的命令时，只见前面密林深处枯枝晃动不见人影，不知道逃跑的人犯是隐藏在树林深处，还是已经逃得远了。梁潇见那些清兵不顾天寒地冻，用嘴哈气暖着手指抽箭搭在弓上，如临大敌般围着这些没逃走的人犯。忙乱半天，没跑的人犯见失去了机会，逐渐稳定下来，围着自家牛车蹲在一起避风，佐领这才骂骂咧咧地命前面的队长清点人数。梁潇见杨馨儿在人犯队伍里，心里稍安。梁潇这才转身对梁星说：“在这儿逃跑不需要清兵去追捕，他们没有猎人帮助，茫茫林海方向难辨，天寒地冻找不到吃食活着都困难，根本没法回到关里，我猜他们大多数人都会被野兽吃掉或在林间迷路饥寒而死。”梁雁狠狠地瞪了梁星一眼，梁星只得把那画轴塞进包裹里，不敢吭声。骁骑校向佐领报告：“大人，前面岔路口逃走五家，共计二十九人，有两淮御史杨桓荣一家六口，扬州知府吴应彰一家四口，蓟州巡按赵梦吉一家三口……”佐领急了：“先别报了，前面去追击的士兵可曾发现踪迹？”“报大人，从逃亡人犯留在雪上的脚印看，这些逃犯并没有沿路逃窜，而是仓皇跑进了密林中，企图越过这道山岭分散逃出。小人以为不必派兵追击，只要留下兵卒封锁路口，让他们不冻死饿死也会被野兽吃掉……”佐领摆手不让他再说下去。一个小校来报：“大人，前任骁骑校王锦虎趁着前队混乱之机逃跑。”佐领烦躁地摆摆手，没精力顾及，命清兵堵住前后要道，逐家通过险峻山口，在岔路前面平整些的雪地上集中在一起。虽然天还不到巳时，离做午饭的时间尚早，但他还是下令就地挖灶埋锅，生火做饭。他坐在一块巨大的岩石背风处，用马鞍当凳，石板当案儿，吃着马肉干喝着烧酒，心里盘算着下一步计划：要是派人分路追赶，押送的清兵只有五十多人，去少了就是追上了，那些人犯抱着必死的决心势必拼命，不但难以抓回，而且去追的兵士也可能有去无回；去多了，剩下的七十多个人犯沿路行军，拖一里多远，顾得头顾不得尾，如果再有人逃跑，恐难控制。再向北走，一路上都是深山密林，一直到宁古塔杳无人烟，沿路上没有兵营无法求清兵帮忙，这可如何是好？正犹豫间，一队护送宁古塔将军巴虎的姨母去吉林乌拉省亲的马队迎面过来，领军骁骑校过来下马相见，佐领见那骁骑校是原来京师汉八旗中镶黄旗的马三儿，不禁暗暗称奇，马三儿原来在京师只是在汉八旗挂个名，他是个只喜好用弓打鸟儿，用网粘雀儿，倒卖猫儿狗儿的小混混，没了饭辙就去妓院给嫖妓的阔人买个时应果子，干些跑腿赚个小钱儿的勾当，一来二去，被常去丽春楼的火器营统领奕鲲的内弟乌力斯·啸虎看中了，马三儿投其所好，被他通过姐夫收在火器营当差，他善于投机钻营，惯于察言观色，溜须拍马让奕鲲很是受用，不到两年就当上了小校，机缘巧合又被奕鲲推荐给入京述职的巴虎将军，被调到宁古塔将军属下，成了骁骑校。马三儿和佐领早年就相识，论起来乌力斯·啸虎还是佐领夫人的远房弟弟，只是佐领从来没看得起他。巴虎的姨母早听丫头报告了情况，马三儿引佐领和巴虎的姨母隔着轿帘见礼罢，马三儿向巴虎姨母请示，请她落座稍歇，随后再启程。巴虎姨母是蒙古格格，对战阵厮杀骑射都十分精通，见佐领为了留下马三儿帮忙想辙，还让小校递上一枚祖母绿，她心里高兴，觉得这人事办得敞亮。一边把玩着那枚泛着绿光的宝石，一边命人停下轿车，隔着轿帘命马三儿帮助佐领妥为安排。

马三儿念着佐领内弟当年引荐的情分，拉着佐领过来，一起喝了一大碗酒，听佐领说起他的烦恼事，哈哈大笑：“这有何难?”请他把心放进肚子里，一切由他安排。他命从人拿来牛角号呜呜地吹了十几声，低沉的牛角号声在山林中传到远处，四下山里面传来牛角号的回声。两人吃喝了一会儿，等了半天却没见什么动静，佐领对马三儿说的办法将信将疑，他不想拂了人家好意，不敢得罪了宁古塔将军的部下，更怕误了行程，碍着面子，勉强和马三儿又喝了几碗酒，命兵卒押着剩下的人犯先走，只留下几个兵卒侍候。马三儿看着他的安排哂笑着也不搭话，只是命兵卒倒满酒，慢慢喝下去。他话音未落，林中走出十几个穿着皮衣皮裤，脖子上戴着野猪獠牙穿成的项链，腰插弯刀背着弓箭的人，佐领知道这十几个都是披甲人。那时满清在北方的驻军多为披甲人，这些由鄂温克、达斡尔、蒙古和鄂伦春等少数民族组成的披甲人由兵部管辖，平日里从事渔猎生产，秋季集中操练，主要是演练相互间配合和攻防战术。他们个个剽悍凶猛，战斗力极强。朝廷为了鼓励这些人，经常把罪犯卖给他们充当家奴，如遇紧急情况，凡是有调兵权力的军官，都可以吹牛角号，就近召集号令这些人出征。近处山林里狩猎的披甲人一听到牛角号声，判明召集披甲人的目的，立即接着吹起号角。独特低沉的声响，在山野里传得很远，此起彼伏又相互传达。披甲人打猎也喜好四五成伴，要集结十几个人也就是一顿饭工夫的事。那为首的披甲人是一个鄂温克族壮汉，头上插着雉鸡翎，脖子上挂着一条长长的野猪獠牙穿成的项链，高高的颧骨，健硕的臂膀，穿鹿皮袄鹿皮裤皮靴子，背上背着强弓，腰上挂着弯刀。在马上举手向手持调兵令牌的骁骑校道："宁古塔将军属下先锋营披甲人伍长索多尔凯率附近的披甲人前来领受军令，吉林乌拉往北，一直到敦化附近的披甲人共有一百二十七人，编为五队。听到牛角号令，近处打猎的披甲人会集了九人，如果大人觉得还需要增加，只需再等一个时辰，在这狩猎旺季，长白山里有的是披甲人。"马三儿斜着眼看看佐领，佐领连忙命手下人从牛车上拿来几桶烧酒，让那些披甲人先下马喝酒。披甲人也不客气，下马从马背上的褡裢里掏出桦树皮木碗，舀着烈酒一口大半碗，一连几碗下肚才从褡裢里拿出肉干，佐酒慢饮。马三儿见披甲人喝得高兴，这才问佐领："大人是想全捉回来，还是想只捉回来几个再说？要是不立马安排，只怕这些人不等被捉到就会被狼群吃光了。"佐领听说过这些披甲人的厉害："请马兄安排，最好全都捉回来，要是逃得太多，死在荒山野岭，死不见尸，让你老哥我无法交代。"马三儿不等他说完，立即安排："披甲人听令，命你等迅速追上逃跑的流放人犯，捉住之后不得施虐，如能追上押送大队送还即可；如果不能，则必须押到宁古塔将军府交差。"佐领命人再搬来一桶酒，那些披甲人并不客气，朝佐领咧开大嘴开心地笑笑，几人撑开四五个羊皮口袋，将那一桶酒全灌进口袋，提起酒袋上马，奔向林海深处。马三儿听到巴虎姨母在轿车里催促，连忙起身告辞。押送清兵叫嚷着督促人们熄了篝火，继续启程。梁潇对梁雁说："这下子逃跑的人要遭罪了。"梁雁急了："那吴若愚岂不是凶多吉少？"

吴若愚和家仆吴若虎一起攀着一棵松树，登上了一个丈八高的陡坡，趁着那些追兵顾及不到，一口气爬到山腰上一块林木茂密的地方，才敢歇一会喘口气。吴若虎虽然身体强壮如虎，可是拖着手无缚鸡之力的吴若愚也十分吃力，听到牛角号声传来，吴若虎连连叫苦不迭："这下可逃不掉了！"吴若虎来不及和吴若愚解释，拣着林木稀少的空当路，连拉带拽地扯着吴若愚急忙向山后逃去。没跑出半里路，吴若愚无论如何也跑不动了，趴在地上大口喘气，吴若虎只好和少爷讲起披甲人，只要有人在林中走过去，四五天内无论有没有脚印都能找到人，追踪的本事强过猎犬豺狼。这可吓坏了吴若愚，也顾不上累，立即爬起来慌不择路一阵子狂奔。两人一口气跑了大半天，汗水湿透了破棉衣，实在跑不动了，坐在地上慌忙四下打量，见西北面山脚下林中隐着一个狩猎人临时休息用的马架子房，两人连忙跑过去，挪开顶门的桦木杆子，进里面打量，斜搭的人字架柴草当墙，十分简陋，四下透风，只有锅里还有半锅带冰碴儿的高粱米粥。吴若虎让吴若愚上炕，蜷缩在炕头儿上歇着，他找到火石打火引燃了坑灶里的柴草，不一会儿，屋里热乎了。两人吃得饱了也顾不上休息，用雪把火熄了，把门顶上，连夜朝吉林乌拉方向逃。吴若愚猜想那些追兵一定会判断这些人犯为了躲避追踪，只会先向北行，然后再伺机往回返，如果他们直接回吉林乌拉一定会出其不意。两人一口气在雪地里走了半天，见天色晚了，又累又饿，只得找一个被风吹起来的雪窝，蜷缩着身子休息。吴若虎从怀里掏出来从马架子里面带出来的那点高粱米粥锅巴，还有点热乎气，两人顾不上硌得牙疼，使劲咬了几口，硬邦邦的像片铁皮，没咬下几个米粒，却勾出饥饿的感觉，胃里翻涌着十分难受。

披甲人索多尔凯带领着其他披甲人按照分散搜索的方向，像张开的网撒向四面八方，他循着气味往吉林乌拉方向驱马走了不到十里，发现树木稀少的雪地上有两趟杂乱的脚印，凭着脚印他判断这是两人，他知道林间稀疏的地段是水打沟，直通山坳里的那间马架子，如果钻密林，树枝刮脸走得太慢还容易迷路，这两人一定会沿着水打沟往前跑。索多尔凯策马直奔坡下面那个马架子房，在下风头树木密实的地方下马，索性把缰绳套在腕上，躺在雪地里喝酒，从这儿看到密林中那间小马架子里面冒出一缕炊烟，他盘算这两个逃犯一定是想直奔吉林乌拉，不敢走大路，穿密林用不了多大一会儿就得迷路。看着这两人，他心里惦记着十五岁的女儿娜仁格日一个人在家，他并不担心什么野牲来袭的危险，深山老林也不怕坏人，就是女儿的生日快到了，他盘算着能不能按时赶回家，想着可爱的女儿，他几口酒下肚，满脑子都是女儿乖巧可爱的模样，不久竟沉沉地睡去。半夜，冷风吹得索多尔凯一阵阵打冷战，他经常这样席地而卧，身上都是兽皮衣裳也不怕寒冷。猎人的天性让他即使睡着也十分警觉，野兽奈何不了他。黄骠马"咴儿咴儿"地叫着，蹄子刨着冻土地，雪花四溅。西北风卷地，隐约传来狼的嚎叫声。他判断狼群在围攻猎物，而极大的可能是在围猎那两个逃犯，他翻身上马朝西南面狼叫的方向奔去。跑过六七里路，只见一群狼围着七八个人，这些人慌乱间想爬上树逃生，树下几个人用枯枝挥舞阻挡群狼攻击，护着三四个人往树上爬，这几个吃力往树上爬的是吴若愚和钱家公子，还有钱家的女仆。吴若愚和吴若虎从马架子出来，没走多远就遇到钱家一家人，大家一商量，都听吴若愚的，朝吉林乌拉方向走，却没想到在这儿遇到了群狼。冬月里寒冷的天气，树皮被冻得又硬又尖利，戴上手闷子抓不住，空手往上爬，立马就会把手划出血。正在惶惶之际，头狼坐在高处一声嚎叫，林中那些绿色的、令人恐怖万分的眼睛带起一团团雪雾从四面八方冲过来，这些人没有兵器和应手家伙，更没有应对狼群的胆量，慌忙抄起枯树枝面朝外围成一圈，在凶猛的饿狼冲击下，不自觉地退向人们攀爬的几棵大树。群狼带起白雪，伴着一团团冰冷的死神之风冲过来，外圈几个胆大些的男人被头一波狼咬去手里的枯枝，被狼咬到胳膊拖倒在地上，发出撕心裂肺的惨叫，爬到树上的人掉下来砸得几匹狼惊叫几声，以为中了圈套，惊恐地躲到一边。头狼把嘴贴到雪地上运足了气，伸起脖子眼睛瞅着月亮，一声长长的狂嚎，群狼迅疾如风般冲过来，人们惊恐地捂着头儿脸儿四下逃窜。这群狼足有四五十只，选着目标，四五匹狼扯着一个人的胳膊腿儿，一时间林中雪地里残雪腾起雾霭遮月挡林，惨叫声和狼捉到猎物的兴奋欢叫声激荡在林间。那些人犯此时后悔不已，如果不仓促出逃，或许可能还有一线生机，如今，唯一的结局就是葬身狼腹。"咣！"一声巨响，一团火投进人与狼的战场，狼群慌忙后退，随着头狼的一声嚎叫，瞬间，群狼消失在黑暗森林。惊魂未定的人犯聚集在树下四下打量，不知道是谁救了他们，默然地聚在一起，围在一棵水桶般粗细的松树下，稳住神才发现，披甲人索多尔凯骑在马上，站在一块高高的巨石上，众人见他后面没有官兵，都松了口气，不知道是不是该向救命恩人表示谢意，此人是不是要捉他们回去的官差，要是来追杀他们的，如何应对才好。一时间不敢轻举妄动，迟疑片刻，众人惶惑一会儿，都推吴若愚上前说话。“好汉！咱谢谢您的救命之恩……”说着众人鞠躬致谢。索多尔凯憨厚木讷不善言辞，何况汉语说得也不流利，也不解释。脸朝狼群逃走的方向看着，挥一挥皮手闷子用不容置疑的口气命令道：“点着火把，跟着我走!”八九个人犯相互看了看，都不甘心就这样被带回去。吴若愚不管别人，拉着吴若虎跟上索多尔凯。钱家三兄弟悄声商量，披甲人一定是奉命来捉我们的，要是回去了，难免受到责罚，必须得逃出去。如何才能逃走，逃出来的九个人犯对付披甲人数量上占优，何况至少有四五个人都是会武术的练家子。可是钱家人一看大家都被披甲人的气势吓住了，只好乖乖地跟着走。索多尔凯似乎脑后有眼睛，也不回头，在马上扯过鞍后挂着的羊皮酒囊喝了几口：“跟我走，要不然你们就是个死!”说罢脚上马镫一磕，马儿小跑起来。吴若愚知道在暗夜里，如果再被狼群围上，那就在劫难逃了，连忙跟上。钱家兄弟虽然想逃跑，可是眼下没有人跟他们一起行动，他们一家三人势单力孤，只好跟着大伙。一阵小跑几个人都跑出汗了，索多尔凯抖着缰绳，马的脚步放慢了些，冷风吹来，人犯棉袄里面的汗被西北风一吹凉得透心。黎明时分，披甲人领他们来到一个林间地窨子旁边，这是一座半地下的小房子，地面上只有到腰的高度。披甲人命他们进去，里面黑乎乎的，下了六七级土台阶，大家的眼睛才适应了黑暗的环境，里面有火炕和土灶。披甲人从马背上的褡裢里拿出一大块冻得硬邦邦的狍子肉丢进灶上吊着的瓦罐里，示意钱家女仆出去挖来白雪加进瓦罐里，点燃灶上柴草。一会儿，地窨子里飘出他们久违的肉香。尽管只够他们吃三成饱，但天寒地冻时，肚里有了热气，何况吃的是久违的肉和浓浓的肉汤，让他们感到丝丝惬意。瓦罐里的东西吃喝得干净了，他们才想起看看披甲人。索多尔凯似乎醉了，也不怕冷，独自一人卧在地窨子门外，倚着门框，打着呼噜。钱家老大钱晋悄悄打着手势，示意大家一起把索多尔凯绑上，钱家老三钱增理着地窨子炕头的一团破绳子，示意几家壮仆帮忙，众人蹑手蹑脚地围过去，吴若愚想制止，但是众人根本不听他的。索多尔凯似乎醉得太深，一动不动任众人捆绑。吴若愚被吴若虎拉着，跟着大家出了地窨子，但他还是惦记着

披甲人手脚被捆，尽管穿着皮衣皮裤，在这极冷的天气里，不冻死也会被冻残废，他挣开吴若虎的拉扯，回头进屋下了几级土台阶，取出灶旁那把锈迹斑斑的破刀丢在披甲人手边。多少年以后，吴若愚还时常念叨："正是那一个善念让大家躲过一劫，可惜了，那些人没吸取教训，丢了性命。"

一行人慌不择路，只捡林木稀少、雪浅露出荒草的地方跑，跑了半个时辰，林子越来越密，黑暗中几乎找不到路，一行人的脚步渐渐慢下来。钱家老大这才认真听吴若愚不停的叫喊声。"钱世兄，咱们这是朝哪跑?"人们知道，这是黎明前最黑暗时，辨别不了方向，众人只好找一片树木密实的背风坡下，等着太阳出来再辨方向。钱家老大对他的决定十分自负，俨然觉得自己成了理所当然的头领，比画着说出他的决定："咱们往西南方向，直奔山海关，我钱家当年管理漕运时结交了无数海运船家，入了关咱们取海路向南，先到扬州。"众人听他滔滔不绝地讲着，山顶上渐渐地出现了鱼肚白。众人眼睛追着这一缕白色，循着霞光，企盼着太阳喷薄而出的时刻。突然！让人们大吃一惊的是，霞光的剪影，正是屹立在山崖上骑着黄骠马的索多尔凯，他抚着脖子上挂着的野猪獠牙项链大笑："一帮烂人，本来看在我女儿要过生日的分上，想积善缘，我没难为你们，想不到你们却恩将仇报。"说罢驱马冲下山坡抡起马鞭子抽过来，九个人犯想分头逃跑，却都被他的鞭影罩住，只能抱着头，绕着躲到树后，挡不住鞭子缠着树抽过来，打得八个人破棉衣败絮飘出，几个人犯惨叫求饶，只有吴若愚没挨到一鞭。钱家老大看出名堂，叫嚷着："吴世兄，他给你面子，还不帮我等求情？难道你眼看着我们被打死不成?"吴若愚知道披甲人念他递刀子的善念，可这钱晋也不看看，人家没动刀剑，没施杀招，比起你们要置人家于死地岂不是手下留情了？可他还是拱手道："披甲人大人就饶了他们吧！"索多尔凯朗声道："要不是看在这个汉人还有一丝善念，我早宰了你们。"说罢他策马转身，奔向东北方向，吴若愚拉着吴若虎跟着他，钱家三兄弟虽然不想跟上，可是一看大家都跟着也只好跟在后面。走到晌午，来到一处山脚下，他们明显感觉这里暖和了许多。再往前走，有潺潺溪水从败叶荒草下面流出来，竟然还冒着热气，原来这是一处温泉。披甲人将两块带着骨头的狍子肉丢给他们，自己脱光了衣服跳进温泉里，美美地泡起来。吴若愚领着吴若虎在披甲人不远处脱了破棉衣，也跳进热乎乎的温泉里泡起来。吴若愚自打被关进监牢，一年多没洗过澡，冷天热水，冰火两重，让他感到说不出来的惬意舒畅。披甲人看看他，再看看那些抢着吃狍子肉的人犯，也不说话，光着身子上岸从褡裢里拿出一块鹿胸脯肉丢给他，又把羊皮酒口袋丢给他。吴若愚虽有洁癖，却不敢拂了披甲人的善意，学着披甲人的样子，含着口袋嘴儿吸进一大口高粱烧，浑身顿时感觉舒服极了。

休整一番，人犯们都觉得精神起来，披甲人也不捆绑他们，只是命他们跟上他。披甲人骑马蹚着雪窝走在前面，一行人跟着走了一阵，披甲人突然回头示意大家都不准动，伏在雪地上，他勒马隐在一棵一搂多粗的大树后面。众人在雪地里卧了半天，钱晋实在冻得受不了，想慢慢起身活动，披甲人像脑后长了眼睛，随手丢出一个物件，那东西带着风旋转着飞过来，"啪"的一声打在钱晋的腿弯处，他应声扑倒在雪地上，他想找打他的物件，却早飞回披甲人手里。众人于是不敢再动。一阵轻轻蹚起积雪的声响传过来，人们循声望去，只见两只狍子快速跑过来。人犯们大多生在南方，哪见过这个，狍子生得比羊大些，有些像鹿，只是没有角。披甲人两箭射出，一只狍子倒地不起，另一只逃得远了，停在几十丈外回头傻傻地看着。只听"嗖"的一声箭镞划破空气，那只狍子也应声倒在雪地上。披甲人命他们去捡枯枝点起篝火，他抽出短刀几刀割开狍子肚腹，挖出狍子肝生着大吃大嚼，胡须上黏着血，人犯们都呆呆地看着。披甲人吃罢喝了几大口酒，他把另一只狍子肝生生用手挖出来，丢给吴若愚。披甲人十分利落地几刀将狍子皮剥下，将肉卸成几大块，让人犯们架在火上烤起来，这些人犯都被披甲人娴熟利落的刀法折服。吴若愚把嚼了几口的生肝递给吴若虎，用雪擦了擦嘴上的血，那几个流人都凑过来咬几口尝尝，原来鲜活的生肝并不像他们想象的那样难以下咽，生狍肝不但没有血腥气，而且有几分淡淡的清香味。披甲人似乎觉得他们跑不掉，也不管他们，自己割几块狍子肉埋到炭火里，等炙得焦熟了，用猎刀扒拉出来拍去柴灰切成大块，大口酒大块肉地吃起来。吃得饱了，自去林中蜷缩着睡着了。这是这群人犯离开家乡走上流放之路后，吃得最香最惬意的一顿饭。流人们吃得嘴上流油，吃得太饱了，挺着肚子把那些剩下的狍子肉分成几大块，各人分了穿上绳索背着当作日后的口粮。钱晋惬意地躺在火堆旁抚着鼓鼓的肚子，透过枯枝看天上的星星，凝视北斗星勺子把指的方向，歪着脑袋一阵子胡思乱想。他一会儿想出了一个主意，悄悄地用脚蹬火塘边蜷睡的老三，用烧得黑黑的枝条轻轻抽打着吴若愚。一会儿众人都被他悄悄地叫起来，大家装作是被冻醒了的样子，凑到一起听他讲："这是天赐良机，有肉就有了足够的吃的，咱们快逃!"众人都犹豫不决，看着吴若愚。"咱们千万不可小瞧这些披甲人，他们虽目不识丁，可他们与神秘的大自然有着天人合一的默契，捉咱们易如反掌，切不可再做蠢事。”吴若愚谨慎地劝钱家兄弟。可那些人又被钱晋的话吓坏了：“咱们是逃跑被捉回去的，到了宁古塔，非得被打断了腿，穿了琵琶骨做苦力，要是给披甲人为奴，你们还想活?”钱晋恶狠狠地看着吴若愚：“谁要是不愿意逃，我也不带着他，省得碍手碍脚的误事。但是谁要是敢报告披甲人，我们被捉回来，兄弟们必定会寻个机会弄死他！”吴若愚见众人执意要逃，只能拉吴若虎躺下睡觉。七个流人悄悄背好狍子肉，从火堆后面的黑影处隐秘地绕到来时的小路上，趁着夜色悄然离开。吴若愚盯着披甲人，索多尔凯似乎什么都没发现，也不往这边看。过了半个多时辰，他坐起来咳了半天，天亮时，又昏昏睡去。早上，吴若愚让吴若虎把留给他俩的那块狍子肉烤得流油，然后递给披甲人。披甲人也不说话，咧开嘴笑笑接过来，撕着吃着，没吃几口，就拿着肉又睡着了。吴若虎埋怨吴若愚，熟读兵书却只会纸上谈兵，不懂得把握时机逃跑。吴若愚摇摇头笑道：“你若后悔，现在追他们去还来得及。”中午时分，披甲人似乎睡够了，摆手让他们过去。吴若愚递给他烤好的狍子肉，两手相碰，发现他发烧了。他撕着肉丝，勉强吃了几口，拿过酒口袋几口喝了个精光，摇了摇头起身摇晃着给马备上鞍子，骑上马，摆手让他俩跟上。他们没走来时的那条小路，而是斜着穿过一道山梁，下了坡，又走了六七里路，披甲人绊好马腿，领着他俩选了一处陡峭的山岭，带着他俩费力地攀上去。披甲人虽发高烧却仍然身手敏捷，不时甩下鞭子拉着他们攀上峭崖，就这样还落下他俩三四丈远的距离，他俩看着崖上的披甲人不停地喘粗气。好不容易攀上峭崖，山顶上风大，顿时冷风刺骨。披甲人也不管这些，坐在一块石头上看着下面。习惯性地拿过酒袋子，一捏空了，只好打开闻闻也不说话。过了不到一袋烟的工夫，只见崖下不远处，那七个人从山脚下的林中出来，急急地向前面那些雪浅些的草地走过去。披甲人摇摇头叹道：“前面山路虽然难行，可那才是正路，他们会选择走那片靠着温泉流出溪水的平坦草地，却不知那里的黑土地被温泉水泡着，成年不冻，下面千年腐叶烂成泥潭形成沼泽深不见底，一旦陷进去绝无生路。”吴若愚想救他们，起身大喊，披甲人也不阻拦。“哎！快停下，前面危险！”他的声音在山谷里回响。钱家兄弟似乎听到了叫嚷声，以为吴若愚是被逼或想帮着披甲人捉了他们好立功，不但没停下来，反而走得更快。吴若愚向披甲人请求道：“您是披甲人，您是巴图鲁！您能帮他们，他们罪不至死……”

索多尔凯惨笑一声："唉！你是汉人里面的厚实（道）人，你知道我病了，骑马跑不快，不是我不想救他们，他们后面还有狼群跟着呢。"看吴若愚在一旁叹气，他无奈地拿起皮酒囊笑笑："要是酒还在，或许还行，如今，这狼群来了，他们厄运难逃了！"吴若愚不解地问他："您带的酒不算计着喝？要是自己遇到狼群，没酒了该咋办？"索多尔凯摇了摇头笑道："这些人不如畜生，不如狼，那野性儿还知恩图报。"他告诉吴若愚，钱晋兄弟仨趁他泡温泉的工夫拿走了酒囊，他们喝够了，竟然把剩下的酒全倒了，又灌满了清水。吴若愚想再哀求披甲人救他们，披甲人摇摇头，指着空酒囊表示：就是想救他们，发烧的披甲人没有烧酒，哪来的力气。

山下的人们还没意识到灾难就要来临，他们庆幸逃离了披甲人，却不知道自己正在一步步走向死亡的深渊。吴若愚从索多尔凯的冷峻笑容里看出了危险，任他喊破嗓子，那些人似乎也没听到。索多尔凯捋着胡须指着山脚下的密林冷笑："真正的催命鬼在这儿呢。"吴若愚只看到林中积雪和枯枝败叶，并没有什么动静。钱晋似乎在为他倒掉了披甲人的动力来源而扬扬得意，挥着手闷子率先奔向枯草丛生的黑土地。钱家两兄弟紧跟着，钱晋跑了六七步率先走进那片没有积雪的茂密草丛里，像感觉到什么，突然想停住，惯性使他又向前冲了几步，泥潭里黏稠的泥浆迅速淹没了他的膝盖，再一挣扎陷到了腰际。他叫喊着求救，钱家老二老三急忙停住脚步，老三腿快已经陷进了泥潭，慌忙后仰被老二和王家的王岭拖住，强拉他上来。几个人只能眼睁睁地看着钱家老大惨叫着渐渐下沉，片刻间只露出后仰的脑袋。钱家老二和余下众人急忙扯下衣裳和粗布腰带撕成布条，一头捆上石头丢给他，可是已经来不及了，顷刻间，泥潭表面的黑水里冒出一串串气泡。众人叹息之余想回头找路，哪料到，狼群早就蹲坐在身后丈八远的地方窥视着他们。钱家老二这才绝望地朝峭崖顶上跪下呼喊："披甲人！你饶了我们吧，快来救救我们！"那些人战战兢兢，像找到了救命的稻草一起跟着狂吼求救。吴若愚看着披甲人混浊的眼睛里透着一丝无奈，看着远处的云朵儿，无奈地摇了摇头，吴若愚知道披甲人此刻也是无能为力了。头狼发出进攻号令，狼群从三面冲过去，瞬间，惨叫声、撕咬声混成一片……那七个人只有王岭护着他家王晴爬向沼泽深处。王岭的腿被一匹狼咬住，狼凶狠地晃着脑袋，王晴拼命地爬进泥沼里。吴若愚跪地求披甲人："大人，您救救他们吧……"吴若愚泪流满面，说不下去。披甲人受不了吴若愚的苦苦哀求，扶着他的肩膀费力地站起来，嘛起嘴运了运气，却吹不出声响，只好就近揪下一根枯黄的草茎，和着雪嚼烂几口吞下去，再起身捏着嘴唇吹出一声啸声，狼群听到，静了片刻，叼起那几个人的尸体迅速消失在密林中。

再启程九个流人只剩下四人，王岭还拖着一条被狼咬伤的腿，拄根树棍瘸着跟在后面，王晴劫后余生，满脸都是活下来的喜悦。披甲人骑着马摇晃着走在前面，不时下马拨开雪在黄草窠儿里寻找草药。吴若虎悄悄告诉吴若愚，披甲人刚刚吃的那个草茎是一段人参。他趁披甲人只顾向前搜寻的工夫，用树枝挖出剩下的半段，原来他们南方人视为珍宝的人参，披甲人竟然视若无睹并不在意。又走了半天，天近戌时了，披甲人找了一块避风的雪地，命他们捡来枯枝点燃篝火，让他们拿出狍子肉烤上当作晚饭。王晴的狍子肉早掉进泥沼，王岭从怀里掏出一块狍子肉，大家将肉切成块，用木扦子穿了，烤了起来。一会儿，肉烤熟了，王岭连忙撕下一大块递给披甲人，披甲人看着天上的星星，既不接也不出声，王晴怕惹怒了披甲人再有危险，连忙请吴若愚去送。披甲人冷笑着朝王岭伸手，吴若愚连忙示意王晴把那块肉全拿过来，递给披甲人。披甲人不理他们，还是瞪着眼睛手伸向王岭。“大人，我们有什么做得不对?”吴若愚壮着胆子问。披甲人骂道：“狼还懂得留着肉分给同伴，你藏着肉怕没了吃食，想吃独食?你拿着肉自己走吧!”说着，坐在那里一鞭子甩过去，王岭被打得一个跟头倒地，怀里掉出来几块更大的狍子肉。原来王岭在披甲人下山营救他们时，把那几个人拼命挣扎时掉到地上的狍子肉都悄悄系在自己腰带里面。第二天一早，索多尔凯不让大家点火做饭，而是直接启程。一行人饿着肚子走了一个上午，披甲人坐在马上昏昏欲睡。走着走着，披甲人突然精神了，示意大家就地卧倒在雪地里，他拍拍马脖子，马儿躺倒在地。片刻，前面飞过来一只雉鸡，披甲人一箭射去，雉鸡应声落地。披甲人将雉鸡拿过来拔下长长的漂亮翎毛收起来，然后把鸡用草叶缠绕了包起来系得紧实了，外面再包一层泥土，命大家点燃篝火，待木头燃成炭火快熄了，把鸡埋进炭火里。不一会雉鸡熟了，毛随着草叶撕下露出白白的鸡肉。披甲人丢给他们一点盐粒，一人一小块儿，舔一下，吃一口鸡肉，却也十分鲜香。黄昏时候，一行人来到了一座低矮的马架子旁边，不等披甲人吩咐，王岭勤快地先去撮雪，倒进吊在土灶上的瓦罐里，几个人忙碌着生火拿出剩下的冻狍子肉，准备晚饭。披甲人叫过吴若愚，从墙角寻出一把锈迹斑斑的破镐头丢给他，让他在屋后面六七尺远的冻土地上刨下去。他依着披甲人指画的地点刨了几下，下面发出空空的响声，刨下一大块冻土之后，下面露出一片大石板，披甲人跳下去掀开石板，从里面掏出来半只冻鹿肉，一个足有尺把高的皮酒囊。披甲人不等从坑里上来，先扯开皮酒囊猛地喝了几大口，皮袋立即瘪了一大块，披甲人脸上泛起红晕，看着吴若愚如孩子般开心地笑了。晚饭后，披甲人不管他们四人，自己抱着酒囊在火炕上睡去。半夜时分，王晴小声叫吴若虎陪她去外面方便，吴若虎以为外面天黑，女人害怕也是常态，王岭腿又瘸了，只好陪她去。第二天天亮，鸟在林中鸣叫着找食吃，几个人起来，吴若虎点燃了灶坑里的柴草，瓦罐里煮满了鹿脯鹿肉，四个人吃饱了，披甲人却只喝酒不吃东西，王岭盛出一木碗肉，递给披甲人，披甲人抓起一块吞下去，就摆手不要了。王岭见他把那块肉咽下去了，顿时喜形于色，立即肆无忌惮地叫嚷着："这里是前梨树沟，咱们现在跑，把这些熟肉带上，足够我们逃到有人家的地方。"吴若愚疑惑地看着他，竟然当着披甲人的面捆绑东西，还把披甲人的狼皮褥子和弓箭都拿过来，捆绑了背在自己身上。披甲人却木然地看着他。王岭叫嚷着："吴兄，咱们能再一次全身而逃全靠你了，你派吴若虎偷了这家伙的猎狐药，给他拌到肉里，只可惜没放到酒里，让他喝得更多。"这时吴若愚才想起来刚才吃肉的细节，一只木碗放在王晴旁边，三个男人都用另一只碗吃肉，用木勺喝汤，没想到那一只碗里早被他们放了猎狐药。披甲人混浊的眼睛死死盯着吴若愚，像要问个究竟，吴若愚气得说不出话，怒视着骂吴若虎道："你是不是知道咋回事，为什么不告诉我？"披甲人眼里的怒火像要把吴若愚烧焦，王岭催促着吴若虎和王晴快走。三人收拾完东西，王岭见吴若愚还想帮披甲人从褡裢里找解药。披甲人恼怒地扯过褡裢丢到炕梢，一拳把吴若愚打个趔趄。吴若愚现在就是浑身是嘴也难以解释，何况他根本就不知道全部过程，只能靠猜测知道个大概。万般无奈，他只好在灶里的火上加些柴，把门掩好了，跟那三人一起出门逃去。王岭兴奋极了，命吴若虎去牵那匹黄骠马，吴若虎看着吴若愚，想去又有些不敢，王岭道："怕他作甚？你如今已是我王家女婿。"吴若愚立马明白了一大半。"这马儿有灵气，千万不可牵马！披甲人病了，没了马和弓箭，岂不是要他的命？"王岭见吴若虎迟疑，嫌他误事，怒骂着自己去解缰绳，他迈着瘸腿却靠不得前，马儿转着圈儿总是屁股朝他，好不容易逗那匹马来不及掉过屁股，自己的腿却不赶趟没法及时奔过去，被马儿瞅准了尥起后蹄，踢得王岭惨叫一声扑倒在雪地上。马架子里面传出披甲人的怪笑声，吓得王岭让王晴扶起他快走，吴若虎跟着他俩捡起狼皮褥子顺着山坡，连滚带爬地从雪上滑下去跑远了。吴若愚左右为难，想了片刻，怕和披甲人无法说明白，只得跟上他们走了。一路上王岭腿被狼咬瘸了，又被马儿踢伤了肋骨，一喘气就疼得厉害，走了一个时辰，也没走出六七里路。可苦了吴若虎，只好连背带扶地拉着他走，吴若愚实在看不下去，才叫住他们，学着披甲人的办法，找来两根枯树棍，绑成一个爬犁让王岭坐上，三人连拉带推的才走得快了。王晴跟在爬犁后面轻松些了，告诉吴若愚，他们三个商量好了，奔吉林乌拉船厂跟前儿的榆树崴子屯，到那儿隐姓埋名学商人用皮张换粮，用粮换盐再换了皮张获利，准能活得不错。吴若愚问吴若虎："你和他们一起去做生意？你拿什么作本钱？"吴若虎的目光不敢和吴若愚对视，王岭坐在爬犁上翻着白眼儿嚷着："咋了，要审问哪？若虎如今是咱王家姑爷，你想怎的？要不是咱家领着你们逃了，到了宁古塔，你自身难保，又咋能给仆人安全、女人，还有温饱？更不用说成家立业了。"吴若愚从吴若虎低着头的神态里读懂了一切。吴若愚上前帮着拉爬犁，回头和王岭道："王兄不应强人所难，你要逃为什么嫁祸给我？让披甲人恨不得剐了我？"王岭在爬犁上仰着脸讪笑道："吴兄，咱逃走带上你是咱兄弟的情分不是？不能把你留这儿还得被押到宁古塔受罪。当然，要是没有你和披甲人唠嗑，咱们也近不得他，没法子偷披甲人的东西啊。"吴若愚怒道："那你为什么让王晴勾引吴若虎？"王岭当着王晴面不好意思说实话，吴若愚吓他要把爬犁掀翻了，丢下他领着吴若虎自己走，他才故作平静地说："吴兄，咱明人不说暗话，咱要是不施'美人计'让吴若虎去偷药，万一我或王晴偷不成被披甲人发现，还不得被砍了？吴若虎就不一样了，就算被发现，披甲人看在你的面子上也会饶他不死。"吴若愚苦笑道："王岭，你以一己之私害了大家，这披甲人名叫索多尔凯，是这一带披甲人的头领，能号令全部落的勇士冲锋陷阵，他曾给宁古塔副将军萨布素当过随从护卫，对我们颇有同情心，我昨晚和他聊到子时，他都有放了我们的想法，他只要推脱自己患了伤寒，不慎让人犯跑了，谁会怪他？你们不懂披甲人的厉害，亏得没动杀心，不然，即便得手那些披甲人岂能容我们？"可是王岭依然不以为然，他躺在爬犁上仰脸看着天上的白云，得意地吹着不成调的口哨，爬犁停了下来。王岭抓起一团雪打向吴若虎，想让他拉起爬犁快走，攥着雪团的手却僵硬地举着，丈八远处，披甲人索多尔凯不知什么时候坐在一段枯木上，黄骠马在身后的树下嚼着荒草，一边吃一边甩着尾巴打着响鼻。王岭知道两次加害披甲人，求饶已经不可能，只好做困兽之斗，他抓起弓搭上箭要射杀披甲人，没想到披甲人的强弓到了他的手里，不知道哪儿不对，弓弦松得像一根断了的蛛丝，他只好抓起披甲人那把弯刀，使足力气掷向披甲人，吴若愚连忙制止已来不及，只好惊叫着提醒披甲人："小心！"弯刀飞向披甲人的头颈，披甲人轻轻地俯下身子躲过，王岭所有的办法都用尽了，只好叫嚷着："若虎快上！"吴若虎不顾吴若愚的阻拦，冲向披甲人，披甲人却泰然自若，吴若虎不敢贸然进攻，少顷，吴若虎飞脚踢起积雪遮挡披甲人的视线，冲到近前来一个"双风贯耳"，两拳生风砸过去，披甲人看似粗大笨拙，实则十分灵活，早闪身抢到他的右边猛地扫出一腿，吴若虎一头撞到那段硬邦邦的枯木上，门牙磕碎了，眼前一黑一头栽倒在雪地起不来。王岭见势不好，瞅着右侧山坡不算太陡，翻身滚下爬犁顺坡向下滚去，披甲人一鞭抽出，却没能卷上他，雪雾中王岭瞬间就滚下十几丈远，披甲人并不慌张，也不上马去追，从爬犁上拿过那张弓，顺手一理，弓弦立刻绷得紧紧的，搭上箭也不用瞄准，"嗖"的一声射出去，王岭惨叫一声，躺在雪地里一动不动。王晴刚想跑过去追他，披甲人的回旋镖打过去，正中王晴腿弯，她一跤倒地，不敢爬起来，卧在雪地里偷偷地看着披甲人。吴若虎这才爬起来，满脸是血，爬到吴若愚脚下，希望主人救他。吴若愚不知如何和披甲人解释。披甲人冷笑道："哼！就凭你们也敢和咱过招？真是不自量力。"吴若愚连忙求他道："害您的王岭已死，小弟吴若虎已和王姑娘成亲，为情所惑，误入歧途，帮了坏人，求你放过他俩，这一切都是我的主意，我任凭你处置。"披甲人摆手不让吴若愚再说话，问王晴："你说，暗地里偷了猎狐药来害我是谁的主意？"王晴趴在地上，偷眼看见坡下面的王岭还有动作，暗中打手势让她吸引披甲人的注意力。她坐起来道："大人英明，这点小伎俩哪能瞒得了您，像这样的大主意当然得吴公子拿了。"披甲人打断她的话，问吴若虎："你说，这主意是谁出的？"吴若虎不敢看吴若愚，吞吞吐吐地说："这样的事，我家公子，他，他……"王晴的眼睛直勾勾地看着他，他咽了口唾沫狠下心来，"这样的计谋当然只有我家公子才能想出来，他先假意取得你的信任，然后……"披甲人瞅着吴若愚："这样的家人，卖主求生，编造瞎话，你还替他求情吗？"王晴慢慢站起来收拾爬犁上的东西，夸张地整理着披甲人的狼皮褥子和那几块剩下的鹿肉，吴若愚刚要提醒披甲人，这两人有意转移他的注意力，一定有事，吴若虎早偷偷拿起一根大木棍猛砸过去，没等披甲人反应过来，这是虚招！王岭中箭只是被射中屁股，又隔着棉裤，并无大碍，他装成被射死的样子，先是一动不动，瞅着披甲人以为他死了不再注意，悄悄爬上来，这个时候突然发难，将爬犁拖在后面的长绳结成套，套向披甲人的脖子，想一下子勒死他。披甲人似乎脑后有眼早有准备，猛地向右扑倒，躲开吴若虎的长棍，倒地后双脚猛踹他坐过的那段枯木，枯木滚过，压倒王岭，翻滚着带着他向坡下滚去，人和枯木重重撞击坡下的山石树木，呼啸着滚下山坡。索多尔凯就势拧住吴若虎的脚踝，又猛地翻滚几下，简单实用的动作，就把练过武功的吴若虎弄得头昏脑涨。披甲人站起身来一脚把爬起来想跪地求饶的吴若虎踢翻，坐到爬犁上从怀里掏出酒囊喝了几口，气愤地看着他。王晴早吓傻了，跪在地上求饶："民女也是被逼的，他们怕打不过你，就让我去勾引吴若虎，让他去偷药，不得已得罪了英雄，英雄饶命……"不等她说完，披甲人一鞭子抽去，打得她惨叫一声，白净的脖颈上凸起一条深深的血印。吴若愚还想上前求情，披甲人摆手不让他说话，叹着气道："你还要为这些畜生不如的人求情吗？"他不理吴若虎跪在雪地上不敢起来，问吴若愚，"放了他们，你愿意和我一起回去交差？"吴若愚毫不含糊。披甲人把爬犁上的几块鹿肉丢在雪地上，一脚将爬犁踹翻到山坡下。转身上马，不再理王晴和吴若虎，挥着马鞭让吴若愚跟他走。吴若虎有些不舍，愧疚地说："公子，我……"吴若愚摇摇头："你自己好自为之吧！"

吴若愚跟着索多尔凯的黄骠马，转过山弯，已经看不到那两个人了。披甲人知道吴若愚想问吴若虎和那女人能活下去吗？披甲人不给他好脸子，他也不好提起话头儿，两人只顾往前不紧不慢地走着，吴若愚想着心事不再说话。天快黑了，披甲人下马在林中的雪地上看得仔细，吴若愚随他看去，北风早把雪地上走过去的一切印迹抹平了，哪里能看得出来什么蛛丝马迹。披甲人却凝神看着，似乎目光能看到雪的下面，还能看到在此之前曾经发生的事。索多尔凯看了看天色，示意吴若愚在后面慢慢赶上，他翻身上马，打马飞速向前。吴若愚估计他发现了什么，想去看个究竟。马向前飞奔几步，披甲人突然从马背上滑下来，连着鞍韂一起散落在雪地上，披甲人顺势翻滚，并没有受伤。吴若愚跑过去发现，马肚带早被那三个狗男女不知道什么时候割断了，只连着一点儿。幸亏披甲人鞍马娴熟，否则要是行进在林间陡峭的山路上，后果不堪设想。披甲人冷笑着摇了摇头，拾起褡裢和马鞍，向林间深处选了个避风的地方，用粗大的手闷子团起一个个雪块，片刻就着榛棵子垒起四面雪墙，虽然没有顶盖却也能挡着北风，里面暖和了许多。吴若愚不等吩咐，用榛棵子扫清雪墙里面的雪，捡来干树枝在雪墙里生火点上一堆篝火，又捡来枯草松针厚厚地铺在地上。收拾妥当，索多尔凯用猎刀将鹿肋条上的肉切成片，用树枝穿上，烤熟了撒上细细的盐粒，肉上散出焦香的气味。两人吃肉喝酒，索多尔凯凝视着吴若愚也不说话。半夜里，索多尔凯推醒吴若愚，示意他仔细听，吴若愚这时才发现，不知道什么时候，他睡在披甲人的狼皮褥子上。北风轻轻地拂着雪地，夜里觅食的猫头鹰在咕咕地叫着。天上的黑云一会遮住月亮，一会飘过去月亮又露出脸儿，冷冷地照在森林里的雪地上。不远处茂密的森林隐约地藏在黑暗的影子里，似乎里面隐着神秘的死神在关注着世间的一切。披甲人示意他朝东南方向听，他学着披甲人，把耳朵附在地上，屏住呼吸也只是听到丝丝的风声。听了一会儿，忍不住要起身看的时候，才听到什么东西踩踏雪地的声响。他慢慢起身看去，他们的雪墙外面早被风把残雪刮过来，塑成圆圆的雪包。不远处两人脸背着风倒退走过来，到离他们十几丈远的榛棵丛下面背风处停下来，互相埋怨着，“不听我家公子的，咱俩在北方山里冬天根本就活不成，披甲人要是改了主意再追过来，咱们跟他回去也许才是生路。”吴若愚听出说话的是吴若虎。那个女人道：“咋？咱拼死逃出来你后悔了？再说了，咱故意示弱，趁机偷偷割了披甲人的马肚带，要是赶到陡坡上吃劲儿时才断，那不得摔死他？”“你不是还要给他当小老婆？咋还盼他死了？再说了，人家还放咱俩一条生路呢？”吴若虎鄙夷地说。“我呸！我看他那吃相就恶心得吃不下饭，我那是哄他，你好有机会割他的马肚带。”这两人恩将仇报，令人发指。吴若愚气得浑身发抖想冲出去和他们理论，被披甲人那大手闷子摁住了。那两人往这边看顶风刺眼，也就没细看。两人匆匆点起篝火烤肉，吃完了，两人怕和其他披甲人遭遇，连忙收拾东西要走。这时，吴若愚才看到，他俩不知道什么时把披甲人的那串野猪獠牙项链都拿去了，分成两串，戴在各自的脖颈上。两人急匆匆辨明方向，朝着西南面走去。披甲人等他们走远了，和吴若愚过去看看，披甲人仔细辨着气味，摇摇头：“自作孽不可活。”吴若愚急了：“您大人大量，您救救他俩。”披甲人笑道：“天命难违！再说了，畜生还知道报恩，这两人连你都想咬，你还要一而再，再而三地救他们！”披甲人架不住他一再求情，无奈地说：“他俩戴着我的那串野猪獠牙链子，顺风十几里我就能知道他们在哪儿，今晚，他们想避开林间小路，取直线去关里，白天在密林里都极容易迷路，何况这是夜晚，他们想取捷径，现在就已经向左面偏了许多，今晚会遇上‘鬼打墙’。”说着拉吴若愚回雪墙里睡觉，吴若愚不想拂了披甲人的好意，躺在狼皮褥子上辗转反侧睡不着。凌晨，吴若愚估计是子时刚过，披甲人推他起来看，只见那两个男女又回来了，惊恐万分地站在那堆篝火余烬旁边，四下打量着，竟然又走回来了，“鬼打墙！”他俩脱口而出，不约而同地想起来时路上梁潇讲的，北方夜晚走在密林中，人们看着星星、月亮辨别方向，以为是朝着目的地走，结果走了半天还回到原处，这是鬼在打造肉眼看不到的墙，把人圈在里面，如果听不到公鸡叫声，就得在圈里走一夜，直到天亮，可惜梁潇后面说的是什么他们没听到，要不然也不会这般恐惧。吴若虎拉起王晴起身就跑，北风早就把他们去时的脚印掩去了，他们被心里的魔鬼追着跑远了。披甲人拉着吴若愚回到雪墙里：“放心，他们不出一个时辰还会回来。”“鬼打墙?”吴若愚疑惑地问披甲人。“什么鬼哟?！心正走得直！人和牲畜腿脚都一样，左右跨步的尺度不同，白天能自觉地及时调整，夜晚谁走都会偏，黑夜里没有东西参照调整不了，一溜弯儿顺到底能不拐回来?”吴若愚觉得披甲人看似木讷，实则深谙自然奥秘。“走瞎路不怕，就怕他们会遇到最凶猛的……”说着披甲人指着雪地上新出现的硕大的野兽脚印。“老虎?!”吴若愚急了，“你一定要救救他们，你一定能救他们！”披甲人憨厚地笑笑：“他们转回来时，如果幸运的话，也许有救，眼下你就是想救，他们也会避之不及，躲着咱们疯跑。”说着披甲人喝了几大口酒，倒头睡了。不到一个时辰，不远处传来尖叫声，吴若愚起身一看，那两个人惊慌失措地又站在他们晚上点篝火的地方。吴若愚这次不管披甲人高兴不高兴，站起来大喊：“有老虎！快过来！”说着不顾积雪没膝跑过去。吴若虎想过来，王晴却拦住了他，两人还是拔腿就跑。披甲人在吴若愚身后道：“告诉他们，别把那串链子弄丢了，或许能保命。”吴若愚连忙大喊：“若虎，千万戴好那串链子，遇到老虎能救命！野猪獠牙链子！”叫喊声响彻山谷。不知道他们能不能听到，吴若愚担心吴若虎葬身虎腹，忧心忡忡，听着披甲人呼噜声山响，他却再也睡不着。

# 第十章　命悬九环

早上，吴若愚没睡好觉，昏昏沉沉地跟在披甲人马后，一口气走了二十几里路。披甲人突然兴奋起来，在马上噘起嘴来发出一声长长的啸声，声音在山林里回荡。不一会儿，一只斑斓猛虎从前面跑过，嘴里还衔着一条人的大腿，血淋淋的十分可怖，吓得吴若愚浑身发抖。三个披甲人骑马从林中追老虎出来，和索多尔凯说着他们民族的话，高兴地传递着酒囊大口喝酒。一会儿，三个被捉住的流人和那个王晴一起被一条长索绑着左胳膊穿成一串出来了。吴若愚急忙过去问王晴："虎子呢?"王晴不理他，跪在索多尔凯马下哭道："巴图鲁，我是被那臭男人胁迫才逃走的，你的这串链子救了咱，我再不逃了，就是到宁古塔也不过是卖给你们做家奴，还不如我现在就跟着你。"几个披甲人听了哈哈大笑，他们告诉索多尔凯，接到集结令，调五十个披甲人到吉林乌拉押送粮草去瑷珲城。索多尔凯的女儿要过生日了，没法去押运粮草，请他押送这些流人逃犯回宁古塔。几个披甲人把长索的绳头丢给索多尔凯，又丢给他一个满满的皮酒囊，打着手势脚磕马镫走了。

索多尔凯不再那么平和，眯着眼睛也不看那些逃跑的流人和王晴，凶狠狠地一甩马鞭子，狠抽捆在前面的王家大公子王嶂，瞪着眼睛命他们快走。披甲人见吴若愚还在向后面看，希望吴若虎能追上来，就告诉吴若愚，吴若虎已经葬身虎腹。一行人一路前行，无论王晴怎样百般献媚地表现，披甲人都不为所动，还是把她捆在五个男人后面，只有吴若愚不用捆绑跟着他们。第三天，他们上的山越来越高，天气越来越冷，傍晚找了一个避风的崖下，披甲人命吴若愚把绳子解开，让这几人准备篝火烤肉。披甲人经历了这几天的事，早已对流人不再信任，丢过来的肉骨头上没有多少肉。自己拿出一块熟狍子肉，让吴若愚烤热拿来，还撕给他一大块。那五个男人眼巴巴地看着，吴若愚怕披甲人不高兴，不敢和他们分享。到了晚上，流人被重新捆绑了手脚，挤在一起睡去。吴若愚听到王嶂和王晴低声说着，似乎有什么药之类的话。吴若愚早就听梁潇说过，王家阴损、卑鄙，比娄家更让人防不胜防。他怕这些人再有什么猫儿腻连累自己，不敢睡觉，暗中睁大眼睛，紧盯着那匹马和马鞍、马褡裢。披甲人喝了酒倒头酣睡，呼噜声震得林中都有回声。黎明时分，吴若愚再也熬不住了，沉沉地睡去。睡梦里被披甲人狠狠地用鞭子抽醒，睁眼一看，太阳已经升在树梢上面，披甲人见他还起不来，气得抓雪攥成团砸向他。他迷迷糊糊的，不知道披甲人为什么和自己翻脸，一看左右，那些人把捆他们的绳子剪成一段段的，人早已跑得无影无踪了。这些流人从索多尔凯手里逃走，索多尔凯将会受到严厉的责罚，会被加重上交的貂皮税，那样他就会没有东西换盐和酒。吴若愚蒙在那儿，无法和索多尔凯解释。流人全跑了只剩下吴若愚，披甲人岂能不怀疑他？他将吴若愚三下两下捆到树上，吴若愚知道这个时候解释什么都没有用，只好任他捆了。索多尔凯急匆匆骑上马，辨了一下方位纵马追去。吴若愚望着茂密的森林，想着这些人是如何骗过披甲人逃走的。他朝睡觉时上风头的位置看了看，阳光透过树枝照下来，一段细细的淡黄色的东西倒在雪地间，他仔细看看明白了，这是一段熏香，一定是王晴先故意丢过荷包，让脂粉气味散布在披甲人附近，然后悄悄点燃了和着脂粉气的熏香，让嗅觉十分敏锐的披甲人也没法分辨出来，最后被迷倒。那几个人在熏香燃起来之后，悄悄扯起绳索移到一边假装睡去，吴若愚见他们没靠近马鞍和马褡裢，也没在意，却没想到这些人连他都算计了。不知过了多久，一切都厘清了，寒冷的天气冻得他手脚麻木。冷风吹过，冻得吴若愚快要僵硬了，想着娘为他逃出去惨死的样子，他后悔没拦住娘，自己没听梁潇的话，在这条流放的路上，逃走哪儿那么容易。随着肢体由疼痛到痒痒的，甚至还热乎乎的，他知道自己快要冻死了，死，他不怕，到宁古塔早晚也得死，活着回来的机会不大，只是没想到还没报仇就这样死了。不知过了多久，他被人用冰冷的雪水浇醒了，披甲人疲惫不堪地坐在雪地上，那副马鞍子也丢在地上。吴若愚猜想披甲人一定是遇到了什么危险的事，那匹马呢？那可是披甲人视同生命的伙伴。披甲人血红的眼睛瞪得大大的，他几刀将吴若愚的袄袖、棉裤腿斩去，吴若愚却皮肉无损。披甲人比画着告诉他："用雪搓，不然就没有手脚了！"说罢帮他搓了几下手，看他手指灵活了，披甲人不再管他，让他自己搓。吴若愚听梁潇说过，冻僵了必须得用雪搓得血液流通了才能保住肢体无损，于是不顾寒冷拼命地搓起来。披甲人气愤地拿过皮酒囊喝起来，几大口进肚，皮酒囊已经瘪了大半，看着马鞍子想起了那匹跟随他多年的黄骠马，气得七窍生烟，跳起来抡起马鞭子劈头盖脸地抽吴若愚。吴若愚知道躲不过，躲过了他会更生气，只好任凭他打了六七鞭子，披甲人又噼噼啪啪用鞭子抽打旁边的松树，树枝上的雪纷纷飘落下来，百十鞭子打过，鞭子打断了，他一脚将王晴没来得及拿走的那个包袱踢飞了，东西散落在雪地上，然后举起皮酒囊一饮而尽，仰脸躺在雪地上，气得胡须乱颤。吴若愚搓得手脚有知觉了，胡乱地将棉袄棉裤断处用刀穿个洞，再拿过鞭绳穿补系成扣缝上，收拾了能带的东西，捆绑着打个包。披甲人这才起身，也不瞅他丢给他一根绳子，吴若愚知道，披甲人认为他不可能不知道这些人的诡计，只不过不肯告诉他就是了。吴若愚用那根绳子把自己的双手捆了，绕了几道，伸手让披甲人绑上，披甲人混浊的眼睛瞅了他半晌，摇了摇头不再绑他，扛着那个他不舍的马鞍子在前面走了。一路两人无话，走到第四天傍晚，只见山脚下平坦些的草地上，有六七撮木头搭起来的房子，房子前面的栅栏里面养着一些比鹿大些有角的动物，吴若愚知道这一定是鄂温克人养的四不像，也叫驯鹿，索多尔凯命吴若愚扛着他的东西进了撮罗子。吴若愚将东西放到门口，细看撮罗子里面虽然不宽敞，却也十分齐整。一个十三四岁的小姑娘，穿着皮衣皮袍子皮靴，高兴地迎着披甲人，父女俩拥抱在一起。随后，小姑娘将木碗里和着一些酸味的像奶一样的东西端给吴若愚，听父亲讲着吴若愚，不知咋了，少女的笑脸突然变了，冲过来抢回木碗，将里面的东西泼到门外，拿起鞭子举着要打他，吴若愚不敢招架。索多尔凯和她说着鄂温克话，吴若愚猜他可能在说，尽管他和那些坏人一样，是个流放的人，咱们总还得有待客之道吧？少女阴着脸不看他，再给他的木碗里盛满奶状的东西，披甲人告诉他这是马奶酒，他接过来喝下，虽然有些酸味，但顿时肚子里发热，舒服多了。晚上，披甲人和女儿尽享天伦之乐，两人说到高兴时，竟然跳起来，再后来说话声音越来越大，吴若愚听起来，似乎在讲他们逃跑的事。索多尔凯比画着，说自己被熏香熏得头疼，马儿也被熏得迷糊了，没走多远就掉进了崖底摔断马腿，没法救回来。吴若愚坐在灶边不敢看他们。一会儿，少女比画着要索多尔凯给她的生日礼物，索多尔凯一路上高兴时曾拿给吴若愚看过，一个精致的苏绣荷包，这是索多尔凯花一张貂皮从骁骑校那里换来的，没想到却被王晴他们偷走了。想起来披甲人抑制不住心底的恶气，迁怒吴若愚，抽出弯刀就要杀了他。少女连忙拦住，吴若愚怕待在撮罗子里面再勾起披甲人的联想和怒气，连忙到驯鹿棚子里的草堆上坐下。撮罗子里一会儿传来笑声，一会儿传来披甲人愤怒的叫喊声。吴若愚知道，王晴、王嶂的背信弃义的恶劣行径让披甲人连他也不再信任，正在担心自己被"殃及池鱼"时，撮罗子门被踹开了，满嘴酒气的索多尔凯冲出来，从靴筒里抽出尖刀叼在嘴里，揪着他的脖领子，撕开他的棉袄，像要挖出他的心来看看。吴若愚吓傻了，这时他怀里揣的，舅舅在他八岁生日时送他的"九连环""哗啦"一声掉到雪地上，披甲人一脚将他踢倒在地，拿起那物件儿仔细看看，叫喊着挥刀还是要杀他。吴若愚从他愤怒的眼中看出，他怀疑这是件暗器要害他，连忙解释道："玩物，玩的，不懂?"脖领子被揪得紧了，勒得他四下张望，少女跑出来，他在尖刀刺下的关键时刻喊着："礼物，送给你女儿的礼物。"索多尔凯将他丢在地上，吓得他瘫软在草堆里半天缓不过来劲。索多尔凯将这一串哗哗直响的铜玩意拿给女儿："礼物？汉人的玩具!"披甲人的女儿见这九连环十分好奇，却不会摆弄，只是摇晃响着，模仿着马蹄声的节奏，玩得十分开心。不一会儿，少女玩得腻了，披甲人拿过来，不相信这么简单的几个铜套环会是什么玩具，还藏在怀里，摆弄半天不得其解。披甲人叫吴若愚进来，将九连环丢给他，让他摆弄。吴若愚知道讨好少女是他能活下来的唯一机会，连忙将九连环最有趣最简单的玩法演示给他们父女俩看。先将九个环套快速解下，又快速套上。索多尔凯从来不服气汉人的聪明劲，拿过来学着操作，看似容易，可是只解下两个环就相互阻在那里无法再卸下来，弄了半天卸不下来，憨笑着摇摇头。少女拿过来递给吴若愚，他灵巧地快速玩出花样，不但全解下来，还能快速地留一环装上一个，将九个铜环装在一起。少女乐了："这是阿爸送我的？这个生日礼物最好了。"过着简单游猎生活的少女，平日里的玩物无非就是捉来的小鹿，哪见识过这般精巧又复杂的玩意儿，索多尔凯看着女儿欣喜的样子，好奇地玩着九连环，看吴若愚的目光有些许缓和。他的老婆和一个汉人皮货商走了，在他答应去给那个皮货商猎狐皮时，带着他的三十张没有箭伤的上好貂皮和九根老山参走的。从此，他和女儿相依为命，女儿是他的一切。披甲人漠然地丢给吴若愚一块肉骨头，吴若愚拿着出去，到驯鹿棚里的草堆上啃起来。

夜晚，吴若愚看着苍穹上挂着的下弦月睡不着，不知道披甲人将会如何处置他，他恨那王晴、王嶂逃就逃了，却还嫁祸给他，让他和披甲人纯洁的情谊化为流水，再也无法挽回了，他很珍惜在短暂的时间里，和披甲人结成生死情谊，他们的心纯净得像清泉，融不进一点污水。看着对面撮罗子透出来的光亮，他迷迷糊糊地睡去。蒙眬中突然被人拎着衣领扯起来，他仰脸儿见天际启明星都出来了，透过散乱的头发看不清楚披甲人的眼睛，不知道披甲人又想起来什么事，他被拖到撮罗子里面，少女连忙礼貌地请他坐到热乎乎的火炕上，递给他一木碗奶茶，原来这孩子玩了半宿九连环，卡在那里进退不得。吴若愚连忙给她演示了一遍，又展示难度较大的玩儿法，手不离环地每隔一环逐个穿上，娴熟的手法让少女着迷了。

几天后的一个早上，四五个披甲人去追踪逃跑的流犯回来，路过这里休整。捉回来的流犯被打得皮开肉绽，血迹斑斑，惨不忍睹，破碎的棉衣上都是血迹。里面有几个人虽然是吴若愚到了吉林乌拉才结识的，可也惺惺相惜让他心痛。这些人没有他那样幸运，都被锁在驯鹿棚的柱子上，一个伍长过来报告索多尔凯："捉到逃犯十三人，中途遇到被狼群吃掉的四个流犯残留尸骨，共计找到十七人。"索多尔凯随后安排，五人押送人犯去宁古塔交差。索多尔凯看了看吴若愚犹豫着，女儿和他一起坐在炕头上解九连环，学习各种新奇的解法。吴若愚知道这玩意儿要全部解开得三百六十步，取周天之数，看似简单却凝结着无数智慧。这少女再聪颖上心，岂能几天就会？那伍长看得明白，索多尔凯有意留下吴若愚。这里离宁古塔只有七八十里路，伍长报告索多尔凯，就说发现还有流犯在逃的踪迹正在寻找，等找到了再押送到宁古塔。索多尔凯当然知道这兄弟是替他着想，让他女儿玩这物件儿玩腻了，再将这流犯送去也不迟。

一连十几天过去了，伍长每隔四五天就得去宁古塔报告在逃流犯的搜索情况，宁古塔将军要将流犯到达的总人数上报朝廷。催得紧了，跑了几次，伍长不耐烦总是辛苦去报告，直接报告宁古塔将军巴虎的师爷，说找到了一个冻死的逃犯，将吴若愚先销账了。披甲人之间友谊纯真，谁会去报告索多尔凯家窝藏一个流犯？吴若愚因祸得福，凭着舅舅送他的九连环在披甲人家活下来。转眼间严冬来临，少女和吴若愚成了亲如兄妹的好朋友。吴若愚处处认真地学着披甲人的生活习性，学会了剔肉梳皮，剥桦树皮做碗做桶，挖参采药。他还教索多尔凯说汉语，不时讲一些三国故事，父女俩听得如醉如痴。索多尔凯心里暗暗庆幸没把他交给宁古塔将军，才能听到世界上还有这么多精彩的故事。一天，披甲人一早命吴若愚备上三匹马，他们一行三人在林中没膝深的雪地里走了半天，直到他的脚都快要冻僵时，才看到王晴和那三个人被野狼撕扯吃得只剩下冻得硬邦邦的、染着血迹的残碎棉衣棉裤。索多尔凯脸朝天，紧绷着嘴角一声不吭。回来的路上，召集披甲人集合的牛角号声响了，索多尔凯听了片刻，从简单的断断续续的呜呜声中，他听出了召集令的含义，然后让少女和吴若愚回去，他要带队出征，增援雅克萨城。

吴若愚多年后回到苏州，还无限感慨：正是舅舅送他的铜质九连环救了他的命，还改变了他的命运，也是九连环让他和那个少女结缘，使他免受了流放之苦，却不得不学着融入披甲人的游猎生活。披甲人索多尔凯一去再也没回来，为了保卫国家的疆土，血洒瑷珲城。跟他一起出征的兄弟们带回来他的遗物，一把银柄弯刀和一片哥萨克女人戴的头巾。两年后少女长成了女人，她和吴若愚相依为命早就习惯了，她嫁给了他，按照鄂温克人的习俗举行了婚礼。他承继了索多尔凯的衣钵和名讳，渐渐地融入了披甲人群体，成了地地道道的披甲人。后来，梁潇和梁雁遇险多亏他夫妻俩相救，当然这是后话。流人中像这样得到命运眷顾的只有他一人，其他的流放人员出逃九死一生，几乎没有人生还。

# 第十一章　谋人害己

这一日，流人被押到槐树村夜宿，村前村后都长满了一搂粗细的老槐树。杨家翠花自从和小校好上后，仰仗着小校的权势，逐渐不再干活。梁家被安排在后队挑粮，天近戌时还没赶过来给杨家帮忙，杨姑娘只好去捡来柴草打火，和母亲一起把粥熬好了晾着。杨夫人叹了口气，担心梁潇不在跟前照顾那些官兵会来骚扰，只好招呼杨姑娘先吃饭。杨姑娘刚端起碗没吃几口，娄家的婢女樊素素匆匆跑过来，招呼杨姑娘要说几句话。杨姑娘起身随她走到一棵槐树下，不远处娄家的男仆娄禾跟过来，樊素素不等他靠近，急忙悄声道："就是一件事，很要紧，娄公子出的坏点子，想陷害梁潇，然后再打你的主意。"说罢转过身去坡下寻找能吃的野韭菜。娄禾跟着下坡，追上樊素素讨好她："梁潇尽耍小聪明捉弄小校和章京，弄不好就会被收拾了，你还是离梁家、杨家远点好。"樊素素不理他。这天走过一片山岭，转过弯杨姑娘才看见梁潇一家背着粮远远地跟在后面，她和娘说，她要和梁潇说几句话。杨夫人巴不得她和梁潇两人一起商量个办法逃走，转过头催翠花赶着牛车先走了。杨姑娘见母亲坐在牛车上走远了却不去找梁潇，她告诉紧跟着怕她跑了的小喽啰："去找将军大人，我有话说。"小喽啰见梁潇在后面急着赶过来，笑道："怕姑娘是想支走我然后去找梁潇吧？"杨姑娘怒了，俏目盯着他道："你家将军一心想着奴家，他一定会听我的，如果一会儿我单独见了他，看我不让他用鞭子抽死你！"小喽啰左右看了一下，见几个清兵过来，连忙安排人看住杨姑娘，自己一路小跑到后队去找骁骑校。杨姑娘见梁潇和梁雁背着几十斤重的粮食走过来，也不像前几日那样热情，只是看着远处的云朵儿和梁潇说："你一定保重，保住咱梁家杨家的根，也好报仇。"梁潇道："你也保重，照顾好伯母，咱们找机会，一定会有办法……"他见娄家人过来了，连忙打住话头儿，娄垠顺风听得仔细，立即捕风捉影大声叫着："大人，这两个狗男女刚商量要逃！"娄垠不顾喽兵追赶着用刀背乱砍枪杆乱打，叫嚷着跑向队尾。骁骑校在后面的土坎下面背风处抽大烟，好不惬意，听到前面的叫喊声，急忙上马赶过来。娄垠迎上跪倒马前："将军，将军，再往前走就是俄莫贺索落驿站，这里曾经是梁家老贼属下许虎剑的贼窝，许虎剑投奔梁家老贼当了他的先锋使，才掩去当年反我大清的罪孽。梁家满门抄斩之后，许虎剑早就扬言要报仇。如今路过这里，梁潇每逢转弯就向林中投掷树枝石块，上面包着布片。又多次联系杨家姑娘，企图里外呼应逃跑也未可知，请将军大人明察。"骁骑校一挥手，押解清兵迅速将梁潇、梁雁和杨家姑娘围上。骁骑校冷笑几声，像猫头鹰在叫："把梁潇绑了！捆到树上，等反叛的贼徒许虎剑来救他，要是能一网打尽，岂不是天降奇功！"他心里盘算着，要是那样，老子也许就真的能当上将军了，不由得十分得意。清兵们围过来要捆绑梁潇，梁雁和梁星护在前后，梁雁气得脸蛋通红："将军大人，切不可听娄家胡说，您忘了，这娄家就是因为诬告人家才获罪流放的。"趁着骁骑校犹豫时，梁雁冲着娄垠、娄睿怒道："你说我家公子向树林里投掷包着石头的布包，联系叛逆协助流放罪犯逃跑，有什么证据？"骁骑校看着被押过来的杨姑娘，想在她面前表现出气度，摆手让清兵暂缓捆绑梁潇。"对啊，罪犯娄家揭发梁潇有什么证据？"娄垠让家人娄禾拿来一片脏兮兮的破布，上面用木炭涂上的笔画已经被搓磨得看不太清楚，只能清晰地看出来脏布片染着两道蓝边儿。杨姑娘赶过来替梁潇求情："大人，放过梁潇，我往后一路上都听你的。"梁雁道："姐姐不必为了救梁潇自投虎口，娄家的阴谋诡计不会得逞！"转过头和梁潇道："梁潇，都什么时候了，你还发呆？还不快说话救救杨姑娘?!"梁潇痴痴地盯着杨姑娘，被梁雁推了一下，愣一下神儿，才用平静得不能再平静的口气说："骁骑校大人要想凭此升为将军，恐怕要让大人失望了。"一个喽兵骂着："大胆！"想挥刀背砍向梁潇的脊背，梁潇不经意间转身，喽兵砍了个空。骁骑校看着杨姑娘关切地注视着梁潇，心里恨梁潇：看我不宰了你，方解我心头之恨，"梁潇你还有什么话说？本官押送路上有权先斩后奏。来人，把他给我捆了，在这棵树上吊死，以警示后面的流放人众，也绝了想救他的许贼念想。"梁潇冷冷地笑道："大人何不详查一下证据？也许能找到让大人升官发财的线索。"骁骑校看了一眼杨姑娘，她似乎也在期望他寻到证据。骁骑校不想在杨姑娘面前丢份儿，于是说："娄家的，把你们的证据拿来，本官要详查，好让梁潇死得服气。”娄睿连忙从娄禾手里抢过那片破布，递到骁骑校面前，指画着：“这是，这是……”骁骑校细看那片布上画的楼阁已经模糊不清了，下面似乎是小桥流水，烟柳缥缈的，看不清楚是什么，更像是一幅没画完的水墨丹青。他看了一会儿，看不出什么名堂，却佩服画画的人，用一根炭枝，在一片破布片上就能画出如此逼真的图画。娄禾、娄睿也想着，如何能一下子置梁潇于死地，好帮着骁骑校得到杨姑娘，娄家也能在流放路上得到宽松待遇。一时想不全面怕说错了挨打，更怕授人以柄，支支吾吾地说不出所以然。杨姑娘道：“大人，既然娄家说不清楚，为什么不让梁公子说说?”骁骑校恨她总是把梁潇推到前面，对梁潇如此推崇，气得骂道：“他一个梁潇，能比正常人明白？还有过人之处不成?”一想，不能拂了杨姑娘的心意，只好顺着她，“梁潇，看在杨姑娘的分上，你说说，人家告你是咋回事?”梁潇被梁雁推到骁骑校跟前，从娄禾手里拿过那片脏兮兮的布片说：“子曰：‘欲知表……’”骁骑校急了：“别跟老子胡咧咧，老子没工夫和你闲扯淡，快说这破布是不是你联系许贼的信物?”梁潇慢条斯理地说：“大人你是不是得先看这片布是从哪儿来的?”骁骑校看了一眼，几十个人犯都用嘲讽的目光看着梁潇，似乎在笑他是痴人说梦。怒道：“别啰唆，到底咋回事?”梁潇翻着那片布让大家看得仔细：“这片布是条苏锦，不是谁家都有的，这两面有蓝色的浅浅花纹……”众人看着那片脏布，看着相互的衣服，流放的犯人衣服很少，为了防寒将几件夹袄大褂套着穿在一起，一天一个地方宿营没法洗没处晾晒，更没有多余的衣服换。娄垠叫嚷着：“大人，别听梁潇胡言乱语，害得你误了这……”他见娄禾看着他里面的衣袖，众人也顺着娄禾目光盯着他的衣袖。他慌了，叫嚷着自己也听不懂的话。他见骁骑校瞅着他的眼神变得琢磨不定，慌了，立马跪下：“大人，这布是我衣袖上的，可这是他们的阴谋，他们陷害我。”众人细看娄垠的内衣袖，这条片布的茬口儿，不正是他袖上缺的那一块？梁潇道：“大人，看看这布是谁身上的，那想找人接应逃走，要联络外援的罪犯不就一清二楚了吗?”娄垠吓傻了，哭叫着：“大人，这块布被谁给换了！不是这样的，绝不是我家要逃，我家持有刑部密令，还要跟着这些人弄清楚‘金佛铁誓’的真相。”众流放犯听了个个惊恐万分，原来娄家表面上是流放罪犯，真实身份是卧底。梁雁和杨姑娘暗暗心惊，不得不佩服梁潇的洞察力。梁潇早就告诉他们，娄家被流放，绝没有那么简单。骁骑校岂能不知娄家的底细，他轻描淡写地说：“好了，都散了吧，不就是块破布，下回你娄

家要想立功，也把眼睛瞪大点，再谎报军情拿老子开涮，老子绝不饶你！”

梁潇傻乎乎地上前道：“大人，不可如此简单地放过你升为将军的机会，更不能让罪犯在前面险路上和接应的人里应外合逃跑，再害了大人和清兵的性命，这一带的关东人秉性彪悍，骁勇好斗，要是真被他联络上二三十个壮汉在险隘处突然发难，就算大人有通天的本事，在那一夫当关之处，你的兵再多也得和他一对一地对阵，何况他暗你明，也会防不胜防，如何了得？”娄垠急于开脱威胁道：“梁潇，你敢害我，我娄家让你死无葬身之地！”又求骁骑校：“大人，是我家邀功心切，误将这……”骁骑校笑了：“梁潇你说说这破布条是咋回事，有什么猫儿腻？”梁潇将布片铺到地上，梁雁和梁星忙用石子压在四周防止其被风掀起来，梁潇用一根树枝指指点点说：“大人请看，这上面画的是楼，底下有一只竹篓，装着米粮，街上是流水行船，旁边似乎是苏州的园林，可这画里藏着一首诗。”娄垠气极了：“胡扯！这是我胡乱涂鸦，让娄禾丢下去的，就是我想陷害你家，才这般乱画。”众人都以为娄垠认栽了，梁潇会就此罢手。可这是关系到梁家人生死的大事，梁潇岂肯放过落水狗？他故作不解地说：“这楼尖上有流云若隐若现，楼顶瓦破即没了顶，‘篓’没竹头即娄也，就是个‘娄’字，楼被隐住就是‘娄家的秘密藏在哪’，藏在哪儿呢？‘流云’就是暗地里藏着的答案，是说娄家的秘密就藏在流放的人群里面。柳在楼梢是时间，就是约在月下柳梢，如今是下半月，下弦月出得晚，如果月亮挂到柳梢得丑时以后，那楼下压的东西是说，只要弄得娄家出去，就能……那云遮月儿，当然是等云飘过月复明，粗柳枝折断，那是说个‘斩’字，囤里的米‘满’了，是谐音一个‘蛮’字。这羊肠小道上通达的院子，里面有一个小人在井旁打水，路边儿的房子有井有马棚，这岂不是暗指个‘驿’字？总之，这秘密应在四句诗里，我曾听娄家家丁娄禾怕忘记了，暗地里反复吟诵过，我听了无数遍无意中记住了，今天见到这破布片才明白里面的深意，那娄禾所念的诗云：娄隐流人今去东，柳梢月下会驿城。囤米成金各一半，斩去夷蛮复前明。”梁潇把那个“明”字故意说成“哼”。娄禾不知深浅，抢着气愤愤地说：“什么‘哼’？不就是要说‘反清复明’？”说完，顿悟梁潇避讳的意思，想收口打住，却已说出，懊悔不及。

众人都听傻了，这一拨人是因为文字流放，谁敢说出冒天下之大不韪的“反清复明”？梁潇见众人都听明白了，他笑了几声，朝娄垠道：“娄公子，兄弟又呆又痴，记的这首诗可有不对？有无遗漏？”娄垠早吓傻了，那最后一句

“反清复明”要是坐实了，不得要了他全家的命？他懊悔那天晚上淫心难耐在林子里欺辱自己的仆人樊素素，樊素素借口解手欲逃，被梁雁发现了，黑暗中替下樊素素，被她假意应允却趁机扯去了半片袖子。娄垠没想到自己欲嫁祸他们的信手涂鸦，却被他们暗地里换成自己的衣袖，画得如同丹青高手所绘，竟然被梁潇解成了自己的罪证。他抱着骁骑校的马靴不肯松手，骁骑校知道这一定是梁潇信口胡解。梁潇并不松口，叫着：“大人，您就是为人厚道，不提这反清复明的事，可是他娄家许给接应叛逆的金子，不是在画里写了，是在楼的底下，大人何不令他家孝敬您？”娄垠见骁骑校不屑一顾地哼了一声，动了杀机，连忙嚷道：“这袖子不是我的，是娄睿的。”骁骑校叫小喽兵：“把娄垠用锁链锁了，拴在马后，到驻地让他画出详细位置图，然后按图索骥，如果找不到财宝，那一定是他欺骗本官，哼！那有他好看……”

# 第十二章　舍身救母

娄埌让娄禾把腰带里藏的那几十缕金丝绦拿出来一半，悄悄地送给骁骑校。骁骑校命人给他打开了枷锁，走起路来轻松一些。可是，却不料埋下祸根。骁骑校当晚趁他来当面感激致谢时，冷笑着伸出手："拿来！"娄埌猜到他不信娄家的金丝绦已经全部献上，想要全部拿走。好在他早将留下来的金丝绦交到樊素素那里藏好了。娄埌知道，虽然这丫头十分喜欢梁潇，却傻乎乎的还愚忠娄家，幼稚地以为娄家救过她，是她的救命恩人，她只能知恩图报。娄埌抖着衣服和骁骑校道："大人，实不相瞒，家父让我藏着这些金丝绦是想让我到最危险的关头买命，或到了宁古塔买条生路用的，如今我实在忍不了木枷所累，才拿出来孝敬大人，再也没有了。"骁骑校命人把娄禾带来，娄禾吓得蜷缩了，怕再给他锁上木枷，脖子上肩上磨破的血肉还没成痂，疼得晚上都睡不着。连忙求饶："大人，娄家藏金子时都不让咱们这些下人介入，我实在不知道金丝绦在哪儿啊！"说着眼睛瞅着被押过来的樊素素。樊素素上前拿起几件破旧的衣服抖了抖，然后让骁骑校等着。她进了小土屋，梁雁给她守着门。一会儿出来，衣服都换了，樊素素将换下来的衣服丢在骁骑校面前，任凭他查看。骁骑校知道不会查出什么破绽，摆手命她一边去。告诉娄埌："本官擅自将企图逃跑的人犯减了枷锁，万一逃了，这罪责可是不小啊！"娄埌恨得牙根痒痒，知道他这是在讹诈，却没办法解得开，只好让樊素素过来，命她把藏起来的二十根金丝绦给骁骑校。樊素素张着两手告诉他："从来没见过什么金丝绦，你什么时候给过奴家？"娄埌恨极了，怕樊素素心里向着梁潇，故意让他继续受戴枷酷刑，连忙说软话："素素姐姐，我昨晚悄悄给你的那个布包，金丝绦都藏在那里面呢，不是告诉你等机会送给大人，现如今机会到来了，你快拿出来呀！"樊素素指着娄家的牛车："你不是昨晚藏在牛样子底下，包在套包里面了?”骁骑校摆手，小校过去，果然在牛脖子上面的弯曲木头，人们俗称“牛样子”底下，那一圈麻布包着柴草缓冲压力用的牛脖子套下面，找到一个小小的麻花布包，用匕首划开，里面有一缕沉甸甸的金丝绦。听到闹腾的流人们都过来看热闹，骁骑校冷笑一声：“哼！本官暂不追究你家隐瞒抄没财产之罪，你再想想还有什么悄悄留起来的东西没交给朝廷？此时不交，难道说还企图留作再起事造反之资?”娄垠知道樊素素老实，将金丝绦临时转移到牛脖子上的弯木头“牛样子”底下，藏到套包里，一定是梁潇的主意。他更恨梁潇，强过恨那个贪婪的押送官骁骑校。娄睿就没那么幸运了，他拿不出金银，被骁骑校编到后面要犯一队里，手铐脚镣拴得牢牢的，没几天就死在道上了。

娄垠见不得杨姑娘天天和梁潇厮守在一起，他俩俨然把流放的路程当成了游山玩水的浪漫之旅。娄垠眼见杨姑娘看着梁潇眉飞色舞地讲着，看得呆了。娄垠心里暗暗发恨，我得不到杨姑娘，也不能让你梁潇得到。娄垠见骁骑校整日色眯眯地盯着杨姑娘，却迟迟不敢下手。娄垠几个晚上不睡，想出了一个算计杨姑娘的主意，既能讨好骁骑校，又能报复梁潇。然后，一连几天小心察言观色，慢慢渗透着说给骁骑校。他告诉骁骑校可以采取迂回的办法，逼着杨姑娘主动上钩。这天晚上宿营，侍候骁骑校的清兵知道他的心思，给他倒酒见他没心情喝，就按照娄垠出的主意讨好他：“大人一路辛苦，不能没有美女侍候，像杨姑娘这样的美人要是发配到宁古塔，还不是一朵鲜花让那些野蛮的披甲人践踏?还不如让大人享受了，这也是帮她家消灾。”骁骑校接过酒杯一口喝下，迟疑道：“才出吉林乌拉不远，万一她不从，流人借机闹起来不好办，还有那个梁潇，这小子可不是省油的灯。”清兵道：“这有何难?大人放心，这事交给小人了。”第二天起，清兵不是命梁潇一家先走，就是让梁潇到后面挑粮食，为了让他舒心，还让梁雁陪着他一起去。梁雁从来和梁潇寸步不离，当然愿意跟着他。梁星不论在哪儿，都以梁潇的意见为主意，梁潇不放心杨姑娘，让他留在杨姑娘身边。一个新来的小校跟着押送杨家人的牛车，学着梁潇讲一些风情掌故，不时还讲些宁古塔的风土人情。流人们都想听听流放目的地的实情，慢慢都聚到杨家牛车这边来。他讲的都是近几年流人在宁古塔发生的真事，既具体又生动，比此前流人们听说的更让人心惊肉跳，惶恐不安。两天之后小校有意无意间总是讲宁古塔流人家娘子的结局，或者被官家收为官妓，或者留在官庄辛苦劳作，最难熬的是卖给披甲人当奴隶，被他们欺辱蹂躏，求生无路，求死无门。杨姑娘听了，讲得有名有姓，有的流人她还认得，不由得她不信。从这天开始，清兵给杨家的口粮逐渐减少。杨家的男仆杨铎不忿要找骁骑校理论，杨夫人看出这是骁骑校的主意，才离开吉林乌拉几天，离宁古塔不知道还有多远，不准杨铎得罪押送官员。幸好梁潇看在眼里，悄悄让梁雁给她家送去一半口粮。小校给杨家人传话来，只要杨姑娘一路上陪好押送官大人，就放杨家一马。见杨家没有回音，又许诺杨家人只要把女儿献给他，过了毕尔汉河驿站，在宁古塔将军派人来接应之前，除了杨姑娘全都可以悄悄放走，只是不能回苏州和京城。杨家夫人怒道："我杨家在苏州就恨不得一起死了，免得阴阳两隔，生死牵挂，敢打我姑娘的主意，不过一死罢了！"骁骑校只好采取迂回的办法逼杨家主动就范。命嘴巴伶俐的清兵天天不厌其烦地向流放的人们讲宁古塔的悲惨生活，故意让杨姑娘听到。清兵每天有意来讲流放妇人受到虐待的残酷故事，吓得杨姑娘整日战战兢兢，惶惶不可终日。想找机会和梁潇说说，他又被调到后队，每天晚上赶过来都是后半夜了。早上起来没等见面，他家又被押送清兵送到后队，就是碰巧在一起，也只能聊上四五句。杨姑娘开始几天还信梁潇说的，认为那清兵是在有意夸大事实。后来听得多了，由将信将疑渐渐地全信了，被他说的事吓蒙了，她相信这个去过宁古塔的小校更了解宁古塔的真实情况。看来那里真的是流放罪人的十八层地狱，是女人的阴曹地府。清兵还在不断地讲着，披甲人对成熟的女人更感兴趣。她不敢想象自己和母亲的结果。早上，她一口粥都咽不下，万分担心，到了宁古塔，梁潇再有能耐，也只是一个流犯，他有多大本事能拯救她们娘俩的命运？坐在牛车上她思前想后，只有一个办法能救娘，就是像那个小校说的那样，有一个姑娘为了娘，舍了自己的全部家当和暗藏的财宝，甚至还暗中当了押送官的行军夫人，那押送官也胆大，放她娘回老家了。她知道那是在暗示她，给她指的路。自己作出牺牲，让骁骑校放了娘。为了娘不受罪，杨姑娘明明知道这是骁骑校设计好的圈套，她也得进，只有舍弃自己才能保得了母亲。想到这儿，她万般不舍梁潇，可是此时她又没有别的办法，如果去了可怕的宁古塔，等待自己的将是更加悲催的结局，只有舍下自己的身子，舍了自己的幸福才能救娘。杨姑娘告诉娘，晚上要去找梁潇。杨夫人看着她瘦得皮包骨，弱不禁风的身子，叹口气让她早去早回。杨姑娘往村头没走多远，见娄垠神气活现地从一个大户人家出来。娄垠见她过来，讪讪地说："我娄家是刑部安排随着流放罪犯去宁古塔，暗地里卧底的密探，如果在去流放地的路上找到梁家罪证，咱娄家不但会恢复官职，还会官升几级，就是到了宁古塔，也只不过是在那儿过一段时间的苦日子做个样子罢了。你还死心眼儿惦记着梁潇？信不信你们娘俩都得卖给披甲人为奴？还不如趁早跟了我娄爷，到宁古塔查清了梁潇家反诗印刷雕版藏处，还有‘金佛铁誓’的秘密……”娄垠猛然一想十分后悔自己说得太多。骁骑校的清兵听到说话声出来，见杨姑娘在和娄垠争吵，抡起鞭子打跑了娄垠，连忙通报骁骑校。骁骑校今晚住在村里最有钱的财主家，老员外领着一个风情万种的丫鬟陪他喝酒。老员外知道，这里天高皇帝远，得罪了这瘟神可没什么好果子吃，不如送他银两美女，花钱消灾。骁骑校酒足饭饱，悠然地躺在炕头被摞上。丫鬟给他点上烟灯，侍候他过足了烟瘾。老员外见他不像那些过往清兵找他夫人女儿的麻烦，乐得一家平安，关上门让他们随便乐呵儿。这时，清兵闯进来，隔着门帘子报：“大人，大人！”骁骑校正要发火，一听杨姑娘自己送上门，乐得他连忙推开丫鬟：“快请。”骁骑校见了杨姑娘，恨不得立马将她吞下肚。她穿的衣衫沾着尘土草叶儿，瘦瘦的，似乎身子难以撑起衣服。他拿来冻山梨，又递过红枣、核桃，看着杨姑娘秋水般清澈的眼睛，他又莫名其妙地自惭形秽，额头上的汗珠不停地掉下来，手足无措地把衣襟下面露出来的一节裤带塞进裤腰。杨姑娘不再含羞掩着脸，像躲魔鬼般躲着他，而是眼睛如平静秋水，冷静地看着他，见他这般狼狈窘态，忍不住“哧”的一声笑了起来。骁骑校羞恼地怒道：“老子就是当下的现管，老子掌着你们的生杀大权，你要是让老子遂心如愿，那老子……”一口气说了那么多的老子，杨姑娘还是不远不近地站在那儿，一双明眸迷离地看着他，又像眼里根本没他，也不说话。骁骑校怕梁潇跟着在屋外坏了好事，命清兵：“本官在这里审问杨家‘文字狱’一案牵涉其他罪犯，追索‘金佛铁誓’的线索，讯问还有哪些同谋未能归案，任何无关人等，未经允许擅自闯进来就地砍了！”杨姑娘这才说话：“大人不就是想让奴家陪你一路？”骁骑校心里一震，没想到天大的好事来得太快了，起身就去抱杨姑娘求欢。杨姑娘拿起装冻柿子的盘子，往炕桌上一磕，瓷盘子碎了，杨姑娘拿起一块碎片，对着自己的脖子：“大人请放尊重，不然唯有一死而已。”骁骑校坏笑道：“你自己找来要钻本官的被窝，老子剥了你的衣服再和你讲道理。”说着一步步逼向杨姑娘。杨姑娘朝他掷出瓷盘子碴儿，趁他下意识躲避的瞬间，转身把墙上挂着的腰刀抽出鞘，抵着骁骑校的咽喉。“大人，本姑娘是来和你

讲条件的，划出道儿来本姑娘就跟你。如果不听，我先杀了你!”骁骑校久经战阵，并不怕弱不禁风的女子钢刀封喉，既然姑娘主动找来，他不怕她逃得了。骁骑校被刀尖逼着坐回炕沿上冷笑道：“好，本官就听你划出道来，我就不信你能逃出我的掌心。”杨姑娘说：“只要你放了我娘，我就一路侍候你。”说罢提着刀就走。骁骑校急忙道：“我就是答应你了，你也得先交了‘定钱’不是?”杨姑娘含笑微嗔：“你要是真答应了，那还不好商量?”说着将刀倚到门框上，从炕桌上拿起酒壶给他斟酒。骁骑校以为她顺从了，顿时觉得骨头都要酥了，端起酒杯一饮而尽，扯着杨姑娘就要求欢。杨姑娘半推半就地哄他将裤子褪到脚面，将他双脚连着裤子迅速用腰带捆绑在一起。“你放了我娘，才能应你。”杨姑娘飞速跑到院门外，将腰刀掷回院里，插在冻土地上微微颤抖，头也不回地走了。骁骑校百爪挠心般难受，为了得到这绝世美女，使其甘心对他投怀送抱，他只能忍着色欲，眼睁睁地放她回去。第二天一早，没等押送队伍启程，骁骑校就派清兵来到杨家临时住的房子，叫杨夫人和婢女翠花收拾了东西往回走，杨夫人疑惑地看着女儿，知道一定是她昨晚应了押送官什么事，不然咋会有如此变故。她不肯走，扯着杨姑娘：“孩子，你是不是答应他什么了，别信他的，咱是朝廷钦犯，别说他一个小小的骁骑校，就是刑部尚书、大理寺正卿、明珠大人，就是哪个王爷皇亲贵胄都改不了咱家流放的命运，更何况这本是该斩该杀的罪，已经宽宥了杨家。你见到梁公子了吗？他大智若愚，快去找他拿主意。”翠花撇着嘴道：“老夫人你想得太多了，偷偷放个把人，然后就说路上得病死了，还不是一句话的事?”杨夫人怎舍得丢下这个比自己命还重要的女儿独自涉险，拉着女儿的手死也不放。几个清兵如狼似虎，推推搡搡地把哭叫的杨夫人抬上牛车，让她往回走。一行人走了一会儿，杨夫人挣扎不过，哭骂得累了，躺在车上昏昏欲睡。牛车出了村口，往前走不远，碰到梁潇和梁雁。梁潇挑着一担米，梁雁背着粮口袋，跟着队伍前行。清兵见梁潇过来知道他难缠，连忙扯起被子把杨夫人从头到脚全都盖上，命丫头翠花先回去，别让梁潇发现了，让她换杨铎来侍候老太太。翠花虽然不满，却不敢不听，嘴里嘟囔着转身走了。杨夫人被蒙在被子里顿时知道可能是遇到了梁潇，拼命挣扎。清兵死死压住被角，梁潇只顾看着前面，想着尽快追上杨姑娘，也没在意牛车上有动静。梁雁叫他：“公子，没看出来那牛车有什么蹊跷?”梁潇一路心里惦记着杨姑娘，哪里会细看牛车，等他听到梁雁的提醒，那辆牛车已转过山弯不见了。梁潇想回头追过去再看仔细，押送兵卒鞭子抡过来，催他们快走跟上运粮队伍。梁潇痴痴地想着杨姑娘，大步奔前面去了。

骁骑校这天一路上骑着快马，一会跑在队前，一会跑到队尾，马鞭子抽打着兵卒和流放的人们，心急太阳还不下山。好不容易挨到晚上，他喝了几杯酒，命清兵去把杨姑娘叫来。那几个清兵知趣地掩上门，杨姑娘坐到炕桌一边，给他斟满酒，他端起酒碗一饮而尽："杨小姐，本官担着天大的干系把你娘送回家了，估摸着这会儿早过四方台了，这回你还说什么？"杨姑娘似笑非笑地轻轻推开他，把酒斟满："都说你骁骑校海量，敢不敢和本姑娘喝上三碗？"骁骑校心痒难耐，料她逃不掉："好，老子就和你喝上三碗！"三碗酒下肚，骁骑校酒不醉人人自醉，更何况他等杨姑娘时已经喝了几碗。急酒攻心，正要去捉杨姑娘，脚下已经拌蒜了，一头栽到地上昏睡过去。杨姑娘把油灯熄灭，看着窗外的月亮，想着娘不知道是不是真的脱险了？要是真能那样，自己这般作践自己也就值了。第二天一早，杨姑娘领着婢女翠花，背上行囊随队出发了。午饭时，骁骑校派清兵送来几十个羊肉胡萝卜包子。杨姑娘惦记着娘到底咋样了？想着梁潇，一个包子只咬一口就吃不下了。翠花得意极了，吃得满嘴流油，一口气吃下七八个，还在往嘴里塞。杨姑娘向后队看，却并没有看到梁潇，她哪知道骁骑校怕梁潇坏事，告诉小校务必拦着梁潇，不准靠前。晚上骁骑校不等人们宿营，就命清兵把杨姑娘带来一起吃晚饭。杨姑娘也不再矜持，抓起大块羊肉吃起来，想着只有吃得饱了，才能想办法有力气脱身。骁骑校只喝了一碗酒，端着酒碗小口抿着看着杨姑娘，冷笑："你还想玩什么把戏，今晚你要不依了老子，我就让人去追回你娘。"突然，窗外亮起一片耀眼的火光，屋外的清兵叫喊着："着火啦！骁骑校大人还在屋里呢，快把大人救出来！"这天晚上梁潇和梁雁把粮食交验上账，收账兵卒用竹筒给他们量了些许口粮，让他们去做饭。梁雁知道梁潇这几天在后队挑粮没见到杨姑娘心急，故意气他："公子，你自己学着做饭吧，要不然到了宁古塔，不论公子、小姐都得做下人，到那时现学，还不得挨鞭子？"梁潇从小和梁雁一起长大，他从不摆主人架子，两人亲如姐弟，有时倒是梁雁更像主人。这时更不言语，笨手笨脚地打火做饭，忙活着想着心事。一转身梁雁不见了，她古灵精怪的，梁潇也不担心。梁雁趁着渐渐黑下来的夜色，悄悄跑到村头大户人家偷了两个馒头，回来见梁潇还在扇火，一锅水还没开，米当然没法下锅。梁雁连忙将灶下的柴互相搭着架起来透气，瞬间扇得火旺了，将野菜撕碎了放到锅里撒上些盐做汤。不再做饭，把馒头递给梁潇充饥。梁潇接过馒头也不吃，呆头呆脑地想着心事，默默地叨咕着："押送清兵一共是二十七人，从昨天起少了三个，只剩下二十四人，杨伯母和杨铎也没影儿了，这是咋回事?"梁雁瞪着眼睛看着梁潇痴痴的目光，既佩服梁潇看什么事儿观察得细，谁都没发现的细节，梁潇竟然理得如此明白，又被他提醒联想到：那杨姑娘莫非是听了押送骁骑校的胡言，为了让母亲逃出，不惜自己献身了？想到这里，她跳起来嚷道："公子，杨姑娘一定有危险!"

骁骑校裸着身子被兵卒们救出来，呼喊着命人去救杨姑娘。押送清兵谁也不敢冲进火海救流放人犯。等火势小了，几个兵卒往身上泼几桶水冲进屋，哪儿还有杨姑娘的影子？骁骑校知道这事蹊跷，可也算定杨姑娘跑不了，心想十有八九是梁潇坏了他的好事，命人立即抓梁潇。兵卒在救火的人群后面找到梁潇，只见他正在贪婪地吃着那些救火兵卒顾不上、忙乱间打翻在地上的馒头，抓起丢在地上的羊肉，用衣袖擦去沾上的尘土，香香地吃着。骁骑校拿过清兵送过来的兵卒衣服胡乱穿上，拉过一个条凳坐下，命人拖过梁潇，怒道："浑蛋梁潇，你竟敢放火烧押送官员？你说那钦犯杨家女子哪儿去了?"梁潇坐在地上旁若无人地胡乱往嘴里塞着羊肉。骁骑校骂道："你别装疯卖傻，信不信老子现在就剐了你?"梁潇笑道："咱被你派去挑粮，累得贼死，听到有人喊救火，咱笨手笨脚的，救火抢不上前，看这胡乱丢弃的馒头扔了可惜……"说着吧嗒着嘴还意犹未尽。骁骑校怒了："梁潇，你敢装疯卖傻戏弄本官？快说杨姑娘被你弄到哪儿去了?"梁潇傻傻地说："杨姑娘？你一个押送流放人犯的骁骑校，半夜里被火烧醒，这么多人你不找，唯独就要找什么杨姑娘？怎么不找杨夫人？不会是被你发慈悲给私下放了吧?"骁骑校跳起来，一鞭子抽去，被梁潇躲过："胡说！杨家流放罪犯可能知道'金佛铁誓'的秘密，在后队单独押送。"骁骑校后悔一时性急竟然说出了真话，要是杨姑娘在这儿听着，那不就前功尽弃了。这时梁雁上前说："刑部监察使一会就到，私下释放朝廷流犯，恐怕不是押送官有权力做的吧？如果让监察使查到有人为了女色，擅自放了流犯，弄不好连流放的机会都没有。当然，如果骁骑校善待这些人，也许谁也不会说什么，毕竟这些人还得往前走，换个押送官还得被再搜刮一次，有谁愿意那样?"骁骑校左右看看没了脾气，不知道监察使是不是真的来了，他管的只是前队，后面还有两队流放人犯，刑部派人来督察也未可知。犹豫间那大户财主过来，扯着他怒道："你说临时借宿，官家征用不给房钱也就算了，可你也不能点了我房子啊，这大冷的天让我一家到哪儿过活？你得赔我房子，赔我房子!”骁骑校此时焦头烂额，气急败坏地命兵卒：“把这老东西给我拉走……”一想不妥，要是真有监察使来可非同小可，连忙说，“且慢，等我抓住放火贼人，让他赔你。”财主岂能信他的话，哭喊着扯着他闹起来，骁骑校再也压不住心底的火，抡起腰刀用刀背砍去，吓得老财主瘫倒在地上。财主一家老小哭嚷着跑来，闹得天翻地覆，乱成一团。

天近丑时，杨夫人被送回来，几个兵卒知道杨姑娘一定和梁潇他们在一起，把牛车丢到他们住的那间土房旁边不管了。杨姑娘跑出去和杨夫人拥在一起。杨夫人看着梁潇，那双在黑暗中忽闪忽闪的眸子，凝视着她憨憨地笑着，她叹了口气，心里明白，女儿跟着梁潇无论前途还有多少陷阱都会化险为夷。一连三天，那个令骁骑校忧心忡忡的监察使也没来。骁骑校想派人到后面两队打听，又怕被人怀疑。见了杨姑娘幽幽怨怨的眼神，比前几日更让他神魂颠倒，像被摄去魂魄。他恶习不改，又打马前后队跑了几个来回，见没什么异常情况，打马跟上梁潇和杨姑娘家一伙流人。他用马鞭指着梁雁和梁潇骂道：“制造谣言说刑部监察使马上就来该当何罪？老子今天先罚你家不准吃饭!”他又皮笑肉不笑地对杨夫人道：“您老在后队过得可好？我正想找个机会送您回家，这不被这傻瓜给搅了。”晚上，杨夫人良久不肯熄灭照亮的松树明子，凝视着十八岁的女儿，女儿的额头像她爹，眉眼儿像自己，那般清秀可人，再过一个月零七天就要过生日了，本来应当今年出嫁，却要在这里承受着如此险恶的流放之苦。翠花早困了，嘟囔着到外屋炕上裹着被子睡去。杨夫人见翠花睡着，对杨姑娘说：“梁潇是真的对你好，他大智若愚，本性忠厚，你这辈子只有跟着他娘才放心。”“娘，您说什么呢?”杨姑娘有些难为情。杨夫人见女儿打着哈欠，似乎困得不行了，外屋的翠花早就呼噜声山响了。杨夫人看看四下里十分安静，拉女儿坐起来，将她的手拉进自己的腋窝儿，杨姑娘摸到那里紧贴着肌肤，用细茧丝网绑着一块玉。杨姑娘困极了，不好拂了娘的意思，摸着那块玉晶莹温润，知道这是杨家传下来的那块宝贝。杨夫人帮女儿小心地系在腋窝儿里面。这些天杨姑娘为母亲担忧睡不好觉，好不容易和娘睡在一个炕上心里稍安，一会儿拉着娘的手就沉沉睡去。早上醒来，发现母亲把棉袄给她盖着呢，怪不得睡得这么暖和。掀开棉袄冷风吹来，她打了一个冷战，突然觉得母亲昨晚和她说那么多话，似乎有什么不对，急忙披上棉袄下炕去找母亲，叫喊声惊醒了梁潇一家人，梁潇跑过来一听，跺着脚嚷着："坏了！杨伯母一定是怕这狗官再利用她老人家威胁杨姑娘，她一定是……快分头去找！"闻声赶过来的流人们纷纷四下寻找杨夫人，梁潇和梁雁判断，最有可能是在小屯子西面山梁处的林子里。来的时候大家都看到了，那里林密路险，杨夫人最有可能去了那里。众人跑过去一看，杨夫人挂在一棵树上，自杀身亡了。骁骑校听了报告，打马过去一看，不觉倒吸了口凉气，抡起鞭子胡乱抽打着骂道："有什么大惊小怪的？不就是死个流犯吗？早死早托生，还少遭很多罪！"众流人敢怒不敢言。梁潇见杨姑娘搂着已经冻僵的母亲的尸体久久不肯撒开，相依为命的娘没了，她哭得昏过去。梁潇火了，指着骁骑校骂道："是你这淫荡狗官，贪人家姑娘美色，总以杨伯母相逼，老人家的死，就是你逼的！"骁骑校怒道："胡说八道，这跟老子有什么关系？我看你是活腻歪了？"一个清兵跑过来："报，大人，监察使在前面宁古塔城中等您，命您马上过去。"骁骑校脸色顿时变了，狠狠地瞪了梁潇一眼，忧心忡忡地打马向前途未卜的宁古塔城奔去。

# 第十三章　选婿结怨

翠花没了杨夫人的管教，更加肆无忌惮，谁也不怕。杨夫人在世时，翠花对杨夫人有一种与生俱来的畏惧，虽然一起流放了，可她还是不敢和杨夫人当面顶嘴，不敢明面上逆着她行事。如今，杨夫人不在了，她竟明里暗里和押送小校卖弄风情，气得杨铎骂着要揍她，但看着杨姑娘愁苦的样子，杨铎不想让她心里再添堵，只好把怒火压在心里。梁潇担心恶婢欺主，告诉梁雁替他去看看。梁雁只好把背的粮食放到梁潇挑的担子上，匆匆跑过去。正赶上翠花将杨姑娘撵下牛车，还要抢她外面套的那件夹袄。杨铎骂她真的是丧尽天良，不得好报。梁雁上前将她一把揪下车丢到地上，翠花跌倒惨叫一声，还不忘喊小校过来帮她。梁雁把杨姑娘扶上车，又给她一颗莲子，跳下车把翠花抢去的羊皮套袖夺过来，给杨姑娘套上。梁雁还想教训她，看杨铎在近处，也不好再打她，指着她的脸怒斥道："你要是再敢欺负杨姑娘，看我不收拾你!"说罢，安慰杨姑娘几句跳下车回去帮梁潇挑粮。

杨姑娘拿着梁雁送她的莲子，想着梁潇当初和她定情时，娄家先派人来提亲，杨大人不敢得罪有权势又阴险的娄家，想了多日才想出赋诗招亲的办法。杨姑娘知道梁潇的本事，相信他一定能胜出。为了防止娄家再出什么幺蛾子，干脆再找来苏州几家未婚的名流子弟赏荷作诗，又请曾经在国子监任过职的名士和苏州官场上的文人骚客们一起来饮酒赏花，让那几个名家子弟各写一首诗或一阕词，时间限定，只等酒过三巡就要交卷。杨大人叹息着，这虽然不是当场选婿，却也是女方人家择婿的重要条件，希望这样能把得罪娄家的事尽可能化解。

芙蓉不及美人妆，水殿风来珠翠香，正是苏州三月间，池中青荷亭亭玉立水中，粉红色的荷花和绿叶相衬。席间，众人在欣赏梁鸿凯等在太湖画舫

上所作的诗章，众人或举杯，或拂须评点，皆称佳作。娄兆兴道："为何不请匠人雕刻印版，印几千上万本，不也流芳姑苏城?"众人提议由梁鸿凯编纂成册，撰序作跋，刻印成书。梁鸿凯十分谨慎，瞟了娄兆兴一眼说："这些乃酒后之作，虽然作者都是些名人雅士，但估计对仗平仄都经不起推敲，万一有不合诗韵格律的狂放之句岂不是贻笑大方?"梁鸿凯的本意是怕有不慎之句被人抓住小辫子再指鹿为马，牵强附会惹下麻烦。这时，一个国子监的老夫子道："正好宫中要印《前朝鉴事》，有国手级匠人，雕得好印版，又快又好，还有上好的刻版木料，不妨将诗稿留到老夫手中，一并刻来可好?"这时，人们纷纷把几家公子的诗作佳句报来。娄兆兴知道自家主要对手是梁家的梁潇，他文采飞扬，在姑苏城里哪个能比得了？且此人呆痴木讷，不擅变通，更不惧他家的权势，只有靠智取才是上策。娄家带来的佣人是苏州城中名气极大、人称"樊素口"的丫头樊素素。娄兆兴一想梁潇最喜欢听这女子唱曲，他曾多次警告樊素素，再敢跟梁潇有来往就把她卖到妓院。如今，正好借她的口传个假消息。娄兆兴贼眉带笑说："杨家其实是想让每个人写一篇赋，而不是诗或词，怕诗词篇章太短比不出高低。"樊素素一听急了，想去告诉梁潇这个消息。樊素素借机去找梁潇，见梁潇呆呆地看着一池清水，亭亭莲花，并未开始写作。见樊素素来，梁潇十分高兴："姐姐咋不服侍娄公子写诗作词，有空过来?"樊素素脸儿一红，急忙告诉梁潇最好写赋，可是梁雁说："公子，刚刚梁星去看了一圈儿，人家都在写诗作词，没有人写赋啊？娄家的娄垠都写了好几稿了，还不满意，让书童娄禾代笔，又写了三四首都不如意，想把几首绝句拼为一首七律，没想到事先没筹划着要拼成一首，还不同韵。只好将每一首选最好的一句，再调整每句后面的那个字押上韵。几个书童把一本《词林正韵》中的几页全拆开了找同韵的字，想法子串上韵编成一首呢。"梁潇道："诗词歌赋，岂是片刻之间想写就能成?"梁雁急得跺脚，樊素素知道事情紧迫，说："公子还是心里做好准备才好，小女子不敢再打扰公子，就此别过。"梁潇急忙把笔丢到砚台旁边的笔洗里，墨汁溅了梁雁一脸。梁潇正色道："有姑苏城中两位名扬天下的'樊素口'和'梁雁'陪着在下，还怕什么即兴吟诗作赋？要是不写出天下第一的文章，岂不是有负两位姑苏美女的天生丽质?"梁雁十分替梁潇着急，和樊素素两人一左一右柔声劝梁潇赶快写。

见众公子已写好，国子监的一位老夫子清清嗓子道："老夫受两淮盐运使杨公之托，在这里请众公子一展才学，成就姑苏城里咏荷盛会。古人有曲水流觞，咱们听小辈浣笔采珠，咏荷集裳之作。各位叔伯作为前辈，以酒为各位公子打分，所谓满分，则干一大杯，半则饮半杯，七十分当然只饮杯中酒的七成，以此类推。然后请各位将杯中所剩的酒倒在一个透明的玻璃樽中，酒最少者为胜。至于体例嘛，适才已告诉各位才子，因为时间所限，只写七律或绝句，填词亦可不限词牌。如果写赋等的时间太长，恐怕我等遇到佳作已无力倾觞，那打分评判也未必能完成，各位以为如何？”众人皆欣然应允。听到这里，那些公子蠢蠢欲动。梁雁转身施礼道：“各位大人，我家公子听娄家人说，只能写赋，并且必须在这里当场写出，交卷之前只能打腹稿。”娄垠并不认账：“本公子仰慕杨姑娘才貌已久，正在绞尽脑汁完成诗作，哪有空和你家公子说什么写词写赋？是不是你家公子写不出来，才故意这样说来搅局的？再说了，你家公子如果不知确切考题，可以来问太史公。”梁雁知道他在狡辩，无奈只好请樊素素做证。樊素素哪敢出声。梁鸿凯此刻沉浸在那些文友想要出诗集的忧虑之中，没有想眼下这些事，并没有理会梁雁帮着争取公平考试的意思。娄兆兴此时更想让梁潇出洋相，好让自己儿子脱颖而出，假意道：“梁公子学问扎实，岂是这些纨绔子弟尽弄些浮华的辞藻混迹于市所能比拟？既然所有参试者听到开题都是写律诗或填词，只有梁潇一人听错要写赋，那就只好请梁潇或追随其他人现场写诗词，又或早已胸有成竹能信手拈来？席间作赋想一鸣惊人，也未可知。”梁潇推开急得直跺脚的梁雁，顾不得听她劝说，笑着平静地说：“小可既然听信了娄家所言，考题不可写诗填词只能写赋，那小可认命，不须再追究娄家是不是故意说之，只须诸位前辈先评价那些公子的诗作，这工夫即可写成一赋。”听了梁潇的话，众公子皆大笑。太史大学士捋着胡须道：“梁公子不可过于自信，须知这是应杨家选婿之作，岂可一时意气用事当成儿戏？”娄兆兴急了，这腐儒竟然老糊涂了，不知道该向着谁，立马抢白他：“太史兄岂可如此多虑？人家杨兄尚未提出疑义，说明梁家公子一定能技压众人，杯酒成赋，你再如此多事，让老夫怀疑你是不是有意帮助梁家？”太史大学士一时无语。杨大人起身道：“太史大人是我家请来评判诗词歌赋水平高低的主考官，大家要是看得起我杨家，就得尊重我家请来的考官。既然梁公子决定当场写诗或作赋，我杨家决定，诗词歌赋佳作评审现在可以开始了。”娄兆兴虽然对他这番话不满，但一想也没让那梁潇占到便宜，就装出无所谓的样子和钱大人举杯喝酒，以示不以为意。国子监太史大学士理着几缕须髯道："原两淮盐运使如今为吏部行走娄兆兴的二公子娄垠先献上七绝一首：《咏荷》。"众人看着展开来的《咏荷》，见全篇字体都不成章法，前面工整后面潦草辨认困难，都端着酒杯不停地摇头。娄兆兴本来和这大学士事先通气，暗地里给了这个酸儒一锭金子，想让自己儿子先声夺人，没想到儿子这般不争气，这些人竟然如此不给面子，让他气恼万分。等了片刻，只有那个酸儒和娄兆兴浮了一大白，其他人竟然端着酒杯一动不动。杨家婢女和仆人将各位长者"打分"的酒杯拿过去倒入一个透明的玻璃樽中，瞬间，那酒樽里酒液已九成满。十几个考官只有两个人喝尽，还有梁鸿凯不想让娄家尴尬难看，也只喝了少半杯。娄兆兴气急败坏，想着，既然自己得不到苏州第一大美女，更不能让梁家得到。他指着梁潇坏笑道："梁潇一字没写呢，交白卷的人，咋和咱们这些公子比？"那些世家子弟大部分早被娄家买通，一是来应个景儿，帮衬着省得只有梁娄两家竞争；二是都知道娄兆兴小人得志，不敢惹他。众人都跟着起哄："梁潇一张白纸，交白卷之人是不是得先排除在外？"喧嚣之间，太史大人见梁潇一脸萌态，看着池中荷花也不慌张，凝视中进入忘我境地。他身旁的婢女梁雁拿着几张卷着的宣纸，透过纸背一看，没有一丝墨迹，真的是一打白纸。他早听说梁潇做事虽呆痴，不通人情世故，可是对读书极有灵气，他还多少有些良心发现，想帮梁潇一把，至少不能让梁家人交白卷难堪。"老夫事先已说明，无论是谁都可以现场口占诗词歌赋，按照各位公子们此前抓阄顺序，梁潇在最后，除非你们都放弃了，不想拿出诗稿交卷，才能轮到梁潇现在就写。"那十几位纨绔子弟有四五人只写出来四五句，还在研究着七律诗句的对仗韵脚，想得头疼，正好借机道："我等看梁潇写完，必能拿出拙作，请梁公子先来。"那几个诗稿早已作成，誊写完毕，对杨家小姐抱有希望的公子见众长辈并不怕娄家势力，真是秉公用酒判别上下高低，将所写诗词交到太史大学士桌上。娄垠见自己的诗作被评得如此低分，怕对手不止梁潇一个，高声叫道："我的绝句和他们的律诗还有词放到一起比，岂不吃亏？是不是绝句对绝句，七律与七律比？"娄兆兴知道儿子这是强词夺理，怕他说了人家笑话。出题时让你自己选择写绝句还是律诗或填词，你没写出来还想限制别人，众人能服气吗？再说了，就是绝句真写好了不是一样服人？想着他娄兆兴，眼下的吏部行走，马上要当上江苏按察使，有权有势的娄家，谁还敢真的和娄家争儿媳不成，睁着怪眼看着那些交上来的诗词，斜眼看着梁家人的动静也不说话。赵家公子赵万成道："各位前辈，小侄作拙诗一首《咏荷》，请前辈们指教。”众人听他边吟诵边打开一张宣纸，上面用行草写着一首七律《咏荷》：“菡萏不肯嫁春风，碧波湖水荡绿萍。翠扇红衣娇欲语，香远韵幽玉亭亭。”苏州织造署织造悄声和梁鸿凯议道：“这第一句显然是从北宋贺铸的《踏莎行·杨柳回塘》中的‘当年不肯嫁春风’引化得来，后面几句也是模仿古人咏荷的句子，虽然不是佳作，但总算是还过得去。”觥筹交错，老一辈七大杯酒为七位公子的五首七律，一首如梦令词和一首绝句打分完毕。一个个品味着酒，更是品着诗句。再看那标着各位公子名字的酒樽，剩下酒最少的只有赵家公子赵万成，也还剩下三成左右，最惨的竟然是娄家娄垠，只比樽口少了一成。剩下的五个公子自知没有机会，都主动放弃了，七嘴八舌地嚷道：“我等就不用评了，甘拜下风，只是梁潇还没交卷，我们待梁潇的白卷打了分，我等也好知个高低。”娄兆兴见梁潇还没交卷，气急败坏地说：“有人在规定时限内没交卷，应当取消资格。”梁潇被梁雁拉了一下，才转过身缓过劲儿来一脸懵懂，一揖向众人者：“学生见此处绝佳美景，听着绝妙莺唱，刚好草成一赋，名为《荷花赋》，请各位前辈教诲斧正。”赵万成的父亲赵含章起身端着酒杯道：“梁潇你在这么短的时间内能打腹稿成一篇《荷花赋》？不仅老朽不信，就是在座的各位也都不信，为了防止作弊，你到我等面前，赏你一杯酒，你边喝边说，由你家婢女代笔，也好给大家个公道。”众公子根本不信他能写出来，更想看热闹。那些考官更是不怕事大，一起吵嚷着赞同。只有娄兆兴摇摇头道：“仁兄所言极是，只是还有一样欠妥，让梁潇家的婢女代笔，他信口成诵，我等皆老朽，记不得那么精致确切，如果有对仗不工，偕韵不当，再由他家的婢女给悄悄改过，帮助润色，再拿来看，我们咋办？”太史大人道：“这个容易，请主家的女公子，众公子所倾慕的杨小姐的婢女来代写，要是由此遇到最有才学的考生，也好回去给小姐通个气。”娄兆兴气得七窍生烟，这腐儒咋这般糊涂，不知道这是在帮谁的忙？“那可不行！”娄兆兴气愤地截断他的话说，“前面几个公子的诗词佳作都是自己书写，唯独这梁潇的腹稿竟然要小姐的婢女代笔？万一通过这番代笔，再得小姐婢女暗中相助，岂不有失公允？依我之见……”太史大人见娄兆兴发怒，两手背着人众对他比着元宝的样子，让他顿时心惊肉跳：“老夫考虑不周，老夫听说娄家婢女樊素素行书极佳，不如请樊素素姑娘来为梁潇书写可好？”众人见娄兆兴羞恼挑刺，本来由梁潇现场写就是了，定要让别人代笔，还要节外生枝。由他娄家选择代笔的人，无非是想把梁潇

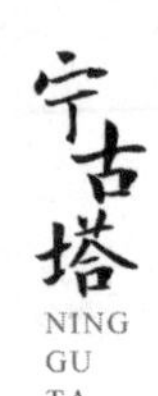


比下去而已。让你家的女仆替人家代笔，如果笔误或故意写错，岂不是想直接在笔下封杀梁潇？更何况众家子弟哪个不是自己写就，或自己的书童代写？众人都把目光转向梁鸿凯，只见他仍然拿着那几个老友的诗稿最前面的几页目录，心思还是放在如何能制止诗集的出版上。赵含章心里不忿，又不想得罪娄家，推梁大人道："娄家想让他家的婢女替你家公子代笔，这是否可行？"梁鸿凯道："娄家乃诗书传家，就是男女仆人也个个墨妙笔精，请太史兄指定便是。"娄兆兴怒视着太史大人，那太史大人见众目睽睽，眯起眼睛也不看娄兆兴，摇摇头叹道："那就依娄世兄的，请娄家樊素素执笔，听梁潇吟诵，然后一字不落地写下来。"

樊素素听了娄兆兴的吩咐，连忙接过梁雁递来的湖笔，梁雁帮她用镇尺压好宣纸四周，不放心还想嘱她几句，被娄兆兴喝道："为了保证笔录下的确是梁潇本人所述，无关人等必须离开桌案。"众人抚杯哂笑："你家人万一给人记录漏了，或者写了错字，就算不是故意为之，又咋算得了公正？谁来监督？"娄兆兴却不理会众人的异议。在众人目光注视下，梁潇并不慌张，接过杨家女仆翠花递来的一觥美酒，猛地一口喝干。众人惊叹，那一觥足有三斤多，就是低度的米酒也极难不醉，更何况这是甘洌的琼酥白醝？梁潇接过梁雁递来的白净绢帕，胡乱抹去嘴唇边的酒珠，示意杨家女仆再把酒樽满上。娄兆兴更想让梁潇贪酒误事，好信口胡言，最好能喝得醉倒才好，那娄家岂不是更有机会赢得杨家小姐？人家都是为了娶一个绝美的好儿媳，可是他娄家更多的是想和杨家联姻，让杨大人能考虑儿女亲家的情分，接了两淮盐运使的官就是了，不再追究他在任上时那些盐务的老账。不等杨家人说话，他抢着说："李白斗酒诗百篇！杨家比才选婿还能缺得了好酒？快拿酒来！"梁雁见状，恐梁潇饮酒误事，好在梁潇接过酒樽，只是浅浅地呷了一小口。一揖示意，朗声道："小生谢谢杨伯父美酒，有这琬液琼浆，就是最好的'钓诗钩'，让小生草成一篇《荷花赋》……"樊素素右手执着一支狼毫，左手提着右手衣袖，准备悬腕运笔，只听梁潇朗朗吟道："康熙十一年七月九日，丹裳荡漾，天近黄昏，姑苏城墩，水开丽锦，楼挂红绡，五色赤滨，九光青轩，映垂彩云……"樊素素挥笔疾书，水榭廊厅里静得只听梁潇尽情吟咏，旁若无人，他轻轻踱步，朗朗诵文。杨家请来的那几位大学士悄悄地用手指沾酒在桌案上画着精彩妙句，议论着："梁潇的学识真乃'三箧五车，学府书橱'。"娄兆兴心惊，这梁潇只说了赋前面的小序就如此字字珠玑，这后面的正文还不得言叶词条，雕玉镂冰？他顾不得礼貌和规矩，大声叫嚷着："五寸长的小人儿，戴个丈八高的帽子，咱要听的是《荷花赋》，不是那些什么姑苏黄昏的霞光彩云。"众人一惊，都为他只顾自家，惊叫断人思路的作为而不齿，一个个斜眼看着他。梁鸿凯并不担心儿子会被打断思路，理着胡须浅酌美酒，望着湖水上的涟漪被晚霞染成绚丽彩画，沉思着并不说话。杨大人道："娄大人不必着急，他才说了五六句，古人作赋凡此种种，皆是如此。老夫听此生所作，暗合古人，契合文律，还是听他接着吟下去才是。"显然，梁潇并不为娄兆兴的打断所惑，继续旁若无人地抑扬顿挫地吟诵："万顿碧浪，三泖镜波。夕阳千里，秋水一色。黛霞王勃记，蓝光屈平歌。千点鸭褥泛水随岸，半湖浮青约风菱遮。玉立点点翠盖云布，珠圆田田青盘星罗。绿扇擎雨康乐诗，红衣摇风濂溪说；冉冉绰约浮水妃子步，亭亭轻盈凌波越女国……"听着梁潇朗朗吟咏，那些公子个个自叹弗如。那些老夫子开始还逐句叨咕着，对仗韵律是不是工整，到了后来，都沉浸在梁潇的赋中氛围里，和着眼里荷花盛开的风光不能自拔，等着梁潇的吟诵说出他们心中所有。太史大人更是一边用狂草记录着，一边摇头晃脑字斟句酌跟着吟咏夹杂着小声评议。梁潇越吟越进入状态，越吟越快似有神助。慢慢地太史大人的狂草都要跟不上了，来不及细想，追着梁潇的思绪心潮波涌，不再议论只是轻声随诵笔录。梁潇旁若无人般踱步轻诵，渐入佳境，脚下如踏在云端般潇洒飘逸。呷一口酒润喉："嗟呼！千叶集裳西子面，两花为衣水仙朵；吴姬画桨簪鬓香，越女花钿带雨……"他吟着不觉间动情，每个字都抑扬顿挫，带着拖腔，那个"折!"字还没等吟出来，樊素素和太史大人就都已书就。娄兆兴和众人还沉浸在《荷花赋》带进去的氛围里没能跳出来，那些考官都被感染，忍不住掌声雷动，一起叫起好来，娄兆兴也随之赞叹不已。眼看着众评审都将那打分的巨觥一饮而尽，再看剩下倒进巨樽里的酒，和娄垠的正好相反，娄家剩下九成多酒，那就是只得了不到十分，梁潇只剩不到一成，那就是得了至少九十分。众人都以为大势已去，叫嚷着让杨大人请女儿出来，让大家一见，也不枉绞尽脑汁吟咏一回。娄垠实在不甘心将姑苏城里第一美女拱手让给梁潇，想来想去万般无奈，抓耳挠腮的没有办法，他的书童娄禾凑过来提醒他："公子，要想找到他的死穴并不难。"娄垠气极了："滚蛋！早不想辙，如今分都打完了，谁能翻了这……"娄禾凑上前，不顾娄垠气恼，说了几句。娄垠气急败坏地将酒杯"啪"的一声丢到地上，摔得粉碎，酒洒了一地。众人吃了一惊，知道他不会善罢甘休，却没想到他会如此胡闹。只听他嚷道："这事不公，樊素素不等梁潇吟完，就先于他写出最后那个'折'字，太史大人，你不但看到了，而且你也是先梁潇念完就写出来了，这不能算！"众考官都对诗文颇有功底和见地，都看明白了，那句被娄埌挑眼的，是从明朝诗人高启《新荷》中的"如盖复如钿……佳人休便折"处化来，既然知道了前面的三字，梁潇自己化来运用又岂能吟不出最后一字？太史大人虽然揣着明白却不敢说，只能装糊涂："这通篇虽然吟得锦心绣口，掀雷决电……"娄兆兴使劲一顿酒杯，咳了一声："那落到纸上婢女先写上的字，也是他横锦散珠了？他在极短时间，几乎全是信手拈来，要不是事先背下来，咋会随口吟诵出来？临场却把最后那个字忘了，要不然最后一字咋会拖着长腔却无法吟出？如此这般，怎么能让这些姑苏城里的顶尖才子服气？太史大学士以为如何？""老夫以为，以为，这个字梁潇肯定能吟出来，就是，就是，就是……"众人纷纷起身，一边给杨大人作揖祝福，一边故意高声道："即便最后一字之差押不上韵，有谁又能在三杯酒的工夫再写出一赋？即便这样梁潇已是百里之才，我等佩服。何时操持千金和梁潇的喜事，还望告诉我等一声，讨杯喜酒，再听公子写篇《新婚赋》！"众人吵嚷着，没有人再理会娄兆兴喋喋呓语。"咣"的一声响，众人惊讶循声看去，娄埌把一方大大的铜砚台丢到酒坛上，坛子被砸个粉碎，酒洒了一地。娄埌一只脚踏着椅子高声叫嚷："咱家就是不服！有本事咱喝一觥酒的工夫，让他换韵重写最后一段，如果还如前面意境，而且先吟后书写成文，咱就服气，再不追究！"众位大人知道他是胡闹，却又不敢得罪了那娄兆兴。一个个面面相觑，都不肯说话。太史大人被推到梁鸿凯面前，嗫嚅着："梁大人，你看这如何是好？"不等梁鸿凯说话，梁潇推开众人，上前笑道："咱就不明白了，这是杨伯父选女婿，还是娄家选东床？为什么杨家定的规矩，娄家也是来赶考的，他们有什么资格总提异议？"众皆面面相觑，无言以对，看着杨大人，娄家人虽然想胡闹却无话可说，一时间尴尬万分。静了片刻，梁潇笑道："今天咱就让你输个心服口服，你娄家说咱用什么韵？你说，请杨家的丫头翠花来写如何？"娄埌道："好！你就用'十八东'，重新吟出最后那段，要是还能应了前面正文的意思，对仗平仄，韵脚都合，咱就服了你了！不过，必须得在咱一樽酒喝干之际就得吟出来，如何？怕了？现在告饶还来得及。"梁雁不顾梁潇阻拦，愤怒地嚷道："要不要脸？有胆量咱家公子饮三大樽，你不用写赋，就是写出一首七律如何？你敢吗？"众人附和着，娄埌哪敢？仍然叫嚣着："是你家公子让人替他押韵，又不是我输了，干吗要我三樽酒后写七律？他不是号称总写'七步诗'吗？敢不敢当场来个'一樽赋'？"梁潇朗声大笑："酒来！请杨家姐姐来写。"不等娄埌酒倒上，早已吟出。娄埌哪里知道，梁潇对换韵写最后一段赋并不打怵。正文用的这个韵太窄，一时急着抢时间开头儿，没顾得上详细琢磨，没能选择较宽的韵，形容荷花的华丽词字合韵的字有限，这篇赋选七歌为韵并不好写，前面打腹稿就有些吃力，虽然没尽兴，却也只好急着收住。没想到娄埌逼着换韵，反倒给他更大的发挥余地，他更不在乎了。将手中半杯酒一饮而尽，示意太史大人指定新换上书写的梁雁："要慢！"将空了的大觥丢给杨家仆人，随口吟道："噫吁兮！天孙织锦银塘叶满，仙子凌波水槛生风；清风乱飐长荡五叶，夜月娇眠短汀三城；黛色波静王勃记，蓝光渊涵屈子声；削玉团酥明妆艳粉，调冰弄雪净景湿红。嗟呼！杨妃欲罢露添紫，西子愁来霜晕红！"梁潇吟罢，举觥狂饮。饮罢，并不在乎众人的感受和评价，四下里寻找娄家的樊素素。梁雁提笔重复吟咏最后两句，并不急着往宣纸上书写。太史大人也早不用狂草记录，而是用魏碑体一笔一画如同刀刻斧斫，一边写一边品味。梁潇饮完酒，他还剩下最后一句没写。众人哂笑，看着娄家父子，如何收场？杨大人拿过师爷递来，梁雁行楷记录书写工整的《荷花赋》最后一段，请众评审用酒打分，众人皆一饮而尽，只有国子监的祭酒钱大人饮了一多半，嚷着："我给梁潇打一百二十分，只是我的酒量不行了，这些酒喝不掉可咋办？"杨大人并不吭声，梁鸿凯也不在意，他知道儿子梁潇打小行事怪异，不合常理，到底想不想娶姑苏城里人人都惦记着的杨姑娘，他心里没底，更何况好友吏部侍郎谭维宝曾告诫他，娄家人在找他的麻烦，小人之心不可不防，他可不想这个时候得罪娄家触了霉头。他举杯朝钱祭酒淡然一笑，也不以为意。杨大人见盛着打分酒的巨樽里，只有娄兆兴一杯酒，就是钱大人一点不喝，也并不影响梁潇成为第一。女儿能选中如意郎君，尽管娄家势大，可是，你家公子不行，又能怪得了谁？娄埌脸上挂不住了，嘴上不服撑着面子仍然叫嚷着："用酒打分，当然得评审官自己喝了才是，要是不喝，就直接倒进评分酒樽里。"钱祭酒当然知道个中利害，举杯强饮下，嘴和衣襟上都洒上酒。再打分，虽然娄家执意要把两次打的混成一次，加在一起。樽中的酒仍然不到两成，梁潇第一大局已定。早有好事者在一旁将录得的《荷花赋》送到后房，一个丫头过来和杨夫人道："小姐说了，这人有鬼神不测之才，要是能请娄家樊姐姐当场吟唱，岂不更佳?”樊素素用手帕掩着嘴，偷眼看着梁潇轻笑。这个梁潇真是七窍不通六窍，只通一窍，这一窍有鬼神莫测之机，让她无比倾心，当众吟唱她早有此意。娄垠恼羞成怒，扯过樊素素就走：“几句赞赏荷花的狗屁骈文有什么好唱的?!”娄兆兴走到门口又转过头来怒道：“你们在这之前所吟诗句，都是嘲讽朝廷的反诗，我娄家给足了你们面子，你们却不给自己留后路，你们这些不知死活的鬼，不由了我娄家，让你等死无葬身之地!”那些官人哂笑着，并不懊悔。只有知道内里利害的国子监祭酒钱大人叹道：“疯狗咬人，被咬了不知什么时候就会发病，发作岂止入骨三分，会致命的……”说得那些大人面面相觑。杨大人虽然还强打精神，请大家欢饮，但谁还有兴致?满桌的美酒珍馐，在皎洁的月光下摆在那里，人们都摇着头走了。后屋里的杨家小姐更是满腹愁肠，望着窗棂上映出来的清凉月光长吁短叹，夜不能寐。

# 第十四章　地狱分层

再往北走，山高林密，雪履荒原，一连几天都见不到人家，人们只好在林间背风的雪地里露宿。梁潇在牛车辕上刻下的痕迹显示，这是从长辛店出发之后的第六十三天了。早上小校敲响锣声，叫嚷着："还有三十里地就到宁古塔了，所有人犯无论是否想逃，是不是重犯，都必须锁上，以显示我押送官兵一路上恪守大清刑律规定，谨遵押送要犯规矩。"一队清兵过来，给所有流犯一律捆上双手，并连成串前行。钱家人自从刑场上家主被斩之后，不再相信任何曾经和钱大人一起吟过诗的人家，不与任何人家交往，对梁家同样嗤之以鼻，跟娄家更是形同陌路。今天所有的人犯被绑成一串，钱家人要求清兵把他家人单独捆绑。押送清兵见一根绳索也捆不下所有人，应钱家要求，将他们一家人单独捆绑成串。天近晌午，一行人逶迤前行走到冰封的牡丹江支流海浪河边。小校告诉人犯，再往前走就到宁古塔了。人们新奇地看着达斡尔人在江上冰面凿开冰窟窿捕鱼，南方来的流犯都没见过这阵仗，凑过去看热闹。押送清兵见快到宁古塔了，任他们驻足观看也不阻止。这时，一路上最不合群的钱家人扯着绳子，义无反顾地投向一个冰窟窿，拴在绳子最后的小姑娘拼命拖拽，挣扎着叫喊："救命！救命啊！娘，我不想死！娘啊！"瞬间形势突变，押送清兵猝不及防，匆忙赶过去，钱家老夫人跳进去了，绳索连着钱家老小急速滑向死亡的冰窟。几个近处的清兵见状，怕脚下冰滑拉不住再连带滑进冰窟窿，站在原处大喊大叫并不伸手。钱家小主人和小姐、管家都已经掉进冰窟窿里，流犯们虽然想帮，却措手不及，而且双手被捆，多人连成串，急迫时手忙脚乱没法一致，一串人滑倒在冰面上，七手八脚往上爬。紧急时刻，梁潇猛然跃起拖着一串绳拴的人众，急速从冰上滑向钱家人那根绳索，滑到半路被众人身上的绳子拉紧牵住，离钱家的绳子还差一截。

梁潇急忙倒下，脚才刚刚够到捆钱家人的绳索，脚上用力缠上绳索猛然翻动，来个地躺拳的“蛟龙摆尾”招数缠上绳索，那绳子只是稍稍停顿了片刻，又拖着他一起滑向冰窟窿。梁雁虽然两手被捆，可是她从小练功身体灵活异常，恰好被绳子带着滑到达斡尔人插在冰上的冰镩跟前。她从冰上拔起冰镩猛然掷出，冰镩飞了七八尺远在梁潇的脸前落到冰上，插进冰里，险些插到梁潇的耳朵，把绑着钱家人的那根绳索牢牢地固定在冰上。冰下几个人的拉力使绳索在冰镩的侧刃上一股股被割断。透过冰面人们依稀可见，冰下江水里的钱家人瞪着不甘的大眼睛并不挣扎，平静地随着冰下的激流渐渐远去。钱家小姑娘死里逃生，被梁潇拦在冰上。瞬间全家人只剩下她一个人，她看着冰下的亲人们渐渐远去，突然对娘，对亲人万般不舍。爬起来奔向冰窟窿哭叫着：“娘啊！别丢下我一个，我跟你去死！我跟你去！”梁雁扯不动绳索上拴的众人，怕拦不住小姑娘，只好一跃躺在冰上借惯性急速斜着向小姑娘滑过去，滑到绳子抻直被扯倒的众人拉住。她不甘心眼看着小姑娘去死，蜷起腿猛地踹向梁潇的脚，把梁潇撞得向小姑娘前面滑去，生死瞬间拦在冰窟窿前面，奔过来的小姑娘恰好冲倒在梁潇身上。急切间，梁潇虽然是一介书生，他急中生智，硬是直挺挺地来个“铁板桥”，身子横担在冰窟窿上，小姑娘压过来，将他身体压得弯曲了，屁股掉进冰水里。众流犯这时才醒过神扯住了捆着他手的绳索，止住了下滑。忙乱中将他和那小姑娘拉到冰面上。梁潇坐在冰上喘着粗气，屁股后面的棉裤立刻被冻在冰上。捆绑众人的绳子沾上江水，不一会儿就冻成了绳棍。一动一个白印，“咔咔”直响。骁骑校打马过来，抡着鞭子抽打小姑娘，小姑娘连忙钻进梁潇怀里躲避，鞭子连梁潇一起抽过来。骁骑校骂道：“你也去死啊，就剩下你一个到宁古塔咋活?”鞭子抽打着梁潇，骁骑校骂着：“就你小子多事，到了宁古塔，谁家要她?”梁潇道：“钱家是犯夫家的三代至交，钱伯父家几辈人都曾在我梁家当差，小人愿意照顾她。”娄垠凑过来道：“大人，这姑娘虽小，可也十三四岁了，交给一个单身男人照顾多有不便。”说着轻蔑地看了梁潇一眼。骁骑校眯着眼睛看了看，命钱家小姑娘跟着梁家梁雁生活。娄垠心里骂着：和梁雁一起，那不和梁潇在一起一样吗？却不敢再出声制止。

一行人犯顶着北风登上山坡，一个小校指着不远处的江畔，冷笑着告诉人们：“瞧吧，那就是宁古塔。”流犯们心中像被大锤重重地一击，震撼得几乎无法呼吸，那个传说中的流放人的地狱就在这儿。人们按小校指的东北方向看去，只见落叶松林覆盖的山坡下面平缓的地界儿，牡丹江支流海浪河南岸有一座方形小城，里面依稀可见鳞次栉比的屋宇，城墙的基座是石头垒起来的，上面用黄土分层夯筑，有一丈多高，城墙每一边有五十余丈长，东西方向各有一个城门，东门楼上面挂着镶蓝边儿的宁古塔将军军旗猎猎飘扬，靠近城门两侧似乎是兵营，城里面坐北朝南有一个圆木栅栏围着的院落，里面是一处四进的宅院，门旁边有披甲人执长矛站岗，胸前后背上的号坎显示，他们是正蓝旗兵卒。梁潇看明白了，那里一定是宁古塔将军的府第。小城的上空飘着袅袅炊烟，梁潇粗略数了一下，顶多有几百户人家。他几步奔上山坡高处，驻足向流放人犯队伍前后看去，不由得感慨万千。出发时共有二十几家老小七十多人，到了长辛店和吉林乌拉，又编进来二十五六家八十余人，如今走到目的地只剩下五十几人，活下来的顶多只剩下了三成，那些人都死在流放的路上。怪不得人们说，流放还想回来？就是能活着走到那儿都是命大！被押送到宁古塔，不死也得扒层皮！那么多十五岁以下的男童，只活下来五六个，还都个个长得像根豆芽菜似的，干瘦的脖子挺着一颗硕大的脑袋。小校见梁潇站在那里发呆不走，抡起枪杆要打他，梁雁拉了拉他的衣角，催他快走，梁潇才暂时放下对宁古塔的遐想，不再细看宁古塔城，随着人犯们下了山坡。

这些人犯大多来自繁华市镇，见过大世面，一看这袖珍小城里几乎全是木头建筑，只有些许的土坯房，还有几座青砖瓦房，不要说拿家乡的苏州对比，就是和心目中想象的宁古塔对比，也觉得相去甚远。就城里的建筑来说，这儿更像一个兵营，或者是大点的村庄，除了将军府，好的建筑也不过是整根圆木搭起来宽敞些的“木刻楞”房子，和人们传说的阴森森的“地狱”差得太远了，哪里有想象中的比阴间还残酷百倍千倍的刑具火炉和镣铐？更没有人犯们的惨叫哀号和凶神恶煞般狱卒凶狠的叫骂拷打声。在他们看来，这里更像一个平静的大屯子，一个温馨静谧的原生态部落而已。那小校看出了大家的心思：“你们以为这里和你们当年风光一时的城市差得太远了？告诉你们，这里的大将军有多牛，管辖着相当于一百多个苏州城大小的地方。向东一直到大海三千余里；向西至柳条边五百九十多里，到蒙古王爷的四子王旗；向南至长白山南面的图们江、鸭绿江一千三百余里，与朝鲜分界；向北一直到贝加尔湖以北的广漠大地。这里有海有江有山有岭有森林有野兽，有金有银有粮有貂皮狐皮有人参有大麻哈鱼……就是一样，缺少女人！哈哈！这里是不是人间地狱？你们自己慢慢品吧。”呜——几声低沉的牛角号响起，叫人犯们心里一惊。两队正蓝旗清兵身穿蓝色号坎儿，脚下皮毡靴，迅速跑到路旁排成两队。兵器铠甲鲜明，威严地盯着这些衣衫褴褛，目光呆滞，濒死的人犯。几骑高头大马奔过来，一个旗牌官高声嚷着：“宁古塔副将军鄂尔玉瑱到。”随着喊声，一个身穿从二品补服，上面绣着狻猊的中年将军骑马走来。他在马上将流犯从前向后扫视一遍，然后命一佐领上前训话。那佐领先侧身向鄂尔玉瑱打躬行礼罢，威严地讲道：“你等犯律当斩，我大清圣上皇恩浩荡，赦你等死罪流放到这宁古塔，副将军恩典，命你等在这里劳作思过报恩，等到皇上大赦或有立功表现，才能回到原籍过平民生活，在流放期间当全力为朝廷尽力，你等休整三天，三日之后根据需要和你等自身情况，或去官庄种田伐木，或去窑场烧石灰，或去渔猎采集贡品贡奉朝廷，或卖给披甲人为奴为朝廷换来貂皮人参，或协助披甲人戍边征伐……”众流犯皆茫然不知所措。梁潇凑到杨姑娘身边，告诉她和梁星还有梁雁，无论见到什么官咋安排都要说明，杨姑娘和梁雁都是我妻子，是我梁家的人……说到这儿，他说不下去了，他除了说这些苍白无力的话来安慰杨姑娘和梁雁，还有什么办法能保护她们？他自身都难保不被卖到披甲人家里为奴，又哪有能力保护两个姑娘？杨姑娘不想拂了他的心意，想不出什么话来安慰他，只好拉着他的手紧紧攥着，心想只能听天由命了，大不了一个死。梁雁虽然心里害怕，脸上还是满不在乎：“什么卖不卖给披甲户的？只要和公子在一起就什么都不怕！”“你们当中可能还有人想逃跑，看这几个就是逃跑又被抓回来的人犯！”梁潇和众人看去，只见几个正蓝旗清兵从后队押过来六个男女，梁潇认得，这是太史公家的太史玉马和太史从龙，还有两个人也是苏州名人之后，那两个女子却有些面生，他们在天寒地冻的季节，竟然被打得衣裳稀烂，四肢冻得黝黑黝黑，显然要坏死了。梁潇在流放路上结识的好朋友吴若愚不在里面，估计是凶多吉少，让梁潇心里十分凄然。佐领冷笑几声，让人们感到十分压抑。他转过身向鄂尔玉瑱打躬示意，见鄂尔玉瑱早纵马奔向北面出城了。佐领知道，宁古塔每年都会接收几批流放人犯，副将军对这些俗务不屑一顾，早就急着去西面山上打猎去了。没有上司在场，佐领的声音立即高了许多：“本官决定，这些人犯不是要逃吗？立即让他们跑，如果三天之后能跑出宁古塔将军管辖的范围，本官决定，赦免他们的流放处罚，任由他们自生自灭。三天之后，我也绝不派人去追。如果真的逃出了宁古塔将军管辖地，就让他们在山野里冻死饿死，被狼群吃了，省得雪大野狼找不到吃的到咱宁古塔城来祸害人畜。”说罢一摆手，那六个男女被解开绳子，太史玉马和太史从龙立即跪倒，趴在那里嘴里喊着谁也听不清的声音。梁雁可怜他们，替他们着急，鼓动梁潇出头帮他们。一个小校到太史从龙跟前，认真听了片刻大声报告：“报大人，人犯请求继续流放，他真心悔过绝对不跑了。”佐领道：“不行！留下这些冻掉手脚的残废，我宁古塔岂能养活这些废物？本官决定的事情绝不更改。来人，将这六人用马拖到山里丢到林中，任凭他们死活，就是侥幸活下来，也不许再进入宁古塔城。”梁潇上前求道：“大人，这些人想悔过……”佐领怒道：“浑蛋！敢对本官的决定说三道四，来人！将这浑蛋和这些逃犯一样，全部丢到海浪河边自生自灭！”几个清兵冲上来解开绑绳扭着梁潇就要推走。梁雁急了，拉扯着不让动。“要走我跟他去！”梁星也和梁雁一起，拖着绳索嚷着：“我梁家人都去！要死死在一块！”佐领笑了：“还真有讲义气的？老子就成全你们，来人，把这三个家伙剥去棉衣，丢到北面山梁上，让狼群今天饱餐一顿！”几个清兵过来挥刀割断绳索，扯着梁雁和梁星推到梁潇跟前，三下两下扯下梁星的棉衣，冻得他顿时全身打冷战。梁潇脱下棉衣棉裤，丢到梁星身旁让他快些穿上，悄声道：“你俩咋不明白我的心意？都来了，谁替我照顾杨姑娘？”他向佐领走去，说：“大人，我一人做事一人当，还请大人恩典放了这两人，他们都是因为我梁家才受牵连的家人。”杨姑娘嚷着：“梁潇是我夫君，要是冻死他喂狼，算上我一个！”娄垠不干了：“将军，杨姑娘和我早有夫妻名分，她不能和梁潇一起去。”佐领怒了，一鞭子抽到娄垠背上，打得他“嗷”地叫了一声，疼得跳起来缩在一边不敢出声了。“姓梁的，既然你舍得自己为人求情，老子就给你个人情，把这两个女逃犯留下，那四个人全部丢到牡丹江冰窟窿里，让他们少受点罪，也不枉你为他们求情。”说罢佐领一挥手，几个清兵将两个太史家的女子推到梁雁跟前，那四个男人就没这么幸运了，他们拼命叫嚷着救命，没有人再敢出头为他们说话。梁潇没想到会是这样的结局，这下子真的呆了，傻傻地站在那儿看着太史家的人被拖走。梁雁悄悄告诉梁潇，是那个管册籍的师爷提醒佐领，你身上可能有“金佛铁誓”的秘密，不能让你早早死了。梁潇感叹：那“金佛铁誓”沾上边儿就会贻害无穷，没想到有时还能救命？

梁潇想着心事，拉着杨姑娘跟着众人被押进城里。街道有两辆马车宽窄，三四十丈长短。街道两边全是些木刻楞房子，似乎是一些商铺，天晚了门板都合上了。梁潇从门楣上挂的幌儿判断，经营的都是些皮张虎骨鹿茸蘑菇之类的货物。梁潇辨着方向，他们这是往城里的最北边走去。到了地方一闻气味，流犯们知道，一定是被安排到马棚附近安歇。好在这里面堆着上好的马草，都是些小叶樟之类的，十分柔软。这些流人冻坏了，绑绳一解开立即钻进马草堆里取暖。一会儿，小校过来发放粮食，这是南方人犯没见过的黄灿灿的米粒。梁潇告诉大家："这是稷子米，这东西养人，可是听说这东西有熟生之分，吃法不同，不知道……"小校笑了："你小子知道得还不少，这是熟稷子米，只需煮到八成熟再隔水炖就好吃了。"梁潇一家和杨姑娘四口，加上太史家的两个女仆按照小校划定的位置，在离马草堆远些的地方打火做饭。一会儿饭熟了，稷子米散发出一股清香气。吃着饭，喝着米汤，有了热乎气。梁雁帮太史家的两个女人清理冻伤，手脚全都黑了，一碰直冒黄水。梁潇拉着杨姑娘的手，两人缩在马草里看着，知道这两个女仆手脚可能要保不住了，心里暗暗替她们难过，不知道她们手脚坏死之后如何生活？夜深了，疲倦的人犯们都钻进草堆里睡去，只有梁潇想着明天可能发生的事睡不着。他担心杨姑娘、梁雁还有樊素素如何能在这里保得住性命和贞节，这些事他想得多了脑袋疼。突然眼前一亮，发现马棚里面被火光照得通明，着火了！梁潇迅速冲过去拉起杨姑娘和梁雁，一脚踹醒梁星，大声喊着："快起来，马棚着火了！"太史家的两个女人睡得深沉，梁潇只好和梁星一人一个背起她们冲出棚外。一阵慌乱大部分人胡乱套上衣衫冲了出来，可是从老家带过来仅剩下的一点点破烂铺盖大多被烧毁了。半路上承担起抚养孤儿的几户人家，收留时只想以孤儿的名头多要一些口粮，如今紧急时刻慌忙逃命，孤儿却留在熊熊燃烧的大火里面，马棚里不时传出孩子断断续续的咳声哭声。梁潇不顾一切要冲进去，被梁雁拼死拉住，杨姑娘抢过一个清兵提着的水桶兜头浇上才放他进去。当值的七八个清兵冲过来救火，一时间锣声响起，唤来更多的清兵从营中跑出来救火。牛角号响起来了，不一会儿，几十个披甲人骑着马提着木桶飞跑过来灭火。几个披甲人拿过救火的钩镰枪想把棚子钩倒压灭火势，梁雁和杨姑娘怕梁潇被埋在火里，拦着死也不让。佐领一边系着腰带一边跑过来，见此情景命人将梁雁和杨姑娘拖走，拖不动就地砍了！大军马草被烧，如果雅克萨前线吃紧，如何供应？断了草料那可是关系到胜败的大事，是杀头之罪！几个清兵不管梁雁和杨姑娘阻拦，扯着她俩胳膊拖到火场边儿。六七个披甲人上前，抡起钩镰枪钩散了马棚上面苫的苇草，火光中踉跄冲出一个人来！梁潇浑身是火，头发冒烟，抱着两个孩子冲出来了！他把孩子丢给梁雁和杨姑娘，就地一滚想压灭身上的火，却引燃了地上杂乱的马草，梁雁和杨姑娘连忙夺过清兵手里的水桶往梁潇身上浇。披甲人对梁潇舍身救人十分钦佩，七手八脚地帮着梁潇灭火。披甲人伍长拉起梁潇，帮他扑灭身上余火，竖起大拇指："你不是什么流放犯，是真正的巴图鲁，咱们俩是好朋友！我叫艾莫日根。"再看那两个孩子，早被烟熏得昏过去了。领养孩子的周家人、朱家人这才过来，见两个孩子生死不明，对梁潇救人不但不感激还心生怨气。怕这两个孩子不死不活的，岂不是让他们负担更重？佐领见人们忙着救助梁潇和孩子，不顾引燃地上的马草大火又熊熊烧起来，越烧越旺，气得抡起马鞭子一顿胡乱抽打，清兵和披甲人上前再去救火。虽然梁潇没睡发现失火早些，众人扑救及时，可是，冬天草料干燥见火易燃，何况还有北风助势，还是烧掉了大半个马棚。好在这些人住的是马棚后院，没烧到战马。一个小校上前报告佐领："报大人，火系流放罪犯娄家娄禾所放，犯夫自述是嫌冷取暖，不小心引燃马草所致，经点验共计烧掉马草三十五垛，马草棚烧毁一多半，烧死流放犯孤儿四人，烧毁……""够了！把罪犯娄禾抓来，看他家有什么东西可以抵顶马草损失，如果……""佐领大人，恕小人冒昧，这些流放人犯就是有珍宝，又往哪藏？"佐领冷笑一声道："鱼过千层网，网网都有鱼，而且最后才可能有最大的鱼！"说罢他一摆手，娄禾被几个清兵拎来丢在地上，火把照得四下里如同白昼，娄禾怕罪责难逃，拼命救火，全身烧得只剩焦煳的衣服裹在身上，跪在地上不知是冻的还是害怕，浑身发抖不住地叩头求饶。小校上前告诉他佐领的决定，他抬起头四下看着，见娄垠也在，连忙嚷着："二公子，快救我！你快把那些金丝绦拿出来救救我吧！"娄垠低头不语，小校过去用刀鞘敲他的肩膀才抬起头来，阴阳怪气地说："到了宁古塔，所有的人都是一样的流放人犯，哪还有什么公子？哪个公子还能为家人的事负责？何况我娄家没有金丝绦，怎么去救他？"娄禾哭道："二公子，你不是还藏着二十一根金丝绦，你要是不舍出来，我就没命了。"娄垠火了："你胡说！我娄家被判家产充官，岂敢私藏宝物？"他转过头朝佐领道："将军，他一人做事一人当，他犯的是纵火烧草料场的大罪，是不是他早就想反大清朝廷？该杀该剐是他罪有应得，他的罪与我娄家无关。"佐领冷笑一声道："你以为本官是傻子吗？据查，那娄禾点火是因为你不忍饥寒，命他在你卧处就近生火，你本想待暖和些再将火熄灭用其余烬取暖，可是没想到娄禾疲惫之极睡着了，柴火失控才祸及马棚里的草垛，要说罪责，你才是罪魁祸首。”娄垠还想狡辩，可佐领不理他，一挥手命人将娄禾拖出去，捆到树上冻死，娄垠是同犯打三十鞭子。娄禾被拎起来反倒不再求饶，高声喊着：“是我欧家瞎了眼睛看错了人，为了报恩将我交给你娄家。梁公子、杨姑娘，对不住了，我曾为虎作伥为娄家做了好多坏事，诬陷你两家人，我冻死在这儿是报应，可我死不瞑目！那些幕后主使没受到惩罚，我心不甘！苍天有眼，早晚都会有黑白无常找上你娄垠，你不得好死！”娄垠被拖翻在地，几个清兵抡起鞭子打得他惨叫失声。佐领骂道：“今晚当值的伍长何在？”一个小校过来应着：“小的知罪，小的听到梁潇叫嚷，立即敲锣救火，并未迟延。”佐领命人将小校脊杖二十，和流放人员一起关起来。娄禾苦笑着昂头赴死，梁潇不顾杨姑娘和梁雁拉扯，上前打躬施礼：“大人，罪民有一句话说。”娄垠以为梁潇要揭发他家秘藏的金丝，连忙嚷着：“大人，这人藏了精细的缅玉，价值连城，却不肯交出来！”梁潇并不理他：“这欧青是春秋时铸剑名家欧冶子之后，极善打造宝剑，所铸利刃天下无双，如能留下他戴罪立功，则可为将军打出无人争锋的利剑。”佐领冷笑一声：“哼！又是你？你又敢改变本官的决定？你以为本官不敢杀你？”樊素素急忙上前，娄垠急了，怕樊素素说出自家藏金丝绦的事。他高声叫起来：“大人！罪民愿意现在就把我家留下孝敬将军的金子献出来，为娄禾赎罪，用这钱来重新购置马草建新马棚。”佐领笑了：“有意思，你这个时候才肯献出金子，我是奖赏梁潇，还是饶恕你的罪孽？”娄垠压着嗓子道：“罪民早就想献给将军，不过场合不合时宜才等到现在，当初没拿出来，是因为我只想献给将军个人，不是给朝廷，请将军明察罪民的苦心。”佐领并不买账，怒道：“将娄禾带回来放了，娄垠隐匿金子罪加一等，再打脊杖二十，铐起来！梁潇最先发现火情，减少了损失，还勇于救助孤儿，本应奖赏，他却敢质疑本官决定，实属无礼之至，功过相抵，免于处罚。”娄禾过来跪地叩头：“犯夫谢过大人不杀之恩，犯夫请求让我离开娄家，和梁家一起服刑。”佐领冷笑：“等披甲人选完流犯，还不知道哪些人能在一起呢，眼下本官就成全你，让你在梁家一起服刑。”娄垠恶毒的眼光死死地看看娄禾，又怒视樊素素。樊素素知道娄垠会迁怒她要说话才迫不得已献出金丝绦，怕他报复也有心去梁家，可是怕梁潇不好意思接受，更怕杨姑娘和梁雁再生妒意，叹着气扶着娄垠去新分派的草堆上，拿些草药敷在他被鞭打出的伤痕上。稍不小心碰疼了娄垠，气得他一脚将樊素素踹倒在地上。樊素素气哭了：

"我当时想说，娄家的娄禾是欧冶子的后代，打出刀剑价值连城，娄家不用带金银，有娄禾在就够了，谁知道你自己沉不住气拿出来金丝绦，还怨人家?"娄垠见她哭起来如梨花带雨十分可爱，娄家人出发时七八个人，如今只剩下他两人了，不论她说的是真是假，这个时候只能拉拢她和自己一心才是。

早饭后几声锣响，小校过来高声喊着："都起来列队!"人们都以为要分派危险艰苦的生计，都有些莫名的惶恐。娄家还藏着一些金丝绦，想买个好差事，如今只好跟着大队来到城西。昨天那个佐领骑在马上下令，所有人犯必须在五天之内，挖好地窨子。说罢命大家都去近处一家先前被流放到这里的人家，看看他家住的地窨子是什么样。梁潇和梁雁、杨姑娘过去一看，那地窨子在地面上有三尺多高，地下挖下去有大半个人深，加上地面上的空间，人正好刚能伸得开腰。屋里土台阶下去是灶台，连着土炕。虽然都是泥土所制，但因为一大部分卧在地下避风挡寒，让人们在寒冬腊月有了些许暖意。这些人经过一路风餐露宿的折磨，能有这样简陋的暖窝儿栖身就高兴得不得了。梁潇和那家人攀谈着，知道他家姓李，已经被流放到这里五年多了。梁雁催梁潇快去领工具，梁潇却和李公子请教，如何才能在冻土地上挖得下去。李公子和他一见如故，告诉他："这里冻土有七八尺深，一镐刨下任你有千斤力也只是一个白点儿，冻得比铁还硬，这个季节挖土，如何能挖得下去?"那些人犯抢去为数不多的工具，只有梁潇一家人，还有娄禾，钱家小姑娘和太史家的两个冻坏了的女子在指定的地点清理着杂草，并没有急着开工。一会儿梁潇过来了，让太史家的两个女子回去准备午饭，剩下的人和他一起去林中砍柴草。那些人犯在冻土上费力挖了一会儿，累得浑身是汗，一镐下去一个白点，刨了半天只挖下去不到几寸深。梁潇一家只留下杨姑娘和钱家小姑娘竞秀，在冻硬的土地上用镐头刨出屋子布局的印迹。一会儿梁潇和梁星、娄禾背来柴草，他们在画好的印迹上堆上柴，点燃火，人犯们都过来围着取暖。明白梁潇是要把冻土烧化，然后再挖。那些人不再取暖，纷纷起身去砍柴草。娄家听说了，娄垠领着樊素素也去砍柴时，近处的草已经被砍光了。一连几天，梁潇一家人傍晚点燃柴草烧大半夜，火熄灭后火热的草灰焐着冻土，早上起来将烧化的软土挖下去，然后再烧。梁潇家尽管女人多，可是挖的方法正确，进度最快。李家公子给他们送来锯子，梁星和娄禾去城外山上锯来木头做房顶的檩子、椽子，又去江边割来苇子苫上做棚盖，忙碌几天一家人总算住进了地窨子。梁潇和梁星、娄禾住东面一间，那些女子住西间，中间隔着灶台。烟道仿照李公子家的样子，连到火炕下面，点着火地窨子里顿时热乎起来。没有窗纸没法留窗，苇草编的门帘子一放下十分黑暗。打开又有冷风吹进来十分寒冷，只好放下门帘子摸着黑用灶火和松明子照明。娄禾把李公子送给梁潇的松子放到柴火余烬里烤熟了，硬壳裂开条缝儿，大家嗑着清香的松子，十分开心。刚刚融入梁潇一家的竞秀和太史家的两个女子，和梁潇一家聊起在苏州的往事。虽然条件十分艰苦，可大家也其乐融融。虽然家徒四壁，十分简陋，却也让这些颠沛流离的人有了家的温暖感觉。翠花一路上总想靠姿色攀上押送官员改变命运，那些人只管一段路，乐得她投怀送抱，她舍了贞操到最后还是和这些流人在一处，尽管心里不甘，也不得不如此。一个小校进来，须臾眼睛适应了屋里的黑暗，打着哈哈四下看了看，不等梁潇问他来意，便高深莫测地笑道："听说梁家是聪明人，以为人间地狱就这样让你们舒坦了？这人间地狱也和阴间一样，分十八层……"他拖着长腔，以为梁潇会发问，可是，梁潇就是梁潇，一声不吭。小校见他装憨不说话，只好做出要走的架势，上了几级台阶撩开门帘子站在门口，梁潇还是不言语。梁雁和竞秀憋不住都要笑出声了，小校心里有气，脸上装出笑容不得不把想说的话全都说出来："神鬼都要收买路钱，何况这里是人间地狱！听说你等心机极深，早有准备，藏着宝贝想在人间地狱的入口买个好层级的差事儿，也好少遭些罪，或许还能进入将军府里当差。虽说还是流放人员，可是和大清子民也相差无几。要是能凭着文章功底帮着衙门做事，那岂不是就和官员都差不多了？一旦朝廷有了大赦的好事，你们还不是近水楼台？"梁潇从破被里掏出梁雁留着做高跟鞋、花盆鞋底的木头摆弄着，小校看着眼里放着光，盯着那东西想知道里面是不是藏着珍宝。梁潇傻傻地问他："最好的是什么差事？"小校道："最好的当然是帮着师爷写写画画，帮着官爷的子弟写一些应试的八股文和诗词歌赋，虽然所写的东西不能署名，却可以享受到正常人的生活，还可以住进暖和的房子，当然这就是第一等了。第二等是到官家当差，毕竟这里的官员大多不会京腔，懂得官话的也不多，到官家当个差事也能混个脸熟，慢慢地熬得好了，也能活着等到朝廷大赦。第三等就是给官家当佣人，南方来的官宦人家在塞外久了，没个乡里乡亲的用乡音聊天，要是有个家乡人来，讨得主家喜欢自然会得到关照……这第十六等是分派到官庄里劳作，冬天烧石灰打猎，夏天种地打柴筑墙伐木，辛苦劳累自然不必细说。这第十七等就是给披甲人为奴，当然，要是女的就简单了，漂亮的给官宦当侍妾，长相一般的给披甲人家当女奴，不漂亮的只能送到官庄干些粗活……”小校喋喋不休地说了半晌，梁潇问：“像我梁家人，第一等不敢想，有什么办法能帮我们别在第十等之后，咋也别到了第十等、第十八等？”小校手一伸：“拿来！各家尽管都经过无数次搜查，谁家还不留下些最后的保命钱？只要有了银两，还愁什么到第十八等，比地狱还惨？”没等梁潇答话，小校趁他愣神儿一把抢过梁雁的鞋跟木料，手一掂轻轻的，不像里面藏着什么，冷笑着投进灶坑里烧起来。梁潇连忙用炉钩子钩出来，幸好拿出来得快，木头并没有烧着。梁潇笑道：“我梁潇不怕在第几等，来都来了，什么不都得尝尝，不然就枉来这人间地狱溜达一场了，就是一样，我家女人即使要花银两有个好的去处，我们也得见了真佛才能烧香啊，岂能轻易将东西给你？何况，你也不识货，不知道珍宝什么样不是？”小校不知梁潇葫芦里面卖的什么药，眨着眼睛呆在那里。

佐领狄百里在大帐里一边饮酒，一边听骁骑校报告流犯情况。“这一批流犯一共五十二人，拟补充到官庄做工二十一人，其中伐木五人，烧石灰十五人，挑一个会木匠活儿的负责修理大营的陈旧门窗等。拟令披甲兵用貂皮狐皮人参等来买二十四个男女流犯当家奴，选四名漂亮女人到将军府当家奴，选有文采的两人帮助师爷处理文案，选一人懂得算术的帮助仓库官员管理钱粮草料。以上是拟报到宁古塔将军府的初步安排，不知佐领意下如何？”说罢看着佐领，佐领似乎沉浸在享受美食的快乐之中，用油乎乎的大手剔下一大块肉，抓着蘸上野韭菜花，吧嗒着嘴吃下，又喝下一大碗烧刀子酒，捋着胡子说：“有没有人愿意拿银两买个好差事的？”骁骑校道：“已派小校到各家吹过风，还没有谁家愿意掏银子的。”佐领笑了：“这些南蛮子心思缜密，不可能没留后手，肯定都藏着最后的保命钱，你得想办法让他们拿出钱来。”说着用手比画着元宝形状。“在下明白了……”骁骑校说，“先安排这些人去官庄劳作，三天之后由披甲人选择用貂皮买哪些人犯为奴，逼他们拿钱，再按照他们拿出来的财宝多少，酌情安排。”佐领深以为然。

早饭后，流犯们排着队被押到官庄劳作。说是官庄，不过是让流犯们从事艰苦劳作的地点的总称。梁潇一家被分去烧石灰，把用马车爬犁运来的白云石用大铁锤砸成小块，堆在一起，再用柴草烧成生石灰。梁潇和娄禾、梁星抡起铁锤砸石头，只有梁星干这活还在行，他们三个人砸了半晌也没砸开几块，监工的小校嫌他们干活太慢，抡起鞭子就打，命令如果到晚上砸不完那一大堆石头，不但没饭吃，还得夜里接着砸。梁雁和杨姑娘忙着把砸得大小适中的石块搬到一起，翠花还有太史家的姑娘连同竞秀几人踩着石块将低处的石头递给石堆上面的人，再码到堆顶上。那些白云石又凉又沉，女人们很难搬起来，监工清兵嫌她们干得太慢，鞭子“噼啪”地打过来，女人们只好一路小跑。女人们一会儿出了一身汗，冷风吹来，顿时浑身起鸡皮疙瘩直打哆嗦，上下牙磕得直响。杨姑娘搬着石头被鞭子赶得一路小跑，冻硬的地上十分湿滑，一使劲破旧的鞋帮和鞋底撕开了，脚下一滑倒地，石头把脚砸得血肉模糊，杨姑娘疼得哭起来。梁潇心疼万分，一边帮杨姑娘包扎，一边叫嚷着喊小校过来，他想用宝贝为杨姑娘换个好点的活计。小校鞭打着干得慢的流犯，摆手让梁潇等着。人犯怕清兵责骂，只顾赶快往上垒，没想到石头堆垒得歪斜了，突然，七八尺高的石头堆塌方了，几十人耗费几天码成堆，准备点火焚烧成石灰的石块全部滑落下来。小校急眼了，这可是流犯们忙了几天的成果，雅克萨前线还等着这些石灰筑城。他急忙筛起锣来，负责警戒的二十几个清兵从四下奔过来。梁潇跑过去一看，太史家的两个女子腿脚冻坏了，动作不灵便，被压在石头下面，只露出手脚。翠花也被压在石头底下，透过石头缝隙依稀能看到她的头发和脸。女人们惊恐地尖叫着，男人们急忙跑过去救人。梁潇和梁星、娄禾抢在最前面，急忙掀起十几块石头，太史玉秀的脸庞露了出来。梁雁一边给杨姑娘包扎脚伤，一边看得仔细，突然，她惊叫道：“梁兄，小心！”梁潇一愣神儿的瞬间，梁星和娄禾拉着他迅速向后跑。“轰”的一声响，上面的石堆又垮塌了，石块翻滚着砸下来。原来人们只顾着扒石头救人，不防搬空了下面的石头，上面的石头又塌落下来，连着后面的石堆跟着全滚落下来，整个石头堆彻底散塌了。梁潇手脚灵活，救人时太专注还是慢了些，被砸破了脚。梁雁和杨姑娘见太史家两个女人和翠花都被压在石块下面，连求救的声音都没了，不由得悲痛万分痛哭失声。那些流犯个个吓得不知所措。梁潇顾不上脚伤，连忙冲过去扒开石块，想再救人。太史家的女人露在石堆外面的手指还在微微弯曲着，像虫子一样不停地蠕动，让人看了心里更加害怕。明知道石头下面这些人生还的可能性很小，梁潇还是忍着泪领着娄禾、梁星拼命地扒着石块，想让太史家的女人和翠花先露出脸来。梁潇右手中指指甲剥落，血染到石头上。咣！咣！咣！三声锣响，喧嚣的人们静了下来，只有梁潇几个还在扒着石头救人。几个清兵过来抡起鞭子棍棒一顿抽打，强迫人们停下来。一个小校嚷着：“既然塌方了，本官不追究你等罪责，立即就地起堆，再码好石头，今晚点火开窑。”梁潇和流犯们惊呆了，监工的清兵们想加快进度，既然石头滚落到这边的量大，就从这边重新再码。太史家的两个女人和翠花就得压在石下，和这些石灰石一起燃烧。梁潇不顾责骂上前阻止：“大人，这下面的人可能还活着，请您下令先救人，然后我们就是不睡觉，也保证今晚再把石头堆垒起来。”杨姑娘和梁雁明知不行，还是上前帮着求情。小校冷笑道：“就凭你们几个再有十个夜晚也垒不起来，前方等着石灰筑城，岂能为了个把流犯耽误了进度？快给老子滚开，惹恼了老子，把你们也丢到石堆里面烧了。”梁潇嚷着：“人命关天，这下面还有人！”小校火了，大骂道：“浑蛋！有人咋了?！这三人埋在石堆底下正好祭了窑神，要是不能按期烧出石灰，本官和佐领都得担责受罚。”前年来的流犯老徐悄悄告诉梁潇：“尽管是露天石灰窑，也得祭窑神，每次点火前都得杀羊或猪来祭祀神灵。如今死了人，要是把人扒出来再点火，费工费力不说，还得重新献上祭物。唉！官庄？你们哪知道这里是地狱下面的第几层？忍着吧，咱们管不了。”小校趾高气扬地叫着：“用这三个女人祭窑神，算她们命好，早死早托生，省得活着遭罪。”梁潇气得咬牙切齿：“流犯也是人，你们这是草菅人命……”说着梁潇攥紧了拳头。小校叫嚣：“你要造反!?”梁雁上去死命抱住梁潇，梁潇半天憋出来一句：“我要去将军府告你，就不信没有人管得了你们这帮浑蛋！”小校哈哈大笑道：“哈哈哈！你还敢告老子，来人，把这疯子捆了丢进石堆里跟那三个女的一起烧了！”几个清兵过来扯住梁潇就要捆了，梁潇心痛极了，来到这里，人命还不如石头，想着自己和杨姑娘还有梁雁面临的也是一样的命运，眼泪不由涌了出来。

樊素素跟着娄垠和其他人犯，在几个之前流放来的人犯的带领下，沿着积雪覆盖的山路进了南面的松树林。几个监工清兵告诉他们，今天每人必须伐下十棵够粗的松树，否则晚上没有饭吃。清兵知道他们无处可逃，丢下他们自己找避风的地方歇着去了。那几个之前来的流犯迅速挑斜坡边上好搬运的地方，选一搂多粗的松树，甩掉破皮袄紧张地开锯拉了起来。新来的流犯迅速相互组合，两人一伙扯着锯挥着斧子开始劳作。梁家人不在，樊素素没有选择的余地，只好和娄垠一起挑了棵树一边一个坐在雪地上，学着人家的样子拉锯伐树。没拉几下，那边几个之前的流犯已经喊着：“顺山倒……”一声呼啸，一棵大树应声倒下了。娄垠心急，怕完不成伐木量受罚，使足了力气扯过去还骂樊素素不用力。不一会儿，两人的力使得偏了，锯片被树夹住

了，无论怎么使劲都拽不动。娄垠骂着樊素素，却没了主意，两人围着树转了几圈也没办法将锯拉出来。那些人都怕自己完不成工作量挨罚，更厌恶娄垠的人性，没人肯过来帮忙。樊素素被骂得急了："你再骂我就去找梁家，在梁家再苦再难也让人乐呵儿，谁愿意跟着你?"娄垠叫着："你敢！我知道你心里惦记那个梁潇，老子早晚要置他于死地!"突然！几声惊叫传来，娄垠和樊素素循声看去，一只硕大的狗熊吼叫着扑向一个单独伐树的人犯。那人忙乱间挥斧劈去，被狗熊挥掌打落，再一掌将他打倒，那人顺势滚下山坡。狗熊更快，连滚带爬追上他早将他扑倒在地，随着几声撕心裂肺的惨叫，那人没了声息。樊素素吓坏了，半天才缓过劲来喊人救命，那些清兵早听到喊声，不但没人来援救，反而迅速爬到一块突兀的岩石上面躲着去了。再看左右，那些人犯早都跑远了，只剩下娄垠和樊素素。她急忙跑到树后拉起吓呆了的娄垠，娄垠这才醒过神来，见只有他俩离狗熊最近，急忙跟着樊素素就跑，才跑出不远，狗熊听到动静放弃了那个已被咬死的人犯，循声跟过来追赶他俩。娄垠见状急了，越害怕腿上越是没劲，眼看狗熊离他只有六七步远了，急忙叫喊："素素！等等我!"樊素素下意识地回头等他，狗熊飞快追过来了，离他们越来越近。娄垠突然想起之前有流犯告诉他遇到狗熊只要别落在最后就行，他恶念顿生，急忙就地一滚，顺坡急速滑向樊素素，瞬间到了近前，就地一踹，将樊素素踹倒在雪地上，翻滚间被一棵树挡住，他借势斜着翻滚越过樊素素，爬起来飞速逃跑了。樊素素眼见狗熊扑过来，来不及逃跑叫嚷，吓得呆了，爬起来被狗熊一掌击中倒在地上，狗熊张着臭烘烘的大嘴流着白色的黏液，闻着啃过来，吓得樊素素眼睛一闭，昏过去了。

梁潇被捆在石灰堆一旁的树上，眼看着清兵指挥人犯在石灰堆四下架起柴草，小校一摆手，众人将火把丢到柴上，火借风势迅速烧了起来。小校见梁潇不可能再救人捣乱，示意清兵将他放开，这时梁潇手脚早已冻得僵硬了。回到地窨子，梁家少了三个人，虽然太史家人合到梁家时间并不长，可生离死别，特别是这般悲惨地死去，还是让他们十分伤感。翠花虽然品行不端，可她跟了杨姑娘十几年，就这样惨死了，总是让人可怜。流犯们刚刚经历了几件事，这时才相信小校劝他们时说的话。宁古塔地狱分层，要想活着回家，要么就硬扛着听天由命，要么就得花钱买条生路。再想想还没派给披甲人为奴呢，要是那样，是不是比这还要惨多少倍？不等小校再来劝，流犯纷纷去找骁骑校，愿意拿出金银珠宝求他给条生路，骁骑校却不相信他们还能拿出什么宝贝。夜深人静，梁潇和兄弟姐妹们商量：“咱们拿出玉来献给佐领，就怕佐领拿了东西引来更大的欲望，还可能是陷阱，献上东西会适得其反。”杨姑娘和梁雁都听梁潇的，就是不知道还有什么能入得了佐领的法眼。梁潇和梁星、娄禾道：“咱们只能先舍得一切保三位姑娘平安，咱们三人只能听天由命了。”娄禾见梁潇不拿他当外人，就连刚刚救下来的钱家小姑娘也一并考虑，十分钦佩。“梁公子，我告诉你一个秘密，娄垠在发辫和内衣的大襟下摆里面都藏着金丝绦，还有一些交给素素姐姐了，不如咱们告发他，抢个头功，保得几位姑娘的平安。”梁潇笑笑：“都是天涯沦落人，他不仁，咱们不能不义。”杨姑娘和梁雁都反对，以德报怨，对白眼狼可不好使。第二天晚上，佐领将人犯聚到军营前面。骁骑校上前道：“经过两天的劳作，你们都体会了官庄的辛劳，还没正式分派流犯之前，我要告诉你们，如果把你们卖给披甲人为奴，这女人倒好说。要是男的，披甲人可能把你们和猎狗拴到一起，当畜生一样使唤。要是连跑都跟不上趟，那当然就只有死路一条了……”一席话说得正对流犯的心思。张家劈开女人的鞋跟，从里面拿出来四颗夜明珠，佐领当场赏张家每人一大碗肉一碗酒，一边吃喝等着分派好的差事。佐领把玩着珠子，那宝贝在黑夜里熠熠发光。张家女人以为能保得了安全，都十分高兴。紧接着几家人都从发辫里、内裤里、棉絮里、鞋底里拿出了宝玉、金丝绦，还有珠子、金条。赵家拿出来的东西让佐领吓了一跳，他们从赵姑娘三寸金莲的鞋底下，抽出来一柄极其精致的短剑。佐领一摆手，七八个清兵上前，将他家人全部捆起来。几乎所有的流犯人家都献出了秘藏的金银珠宝，梁潇却不动声色。梁雁和杨姑娘拉着梁潇的手，不知道梁潇的葫芦里卖的是什么药。梁潇四下看着，梁雁嗔他：“杨姑娘和本姑娘都在这儿，还想那素素姑娘？她没出来，不知道咋了。”娄垠上前打躬道：“将军，娄家被抄时就将所有的财宝交给了官家，不敢私藏。可是，我家男女仆人小人之心作祟，还是私下里藏着一些贵重的东西。娄家家门不幸，女仆和梁潇暗地里相好，我已经多次命她将秘藏的宝贝献出来，梁潇却百般阻挠不让拿出来。男仆也被梁潇诱惑去了梁家，现如今我只知道梁潇家藏着我娄家的金丝绦，价值黄金百两，我想请将军帮助搜出来献给您。”不等佐领发话，梁潇连忙命娄禾把梁家牛车轮盖旁边的侧板掀起来，从里面掏出来十几根金丝绦：“娄兄，不管我们之前有何恩怨，现如今在这里我们得同舟共济才是。这是素素姐姐让我帮你藏的，怕在路上被人掠去，你快拿去献给将军，好谋个好差事，也让素素姐姐安身立命。”各家献上来的东西令佐领和骁骑校眼花缭乱，那十几根金丝绦在昏暗的火把下却入不了他们的法眼。梁雁怪梁潇不该给他，还不如拿了自家买个平安：“真是狗咬吕洞宾，不识好人心，好心没好报，遇到了白眼狼！”娄垠不理梁雁，推开梁潇和娄禾，自己去牛车轮子盖板处细找，他知道这金丝绦数不对，还少许多，怕被梁潇留下自己用。手摸到几十根没等拿出来，见佐领把那些献上的东西都一一过目之后，眼光转向这边，连忙将到手的金丝绦藏到袖里，犹豫是不是将这些先献给佐领。他记得交给樊素素让她藏好的金丝绦，一共三十一根，足有七个金元宝的重量，可是他在这关键的时候，先后只拿到手十几根短的，至少还差十五六根呢，要是这样给人，不但不承人情，还不得勾出人家的贪欲，吊足人家的胃口接着再要？他将手再伸进车辕下那个挖空的小洞，里面有些扎手，洞太小且很深，手攥紧了拿不出来，他只好放开手空着抽出来。见那佐领在问张家珠子的来历和佩戴珠子的好处，除了梁潇没有人注意他，连忙再寻一根细树枝伸进洞里往外挑，挑到最后里面空了，挑出来的都是些稻草。娄垠恨恨地看着木然的梁潇，猜想一定是樊素素和他做了手脚。“那些呢？我的金丝绦呢？”梁潇问他：“素素呢？她为什么没来？金丝绦是她一手藏的，只有她来了，才能看到那些金丝绦。”娄垠眼睛盯着佐领，袖里藏好了金丝绦，想着就这点东西了如何才能用到极致。几声咳嗽后，佐领站起来威严地说：“大胆流犯，私藏禁物，不主动上缴朝廷，还想着用这些谋个好差事，又犯下新的罪孽，理当斩首。本官决定，你等既然蒙圣上隆恩免了死罪，活罪难逃，所有藏匿财宝人员一律卖给披甲人为奴，财宝全部充作军费。”梁雁悄声道：“公子，你真是太聪明了！”杨姑娘也深情地看着梁潇，佩服他的见识。娄垠暗暗庆幸，亏得梁潇和樊素素做了手脚，要是金丝绦轻松地全拿出来，自己一激动献给佐领，也得被卖给披甲人为奴。

# 第十五章　披甲家奴

娄垠听到地窨子外面有人骑马走远，知道这是巡逻的兵卒过去了。他本想去梁家找娄禾回来，毕竟人家都是一家人在一起，越是艰难越是互相有个照应。挨到这份儿上真可谓是孤家寡人，十分寂寞，也有些害怕。想了半天，流放人家都被他得罪遍了，只有一家可能还行，这就是周家，父亲娄兆兴曾答应他家，只要帮助娄垠在流犯中卧底，弄清“金佛铁誓”的秘密，就让他家和娄家一起回苏州。娄垠才出门，就发现一个小校备马，马夫和他闲聊。小校说去接前年流放来的大学士谢无墨，帮师爷画一幅老虎，等着和使者交流时用。娄垠顿时来了精神，他早打听好了，这师爷本事不大，却极会钻营投人所好，文采极差却能哄得大将军事事离不开他打点，要是将这些金丝绦送给师爷，那岂不是走个捷径？这师爷名叫白淇梁，是王爷苏克扎哈推荐给巴虎将军的。巴虎是个马上将军，征战立功的智慧都是从师爷讲过的《三国演义》中学来的。巴虎的本事虽然经略地方绰绰有余，可要是给朝廷上表呈文却一窍不通。这也难怪，八旗人从小习学弓马刀箭，哪懂什么八股诗文？塞外要找个熟知官场文章式样的人十分不易，更无法寻到文案行家。巴虎任宁古塔将军，无论是给朝中交纳贡品，经略地方经济，管理诸多事务，还是边疆防务都做得卓有成效。披甲劲旅的训练和战力都十分出色，就是给朝廷上表说不明白。前年，宁古塔将军上呈给康熙皇帝一份奏折，上面写着“臣无时无刻不常思圣上教诲，励精图治，祝福吾皇月蚀东壁，星流营中，拆武担石，涸太液池……”幸好苏克扎哈带领内阁大学士先替圣上审阅奏折。他急忙将此折藏入袖中带回家去修改为：“圣帝舜报，哲王尧襟，维祝吾皇：睿智天纵九五福，雍和日跻八千春。”圣上看后大悦。苏克扎哈派人给巴虎送上秘信，附上原来的奏折和改写后的奏折抄件，问他为什么给圣上的奏折写的都是些咒人不吉利的字句。巴虎这才明白，临时招来的流犯帮他给奏折润色，那人犯居心叵测，告诉他写的尽是些祝福皇上万寿无疆、功盖秦皇汉武之词，实则是用丧葬的词句诅咒皇上，是唬他不懂，想置他于死地。他急忙命人传信，请苏克扎哈帮忙找一个能胜任的人来当师爷。苏克扎哈亲自给他推荐一位师爷，这师爷半个月之后到宁古塔一上任，就帮着巴虎写好了奏折，这一次没被内务府像批改作业一样用红笔画个稀烂，原文直接呈报圣上。康熙御批：朕很满意。虽然不知道是对他折中所奏明的，准备好了雅克萨开仗一事“很满意”，还是对书写的奏折“很满意”，总之，皇上满意，巴虎就满意，总算争得了脸面。巴虎立即任他为将军府总管兼他的师爷。其实这师爷是苏克扎哈大福晋的表哥，不学无术还总想着混个官职，天天找大福晋唠叨让她找姐夫帮忙。正好巴虎上了奏折，内务府的大学士评论着笑话了半天。苏克扎哈有了主意，让他去给宁古塔将军当师爷，宁古塔远离京城，不会惹祸，万一惹祸也来得及解脱干系。苏克扎哈看在福晋的面上当然不会让他就地出丑，命自己师爷把助手送他当随员。白淇梁开始对姐夫将他安排到不毛之地的宁古塔还不满意，听姐姐详细说了宁古塔的各种好处才明白，这里天高皇帝远，巴虎是个武将，只要侍候得他满意了，那银子还不是卖水的看大河——尽是钱！他名为师爷，自己还写不明白呢，可是他带着一个老秀才，这个山西人屡试不中，只好教私塾收十几个学童混饭吃。后来苏克扎哈的师爷发现了他的文采，收为跟班，实则师爷图个省力主要文案都让他去处理。这人跟着苏克扎哈家师爷当文胆十分开心，不想去这荒蛮之地。白淇梁只好劝他：“我不懂诗词文章，连平仄韵脚都弄不清楚，更不会呈文奏折什么的，你老到那干得好了，那真的师爷还不是你的?”这师爷的“师爷”满心欢喜地随他到了宁古塔，只一篇《关于雅克萨前线所需补给方略》报到兵部，没多久就接到康熙皇帝亲自阅批：朕很满意。乐得巴虎赏了师爷。一晃过了两年，白淇梁的师爷见当真的师爷希望渺茫，几次放话要走，要么就必须涨工钱。每月的例钱不涨一倍，就以和巴虎说明真相相威胁。白淇梁笑了，拿出几页还没写好的呈文草稿给他，师爷一看，上面写着“我宁古塔将军的几次奏折都是由本师爷的师傅代笔，此人文笔极佳，写起文章可谓笔走龙蛇，心炉笔炭，月斧云斤。特推荐给巴虎将军，由他替代本师爷，本师爷要回京城与家人团聚，共享天伦之乐……”这师爷的师爷一看十分高兴，这才想起来，他曾问过，要是想说一个人写的文章极好怎么形容，是自己告诉他的，可以说他是掀雷决电，玉佩琼琚；也可以说词林根柢，经典枝条；还可以说夕草五制，日赋十题……没想到他只记得“心炉笔炭，月斧云斤”，还用上了，难得他为自己这般用心。师爷的师爷十分高兴。白淇梁命人摆酒，给师爷斟上：“兄弟写得不好，只能表意，不能尽情，还请大哥润色之后，立即呈巴虎将军，兄弟回京城了。还有，这流放女子中的人犯伍春柳，貌美如花，兄弟见大哥总是看她，兄弟也给大哥用貂皮换来服侍您。”师爷的师爷一高兴，心道自己心急错怪他了，一杯酒下肚，昏昏沉沉的立马就要倒地。手指着他骂道：“白淇梁，你佛口蛇心，害了老夫。”师爷的师爷眼睛不闭，不甘心死去，却嘴角流出血，不动了。可是，再有文案，白淇梁却没法应付了，只能临时找流犯代笔，然后对嘴不严的，安排披甲人将他处死或买走为奴，远离将军府。这不，朝鲜使者要来，说是带给巴虎将军一幅画，巴虎寻思着得还他对等的礼物，总得准备一下。白淇梁接到这个任务，连忙命人找前年流放这里，有名的妙手丹青谢无墨。这事被娄垠听到了，他当然不会放过这个机会，跟着小校和谢无墨来到了街口处的师爷府第。

娄垠悄悄地站在大门侧后的阴影处，想着晋见的办法，他早听说这白淇梁的软肋第一是风流好色，巴虎整日里打熬着力气练武练功，除了家里的女人，从不拈花惹草。有时下属将那貌美的流犯送来，他也只是让她们陪酒唱歌，学着京城人的雅兴，凑个热闹就是了。只要将军不感冒的，师爷照单全收。巴虎将军在白淇梁帮助上书得到康熙称赞之后，想帮他娶个老婆，他以“京城的糟糠之妻在侍奉老娘，不能负她”为名，推辞了。实际上他是想着，没有老婆管着，天天做新郎岂不是更好？娄垠和梁潇关注的东西不一样，他一路上抓紧一切机会想听到这些官吏的私密生活，好乘虚而入。他早想好了主意，投其所好。这师爷好色，送个美人一定比金子强得多。告诉他这一批流犯里面最美的，江南绝世美女就是杨姑娘。虽然他曾对杨姑娘一亲芳泽，可是到了这个地步，既然自己得不到，绝不能便宜了披甲人，再不济也不能便宜了梁潇。门响了，那个谢无墨拿着一卷宣纸出来，告诉师爷：“您请放心，后天一早，我准给您送来。”大门将要关上时，娄垠急忙扯着门环敲起来，门房怒了，拉开门闩就要揍他。吓得娄垠连忙喊着：“白老爷，犯夫有重要的事情要告诉您。”白淇梁对夜半来人打扰十分愤怒，尤其还是个流犯。一甩袖子命人将他押回流人营地交骁骑校严惩。娄垠连忙嚷着：“白大人，我是假的流犯，我是刑部派来卧底的眼线，和流放人犯混在一起好弄清楚‘金佛铁誓'的秘密，我有重要事情报告。”娄垠知道白淇梁虽然极为好色，可是初次见面，怎好马上就说要献上美貌的姑娘，毕竟这种事上不得台面，还是得冠冕堂皇地说正事，接上头了才能说白淇梁心里喜欢的东西。

早上，梁潇家地窨子苇子编的门帘子被打开了，一个清兵嚷着：“这是你梁家的口粮。”钱竞秀人小腿快抢到前面一看，是一袋子米和一角羊肉。流犯一路上从来没发过一袋子米，押送清兵怕这些人有了口粮会带着逃跑，从来都是一天一发还不够吃。今天，不但能吃得饱还有羊肉?！一家人惊喜不已。那清兵道：“有粮有肉，也不知道谢?”他不理梁雁递上一瓦罐凉水，一边往外走一边说：“这一批流放人犯，你家待遇最好，知道为什么？听说你家梁潇是姑苏城里名气最大的诗人，所以你来了，就被大将军以儿子的老师礼遇，这在宁古塔可是绝无仅有的。”杨姑娘和梁雁高兴得跳起来，梁潇瞅着晃动的门帘子道：“如果有这般好事，那娄垠还不抢上去？哪能轮到我。”梁雁不高兴了：“这么长时间好不容易遇到一件高兴的事，你们还往坏处想?！真没劲！”说归说，一个莫名的阴影罩下来，大家都沉寂了。一会儿，羊肉没等煮熟，几个清兵进来了，抢回大半袋小米，夺去那些没舍得煮的大块羊肉。钱竞秀嚷着拦住：“干什么?！刚刚送来就往回抢?”娄禾和梁星看着梁潇，梁潇木然地待在那儿一动不动。那个先来送米和肉的清兵得意地奚落他们：“哈！一会儿河东，一会儿河西！你们立即到校场前面，有披甲人来选你等去披甲人家为奴！”杨姑娘和梁雁瞬间傻了，“什么！给披甲人家为奴？凭什么?”杨姑娘惊问。没想到最怕的事情还是躲不过，她吓得抽泣起来。梁雁也犯愁了，她知道，梁潇再有智慧，这回想保护她也是回天乏力了，绝望中她想到了死。那清兵瞧着杨姑娘淫笑着说：“这姑娘命好，还到不了披甲人那里，带好你的东西，跟老子去师爷那儿。”杨姑娘慌了，拉住梁潇哭道：“我早嫁给梁潇了，我哪儿也不去！”娄禾问：“那给将军府当老师的换了哪一个?”“当然是这一批流犯中最有学问的娄垠啊！”几个清兵四下翻着炕上的破棉絮，梁雁还和他们抢夺，被梁潇拉住搂在怀里，任凭他们搜掠。破被子被撕开了，棉衣下摆被割开了，破衣烂衫被散得到处都是。家徒四壁的地窨子是流犯的新家，本来就没有太多东西。梁潇几本舍不得丢掉的破书没有人在意，被丢到灶前。领头的小校冷笑道：“有人举报，你家私藏贵重禁物，还有那叫什么‘金佛铁誓’的东西，现在交出来，还当你们自愿上缴，要是翻出来了，你们最好的结局就是留个全尸丢到牡丹江的冰窟窿里。”他见梁潇一家都默然无语，又说："我还告诉你们一件事，别把这儿当成家，所有的流犯都不会留在这儿，有的人得去披甲人家为奴，有的人得去官庄不再回来，还有的人得去将军府劳作，也许还会有人去雅克萨城帮助修筑防御工事。你们当这儿是家？哼！这是让你们给前线军士修的储存青菜的菜窖！"他瞅了瞅梁潇一家人，故意说出来让他们绝望，"你们就是把那些金丝财宝和什么'金佛铁誓'的藏在这破地窨子里，也再没机会来这儿取，要是真藏了不说，那你们可就失去了用财宝赎身的机会。"他见梁潇一家还没动静，冷笑一声道，"咱就送你们个人情，这一瓦罐子肉让你们吃了再走。"虽然有喷香的羊肉，这些人几个月没沾荤腥了，不知这是不是最后的聚餐，谁都吃不下。梁潇拿过碗给钱竞秀盛上，又舀起一碗递给杨姑娘，杨姑娘没等喝，泪水就流到汤里。梁潇接过来连着泪水喝了，笑道："啊！这才有点咸味了，记着，无论遇到什么事，你和梁雁都是我梁家的人，要是万一迫不得已……记住了，保命要紧，只要活着，你俩就永远是我梁潇的人！"说罢，他把那本《词林正韵》其中一部分捡起来交给杨姑娘。梁雁知道梁潇过目不忘，这本韵书他早就背下了，当成宝贝拿着一定有道理，她妒恨梁潇厚此薄彼不给她一本书。梁潇拉着她的手，一用力不让她挣出去，小声道："我看那人的眼神猜测，杨姑娘一会儿就得和我们分开。"杨姑娘不再矜持，死死抱住梁潇不肯撒手。梁雁这才明白梁潇为什么把书给她。"书中自有颜如玉。"梁潇见小校进来催促，像无意地说。那小校瞥了梁潇一眼，也不在意那本破旧的《词林正韵》。"你家杨馨儿即刻随我等到将军府上应差，其余人都到小校场，等待披甲人挑选为奴。"梁雁觉得去了披甲人家，终归是个死，再也不怕什么："即便是流犯，可也是人，还列队让他们挑，拿我们当牲口呢？"小校坏笑道："你要是真的让披甲人当成牲口，那是你的造化，就怕你连牲口都当不上。"杨姑娘以为书里一定有让她必要时保住贞节的毒药，可是细品梁潇刚才的话，却明明是在暗示，万一失身也是他的人，毕竟活下来比什么都重要。

小校场在街市的南面，梁潇一家人被押出来经过街市，街上的人们穿着皮袄皮裤皮大衣，手抄进袖子里暖着看着他们。钱竞秀害怕，紧紧靠着梁潇，梁雁见了热闹，笑道："公子，天寒地冻的，人皆裘皮，又是另一番风土人情。"杨姑娘惴惴不安地四下看着，梁潇悠然地四下打量着。拐过弯到了十字街口，杨姑娘被七八个清兵押走，梁潇虽然不舍，可是那些清兵都执着刀枪，况且这样，再不济也能躲过去披甲人家为奴，他万般无奈，只好故作平静地看着。和杨姑娘一起被押走的还有四五个清秀的流放人家女子。校场上，几十个披甲人骑在马上边交谈边喝酒，十分开心，见一行流犯被押过来，都策马转过来打量着这些人。三十几个流放的男女被推到令旗前面，男女分开站好，梁雁和钱竞秀虽然不舍离开梁潇，却也无奈。梁潇茫然无神地盯着杨姑娘去的方向。几声梆子响过，骁骑校打马上前道："宁古塔将军奉圣上旨意，将这些流犯卖给你等披甲人为奴，为了表彰披甲勇士在雅克萨的战功，这次赎买流犯价钱减半，男犯由十张貂皮改为五张，女犯由十五张貂皮改为八张，如果没有貂皮，折合成狐皮或人参啥的。"披甲人高兴了，一阵欢呼。梁潇见一个披甲人在朝他友好地点头，扬起皮口袋示意他喝酒。披甲人在不远处相看了一会儿，流犯惶恐不安地或低头，或无奈地瞅着那些传说中凶残无比的披甲人，不敢高声，只是窃窃私语。一个小校宣布，选人犯为奴的程序开始了。一个披甲人举起皮酒囊喝了几大口，牵着马过来，一个个端详着流放男人，见吴家家丁吴成彪比那些人犯高了一头，上前按了按肩膀没按塌下，又扒开他的嘴，像看牲口一样看看牙齿。那吴成彪军汉出身，哪受过这般侮辱，抓住那个披甲人的手腕一个反关节拿法，将他摔倒在地。那披甲人没想到这人犯还敢动手，他以为自己是吃了没准备的亏，恼羞成怒，起身抽出弯刀就砍向吴成彪。梁潇上前将他的马缰绳扯起来猛地朝前一拽，那马被扯到前面挡住了披甲人的弯刀。披甲人更火了，转过身来对付梁潇。梁潇并不招架，挺着脖子上前道："披甲人巴图鲁不是真的好汉，打不过人家就动刀子，有本事和人家空手过招，你要是真打不过他，买到了你家陪你上前线，不也是个得力的帮手，何必动怒非得杀了他不可？"一个懂得汉语的披甲人哇啦哇啦地说了几句，那披甲人经不住众披甲人的哄笑，狠狠地瞪了梁潇一眼，丢了弯刀，上前去揪吴成彪。吴成彪上前双拳虚迎一下，脚下一扫正中披甲人腿弯，那高大的披甲人"扑通"一声倒在地上。他马上拼杀自然了得，马下刀枪实战也娴熟厉害，就是空手招数一个人也能抵得住四五个壮汉，可是和南拳高手比较起来就有些逊色了。他被其他披甲人笑得没了面子，恼羞成怒捡起弯刀凶狠地砍向吴成彪。吴成彪自知身份低下，哪敢和他生死搏杀，当时动手只是一时气极所致，想过了利害不敢再打只得四下躲闪。一个披甲人朗声大笑，策马上前挡在这披甲人前面。"哈日斯，别伤了他，这个壮汉我要了！"哈日斯只好怒目圆睁，喘着粗气接过一个披甲人递来的酒囊，一口气喝干了，将空酒囊摔向吴成彪，转过身去挑女人。周家的一个女人被哈日斯看中了，他粗野地扯开那个女人的衣服，看着白皙的肩、细腻的皮肤乐了，扯过扛起来到马跟前，不管那女人拼命叫喊将她搭到马鞍上，丢下一捆子貂皮就走了。众人犯皆骇然失色，心里担心自己和家人的命运，一个个胆怯地看着那些披甲人的动向。一个男犯被披甲人看中了，他挣扎着不想去，被那披甲人一拳打倒，顺势拢过去用皮绳捆上双手，绳子头儿拴到马鞍上，上马挥鞭抽打着那男人和马，叫嚷着拖着一溜烟走了。小校追着一阵子喊叫，那人又打马回来，丢下貂皮，取下皮酒囊喝了几大口酒，这才拖着新买到的奴隶扬长而去。几经周折挑选，男人大部分被买走，女人还剩下十几个人。可能是披甲人嫌梁潇身体瘦弱，竟然没有披甲人看上他。几个披甲人围在一个高大魁梧的披甲人身旁，指点着十几个女犯，梁潇见他们都把目光投向了梁雁。梁潇明白了，先前那些披甲人没选梁雁，不是没有人看上她，而是这个头人已经暗中相中了。梁潇心里盘算着该怎么办，梁雁就是没被选中，又有什么出路？没容他想出辙，几个披甲人过来，两手环抱比着那十几个女人的腰肢，笑嘻嘻地朝梁雁走来。那两个走在前面的披甲人扯着梁雁出来，梁雁喊着："公子！怎么办？"比她喊叫声更响的是钱家小女孩，她撕心裂肺地叫道："姐姐！我陪你去死！"梁潇连忙上前，没等说话，四五个披甲人将他拉住，比画着丢下貂皮要买他过去，他顾不上挣扎反抗，隔着披甲人跳起脚看梁雁。只见几个披甲人丢下貂皮拥着梁雁就走。梁雁似乎觉得挣扎没有用，嚷着比画着，让披甲人轻点儿，别弄断了她小拇指上长长的指甲，比画着这是跳舞用的。梁雁一路上不论生活多艰难都不忘保护着这根青葱似的细长的指甲，这是跳《宫娥舞》和《鹤鸣九皋》时用的。挣扎时套着指甲的细竹管脱落，露出指甲足足有七寸多长。两个抓着她的披甲人好像是听懂了她的意思，放开她的右手，好奇地看着她长长的染成红色的指甲，一路风尘只留下斑斑红点，更是显眼。梁雁迅速举起右手，远处的披甲人众看着，那指甲细细的泛着青烟色还有些许红点，让男人们凭空添了几分对女人的遐想。那个披甲人头领捋着胡须哈哈大笑，那几个围着他的披甲人也都发出淫荡粗野的笑声。梁雁隔着高大的披甲人看不到梁潇，她急了，一口咬断了指甲，瞬间口吐白沫，倒在地上不省人事。披甲人纵是久经沙场，也没料到她会这样果断自尽，谁也没见过这个阵仗，一时间目瞪口呆地站在那里。梁潇跺着脚嚷道："妹子！你不能死！不管咋样，也得活着！"几个披甲人见梁雁可能死了，只好放他过去。梁潇把梁雁抱在怀里，悲恸欲绝地嚷着："谁要买我，也得容我葬了妹

妹，不！我和她一起死了！”说着低下头去啃梁雁断了的指甲。那个披甲人头领在不远处喊着：“且慢！流人巴图鲁！”急忙策马飞奔过来，梁潇这才凝神细看这人，原来是那晚救火时，称赞梁潇侠肝义胆的那个披甲人头人，那个想和他一起喝酒交朋友的人。那人一摆手，几个披甲人都恭敬地退到不远处，钱竞秀挤过来捧着梁雁的脸叫喊着：“姐姐，你不能死啊！”那小校挥鞭打过来：“你梁潇一家，就是死也得跟着披甲人去，咱官家都收了人家给朝廷进贡的貂皮，还能退回不成？我就不信了，一个指甲盖就能毙命？”披甲人头领抬臂挡着鞭子，就势扯住鞭梢儿，小校被夺了鞭子，愣在那里不知所措。披甲人头领拿过皮酒囊递给梁潇：“你们一家都跟我走。”梁潇看着披甲人胸前挂着那块血红色的玛瑙突然想起血来。梁雁曾告诉过他：“公子，我要是死了，你要想我，你就得让我喝你的血，就能……”他知道梁雁是苗族女孩，最擅长施蛊弄毒的，也许那就是冥冥中的暗示，会有奇迹？他急忙咬破手指头吸了一大口血，捧着梁雁的脸，对着她的嘴送进去，抬起头一看梁雁大大的眼睛看着蓝天，还是没有知觉。梁潇号啕大哭，那些人犯无不动容，梁潇再吸血喂了梁雁几大口，中指吸不出来，他抢过一个披甲人的弯刀又挑破几根手指，觉得不够，直接挑开了手腕上的血管，瞬间血流如注，他连忙将伤口对着梁雁的嘴让她喝下去。梁雁的脸上、脖子上、肩膀上都是梁潇的血。披甲人都听头领的，见他不动声色地看着梁潇用血救梁雁。那些人犯中的女人都为梁潇舍命救梁雁所感动，几个女人悄声嘀咕着：“要是能让男人这么拿命爱一回，死也值了。”梁潇见这么多的血注入梁雁的嘴里，还不见效，他痛哭道：“梁雁，说好的要死一起去死，你慢点走，我这就随你去！”说罢抓起梁雁的右手，要啃那被梁雁咬断的指甲。披甲人头领挥鞭抽来救他，隔得太远，任他驱马奔过去，这才真的叫“鞭长莫及”！梁潇悲恸欲绝，不曾提防梁雁挣脱右手，搂着他的脸吻去：“公子！有你的血融入我的身子，我就是立马死了也值了。”小校气极了，挥鞭打去：“大庭广众之下，你们成何体统？”披甲人头领挥鞭挡住他：“梁家人我全买了，你不能打我家人！”“好一场感人的英雄救美！”一个公鸭嗓的声音叫嚣着，透着酸溜溜的劲儿，原来是娄埌跟着几个人去将军府当差正好路过。他讨好师爷，用金丝绦贿赂师爷，还答应“有很多金丝绦被无良的女人藏着，私下里给相好的梁潇了，咱想办法弄回来都献给师爷”。师爷本来想用他当助手先试试文笔，可是昨晚将军府要师爷找一个有名气的流犯帮助儿子科考，师爷一时来不及找人，听说这一批流犯中梁潇名气最大，直接就要上报梁潇去给巴虎的儿子当老师。正好赶上娄垠献来金丝绦，就问他一句：“都说这梁潇非常有才，是真的吗？”娄垠做梦都想置梁潇于死地，没想到有这个机会说他坏话：“师爷询问，小可不敢不说，这梁潇是反我大清的‘金佛铁誓’盟主的儿子，万一他进入将军府暗地里刺探情报，再通敌国，师爷，您不是躺着挨枪，跟着受牵连？”师爷眼珠一转，来不及找别人，不知这娄垠行不行。考了娄垠几个他认为很难的题，娄垠穷尽脑子里的那点东西极力表现，却让孤陋寡闻的师爷惊为天人，正好推荐他去。这个时候正是将军喝茶的时间，娄垠跟着师爷被清兵护送去将军府路过校场。“这就是你说的流犯梁潇？那骁骑校，不管谁买了这厮，都得替我撬开他的嘴，追查他藏匿的娄家要献给朝廷的金丝绦。”师爷恶狠狠地说。小校连忙应着：“师爷请放心，披甲人头领艾莫日根买了梁潇一家人，不交出来让他生不如死。”师爷知道披甲人大多性格直爽真诚，弄到了金子不会私藏，比起汉人更让他放心。娄垠连忙告诉师爷：“那‘金佛铁誓’的秘密也都在这梁潇身上。”梁潇被几个披甲人扯起来，和梁雁一起交给披甲人头领。梁潇刚才十分紧张，加上失血过多，见梁雁活过来高兴心里一放松，没走几步便昏过去了。梁雁急忙给他止血，抱着他哭起来。几个披甲人见头领在前面打马走了，早没了耐心，扛起梁潇放到马背上，把梁雁搭在马鞍韂上，牵着马奔向头领家。没有人管的钱竞秀哭喊追着那匹驮着梁雁的黑马，小校笑道：“没有人出钱买你这个雏儿，还自己送上门了，咱就送你个人情，由着你去。”海浪河边的桦树林旁，有几座木头房子，旁边的栏杆里养着许多驯鹿。进了院子，梁潇和梁雁被丢在地上，那几个披甲人和头领打着招呼，用葫芦瓢从窗下酒坛里舀出酒来，每人喝了几大瓢，抹抹胡须上沾的酒滴都走了。梁潇早在马背上醒过来，想着都被卖到披甲人家，如何能保得了梁雁？没等想好就被丢到马下摔得屁股生疼，急忙坐起来，见梁雁被抱下马来，他抢过去抱梁雁，被一个家奴一掌打来，梁潇见他是汉人，知道他肯定是前几年买来的家奴，不敢使真力，不想露出本事，虚迎一下，佯装倒地。再瞧那人五短身材，三旬左右的年纪，上前小心扶起梁雁，梁雁并不领情，劈手一掌：“你也是家奴，咋敢打我家公子?!”那人猝不及防，结实地挨了一掌，刚想还手，眼睛瞧着屋里，不知有什么忌惮，由愤怒变为勉强的笑：“姑娘请起，我家新来的娘子早等着姑娘。”梁雁不知道这娘子是哪个相识的姐妹，连忙爬起来。从屋里走出来一个和披甲人家打扮几乎一样的女人，狐皮大衣、鹿皮裤子、皮袍子。那天樊

素素被娄埧狠心撞倒了，以她饲熊掩护他能逃脱，他见狗熊奔樊素素而去，迅速爬起来没命地飞跑，把樊素素丢在后面。娄埧知道狗熊抓到一只猎物只顾着吃，至少短时间不会再追逐别的动物，他眼见着狗熊将樊素素扑倒，张开血盆大嘴，淌着黏黏的白色液体，他顾不上再看，撒开腿一阵子狂奔。跑到山下，他以为樊素素必死无疑，领着伐木的工头，和一起伐木的流犯都没来找她。到了晚上，他惊魂稍定，对付着吃点早上剩下的稀粥，只顾着拿金丝绦找师爷，却不知道樊素素的下落。樊素素被狗熊扑倒的瞬间，以为必死无疑，吓得昏死过去。再睁开眼睛看时，只见披甲人艾莫日根已经将狗熊用箭射倒，狗熊顺着山坡滚到下面，嚎叫着挣扎。樊素素对那人十分感激，以前听说披甲人粗野可怕，都被救命的感激冲淡了。亲眼见到披甲人并没有想象的那么吓人，笑起来还那般真诚动人。那人见樊素素被狗熊抓开的胸肩，皮肤那般白净，也不管那些看守流犯的兵卒叫嚷，将樊素素抱起来横放到马鞍上，打马就走。小校喊着："哎！那披甲人，这女人可是个流犯，你要想弄她回家，也得拿出朝贡的貂皮来换。"披甲人头也不回道："俺知道，明天送来貂皮就是了，告诉骁骑校，这女人我要了。"樊素素虽然害怕，可是对他心存感激，加上她生来懦弱也不敢挣扎，披甲人纵马一阵狂奔，一会儿就将她带到山脚下的家里。他叫艾莫日根，家里还有一个汉族女人，那女人见樊素素来了也不奇怪，更不敢多问，连忙过来扶她上炕。披甲人艾莫日根片刻间杀了只羊，命那女人去炖上，他自己几大木碗酒喝下去，盯着樊素素好看的脸儿也不出声。一会儿肉炖熟了，端上来樊素素吃了碗羊肉，缓过劲来，白净的脸上透着红晕。艾莫日根大白天的毫无顾忌，把家人赶出去，脱下皮袍子，跨过炕桌来和樊素素亲近。这时门帘被掀开了，随后传来女人的说话声："哟！这可真是细皮嫩肉的美人啊，怪不得一刻都等不得，就是你不在乎，咱家里奴隶们咋看？"原来是艾莫日根的达斡尔族老婆敖雪晴，尽管还没尽兴，可总不能当着老婆的面和别的女人亲热，他倒不全是怕这老婆，更主要的是老婆曾和他一同征战，还在危急时刻救过他的命，他憨厚的心里总是装着老婆的好。"还没开始卖流犯呢，哪儿弄来的？"樊素素赶紧穿好衣服，听披甲人和老婆讲她到这家里来的过程。那女人捧起樊素素的脸端详着："真是美女，你能陪着我们艾莫日根也是福气了，他虽然也有披甲人的特点，但他轻易不打女人，当然女人不能背叛他。他也不折磨女人，看中的都待她们好。说吧，你到咱家了有什么要求？"就这样，在樊素素的帮助下，梁潇和梁雁都成了披甲人的奴隶。只有梁潇天天看着樊素素和艾莫日根睡在一起，心里不舒坦，十分难过。“比较那些被披甲人买去没几天，就被折磨得剥去衣服丢到牡丹江冰上冻死的人，还算不错了。”梁雁劝他。

# 第十六章　委身为情

披甲人艾莫日根是这个族群的首领，当然也就成了这一队披甲人的队长。披甲人归兵部管辖，由地方的将军节制，每年除秋季集中围猎、点验兵卒、演练阵法之外，不再进行军事训练，因为平日里打猎本身就是体能和军事技能的高强度训练。一旦边境有战事或紧急情况需要，只需牛角号召唤就能在短时间内集结大部分披甲人形成战斗力。游猎生活塑造了他们剽悍的性格、勇敢的精神，他们与野生动物生死搏斗又和谐共处，更是与大自然融为一体。艾莫日根的老婆是达斡尔族人敖雪晴，她不赞成艾莫日根买女奴，不想像那些披甲人家那样，如果买来的奴隶与家主相处得不好，就拿那些奴隶不当人待，最后都折磨死了。要是相处得好，一旦女奴得宠得势，妻妾之间又得钩心斗角地闹得家里不安。可是，她嫁过来四年了，至今没生个孩子，为了丈夫的子嗣，她又转而赞成丈夫买个女奴，最好买两个，让她们俩一起伺候艾莫日根，也就省心了，总比明媒正娶和她争风吃醋强得多。说归说，还没等到用貂皮去换女奴，没想到那天丈夫突然扛到家里一个女人，没等她看得清楚那女人长相，两人已经睡到一起了。起来之后，她见那个女人细皮嫩肉的，十分羸弱谦恭，虽然做不好披甲人家的家务，却也整日里低着头尽力忙活着不说话。早上新来的奴隶侍候艾莫日根和敖雪晴吃饭，在炕桌上摆好了狍子肉和酒之后，又给外面驯鹿棚子旁边的那个和狗锁在一起，从前买来的流犯吴玉楼送了些菜饭，自己端个木碗盛上一些肉汤坐到驯鹿棚子门口，看着不远处宁古塔城的方向，一边吃一边发呆，半晌没吃下几口。敖雪晴大声喊她，喊了几声她才听到。叫她拿过野麻秆儿，从灶下点来火媒，为给她点燃烟锅。不知道她的名字只好哇哇大叫，等她进了屋问她叫什么，她低头好半天才挤出来一句："樊素素。""哎，素素，从今天起你就不要干什么粗活了，就陪着艾莫日根喝酒，让他高兴了，和你生个男娃女娃的，然后愿意留在这儿和孩子在一起也行，愿意回老家也行。”敖雪晴笑容一收，厉害劲上来了，凶狠地说：“你可不准逃跑，要是逃，门外锁着的那个人就是你的榜样。”樊素素吓得战战兢兢，不知道如何回答，嗫嚅着：“夫人，太太……”敖雪晴笑了：“你叫我雪娘就是了。”“雪娘，我很感激你家大哥在狗熊嘴里救下我，可是我有心上人，不怕你不高兴，你也是女人，你也知道要是身子没给自己心上人，被别人占着，还不如死了。”“死！你想咋死？你敢死了？你还没给我家生个孩子呢，信不信我让你生不如死！”樊素素被吓坏了，艾莫日根笑道：“你别把孩他妈吓坏了，再生不出个娃来。”又对樊素素道：“你说你有心上人，可你现在是我的人了，我知道，你是为了感激才心甘情愿地跟我，那就得一心一意跟我到底，告诉你，要是你被卖到了我那些披甲人兄弟家，你更没好日子过。”见樊素素不说话，他接着说，“你要咋样才能和我，和雪娘真心地成为一家人？好安下心来给我家生孩子。”敖雪晴见艾莫日根对樊素素真的动了情，心里顿生醋意，却故意笑道：“难得我家艾莫日根动了真情，说吧，你想怎的？”樊素素心里还是深深地爱着梁潇，就是不能在一起同床共枕，哪怕天天看着也好。更担心他要是被哪个凶残狠毒的披甲人家买去了，还不得被虐致死，既然自己失身于这个曾经救过自己的披甲人，就得通过他想办法保住自己的心上人。想到这儿，她有了主意。“你能不能把流犯梁家人也买回来，他……”艾莫日根不高兴了：“他是不是叫梁潇？”“啊?!”素素惊道，“你咋知道？”“哼！你死到临头还在叫他喊他的名字，我一会就去买了他，回来当着你的面杀了他剁成肉馅喂狗，也好让你静心，好死心塌地跟着我。”樊素素哀求道：“他有老婆，就是那个极瘦的女人，人家都叫她‘梁雁’！他还有一个老婆是杨姑娘，听说被将军府弄走了。”樊素素见艾莫日根有些迟疑，接着说：“他极有文采，将来，你真的要是有了孩子想要当将军，光有勇力可不成，还得有老师教他兵法韬略才能光宗耀祖。”敖雪晴虽然觉得有些蹊跷，细想一下却觉得有个让艾莫日根天天见了酸楚万分的人也好，让他尝尝这滋味，如果他真能珍惜这个素素，不再想着别的女人也是好事。“我说艾莫日根，你到底是想帮姑娘的忙，还是惦记着别的女人？”她不理艾莫日根解释，起身在桦木炕沿上磕了磕烟锅里的烟灰，狠狠地朝地上唾了一口说：“你可别朝三暮四的！”这时窗外几声铁链子响，门外那个和狗锁在一起的奴隶道：“老爷，来了新奴隶，为了让你省心，是不是得我教他们干活？我把他们管起来。求你趁他们没来，放了我，也给我留点面子，好领着他们为主子效力。”敖雪晴嚷道：“打住，咱艾莫日根家没有先来为头的规矩，你要不想挨鞭子，就给老娘老实点。”

梁潇和梁雁被披甲人的马驮着，到了艾莫日根家被丢到地上，狗一阵狺狺地狂叫，他俩被披甲人领到一个低矮的木头屋里，刚放下行李，他俩便被叫到上屋。进屋一看，火炕上坐着两个女人，一个人高马大，身体像男人一样粗壮，高高的颧骨，厚厚的嘴唇，斜着眼睛瞟着梁潇和梁雁，嘴里吧嗒抽着旱烟袋，一张嘴吐出呛人的烟气。炕桌一旁坐着的瘦弱女人半跪着给她捶腿，脸背对着梁潇他俩，梁潇觉得背影很熟悉。艾莫日根坐在炕沿上，拿个木头酒碗，一口喝下大半碗酒，睁着半醉不醉的眼睛看着他俩。“你叫梁潇？这个姑娘叫啥？”那个穿着皮衣抽旱烟的女人问，见他俩瞅着给她捶腿的那个女人不说话，有点不高兴了，“你俩能来我家，亏得我家新买的女奴樊素素。”虽然炕上那女子没抬头，但梁潇和梁雁早就认出是樊素素，抽旱烟的女子继续说：“她劝我家买了你俩，她才能安心在我家生儿育女。你，梁潇，虽然是樊素素的哥哥，可是，从明天起，你要认真干活，不得偷懒，否则，就把你赏给艾莫日根的兄弟，他们会折磨死你。还有你，听说你是他老婆，我告诉你，老老实实地当女奴，不得偷懒。”到了晚上吃饭时，梁潇和梁雁都学着披甲人家的规矩，梁潇到灶屋和养鹿的两个家奴一起吃饭，梁雁去侍候主人。吃完晚饭，梁潇和梁雁回到屋里，也不点灯，黑暗里屏着呼吸听着上屋动静，只听到上屋里樊素素发出阵阵惨叫声。梁潇忍无可忍，要冲上去救樊素素，可是梁雁死活不让他去。梁潇蹲在地上，无奈地哭道：“我真是可怜素素。”梁雁也跟着一起叹息，想不出来什么话能安慰他，只好把他搂在怀里，轻轻地抚着他的头发。

从此，梁潇和梁雁过上了在披甲人家为奴的日子，在凄风苦雨中艰难地度日。每天梁雁学着披甲人家的口味煮肉做稷子米捞饭，梁潇先是在那个老年奴隶的帮助下做些杂活，后来就跟着披甲人的几个家奴一起去学着用套子捉兔子野鸡，打柴采参。梁雁忙着给一家人煮饭煮肉，天天紧跟着敖雪晴。敖雪晴大大咧咧的，是个直性子，没什么心眼，没几天就被梁雁哄得十分开心，就差没把腰上挎的钥匙交给她了。这天早上披甲人说梁雁炖的鱼特别好吃，可惜没吃够，命家里的男人都随他去海浪河冰上打鱼。到了江面，梁潇一见冰上的白雪被北风扫过，十分平整，被风雕出细细的纹路，像一张硕大的宣纸，这引来了他的激情。他顺手抄起一根竹竿，手上竹竿舞动，一会儿，画出一匹巨大的飞奔骏马。江上打鱼的奴隶们都过来看着，指着画议论。艾莫日根纵马扛着抄网过来了，以为这些人早镩好冰眼，只等他来捞鱼。见梁潇在这儿作画，自家的几个家奴光顾着看画还没动，人家的冰眼早打得差不多了，十分愤怒。吴玉楼看出火候，在一旁添油加醋："主人，这厮在这儿画马，炫耀才艺，是想让将军府的人看到。"艾莫日根一听更是火冒三丈，扔下抄网，抡起鞭子一顿猛抽。老奴连忙劝解，也不管用。梁潇虽然会功夫能躲，可是他此时还不想暴露。翻滚着抢过那些捕鱼的物件顶在头上，奔跑着躲着鞭子。梁潇一边跑着，一边抄起一根抄网，用网杆当笔在雪地上边逃边画，突然，他不动了，站在那里指着雪上。艾莫日根一看，梁潇在跑的过程中，顺手划过，在那匹马的背上陡然增加了一个披甲人。一个威风凛凛的披甲人，就连艾莫日根也没了怒气，命梁潇用冰镩在冰上镩出窟窿打鱼，他却盯着冰面上的画发呆，那披甲人的神韵和自己有几分相像。梁潇从来不会干什么力气活，当年父亲让他们哥仨去学着穷人家孩子打柴，他总是借故让哥哥帮忙。再后来有了贴身女仆梁雁，更是什么也不用干。到如今，他就是想干也干不好，只能添乱。在冰上凿个五六尺深的窟窿，他从前连听都不曾听说过，费了半天工夫，累得浑身是汗，也镩不到一尺深。旁边的那几家披甲人都打到五尺多深，窟窿下涌出冰水，人们准备用鱼叉抄网捕鱼。艾莫日根是披甲人的队长，无论是打猎打渔还是冲锋陷阵从来都在别人前面，今天却丢了面子。他丢下酒囊从马鞍上起来，一脚把梁潇踹倒，骂骂咧咧地自己用冰镩凿冰窟窿。梁潇被他踹得滑向那几家披甲人家捕鱼的冰窟窿附近，他挣扎着想停下来，挣扎间把一户披甲人捞上来的鱼撒在冰面上，有的掉进冰窟窿里顺着江水游走了。几个披甲人臭骂他，一边指挥自家奴隶快将没逃到冰下的鱼捡回来，一边帮艾莫日根追赶着捉梁潇。梁潇滑动的速度终于慢了下来，他的衣服被鱼堆旁边的江水瞬间冻在冰上。梁潇终究躲不过鞭子，脸上、脖子上和手上被打得一条条血印子凸起来，鞭子再抽到伤口上疼得他一激灵，爬起来躲着鞭子踉跄着奔跑。艾莫日根急了，他家的奴隶在披甲人面前逃了，岂不是丢了他的面子？艾莫日根几次甩鞭子想兜住梁潇的脚将他扯倒，都被他轻巧地滑过去。艾莫日根急忙从怀里拿出一根短短的木棒，外表磨得十分光滑，将这根叫作"飞去回来"的回旋镖顺手打去，梁潇腿弯被打中，扑倒在地，膝盖在冰上向前滑动，竟然滑进一个凿开的冰窟窿里，惨叫着求救。几个家奴冲过去，用抄渔网捞他，梁潇想抓住抄网边上的铁圈，拼命抓也没抓住，手掌被冰冻的铁圈黏去一大块皮，鲜血流到冰上很快便冻住了。他急忙向冰窟窿边上翻滚着往上爬。艾莫日根赶过去，不顾梁潇惨叫，凶狠地将他扯起来。

艾莫日根家的冰窟窿半天才打出个模样。天却快黑了，老家奴把自己的手闷子丢给被捆在一边的梁潇，让他流血的手能暖和一点，然后连忙点着火把准备用抄网捞鱼。他知道艾莫日根的性格，凡事都要超过别人，要是没捕到鱼，晚上也不会让大家好过，更不会饶过梁潇。四五尺宽的冰窟窿底下被披甲人用冰镩凿开了一个深眼儿，江水汩汩冒着泡涌上来。随着上来的只有泥鳅和蛤蟆，没有一条大点的鱼。艾莫日根十分失望，愠怒地看着梁潇，恨他误事。不远处几个披甲人吆喝着梁潇听不懂的小调，既粗犷又悲怆。老家奴连忙将那些泥鳅和蛤蟆装到柳条编的筐里，艾莫日根不想让别的披甲人看到他家只捕到些小鱼和蛤蟆，在背地里耻笑他，也故作兴奋地高声唱起来。他见天色已晚，拉着脸命家奴们收拾了回家。进了家门，艾莫日根见梁雁正在和敖雪晴讲笑话，不知道说的是什么可乐的事，逗得敖雪晴捧腹大笑。见艾莫日根进来，梁潇身上的湿衣服冻得硬邦邦的，如同一层透明的冰铠甲，一动身上咔咔直响。再看受伤的手，血肉模糊，血和冰冻在一起，梁雁心疼得泪水流下来，连忙把梁潇冰凉的手搂在怀里。樊素素虽然心疼，眼睛却不敢看过去。梁雁怕艾莫日根发火，扶着梁潇回到了哈什屋，顾不上管他，连忙回过头来收拾饭菜。见地上堆着冻成坨的泥鳅，梁雁知道披甲人从来吃大不吃小，牡丹江和它的支流海浪河里一瓢水半瓢鱼，谁肯吃这些小泥鳅？梁潇从来不会干活，只能添乱。她急忙喊老奴隶来帮忙，点着火迅速用野猪油爆锅后，用江水把泥鳅炖上。艾莫日根对桦树皮盘子里盛的泥鳅不屑一顾，敖雪晴却一连几天听梁雁讲故事，知道鱼不看大小看品种，更要看能不能做得美味可口。再说这小泥鳅可是大补的良药，她不管艾莫日根拉着脸啃昨天剩的肉骨头，夹起一条一尝，香得几乎要连着舌头吞下去。她夸张的啧啧声，引得艾莫日根也试着吃了一条，脸上泛起笑容。梁雁给他倒满酒，讨好地说："你是巴图鲁，就别再生梁潇那书呆子的气了，再说了，要不是他搅得你打不上来大鱼，你能尝到我做泥鳅的手艺？你大人有大量，让我给他送点热乎饭吃吧？"不等艾莫日根答应，梁雁早手脚麻利地盛上些没多少肉的骨头和冒着热气的肉汤给梁潇送去。梁潇手掌都没了皮，一动钻心地疼，更没法端热汤碗。梁雁心疼他，端起碗吹着气用木勺子喂他。艾莫日根想着梁潇享受着梁雁的照顾，心里妒忌他竟然有如此艳福。吴玉楼在一旁说风凉话："女奴是侍候主人的，一个流犯还装成主子，享受披甲勇士的待遇，披甲人家岂能惯着这样的臭毛病?"艾莫日根内心的怒火"腾"地一下又被点起来，何况侍候梁潇的人还是他眼下最喜欢的梁雁？他来到哈什屋，见梁雁用嘴尝了尝汤又去喂梁潇，醋意更盛，愤怒地将酒葫芦丢过去砸梁潇，却被梁雁回身一把接住。"谢谢主子赏酒!"梁雁笑道。艾莫日根虽然怒极了，可妒火在胸腔里乱撞却无法发出来。梁潇被梁雁的爱感染着，心里甜酥酥的，早忘了手疼。暗暗佩服梁雁机警善变，拿过酒葫芦只喝了一大口，叫过老奴，请他同饮。

# 第十七章　酒护蛮腰

早上，梁雁麻利地做好饭菜，敖雪晴却不用她侍候梳洗，让她去照顾梁潇。梁雁怕梁潇的手伤沾水再化脓，帮他洗脸洗手。樊素素细心地侍候艾莫日根吃饭，唯恐他看到梁雁侍候梁潇发火。艾莫日根却对樊素素的服侍视若无睹，盯着斜对面哈什屋里的梁雁服侍梁潇，气得怒火中烧，他将剔肉的刀子抓起来“嗖”的一声投到门外，“噗”的一声插到梁潇哈什屋的破门框上，推开樊素素嚷着：“浑蛋梁潇！你不知道披甲人家的规矩？买来的奴隶不管她是谁的老婆，全都是主子的！”樊素素劝道：“不是说好的，那是我嫂子你才买来的吗？”艾莫日根早就对樊素素没了新鲜劲，一个耳光扇过去，打得樊素素半边脸瞬间肿得老高。敖雪晴瞪着眼睛道：“呸，什么披甲人巴图鲁，梁雁是素素的嫂子，你还要杀兄霸嫂？你就不怕人家笑话？”艾莫日根顿时恼羞成怒，一脚踢翻炕桌，桌上的饭菜洒了一地。他端起酒篓子狂饮了一阵，酒顺着他的胡须洒到皮袍上。他丢下酒篓推开上前来侍候的樊素素，“噔噔噔”地赤脚跑到院外，跃身上马，骑着没有马鞍的马飞跑出了院门。敖雪晴这几天被梁雁哄得开心，虽然看不惯她不守奴隶的身份，还当自己是有丈夫的女人，可还是舍不得骂她，只好迁怒到樊素素身上：“以后好好照顾老爷，别再让他吃着碗里惦记着锅里……”

上午，全家男奴都跟着老奴去收拾驯鹿圈棚。吴玉楼弯着腰跛着被锁时冻坏的左脚，借口取绑棚杆的皮绳，一瘸一拐地溜进上屋来见艾莫日根。艾莫日根正盯着梁雁忙碌收拾一块野猪肉，看着她那绰约的小细腰出神。一听吴玉楼像蚊子似的小心说话，挡住他看梁雁的视线，不管他说的是什么，摆手厉声命他滚出去。吴玉楼连忙一边往外走，一边说他是来为主子解忧的：“将军府来人传令，让咱们出人去石灰场拉石灰筑城墙，这一去至少得六七天呢，让梁潇去应差，一是让这小子吃点苦头；二是他走了，梁雁没有梁潇在眼前，也好遂了老爷的愿。正好，雪娘明儿一早要随马队去四子王旗回娘家。”艾莫日根叫住吴玉楼，眼珠狠狠地盯着他。心里想道：“你小子心真够歹毒的，老子得小心点才是。”嘴上却命他：“说详细了，咋办……”

梁雁给梁潇缝了一宿的皮手闷子，又把披甲人在雪地里下套儿套来的那只猞猁剥了皮，给梁潇缝了两个毛茸茸的耳包。早上，她和披甲人说要和梁潇一起去。“打我六岁到了梁家，梁潇就从没自己出过门，他上哪儿，都是我陪着他，我要是不去，他非得饿死冻死不可，何况现在他的手还有伤，请主家允许我和他一起去吧。”敖雪晴本来答应让梁雁跟梁潇一起去，省得艾莫日根整天惦记着。可是，一想丈夫昨晚答应把她娘家兄弟推荐给副将军鄂尔玉瑱当随身侍从，她可不想这个时候让艾莫日根不开心。敖雪晴任凭梁雁急切地瞅着她，只是仰脸抽旱烟，吐着一个个烟圈儿，就是不作声。艾莫日根冷笑一声：“你要跟他去？你被我家买了，你的一切都是我的！什么狗屁梁潇，你以为他还是什么少爷公子，在我家，他还不如一根狍子骨头。”说着他将木碗里那根狍子腿骨用刀子挑出来，抛给门口趴着的那条大黑狗，那狗低吼一声蹿过来，叼起那根骨头跑到炕沿下啃起来。“我看在樊素素的面子上，让你们吃了几顿饱饭，你就当自己能左右自己的命运了？你不准去，梁潇到这儿还敢耍公子哥的脾气，需要人照顾，那他是活够了！”敖雪晴搭话求情：“那就让吴玉楼和他去，咱家的奴隶也好有个照应。”梁雁还是不死心，上前给艾莫日根倒满酒想再求求他，可披甲人就是不同意。这时梁潇气极了，过来说道：“咱家素素妹子跟了你，一是感恩你救了她，二是流犯无论到哪儿，也只能当奴隶，她心气再高，也只好认命。可是，咱到你家第一天你就说，你娶了素素当老婆，我就是你亲哥哥，你说话不算话，言而无信，是个野蛮人！”艾莫日根自以为不同于一般的披甲勇士，他最恨别人看不起他，说他是野蛮人，他顿时火冒三丈，一脚踢翻了炕桌，跳起来抽出墙上挂着的弯刀一挥剁向梁潇。梁潇虽然不想让人知道他会武功，可也不能硬挺着等死。一脚钩过炕桌，翻脚踢过去拦住弯刀，假装吓呆了趴倒在炕沿下面。樊素素和梁雁急忙上前搂住艾莫日根，艾莫日根顺势搂到梁雁的细腰，顿时满腔的怒火被欲火代替。他不再理梁潇，气愤地甩开樊素素，抱着梁雁进了上屋。素素失身于披甲人，梁潇虽然事后才知道，他明白就是当时在场也拦不住，这就是流人的命运。可是，如果樊素素不从，他绝对会以命相搏，哪怕于事无补。如今，梁雁不但是他心爱的人，更是和他相濡以沫，在这困境中委身于他的妻子，岂能容忍艾莫日根当着他的面再欺负她，他岂能咽下这口气？梁潇猛然跳起，顺手捡起炕桌掷过去。艾莫日根正搂着梁雁，得意忘形之际毫无防备，走到炕边被砸到腿弯，轰然倒在炕上。梁雁急忙嚷着："梁潇，听姐的，快走，姐是你手心里的玉，不会不洁的。你放心。"樊素素见情况危急，连忙拦着梁潇："梁潇！梁雁为你好，咱们这些奴隶被人买下了，生杀大权都在人家手里，何况这身子，人家什么时候要，还不是随心所欲。"梁雁被艾莫日根压在身下，一只手却摆着，递着眼色，命梁潇快走开。梁潇早将弯刀抢在手里，眼里都是杀气。吓得敖雪晴惊慌失措地嚷着："你一个流犯敢动刀子？不管你用刀杀谁，操了刀子都必须得死，你死无葬身之地！"说着身子却吓得直往樊素素身后退。忽然外面有披甲人来报："报！艾莫日根大哥，将军府命我等速速吹响牛角号，调集一伍披甲人去宁古塔城西。色勒乌特家、阿尔卡尼家、拜尔科家买来的人犯，不服咱披甲人睡了他们的女人，趁咱披甲人好酒，灌得醉了，伤了六七个披甲人，还烧了色勒乌特家的房子，昨天半夜会集二十多人抢了二十多匹战马跑了，让咱们迅速去抓捕，如遇反抗，格杀勿论。"艾莫日根命那披甲人："先将这梁潇拿下，他也和那些暴乱的人犯一样，想拿刀杀人。"再看那梁潇，正在拿弯刀背，敲打修理被披甲人踹翻断了腿的炕桌。梁雁嚷着："梁潇，你的手冻坏了，咋也不能光为了让巴图鲁高兴，就不顾手伤了，还是我来帮你吧。"敖雪晴知道他们是在掩饰，她却莫名地怕梁潇的眼神儿，也不敢说破。

一连几天的大雪，让梁潇真正领略了什么叫"燕山雪花大如席"。那一片片雪花铺天盖地地从空中飘下，一会儿工夫就有半尺多厚。艾莫日根坐在炕头上喝酒，也不正眼看樊素素，吴玉楼进来出去几次，嘀咕着什么他只是听着，也不出声。天晴了，艾莫日根命老奴套上车，全体男奴都跟着他一起去打猎。梁潇听说过，雪大了，狍子绊腿跑不快，大雪之后是狩猎的最好时机。梁雁提醒他："别以为披甲人傻得实在，往往聪明人都会上那些表面上看起来笨的人的当。"梁雁给他戴上猞猁皮耳包和皮手闷子，艾莫日根眯着眼睛看着也不说话。一行人跟着马车，艾莫日根骑上马，朝南面的高山走去。雪没膝盖，每一次拔出脚再插入雪窝里，裤腿里面都灌进雪，冰凉冰凉的，雪化成水湿漉漉的，十分难受。那个眼睛混浊的老奴拿过来两根皮条让梁潇绑上裤脚，他裤腿里面早已湿透了，没走多远就累得浑身是汗，汗水洇湿了手掌，冻伤疼得钻心，又痒得厉害，他没法挠只得强忍着。转过弯听到一声口哨响，艾莫日根也捏着嘴唇回了一声尖厉的哨声，一匹马踏着厚厚的雪窝跑过来，马身上的汗水成了霜，全身都是白色。肚皮下面的毛全是冰溜子一跑动相互碰得叮当脆响，一根根散落。马上的披甲人一身皮衣纵马跑过来，用他们民族的话说着什么，两人高兴地换着酒囊喝了起来。一会儿，艾莫日根纵马追上自己的马车和家奴，喝令梁潇和吴玉楼，立即随这披甲人转道去石灰窑，将军府令披甲人家出公差。梁潇暗暗佩服梁雁看人看事看得准，这个时候命他去，哪个能出来阻拦帮他说话。梁潇只好和那老奴嘱咐着，请他帮忙多照顾梁雁。老奴瞅着艾莫日根凶狠的目光，他混浊的目光转过去看着太阳，虽然不看梁潇却仍然答应着。梁潇心里想着："梁雁，这几天总是嘱咐你无论如何得保住贞节，现在看来，不论咋样，你得先保住命，活下来才能见面……"梁潇越想心里越觉得憋屈，如果梁雁为了贞节活不下去，他活着还有什么意思！一跺脚，指着艾莫日根骂道："你是个貌似忠厚，实则奸诈无比的小人，你把我骗出来，就是想霸占梁雁！"艾莫日根任他把心底的怨恨都发泄出来，得意地笑道："这就是你们这些汉人自以为是、自命不凡、自以为聪明，结果屡屡上当的下场！"那个来接他们去石灰窑的披甲人可没那么好的脾气，抡起鞭子就抽梁潇和吴玉楼："快跟老子走！你们耽误了四天，可是，烧的石灰量还是那么多，要是完不成，你们就回不了宁古塔。"吴玉楼嚷着："老爷，这是我出的主意，你还不照顾我？"来接人的披甲人一鞭子抽下来，打得他脸上立刻出现一条血印子，他捂着脸泣不成声，只好跟着那匹马跑起来。

中午时分，披甲人家安静极了。敖雪晴跟着马队去了四子王旗娘家，只有一个哑巴奴隶在马棚喂马。樊素素和梁雁虽然担心梁潇去出公差，可毕竟好不容易只有姐妹两人在家，没有约束了。两人认真做了四样小菜，把花脸蘑、猴头菇、冻狍子肉、冻鹿脯都做得十分精致。没有人管，她俩不用担惊受怕，两人十分默契地从披甲人的酒篓里舀出三葫芦瓢酒，又往酒篓里兑进三葫芦零半瓢清水，防止披甲人察觉出来。酒菜摆上炕桌，姐俩小酌起来。她俩共同牵挂的心事谁都不说，三碗酒下肚，樊素素眼泪流下来："想我两姐妹，曾经一个被比作'樊素口'，一个'赛蛮腰'，要是都跟着梁潇做夫妻，举案齐眉，多好！现如今，妹妹如愿，嫁了如意郎君，可我成了残花败柳，再也不能侍奉梁潇……"梁雁连忙帮她抹去泪水，劝她道："我的处境并不比你好多少……""哈哈哈……"梁雁话还没说完，屋外传来几声瓮声瓮气的大笑，梁雁和樊素素吓了一大跳。“你俩就算是家主看中的女人，也还是奴隶，咋敢在家自行其是，还敢偷喝老子的酒，要知道在这山里边，一篓酒得六七张贡貂皮才能换来，打一个贡貂容易吗？弓箭得在它眼睛上对穿，不能在它身上留下伤口，坏了整张皮子，打十只都不一定能有一只符合要求。”樊素素吓得浑身发抖，梁雁扫了一眼炕桌上的菜，两人光顾着唠让人心酸难受的事，没顾得上吃什么，那些菜几乎没动。她笑盈盈地连忙迎上去：“大英雄巴图鲁回来了，看来真的是‘知夫莫若妻’呀，我家姐姐料定你中午一定回来！”说着连忙接过他手上提着的马褡裢放到炕边，拿过炕扫帚帮他扫去肩头上的残雪。樊素素反应过来，帮他解开皮袍子襻扣，脱下靴子。艾莫日根虽然心里不满，可是见梁雁细腰婀娜，心里有火也发不出来，不高兴地说：“老子才不信你胡说八道，你们趁老子不在家，自已吃才做得如此精致，眼睛里还有老子吗？”梁雁道：“我们在南边吃的山珍都是干货，自然食不厌精，做得精致是因为没有新鲜食材，谁家吃过血淋淋的狍子肉？谁做过熊肉、狼肉、鹿肉？再说了，咱这讲究的是真实的原汁原味，不知道你能不能喜欢？这不，今天才有工夫做出来，等你回来尝尝。”艾莫日根冷笑道：“那这些酒呢，也是你们奴隶能喝的？”樊素素吓得连忙道：“是我要喝的，不干梁雁嫂子的事。”艾莫日根粗鲁地一把将樊素素拂到一边，险些倒在炕沿下，怒道：“别以为咱披甲人心思粗糙，斗大的筛子眼儿什么都能过去，咱就能信你说的谎话？你一人喝，为什么摆了两碗酒？”梁雁并不惊慌，举起酒碗一口喝下，亮亮碗底才说：“俺姐姐说，你成年在山里打猎，受了风湿风寒，总是腰腿疼，一到阴天下雨下雪时就犯。俺家梁潇有个药方，用这烧酒和上人参灵芝，再加上蜂蜜，还有些北方寒地才有的上好药材，加在一起泡酒又好喝又治病。”听了梁雁的话，艾莫日根咧开嘴傻笑，并出其不意地抓过梁雁：“好吧，我现在就喝那酒，然后看看功效。”梁雁也不使劲挣扎，指着桌上的酒道：“我俩正在对比口味，你得容我把那药酒取来，还得有对比，两样酒比着喝才能说明那药有效。”艾莫日根舍不得放手，听她一说更想试试，如果能治了他多年的老寒腿岂不是一件大好事？虽然舍不得放开，也只得放开手让她去取。梁雁来到她和梁潇住的哈什屋，拿过一只小酒篓，将一个小布袋里的药料放进酒篓，又将房梁上拴着的百年老山参拿下来，这根参足有八两多重，是参中极品，梁雁几下折了四五段，塞进酒篓，再拿过几个灵芝掰开了丢进去。樊素素听梁雁指挥，端来半桦树皮桶野蜂蜜也倒进酒篓。梁雁道：“本应埋在雪里，放七七四十九天效果最好，可是，你可能等不及了，眼下喝起来口味可能淡了些，只能先尝尝，你们披甲人表面上厚道实诚，实则猜忌多疑，我先喝了你再喝。”说罢拿过酒碗，倒了大半碗，先小口抿了一下，又喝了儿小口，再举起碗来一口喝干。吐着舌头摇头，半晌不说一句话，急得艾莫日根要跳起来发火时，她才说：“太好喝了！简直就是天上王母娘娘的玉液琼浆！”艾莫日根疑惑地看着梁雁倒给他了一碗，迟疑着不肯喝，心里暗想，你既然说我疑心重，我就疑心了，于是又命樊素素喝。樊素素喝了大半碗，她看着梁雁，眼睛里分明在说，没喝出什么特殊的味道，只是觉得甜了些，有点药材味。艾莫日根冷笑道：“汉人师爷和我讲过，你们能用一个壶，手法上偷偷操作就能倒出两样酒，把别人毒死，自己还没事，说！你倒进篓里那些黑乎乎的是什么？”梁雁并不惊慌，再倒出一碗慢慢喝着说：“具体的方子里都有什么，你得问梁潇，不过那方子得保密，我们还留着等日后自由了，在宁古塔开个药铺谋生呢，你说那些黑乎乎的？听梁潇说，那应当是咱当地的黑蚂蚁焙干了研成的粉末，你想，那么小不点的小蚂蚁能搬得动比它身体大很多的食物，那得多有力量，咱中医讲究的是吃什么补什么，你不是腰总疼吗？这些东西能治腰腿疼，你要是不敢喝，你还是什么勇士？还不如我们这些软弱的女子，我可不是激你喝，这些全给我们喝了，大不了我们想办法挣钱还你酒就是了。”艾莫日根脸一红，他平日里最忌讳别人说他胆小，这被梁雁一顿挖苦，顿时血脉偾张，抢过一碗酒举起就饮，碗到唇边，胡须都沾上酒了，他却端给梁雁。梁雁抢过酒碗，一口喝掉大半，被艾莫日根劈手夺下，把剩下的小半碗酒喝了，吧嗒着嘴细细品着，有些甜丝丝的芳草香气。梁雁看懂了他的心思，不等他说，拿过六七只木碗倒满酒，每一碗都喝下一小半。艾莫日根见她喝了足有三四斤酒，也不见醉意，暗暗称奇。他不再疑心，端起那几个大木碗一口气喝下，顿时感觉到腰腿都热络起来，十分舒服。看着貌美的梁雁，喝着美酒，他心里高兴不再防备。搂过梁雁，让樊素素倒酒，梁雁也不挣扎。艾莫日根心里暗暗得意：你梁潇也不能像我这样，享受这细腰女的无限好处。不觉间，艾莫日根感觉有些醉了。梁雁将他交给樊素素，樊素素抱不动他，只好将他顺着炕沿拽过去。梁雁连忙将炕桌上的菜肴和酒收拾了，艾莫日根还想过来抱梁雁，可是胳膊腿动不了。

第二天早上，直到太阳升到东面山顶上，艾莫日根才醒来。见身边没有人陪他躺在一起，挥拳砸得土坯炕塌下一大块，隔着苇席冒出一股子灰和烟尘。樊素素急忙端来热汤给他，被他一掌打落。没等他发火，梁雁过来笑道："大英雄起来就要打女人，真是天下无敌呀！"艾莫日根听出来这是在损他，有本事打有力气有能耐的人去，别拿女人出气。他瞪着血红的眼睛看着梁雁，想着昨晚的遗憾，扯过梁雁就要亲热，梁雁并不反抗，抚着他狗熊般粗的腰，他顿时浑身酥软得没了脾气。梁雁摸到他的腿，轻轻地揉着，问："腰腿还疼吗？"他一想，昨夜里一宿没疼过一次，以前他一夜总要疼得醒来几次，只好喝上几大口酒才能减轻腰腿疼睡去。梁雁笑道："你看，这药到病除，你这大英雄能不能放我们出去，在宁古塔开个药铺谋生？也好给你多挣些钱来买好酒。"说着，也不当真，自己先哈哈大笑起来。樊素素端上来煮熟的狍子肉，还有两篓酒。梁雁笑着问他："一篓是药酒，经过一夜的泡制更浓了些，另一篓是你原来的烧刀子，你喝哪个？还敢不敢和我喝三大碗？"艾莫日根想着昨晚的经历，不由得他不多心。冷笑几声命樊素素给他倒上烧酒，梁雁拿过酒篓，自己斟上药酒，酒液呈现出暗红色，泛着浓浓的药草香气。梁雁喝下四五碗酒，小嘴里吐着芳香的酒气，笑靥如花，惹得艾莫日根兴起，跟着喝了几大碗烧刀子，搂过梁雁哈哈笑着："想和咱玩金蝉脱壳？你还嫩了点。"说着就要抱梁雁，可是顿时又觉得浑身酥软毫无力气，不多时便昏昏睡去。这天中午，敖雪晴回来了，见艾莫日根睡在哈什屋里。她妒心大起，骂道："咋还把主子弄到你的破炕上去了？"被艾莫日根撒开手，那女人坐起来，让她惊讶的是，这女人是樊素素。敖雪晴嚷着："难道上屋的炕还容不下你了？"艾莫日根从那天之后，再也不敢碰梁雁，他不明白，梁雁施了什么法，能让他徒有那股子劲，却近不得身子，心里百般怨恨，恨不得乱刀剁了梁雁，还有那个梁潇！更恨梁雁让他没得手还没法和敖雪晴说出口。敖雪晴骂道："小蹄子梁雁死哪儿去了？还不过来帮我换衣服？"梁雁闻声跑来，手里还拿着没干完的活计，她在用鹿皮给敖雪晴缝一件翻领袍子。一抖开，敖雪晴十分喜欢。用火红的狐皮做毛领，下摆掐腰显得别致漂亮。敖雪晴还没等试，梁雁端来一桦皮碗暗红色的酒请她尝尝。她的酒量极大，一口喝了，顿时浑身舒坦。梁雁自嘲地笑道："咱就是给梁潇当老婆的命，任谁都是拿到手一抱，瘦得像一把柴棍子，干巴巴的，没滋没味的，哪有主家夫人这般富态！"敖雪晴明白梁雁的意思，对她如同当初一样知心，还更多了几分亲热。

晚上，梁雁把肉和稷子米饭都收拾停当了，摆上桌后自己去下屋吃饭。樊素素侍候着艾莫日根和敖雪晴。艾莫日根听着下屋里梁雁的动静，心不在焉地用刀子剔着骨头上的肉。心里暗恨，自己尝不到滋味，也不能让那奴隶享受到，一定得将她卖给对奴隶最残酷，那个祸害死十几个流放人犯的乌力斯家，让她死到那儿才解心头之恨！看着樊素素那粗壮起来的腰身，不知道是胖了还是咋的，这女人的腰粗得快赶上敖雪晴了。这让他又想起梁雁，想出了神，不想剔骨尖刀一下割到了虎口上，疼得他两手一颤，迁怒到樊素素身上，一块骨头连着肉砸到她脸上。樊素素“哇”的一声吐到桌上，想忍却没能忍不住，吐出更多绿色的黏液。气得敖雪晴隔着艾莫日根一掌打过来，正好赶上樊素素想跑到炕下，到院子里面吐。一撩腿的工夫被打倒了，把炕桌砸偏了，桌上的肉和着汤水、酒水和稷子米饭全洒到炕沿下。气得艾莫日根跳起来一脚将桌子踢到炕下，跨步想踢樊素素，炕上汤水太滑了，滑得他一仰歪倒在炕上，那些汤汤水水的沾了他一身，他想爬起来，手掌一按炕上的汤水，他的手又滑了，头磕到炕上，气得他暴跳如雷，猛然跃起从墙上摘下弯刀就要杀人。那个老奴回来了，高声嚷着：“恭喜主子！你有小艾莫日根了!”“什么?!”那把弯刀在樊素素的头上骤然停下。梁雁跑过来抱紧樊素素，埋怨艾莫日根：“要杀人？奴隶是任由你们披甲人随便杀，可你要连同你的儿子也一起杀?”敖雪晴一把夺过弯刀，命梁雁把樊素素扶到下屋。“你想要孩子，就别碰素素，别图痛快……”

# 第十八章　真假披甲

两年前的一个冬天，天冷得让人牙齿上几乎都要冻上冰，松树枝冻得咔咔响。人只要喘口气眼前立马就是一片白雾，马身上的汗水冻成了白霜，肚子下面滴下的汗成了冰溜子，咔咔直响，相互碰断又落到雪地上。披甲人穿着皮衣皮袍，喝上烧酒身子才能暖得过来。艾莫日根领着几个披甲人顶着严寒出发，他们押送着二十几个从雅克萨前线抓来的俘虏，先送这些人去吉林乌拉，然后由吉林乌拉将军再派人将他们送往京城。这些战俘是萨布素就任黑龙江将军之后，在雅克萨战役中擒获的。萨布素此前曾任宁古塔副将军，宁古塔大将军巴虎对他有知遇之恩。他在雅克萨前线斩获极多，立下大功，送了不少稀奇古怪的珍奇洋玩意儿给巴虎。可巴虎来信，更想看看这些俘虏长什么样，也是皮肉之躯，为何那般凶残，萨布素就挑了几个哥萨克、白俄罗斯和布里亚特不同族裔的俘虏，送来让巴虎和福晋们看看，以展示他的功绩。如今，康熙知道前线抓了上百个俘虏，为了彰显大清朝的国威，下令将抓获的战俘共计二百余人全部送到京城。虽然先期送到宁古塔的只有二十几个人，萨布素可以报为“因战伤及天朝龙威惊吓等原因，殁没二十七人”，可是送到宁古塔的二十几个人族裔更为齐全，萨布素恐圣上怪罪，只好派人请巴虎立即将这些人送到吉林乌拉，与先前送到的战俘会合，再一起押送到京城。时间紧急，巴虎命人吹起紧急召唤披甲人的牛角号，只集中了七个披甲人，好在有骁勇善战的头领艾莫日根，押送二十几个没有武器的战俘自然不在话下。艾莫日根整理装备，也不带自家的那两个男奴，嫌他俩帮不上忙还碍事。他的老婆敖雪晴想跟着他去吉林乌拉，顺路回娘家看看哥哥。艾莫日根一想，也没什么战事，万一遇到什么情况，老婆也是能征善战的人，马上功夫一样了得，就这样，敖雪晴和她的女奴胡胜男，那个长得五大三粗，像个男人一样的女人一起，押着二十几个战俘出发了。离开宁古塔城没走多远，由于大雪封路，没法走，时间紧急只好走小路，经过地下森林的火山口，再取道去吉林乌拉才能保证行期。

一路上这些俘虏还算老实，只用一根绳子将他们左手串联捆在一起，右手可以自由活动，不影响他们简单的日常生活。艾莫日根派三人在前面开路，两个人居中前后照应，他和老婆、女奴走在最后。这些战俘听说要被送往京城，命运未卜，一个个战战兢兢小心行事。傍晚，一行人在山林中雪窝里的小路上穿行，战俘们耐不住寒冷，跺着脚不肯走，要酒喝。前面开路的三个披甲人抡着鞭子抽打着，这些俘虏似乎铁了心，宁肯挨鞭子，也蹲在那里一动不动。艾莫日根知道自己兄弟什么都不在乎，就是对酒十分吝啬，带的酒是自己兄弟们喝的，咋肯给这些战俘？可是，宁古塔巴虎将军下令，必须把他们完好无损地送到吉林乌拉，要是打死打残了，咋向吉林乌拉将军交差？他无奈地摇摇头，只好命兄弟们给每个俘虏分半碗酒喝。那些几乎冻僵的俘虏听了，跳起来喊："乌拉!"一个披甲人过来极不情愿地解开一匹马背上驮的酒篓，那些俘虏顾不上小路狭窄，挤在路边靠着背风的山坡，拿过几只木碗抢着喝了起来。不一会儿，大半篓酒被喝得底朝天。那些俘虏喝得脸红耳热，敞开怀也不怕冷，拍着胸脯唱了起来。几个披甲人十分心疼，这一道上自己的酒都被这些俘虏喝了，还有几天的路程，这些披甲人嗜酒如命，无论多危险多困难，只要有酒就什么都不怕，如今，为了押着他们平安到达吉林乌拉，哄着他们，酒全让他们喝了，剩下的路没有酒，如何熬得过？艾莫日根虽然也十分心疼这些上好的高粱烧，可是，他更想着肩上担着的使命，不听几个披甲人唠叨，没有酒打不起精神，接下来的路怎么走？他担心这些俘虏醉酒闹事，虽然不怕，却也嫌麻烦。命人将酒篓收起来，继续前进。酒让那些俘虏敞开了胸襟，嚷着唱着大笑着，不再想去京城是福是祸，开心地迈着醉步更像是舞步。一个布里亚特俘虏舞着跳着，大家大笑。他一个舞步动作幅度太大，被树根一绊仰面朝天摔倒，带着其他十几个人一起摔倒，顺着坡向前面滚去，人多惯性大，后面一些人被顺势拉着摔向前面，把艾莫日根和敖雪晴、胡胜男的马腿兜住，长绳成了绳套将他们三人兜向山下的陡坡，一旦栽下去坠入雪窝里，几乎没有生还的可能。危急时刻，那个和艾莫日根一起押后阵的披甲人纵身下马，扯住绳索欲拉住急速下坠的绳子，任他浑身蛮力，怎能抵得住十几个俘虏向下冲去的重力？艾莫日根急忙挥刀将绳斩断，

那根长绳形成的圈套顿时在中间断了。两股绳被后面的俘虏牵拉着，惯性使绳索刮拉到凸起的石头和大树上才慢慢停下来，十几个俘虏总算是没滚到山坡下面的雪窝里。艾莫日根警惕了，这些人想干什么？他挥鞭将那个系在绳尾的布里亚特人抽了七八鞭子，骂道："老子给你们酒喝，酒让你们这些浑蛋喝成了疯狗尿？一个个成了疯狗了？还想害咱披甲人，咱把你们丢在这不管，还不全都得冻死在这儿？再有图谋不轨之辈，你们就不用上京城，咱披甲人把你们就地剥光了衣服，让你们在这儿冻成冰棍，留给饿狼当点心，别以为皇上让咱送你们进京，我们就不敢把你们咋样，信不信咱把你们全弄死，不过是今年进贡的貂皮多几张就是了。"那些俘虏不知是装出无辜的样子，还是真的觉得刚才的事情是无意之过，一个个乖乖地让披甲人重新捆紧左手，排成一队，眨着被酒精烧得通红的眼睛木然地向前走了。

到了宿营的地方，这些俘虏胡乱吃了些烤热的冻狍子肉，就都睡下了。几个披甲人将他们怀里的皮酒囊拿出来，都所剩无几，全倒出来不过三碗。原来这几个兄弟都揣着心眼，想把自己的皮酒囊先喝空了，早点灌上酒篓里巴虎命人给他们装满的上好高粱烧，没想到，这些俘虏在听说要押他们进京城见皇帝之后，以为押送人员不敢把他们咋样，更不会打伤他们，耍赖不走，喝光了他们的酒。敖雪晴见负责警戒的披甲人打不起精神，只好命女奴胡胜男从自己马褡裢里拿出准备到吉林乌拉送给哥哥的皮酒囊，给大家的木碗倒满高粱烧。胡胜男又将自己的那碗酒给放哨的披甲人，那人酒量极佳，喝了四碗多，也不吃肉，打开熊皮褥子铺在高岗上的松树下，坐在那儿警惕地看着这些俘虏。早上起来，那些俘虏知道喝光了披甲人的酒，怕披甲人找借口发威再挨揍，草草吃了些东西，排好队出发。披甲人却没有那么精神，他们一出去都算计好日程，计划每天大致喝的酒，按量携带算计着喝，好能坚持到终点，本来自己带的酒怎么喝都能维持到目的地，结果和俘虏们一起都算计着那些酒，弄得大醉一场之后，没了一滴酒，只好闻着皮酒囊压着酒瘾，垂头丧气地押着俘虏前行。

这天早上，一行人走到地下森林火山口，小路在火山口上面几百丈高的边上盘旋。那些俘虏指点着下面，看那火山口深不见底，峭壁上面长满了树木，大自然将这里塑造成极美的景致。几个布里亚特人说着什么，突然向艾莫日根嬉笑着，艾莫日根看着身后的老婆敖雪晴，敖雪晴是达斡尔族，和布里亚特人有过接触，多少能听得懂一些他们说的话。她告诉艾莫日根："他们发现，他们的康斯坦丁诺维奇和你长得十分相像，仿佛是孪生兄弟，只是你是山羊胡子，他是络腮胡子，要是都刮得干净了，就连我也不一定能分得出来。”胡胜男提醒：“这些人鬼鬼祟祟，我看他们不怀好意，你是咱们的巴图鲁，千万别在这小河沟里翻了船，还是小心为妙。”敖雪晴不满意了：“就你一张乌鸦嘴，说的都是丧气话，咱艾莫日根什么时候败过？就这几个熊包，被活捉了的傻狍子，何况捉他们时，咱们的艾莫日根还跟着萨布素出征，亲手打得他们跪地投降。”艾莫日根虽然觉得胡胜男说得有道理，可是敖雪晴才能听得懂这些人说的话，胡胜男是个流放汉人，相比较胡胜男的理智，他更相信老婆的直觉。胡胜男平日里从来不敢和敖雪晴顶嘴，今天她像是看不出火候：“他们悄悄说的那句，是要先示弱，要哄艾莫日根开心，不再防备，然后那个长得像你的人说的是：‘攻其不备，先发制人！’这岂不是要对我们突然袭击，然后逃跑？他们要逃，必然会先置我们于死地！”“你能听懂他们的话？”敖雪晴瞪着眼睛刚要发火，见艾莫日根威严地扫视那些俘虏，似乎觉得胡胜男说得有些道理。三个人正说着，后面跟着的披甲人也觉得不对劲，今天这些人十分驯服，有些反常。那些布里亚特人一边走一边开心地大笑。赶过来报告的两个披甲人听他们比画着一说，也觉得康斯坦丁诺维奇真的和艾莫日根太像了，忍不住和他们一起大笑起来。笑罢，康斯坦丁诺维奇说了一大串布里亚特语夹杂着一些俄语，那虔诚的表情让人十分感动。一个披甲人对俄语能听明白五六成，两只手比画着告诉艾莫日根，他要认你做大哥，要和你拜把子做兄弟。那个布里亚特人滔滔不绝地说着，从怀里掏出一个扁扁的银酒壶，虔诚地递给艾莫日根。艾莫日根是披甲人的首领，在这个部落里威望极高，人们都知道他在族里仗义，征战狩猎十分勇敢，猎物分配公道，还先顾及着老年人，让人十分敬佩。唯一的不足是，见了酒就会忘了他要做什么。此前，艾莫日根还提醒披甲人兄弟，一定要防备这些俘虏，别上了他们的当，跑了不打紧，别害了兄弟们性命。几个布里亚特俘虏说他和那个壮硕的俘虏长得很像要认亲兄弟时，他还有几分疑心。可是，见了那个银酒壶，他立即就忘记了警惕。那人还献媚地拧开壶盖，里面漾出来浓浓的酒香，这酒和自己买的烧酒味道十分不同，浓浓的香气还泛着葡萄的果香，他对好酒的鉴赏力比他打猎的功夫还要过硬，何况他一连四五天被这些人搅得滴酒未沾，他不再去细想，他们明明藏着酒，为什么还要先骗披甲人的酒，现在却突然要献出美酒？“哟！这么贵重的东西，要送给我们，我可没带什么礼物回送给你，这可如何是好。”艾莫日根说着，早接过酒壶一大口进肚，壶中的酒被喝下去至少三成。“好酒，真是好酒，你把这么好的东西，这么贵重的酒和壶都送给咱，真是咱的好兄弟。”披甲人伍长巴特尔桑驱马赶来急忙提醒他：“艾莫日根大哥，我们这一伍的兄弟乌力斯·色热接到集结号令时喝醉了，昨晚才匆匆赶过来，他说三天前押送的那批俘虏趁咱们萨马基尔一队披甲人喝醉了，二十几个俘虏全逃跑了，乌力斯·色热见天太晚了，怕打扰大哥和嫂子就没连夜来报告。咱怕逃跑的俘虏埋伏在深山老林，暗地里下黑手接应这些人，昨晚上立即审讯他们，这些人一句话都不肯说。咱装作若无其事的样子暗中监视，却发现这个康斯坦丁诺维奇在路边悄悄留下了记号，用树枝在地上画他们那个钩钩文字，问他是不是在偷偷地和那些逃出去的俘虏传递什么消息，这家伙支支吾吾不肯说。咱还没来得及确认所以没报告大哥，眼下走到这儿了，前队的兄弟们都隐约听到他们和林中隐藏的人联络的口哨声。这时他才想起和你认兄弟，岂不可疑？”艾莫日根早将壶里剩下的酒喝下七成，然后才丢给巴特尔桑：“让兄弟们都尝尝，这是好酒。”几个披甲人早就垂涎欲滴，不去抢那个银酒壶，而是和那几个布里亚特俘虏要酒壶。那几个人又从怀里拿出三个铝酒壶，尽管和那个银酒壶比有些逊色，可是里面的酒并不差。几个披甲人见艾莫日根都喝了，只有巴特尔桑还在提醒大家千万要小心，他们虽然知道巴特尔桑提醒得有道理，可是看着艾莫日根大半壶酒进肚，神采飞扬，和那个长得像他的布里亚特人互相拉着手，各说各的话，虽然听不懂，但热闹地聊着，真像是一对好兄弟，披甲人早把绷紧的弦松开了。艾莫日根实在是一根肠子，真拿人家当成兄弟了，搂着他的脖子，嚷着：“和我一起回去见娘，让娘看看，她的另一个儿子回来了，你不用去京城，不是俘虏！是我的亲兄弟。”那些披甲人见艾莫日根这样，巴不得喝酒快活，早拿过那三个铝酒壶，四个人也不用碗，对着嘴喝起来。喝了几大口解了些馋，一个披甲人才将铝酒壶丢过去给巴特尔桑，他顺手接过，却不肯喝，喝令披甲人，不准再喝，把俘虏都重新捆上。几个披甲人看着艾莫日根，他还没发话，这伍长发什么神经敢越权下令？不知道该不该听伍长的命令。他们打仗时勇敢剽悍没的说，可是，他们对酒的兴致一点不亚于他们的头领。几个披甲人一边把那三只酒壶里的酒分着喝干，一边看着艾莫日根醉眼迷离地和那个布里亚特人搂抱在一起，说着兄弟间亲热的醉话，但眼睛分明是在示意他们：听从巴特尔桑的。披甲人明白了，他们的头领酒量过人，曾经在将军府的庆功宴会上一次喝干了十几大碗高粱烧，还能在与蒙古勇士的摔跤中轻松胜出，这么小的小酒壶能装多少酒？岂能醉了？再看艾莫日根搂着那人的手法，分明是个擒拿法，两手呈环状搭着那人的肩膀，那人的胳膊也学着搭着他的肩。艾莫日根只消一用力，就是反关节的折臂，那人不倒地胳膊就得断了，无论如何也挣不出去。几个披甲人在战场上就和头领配合默契，这个时候看着头领眼神里的杀气自然是心领神会，丢下酒壶迅速出手。可是，那些布里亚特人早占了先机，正好站在长满蒿草的小路的内侧，背靠着绝壁。而披甲人喝酒之间，只顾着乐呵没想到位置转换了，一个个面对着俘虏，背后就是万丈悬崖。这些骁勇善战的披甲人处于不利位置并不慌张，三人在前舞动弯刀捆绳当长鞭，掩着后面两人从背后取下弓搭上箭，“嗖嗖”射出四五箭，两个布里亚特俘虏早被射倒在地上。他们中箭后仍然十分强悍，哇哇地叫着，翻滚着上前来抱披甲人的腿。“嗖嗖”又是几箭，又有两个布里亚特人被射中要害，躺在那里一动不动。艾莫日根早将那个长得像他的布里亚特人摔倒在地上，脚踩着他的脖子，甩着长鞭帮着处在下风的两个披甲人。巴特尔桑早有警惕，左手舞鞭右手持刀，左冲右突地伤了四五个布里亚特人，将他们打倒在地，命他们手抱头趴着不准起来，又让另一个披甲人过来重新捆上他们的左手。突然，那几个蹲在地上的布里亚特人猛地跃起，死死搂住几个披甲人，使他们手中的刀剑无法施展，叫嚷着喊那几个抢到兵刃的布里亚特人快上，两个披甲人猝不及防，被砍翻在地。仰脸躺在地上装死的两个布里亚特人悄悄捡起掉在地上的钢刀，也不起身，就近剁了四个披甲人的脚掌，四个披甲人抱着脚疼得哇哇直叫。看着地上的半截脚掌，裤管下面鲜血如同殷红色的泉水涌出，顿时心惊肉跳，越发觉得疼得钻心，哪还有斗志？那两个布里亚特人一看时机到了，迅速跳起来挥拳砸出，四个披甲人愤怒得像受了伤的狗熊，几乎毫不防守只一味地进攻，来不及抽出弯刀，手上的弓也来不及搭箭，就左手抡弓当成弯刀砍，右手持箭当剑刺。拼杀间一个披甲人被倒在地上的俘虏拼命抱住双腿，无法跳跃腾挪，几个俘虏一拥而上，将他打下悬崖，下面良久才传来落地的响声，在山谷里回荡，让披甲人个个心寒。那几个布里亚特人得手之后，十分猖狂，迅速将三个受伤的披甲人团团围住，又分出七八个人去围攻艾莫日根和巴特尔桑。几个布里亚特人先捡弱些的披甲人下手，三人牵制着巴特尔桑，五六个人和艾莫日根拼杀。那些人本来就占着人数优势，三四人围着一个，片刻之间，披甲人十分危急，后退几步被逼到悬崖边上。艾莫日根一人对付五六个布里亚特人还不落下风，他扫视一下战场上的情景，高声喊着："别和他们缠斗，冲过去上马，我们是马上的巴图鲁！"几个披甲人幡然醒悟，他们要是能骑上马，人借马势一定能杀得他们人仰马翻。几个人一递眼神，反过身来沿着崖边向南面冲去，想去桦树林边骑上战马。几个披甲人脚板被砍断，一动就钻心地疼根本跑不快，只是踉跄着冲出了几步。那个长得像艾莫日根的布里亚特人一声喊叫，那边几个布里亚特人早追上一匹铁青马，随着一声哨响，几个人一起凶狠地挥刀砍断了铁青马的四蹄，那匹马被他们一推应声落向悬崖，将几个猝不及防的披甲人一起撞下悬崖。绝望的哀号声吸引艾莫日根放眼望去，好一场血腥的殊死拼斗。押送的披甲人本来就少，虽然持有武器且骁勇善战，却被布里亚特人装出来的老实谦恭蒙蔽，二十七个布里亚特人遭到重创，被砍杀箭射死了五六人，拼斗失足掉到崖下七八个人，伤了十几人。不仅如此，布里亚特俘虏人多，再打下去，披甲人只剩下巴特尔桑和艾莫日根两人。巴特尔桑扫视四周寻找能打的帮手，自己这头能活动的只剩下敖雪晴和女奴。艾莫日根见那些俘虏嘲笑着渐渐围上来，情况危急，急忙命巴特尔桑联系就近的披甲人。巴特尔桑急挥弯刀一阵乱舞，杀得面前的几个俘虏仓皇后退，他借机从腰间解下牛角号，不等喘匀了气，急忙吹起。剧烈拼打使他气力不足，只能急促地呜呜吹出短短的几声响，就被布里亚特人从三面围攻上来，身后再退半步就是悬崖。一个布里亚特人声嘶力竭地狂叫着，更像是野兽捕到猎物兴奋的嚎叫，众人跟着叫喊的节奏脚掌踏在地上，声音在山谷里回荡更加瘆人。巴特尔桑急忙掷出牛角号，砸得面前那个布里亚特人脸上流血。他们突然和着喊叫声一起向他掷出兵器，弯刀弓箭腰刀铠甲长长短短的七八件，一起向他砸过来。巴特尔桑无处可退，只好挥臂硬挡，被刺得胳膊受伤。那些布里亚特人看着那个长得像艾莫日根的人一摆手，一起呐喊，迅速抬起一具尸体向巴特尔桑砸过去，巴特尔桑腿脚胳膊都受伤了，无力抵抗，只好仓皇后退，匆忙间忘了身后是悬崖，竟和那具尸体一起摔落到悬崖之下。这些俘虏眼看胜券在握，更嚣张了，叫嚷着逼近艾莫日根。艾莫日根此时惦记着老婆的安危，他似乎害怕了，在祈祷天神保佑，眼睛迷茫地看着天空。那些布里亚特人都看着那个长得像艾莫日根的人，康斯坦丁诺维奇摆手让大家不用逼近艾莫日根，等着他祈祷完。他不怕，任凭这人祈祷哪路神灵，还能撒豆成兵不成？无非是选择死，或是投奔他们。桦树林旁边一个女人高声嚷着："艾莫日根，你是咱们披甲人的巴图鲁，是咱大清正蓝旗的巴图鲁！你空手打得了狗熊，还怕这几个臭獾？我来帮你，我要和你一起杀了他们！”艾莫日根一走神，被他踩在脚下的几个俘虏突然发力，把他掀了个跟头。他临危不惧，抡起腰间那个铁葫芦酒壶，回手打去，那个忘乎所以的家伙顿时脑袋迸裂，流出白色的脑浆。他抡壶再扫，那三个想站起来的俘虏又被扫倒。他翻身想跃起，支撑身躯的左手却被康斯坦丁诺维奇挥剑斩过来，顿时骨断筋折，连骨头茬都支出皮外，十分惨烈。一个布里亚特人抡着披甲人的打猎绳套来套他，艾莫日根胳膊已断，下意识地去抓绳套手却已经不听使唤，左臂被套个正着，布里亚特人用力一拽疼得他惨叫一声又扑倒在地。那布里亚特人一招得手，哈哈大笑，拖着他奔向悬崖。艾莫日根的断臂被拉扯得只剩下些许皮肉连着，疼得钻心。他老婆在一旁哭喊着：“艾莫日根，和他们拼了，不能让他们活捉了，你是咱们的巴图鲁，宁死也不屈服！”艾莫日根脸在地上蹭得鲜血直流，把地上的土都染红了。他的右手在地上拖着，突然碰到了一把弯刀，他顺手捡起来，挥刀将被套住的断臂斩断，全身跃起，一个虎跳早到那个扯着绳套、瞬间扯空了闪个趔趄的布里亚特人跟前，一刀将那人的圆脸从正中劈开，那人惨叫着丢了绳索，一脚踩空坠下悬崖。布里亚特人见他自断一臂还如此凶悍，都面有惧色。康斯坦丁诺维奇大笑几声给自己壮胆：“哈哈哈，谁见了都说咱俩长得像孪生兄弟，你如此英雄，兄弟我佩服，不如你和我回去，见了叶卡捷琳娜公主，请她封赏，咱们一起分银子找女人快活，你要是舍不得现在的夫人，也带着一起过去。”艾莫日根冷笑一声：“哼！就凭你？你这猪狗不如的人也配当我的兄弟？你们这些人还不如那些野牲畜有善心、有人性，是我大清仁义布泽天下，才容你等活到今日，是我们眼拙，把畜生当成了朋友。我艾莫日根岂肯和你为兄弟？这是对我的最大羞辱！”说罢，竟然拿过弯刀对着自己的脸颊就是三刀，左右脸上都划出了十字形刀痕。他丢了弯刀，从地上抓起一把土涂抹到伤口上，顿时脸上的伤口被土弥住，少顷，又被涌出来的血冲下去，混着血的泥水从脸上流下来。他朗声嚷道：“那个长相像我的浑蛋，你要是有血性还想像我，你就跟我一样在脸上三刀割出四半，然后随我回宁古塔，归依我大清！你敢吗？你不敢！那就别在骨子里一副狗熊的样子，还硬说自己和老虎是同类！”几个布里亚特人都被他的举动镇住了，呆呆地看着他。又转过脸看着满脸都是络腮胡子的康斯坦丁诺维奇，忘了理会康斯坦丁诺维奇让他们悄悄动手的暗示。康斯坦丁诺维奇见自己人都狠狠地看着他，分明是希望他也能像这巴图鲁一样，英雄一次，也给他们布里亚特人长脸。心里暗骂：这帮蠢货！无论使什么计策，只要赢了就是了，还管用什么手段？在这生死攸关的时候，还要什么脸？嘴上却说："你是个大英雄，我当然得交你这个兄弟，不过咱们可得说好了，我要是也割得和你一样的疤痕，你是不是得认我这个兄弟，我叫康……"说着过去拿艾莫日根丢下的那柄弯刀。艾莫日根秉性厚道，不知是计，眯着眼睛看他也不在意。敖雪晴在一旁看得真切，叫嚷着："艾莫日根，他这个恶狼般凶狠、狐狸一样狡猾的人岂能和你真心相交？快杀了他！"康斯坦丁诺维奇笑着抓起弯刀，比画着自己的脸："大哥的刀法不过是一刀横贯左右，再竖着划左右脸颊，不就是……"说着他迅速掷出弯刀，那刀飞旋着砍向艾莫日根的左腿，艾莫日根急忙跳起躲避，再落地时，三个布里亚特人趁机一拥而上，艾莫日根扯住一个冲在前面的敌人，将他顺势一带，那人收脚不住，跌到悬崖边上，仓促间拉住一个同伴的脚踝，将他扯倒在悬崖边上，两人惊叫着越是恐惧，越是乱中出错，危急时刻乱了方寸，忙乱间使劲错判了方向，顺坡滚向悬崖，胡乱挣扎在悬崖边上好不容易抓住一枝树杈，拉扯间那树杈经不起他俩的重量，"咔嚓"一声，树杈断了，他俩顿时坠入深渊。那些布里亚特俘虏胆小的，早趁着拼杀的工夫，逃进了森林，躲在密林中偷偷看着这边的动静。一见艾莫日根天神一样英勇无敌，寻思着那披甲人的集合号已吹响了一会儿，尽管号声不成调，可谁也说不准也许这就是召集号令。马上的披甲人所向披靡，谁能敌得过？十几个人专拣林木稀疏的地方走，迅速钻进密林深处，藏了起来。康斯坦丁诺维奇强装出来的微笑成了苦笑，手里的弯刀舞动着刀花，眼睛却斜着看身后的路，想找机会逃跑。艾莫日根可不想让那个长得像自己的敌方头领逃掉，更担心他再利用长相做坏事。顺脚踢起一柄插在地上的弯刀，弯刀旋转着飞向康斯坦丁诺维奇的面门。康斯坦丁诺维奇来不及躲闪，下意识地掷出手中的刀想拦截艾莫日根的飞刀，两刀在空中相撞，艾莫日根那柄刀力大，翻滚着对着他的脸飞来，他只好仰面朝天地躺在地上躲过弯刀。艾莫日根跳过去一脚踩住他的脖子，后面两个康斯坦丁诺维奇的亲信扑上来，艾莫日根侧耳听着风声，也不转头，右手攥拳迎面回击，正中那人面门，打得他满脸开花，眼睛都睁不开，嘴鼻流血不止。知道再想逃跑已经来不及，只好就势趴下死死抱住艾莫日根双腿。另一人刚扑上来，艾莫日根习惯性地挥臂，却忘了胳膊早被自己斩去，打过去的只是空空的皮袄袖子。那个布里亚特俘虏借机抱住艾莫日根的后腰，艾莫日根从小就练习摔跤，就势一坐，将抱腿那人的胳膊和康斯坦丁诺维奇的身体全都压在身下。抱腰的那人经不起他的神力，也被带着趴到地上。艾莫日根挥拳砸向抱腿人的后脑，只几拳就打得他昏了过去。再挥拳去砸那个抱腰的俘虏，没想到那人力气极大，艾莫日根只剩右拳打得那人在背后左右躲闪，几个来回之后，艾莫日根突然转身迎着他躲避的头颈，右手扯着左衣袖缠住那人的脖颈，勒得那人挺着脖子喘粗气。康斯坦丁诺维奇假装被坐得昏死过去，屏着呼吸一动不动，等艾莫日根全力以赴对付那两个人时，他悄悄从靴筒里抽出一把短剑，狠狠地一剑刺向艾莫日根的大腿。亏得艾莫日根穿着皮裤，康斯坦丁诺维奇被压在地上，反手向上使不出力气，却也刺得艾莫日根大腿直冒血。艾莫日根丢了那个几乎被勒死的人，翻过身去用左边断臂袖子将康斯坦丁诺维奇的后脖颈死死压住，拔出插在腿上的短刀，回手一刀刺向那个差点被衣袖勒死的俘虏，那人在他身后渐渐瘫软下来。艾莫日根的腿上、脸上血流如注，视线渐渐模糊了，压着康斯坦丁诺维奇的手臂慢慢松下来。康斯坦丁诺维奇一个鹞子翻身，把艾莫日根压到身下，按着他哈哈大笑，狠狠地扇了他几个耳光，得意万分地说："你也配和我长得一样？还好，你有自知之明，先破了相，在脸上画上十字，倒像是归降了我们画上记号！"艾莫日根被人骑在身上受着难以忍受的窝囊气，他身子壮硕，武功高强，力大无穷，从来都是骑着别人，从没受过如此的奇耻大辱，气得他血从心里涌出来，一大口血如血箭一般喷射出来，喷到康斯坦丁诺维奇的脸上。血糊住了康斯坦丁诺维奇的眼睛，他两手下意识地擦抹着眼睛上的血。艾莫日根使出最后的气力，翻过身将他又压在身下。那两个被打昏的布里亚特人这时醒了，又爬起来手颤抖着拼力按住艾莫日根的肩膀。艾莫日根血流殆尽，迷离的眼睛清晰地看到，他的妻子敖雪晴跑过来了，她的女奴手里提着那把他送敖雪晴的镶着银饰的宝刀，紧紧跟在后面。他急忙喊："雪晴！快助我杀了他们！"一想，敖雪晴打从嫁过来，连只野鸡都不肯杀死，怎么可能杀人？连忙改口喊着："雪晴，胜男，快把刀丢给我！"那两个濒死挣扎还勉强按着艾莫日根的布里亚特人见势不好，放开他迅速滚到一边。敖雪晴急忙伸手朝胡胜男要刀。胡胜男并不递刀，而是使劲拉着敖雪晴，快步奔到艾莫日根面前。艾莫日根忍着剧痛用断臂按着康斯坦丁诺维奇的后脖颈，伸过右手接刀。胡胜男一刀正中敖雪晴脖颈，将敖雪晴砍死，她恨敖雪晴帮着艾莫日根让她失去了贞操，她咬得嘴唇出血，又将那带血的宝刀劈向艾莫日根的脑袋，艾莫日根下意识地全力躲闪，拼命一滚，掉下万丈深渊。康斯坦丁诺维奇死里逃生惊喜万分，他谨慎地爬起来四下看看，发现那些俘虏除了逃跑的，全都死了。那些押送他们的披甲人也全部战死。只有艾莫日根在悬崖下面，一只手抓着一棵倒长的松树杈挂在悬崖边上，求生的欲望让他放下面子，吊在半空中惨叫着求救。四下里响起了沉重的马蹄声，康斯坦丁诺维奇和胡胜男都知道，大队披甲人听到牛角号令从四面八方赶来了，这些铁骑冲过来，就连全副武装的布里亚特正规军队都不是对手。胡胜男捡起那把银饰弯刀，挥刀割向自己的脖子。康斯坦丁诺维奇突然飞起一脚将她手中弯刀踢飞，弯刀在空中画了一道弧线，掉到深谷里。那人朝她眨着眼睛，朝大队披甲人嚷着："兄弟们，我是艾莫日根，崖下悬吊着的那个布里亚特俘虏手里有火枪，一旦爬上来开火，后果不堪设想！"那些披甲人飞身下马，也不朝崖下细看，他们相信首领"艾莫日根"，一起朝真的艾莫日根投下无数的石头、断木还有俘虏的尸体，将艾莫日根砸下深谷。从这天起，康斯坦丁诺维奇成了艾莫日根，这个秘密除了那个女奴胡胜男无人知晓。胡胜男大仇得报，那个帮着艾莫日根强占了她的真的敖雪晴被她杀了，披甲人曾经虐待过她的哥哥，杀了她的丈夫，她杀了披甲人大仇得报，顺乎自然地成了敖雪晴却无法回老家，只好留在这里陪着"艾莫日根"。这里天高皇帝远，披甲人之间除了几个邻居，其他人都只是秋季练兵时才会在一起，平日里都是自己打猎谋生。加上布里亚特人和他们的生活习惯也相近，一样好酒有着超人的酒量和蛮力，装成艾莫日根并不是难事。胡胜男帮着康斯坦丁诺维奇剪好胡须，教他艾莫日根的一些特殊习惯，使他更加像死去的艾莫日根。康斯坦丁诺维奇在这里享受着披甲人头领的荣誉，还有那些流放的男奴侍候，他乐不思蜀，当然愿意在这里当披甲人，而不愿意寻机会回俄罗斯老家。胡胜男和康斯坦丁诺维奇成了披甲人夫妻，比那些真的披甲人，他们更是有过之而无不及。

半个月后，又有六七个布里亚特人俘虏找来，他们逃进森林眼看着康斯坦丁诺维奇如何成了艾莫日根，无处逃命又不敢出面打听，费尽力气才找到"艾莫日根"。胡胜男想出办法，用鸩酒悄悄害了近处几个披甲人家，他们这几个布里亚特人成了一伍披甲人，直到后来，碰到了梁潇才被揭穿。当然，这是后话。

# 第十九章　狍毫灰墨

这天中午时分，一个新买的女奴被披甲人送到艾莫日根家。梁潇认识，她是一起流放到宁古塔时，路上才加入流放队伍的开封府尹王朋的家人，这一家人因为文字狱被流放，这女人是王家的使女嫱儿，她一家人原本都被留在官庄劳役，不知为什么又被卖给披甲人。虽才几个月不见，但她头发花白，脸上没了血色，一只眼睛眯着，眼皮受伤睁不开，想要两只眼睛同时看人，只得用手扒开才行。她进屋把包袱放下，立马低着头和敖雪晴道："我叫嫱儿，请主家吩咐我该做些什么?"敖雪晴不理她，命她将包袱里那点破烂东西放到梁潇和梁雁的哈什屋里。梁潇在院里喂马，远远看着并不说话。敖雪晴嚷着："梁潇过来，你和梁雁立即去乌力斯家，从今天起，你俩再不是我家人了。"梁潇进屋拿过自己带了一路、舍不得扔的那本《词林正韵》，拉着梁雁的手，转过头来对艾莫日根深深鞠躬："谢谢巴图鲁容我夫妻俩安身，只可惜还没来得及报答主家的收留大恩，就此别过。我家小妹素素，年轻不懂人情世故，还请巴图鲁多多关照。"敖雪晴冷笑道："你就别在那说什么风凉话了，快点收拾东西滚吧。"梁雁却笑盈盈地说："雪娘，雪再大再厚也有消融时，乌拉草满甸子都是再不值钱也有用得着时，雪娘和素素姐如果有了孩子想读书什么的，我家梁潇来当老师，保证不收一两银子和一片貂皮。"艾莫日根坐在炕头看着梁雁，心里还有几分不舍，又幸灾乐祸地看着他俩，提着个破褡裢，装着几件他们来时的衣物。樊素素将他俩送出门，不管艾莫日根在屋里叫骂，樊素素还是十分不舍地搂着梁雁，半天说不出话。来接他们的马不停地刨着蹄子，披甲人叫骂着催他俩快走。樊素素这才悄悄告诉梁雁，这家买主是艾莫日根的上司，艾莫日根想用你俩，特别是梁雁讨好他，你们千万小心，这人曾害死很多家奴，他只要看中流犯家的女人，就会立即将她男人处死，然后强占女奴。樊素素不敢远送，站在木栅栏门前，看着他俩快步走得远了，心里念叨着：梁潇，活着，就有希望。

三人转过路口，山坡下面就是宁古塔城。披甲人举起马鞭指着宁古塔城西街："往西走不到三里路，那条街上有个最大的木刻楞房子就是乌力斯家，你们自己去吧。"说罢打马便走，只留下一路雪雾。梁潇知道，披甲人断定他们跑不了也不敢跑，才这样做。好在这样也给他俩机会，商量一下该如何办。他俩一边议论，一边沿着海浪河往西走了三四里路。这里背风，冬日下午的阳光照在身上脸上格外温暖，江畔上几乎见不到人。梁潇拉着梁雁的手，唉声叹气地说："梁雁，这一去恐怕是凶多吉少。"梁雁故意甩开他的手，说："哥，等我一会儿。"说着钻进旁边的树林里，梁潇以为她要解手也不管她，独自忧心忡忡地想着心事。不一会儿，梁雁从树丛里钻出来，脸儿黑黑的，细腰也变得粗了好多，眼睛也眯得只剩一条缝，无精打采的，那个聪明伶俐的梁雁彻底不见了。梁潇看着梁雁心里稍安了一些。黄昏时分，他俩找到了那个用高大的圆木垒起来的房子。披甲人乌力斯是一个四十岁上下的壮汉，鹰钩鼻子。他盯着梁潇和梁雁看了一会儿，他实在是想不明白，艾莫日根告诉他梁雁是个绝色美女，可是眼前的梁雁身材臃肿，动作迟缓，十足的一个中年妇女。他摆手命门口站着的那几个拎着绳套准备将梁潇捆了，丢进冰窟窿里的奴隶下去，他的人生信条就是行事越简单越直接越好，他才不和那些有心眼的汉人费心思，买来的女奴，他只要看中了，那女人的丈夫要么就地打死或命人投进江里，要么被扔到深山老林。可眼下看着这般粗劣的女人，哪有必要杀了她丈夫？他喝着酒寻思着，对梁潇到底怎么办才好，杀还是不杀？也许梁雁故意将自己化装成邋遢的样子。去年一个男奴隶想讨好他，告诉他将军府有一个苏州流放来的女人，在当粗使丫头，她故意装疯卖傻，实际是个绝色美女。他用七张貂皮将这女子换回家，命人强行给她洗净了身子，没想到这女人真的美艳极了。这女人性子刚烈，宁死不从，半夜里想刺死他再自尽，只是力气太小，他睡梦里和她抢夺刀子，一划拉，刀尖把他的大腿筋脉割断了，弄得他至今还是个瘸子。那天夜里他气恨极了，一拳将那女人打死。事后一想起来那女人的美艳，让他懊悔不已。艾莫日根还说，这梁潇极有文采，要是佐领家再找会笔墨丹青的人，他可能还有些大用。"咱艾莫日根有了好用的奴隶总得先给大哥，这美艳女人的好处和梁潇的文采，说不定大哥能用得到。"乌力斯理着胡须得意地想着，你艾莫日根总算是俯首称臣了，总不至于没什么好处，送个结了怨的奴隶来害老子？梁潇没想到，梁雁易容，让这披甲人脑子反转，竟然能帮着他从鬼门关转了一遭又回来了。

乌力斯早上醒来，再看梁雁，还是那个样子，腰和屁股一般粗细。这样的女人遍地都是，艾莫日根还当个稀罕女人送到这儿来？他犹豫着，是不是听老婆的意见，看看梁雁的究竟，如果真是个美女，哪怕脸黑一点，也勉强可以接受，然后把梁潇弄死。他虽然欣然接受了艾莫日根送的奴隶，却一晚上喝着酒都在想，你艾莫日根也太没眼光了，这样的女人也能算得上美女？好像咱披甲人没见过漂亮女人似的。好在梁潇在艾莫日根家当了几个月的奴隶，学会了一些活计，劈柈子烧炭伺候牲口腌吃不完的狍子肉什么的，都干得得心应手。那些奴隶捉弄他，让他干最累最难的活，他傻乎乎的并不言语，只是埋着头干活，没几天，那些奴隶都和主家说他好话。梁雁善于察言观色，侍候乌力斯老婆十分周到，两天不到，就哄得乌力斯老婆十分开心，有点离不开她了。梁雁把苏州城里的奇闻逸事、掌故悬案，加上听书听来的精彩段子，什么才子佳人、侠女勇士、因果报应、夙世姻缘，都稍加修改取舍，投其所好讲给乌力斯老婆听，乌力斯老婆听得如醉如痴，梁雁还捎带着讲起自己的身世，告诉那女人，当年她也很漂亮，婆婆怕她到这来，被别人看上，硬是逼她用毒药枯肤汤洗脸，结果脸真的像枯树皮般粗糙。梁雁的话骗得女人流出了同情的眼泪。乌力斯天天搂着一个流人家的漂亮小妾，喝了酒就昏昏睡去，心里还惦记着，哪天梁雁露出马脚来，看我不立马杀了梁潇！不过，既然眼下梁潇不招惹他，还十分小心，他也不再理他。

这天中午，乌力斯老婆领着家奴去副将军鄂尔玉瑱家串门，临走前命梁雁在家里做些她讲过的，苏州的甜鲜肉脯尝尝。傍晚回来时，乌力斯老婆拿着一个长长的布口袋，里面装着一幅字画，乌力斯老婆最喜欢一条大黄狗，和它形影不离，就连吃肉都用一只木碗。这狗长得和她一样肥硕，深得她的宠爱，乌力斯老婆没有孩子，总是呼唤这狗为“儿子”。那狗见主人手里拿着布口袋，以为是什么好吃的东西，上去张口就抢，乌力斯老婆躲闪不及，狗叼起布口袋就跑。乌力斯老婆急忙叫嚷着命大家去追。众奴隶放下手里活计追那狗，黄狗机灵地左闪右躲，钻到木柈子垛后面的夹空里，爪子踩着将那封套撕开，字画也被撕得破碎，嗅一嗅却没什么味道，便丢了那字画，摇着尾巴出来了。梁雁抢过去捡来递给乌力斯老婆，她打开一看，那幅画已经被

黄狗撕咬得破碎，要不是后面的托纸衬着，几乎被撕成碎片。乌力斯老婆叫苦不迭，哭嚷了一会儿，梁雁才听明白了，她刚刚在副将军家里听鄂尔玉瑱说，一个京城来的监察御史送给大将军巴虎一幅画，将军府的师爷看了，说这画有寓意，是褒奖巴虎将军的。可是，流人中选出来辅佐师爷的娄垠却说，这幅画是在讽刺这些塞外官员没见过世面。鄂尔玉瑱早就听这批流人说过，梁潇极有学问，在苏州时名气极大，曾经在杨府比诗招亲时胜过娄家及所有苏州城中有名的才子，娄家嫉妒，暗地里使坏，才使他几次在将军府召集流人中的秀才，辅导子弟学习时都没被推荐上来。也许在这塞外，只有梁潇才能看明白这幅画的寓意是什么。大家正在议论，乌力斯老婆觉得她有了露脸的机会，上前说："梁潇现在正在我家，将军要是信得过，我拿回这幅画让梁潇鉴定一下可好?"鄂尔玉瑱同意后，乌力斯老婆兴高采烈地将那幅画拿回来，本想等梁潇鉴定完，能在鄂尔玉瑱面前露一手。没想画竟然被黄狗咬碎了，气得她一跳老高："把这畜生给我勒死了，炖了吃肉!"那些奴隶知道她是一时生气，要是真的杀了她的"狗儿子"，她事后后悔，杀狗的必定没好日子过。那老奴嚷着，命梁潇把狗捉了杀掉。梁潇拿过一只羊皮口袋，丢下一块肉骨头等黄狗去吃，然后悄悄过去，一下子用羊皮口袋套住那狗头，麻利地捆上四蹄丢给乌力斯老婆。乌力斯老婆瞪了他一眼，立马将绳子用刀割开，哭叫着儿啊肉啊的，心里一急迁怒梁潇，更恨他捆了她的"狗儿子"，命人用这绳把梁潇捆上。梁雁连忙上前劝道："这画咬坏了好办，我和梁潇帮你裱糊了，保证和原来的一样。"乌力斯老婆抹去泪，立马换成笑脸说："那好，你俩要是真弄好了，再说明白这画的意思，就给你们自由，不再当奴隶，由着你们自己在这宁古塔城谋生。"梁雁细看这幅画还只是简单地裱过，托画纸不过是高级的绵连纸，如果能找到好的托裱纸重新裱糊，才能勉强蒙得过去。眼下乌力斯老婆要捆梁潇，也没看究竟能不能行，只好说能裱糊如新了。再看这画，这是当朝的一位宫廷画师画的，兼工带写的水墨丹青。画上有一只母鸡，张着翅膀，凶猛地扑向一只老鹰，护着一群小鸡雏，那老鹰飞上云天，转过头来看着，那眼神里透着不屑的神情。"这画上不就是几只鸡和一只鹰吗?这里面蕴含着什么?有什么深意?真是的，你们这些汉人没事闲的，还不如去喝酒吃肉呢，有什么话直说就是了，干吗弄这个?半空里飞的老鸹放个屁，是什么鸟味?哪个猎人能说明白?江水里鲤鱼撒泡尿，瓢舀来谁知道是水还是尿?"乌力斯有着猎人的智慧和狡猾，虽然看上去粗犷木讷，可他从狩猎和与动物打交道中学到的经验套路，用在阅人处事上既简单又实用。他端着酒碗坐在炕桌旁喝着，斜眼看着那些奴隶议论纷纷。那些奴隶虽然都想说出个子午卯酉，战战兢兢地小声说了半天却都不上道。“我看这画是在说巴虎将军‘护犊子’。上次护送雅克萨俘虏去京城，半路上几十人趁着披甲人醉酒逃了，圣上和兵部还有军机处都下令严惩责任者，可是，巴虎上报朝廷说那些人是病死的，是不是圣上通过什么渠道知道了真相，让监察御史用这招传递皇上的圣意？好让巴虎将军自省。”一个奴隶说着，看乌力斯眼色不对，不敢再往下说。乌力斯瞪着眼睛看着梁潇，他还是在旁若无人地将捉狗时弄倒的柈子垛一根根重新码好。老奴看出乌力斯的心思，拉过梁潇，按照乌力斯的意思赏了他一大碗酒。梁潇一口喝干了，也不称谢。老奴只好再给他倒满，他一口气喝了四碗，足有二斤多。乌力斯生性豪爽，喜欢酒量大的人，认为这些人都有胆识和勇气，有酒量一样宽广的胸怀，对他顿生好感。梁潇端起第五碗酒不再一口喝干，而是慢慢喝着看那幅画。乌力斯老婆等了一会儿，见他还在那儿细细地端详，早不耐烦了：“你到底懂不懂？不懂老娘送你上西天去学。”乌力斯威严地哼了一声，众人都噤声不语。只见梁潇将那画用指甲从一角揭开，众人心都提到嗓子眼儿了，怕他把这画弄得更碎没法修复。梁潇突然将那缝儿掀开，众人看得心惊肉跳，不约而同地发出“啊！”的尖叫声，那幅画竟然被揭成两张，梁潇从容地掀开被狗咬破的上面一层，下面的画别有一番风韵。画上一个铁匠赤背跣足在铸剑，坩埚里的钢水浇到模子里，流到外面，眼看就要烫到脚趾，他不顾这些，还在全神贯注地铸剑，剑模的旁边地上一群蚂蚁。梁潇又看了看画右上角的起首章，那上面的斋号分明是“松风阁”三个字，知道那是宫廷里常用的荣兴斋治印，那题字是所谓“富款”，是四句诗，又看了看左下角的阴文名章，这才慢慢摇摇头说：“看这左下角的白文印章，这幅画是宫廷画工郭峋所绘，右上角的题跋和印章是苏克扎哈的汉人师爷，原来给祖大寿当过军师的辽东才子曹孟君所作，现如今，为什么监察御史带这幅画来？而且还藏在那幅画的后面？”梁潇沉吟着，像是思考又像是问大家。乌力斯老婆急了：“你别给老娘卖关子！你到底知道不知道？”梁潇坦然笑道：“我不知道，你才知道。”见乌力斯老婆被噎住，一时说不出话来。梁雁怕她脸上挂不住，连忙上前赔笑道：“哎哟！梁潇人傻不会说话，他是想说，你的话提醒了他的思路，他才能想得出来。”梁潇慢声慢语道：“这题跋诗是一首藏头诗，诗云：顾盼铸剑足又伤，若汗似水流四方。金鎏五廓祥七彩，汤浇蚁穴赖倾觞。这‘顾’可作‘固’解，分明是说‘固若金汤’，这是在表彰我宁古塔大将军巴虎，把这宁古塔所辖万里疆域保卫得如铜墙铁壁，安如泰山，杀敌掠阵如同汤浇蚁穴般轻快，这是在褒奖我宁古塔大将军。”乌力斯老婆嚷着：“画大将军为什么不画得威武雄壮？画个鹰啊，虎的象征性不更好，为什么还是个跣足的铁匠？”梁潇道：“这是在说，圣上用人，独具匠心，巴虎将军和萨布素都是那俄国鬼子的克星。”梁潇口若悬河，滔滔不绝地说了足有半个时辰，说得乌力斯直瞪眼睛，心里暗叹：都说流人中藏龙卧虎，不可小觑，有无数的经天纬地之才，只不过是朝廷怕他们本事太大，如果谋反，势必影响更大，无法控制，才把他们流放到这荒蛮之地，真的是让人扼腕叹息！“那如何答复监察御史呢？”梁潇说：“只需和御史说，谢谢朝廷信任，有我们在，宁古塔所辖万里边疆一定会‘固若金汤’！”乌力斯老婆嚷道：“要是你说错了，将军府怪罪下来，你就等着吧！鄂尔玉瑱副将军怪罪我家之前，先杀了你喂我的狗！”说归说，乌力斯老婆命老奴在马棚后面收拾了一个放杂物的小屋，让梁潇和梁雁一起住进去。他俩知道，让男女奴隶住在一起，这是对他们这些奴隶宽容相待了。当然，是不是也怕他俩逃跑？

这天晚上，乌力斯喝得醉醺醺的很晚才回来，他推开那个流人女奴递上来的烟袋，端起酒碗一边喝，一边命人叫来梁潇。等梁潇站在炕桌前面，他仍然喝着酒，眼睛瞪着梁潇不说话。梁潇十分镇静，也不看他，仰脸望着房笆上一只硕大的蜘蛛在修补丝网。乌力斯将酒碗往炕桌上重重一蹾：“你说，你猜得对吗？”梁潇笑了：“你是个爽快人，说吧，想让我做什么？”乌力斯诧异道：“你咋知道的？你能帮我？”梁潇道：“那人没想到你帮着鄂尔玉瑱猜到了，然后，他的随员当场又作一画，让鄂尔玉瑱看了十分生气，想找人画一幅回他，打消他的嚣张气焰。”乌力斯心里一惊，梁潇就像在场亲眼看到了一样，脸上却冷漠地说：“你说，我们的大将军想让你画个什么？”梁潇笑道：“不过是鹰或骏马、老虎？”原来乌力斯早上去将军府当值，怕自己说不明白画意，心里没底，可又不想让梁潇出面挡住了自己的风头，只好带着梁雁，万一问到不会答的节骨眼儿好提醒自己。梁雁穿着男装，黑黝黝的，却也十分机灵。鄂尔玉瑱带着他俩会见御史，说出那幅画的内涵，那人拊掌大笑。命人宣读了对巴虎和鄂尔玉瑱的圣旨，又拿出一幅画来，专门赏给鄂尔玉瑱。梁雁这时才看明白，原来康熙知道这些守卫边疆的马背将军骁勇善战，却不通文墨，也不难为他们，有一些需要让他们在满清八旗政治斗争中选边站队时，要他们拥护皇帝的旨意，命人简单画画，送过来。没想到这些粗鲁之人却心有灵犀，全能猜得出来。时间长了，形成习惯，一些重要的旨意倒是用画传来的，比那文字更显得庄重秘密。鄂尔玉瑱接了秘密画卷，画中一只鹰在高空展翅翱翔，傲视着大地，心有所悟却不肯明说。那使者笑笑："听说人们在这边塞之地更思中原文章墨韵，诗情画意，我今天带来一位国子监的画师，将军想要画什么，尽管吩咐。"随着监察御史一起来的画师，认为关外是蛮荒之地，没有人能识得丹青妙法之深奥。命人在案上铺好宣纸，梁雁上前研墨。那人左右看看，然后悬腕画马，泼墨画鹰，工笔画花。一会儿工夫，三幅画一蹴而就，只寥寥几笔，那骏马嘶风，奔跑的神态就跃然纸上。半酒杯墨随意泼在宣纸上，看着的人们无不惊奇，他只将毛笔蘸上水，一阵点染就成了一只雄踞在悬崖峭壁上的雄鹰。工笔细描，那花瓣花蕊鲜润引蝶，让这些塞外文武官员目瞪口呆。那些披甲人虽然不能领会画中深意，却也深得其韵。画师狂傲地笑问："各位官人，想让下官在画上题什么字？赠给哪位？谁能识得其中真味？"众人见鄂尔玉瑱盯着那三幅画并不言语，都不肯说什么。那人见众人不语，早料定这里哪有懂得丹青奥妙的人，哂笑了片刻，两手抄在背后走了。送那人回馆舍之后，那画师的狂妄劲儿把副将军气得七窍生烟。接过师爷递过来的画，三下两下把那三幅画撕碎了，丢在地上踏在脚下，用靴子蹍得不成样子，又有些不舍。师爷捡起来看时早已经破碎不堪，师爷看出鄂尔玉瑱的心思："大人，想那些流放之人都是人中龙凤，听说流人中有个梁潇七步成诗，三杯吟赋，何不令梁潇画几幅让他看看，也挫挫他的锐气。"副将军沉吟片刻："听说那梁潇擅长的只是诗词歌赋，对墨韵白描是不是擅长没听人说过，按理说这些人为了摆脱每日辛苦劳作，但凡有一点过人之处，都会争着显出来，这人始终不露真相，如今找他要是万一不行，还不得画虎不成反类犬，更让那来使笑话。你可暗地里让人安排他画一张看看，如果真行，在为客人送行之前将他招来。"于是鄂尔玉瑱命清兵传令："如有流放人等，能画出写意手法的老虎、骏马、鹿，还有鹰什么的，可以免除官庄劳作之苦，解除奴役身份，专事在府上作画。"副将军见梁雁前后应酬，侍候分寸得体，十分机灵聪明，命她留在将军家侍候。乌力斯知道梁潇会舍不得，却也不敢和副将军当面说，何况这样还能逼梁潇拿出本事来作画好赎人。

乌力斯好不容易等当值的时辰到了，急忙回家叫来梁潇，告诉他："立即画一幅写意手法的骏马或鹰，还有鹿什么的，画得好了，你的老婆才能回来。"梁潇虽然知道梁雁只是留在副将军家里做奴役，但也怕梁雁遇到什么危险，连忙答应，摊开两手让乌力斯拿来文房四宝。乌力斯见他痛快答应，命小妾给他当助手，立马找来所用东西。他自己坐在炕上吃肉喝酒，心里担心梁潇到底能不能行。乌力斯的小妾从前是城里大户人家的侍妾，自然知道梁潇画画需要的东西。几个奴隶先将炕桌放到地上用木梓子架起来做成桌案，再找毛笔，乌力斯那凶神恶煞的老婆命几个女奴帮助四下找，找了半天，老奴的老婆——一个驼背老妇人从一盒子糨子里拿出来几支湖笔，原来披甲人家分到抄没流人家的东西，得到了贵重的湖笔，却不知珍贵，放得日久不知有什么用处，老奴隶的老婆做鞋底时，糊袼褙打糨糊，用上好的湖笔刷糨子了。笔毛黏成一团，撕开劈叉，用这笔来画，还不如手指头。梁潇只好两手一摊，向乌力斯问，没有笔咋画。乌力斯不理他，只是喝酒命他快画，见他半天不动，命老奴给他一碗酒喝："人家汉人师爷说了，手指、掌间，甚至随意泼墨和颜料一经妙手点染都能成画，你不是号称'苏州城里第一才子'，还用什么笔?"梁潇知道和他讲不明白什么道理，这些人要是认准一门儿，九头牛都拽不回来。可是，当他们认可你时，就不管什么身份的高低贵贱，一样成为换命的朋友。梁潇无奈，只好再请老奴帮他先找宣纸。乌力斯嚷着："去年咱家买的那个流人，是洛阳府的画家，他画了幅被风吹落的牡丹，还在题跋处写了'清风肆虐无魏子，明月残浑有姚黄'，被定罪为企图反清复明，流放到宁古塔，他带来不少宣纸。不过他死了，那些纸不是都留下了?"乌力斯的小妾就是那个流人的夫人，当然知道，那些披甲人谁能把这些珍贵的宣纸当回事儿，三个人找了半天才发现，那上好的宣纸被乌力斯的老婆当成过滤的纱布，用几根柳条撑着搭在缸沿上，上面放着一些不知道是什么动物的血在往下滴，剩下的那几张都铺在炕席下面，梁潇急忙掀开炕席，怕宣纸被炕席刮坏了，小心取出来，理得平整了，但是完好的只有一张。拿过那几支笔毛全被糨糊黏在一起，硬邦邦的像搅面酱棍子似的毛笔，一脸无奈，表示没有办法画。乌力斯似乎听汉族文人吹牛听得多了，吹胡子瞪眼睛地叫着："我听将军府的师爷说了，真正会画的，不用笔墨，叫什么智生灵府，五指丹青，就能画得五龙生雾，六马上山，我看不过是徒有虚名吧?"梁潇到这儿两个多月了，知道和乌力斯说不清楚道理。他只好强装笑脸，想办法让乌力斯满意，好换回梁雁。他告诉乌力斯，还得找到砚台，那个老奴从咸菜坛里找出一方砚来。梁潇用清水洗过一看，原来是一方极好的端砚，上面雕得中平如砥，外圆若规，就是在咸菜坛子里放的时间长了，吸收了那里的味道，总是向外散发着一股子酸臭的咸菜味，直冲鼻子。梁潇猜此珍贵的极品砚台一定是那个洛阳画家带来的，只可惜乌力斯有眼不识金镶玉，当作压咸菜的石头来用，真是暴殄天物。再找墨时，乌力斯喝着酒笑道："这叫什么，未卜先知，咱早知道你能用，把那个洛阳流犯杀了，留下了那些文房四宝，这墨肯定是有，只是……"家里男女仆人听梁潇一说，都曾见过那块墨，全家人动手四下翻了半天，翻遍了披甲人的木头房子，老奴才从那条黄狗的窝里找出来一根细细的、黑黑的像一段筷子似的残墨。那位洛阳画家丰肌腻理，光泽如漆，香味浓郁的歙州墨不知道什么时候被狗当成美味，舔得只剩下细细的一点点。梁潇不禁傻笑：这塞外的狗也想着如何文明，竟然吃了这么多的墨，它也能尝得出来这墨"掂来轻，嗅来馨，磨来清"的美味不成，可惜它的叫声还是那样瓮声瓮气，听不出什么诗文的韵味。乌力斯见他莫名其妙地傻笑，也跟着笑道："这些东西齐了，你得给我画一幅凶猛的老虎。"梁潇连忙告诉他："墨太少了，没有笔，没法画，我先给你将就着画一只鹰，或者是先画一个……"乌力斯恼怒了，一口喝干了一大木碗酒，把碗摔向梁潇，梁潇偏过头躲过，木碗砸中那个磨墨的女奴胳膊，就那么一点点墨，好不容易研得一砚池的墨水却被打翻了，墨又全洒到那张唯一完好的宣纸上。乌力斯急了，赤着脚跳到炕下，叫嚷着抡起鞭子就打。梁潇急了："都打住！快拿水来！"乌力斯天不怕地不怕，一点儿事就会暴跳如雷。面对宣纸上的一汪墨渍，一时不知所措。听梁潇焦急地叫喊，立马待在那里一动不敢动。梁潇抢过地上那只木碗，到门口水缸里舀出一碗水，趁那些墨还没干，迅速扯下一片狍皮袄衣袖翻过毛当成排笔沾上水，对着那片墨迹顺着流向势头一阵子涂抹，片刻，随着他手法的轻重快慢，沾水多少，墨色深浅在变化着，还看不出来是什么。乌力斯焦急得坐立不安，接过老奴递来的酒都顾不上喝，一会儿蹲下一会儿站起看着梁潇。梁潇用手指沾上砚池里剩下的浓墨，几个点画，一只张着血盆大口的凶猛虎头跃然纸上，他顺势团着狍皮袄衣袖上的毛绒向上滚去，一只下山猛虎活灵活现地出现了，就连身上的纹络皮毛都惟妙惟肖。梁潇画得太投入了，全画完了，没有墨再画山石和老虎尾巴，想了片刻，只好让老奴帮着刮来锅灶下面的灰，拿来些桃胶热水和在一起。在乌力斯看来，他只是胡乱涂抹。梁潇退后一步看了一下，画成了一幅兼工带写的老虎。全屋里的人都惊呆了，没想到墨的黑色深浅变化竟然让他们看出来画上白色的雪，黑色的土，白色的桦树，褐色的松树，远近虚实的山林树木枝叶，还有老虎身上的毛和黑色纹路，就连那老虎额头上的王字都那般真实。在那些奴隶的啧啧赞赏声中，梁潇看向乌力斯，以为他必定十分满意，去帮他找副将军要回梁雁。乌力斯却坐在炕桌旁，得意地啃着女仆端过来的狍子骨头肉。半晌，乌力斯递给他酒碗，竖着大拇指叫好，又摇摇头，张着满是油渍的大嘴说："不好，你糊弄我不懂，没有字，这不是字画。"梁潇笑了，这披甲人不懂字画，却似乎明白画上得有题跋的诗句。可是没有笔怎么写字，他没法和这人解释清楚。梁潇只好把袄上的狍皮毛揪下一大团理成毛笔的笔毫，女奴帮着找到一根细细的皮绳，帮他将这撮毛绑在一节秫秸上，蘸上锅灰墨。想了一下，别让乌力斯再提什么要求，直接题诗一首："钩爪锯牙声啸风，履尾催斑称戾虫。攫拏眈视百兽长，鼍为狐假尾插旌。"乌力斯哪懂什么平仄韵律？可也数着每句的字数，知道七绝每句只有七个字，一数正好。听梁潇读来也明白些押韵，叫嚷着："好！比将军府的师爷还厉害，我当值时，看那师爷写这四行诗还得左思右想，哪有你梁潇厉害，只是还差一点，还差那么一些断画的字……"乌力斯焦急地比画着，有大有小，有方有圆的，笔画是断的，说得急了，将那剔肉刀子插在炕沿上，抓住梁潇的手，就要拔刀割出血来。梁潇笑道："你是说这字画，还没有章？那种笔断意连的篆书章？前面的印章？后面的名章？"乌力斯拍掌笑道："就是那转（篆）书的章，你快画出来才成。"梁潇告诉他，没有印，没有石头没法刻，就是刻成了，也没有印泥。解释了半天，乌力斯油盐不进，拉过小妾，挥刀就要割她的手指，比画着："印泥，红的……"吓得小妾直喊救命。梁潇连忙嚷道："快放开她，我给你按上印章就是了。"说罢，他端起乌力斯酒碗一口喝干，然后去后屋乌力斯老婆过滤野兽血的坛子里舀上一些血，用指甲沾上，在右上角画上个圆形的闲章，又在左下角画上个名章，真的是笔断意连。他告诉乌力斯，下面的章上印着"乌力斯"，上面的印章是"披甲居士"。解释了一会儿，乌力斯十分高兴。"得装裱上才是成品？"乌力斯道。梁潇借机说："书画装裱，梁雁天下第一，不把她找来，如何能裱得成宁古塔第一的名画？"乌力斯兴奋了："裱上就能塞外第一？我马上去找将军。将军一高兴，一定能提拔我当佐领！"飞跑出门上了马，又翻身下来，叫嚷着命令女仆："把鹿脯烤上赏给梁潇！"

从那天起，乌力斯一家都对梁潇刮目相看。乌力斯拿着那幅画献给鄂尔玉瑱，鄂尔玉瑱十分高兴，当天命梁雁裱糊之后，晚宴时与那御史相会，鄂尔玉瑱特地命乌力斯留下在一旁侍候。席间，鄂尔玉瑱拿出梁潇画的那幅画，请御史鉴赏。那御史一看大吃一惊。“这是谁画的？这画有明朝大画家沈周的气势，唐寅的豪放，这兼工带写的笔触，这泼墨的技法，真是绝了！这老虎，就是当朝的御用画工也未见得能画出来，这是哪个流人画家所作？”乌力斯暗笑，这御史也不是行家，什么笔触，还不是梁潇的狍皮袄袖子翻过来了。鄂尔玉瑱理着胡须笑道：“想我塞北荒蛮之地，没有江南那般人杰地灵，可是，那些才高八斗、学富五车的人，犯了大错朝廷不容，京城不纳，不就都流放我们这儿来了！”御史不再让随行画工给大家画画显摆，而是要求把这幅画带走。“题跋的诗，也是画者所作？端的是极有功底。这幅画在京师百金难求，有这样的高手在身边，副将军自然知道朝廷所赐那幅画的意义，这画就由我代你拿到京师，送给苏克扎哈，帮着将军打通官场的路，如果将军不愿屈尊与那些权臣交往，咱就卖了它，所赚银两嘛，是咱兄弟俩的，这样可好……”

鄂尔玉瑱重赏了乌力斯，命他好好与画画的人相处，不得欺辱这些饱学之士，须知，这样的人都十分高傲，而且会有怪癖，自己巡视边境回来，就命他来府上当差。没等梁潇去鄂尔玉瑱府上，他就被朝廷临时调用，去卜奎城（今齐齐哈尔，编者著）协助黑龙江将军讨伐瑷珲城的罗刹，走马上任了。梁潇自然还留在乌力斯家里，当然这是后话。乌力斯一家从这天起，再不让梁潇干一些劈柴、收拾马棚里的马粪之类的粗劣活计，而是让他自己随便找一些杂活做，每天晚上还赏他一大碗肉一碗酒，一家人对他刮目相看。这天，乌力斯老婆找出去年那个流人奴隶留下的半新不旧的衣服，让他穿上。梁潇不肯穿别人穿过的衣服，尽管他的衣裤都露肘露膝了。乌力斯老婆可是打听到了梁潇的全部根底，笑笑道：“梁雁不过是你的幌子，你的老婆姓杨，你天天惦记她，对吧？不过，那个漂亮的女人现在在巴虎将军府上，对不对？”她见梁潇那锈滞般的眼神突然一亮，又黯然失色。乌力斯老婆道：“你闲着也没事儿，还不如给我们画几幅画，如果巴虎将军的师爷看到了，也许你能到巴虎的府上当差，就能天天见到杨姑娘了。”梁潇似乎对这些早就想过，却依然不说话。乌力斯自从那天当值听了御史和鄂尔玉瑱说的话，知道梁潇的画在京城能卖个大价钱，要是画几幅托人卖到京城，那他家的酒就像牡丹江水一样有的是，喝不过来。他知道自己那些画画的东西实在是拿不出手，凡是新押到的流人，他都找机会搜一搜，看那些人带没带来文房四宝。不多久，总算将这些物件弄得齐整了，乌力斯学着御史的口吻和梁潇道：“你好好画，画完了我找人卖到京城，赚来的银两，咱哥俩，啊……”可是梁潇喝干了那碗酒，斜端着空碗，看着窗外喜鹊在喳喳叫着，一声不吭。乌力斯虽然生气，还是压着火说：“这块墨香极了，你可得看好了，别让大黄狗再给舔没了，等你有了兴致再画就是了。”梁潇说：“墨虽然是黑色，可是墨分五色，变幻无穷，要是没有梁雁在这儿，谁能研得出来？没了上等的极品墨，怎么能画得出好价钱的画来？”乌力斯后悔那天为什么带着梁雁去应差，又怕梁潇不肯再画，也不敢惹他，只好任他耍脾气吃肉喝酒。

# 第二十章　顽童可教

朝廷兵部官员来宁古塔点验兵马，整个秋操演练场面非常壮观。由五百多披甲人组成的骑兵队伍更是剽悍无敌，兵部官员十分满意。送走了兵部官员，户部官员又来检查宁古塔为朝廷北征准备的粮草情况。几位官员说起宁古塔对雅克萨前线粮草的供应，为新建的驿路上那些站上人供应粮食，还能自给自足，保得兵民的吃用，圣上十分满意，夸赞宁古塔将军巴虎是文武全才，上马管军，下马管民，廉能廉善，足食足兵。巴虎听了心里高兴，谦虚地说："这里襟带山川，长养稼穑，只是原住民只善骑射，不惯农耕，就是种了，也都是刀耕火种，疏于农田管理，稗谷同生，有时春天种了，秋天还收不回来种子。但是流人的到来，带来了南方先进的耕种技术，使得宁古塔粮食能自给自足。"户部官员没想到巴虎一个武官，竟能说出这些文绉绉的话。顺着这个话辙，那官员又说起了去年秋天圣上去江南一个村落里暗访，见那里的孩子们个个都满腹诗书，圣上对那里的地方官十分赞赏。众人又说起宁古塔原来的副将军萨布素，被提拔为黑龙江将军之后，在吉林乌拉被圣上接见，圣上问他："古人说'燕然未勒归无计'，你是不是也有这个感慨啊?"萨布素担心圣上会问起这些，所以他升任黑龙江大将军之前也做了一些准备，将一些边塞诗词名句都背得滚瓜烂熟，当即回答："臣只想着让这边塞天险襟带，地雄咽喉，束其要害，系以安危。"萨布素的话让康熙很吃惊，没想到他一个宁古塔走出来的武将竟有如此谈吐。康熙再和他论起"但使龙城飞将在，不教胡马度阴山"等边塞名诗，萨布素都能说个大概。康熙喜他勤奋好学，对兵法韬略更是有自己的特殊见解，对他褒奖有加。巴虎明白，户部官员在暗示自己，宁古塔武备尚可，文事欠佳，不禁无奈地摇头叹息。

萨布素的诗文功夫被圣上褒奖一事传出后，震动了宁古塔城。将军府麾下的官佐们既羡慕，又暗地里思量，要是自己碰上这个机会，还不知道能答出个啥熊样，就凭眼下的水准还不得让康熙一怒之下撤了？自己不行，一背诵诗文就脑袋瓜儿疼，一说喝酒、马上功夫、马下摔跤技击，个个都浑身是劲儿。越是这样，官佐们越是想让自己的子弟都学萨布素，不仅会骑射武功，更要像汉人那样，从小学习一些八股文、诗词。当然也幻想着有一天像萨布素那样，如果有机遇，也想能得到上司乃至圣上的赏识，不再只是一介武夫。于是一时间众人都纷纷向巴虎建议，必须尽快办起宁古塔学堂。众官员有积极性事情就办得很快，师爷先是安排流犯在城东建起了一座孔庙，孔庙的两厢为宁古塔书院。再从那些流犯中挑选名气大的文人给这些子弟当老师，众官员和佐领首推的是梁潇。鄂尔玉瑱十分认可梁潇的披甲人家主乌力斯，认为他忠勇可靠。鄂尔玉瑱去卜奎城协助黑龙江大将军讨伐罗刹时，带着他去卜奎城，乌力斯临走时把梁潇还给了艾莫日根。艾莫日根怕他被将军府相中不回来了，没法再为他画画赚钱，就在书院聘师的前五天硬是命梁潇、梁雁和哑巴去山里挖参采药。学堂筹办着急等不了，只好聘娄垠当老师。娄垠虽然浪得虚名又满肚子坏水，却也不全是白给，他认真教了个把月，学童回家官员们一考，还真是对八股文有些开窍。那些官员听学童们念什么“秦时明月汉时关”，什么“林暗草惊风，将军夜引弓。平明寻白羽，没在石棱中”“燕山雪花大如席，片片吹落轩辕台”，唤起他们多少年来心底蕴藏着却无法宣泄的激情，让他们心里痒痒，到兴奋处，官员和佐领们都称赞娄垠是“名师”，不再张罗等梁潇下山再换下他。那些官员都盼着子侄辈们能出个状元、榜眼、探花什么的，再不济考上个秀才举人也好光宗耀祖。时不时让孩子给娄垠带去山珍兽皮，虽然孩子大多是马背上长大的顽童，家长却都望子成龙，期待着金榜题名。一晃两年有余，正好赶上秋季童试，娄垠信心满满地率领四十余个学生去参加童试，一个多月后回来，娄垠到了离宁古塔二十几里的驿站时就“病”倒了，与那些急着回家的孩子和护卫的兵卒渐行渐远。副将军和孩童家长们闻报到东门外的驿亭去接，从高处的山岭望去，看了一会儿副将军打马就回。众人问起为什么，副将军道：“要是考上一个，娄垠这厮早就会先回来汇报，可眼下，唉……”说着打马摇着头回去。众人等那些考生过来一问，真的一个不中。原来娄垠名为师长，他的学识尽管不是那般扎实，教这些稚童还是绰绰有余的。可是，那些官宦子弟顽劣成性，他根本不敢管教这些孩童，更不敢严格要求。除了开始个把月教孩子背了一些诗词文章，后来只靠讲城里嫖妓赌钱、坑蒙拐骗的悬案故事和市井传闻的男女逸事来应付。那些顽劣的孩子倒也喜欢他这样的老师，哪个会去将军府告他？如今费了钱粮撒下了那么多种子，一株苗儿也没冒出来，连株野花都没开，气坏了宁古塔众官员。娄垠上书报告将军府，将责任推为“试题冷僻，学童愚钝”。众官员都要求革去他的“参事”头衔，归还教学期间俸禄，交披甲人家为奴，才能出了这口恶气。巴虎闻报震怒，命人将娄垠抓起来，送到最凶狠的披甲人杜力给特家为奴。娄垠只好把赚来的银子全搭上，先给将军府管家送重礼，才得以被拘到火器营后面的马棚里暂缓发落。娄垠又给管家和大将军的四福晋送上重金，这几乎把娄垠当私塾教师挣来的银两，还有坑蒙拐骗弄来的宝贝全都送尽了，让他着实心疼了十几天。巴虎宠爱的四福晋晚上在枕边劝巴虎：“咱们宁古塔的孩子只能长成吃肉喝酒杀虎捉熊的勇士，你们这帮人一个个燕颔虎须的哪个播得出读书的种？不过是顺应那些官员的意思办个学堂应个景就是了。要是一些官员觉得自己的孩子还有潜力，责怪这教师徒有虚名、误人子弟，那就重新再选一位老师教教试试。”巴虎只好命人先把娄垠送到官庄劳作，打算再召六七个有学问的流人，每人办一个班，每个班只召十个孩子试试。说归说，大将军下令可不是这样，而是：“命你等教授城里顽童八股诗文，如果明年童试一个不中，则交披甲人为奴，永不赦免。”这样一来，那些原来想通过当教师改变奴隶命运的流人都打退堂鼓了。等了几天只有四人来报名。将军府总管命人必须把梁潇找来，艾莫日根这次没法再推诿，只好让梁雁和梁潇去将军府应召当教师。

那学监把六十余儿童分为四个班，每班由一个流人教师负责。梁潇和梁雁去得晚，分到的都是刺儿头和将军佐领权贵高官们的子弟。学监告诉梁潇，明年按常理应当没有童试。可是，皇上因为征讨吴三桂大获全胜，要增开一次恩科。将军有令，只要有一人能在童试榜上有名，那教师就可以与将军府上的官员同等待遇，发给俸禄，等朝廷赦免令下来即可回京城或故乡。梁雁不想让梁潇担这个风险，梁潇却说：“不这样，咱们怎么有机会去找杨姑娘？”梁雁抿起小嘴一笑：“你别光想着寻机会找杨姑娘，万一没有一个能考上的，再把咱们分到哪个披甲人家，岂不是更没有出头之日？”梁潇笑道：“虽然这些孩子天性顽劣，可是，他们尚未开发的聪智哪个曾经认真试过？信不信我保证让他‘宁古塔城多酿酒，必将春色入关来’！这十三人中，我保他童试及第五人以上。”梁雁知道他这两句是从“秦地少年多酿酒，已将春色入关来”

句化来的，知道他除了精通诗文，还熟知旁门邪道，尽是些稀奇古怪的招法，虽还是替他担心却也无法劝他回头。梁潇和梁雁安顿好住处，就去留给他的那间教室查看。他们的教室在西南面正朝阳，宽敞明亮很是气派。翻开案几上的学生名册，一看全都是宁古塔高官的子弟。他们这才明白，因为他的学生都是高官子弟，学监不敢把最好的教室分给别人，自然要留给他。第三天一早梁潇去上课，一进门隐约发现地上有几根细细的蚕丝索套之类的东西，他冷笑几声装作不知轻轻跨步进去，几个顽劣学生仗着父辈是高官，根本不把他一个流放罪犯放在眼里。突然拼力扯起蚕丝，想将他的两腿套住吊起来。没想到，梁潇踩的是绳结处，那些细索套无法扯紧套牢他的鹿皮靴。等他们的脸涨得通红使足了力气，梁潇轻轻一跃，跳到前面的案几上，又一个漂亮的空中转身稳稳地坐在那把椅子上。那几条从四面扯起来的索子凭空抻紧，将他们六七个人闪个趔趄。领头的学生比梁潇矮不了多少，身材魁梧，双手握拳，手指咔咔直响向梁潇示威。梁潇见这孩子的神情，显然是策划出坏招儿的头儿。那孩子头儿见一招不灵没能制服老师，脸上挂不住了，躲在一根廊柱后面，暗中用小弩发箭，那箭镞劲力十足带着啸声射向梁潇的面门。梁潇不敢怠慢，连忙从怀里掏出那本《词林正韵》顺手一隔，五寸多长的箭射进去三寸多深，尾羽还在微微发颤。梁潇冷笑一声："咱这里是学八股诗文的学堂，拜的是文圣人孔老夫子，不是学武功兵法六韬，拜的是关云长，没等开课，你等就敢按武行惯例来试试老师的功底？"话音未落，指上夹起箭头，一挥掷去，那孩子头儿始料不及，那箭从他的发髻中穿过，将他的发辫打散，又射中廊柱足有二寸深，吓得他出了一身冷汗，教室里的孩子都惊呆了。梁潇见孩子们都静下来，说："人们劝学时都说，'书中自有颜如玉，书中自有黄金屋'。可是，有谁见过？即便能见到，像你们这些出身于炊金馔玉，纡青拖紫的孩子哪个又会稀罕？像你们这个年龄，谁不想放纵豪情，或擒虎猎熊套狼于崇山峻岭，或愿将腰下剑，直为斩楼兰，立下不朽的军功？可是，你们的父母把你们送到这儿，更想让你们登科及第，月中折桂，耀祖光宗，金榜题名。"那个孩子头儿瞅了瞅同学们都不敢说什么，硬着头皮说："梁先生，我们在这宁古塔从小打猎，顺手学得马上功夫，自由自在的习惯了，冷不丁上学，谁受得了？再说了，我们要是听了你的，辛辛苦苦地学了一年，到明年还什么都考不上，那不是瞎子点灯，白费蜡了？要知道，我爹让我背下来萨布素见到皇上时说的那四句诗，我背了四天五宿，背得脑瓜子生疼，到现在也只记得什么‘将军寻箭羽，箭射石头通’。”梁潇忍着笑纠正他：“平明寻白羽，没在石棱中。”脸又一冷，严肃地说，“你们只需按我说的做，我保你们当中有一半以上的人一定能在童试中考上童生。我告诉你们，我可是和将军府立了军令状，也要了生杀大权，谁要是敢不听我的话，你们看——”梁潇回身一掌拍下，桌几上一块拳头大小的鹅卵石被他拍得粉碎。他顺手抓起碎末儿，挥手打出去，门旁廊柱上挂着的那面铜锣被打碎，发出巨大的声响，学生们都吓得惊悚不已。响声引来邻近几个班的先生都跑过来看，见这些平时顽劣的孩子竟然都规规矩矩，正襟危坐，悄然无声，觉得十分奇怪。少顷，那个孩子头儿强打精神嚷着：“我们要是听你的，真的还要头悬梁，锥刺股不成？要是费尽了力气还是不行，你是不是得赔我们？”梁潇道：“只需按我说的，要求你们学的东西必须全部背会，到时候要是考不上，我自愿赔偿各位的学费和时间耽误折合的银两。到明年恩科考试的时间，我算了，只有三百多天，时间紧迫，咱们今天就得开始。你们今天必须背会的是《百姓足，君孰与不足》，这是一篇水平较高的科考范文，下面大家跟着我背诵。‘民既富于下，君自富于上……”没背几句，那个孩子头儿又开始捣乱。梁潇慢慢走过去，平和地命他站起来，那孩子头儿抖着身上疙瘩块儿似的肌肉，鄙夷地慢慢站起来。梁潇冷笑着右手一探，那孩子头儿伸手来抓，没想到梁潇这是虚招，左手早将他手腕拿住，反关节一拧将他按倒在地上，五指如钩“哧”的一声，扯去他的裤子露出肥胖的屁股，“啪啪”就是十几掌。任他浑身蛮力却被梁潇反关节拿捏着挣扎不起，他见反抗无望这才惨叫着求饶。那些学生见梁潇起身，瞪着眼睛扫视他们，不等梁潇再说，都琅琅读了起来。那孩子头儿只得提着裤子，讪讪地斜坐在那儿，低着头带着哭腔跟着读书。

第二天一早，那些学生都将这篇文章背下来了，只有那个孩子头儿没有全背下来，梁潇知道他是佐领于国泉的儿子于铜虎。梁潇见他屁股伤痛只能偏着身子斜着坐在那儿，赔着小心说话，不但没罚他，还真诚地鼓励他：“你第一次认真学习就能背下来这么多书，说明你天资聪颖，只是没有天天练就是了，俗话说熟能生巧，你只要日日用心，假以时日，还愁不能成功？”于铜虎羞惭间立志，竟然学得十分用功。一晃一月有余，那些纨绔子弟虽然还不十分安分，可是慑于梁潇的怪异武功和威严，他连佐领的儿子都敢往死里打，一个个都乖乖地学了起来。梁潇和别的教师不一样，每天让学生背诵完当日的功课，就给他们讲《三国演义》里的精彩故事和兵法奇谋、市井掌故和传闻逸事。梁潇自然知道哪里需要留着悬念，哪里应该要个噱头，听得那些学生个个都如痴如醉，天天不等人催，早早来等着梁潇讲课。一晃三个月过去了，将军府的管家听了学监报告，各私塾的教师都讲了八股文的做法，只有梁潇不知为何，什么文章的起承转合、篇章结构一概不讲，只是单纯地背书，还讲一些市井掌故。前天学监在侧房窗外偷偷听到，又经佐领刘秉章的儿子刘征龙证实，梁潇确实在课堂上讲了《花烛错》的故事。管家知道这故事是讲一个穷书生替主家公子答题应试选婿，最后弄假成真被选为女婿，知他是在变相地为这些公子哥立志，摇摇头笑笑也不理会。任他梁潇自行教授，能不能有学生考上只能听天由命了。转眼到了年关，边塞过年远离京城，都是过了正月十五闹到二月二，一晃就到了三月三。要是没有军情，也没什么大事，都是早上草草议事，无事散去喝酒了，整天就是喝酒吃肉好不热闹。今年腊月二十七梁潇才给他的学生们放假，布置了作业，要求他们必须背下十七篇范文。否则，梁潇瞅了瞅他那根挂在廊柱上，比一般绳鞭粗三倍的鞭子。那些学生虽然觉得假期没法听梁潇讲那些故事有些遗憾，可毕竟放假了又能走马猎狐让他们开心极了。于铜虎凑到梁潇跟前真诚地笑道："梁师傅，我爹送给你一只狍子一只鹿，知道你不会收拾，已经剥了皮分割成块，一会就派人给你送去。"没等梁潇推辞，学生们纷纷都围过来，七嘴八舌地说要送老师熊掌野鸡犴鼻子，还有烧刀子酒。这一刻梁潇才觉得这几个月总算是辛苦换人心了，让他略感欣慰。开学后，于铜虎将那十七篇八股范文背得滚瓜烂熟，学生们对他更是刮目相看。同学们都很吃惊，梁潇虽然十分满意却不动声色。那些学生逐个背来，梁潇并不看书，却能记得每一篇文章甚至细枝末节的每一句每一字，遇到学生背不出来时，他都能立马提示，指出错误，让那些学生惊叹不已。学生们怕被责罚都背得八九不离十，梁潇心里暗暗高兴，脸上却冷若冰霜不动声色。最后只剩下佐领刘秉章的儿子刘征龙，他见大家都背完了，才开始结结巴巴地好不容易背下了七篇，也没能背全。再背，无论如何也背不成溜了。梁潇冷笑一声："说吧，刘征龙，你到底还能背出几篇？我好决定如何惩罚你。"刘征龙面无惧色："就凭你，一个免死的流放犯，仗着懂些八股诗文，还真拿自己当回事了？俺爹说了，只要你教俺写个能押上韵的诗啊词什么的，能应个景就行。到时你教的这些学生肯定没有人能考得上秀才举人，俺爹在大将军那儿有面子，他帮你说话，不杀你更不会罚你，就咱宁古塔这几头蒜还想长成梧桐树，谁不知道咱这宁古塔关塞重地，只消保得边疆平安就是了，考不考得上秀才，没关系。再说了，你要是敢罚我，信不信我到将军府告你，向学生索要东西，不教学生孔孟之道却给学生讲淫邪故事。今天你放小爷一马，我一定会帮你，要不然，嘿嘿……”梁潇早就怒不可遏，“啪”的一个耳光上去，刘征龙右边脸刀割般疼痛，梁潇命陪他伴读的书童去找车马送他回家：“三天之后，如果还背不下来，就不用再来！”学生们都被吓得呆傻了，这梁潇比那些聘来的老秀才下手还狠，那老秀才实在气不过，只不过用戒尺象征性地打几下手板。这梁潇打人的气势哪还像个流放的罪犯，一个个木然地听梁潇讲着：“到恩科考试还有九十三天，扣除赶考路途的时间，满打满算也就只有七十多天，还有三十篇范文必须倒背如流。”那些学生早吓得傻了，乖乖地听着梁潇安排。一会儿就背下三篇，连他们自己都十分吃惊，原来只要心无旁骛，学习竟然能如此神速！“咚！”的一声响，门被踢开了，四五个清兵闯进来，一个清兵挥着腰刀指向梁潇：“你这不知死活的流犯竟敢殴打佐领的儿子，你真的是活得腻歪了。给我绑了带走！”学监在门外嚷着：“梁潇是将军府聘的，有什么不当的哪怕是罪过也得将军府治罪，岂能由着你等乱来？”说归说，他却不敢进来。那几个清兵见梁潇不动声色，仍然悠闲地翻着那本从不离手的《词林正韵》。那些学生有的替梁潇担心，有的幸灾乐祸。他们被梁潇逼得一天都不得安生，天天背这些八股范文，都快被逼疯了，要是真的能将梁潇带走，岂不是快事？梁潇却沉静地看着窗外，那军汉气极了。“你别跟老子装傻！”说着挥刀向梁潇砍来，那架势分明就是要梁潇的命。梁潇悠然地向后撤了半步避开刀锋，一个转身夺下一把腰刀，将那刀两下掰成四段，顺手向那几个清兵打去，那些清兵尖叫着傻傻地站在原地忘了闪避，那四段断刀飞向他们的头皮，将一缕缕头发削断，微风吹来丝丝落地。“咚！”的一声，梁潇将一段带着刀柄的断刀掷向廊柱，吓得几个清兵头也不回逃出门外。学生们静了片刻，跺脚声和着掌声响彻学堂。学监过来摇头叹气：“按说，这些孩子不思学习，家长也不强求，更不指望他们真能考个秀才什么的，你就哄着这些公子哥玩儿，挣些银两寻个出路就是了，你这般认真可惹下大祸了……”话音未落，一个杂役进来报：“将军府派人来，命梁潇速到府里问话。”平日里梁潇总是将学生送来的礼物分出一大半送给学监，他虽然对梁潇的教学方式不赞同，却十分欣赏梁潇爽朗真诚的性格。那老秀才眼里含着泪道：“梁潇，你惹祸了，听说巴虎大将军二福晋的妹妹，那个蒙古格格极喜欢你写的边塞诗词，快让你老婆带上重金去求她，也许还有救。唉！你干吗那么实在？非得严格教什么课……”梁潇拱手谢过抹着泪的学监，摆摆手平静地告诉学生们：“如果我耽搁几日不回，那些背诵的书目你们都知道了，千万别浪费了时光，会前功尽弃。”学生们听着他的嘱咐，心里翻腾着，不知道梁潇还回不回得来。于铜虎上前真诚地说：“老师，我这就去找我爹让他去求大将军开恩，保你没事。刘征龙这浑蛋和他爹刘秉章一个德行，就好要阴招整事。他爹什么本事都没有，就会溜须拍马，养个儿子也是黄鼠狼下豆杵子，本事小心眼儿坏。”

将军府里，巴虎坐在太师椅上，眯着眼睛看着梁潇，刘征龙爹刘秉章手按着剑，虬须倒竖像要立马把梁潇剁碎了才能罢休。巴虎摆摆手，师爷上前问：“梁潇，你一个戴罪的流人不思将军对你宽宥恩宠，收受生员虎鞭虎骨，还以惩戒为名公报私仇，将曾经在官庄捉拿过你的佐领刘秉章的儿子鞭笞至奄奄一息，几乎丧命，该当何罪？”刘秉章将宝剑抽出，巴虎冷笑着目光制止他。梁潇上前道：“大将军，梁潇感谢大将军给我一个既能施展才学，又能享受优厚待遇的差事，岂敢不殚精竭虑？至于那虎鞭虎骨，我知道那一根虎鞭就价值几十两银子……”“那你还敢受贿？”刘秉章厉声喝问。梁潇冷笑一声：“这么说刘征龙送我的虎鞭虎骨，是你刘佐领设下的圈套？要是你的儿子恩科不中，好要回学费？再嫁祸于我？”刘秉章语塞，梁潇又对巴虎将军道：“虎鞭虎骨我收了……”刘秉章兴奋得跳起来：“你现在认账已经晚了，大将军，这厮本来就是罪犯又犯新科，应当杀无赦，让我宰了他！”梁潇也不躲闪，任凭他抽剑砍来。巴虎将军并不发话，那剑只好悬在梁潇头上半空中，剑刃簌簌抖动让人胆寒。师爷问他：“既然你收了，你可知罪？”梁潇笑道：“这些东西我收了，年前将军府里召我夫妇来酿酒，这些东西强身健体，早都被我俩加到酒里，将军们喝了，还纷纷叫好，有管家为证，腊月二十八那天我老婆现从家里取来，是老管家上的账，他还说，你梁潇献了珍贵的药材，虎鞭五根，虎骨一副，十年以上老山参十苗……这些东西算好折价，你是要酒还是要钱？”巴虎乐了：“那你说，咋把个学生打成这熊样？”梁潇嚷着：“学堂肇始之初，副将军代大将军去训诫，曾授权给老师。一曰不遵师道者罚；二曰懒惰厌学者罚；三曰扰乱课堂者罚；四曰不完成学业者罚；五曰……刘征龙仗着他爹的权势，无视大将军训令，我要是不严惩他，岂不是纵容他对大将军亲自制定的规矩视若无睹？岂不是纵容他父子挑战大将军的权威？岂不是让学生和家长们都知道他父子俩视大将军的教诲和威严如草芥？藐视将军而不受惩戒，那大将军的权威何在？大将军何以率领三军攻城略地，护卫边塞……”刘秉章早慌了：“你胡说八道!”师爷看着巴虎的脸色有些许笑意，知他不想严惩梁潇。厉声嚷道：“就算你说得有些道理，可如你这般责打学生，如果恩科考试没有一名学生能考中，你如何向这些官员交代？难道就这样白打了不成?”梁潇笑了：“教是教了，学也学了，恩科考试时那还得看这些学生现场能不能正常发挥了，保守估计，我的学生参加童试，能考上童生的至少会有三成。”师爷还在嚷着要梁潇立下军令状，巴虎端起茶杯笑笑不语。那将军府里侍卫队长早在门口喊着：“大将军有令，梁潇回去继续履职精心教学，不可辜负了大将军的信赖。”刘秉章急了，扯下宝剑拦着梁潇嚷着：“他打了我儿子，难道就白打了不成?”骂了几句，他抑制不住胸中怒气，跳起来气急败坏地骂着：“都怪娄垠这坏种，咱傻傻地听了他的主意，白白地搭上了虎鞭虎骨，还这般丢人现眼……”

这天，被打的刘征龙来了，只见他讪讪地低着头不好意思地坐到他的座位上。梁潇也不提旧事，给大家理着思路。“还有两个月就要上考场了，我们共计背诵了四十九篇八股范文，题材涵盖了历代科举考试的各种类型，于铜虎问我，背了这么多，应试时有什么用，今天我们就来试试。”梁潇把去年科考的题目一出，于铜虎顿时领悟了：“套上咱们背的那篇《百姓足，君孰与不足》，再结合今年的情况和圣上安排户部对灾区赈济的实事，不就成了一篇高水平的八股文章了？原来老师是在让我们走捷径。”于铜虎兴奋极了，那些同学也都跃跃欲试。梁潇顺势提出了充分利用背下来的四十九篇文章，采取“扩展法”“引申法”“骨架法”“转折法”“条目法”“自圆法”等，将历次科考的题目，逐个带入背诵好的四十九篇文章中，加以引申、扩展、模仿改写，既发挥了这些学生聪颖强记的特点，又弥补了读书不多更不擅长做文章的弱点。取长补短，如此这般试了前几年的科考题目，那些同学都学会了套用范文，改写成科考的八股文章竟然如此容易，一个个信心十足。接下来几日梁潇出考题，这些学生套着那四十九篇范文，竟然写得有模有样。只是这学生的字写得不成样子，梁潇数着日子，只好针对他们的特点，有的让他们临了几天瘦金体，有的让他们临了几天《新妇地黄汤帖》。凡此种种，因人而异。照猫画虎，让他们的“狗爬体”总算有些长进。这一切都让刘征龙暗暗后悔，自己没能将那些范文都背下来，听人家旁征博引，侃侃而谈，这些伙伴简直是脱胎换骨，个个都让他刮目相看。他晚上回家挑灯夜读，十分努力。

临近考期，将军府派于铜虎的爹于国泉亲自率一队骑兵护送学生去参加乡试。梁雁和那些学生的家长们望眼欲穿，盼着他们能金榜题名。娄垠不知道又想了什么邪招，又能在将军府里出入帮忙了。没几天府里上下就传出来，那些去考试的学生全部落榜，梁潇无颜面回来怕受处罚，早将于佐领灌醉，胁迫十几个学生沿着天池逃到朝鲜当大学士去了。当晚，梁雁就被兵卒拦在孔庙的后屋，软禁起来。梁雁倒不在乎，她相信梁潇那出神入化的邪门教法，那才是在因材施教，一定会成功。半夜里，那个协助梁潇在将军府酿酒的侍女悄悄过来，告诉梁雁："四个班的生员，回来三个，一个都没考中，人家都传梁潇被那护送考生的佐领给杀了，你趁天黑快跑吧。"梁雁淡然一笑："你就别胡扯了，是不是娄垠让你劝我逃跑，从而坐实梁潇跑了的消息，好给他治罪。"那使女看被说中竟哑口无言。门外鞭炮声"噼里啪啦"地响起来，那个老秀才学监打着灯笼踉跄着跑过来："梁夫人！恭喜啊！梁潇的学生有七人考上童生，这是石破天惊的大事，是咱们宁古塔城里多少年来的第一次！大将军都出城去迎接了……"梁雁正准备出门，门被撞开了，刘秉章扛着一只狍子，拎着一包鹿鞭来了："这个送给梁潇师傅，我儿子只和梁潇师傅学了一年，其中还休病假耽误了一个多月，还考中了童生！这梁潇真是邪门儿，他太有本事了!"梁雁为他率真的性情感动，笑道："俺家可不要，哪天你再翻脸要回去，再告咱梁潇受贿，那多……"刘秉章讪讪地笑道："咱山里人实在，知错就改，我后悔当初不该听了那个娄垠的挑唆。"

宁古塔将军府庆功宴上，梁潇和梁雁被安排到上座。一些官员的公子和侄子都通过了童试，为偏远的边塞争了光，大将军十分高兴。管家只安排了十几人参加的庆祝宴会，没想到，那些武将的子侄考中都十分高兴，不召自来。巴虎从来对这些武将都不按什么严格的规矩礼仪约束，命人添上杯盏酒肉，一起高兴高兴。没想到生长在塞外，土生土长的马上将军的孩子们，竟然可以与江南的同僚比一比了。众官员纷纷举杯向梁潇敬酒，多亏梁潇海量，也不掉书袋虚与委蛇，举杯就干来者不拒。让那些嗜酒如命的武将都觉得他讲义气，和他对脾气，气氛十分友好。巴虎亲自举杯问梁潇："这次如此多的孩子能考上童生，就是吴兆骞先生还在这儿，他的本事自然没有人能出其右，可教授学生，也不一定能有这般成绩，你咋能办得到?"梁潇笑道："各位将军的公子天资聪颖，只不过是璞玉没经雕琢，正好让我碰上了，押对了题……"

梁雁忙拦住梁潇，怕他再说出什么不当之词，举起酒杯："谢谢将军给梁潇这次机会，我们是不是能在城里开个小店，自己谋生了？"管家抢着说："这个，梁先生功业名盖宁古塔，当然，大将军会有最佳安排。"管家有这番说辞，当然事出有因。娄垠花尽了以帮助那些流人改变生存条件的名义搜刮来的珠宝，想解除对他当教师不利，在官庄劳役的处罚。那些流放的人历尽艰辛，冒着生命危险藏下的东西，自然十分精细金贵。娄垠想免除罪责不得不献出买出路，看着那些金贵的宝贝吃下肚又吐出来，他像钝刀子割肉般疼痛难受。现在更是嫉恨梁潇，要不是梁潇出邪招，让这些宁古塔官员的孩子考中童生，让自己在宁古塔名声扫地……躺在炕上抽着烟锅儿想了一会儿，他命那个曾和梁潇一起酿酒的侍女："去田老三家买一块血豆腐，上关毛驴家打半斤烧刀子，再去刘麻子家赊只狍子腿。"那个和他姘居的女人本来看他倒霉已离他而去，这几天见他又趾高气扬地高调回来了，知道他的本事很大，每天晚上又从将军府里侍候完差事回到他的炕上。娄垠搂着她心里怨恨，却安慰着自己：毕竟好歹有个伴，同床异梦的伴，可也是伴呀。行事却总是提防着她，等那女人走了，他移开桦木炕沿，拿出一枚精致的小金瓜。这是袁家托他想从蹂躏流人最狠毒的披甲人玛嘎罗夫家换个人家，哪怕到官庄当差役也行，才送给他的，如今他却不得不为了买个活路送给将军府的管家。他不等那女人买肉打酒回来，连忙去找将军府的管家。除了托他为自己再回将军府接着当个帮办的"参事"，却还不忘黑梁潇几句："梁潇就因为科考作弊，才被革去秀才功名，他爹花了大笔的银子才买得他没被治罪，又因为他爹犯了'文字狱'将他流放到宁古塔。咱这些山野顽童根本不喜八股，更是不学无术，尽是些顽劣之徒，岂能中童生？是不是梁潇事先知道些出题的内幕，押上四五题，分别让几个学生背不同的篇目，从大概率来说，总能押个差不多，比起那些大海里捞针的好学生要事半功倍。就是怕万一，这万一要是被查出来，再革去这些孩子的童生名分，那不就画虎不成反类犬了？"巴虎和管家、师爷商议，梁潇的文采在宁古塔是吴兆骞之后的第一人，又立下大功。他要是在将军府里协助处理一应文案，岂不是能为咱宁古塔增光添彩？师爷虽心里不赞成，又不敢明里反对。这时管家把娄垠和他说的那番话报告给巴虎将军。巴虎嗤之以鼻："不要再跟我提娄垠，他就是个十足的浑蛋！他的话你也信?!"管家道："大将军说的是，不过，梁潇自己要求在宁古塔自由谋生，不如先让他去开点心店，咱要是有呈奏文书和应酬书画，他随叫随到。"师爷道："他

要自由开店铺，还得安抚一下披甲人艾莫日根，梁潇夫妻俩还是他家的奴隶。披甲人家是边塞军力的主体，这披甲人骁勇善战，艾莫日根在他族群里又十分有威望，自然还需要谨慎行事才好。更何况听理藩院的官员说，梁潇还可能是涉嫌反叛朝廷的‘金佛铁誓’……”

# 第二十一章　索画迁城

户部侍郎奕祈率领工部、兵部官员一行几十人来宁古塔考察，朝廷派他们来研判宁古塔城迁新址几个方案的利弊，拿出最后的结论呈报皇帝定夺。宁古塔老城总遭水患，而且又坐落在崇山峻岭之间，远离平缓山势，难于修筑大路，不符合选择边塞城池拱卫边防须兵贵神速的要义。新址的选择让他们颇费周折，几番对比，对宁古塔将军府经过几年的勘察及利弊分析，呈报上去的几个方案研判，新址拟选择在牡丹江边觉罗城西南五里处。新址环山靠水，地势虽然平缓却又略显高雄，避开了原来的城池地势低洼总遭水患的弊端。宁古塔城迁新址给朝廷的奏折中写道："那里六辅三河，四极八纮。襟带咽喉，要路通津。厄险固围，雉堞金墉。适于屯结兵马辎重，且运输便利……"一行朝廷官员大多数对新址的选择达成共识。为慎重起见，户部、兵部、工部官员一行人在副将军陪同下，到几个备选的城址实地考察了二十几天。视察了一圈儿，吃尽了山珍野味，喝了梁潇酿造的，里面尽是山参、鹿鞭、虎骨等珍贵药材泡制的美酒。按说应该将新址确定下来，可那带队的户部侍郎奕祈脸色始终不阴不阳的，对宁古塔迁往新址的奏折是不是回去就呈给皇上不做肯定的答复。这天晚上在觉罗城的晚宴上，副将军见奕祈喝得高兴，举杯说："大将军巴虎恳请大人尽快审定迁城方案和奏折，也好快马呈报圣上。不然的话，两个月之后这里就会大雪封山，就是皇上那时候恩准了，也来不及施工，会误了整整一年。如果那样，宁古塔城在迁与不迁的彷徨之间度日，石头城墙破旧被洪水冲垮的部分，不修难以过冬，修了再迁新址也会浪费巨额银两。还有那些草料仓库、士兵营房等都已年久失修，再拖一年，不修则无法为雅克萨前线储存过冬用的辎重粮秣，修则用不了几个月就要迁新址再建，朝廷也会怪罪浪费钱粮……"侍郎奕祈淡然一笑："你们的几个备选方案，我等也看不出哪个更有利，我看还都在伯仲之间吧，如此大事怎能草率定夺？再说了，我看你们的备选方案中，选择顺位第二的卧龙村，那里不是也不错吗？本官看那里不是有条山脊是条稚龙在卧，山雄西北，水绕东南，草域斗城，龙跃凤翔？还有顺位第三的渤海国京城旧址，不也是风水宝地？曾经成就了渤海国二百多年辉煌的京城，迁到那里建新城不是借它余威佑我宁古塔城？”副将军当然知道，当初选址十分慎重。大将军组织懂得风水地理军机的人员还有流人中来自工部、兵部的顶级人才，经过五年多勘察，在老城附近方圆百里的村落和山间，较为平坦的川谷丘陵都做了详尽的考察。娄垠和流放到这里的前工部官员、大学士朱实曾提出首选迁址为卧龙村，第二为渤海国的京城遗址。大将军巴虎虽然武将出身，可是他自然知道这事关系极大，弄得不好会担上企图谋反的罪名，甚至会招来杀身之祸。思来想去拿不定主意，他命人找来正在将军府里领着人酿酒的梁潇，在宁古塔属他的名声最盛，想听听他如何说，梁潇被请到巴虎的将军府后厅，看了看那几个方案，一连喝了几大碗酒也不说话。巴虎宽厚地笑着，期待地看着他，让他感觉到亲切。梁潇又拿过几个备选方案说明看了一会儿，笑道：“将军选的顺序为首选卧龙，次之为渤海国原来的京城？”喝着酒冷笑不已。巴虎放下身段陪他喝干一大碗酒才说：“本将军真心实意地向梁先生求教，此前没能量才而用，没能及时重用梁先生，还让梁先生吃了不少苦头，个中道理我不想解释，本将军今日答应梁先生，今后，只要……”梁潇摆手笑道：“罪民流放到这里，你按律法安排何错之有？何况我也不是小心眼儿的人，只不过……”巴虎见他迟疑，命人给他斟满酒说：“本官问祸不问福，先生直言便是。”梁潇这才缓缓说：“新城选址，那些风水玄机，还有什么阳奇阴偶，筮短龟长的穆卜蓍茎，都是痴人说梦，最重要的是我们的新城乃是国之屏障，必须得选一个束其要害、系以安危之地，成为我大清天险地雄的襟带咽喉，被山带河的剑阁铜梁，切不可为了什么风水之说，失去了扼险固圉的通津要路。这几个预选的地方我随披甲人狩猎时全都去过，听说要迁城选址，因此都做过详细考察。那卧龙村水抱峰攒，交趾贯胸，龙首牛头，石镜玉台，起伏的山脊人们都传那是隐为稚龙，要是新城选在那里再假以时日岂不是真的要成为真龙？那第二方案为渤海国的京城原址，曾经的都城你敢去做府第，不怕朝廷里有人会说你是何居心？再说那第三方案，选的是丹花山，这名字倒是花魁之首，可是，这里僧述旧径，欲界仙都，五祖千佛，鬼谷仙堂。玉瑱五色，金台三成。你大将军再厉害，可你是肉身凡胎不是天兵天将，你咋能和神鬼争地？倒是这第五方案，左边牡丹江流过，为青龙；右边是山峦，为白虎；前面江流为照；后面峻岭为靠，载物承天，有截无疆。长养稼穑，襟带山川。乃是上上的……”巴虎沉思了一会儿，和梁潇喝了几大碗酒，命人赏梁潇一锭银子，让他自饮尽兴。从此之后，宁古塔上下达成了选址的共识，那就是选在牡丹江边觉罗城西南五里处。这两三年来，宁古塔将军动用了新老流放人员，加上在官庄的和从披甲人家里征来的流人，共计三百多人，在觉罗城附近的山里烧石灰、打石料，准备建城材料。还有五百多清兵在新址附近的密林中伐木准备建城。要是圣上还不准奏，不用说转眼就会上冻了，大雪封山，即便是两个月之后才允许迁城，施工干不了两个月就到八月了，这里八月底就大雪封山，石料木材运不过去，当年建不完，怎么也得拖到一年以后再接着建。到那时生石灰被雨雪浇化极不好运输，而且质量下降黏结效果不佳。大量伐好的木材不及时运下来，没来得及剥下树皮的上好木材也会腐烂，影响筑城质量。如果延期到明年，那么前期准备搬迁所做工作，花出去的几十万银两就都得打水漂了。副将军不敢得罪户部侍郎，心里十分焦急，听他信口胡言却还得赔着笑脸处处讨好，敷衍着夸他说得在理。细心分析，那户部侍郎奕祈并不是非要选择别的新址，似乎另有深意。副将军和其他官员一路上互相猜度着回到了宁古塔。晚上，在大将军招待的宴会上，户部侍郎奕祈见了巴虎也不给面子，不阴不阳的一脸不屑，既不豪饮，也不小酌。无论谁举杯敬酒，他都是礼节性浅浅地沾一下嘴唇，然后似笑非笑的，鼻孔朝天一脸不屑。看似礼貌有加，实则狂妄至极。把武将出身的巴虎气得虎须倒竖，一手握着宝刀刀柄，另一手端起大碗，自己狂饮了几大碗，心里的愤懑却无处发泄。虽然自己是一方将军，但毕竟户部侍郎奕祈是个京官，巴虎不知不觉间脸涨得通红。不等他发火，户部侍郎奕祈早看明白了，粲然地笑道："将军必然是勇冠三军，兄弟十分佩服。只是，兄弟有一事不明，这宁古塔流人中会聚南北文豪，拢得东西英才，怎么一个《宁古塔赋》都写得不成样子，这样的文章还要附到奏折的后面作为附件，如此这般，迁城报告如何能让工部、兵部还有内务府和理藩院通过？哪还有机会再呈给皇上？将军表面恭维本官，心里却恨极了本官，以为本官在难为你们？唉！将军不知，实则本官是为你们着想。"巴虎早听师爷说过，迁址一事的方案早已准备得十分充分，后面附上的《宁古塔赋》是专门由参事娄垠领着四五个流人中最有学问的人，五易其稿才最后审定，没想到还成了狗尾续貂、画蛇添足了。当初作赋为奏折的附件，是因为听说工部尚书十分喜欢骈文，尤其喜好以赋体呈文写得好坏来审定各地呈报工程是否能建，然后再呈圣上审批。副将军去京城几次报告城垣准备迁址情况，尽得其中关节窍门。这才回来安排师爷，请娄垠等几个有文采的流人写就。那师爷不等将军发话，怕被责备抢着答道："宁古塔虽地处边远，却也人才济济，这奏折后面所附的这篇赋，是听说工部尚书大人喜欢这类骈文体的风格，我宁古塔做了充分准备，还有几篇备选稿子尚未来得及呈上呢，如果大人觉得此赋不妥，等我们再从备选中择一佳作可好？"户部侍郎奕祈听了，冷笑一声，伸手就要备选的几篇。师爷不过是一时应付，哪有成稿？侍郎哂笑了半晌，鼻孔朝天一副不屑的样子，让大将军巴虎十分不悦。师爷又真的当场拿不出来，侍郎虽然无礼却拿他没有办法，浅酌几杯，大家不欢而散。

第二天一大早，巴虎和副将军还有众文官、师爷等一干人在商议，如何应对这些京城来的官员，让他们顺利地按宁古塔将军府拿出来的方案呈报奏折？巴虎拉着脸道："想那新城选址，在牡丹江畔觉罗城西南五里处是最佳选择，我宁古塔人众皆无私心，如果选择卧龙村、渤海国京城旧址等地，却有被人诬为谋反之嫌，这侍郎分明就是想以那些一经演绎，就会涉嫌大逆不道的选址做足文章。"师爷低着头不敢和巴虎对视，一个个文官都不敢大声喘气。沉寂片刻，副将军指着师爷问道："你不是说还备着几篇上乘的宁古塔赋文稿，在哪呢？哪个人写的？"巴虎也仰着头鼻孔朝天地哼着，抽出宝刀，用刀砍着柞木案几，吓得师爷战战兢兢不敢吭声。副将军看着巴虎的眼色厉声问："为什么你们不用梁潇？即使娄参事和梁潇有过节，也不妨两人各写一篇，是骡子是马一起遛遛就是了，你为什么跟着娄垠一起嫉贤妒能，一到出头露面时就不叫人家上场？你们是和梁潇有仇，还是收了娄家的贿赂不肯让梁潇出来，怕压住了娄参事的风头儿？"师爷被说个正着，脸涨得通红不敢说话。巴虎用刀将案几砍下一大块，挥刀骂道："你以一己之私坏了我的大事，如今，推荐你的苏克扎哈人也倒台了，老子和你老账新账一起算！来人！把这蹩脚师爷拉出去砍了！抄他家看他收了些什么财宝！"师爷吓得尿了裤子，哭喊着："将军！将军！我早听说这户部侍郎十分贪婪，无法沟通，不这样替将军杀杀他的锐气，无法达到我们的目的，我早安排梁潇准备好了，他分阴可就，寸晷便成，酒中下笔，马上占辞，不用先写成稿。只消召他来，必然能令那狂妄的侍郎折服。”当晚，侍郎的随员收了副将军的贿赂，搂着一个俊俏的流人女子一阵子风流之后，倦怠地被副将军请去，这才悄悄地和副将军道：“宁古塔虽处塞外，却人灵地杰，有一个流人画了一幅画，名为《披甲骁将野宴图》，画的是寒汀烟渚，叠嶂危峰，笔存苍润，天与清新。不知道礼部大学士通过什么渠道得到了，请京城里的名家和皇宫画师鉴赏，都十分称道。他硬说是自己画的，内务府用金粉银面装裱得极为精致，然后呈献给圣上，极得圣上欢心。内务府要他再画三幅，凑个四壁辉映六殿御容，让龙颜更喜。大学士闭门作画半月有余才拿出来三张，不知是他画的，还是花了银子请人替他画的，虽然也画得墨韵拓粉蝶，白描弹苍蝇，手泽猫逼鼠，笔精雉惊莺。可是，对比原来的那幅画，缺了胸次夺造化，少了笔端露天真；没有那‘僧繇点眼，周昉传神’；更无什么‘刮造画窟，窃天地工’。大学士见事不好，怕被冠上欺君之罪，不得不说实话。那幅圣上喜欢的画是兵部侍郎来宁古塔时，从这里带回去的。这画的功力，昼见夜隐，远淡近浓，意在尘外，色聚笔端，虽韩马戴牛也不过如此。据说在京城，人们听说这幅画得到皇上青睐，那些仿制的赝品已卖到十万贯的天价。这户部侍郎就不明白了，既然这里有点石成金般的画和绘画的人，为什么宁古塔将军却舍不得送他一幅？”副将军笑了：“这有何难……”他略一思索想明白了，原来正是梁潇在披甲人家用狍子皮毛卷成笔画成的那幅画，在京城竟然成了顶级的画作。皇城里哪能找得到应急时信手拈来的那般笔触？尤其那扯狍皮袄袖，毛滚锅灰画出来的毛色，既是偶成，也是天作的神来之笔。不过，那样的天意偶成也得法眼赏识，没想到机缘巧合让圣上喜欢?！莫非真的是天数？早就听大将军巴虎说过，兵部侍郎拿画走时还说，卖了银子和大将军一人一半，没想到这幅画真的入了圣上的法眼。副将军连忙请户部侍郎去镜泊湖观赏风光品尝野味。这边连忙派人去找梁潇。此时娄垠唆使师爷，以追讨“金佛铁誓”元凶的罪名，已将梁潇和梁雁送到官庄劳作。命他俩天天剥伐好树木的树皮，每人一天得剥二十七根，完不成量，不给饭吃。实则是娄垠在府里当参事，听说工部官员要求呈上的迁址奏折，必须得附上一篇《宁古塔赋》，呈给来考察的官员，说服他们同意迁城，怕找梁潇写赋盖了他的风头。娄垠要是知道梁潇随手用狍子皮毛涂鸦，竟然入得了皇上的法眼，还不得编个罪名先杀了他？就是这样也不能让梁潇在这个关键时刻露头。师爷紧急受命，来不及埋怨当初娄垠出的坏主意，将梁潇排除在写赋人以外，让他被大将军训斥，急忙派人去找梁潇。

好在梁潇被押到离宁古塔老城五十多里的海浪屯附近的官庄时，负责守卫的披甲人伍长是索多尔凯。他满脸大胡子，出征狩猎时脸上总是涂抹桦树的汁液，时间一长弄得脸色呈暗绿色，掩着脸上的褶皱本色，更像是老松树的皮。梁潇看他的眼神只觉得眼熟，却没认出来他。他嚷着命梁潇和梁雁去给披甲人做饭，他俩的工作分摊给其他流人。到了晚上，他俩才知道这“披甲人”是他们的朋友吴若愚。晚饭后吴若愚嚷着：“狍子肉炖得很香，赏梁潇和梁雁一大碗肉，一碗酒。”那些流人虽然羡慕，却也干眼馋。夜深人静时，梁潇、梁雁和吴若愚正要叙旧，一个披甲人来报：“将军府师爷派人送来急信。”披甲人很少有人识字，来人只是带来盖有将军府符印的一张宣纸，然后口头传令：“立即护送流人梁潇回城，有紧急公务。”不等吴若愚收了信符，那人又拿出一锭银子递给吴若愚：“借一步说话……”吴若愚过了一会儿回来，笑问梁潇：“梁兄可知道这厮想要做什么？”梁雁笑道：“不用吴兄弟说，我能猜到，他说，‘这是娄参事送的，只要梁潇回不了宁古塔，这足够买三十篓酒的银子，就是你的！’”吴若愚和梁潇拊掌大笑。梁潇和梁雁离开吴若愚，刚刚进城门，就被几个清兵拦住：“流人从官庄回来，必须得回到原来的披甲人家里，不得在城里游荡。”梁雁告诉他们，是将军府要求他们立马去书写文案，那个头儿笑笑：“将军府令，有‘金佛铁誓’的反清人士流窜到宁古塔，所有流人必须到披甲人家接受管辖。”梁潇一笑，知道这一定是娄垠搞的鬼，只好和梁雁先回到艾莫日根家。披甲人老婆从将军府回到家，坐到炕上抽着烟锅还在琢磨咋能将梁潇弄回来，让她喜出望外的是，梁潇和梁雁回来了。她只盼着他们回来，才不关心他们是如何回来的，急着拿画换钱换酒，担心他俩再被将军府叫走，也不管他俩饿得前胸贴后背，命人拿来梁雁裱糊字画用的那些托画纸、绢布、画轴、画框之类的东西，命梁雁立马裱糊好了，奖励她和梁潇，允许他俩去宁古塔城里自谋生路。梁雁一看，忍不住笑了：“咱这塞外不比京城和江南，没有裱糊字画专用的东西，还不得把名画给糟蹋了？别的都能将就，就是那黏结的胶水，不像做鞋打袼褙，随便弄点糨糊就是了。眼下在宁古塔，必须得等到伏天采得野生桃树的汁液熬成桃胶，还得配上相应的材料黏度合适才行。没那东西，我可裱不成。”披甲人老婆见梁雁硬是不肯做，只好骂着命那个新买来的女奴来装裱。那女人在一边儿听着，早就对梁雁的说法嗤之以鼻。拿过画来，撸起袖子就要干起来。披甲人老婆见梁雁眼睛根本不往这边看，她也心里没底了。仔细收起听说值钱的那几幅写意山水，去梁雁的窗台旁抢过梁潇闲时画的，几只梅花鹿的大写意。梁潇拦住要夺回画的梁雁，高深莫测地笑笑，告诉披甲人老婆："鹿者禄也，这是官的象征，这可价值连城呢。"披甲人老婆恶狠狠地瞪了梁潇和梁雁一眼，转过脸又笑了："宁古塔城里都说梁潇的老婆才是裱糊书画的第一人，还是你把这画糊上，再装上画轴……"梁雁不顾她心急如焚，给梁潇纳着鞋底告诉她："等我和梁潇去后面的山岭上找到桃树，刮来桃胶，熬好了，还得兑上……""哼！要饭的背桌子，还得摆个谱儿？不过就是刷上糨子涂抹平了就是了，拿什么把？信不信不听我的，我罚你俩三天不准吃饭？"那个新买的女奴虽然生在河南的官宦之家，却没裱糊过字画，可是看到人家糊过，以为将那张画纸扑拉平了粘到画框里就是了，她收拾着长条桌案上的东西就要动手。梁雁劝她："实在要装裱，也得先拿一张普通的宣纸试试，不然的话，那一张名画儿就得废了，求谁再画?"那女人以为梁雁嫉妒她，不屑地哼了一声，转过脸儿和披甲人老婆道："您放心，咱立马动手，明天一早干了就能用，保你满意。"梁潇一双迷离的眼睛看着窗外的白云，一句话都不说。女奴心里没底了，梁潇、梁雁在场她迟迟不肯动手。披甲人老婆一看明白了，她是不敢让梁潇和梁雁看着，把梁潇和梁雁赶出去了。梁潇和梁雁回到他俩的马架子，那个哑巴还在哇哇地叫着，比画着要吃的。梁雁去灶间取来半瓢肉汤和着一些碎肉，被披甲人老婆听到动静，奔过去抢下梁雁手里的葫芦瓢，将肉汤倒进大黄狗的桦木食盆里。哑巴饿急了，跑过去和大黄狗低着头抢着喝起来。好在大黄狗怕梁雁，不敢咬哑巴。哑巴才不顾狗抢食过的食物脏，急忙吃了些汤水，梁雁和梁潇看着十分心惊难过。突然，屋里传来打骂声和那女奴的痛哭声。披甲人老婆嚷着："这是我花十张貂皮从吴兆骞的远房侄子那儿买来的，人家都说吴兆骞回京就死了，这幅画是绝版！你什么都不懂把这画给毁了，就是把你剁成肉馅包饺子卖了都买不回来，哭，哭有什么用？来人，把这丧家犬的爪子剁掉！和哑巴拴到一起。不！把她拖到野狼谷绑到那儿让狼吃了。"梁雁拉着梁潇不让他过去，他俩这才明白，披甲人老婆神秘兮兮地不让他俩看着，原来裱糊的不是梁潇信手涂鸦的画，而是买来的吴兆骞的画，十有八九是赝品。几个奴隶进去将那女奴拖出来，头发上脸上被打得都是血。那幅画被糨糊粘得到处都是面疙瘩，还刮坏了几处。一定是那女奴在画纸上面刷上粗劣不堪的糨糊觉着不平，也学着梁雁用梁潇给她做的桦木片刮板去刮，这东西是梁雁糊鞋底打袼褙用的，她却用来刮宣纸。粗面用开水烫了做成的糨子里面的大小疙瘩搅不开，不像梁雁裱糊字画时用的是稀溜溜的桃胶。那“珍贵”的画被她刮坏了几处，越是着急越是劲大，将那一幅兼工带写的宁古塔风光画弄得稀烂。披甲人老婆早听人说这画价值连城，花了那么多的貂皮才换来，就这么毁了她能不急？披甲人老婆命人将她按住，拿过弯刀就要剁了她的手臂，眼睛却瞅着梁潇希望他出面救她，好借机命梁潇再画。梁潇这几天不想帮她画画，是因为她打了素素。如今，梁潇见那女人可怜，想上前给她解围，梁雁却死死地拉着梁潇不让。那几个奴隶将钢刀举起来了，梁潇被梁雁捂住嘴，扯着他转过身看那哑巴和大黄狗抢食。那个女奴急了：“梁雁姑奶奶！我错了，我不该怕你跟我抢风头，救救我吧。”披甲人老婆的手举着钢刀迟迟无法放下，那几个奴隶也按得拼命挣扎的女奴累了，素素抱着孩子急忙抢上前，拦在钢刀前面。披甲人老婆这才丢下弯刀，接过一个奴隶递过来的烟袋锅猛抽了一口，吐出一大口黄色烟雾，冷笑一声：“梁潇，算你狠！真是见死不救啊，咱和你说，那天打樊素素是因为她有错在先。”她那天因为樊素素只顾哄孩子，不去给她取野韭菜花蘸肉，她一怒之下将一盆滚烫的肉汤泼到樊素素身上，烫得她浑身掉了一层皮，从那天起梁潇就再也不理她了。她见梁潇并不搭茬儿，只好放下身段求梁潇：“好，好，你别翻眼睛了，她没错，我错怪她了行不？她没错还不行吗？咱先不说这些，如今这名画坏了，人家都说去年兵部侍郎从咱宁古塔拿走的那幅画，被人通过什么途径献给皇上，那幅价值几百篓烧刀子的画就是你画的，你只要帮咱家画一幅，卖了钱咱们对半分，对了，到时候你和梁雁就到城里过自由日子，樊素素咱家主喜欢，还救过她的命，她能不能离家我说了不算，不过，要是换了很多酒，还有银子，只要足够再买个年轻的女奴，不行我们就把樊素素还给你就是了。”披甲人老婆说了半天，直到她说得累了，梁雁让她保证不再平白无故地打素素和女奴，这才替梁潇答应她，给她画一幅吴兆骞那样的画——《宁古塔春色图》。披甲人老婆这才露出了笑脸，嘴里吐出含了半天的黄铜烟袋嘴，命女奴快去给梁潇炖肉。梁潇拿过那幅传说中的吴兆骞画的《宁古塔春色图》，看了片刻，笑着摇头。他知道，这十有八九是那个一起来的流人司马像管画的，顶着在宁古塔城名气极大的吴兆骞的名头卖个好价钱。梁潇见过吴兆骞的画，那风韵是得神得骨，师物师心，台阁古雅，人物清奇，岂是一般画工能描摹的？披甲人自从知道梁潇的画值钱，一有流人来，利用看押的便利先去抢那些人带来的文房四宝，家里藏的名贵笔墨纸砚装了一大筐。梁潇略一思索，梁雁早帮他研好了浓墨，他挥毫泼墨，弹雪吹云。那纸上顿时图凌山色，锦幛涛声，轻烟远岫，薄霭平林。看得披甲人和他老婆目瞪口呆，惊叹梁潇用黑墨加上水，浓淡变化，竟然让人看得出来叠嶂危峰，寒汀烟渚。喜得披甲人老婆抓耳挠腮，乐不可支，急着催梁雁快快裱糊了。梁雁两手一摊："空着手去副将军家讨要东西？"披甲人老婆脸一红，讪讪道："咱家有的皮子、山参人家都有，再就是梁潇酿的好酒，只剩，只剩下……"梁雁笑道："那就把酒全拿去，忍这几天不喝，等这幅画换了酒再喝个够？"披甲人老婆拍大腿叫好，披甲人一天不喝酒，比剥了他的皮还难受，在外屋骂道："让我不喝酒？我就把素素和她儿子送到绝户头披甲人墨尔迪勒家去换，拿她俩换五篓烧刀子。看你梁潇心疼不！"梁潇冷笑一声，知道和他们讲不明白道理。披甲人老婆连忙讨好梁潇，骂那女奴，命她快给梁潇倒碗酒来。梁雁这才让梁潇给副将军画张猛虎。梁潇接过酒碗一口喝干了，碗里倒上些许清水，湖笔往里面滴上浓墨，待那墨滴散开了，顺手泼到宣纸上，就势大笔一挥，点点染染，勾画片刻，一幅张着血盆大口的斑斓猛虎跃然纸上，看得披甲人暗暗心惊发恨：你小子有这般本事，就是不舍得使出来给老子赚钱，看我不整出你苦胆汁来！梁雁用一团宣纸蘸去浮墨，吹得干了些。披甲人老婆急得像猴子看着桃儿吃不到嘴，心里急又不敢去催。梁雁这才拿着画去将军府找巴虎的三娘子，献上画讨来专用的裱糊器物，回来不一会儿就裱糊好了。披甲人老婆讨好地笑笑："梁雁，你告诉我咱这张画值什么价？别要少了咱们不够分咋办？"披甲人表面憨厚，实则不傻，一听梁潇说这幅画比献给皇上的那一幅还要有"意境"，哪还舍得卖？将这幅画送给佐领，没几天他也许就升官成了骁骑校。他和老婆心里舍不得梁潇这棵摇钱树，却不能反悔之前说的话，只好同意让梁潇去宁古塔城里自谋生路。条件是他俩必须画画，再为披甲人挣足二十篓烧刀子，才能放他俩出去。没想到，人算不如天算，为了宁古塔迁址一事，师爷怕被大将军责罚，早派人来披甲人家请梁潇去将军府。披甲人不敢拦着，却不许梁雁跟着。那队清兵当值的披甲人队长是吴若愚。他眼睛一瞪："大将军命我们请梁先生和夫人为宁古塔城迁址一事顺利呈报朝廷，立即来将军府为户部侍郎写赋作画，要是没了梁夫人在场，梁先生没了灵感写不出来，误了迁址大事，你负得起这个责任？"梁雁夸张地装出害怕披甲人队长的样子，战战兢兢地缩在梁潇身后，吴若愚和梁潇都觉得好笑，憋着不敢笑出声来。路上吴若愚告诉梁潇，你的画成了献给圣上的名画，价值连城了，这侍郎非

要几幅才肯呈报迁址呈文，师爷命娄埌领着流人中的几个人写的《宁古塔赋》，本来是为迁新址起鼓吹作用可有可无的，没想到反招来侍郎不满，成了必须得完成的要件，大将军想只有梁兄出面才能力挽狂澜，到时候梁兄想着，一定要通过这件事讲讲条件，改善你们的生存环境才是硬道理。

将军府里，巴虎倒也真诚实在："哈哈！你的画叫什么曲径通幽吧？竟然阴差阳错地捅到天上，呈到了皇上手里，不但入了圣上的法眼，还让圣上慧眼识珠，视为难得的上品。如今，朝廷只要来人到咱宁古塔，什么山珍虎骨鹿鞭犴鼻飞龙的全都不要了，就要你的画。请梁先生按照给披甲人画的那幅《披甲骁将野宴图》的风格，画上四五幅，让他挑选。至于那篇《宁古塔赋》嘛，我想你要是真的能七步成诗，十赋俱就，那明晚当他的面写成就是了，要是……啊，要是没传说中的那么快，也不妨先写出来，背下来到时现场写出来，也好灭灭那些瞧不起咱塞外边疆人才的人的威风，实在不行，那就……"梁雁不等梁潇说话，抢着说："请大将军明示迁到哪儿最合适？咱就将哪里写得六辅三合、四极八纮就是了，梁潇只要有酒供得上喝，保证受纸辄就，援笔立成。就是一样，这些大事完了之后，请大将军别再听娄埌那般小人的谗言，总是迫害我们，让我们有个基本的安身立命之地，也好及时来给大将军挣个面子。"巴虎直性子，听着有些不悦，如果梁潇能帮他挣回面子和威风，他真的想赏他们，自由谋生当然不在话下，可是他不喜欢流人在他需要帮助时竟然跟自己谈条件。梁潇傻傻地笑道："大将军息怒，我老婆不会说话，她是想告诉大将军，我们绝不会在这关键时刻漫天要价，提任何当高官享受富贵的要求，更不期望当什么'参事'之类的官职，只求能让我们自主谋生，将军府不论什么时候需要我们写诗作赋绘画，我们随叫随到就是了，何况我梁潇知道，不用咱说，大将军早就替我们安排好了不是？这宁古塔城里谁不知道大将军是个求才若渴、爱民如子的人，我愿意在这关键时刻为大将军出手，尽绵薄之力!"巴虎心里这才稍稍释然，心里骂着：这大智若愚的人真的像副将军鄂尔玉瑱说的那样，有多大真本事就有多大脾气。师爷来报："大将军，属下的参事司马像管嘴快，告诉了户部侍郎，圣上欣赏那幅画的绘画人梁潇来了，他怕人糊弄他，定要看着梁潇当场作画。"巴虎看着梁潇，梁雁笑道："请大将军下令，流人画家梁潇弹雪吹云，手泽笔精，立马就成。"将军府大厅里，师爷殷勤地替梁潇摆着排场，想讨大将军高兴。四个妙龄少女拿过文房四宝，梁雁亲自磨墨，那个曾经随着梁潇酿过酒的侍女捧来托盘，上面放着四大碗酒，大厅里顿时弥漫起美酒的香气。梁潇命那四个妙龄女子将三大张宣纸放在拼起来的三张案几上铺好，铜镇纸压上四角。梁潇三碗酒下肚瞬间卷起袖子，提笔泼墨，勾勒，点染。第一张纸上小酒盅装满墨一泼染黑一大片；第二张纸上顺笔勾拖，逆笔推送，画面上半隐半现，影落缣素；第三张纸上竟然只是信手用粗笔浓墨画上了四条笔直的长短黑线。那侍郎失望地摇头叹息："怕是谣传，没那么大能耐，徒有虚名吧？"想拂袖走人。巴虎脸上有些挂不住了，前两幅还有拓展成写意风光和藤蔓树木的可能，这第三张纸上面的四条长短黑线能衍生画出什么东西？围观的人们纷纷议论，声音越来越大。议论声中一个公鸭嗓特别刺耳："这四条线也叫画？狗爬猫抓都能渲染绘成写意画，就这几条竖道道也上得了将军府的厅堂？大将军府第岂能任他这般信笔涂鸦？随后再由着他说画的什么就是什么？要是加上前面那幅画中的两根隐秘的线条，岂不成了暗讽朝廷来的大员'四六不通'？"众人面面相觑，又转眼看着户部侍郎。瞬间，大厅里静得连一根针落地的声音都能听得到。巴虎见户部侍郎气得脸色都变了，端着酒碗的手也在颤抖。只见梁潇抓起一把粗细不同的毛笔，蘸上少许清水，从第一张纸上扫过，那画面沾上清水慢慢向四下里扩散，竟渲染成野兽的皮毛；扫到第二张，笔端干涩了，梁潇在画面上一阵子皴擦点擢，远山近岭轻烟寒岫，薄霭平林，松枫传神，入韵藤蔓跃然纸上。众人见状不约而同地发出了惊叹声。画到第三张，那四根逐次渐短的黑墨线，随着梁潇笔触的轻重缓急，被点染成远近虚实的山峰城垣。远处图凌烟阁，近处夕照楼台。山气沉碧，江声带秋。随着画上城廓渐显，户部侍郎兴奋地嚷着："妙！这是宁古塔城！"梁潇又喝了两碗酒，用袖子抹去嘴角酒滴，再逐张勾勒点簇皴擦，第一幅画成了三只活泼嬉闹的小老虎，师爷和户部侍郎道："三虎为彪！哮阚攫拏，真神兽也！"众皆赞叹。梁潇早将第二幅画画完，那上面远山近岭，层林劲松，虽然只有浓淡不同的墨黑色，却让人看得出来碧瘦青嶂骨，清高翠微腰，秋山呈五色，水波听涛声。"妙哉！妙哉！"户部侍郎赞叹不已。画面上部大面积留白，只消左下角几只小帆船点衬，让人感觉到什么都没画的地方那是牡丹江水，真的是太妙了！户部侍郎得陇望蜀："大将军，还得让他再画三幅马、鹰、鹤！不，再画五幅，得画个五龙生雾，六马滚尘！不，得十光佛像，六殿御容……"

梁潇见巴虎沉吟着并不立马答应，示意梁雁用宣纸团沾去画面上多余的湿处水墨，接过酒碗小口抿着并不说话。副将军递上呈报宁古塔城迁址奏折：

“侍郎大人要的附件《宁古塔赋》，您立等可取，是不是现在就一气呵成了？”户部侍郎正在欣赏梁潇的那三幅画，让他爱不释手。“这画上还缺题款，这题款必须得一气呵成才行！”梁潇听了，立马提笔，也不思索，在第一幅画上写了一首七绝，在第二幅画上写了一首五律，在第三幅画上角写道：烟障戍楼，剑阁铜梁。襟带咽喉，林海云黄。悬车束马，被山带江。邦畿千里锁钥固，城阙九重丸泥障。雾埋高岭二崤虎口，月照连营九折羊肠。噫吁兮！武都泥紫人耽涑石，豳土蛇青风生斜浪。宁古塔新城，米聚形势，旧垣高垒，桐生朝阳。仕宦捷径濯日月，欲界仙都送桂香。后面是行楷：摘录于《宁古塔赋》，康熙十六年，九月初六书于宁古塔旧城。

# 第二十二章　塞北南馔

那时在宁古塔，一些和披甲人家相处得好的流人，如果献上私藏金银宝贝讨得主家欢喜，主家允许，流人可以在宁古塔自主谋生。梁潇和梁雁有了这个机会，准备租个店铺做苏式点心。梁雁把将军府赏的一应东西全都换了好酒，送给披甲人艾莫日根。虽然艾莫日根对梁潇要彻底离开万般不舍，却又不敢得罪将军巴虎，只好放他俩走，何况梁雁给他的美酒足以抵好几张貂皮。吴若愚听说了他俩惊动全城的故事，赶来看他们，为他俩高兴："梁兄，兄弟在城里商街的九号铺有一个店面，是兄弟和几个披甲人兄弟开的，到了冬天才能摆上些皮张应市，眼下正空着呢，梁兄不如先去那里经营，要是以后做得大了，再自己盘个店铺。"说着吴若愚丢给披甲人一个皮酒袋，连口袋和里面的酒都送他了，把梁雁和梁潇的破烂东西捆绑了搭到马背上，送他俩到索多尔凯家族的皮货商铺。

梁潇、梁雁两人历经多年磨难，好不容易没了披甲人的欺负，心里高兴，起早贪黑四下采集相应食材，攒的散碎银两不够，两人凭着与城里官员建立起来的关系，赊账弄齐了面粉、野蜂蜜和野猪油。晚上，梁潇点着松明子照亮，凭着记忆写出当年在苏州城里无意中学到的麦香居点心配料方。五岁那年，他淘气想着坏招捉弄哥哥掉到水里险些淹死，被爹爹惩罚时，爹爹让他到后院门口罚站，对面是一家名气极大的点心铺，让他闻着精美糕点的香气却无法吃到，这种惩罚比起打手板和屁股更难受，梁潇只好强忍着，吞着口水不去想那些好吃的。点心铺老板是个瘫子，为了把做点心的绝活传给贪玩的独生儿子，每天都让儿子背诵那些诸如：板栗酥、蛋黄酥、核桃酥、凤梨酥，还有山药糕、芝麻糕、猪油糖酥糕、玫瑰糕、薄荷糕的家传秘方。梁潇聪慧，无意间却都记住了，似乎记得还有什么"金钢蹄子""老虎爪子"的秘方，可惜当时只是好奇，光顾着琢磨那糕的古怪名字，忘了记秘方。还不时淘气，在那瘫子的儿子背不下来要挨打时提醒他。此时梁潇有些后悔，当时要是不提醒瘫子儿子，岂不是听得更多？他回忆着那些秘方，盘算着第一款做些什么才能马上红火起来，想着猪油糖酥糕最适合这里寒冷的气候，脑子里立马浮现出来麦香居少东家背的那个方子：猪板油一斤九两，干桂花一两七钱，蜂蜜七两四钱……按梁潇说的，就地取材，只是没有桂花，只能用当地盛产的野玫瑰花代替，梁雁和了些黑泥盘起了烤炉，根据塞外人的重口味，形成特殊的风格，想学着西域人用土炉灶烤制点心。几经试验，梁潇发现这里的黑土无法烧结成理想的烤炉。梁雁也觉得这泥灶烤不出苏州风味，做出的糕点总是泛着浓浓的腐叶黑泥味，白白浪费了许多野猪油、野玫瑰花和蜂蜜。晚上，梁潇和梁雁吃着吴若愚送来的野鸡，梁雁吃不下，为炉灶的事发愁，想不明白哪儿不对，烤出来的糕点不仅味道不香，而且不是焦了就是生了，她为掌握不好制作点心的窍门发愁。见梁潇一边啃着野鸡骨头，一边大口喝酒，梁雁抢过他的酒碗，让他必须想出办法才能接着喝。梁潇连忙去抢梁雁手中的酒碗，笑道："这有何难？岂不闻'烟绕千峰留五味，香勾四皓出商岩'，咱们不会从岩石上想办法？"梁潇想出的办法绝了，他找来一片极光滑的薄石板，有五寸厚，半面桌子般大小，请吴若愚手下的披甲人用战马帮着驮回来。石板三面砌上，底下炭火烧得旺旺的，不一会那石板受热十分均匀，散着腾腾热气。梁雁见石板热度够了，放上和好的面坯，烤出来的点心竟然松脆可口，就是苏州的麦香居也难以烤出这般香酥味美的点心。梁雁十分兴奋，不断品尝用当地食材几经改进做出的糕点。两人采用真材实料，用野猪板油加上野玫瑰花和蜂蜜，做出来的点心酥脆可口，别具一格。店铺开业不到十天，就在宁古塔城百姓中传开，口碑极佳。这里虽然是塞外名城，可人们餐餐都是炖肉烀骨头，除了盐极少加作料，就是将军府里的宴会，也不过是肉山酒海，虽然粗犷实惠，却没有这般精致的味道。城里的有钱人家争相来买，一时间供不应求。每天一大早店铺还没开门，门口就排满了等着买点心的人。忙了不到二十天，梁雁晚上一算账，除去买食材的费用和开张送人品尝的花销，赚了近三十两银子。两人心里高兴，总结经验，晚上压上炭火让石板不凉，油和面裹成酥脆的油酥和着蜂蜜、野玫瑰花的糖馅，如果再撒下松子，口感更好。

这天一大早，披甲人艾莫日根家的那个女奴来了，要买三十块松子糕，但是副将军府昨晚已经订了五十几个，梁雁怕一时做不出来，加上野猪板油也不多，只让她拿走十个，不要她银子白送的。女奴走了不一会儿，艾莫日根老婆气势汹汹地跑来了，进了店里直奔柜台下面，抢了一篓梁雁给副将军府留好的松子糕紧紧抱在怀里，抓起一块一边大口吃着，一边含混不清地骂道："看来你们真的目中无人了！信不信我反悔了，让你们两个流放罪犯再回咱家当奴隶，只给咱家做糕点？你们有这本事，为什么在咱家当奴隶时不使出来？给自个儿挣银子就拿出绝招了？老娘吃你的拿你的，算是给你们面子，连你们的命都是老娘早就买下的。"说着又将三片松软的灵芝参茸甜糕捏成一把塞进嘴里。梁雁见状并不和她吵闹，只是斜着眼睛看着她。艾莫日根老婆哪是要买？那个女奴给她出的馊主意，她要全抢了坐地涨价立马再卖。艾莫日根老婆见梁潇并不出声只是冷眼看着，抢过去又护着三筐糕点，冲着橱窗外面排队的人嚣张地嚷着："这些东西全都是我艾莫日根家的，从今儿个起，梁雁做出来的点心由艾莫日根家出售，凡是想买的都到对面的"姑苏稻香糕"店里来买，他梁潇要是还敢卖，信不信我一把火连这个破店铺里的东西，还有这两个该天杀的流犯一起烧了？"

梁潇和梁雁顺着她的眼神向对面看去，披甲人家的奴隶除了哑巴，就连那条大黄狗都来了。不知道什么时候，在他们小店的斜对面将一座高大的木刻楞房子当作店铺，那个斜眼奴隶正在房顶用绳子往门楣上吊牌匾。门窗大开着，摆着放商品的台案，看来他们是有备而来。梁雁看着店前排队的人，大多是一起流放来现在在大户人家里当奴隶的流犯，他们来给主家买点心。她连忙把装着十几个猪油糖酥糕的柳条篓子递给副将军家的奴隶高老头，艾莫日根老婆来了疯劲，不管三七二十一，上前劈手抢了。高老头虽然也是流人奴隶，可他在副将军家当差三年多了，城里除了大将军家，谁不给他面子？见艾莫日根老婆如此野蛮，高老头也不惧她高声嚷着往回抢。他原本是苏州城里副指挥使钱子威家的管家，年事已高，哪能抢得过艾莫日根人高马大的老婆？被那艾莫日根老婆一掌掴到脸上，顿时鼻嘴出血，那篓点心被他护着怕被抢去副将军怪罪，老头倒地早将柳条篓子压扁了，里面的酥脆糕点被压得稀烂。高老头一边哭一边收拾，喊路过的人帮他给副将军家报信。艾莫日根老婆也心疼这些精致的糕点毁了，怪老头不主动献上，还敢动手把这么多值钱的点心都给糟践了。怒吼道："你们这些废物！还不过来帮我打这该死的老东西，该杀的流放人犯！"艾莫日根家的奴隶们跑过来按住老头一阵厮打。

这时，一队披甲人巡逻路过，艾莫日根老婆嚷道："快来人啊！这些流犯抢我家奴隶做的苏州点心，还要杀人……"披甲人道拉奥特是这伍兵卒的队长，他对着自己的流人是个"虐待狂"，一听披甲人艾莫日根的老婆喊冤叫屈，见她脸上被松茸糕的颜色抹得泛红，一条条的以为是血痕，他立即拔出腰刀，纵马上前。那些兵卒上前用带着鞘的腰刀和枪杆将高老头打倒按在地上，柳条编的篓子早被撕扯得碎了，糕点散落在地上被踩得稀烂。排队和看热闹的人们一哄而上都挤上前去捡，顿时梁潇的小店里外乱成一团。披甲人道拉奥特气极了，大吼一声腰刀劈砍下去，半路上硬生生地折回来，他这时才看清地上躺着那人的脸，认得这人是副将军的家人。没等他问清情况，一队骑兵赶到了，领头的是刚刚升为骁骑校的披甲人艾莫日根，他今天一早去将军府当值就接到报告，说有人抢副将军家奴才买的东西，他急忙率兵卒赶来。艾莫日根老婆有了倚仗不知深浅，上前扯着嗓子嚷着：骁骑校来了！快把闹事的流人抓了，将梁潇押回咱家。披甲人老婆有了靠山，更疯狂了，她恨梁雁挣了钱不主动献给她，暴怒的她像一头发疯的母狮，掀翻了梁雁做糕点的案几，将瓦罐举起来向窗外的人们砸过去，没想到里面装着大半罐子和面用的清泉水，十分沉重，被她掷到半空没等砸到梁雁，早掉落到灶台的石板上，被炭火烧得滚烫的石板经冷水一浇，顿时裂成一堆碎片，灶下面通红的炭火被水渍得滋滋响着，冒着白色水汽和黑烟，罩在喧闹的人群头上。艾莫日根老婆慌了，急忙去收拾，石块烫手，她迅速丢弃，打翻了案板上的野猪油坛子，新熬好的猪油还没凝固，黏稠的油脂洒出流到台板下，流到炉灶底下火塘里，"腾"的一声响，屋子里面着火了。艾莫日根老婆傻了，她还指望梁潇和梁雁用这个店里的石板灶替她赚钱呢。清兵和那些等着买糕点的人慌忙拥进来救火，小小的店铺里人声鼎沸乱成一团。艾莫日根来不及弄清原委，叫嚷着指挥清兵去街上打水灭火，人们忙乱半天才把火扑灭。店铺人踩火用水泼，门楣窗棂被烧得焦煳，屋里屋外一片狼藉，案板也烧成了炭，一应家伙早不成样子。艾莫日根了解了原委，怕误了副将军家的早餐，驱散了买东西的人们，从那些打翻了的破烂糕点中挑些齐整的收拾了一篓，又拿出一块银子给高老头，高老头哭哭啼啼地走了。艾莫日根老婆叫骂着十分不舍，艾莫日根抽了她几鞭子才哭丧着脸，领着众家奴回家。艾莫日根看着烟火中的梁潇和梁雁，斜着眼睛看着他，敢怒不敢言。他明知自己老婆不对，可他对奴隶豪横惯了，没理也不能惯着他们："看什么看！你们当奴隶的没个奴隶样，让你们自由谋生就以为你们能和咱主家平起平坐了？一天没人拿鞭子抽你们，你们就敢炸刺了？拿主子不当回事了？你们要是早把这些好东西送回家一半，或每卖一块给咱家交出一半的银子，能出今天这档子事？你们要是敢借机到将军府告状找事，信不信我收回原来答应的让你们自主谋生的话，再抓你们回家当奴隶？”梁潇笑道：“我们说不说的有什么要紧？你老婆闹到这地步，你能挡得了这些人的嘴？再说了，你就是让我们再接着开店，你老婆天天来闹，还能开得了？”副将军家的大管家跟着高老头赶来了，指着艾莫日根怒道：“艾莫日根，你好大的胆子，当个骁骑校，连副将军家的东西你都敢抢？再说你恶心不？说让人家自由经营，看人家挣钱了就反悔了！”艾莫日根虽然彪悍，当个兵卒伍长的，冲锋陷阵时如同猛虎，锐不可当，胜过八旗兵和汉军几倍。可是一旦当上军官就相形见绌，与那些官佐在处事上差出不知几个层次。披甲人艾莫日根本来就自卑，一听副将军府上管家责骂，吓得低着头不敢出声。那管家对梁潇十分有好感，骂得够了才说：“梁潇，告诉他们，你这店有副将军的本钱，谁再来闹你就代副将军杀了他！”说罢丢下一锭银子让梁潇修整了再开业，也不理呆若木鸡的艾莫日根，转身走了。

梁潇和梁雁看着残破不堪的店铺，愁肠百结，不知该从哪儿收拾。没等回过神，副将军府的大管家就派六七个奴隶来帮忙，烧坏的案几和物件都从斜对面艾莫日根老婆准备开的店里拆来装上。艾莫日根当值带人在街头维持秩序，他家的奴隶眼看着就连艾莫日根都装着笑脸，一个个都不敢吭声，也不敢帮忙。到了下午，一应家伙都全了，看起来比原来的店铺更好了，只是灶上那块表面平滑的石板却没处去找。几个流人奴隶去后面山岭上搬回来几块，不是太厚，根本不容易烧热，就是粗糙不平，没法用来烙烤食物，更不是梁潇后来查明他误打误撞捡的那块石板，叫麦饭石。他查史料得知，用麦饭石炙烤食物，还有健身强体的功能。梁雁叹口气，知道这种石头可遇不可求。见回天无力，只好把房后窖里藏的酒取出来，给那些帮忙的人喝了，谢过他们草草地收工了。晚上，身心疲倦的两人依偎在一起想着心事，找不到合适的石板，没法烤出大家熟悉的风味，让他俩十分忧郁。梁雁忽然想到用瓮做烤炉来烤。他俩连夜动手，找来三只大瓮用砖石架起来，又围着瓮砌成炉灶。和面调馅炒香配料，点燃焦炭试着用三个大瓮烤起糕点来。忙活了大半夜，启明星都升起来了，才在案几旁边相依着昏昏睡去。没想到早上有人来拍门板买糕点，两人才从睡梦中醒来。急忙打开三口大瓮一看，里面的糕点黄灿灿的、香喷喷的，酥脆可口。梁雁用桦木托盘端出去给大家："请大家尝尝，我家梁潇昨晚梦到神人告诉他一个仙方，今天用这个方子尝试着做了一些点心，请大家尝尝。"三十几个人瞬间就吃下一瓮的点心，个个赞不绝口。这瓮烤点心的美味只能意会，说不出来的香酥可口，人们争相购买，顿时小店铺前面热闹极了。

艾莫日根骑马来了，远远地闻着香味看着忙活的梁潇和梁雁，有气无处发作。他后悔轻易答应了梁潇，让这棵摇钱树跑了。尽管他们披甲人对流放奴隶不守什么信誉，经常反复无常，出尔反尔说了不算。可这次全怪他老婆，把事闹得这么大，让副将军都知道了，他没法找碴儿反悔。眼看着梁潇挣着白花花的银子，恨得他牙根痒痒。家里的女奴告诉他，梁潇日进斗金谈不上，但至少日进几十两银子，能买好多篓上好的美酒！他肠子都悔青了，只能回家打老婆出出恶气，怪她帮倒忙，成事不足败事有余。他眼看着梁潇店铺前热闹喧嚣的场面和手下的兵卒发了半晌脾气，没有人敢理他，只好无奈地拨转马头离开。没走几步有人喊他："披甲人大人请留步！"他回头一看，是将军府的参事娄垠，领着一队清兵赶来了！"哈哈！大人是不是后悔了？这厮得志便猖狂！这对狗男女在你家三年了，从来没让你尝过苏州的甜点是什么滋味，挣银子的手艺在你家从不使出来，如今翅膀硬了，不把披甲人放在眼里了，这种人一旦得志，还不得要了你的命，报复你当年迫害蹂躏他们的仇恨？"娄垠说到了他的痒处，他本来就木讷，经常用鞭子说话，用酒表态。这时只好抓着头皮，瞪着眼睛也不说话。"这下好了，有人密报流人中'金佛铁誓'的盟主要趁雅克萨开战的机会起事，将军府接到朝廷密令，捉拿阴谋反叛大清的'金佛铁誓'要犯，梁潇就是这些流人中的总瓢把子。"艾莫日根被仇恨烧红的眼睛里泛起复仇的怒火。他抽出腰刀高声喊着："该死的梁潇，还有那个梁雁，看我不剁了你们喂狗！"仔细一想，还得等将军府的命令才能行动，只好长叹了口气纵马回家。

# 第二十三章　银针渡劫

这天早上，梁潇去吴若愚的披甲人兄弟处取木炭，回来到城门口被艾莫日根带着披甲人拦住："刑部严令凡是与'金佛铁誓'有关人员皆不得放任自主谋生，必须着披甲人严格管束。"说着得意万分地命人将梁潇捆了，押回自己家。梁潇也不挣扎，嚷着："我老婆呢？要走也得和我老婆一起走。"艾莫日根冷笑一声："你老婆？她比你走运，去副将军家做点心了。"梁潇火了："我不去！就是死也得和我老婆一起死！"艾莫日根鞭子抽下来，梁潇绕着他的马左右躲着，趁机扯着马尾巴猛地一拽，那马吃痛趵起后蹄子，险些将艾莫日根掀下马来。气得他抽出腰刀，骂道："反了？老子现在就杀了你！"吴若愚当班巡视城垣，早听说了急忙赶来，见状连忙上前拦住："副将军府有令，鉴于梁潇此前与艾莫日根因点心店一事有隙，梁潇仍然交回乌力斯家管束，虽然他可能与'金佛铁誓'有关，可是他曾为宁古塔争光，披甲人家不得折磨虐待仇杀。"说着不理艾莫日根，命手下披甲人押着梁潇往城西走了。路上吴若愚告诉梁潇："梁兄，梁雁嫂子手脚利落，副将军鄂尔玉瑱家的大管家，命她帮着调任黑龙江将军的萨布素家，收拾东西搬家去卜奎城，不会有事。"梁潇知道萨布素当时急着上任，后来忙着率兵去征讨雅克萨城，无暇顾及搬家一事，如今才有时间搬家，只好自己恹恹地去乌力斯家。好在乌力斯知道梁潇早晚还得出人头地，随他做些杂事，并不难为他。这天披甲人在山林里赶跑了吃野蜂蜜的狗熊，拿回来一大块桦树皮包着的野蜂蜜，给梁潇吃想让他高兴。梁潇想起梁雁曾用蜂蜜调酒，穷尽智慧保着纯洁的身子，不禁潸然泪下。乌力斯知道他在想梁雁，和他一起喝了几大碗酒之后，豪气顿生，承诺明天一早就去找鄂尔玉瑱家的管家要回梁雁。梁潇一高兴，把那些酒和着蜂蜜，还有他捉来这里特有的大蚂蚁，早就在没事儿时炒过焙干了、研成蚂蚁粉，以及一些药材和着一些野玫瑰花瓣，都倒进酒里，摇了摇酒坛子，闻起来有一股清香的味道。乌力斯和老婆急着要喝，梁潇要他们将坛子里的酒埋到黑土地里熟化，得七七四十九天才能喝。乌力斯闻着酒香，哪还能听他的？无论咋劝他都不肯等，推开梁潇，舀了半瓢酒品了一下，十分惬意地舔着舌头："好酒！"乌力斯老婆也喝了大半瓢，赞不绝口。定要梁潇想个明天就能喝的办法来。梁潇两手一摊："把梁雁找回来，她要是来了，加上一些别的草药，一定能让你们这些勇士的功力增加百倍！须知这药讲究君臣父子，相克相佐，只有梁雁才懂得，不然画虎不成反类犬。"乌力斯听着他滔滔不绝地说着醉话，听不太明白，只知道是在说，好的药酒没有梁雁泡制不成。

第二天乌力斯应差晚上回来，十分歉疚没能把梁雁带回来。梁雁虽然没法回来，可是她让乌力斯捎回来一缕头发，梁潇连忙贴着肉藏在怀里，知道梁雁没事，有些宽心。梁潇喝着酒，研好墨，拿起笔为乌力斯随意画了几幅马和鹿，寥寥几笔就在背景中勾勒出宁古塔城的景色。乌力斯虽然不懂丹青奥妙，却也能看出来门道和神韵。"这匹马像是像极了，就是，就是没有骏马的样儿，低着头吃草，毫无精神，那蹄子朝北，显然是想着回家……唉！我知道你的心思，可是，萨布素升官去了黑龙江，他大娘子喜欢梁雁利落干净，留下她帮着照看家，如今，他大娘子不回来家也没彻底搬完，谁敢把梁雁放走了？"

乌力斯渐渐地喜欢上梁潇，从心里接纳了他，想和他做朋友。梁潇却失魂落魄的整天不言不语，傻乎乎的似乎对什么都不感兴趣。不管什么活一旦上心，都特别有门道。炖肉招呼他一上手，不知道他加了些什么味道就不一样。野菜经他焯水一拌，就特别好吃。就是一样，不能说他做得好，只要一提，他准说："要是梁雁在比这强百倍！"梁潇慢慢地改变了披甲人家的口味和习惯，乌力斯一家的日常生活渐渐离不开梁潇，全家人喝酒时都想让梁潇为他们调香了再喝。乌力斯家里那些用貂皮换来的烧刀子十分清冽，一口下肚呛得嗓子眼儿要着火。梁潇将乌力斯打猎时和黑熊抢来的椴树蜜和上这些劣质烧酒，加上鹿茸蚂蚁，又采来人参、黄芪等一些名贵草药加进酒里，这些酒喝下舒筋活血，让披甲人喝了身心畅快无比。

那天宁古塔将军巴虎和披甲人一起参加秋季兵马点验回来，又饥又渴的，正好路过乌力斯家，乌力斯拿出药酒招待他，竟然让来访的宁古塔将军喝了觉得口感极好。乌力斯连忙送他一篓，巴虎将军带回去喝了一段时间，觉得腰腿不疼了，不管喝了多少胃都十分舒服，让他赞不绝口。一时间梁潇用药材浸泡的酒在宁古塔名声大振，披甲人用这些酒抵了不少贡貂，用一篓药酒换三篓烧刀子，经过梁潇调制，又赚回来几十篓上好的烧酒。乌力斯命家人不准再派梁潇活计，让他随心所欲四处待着，想喝酒就喝酒。

八月初七，乌力斯去将军府当差，这天的差事是随同巴虎将军去猎狐狸。路上乌力斯吹起他家的奴隶梁潇，调制的好酒在宁古塔名气极大，酒也真好喝。巴虎将军十分认可，笑道："我这将军府里的酒还不如你的酒呢，你家有咱宁古塔第一的造酒师，你天天都能喝上最好的美酒。"乌力斯跟着傻笑了一阵，回家和大老婆小妾一说，妻妾都十分高兴，小妾道："这是机会，你把梁潇送到将军府，那将军还不更欣赏你的勇敢和忠诚？那佐领的空缺还不是你的？"三人当晚商量妥了，也不问梁潇是不是愿意，乌力斯要强送他去宁古塔将军家为奴。乌力斯没想到，不用吓唬梁潇就同意去巴虎家。一是他知道不得不去，一个流人家奴除非不要命了，哪敢不听主人的抗命不去？二是去了，想找机会见杨姑娘，再想办法逃跑。他这些天都在盘算，在夏季逃出去并不困难，每隔十五天到二十天，总有拉粮食军需辎重的马车大队去吉林乌拉，然后再入关进京，他要是利用这个机会想办法暗地里跟上马车运输大队，活下来的可能性还是很大的。只是没有杨姑娘的消息，现在就连形影不离的梁雁也不在跟前儿，他一个人不想逃。梁潇随同乌力斯去了将军府，那老管家问他，调制大将军从乌力斯家里拿来的那样的好酒，宴会接待应酬如果都用这酒，每三个月需要百十缸，得需要多少人手？梁潇告诉他，如果梁雁在，只要一两人帮助搬运缸缸罐罐的就行，要是她不在，怎么也得六七个人才够。那管家知道他是个聪明到极致的怪人，盯着他那无神的眼睛瞅了一会儿，叫来两个婢女四个男仆听他使唤。梁潇指挥这些人先将那些坛坛罐罐洗净了晾干，然后命人选来宁古塔城能买到的珍贵药材五十多种。婢女将那草药单子拿给管家一看，管家冷笑道："披甲人家没有这些珍贵的草药，不也将那些烧刀子调制得极为可口，到了将军府，咋还涨行市了？"婢女回来说给梁潇，梁潇听了并不害怕，自己去和老管家说："那是给披甲人喝的酒，小打小闹的，可口就行了。将军府拿出来款待各方宾客的酒岂能马虎？必须得让这酒入口香，回味甜，涓滴入口，即刻逸兴遄飞，饮后精神振奋，精力倍增才是，况且这中药得分君君臣臣父父子子，相生相克相辅相成。"管家听了，无奈地摇摇头，命人去照单买来。老管家见买来的药材足有十几麻袋，将宁古塔城中一些珍稀药材全都采购一空。像黄芪、人参还没能按照梁潇说的足量采来，心里暗暗称奇。梁潇也不理会他的眼色，命那些人将这些药材有的炒熟，有的焙干，有的碾碎成末，有的捣烂成泥，有的煮成糊状再晾干了捣搓成细粉末。一阵子忙碌，那两个婢女寸步不离地跟着梁潇，手忙脚乱地听着他差遣，被他催促得一路小跑香汗淋漓。还得找借口总有一个人留在他身边，看着他如何将这么多的药材混合配料。这天早上，梁潇命那四个健壮的男仆将七十二口硕大的酒缸抬到阴凉的酒窖里整齐放好，然后准备好陈酿高粱酒为基，装到调酒缸里，准备往里面拌料。他盘起腿来坐在一块石板上眯着眼睛打坐，太阳快升到东面山顶时，婢女觉得应当是到了辰时之末，梁潇突然睁开眼睛双手合十，对着东面作揖之后，嚷着："开坛装料！"那两个婢女拿过木瓢，将上好的高粱酒慢慢倾倒到桦木桶中，清澈的酒液在阳光照耀下散发着甘洌的香气。梁潇打个喷嚏摆手叫停下："什么味？"两个婢女四下里闻个仔细，除了清风习习，吹来山里林草的清香，也没有什么特别的味道。梁潇也不吭声，瞅着那个矮些的婢女看了一会儿，那婢女脸儿一红低头说："小女子天癸刚来，不知算不算是梁师傅昨天说的，血光之大忌？"那稍高些的婢女瞟着媚眼给梁潇，又瞥了那个婢女一眼道："昨晚就提醒她，梁师傅说了，这酒必得五行之利，收九阳之大衍，生三百六十周天之罡气，最忌女人天癸大阴之冲。"梁潇摆手不让她说："再说？要是管家知道了你们犯忌还不回避，冲坏了七十二缸好酒，你们还有命吗？快去沐浴了再来。不！你必须得回避七七四十九天，不用来了。"那个高点的婢女上前接过舀酒的木瓢，讨好道："梁师傅，听说您在苏州就曾经酿过甘洌极了的好酒'一杯倒'，让那金刚一盏倒地，罗汉三年不醒，任他好汉有多大酒量……"梁潇厌恶她献媚的吹捧，一摆手："别说了，你到底咋了？"那婢女惶惶道："小女子虽然被流放为奴，可还是守身如玉，处子之身，想着一定能等到如意的姻缘到来，和我……""不对，你身上有痈疖发作，今天已有脓水流淌恶臭泛出，你不回避，还以为人不知？岂不闻酒乃纯阳君子之刚烈，纳清柔之水为阴阳相携，相辅相成融为绝香之味，绝不可有腥臭之气冲进酒液缸中，你这般隐瞒，难道是想毁了这些酒，连累我梁潇被杀头不成?!"那婢女身材颀长，对自己长相颇为自负，以为梁潇喜她色相必然会拜倒在她的石榴裙下，连以后的生计都有了着落，不想却受到如此羞辱，十分羞惭，转身掩着脸跑了。等老管家闻讯换了两个衣着艳丽的女奴再来，梁潇早已将那些药材分好，用绵纸袋装好了。命那两个新来的婢女将这些药袋逐一加入七十二个酒缸里。那两个新来的婢女将药袋悄悄藏下两包，告诉梁潇，有两缸酒错放入了两袋。梁潇听了一声不吭。良久，那新来的婢女又问他："梁师傅，有两缸酒没加上料，咋办?"梁潇冷冷地说："不加了，有些主要材料不够，再配的料加上也不全，还不如就这样，留下两缸普通烧酒也好有个对比。"然后命那些人按他的要求，掐着时辰封缸，将小米用红布袋装上，垫在盖上封住缸口，再用泥封好。告诉管家，只消等七七四十九天，就能喝了。说罢，命婢女告诉管家，这些酒足够三个月喝的，三个月之后，再召他来。

娄垠靠着钻营的本事，早升任将军府管家的助手。他见兵部侍郎来点验宁古塔将军属下披甲人兵卒，巴虎急着想用这些好酒招待他，却等不到七七四十九天不敢开坛。不承想，早有不知深浅嘴快的佐领暗地里告诉了兵部侍郎，宁古塔将军府有用山珍泡制的好酒，那药材有的百年不遇，有的千载难寻，如果喝了不但能延年益寿，更能让男人尽显雄风，享尽齐人之福，让那侍郎听得心里痒痒。巴虎一连几天宴会上总听侍郎旁敲侧击地要喝药酒，让他十分气恼，骂那快嘴的佐领"成事不足，败事有余"。骂管家蠢笨，为什么非得听梁潇的话?骂梁潇，一个流人不肯使出全力，为什么披甲人家的酒就不需要什么七七四十九天熟化?见谁骂谁，直骂得府里没有人敢去议事。娄垠早就听说了，想了半天，他眼珠儿一转，连忙跑去告诉那个被巴虎骂得狗血淋头的老管家："梁潇在苏州时从来没做过药酒，他家是官宦之家，祖辈没酿过酒，所以他对药酒的泡制没什么家传的秘方。我刚才去酒窖闻过，隔着窖帘子就香味扑鼻!香得特别，香得让人垂涎欲滴，这般美酒要是不借机送给兵部侍郎，那岂不是锦衣夜行，错过了交好兵部大人的机会?咱将军府拿出了那些百年山参、千年灵芝，值万两银子的名贵药材交给梁潇，花钱却给咱自己买罪受?咱们为什么听他的，让咱们挨骂?是不是梁潇嫌你待他不热情，没赏他银两或没让他继续在宁古塔自由开店生活?咱就算以小人之心，猜他就是想给你难堪，他梁家在苏州城里最常说的一句话，'做生意要是不绷着点儿，哪能赚得到好价钱?'这般人家，其心之坏，可见一斑，其心之恶，诛不足惜。"管家听着娄垠叨叨，心里犹豫。他派人寸步不离地跟着梁潇，本想让这些人学到手艺，防着梁潇。想掌握药酒的秘方，更怕流人们居心叵测暗地里下毒报仇。可是，他暗中观察，这梁潇虽然行为怪异，却十分善良厚道，不像要以此为筹码要价钱的主儿。一个仆人来报，巴虎召他快去后堂，要安排晚宴用酒的事。是不是派人去乌力斯家弄一些梁潇和乌力斯喝的酒来应付这侍郎？管家一盘算，乌力斯家哪有这些价值千金的好药材？这梁潇不问价钱用了五六马车，披甲人家咋能比得了？还不如拿这些酒先应付着就是了。娄垠看出来他还有些担心，凑上前悄声道："小人已经强令管酒的婢女，不管梁潇咋说的，什么必须得储藏七七四十九天，尽得大地蕴藏的厚重之气，让酒药相融能充分熟化，现如今已过了三七二十一天，从窖子最里面的缸里舀来一小坛酒，如果老管家先请巴虎将军尝了，他要是觉得待客能行就用，万一有风险也是他的英明决定，不关你的事。"管家明白，这厮的意思是拿酒来让巴虎决定，有了闪失也是巴虎定的。他瞅着娄垠那一大一小的两只眼睛，流露出像鬼火一样的一丝不易察觉的狡黠的光，让他打个冷战，暗道这人的城府极深极阴，不得不防。巴虎端过一大碗酒一看，那酒液呈琥珀色，没想到塞北这些烧刀子醪高粱酒，竟然被梁潇泡制成让人一看就觉得十分诱人的佳酿。巴虎不听管家絮絮叨叨地说着，那梁潇讲的，必须得七七四十九天才能在宁古塔这塞外寒地，得黑土之厚重，吸冰雪之清爽……忍不住尝了一口，又一饮而尽，欲罢不能，一连喝了三四碗，顿时觉得全身都舒坦得如同泡在温泉里，通达百骸，五脏六腑都畅快无比。一拳挥出虎虎生风，打得空气中都似乎添了几成气力，一股难以形容的惬意和快感油然而生。不禁惊叹："甜爽醇厚，甘滋盎盎，真乃极品佳酿。"晚宴十分丰盛。极尽山珍野味，奇蔬异菇。侍郎对这些菜每样都草草尝一尝，翻着眼睛不肯喝酒。巴虎命人隆重端上泡制的药酒，顿时满厅飘着酒香，令人垂涎欲滴。侍郎连忙拿过银盏，见酒液的颜色如同琥珀，黏稠挂杯。浅尝一口，闭上眼睛品味，巴虎和众官都停箸看着他。片刻，他大叫一声："好酒！"只一盏就令他百脉通爽，痛快无比。巴虎连忙命人给他换上了大觥，一连饮了六七大觥，还叫嚷着倒酒。"这等好酒，为何早不拿来?！这才叫痛快！"管家按巴虎的眼色上前说："这酒十分甘美清冽，必须得英勇剽悍之人才配得上喝它，这酒液如黄金般十足金贵，每一盏都价值等量黄金，端的是四海难找，九州难寻。要说这京城有的是酿酒名师，可是没有这些价值千金的上好药材，就是买齐了这些药材也不一定这般鲜嫩，就是鲜嫩了也不是阴阳五行中最佳时辰采摘的上品；就是这些东西齐备了，也没有塞北这广袤黑土地高寒的气候，让酒液吸进天地之灵气。此酒乃是：取百药之精华，得黑土之府藏，纳江水之柔情，吸北风之清爽，百里冰雪生甘洌，五谷八味入佳酿。”众人皆听得如醉如痴，惊叹世间竟然真有玉液琼浆。巴虎听了却十分吃惊，管家平日里一脑子糨糊，今天哪来的如此才华？他哪知道，管家早就安排那两个姿色出众的婢女跟着梁潇，看他写什么作什么，更要弄清楚那些配料都是什么，各样都放多少，梁潇每天一有空闲都写一些札记似的东西，也被两人偷偷拿给管家。管家自己没有才华，可是识货的水准还是一流的。一见这些文稿，立马抄下来早晚欣赏着背诵了，没想到今天能露一手。侍郎喝得十分尽兴，酒到十分，还嚷着要喝，叫嚷着：“巴虎，啊……巴虎大将军，现如今，朝廷里都是明珠大人说了算，咱家回去和他说，说说，说宁古塔将军巴虎精于兵法，极善带兵，所辖军旅尽是虎狼之师，威震北疆，乃是我大清之干城。咱家回去和，和明珠大人说，说说。请他奏明圣上，圣上英明，一定会赐你爵位。”这场把酒喝到极致的宴会直到子时将完时，大家还意犹未尽，官员们都不知道咋被人背到炕上昏昏睡去。第二天直到巳时，巴虎才醒来，头疼得像要裂开一样，十分难受。婢女过来端给他一铜碗羊奶，他只喝一口，胃里就翻江倒海般难受，不等拿来盆子，早吐得炕上炕下一塌糊涂。他恨不得想杀了管家和泡制药酒的梁潇，嘴上忙着吐，没有工夫骂人，拳头攥紧了砸得桦木炕沿咚咚响。一个侍卫跑来报告：“大将军，兵部侍郎睡到今早巳时才刚刚醒来，呕吐不止，头疼欲裂，起不来炕了，叫嚷着中毒了，要请将军详查。管家已安排府里医官去治疗。”巴虎气极了，一拳打倒捧着水碗的婢女，一翻身想下炕，头重脚轻，一头栽到炕下。他身材魁梧壮硕，身上沾满污秽的呕吐物，四五个侍卫如何能将他搀起来？

梁潇在乌力斯家，独自坐在哈什屋里无精打采地喝着蚂蚁酒，透过房笆的缝儿看着天上白云匆匆飘过。手上击节打拍嘴里念着：“绿蚁新醅酒，红泥小火炉……”乌力斯老婆看着他悠闲自在的样子骂道：“养一只小狍子崽儿，还能长大了吃肉，你可倒好，一个要饭的背桌子摆上谱了，装上大老爷了，给大将军家造酒，就是人家没赏什么也得顺回来点什么，你可倒好，那么多珍贵值钱的药材，你一根都拿不回来，养不熟的狼，白眼狼！不知道顾着家，还想让这个家容你……”正说着，一群清兵闯进来，拖起梁潇就走。梁潇拼命挣开嚷着：“干吗？干吗？是不是没忍住把那窖藏的美酒提前喝了？我跟你们去就是了，瞎闹腾什么？”乌力斯老婆连忙嚷着撇清责任：“你要是反骨未消在将军府借机闹事，可没咱披甲人家的事，别连累了咱家。”说着命老奴把他的那点破烂东西全丢到院外。那些清兵不容他收拾，梁潇被推搡着抢了那本《词林正韵》揣进怀里，那些破烂被褥破皮袄都被那些兵卒撕乱扯碎。他被兵卒圈在中间，那些人驱马赶着他一路小跑，将他带到将军府正殿门外，让他等着。直到半个多时辰过去了，巴虎才疼痛难忍地按着太阳穴过来，无精打采地歪坐在太师椅上，命梁潇跪下说话。梁潇推开兵卒："跪下没法看清将军气色，咋说话?"巴虎骂道："耗尽千金买来珍稀药材让你泡制药酒，你一个该死的流犯，竟敢借机害人？说！你是不是受'金佛铁誓'的盟主指使，来害本将军和朝廷命官？来人！将这厮打一百鞭子，扔到熊瞎子沟，喂狗熊!"梁潇一听，并不在乎，明白这里面有娄垠在作祟。也不挣扎，一边随着那些兵卒往外走，一边冷笑道："将军是不是用这没到日子的生酒给那到访的贵宾喝了？你不急着救京城来的高官，先治咱梁潇的罪过？要是梁潇死了，你的贵客没了命，你一家老小还有命吗？再说了，这酒只是时间没到就喝了，也不是毒酒药性发作鸩杀官员，虽然眼下不至于要命，可是拖下去，能不能治好，那可就不好说了。"管家看着将军的眼色，连忙叫那六七个兵卒推他回来。巴虎怒吼着："你真是害人不浅，还敢说不是药鸩毒酒？把这蠢货泡制的酒拿来，让他自己喝喝看!"六七个兵卒拿来早准备好的一坛酒，舀出一碗要灌梁潇。梁潇并不躲闪，就着那清兵的手饮下一碗，又自己舀一碗喝了，抹抹嘴，再喝，一连喝了九碗，再舀已经舀不出来了。梁潇示意兵卒帮忙，将酒坛子里的酒全倒到碗里，梁潇全喝了脸不变色。"须知这酒，没到时辰，当然有危害，只是将军听了谗言自己出错，马上就要出人命，你不急着救人，还要先把能救命的人杀了?"巴虎一时话说得狠了，碍着面子没法往回拉，又不能放过救兵部侍郎的机会，命管家和佐领将梁潇带到偏厅接着讯问。他不放心，躲在后门外听着。管家尽管心里恨透了梁潇，骗了他派去监视探听泡制秘方的婢女，可是如果不求他救不了侍郎，那他这管家哪还有命？连忙谦恭地请梁潇上座叙话。梁潇接过那个兑料时来天癸不得不回避的婢女递过来的香茶，品了一口说："老管家不必掩饰，想必是心里极端恨我，恨不得将我碎尸万段?"老管家连忙赔着笑脸，那装出来的假笑十分难看。"其实你该恨的是那个唆使你提前用这些不熟烧酒的娄垠，就是他告诉你咱梁潇故弄玄虚，说些阴阳八卦、相生相克的药理来蒙你们，让你们用没熟化的酒待客，是也不是?"那老管家早就看出来娄垠和他不共戴天，此时想摆脱困境，正好随口应道："那是，那是。""是不是我告诉过你，必须得七七四十九天才能开坛?

告诉过你还要祭过酒神才能饮……你们这样做，提前了将近一半的时间，还有不出事的?”那老管家任凭他指责默然无语。梁潇道：“须知那些酒中所用药材，主料属君属父的在前二十一天先发挥出了九成药力，这些药没有毒性，但药性极烈，相克的辅助药力生效要晚，必须等属臣属子的相克药物慢慢生效了，酒变柔了才能饮用，不到时间喝得早了，轻则昏厥头疼，重则瘫痪致命。如果酒后又趁势行云雨之事，则从此之后一生男女之事永远废掉了。”老管家听了吓得汗如雨下，慌忙问：“梁师傅，当下要紧的是先救人，只要救得人活了，什么都好办。你要是能把这兵部官员救活，让他至少眼下如同好人一样，哪怕回去再犯，在咱这儿有个交代，能糊弄走了就行。”梁潇知道，这个“糊弄走了就行”的想法一定是娄垠告诉他的。他见梁潇品茶凝思着不说话，急忙拉着梁潇的手屈膝要跪下，梁潇连忙扶住。“你一定得帮帮我，要不然巴虎将军还不得活剥了我的皮！你要是帮我解决这个天大的难题，我愿意和你结拜为兄弟还不成吗?”梁潇拉他起来：“管家，咱一个流人奴隶不值当你求，再说了，救人是咱的本分。只是一样，你再别听那个头顶上长疮、脚底下流脓的坏种娄垠的主意，别再害人就行。还有一样，我的老婆姓杨，听说在这将军府上，还请……”老管家道：“杨姑娘尽管是流人进府为奴，可也没遭什么罪，马上就要嫁给巴虎将军的四公子了。”梁潇沉吟片刻道：“我也不难为你，只要你能尽力帮我就行了。”梁潇见老管家连连点头称是，这才睁大眼睛道：“把那些剩余的药材和高粱酒拿来，我调制之后，请来宾和将军喝下，立马就解了。只是那价值千金的酒力全卸了，那些名贵药材调制的酒白喝了，真可惜了。就是一样，听说娄垠也喝了不少，解酒的酒不能给他喝。这样，老管家告诉我，共有多少人喝了？我按量调制，多一个人的量都不给。”梁潇见老管家一边吩咐照办，一边犯寻思总是有点猜疑，担心梁潇心口不一。梁潇当他的面调好一坛酒，先舀来喝了半瓢，然后请管家拿去解酒。

这天，先后由梁潇调遣的四个女仆、四个男仆都来了。按照梁潇的吩咐，遵循极烦琐的程序开坛。剩下的五十几坛酒真的香郁扑鼻，喝下十分甜爽。巴虎将这些酒分一些赏给那些武将，喝了都觉得酒后功力倍增。这天管家来告诉梁潇，必须再酿制些好酒，巴虎和三福晋生的儿子要娶亲，准备招待来宾时用。老管家问他，这些酒泡制完成了，你是回到乌力斯家，还是到官庄当一个小管事的差事？本来想让你到城中自谋生路不再为奴，可是，朝廷对流人早有律定，必须满五年经刑部核准才能在流放地生活，如果不遇大赦不

能返回祖籍。梁潇早就听说了，巴虎的三福晋是个汉人，她的儿子也一定要娶个汉族姑娘。他知道新娘子一定是杨姑娘。因为在这几批流人中，杨姑娘是最美的，岂能不被选中？管家见他魂不守舍的打不起精神，不等他再开出药材单子，安排人早按上次的单子买来六七马车名贵药材，还有几百坛上好的高粱酒，扩大几倍的酒窖早已在东面山坡下挖好了。一切备齐了，管家安排那两个婢女去找梁潇调酒，到后面耳房一看，梁潇发高烧满脸通红，额头滚烫，散发跣足睡在破炕席子上说胡话。老管家一听报告不敢耽误，连忙命人找来府上大夫，强给梁潇灌下了几副汤药也无济于事。梁潇一连几天水米不进，那婢女嫌他脏兮兮的不愿意管他。管家急了，不担心他死了，却担心他死了谁来泡制那些酒？到了第五天，梁潇再也喊不出声了，看那口型还是叫着杨姑娘和梁雁。实在没招了，老管家一打听，只好死马当成活马医，命人去萨布素家把梁雁接来。梁雁急忙赶来一看，梁潇已经瘦得脱了相。她"哇"的一声哭着抱起梁潇，死活不放手。巴虎家三福晋催得急，怕误了事，老管家急得走来走去，想不出来什么办法能迈过这道坎儿。娄垠唆使那个婢女来，悄悄和管家道："梁潇的配方我们已经知晓，不用他咱们也能配料泡制上好的药酒。如今大将军家要办喜事，不能让这厮死在府上，多丧气？"老管家不放心，他知道梁潇大智若愚，咋会轻易让他们得到秘方："你们真的拿到了配方？"那婢女拿出一张宣纸，上面写着：扶正祛邪太乙金刚神酒秘方；罗汉壮身金匮强功玉酒秘方；正本固阳强精伏虎……"这是娄先生命我们趁梁潇发烧昏厥时从他的那本书里找到的，藏得十分隐秘，一定是真的。"那婢女告诉管家。老管家知道，巴虎上次给兵部侍郎带去十坛好酒，那官员回信给巴虎，酒送与明珠大人，大人喝了觉得神清气爽，十分高兴。巴虎将军后来多次说道，梁潇立了大功，特别是先让这侍郎喝了不舒服，再让他极爽，一个地狱，一个天堂，给那京官一个反差极大的感觉，先抑后扬比直接就喝好酒效果还要好，要将这梁潇重赏重用。娄垠一定听说了，他怕梁潇万一要是来府上，列在他之上，他俩的仇恨岂不是针尖对麦芒，非争个你死我活不可？娄垠岂肯居于梁潇之下？再说了，这梁潇的病也十分蹊跷，好好的，咋就在这关键的时候病得不省人事？是不是娄垠有了危机感对梁潇下手了？"报，三福晋派丫头来通报，新婚大喜的日子定在十月初十。要你算好日子，酒要按时出窖。"管家掰着手指一算，还有五十一天，这酒要是按梁潇上一批次说的，必须得熟化七七四十九天的话，只有两天富余的时间，要是梁潇一不顺心出什么幺蛾子，说缺点什么药就得整出个八九七十二天，或九九八十一天，那岂不是要人命？“呜……老管家，梁潇要病死了，你快赏些药救命啊！”梁雁哭着向老管家求道。“需要什么药立马从府上拿，只是一样，他病成这样，不能待在府上，是不是请你们去东门外五里处，那儿有一座敌楼，现如今没什么战事，你们去那儿养病，既清静又干净，先从府上支三个月的口粮，十两银子三只山羊，给梁师傅好好调养。”

转眼间，三福晋儿子的婚礼马上就要举行了，将军府上下一派喜庆热闹的景象。老管家既担心这好酒会不会出事，又担心杨姑娘要是死恋着梁潇，再出什么意料之外的事，惴惴不安地布置着杂乱的事务。娄垠被他找来，梁潇养病期间，娄垠主动担负起泡制药酒的差事。老管家尽管对他不放心，可又别无选择。不一会儿，娄垠带着两个婢女提着四个酒坛子来了。舀出来一瓢酒一看，酒液暗红，泛着辛腥的生猛血气。老管家气愤地将一瓢酒泼到地上：“这还不如烧刀子呢！这酒岂能上得了宴席？你是不是擅自将带血的鲜鹿茸鲜虎筋加进去了？你坑惨老夫了！来人，将这欺世盗名的浑蛋捆起来！”娄垠连忙道：“管家大人，您先别急着发火，这一坛是梁潇先前酿的，时间一长就呈现这个颜色，拿来请你鉴别一下，那一坛才是咱按梁潇配方，又加以改进泡制的。”说罢，婢女又打开一坛，那酒液呈琥珀色，泛着浓浓的香气。老管家将信将疑地盯着娄垠，不知道哪个是娄垠泡制的，哪个是梁潇以前泡制留下来的。婢女示意坛子上贴的字，和封坛的朱砂字封帖，都和娄垠说的一样。可老管家还是将信将疑：“到底哪一坛是梁潇以前泡制的？”那两个婢女赌咒发誓，都说梁潇从前泡制的酒当时香艳，存着存着就会变质。管家自然明白酒只有越陈越香，哪有放坏的道理，可是这个时候哪还有时间容他深究，但愿在这婚宴上别出什么事就谢天谢地了。

婚宴上，巴虎和三福晋盛情招待宁古塔文武官员。管家让娄垠上前说了祝词《新婚赋》。那些官员听不懂骈文，听着听着就不耐烦了。“娶亲就是娶到老婆的意思，还啰唆个什么劲？喝酒，喝酒！”敲着杯子碗起哄，立马要喝酒。巴虎并不生气，这就是塞外武将文官的自然本色，连忙摆手，命娄垠说快点，娄垠误以为是鼓励他好好念。拉着长腔一板一眼地念得更慢：“塞外冰雪祝福佳偶，江南红云恭贺良缘……”桌上佐领嚷着：“斟来美酒祝福，拿美酒来就是了，咋说也不如倾尽几大瓢烧刀子能表达祝福的心意！”众文官武将一齐敲碗跺脚闹着叫好。管家一边让他接着念，一边挥手命仆人把酒坛搬来。

一时间倒酒的热闹声盖过了娄垠的诵读声。三碗酒下肚，大家喝得兴起，卷袖赤膊画拳猜枚喝得十分热闹。“啪”的一声，一只酒碗摔得粉碎。一佐领突然跳到凳子上嚷道：“这酒不对！”众人再品，酒不是第一轮时的香味，而是一股子血腥气十足的怪味。那些人以为还是第一碗美酒模样，喝得口滑，第三碗第四碗早灌进肚，听这佐领一说才觉察出不对。可是为时已晚，一个个“扑通”倒地，能站起来的不到三成，也都头昏脑涨，呕吐不止。巴虎怒了，一脚踢翻桌案，拔出佩刀砍断桌沿：“快把泡制药酒的浑蛋给老子抓来！”老管家上前道：“这酒不是梁潇制的，梁潇病了，两个月前就走了，这酒是娄垠按照梁潇的方子领人泡制的，一定是只按方子，学得皮毛没得真传，也许是关键的环节出了差池……”巴虎胡须倒竖，一挥手早有人将坐在末席的娄垠抓来按倒在地。娄垠吓得筛糠般哆嗦，语不成句：“大将军，小人，小人百分之百地按方子泡制，就连出缸的时辰都一毫不差，小人猜测一定是梁潇不满意大将军的儿子娶他的相好杨姑娘，想阴招报复，想置将军于死地，还要嫁祸小人……”巴虎一听，已猜出大概，一定是娄垠按方操作，没得真传，只好先用梁潇之前酿的好酒充数，但所剩不足以应付宴会之需，想等大家喝得糊涂了，品不出滋味就上他做的劣酒，没想到这酒如此害人。气得巴虎胡须直抖，盯着那血色的酒沉默不语。管家道：“大人，是老夫失察，不过，老夫判定，一定是娄垠嫉妒梁潇泡制药酒的能力，不想让他得到重用，暗地里下毒害得梁潇在制酒的关键时候重病在身不能理事，他偷来那方子顶替，现如今老夫愚见，还是先救人要紧。”巴虎命人将娄垠脊杖三十锁起来，派快马去东门外敌楼接梁潇速来救人。梁潇进了宴会大厅，一看那些文武官员横七竖八地躺在那里，桌上杯盘狼藉。血酒的腥味和着牛羊肉的膻味、呕吐的酸臭气味弥漫着大厅，让人一进门就呕吐不止。梁潇也不向巴虎施礼，摆手命那两个婢女拿过没喝的那坛酒。梁雁拿出一只精巧的小银碗舀上半碗，只见酒液的颜色如同动物被杀后的血放置了半个时辰，呈现出暗红色的稀汤寡水的状态。梁潇和梁雁见银碗没变色，知道无大碍。尝了尝说：“这里面用了鲜鹿茸和生虎筋，还有山参、黄芪，都是新鲜的。”巴虎强打精神道：“本官最大的本事是看人准，咱看你不是坏人，你别说这些，先说能不能救得了这些人。”巴虎知道，要是朝廷知晓了因为他娶儿媳的私事，就毁了宁古塔的大部分文官武将，一旦这节骨眼儿上有战事，无将可用，岂不是杀头之罪？梁雁扶起一佐领，梁潇用筷子撬开他的嘴看了看，两人对视片刻，梁潇说：“将军放心，还有救……”他见巴虎心急，只拣重要的说。梁雁悄悄提醒他：“六七十人，就凭咱俩咋能治得过来?”梁潇扫视了一下廊柱上的新婚对联，惦记着杨姑娘，心里不由得一凛，脸色一沉，说：“眼下只有‘银针渡劫’方可救命，须用七寸长的银针刺这些人的三处大穴才能将这些人从阴曹地府救回来。”巴虎急了：“别说这些没用的，赶快施治，本官一定赏你就是了，本官决定，赏你俩在宁古塔自由之身，每月按从五品官员的俸禄供给，不愁富贵生活，咋样?”梁雁顿时明白了梁潇的意思，朝着老管家道：“将军府上，万物不缺，快拿针灸的金针或银针来。”老管家立马命人传府上医官来。侍卫来报，将军府的四个医官在后面偏厅里都喝醉了，翻遍了他们的药箱，只有一些常用药剂，没有金针、银针。管家一想，平日里也很少见这些医官用针灸治病，就是这些医生没醉，恐怕也很难找到银针，一时间十分焦急。巴虎一看，刚刚还在不住地叫骂呕吐的那些官员，也都倒地不起了。他急了：“没有金针、银针，那峨眉刺和弓弩箭细点的箭头能不能行?实在不行，这些筷子削尖了还不行吗?”梁潇冷笑一声：“哼！都行，事急从权嘛！就是一样，用银针治好了，功力还会完好如初，甚至功力倍增。如果用竹筷，救过来就会行如朽木，能不能自由走动都是一大关。用铁器会伤得更重，而且不可逆。无论他们此前多么柔弱，立马就会暴躁如火。”梁雁冷笑一声：“哼！如将军不信，我试给你看，这些人中，哪个是无关紧要的人?”巴虎虽然是武将，可是粗中有细，哪能当众承认这些在场宁古塔城中的主要官员中有的人是“无关紧要”。梁潇和梁雁将次席上一个面相上看去是个文官样子的宾客扶起来，梁潇将一根穿肉的铁扦抓过来，放在火烛上烧过消毒，然后在一桶烧刀子白酒里蘸凉了，扯开那人的衣裳，一连刺了几根，片刻之后，那人顿时精神万分，跳起来嚷着：“塞外秋来风景异！拿酒来……”说着，端起一碗血酒去敬巴虎。巴虎愣神的工夫，他嚷着：“你一个大将军，娶儿媳更应当豪爽狂饮，别让我等笑话你才是。”说着扯起袖子强灌巴虎。这个平日里见了巴虎就打哆嗦不敢说话的人，竟然敢上前和大将军动手动脚?巴虎惊诧片刻，连忙命人：“拉下去!”几个壮卒上前，撕扯着制服不了这个文弱书生。厮打着打翻了四五张桌案才将这人捆起来丢到墙角，他还在不停地叫骂。梁雁递过来一根削尖的竹帚条，梁潇还要抓起一个人来试，管家连忙拦住：“不可这样，要是用竹针救了，如同朽木，智力如同小儿，那岂不是让他们生不如死?不过，府上实在是找不到金针、银针，还请梁师傅帮助想办法才是。”梁潇乐了，他等的就是这句话："你府上当然有，就在你府上的人头发上戴着呢！"巴虎知道梁潇有办法，不过是想要个价码就是了，冷眼看着并不说话。梁雁笑道："你府上今天的新娘子头上就戴着银簪，有七寸长，要知道，七寸治病八寸要命，世间哪有这般巧事？这叫天无绝人之路！"老管家哪敢叫人去拿来新娘子的发簪。看着巴虎，等着他决定。那些中毒较轻的官员都眼巴巴地盯着巴虎，盼他决定救他们一命。巴虎眼睛看着三福晋，三福晋一听这梁潇在算计自己儿媳，早就气得七窍生烟。事先听娄垠说过，杨姑娘是梁潇的未婚妻，她特地安排管家查过，梁潇虽然四处说杨姑娘是他老婆，可实际上只是定亲，并没有入洞房。这时，梁潇想把我儿媳当作筹码弄走，哼！白日做梦！可这个时候她也不敢惹气头上的巴虎，何况她并不太情愿选杨姑娘当儿媳，只不过拗不过儿子就是了。不喜欢归不喜欢，可是在这个娶亲的场面，岂能把儿媳拱手让给别人？巴虎摆手，她只好命女仆叫新娘子过来。几个侍女扶着新娘子来到大厅，那新娘子头上顶着绣花儿红盖头，三寸金莲步履袅袅，一步三摇。就连那些被药酒醉倒的官员都忘了难受，目不转睛地盯着新娘子。梁潇这个时候早就呆了，想叫杨姑娘却不敢叫出声来。管家道："大将军为了宁古塔的文武要员，不顾忌什么礼数已经命新娘子来了，你们……"梁潇欣喜若狂，上前就要抓那新娘子的手。梁雁又急又气，急的是梁潇不顾场面就拉人家大将军家的新娘子，气的是梁潇一直对杨姑娘念念不忘。梁雁急忙上前，拉开梁潇的手道："这位新娘，在你一生大事的喜庆时刻，能请你在礼数之外低就来到这纷乱的场面，实属不该。你能这样做必是大福之人，可是，如今却只能事急从权，请新娘子把你的发簪借来一用，如果救得了众人，这银簪一定能保佑你幸福美满，多子多福。"那新娘款款举止有大家风范，也不掀盖头，缓缓伸手从头上拔出一根银簪，真的足有七寸长，簪的尾部垂着一缕金丝流苏，在烛光下闪闪发光。梁雁拿过银簪递给梁潇，梁潇一看，这银簪正是苏州城里有名的老银坊银器店打造的，上面一行小篆，写的是"斫柱赐盘，银榜白衣"，他认得。他高兴地接过来，如同接过一只短兵器峨眉刺。梁潇拿着银簪走上前去，将那位佐领的衣服撕开，用手指一弹，那银簪"嗡"的轻轻一声脆响，十分悦耳。梁雁急忙跟过去："梁潇用酒消毒啊！"眼睛明明在问他：咋了？这般开心？梁潇开心得忘乎所以！大声道："她不是杨姑娘，不知道是谁家的闺女！"梁雁一边用酒为银簪消毒，一边小声问他："你怎么知道的？"梁潇告诉她，杨姑娘的食指天生僵直回不了弯儿，她拿小东西从来都是中指和大拇指捏在一起，这女人拿东西和常人一样，所以她根本不是杨姑娘。为什么有个女人来替杨姑娘？个中道理他没想明白，但新娘子肯定不是杨姑娘！那杨姑娘会在哪呢？管他呢，只要杨姑娘不是新娘子，他就有机会救她，想到这儿他心里宽慰了很多。那佐领被他用银簪针灸后片刻就能坐起来，只是脑袋昏昏沉沉的。看着梁潇和梁雁，猜出个大概，连忙向梁潇和梁雁作揖致谢。梁潇和梁雁给所有宾客全部治完，天已寅时。

# 第二十四章　滴血辨父

巴虎案几上放着那根银簪，他端着银杯凝视那根银簪上刻的篆字小酌。想着该如何处置梁潇。管家进来报：“三福晋吩咐套车要带着少爷、儿媳去四子王旗，拜访王爷。将军看，这样做是否妥当？”巴虎早就安排他必须弄明白，不是说新娘子是苏州第一美女杨馨儿，现在宁古塔城上下都在议论纷纷，都说大将军家挖到篮子里就是菜，娶了个流放女人愣要说成是苏州城里第一美女。眼下还没弄清楚到底咋回事，总是要给众人一个交代，不等着真相大白就急着要走，岂不是此地无银三百两？这怎么能行？梁潇那天晚上说了，这新娘肯定不是杨姑娘。怎么会有如此变故？是谁吃了熊心豹子胆，敢将宁古塔大将军的儿媳调包，还安排人冒名顶替？三福晋告诉他：“咱这儿媳就是杨姑娘，那梁潇这是来一招‘假痴不癫’，故意这般说，想鱼目混珠，让我们放过这女子，他好如愿以偿，抱得美人为妻。”这姑娘是不是杨姑娘他巴虎根本不在意，只要儿子满意，能给他生个孙子就行。更重要的是，他担心这姑娘要是和朝廷追查的那个“金佛铁誓”盟主有瓜葛，他可不想蹚这浑水。再说了，总得让属下那些官员知道，这儿媳到底是不是苏州第一美女，即便不是，也得有个合理说辞把这事儿圆下来。尽管明面上没有人敢质疑，可挡不了人们私下议论。眼下咋办？他信不过包括管家这些汉人，他坚信，这些人高傲自负，眼高手低，净耍些小聪明，实则总是把掩耳盗铃当成妙计，净干一些猫儿用雪盖屎的事儿，等不得雪化净了，就会真相大白。管家道：“公子成婚之前，就和杨姑娘一见钟情，新婚三天了，如果有异样，他岂能容一个丑姑娘冒名顶替第一美女？”巴虎嘿嘿地冷笑，他儿子的秉性他知道，不管是不是杨姑娘，只要是美丽的姑娘，儿子才来者不拒呢。即便不是她才不怕呢，流放的人中美貌姑娘有的是，再挑一个就是了。何况三福晋一定要找一个汉族姑娘做儿媳，在塞外只能从这些流放人中寻找。这种事问儿子，他想再搂上更多的美女，正好找借口把玩腻了的女人换了，这还能弄清楚？巴虎沉思了一会儿说："立即将新婚前一天，按照汉人规矩假戏真做扮为娘家人的流犯统统拿下，一个都不准出府门。你还不明白？这姑娘要是真的，那个梁潇是性情中人，还能这般欣喜若狂？"管家道："娄垠告诉老夫，说这梁潇要的是'欲擒故纵'之计，他故意将假的泡制药酒配方让娄垠得到，等娄垠弄得收不了场，然后由他出面施救，取得大将军信任。由此不难得出结论，他施的是慢药，让这些武将慢慢中招。他爹就是'金佛铁誓'的盟主，他们的誓言就是要杀光满清鞑虏。"老管家摸不清巴虎的心思，一时不敢再往下说。"这梁潇嘛，别管他救人那天我答应的是什么，先把他送回官庄或披甲人家老实待着，哪怕他真的下了慢性毒药，我就等到那慢药发作，证据确凿时再将他五马分尸！如果不是，到时候再重用他也不迟。何况那杨姑娘咋能被调包？是不是他？还是那些汉人给一些官员送上财宝，贿赂了一些要员，才李代桃僵？还是那个娄垠作祟，心怀鬼胎嫁祸于他？也未可知。所以，那小南蛮子是狗是狼，等长大了看它尾巴翘不翘就知道了。"

早上，梁潇和梁雁刚要打火做饭，那几个帮着调制药酒的婢女和四个壮卒来了。"梁师傅请收拾了行李，送你们回去。管家说了，大将军虽然一时高兴，说是让你们在宁古塔自由生活，可那是醉酒之话……"梁雁接过婢女的话，一本正经地大声道："这当不得真事，何况将军一时冲动说出的话也顶不过大清律法定的规矩。"婢女惊得目瞪口呆，不知道梁雁如何说的和管家下一句想说的一样。梁潇和梁雁笑弯了腰，昨晚他俩还议论着，等待他俩的命运到底是什么？这话是梁潇猜中的。那四个壮卒不管他们笑什么，虎着脸儿扯着他俩立马就走。梁潇道："管家呢，他咋不来？咱救了几十条人命，就是不赏，也得让咱走个明白，去哪儿啊？"梁雁连忙收拾破烂东西，那兵卒头儿说："送你们去艾莫日根家，即刻就去，送完你们，我们还得追上大队出征呢。"梁雁推开梁潇，怕他来硬的得罪了这些兵卒，拿过一个酒坛笑道："哎哟，这么急？咱家这么多好酒没喝完呢，你们帮忙喝了，俺们收拾了就走，都说破家值万贯，这点破东西，再不值钱，咱们过穷日子总得用呢。"梁潇和梁雁出了门问那个小头头："回披甲人家？为什么不让我们回到乌力斯家？"那小头头冷笑一声："他？去他家得到阴曹地府了，去年出征时，他中了老毛子的火枪，胸脯都被打烂了。"两人随兵卒又来到城西边山坡下的艾莫日根家。素素从不出门，两年多虽然在同一座城里却没见过面，梁潇怕给她惹麻烦，心里挂念却一直不敢去看她。听到动静，一个奴隶把柴门打开，他身后站着素素。一见面让梁潇和梁雁大吃一惊，这哪是当年在苏州人称“樊素口”的樊素素?！素素一身鹿皮袄鹿皮裤，身材臃肿像四五十岁的中年披甲人妇女，脸上皱纹如同山核桃一样密密麻麻的，额头和眼角上都是深深的皱纹，一只眼睛的上眼皮耷拉下来，眯着眼睛斜视着他们，脸上露出的开心笑容一瞬间又消失了。岁月的磨砺在她的脸上留下了那么多的痕迹，梁潇由此想象得出素素被折磨蹂躏的情景，不禁热泪盈眶，却强忍着装出笑脸。一个两岁左右的孩子跑过来抱着素素的腿，两只大眼睛好奇地看着他们。梁雁不想让素素看出他们的吃惊和难过，丢下破烂东西抢过去抱着素素：“姐姐！我们又回来了！这下好了，咱们三人又能在一起了！”披甲人艾莫日根趿拉着鞋，强睁开一双醉眼，提着酒篓嚷着：“在将军府混不下去了，又回来了？咱披甲人不像你们汉人，总是狗眼看人低，见人落魄了就不理人，回到我家就好，这回你得把在将军府泡制好酒的绝活全都拿出来，让咱也借你们的光，喝上将军府的高官才能喝的好酒。”说着打着酒嗝，来翻他俩的破烂东西。梁潇和梁雁虽然心里不高兴，还得强装笑脸。艾莫日根几下扯断捆绑包袱的皮绳，从里面掏出一个漂亮的银酒壶，这是管家在他们救人的那天晚上赏给他们的。艾莫日根急不可耐地打开一闻，连叫着好酒，举起来一大口喝了大半，拉过素素跟前的孩子嚷着：“梁潇，你妹妹真行，给老子生了个儿子！儿子，快叫舅舅。”他的大老婆敖雪晴胖了一大圈，本来脖子就短，缩在皮袄里像个装满东西的皮口袋。撇着大嘴嚷着：“本来就是只尾巴毛儿短的雉鸡，硬装什么大尾巴金凤凰？嘚瑟完了又回咱家？你们风光的时候咋不说送些好酒回来？现在走投无路又回来了？信不信我大耳光抽你们，让你们再出息之前长长记性?”素素小声道：“梁雁不是让人送来几篓好酒，你还到处说这是孩子舅舅泡制的，孩子舅舅是将军府的造酒大官儿，官授正六品……”敖雪晴被揭短，面子上挂不住立马就火了，劈手就要打素素耳光，幸好梁潇递上一个礼盒，顺势挡住她的手掌，疼得她一声尖叫，喊披甲人帮她揍人。不等艾莫日根发怒，梁潇笑道：“太太好，这是大将军三福晋赏的苏绣锦衣，这东西要是在京城只有皇妃才能穿。”敖雪晴接过礼盒，急忙打开，急火火地就在院子里扯下袍子，试那锦衣。梁雁和素素都过来恭维她。披甲人的孩子不想闻艾莫日根身上的酒和着肉的浓烈气味，哭叫着躲到妈妈身后。披甲人怒了，劈手扯过孩子，恶狠狠地叫着："儿子！你敢不听我的，不让我抱？信不信我捏死你？"梁潇怕他醉酒情绪易怒再伤了孩子，连忙抢过去接过孩子，那小孩也怪，到了梁潇怀里立马就不哭了。大眼睛忽闪着，盯着梁潇看了片刻，"扑哧"一声笑了。艾莫日根一看，这孩子在梁潇怀里乐了，他也开心地笑了。片刻，他又怒了，一见面就和梁潇亲，不认得老子，信不信老子先割你几刀，让你知道知道披甲人家的性情，咱亲情里容不得半点沙子。他抢过孩子，让那孩子叫他爹爹。孩子吓傻了，不敢说话，愣了片刻，"哇"的一声大哭起来。艾莫日根酒后情绪难以抑制，狠狠地在儿子屁股上打了几巴掌。顿时孩子大哭了几声就背过气，抽咽着哭不出声来。素素疯了一样将儿子抢过去，大老婆套上锦缎衣裳心里高兴，骂披甲人："狗尿喝得多了？你那手劲多大？要个儿子费了九牛二虎之力，弄死他你不怕再也生不出来？像你三哥家一样，徒有百十张貂皮，几十篓酒，成了个绝户头儿！"素素抱着儿子，一顿抚弄也没声息，小脸青紫，急得痛哭失声。艾莫日根酒吓醒了，连忙跺着脚嚷着："梁潇，你不是能用银针渡劫，针灸救命吗？快救救我儿子。"梁潇傻傻地笑笑："你不是要捏死他？救他干什么？还不如这样死了省事。"一看素素痛不欲生的样子，他心疼了，上前从怀里拿出银针。这还是那天晚上救了众人之后，管家托人从京城买来送他的。梁潇找到穴位刺了几下，孩子哭出声了。睁开眼睛四下看看，见艾莫日根看他活过来高兴地咧开嘴大笑，又吓得开始抽泣，小脸儿埋在梁潇怀里不敢看人。梁雁抱过孩子交给素素，孩子本能地感觉到素素挡不了披甲人酒后的狂躁，挣扎着伸着双臂一定要梁潇抱。素素只得将儿子交给梁雁和梁潇，一脸感激却在极力掩饰，低着头小心翼翼地去厨间给他们准备吃的。大老婆把锦缎衣裳套在身上穿了半天，那件衣裳太瘦，她根本穿不了，腋窝儿处都挣开线了，也套不进去袖子。高兴的脸又阴下来："你们走了，俺家又买了两对奴隶，他们住在哈什屋里，你们俩到鹿圈后边儿的那个小屋先住下吧，要是嫌不好，你们干完活自己盖一间，谁让你们在将军府混不下去又来投奔咱家了。"梁雁拦住梁潇不让他说话，脸上堆笑："谢谢主家，俺们不用盖房，有地儿将就着就行，老管家告诉俺们，随时等着听令回将军府当差，还是正六品呢，说不定哪天就得走了，省得还得拆了碍事。"两人抱着素素的儿子，到了鹿圈边儿上一看，哪有房子？那是一个斜搭着人字架四面透风的狗窝。几个奴隶过来，帮他们将苇草捆上，再绑到人字架和柱子上，总算不透风了，就是挡得严了不冷了却也没了光亮。晚上，梁潇搂着梁雁，两人透过棚顶上的缝隙看着天上的星星，大黄狗趴在苇草做的门帘外边打呼噜。尽管只有一个狗窝当陋室，不像在将军府，但总算是有了两人的独立空间，梁雁半开玩笑道："你不觉得素素姐的孩子长得像你？"

寂静的夜晚，轻风拂过苇草，送来一阵阵轻快的虫鸣声。突然，孩子的尖锐哭声打破了宁静。素素的孩子"哇哇"哭个不停，上屋传来艾莫日根酒后粗鲁的叫骂声和素素低低的劝说声。一会儿，厮打声又传过来，素素被打的哭叫声、婴儿哭叫的声音和着艾莫日根的叫骂声划过夜空。一会儿，素素的哭叫声成了凄厉的惨叫，孩子的哭声也成了无力的抽咽。梁潇喘着粗气，忍无可忍披上衣服就要冲过去，梁雁连忙扯住他："素素姐姐现在是披甲人的老婆，人家打老婆是家事，你能管得着？退一万步说，即便不是老婆，她是人家的奴隶，生杀大权都在披甲人那儿，你还能杀了披甲人领着素素逃了不成？"梁潇只好痛苦地倚着柱子听着。艾莫日根的骂声越来越大，打人的声音和着一声声惨叫让人心里一阵阵发凉。梁雁知道梁潇心里难受，悄悄穿上衣服出去，梁潇只好跟在后面。到了上屋门口，梁雁喊着："那披甲人听着，你咋也不能当着大舅哥打人家妹妹呀，是不是孩子碍着你们了？素素姐，把孩子交给我们吧？"无奈之下，素素只得将孩子抱给梁潇，不承想那孩子一到梁潇怀里竟然不哭了，只是因刚才恐惧极了浑身发抖，小脑袋不住地往梁潇怀里拱，像要钻到他的身体里才安全。梁潇小心地抱着，手足无措，越紧张手越重，抱得孩子不舒服像只虫子一直在蠕动。梁雁接过去，他的小脸儿贴着梁雁的胸脯不一会儿就睡着了。梁潇看着星星，快到寅时了，梁雁逗他开心："要不，咱俩也在这塞北宁古塔生一个孩子？就叫他梁宁生？"沉默了半晌，梁潇才说："你没看素素那脸上深深的一道疤痕，划过眼皮，上眼睑都耷拉着睁不开了，她一定是受了很多苦，要是没这个小东西，她可能早就死了。"梁雁安慰他："披甲人大多喜新厌旧，还享受着选女奴的特权，再有新的流放人来，以披甲人的性情，见了漂亮的又会有新欢，到那时，你要是不嫌弃，就把素素姐姐买回来，你会做酒，咋也能挣到赎人的钱。"梁潇知道梁雁是在安慰他，忧郁地说："你可别小看披甲人，他们在条件恶劣的深山老林里觅生活，和凶猛的野兽打交道，自然能积累出简单顶用的智慧和经验。艾莫日根一定知道素素的价值不只是一个美丽的女人，不仅是一个冬天才遇到的芍药花儿，凋零了，过季了，那枯萎的花蕊，还有药用价值呢。他那黄眼珠里透着狡黠的眼神儿……"梁雁听了有些后怕，连忙告诉梁潇："娄垠事先来过，那个老奴病重了，艾莫日根怕他传染给全家人，让他在鹿棚后面背风的地儿躺着呢。艾莫日根不让人管他，我去解手看到了，还在饭后收拾洗碗时，悄悄给了他一根鹿肉骨头。他告诉我，娄垠和艾莫日根说，素素的孩子更像梁潇。”梁潇淡然一笑：“披甲人的种子和我一点都不搭，要是我和你的儿子，还不聪明绝顶，过目成诵？你看这小子虽然顽皮可爱，可哪有读书的灵性？唉！我不过是……”“哼！你不过是爱母及子，你喜欢这孩子，还不是因为他妈是素素！”梁雁不乏醋意地抢白道。梁潇也不言语，只是将她和那个孩子搂得更紧了。

晨曦透过山岚露出一片光亮，一会儿，朝霞染红了山顶。大部分人还在睡梦里。饲养鹿的奴隶嚷着：“不好了！母鹿下崽儿难产要死了，生了一只小鹿才出来一半，要是母鹿死了没有奶可怎么活？”艾莫日根在上屋里高声嚷着，嗓子透着酒后的嘶哑：“梁潇，你不是会‘银针渡劫’吗？去！给我把母鹿治好了，我允许你半年不用做工。”梁潇知道和他讲不出什么道理，只好苦笑一声耐心解释：“我和道士学的是给人治病的针法，需要知道穴位，我不是兽医，不懂得动物的脉象，咋能给鹿治病？更何况这母鹿是难产，我连见都没见过。”艾莫日根和大老婆都不高兴了：“废物！一头母鹿，值四五篓烧酒，下了小鹿上秋就能换三篓烧酒，养你们还不如一只母鹿。”梁潇还想理论，梁雁拉他去清扫鹿圈，不让他再说话。早饭后，那头母鹿挣扎不起，小鹿露出大半个身子，艾莫日根围着鹿转了一圈，一脸无奈，只好命几个奴隶把那个濒死的老奴隶抬过来想办法。那老奴强挺着精神看了看母鹿和生下一半的小鹿，和艾莫日根说：“母鹿咋都没救了，只能试试小鹿能不能生出来。可是，小鹿生下来，没有母鹿喂奶，也很难活。”艾莫日根和奴隶从来没讲过理，比画着说着他们民族的话语。梁潇理会他是在说，我不管，母鹿、小鹿都得给老子留下。老奴早已病入膏肓站不起来了，指挥梁潇和两个奴隶一起使劲，又拽又扯地帮着把小鹿生下来。那头母鹿瞪着大眼睛盯着小鹿，躺在地上喘粗气。几个奴隶按艾莫日根吩咐，连忙将快断气的母鹿杀死，剥皮剔骨，烧锅炖肉。那只小鹿跪着，摔了十几个跟头才颤颤巍巍地站起来，恋着梁雁，脑袋在她腿上蹭着十分亲密。梁潇抓过一把细软的乌拉草给它擦去身上的黏液，见它冷得哆嗦，只好将它放在自己的破被里。大老婆冷笑道：“这东西没奶吃养不活，还不如丢给大黄吃了！”她见梁雁舍不得，恨恨地说：“大黄没吃的，你俩的饭别吃了喂狗。”梁雁笑笑不理她。吃饭时，梁雁拿过一节苇子，将中间的节用细棍儿通开了，吸了一些稷子米汤，对着嘴喂小鹿。开始几口，小鹿脑袋乱摇把苇子都弄断了，十几口之后，小鹿就学会了，喝着米汤，没有奶也神奇地活了下来。它也不回鹿圈，天天跟着梁雁。每天晚上都和素素的孩子还有梁潇睡在一起。孩子和动物十分好沟通，没几天小鹿和素素的孩子成了形影不离的伙伴。他俩互相抢着对方的吃食，玩得十分开心。素素见儿子这般快乐，也露出了难得的笑容。她一开心笑得灿烂，那只睁不开的右眼皮扯得脸十分难看。梁潇和梁雁看着她的笑脸，装出十分高兴的样子，心里却十分难过。

这天艾莫日根带领一队披甲人去巡哨，娄垠跟着这队人马当随军参事。艾莫日根外表粗犷内心狡黠，他盘算着他的上司骁骑校年老体衰，七八个队长都在争，他必须得找门路才能再谋到个骁骑校当当。去年他拿梁潇画画挣的银子，送给将军府管家帮着活动升了骁骑校。连二十天都没干上，就因为喝酒误事，被撤下来还是伍长。艾莫日根为了重新当上骁骑校绞尽脑汁，没法再去找贪婪的管家活动，思来想去没有别的门路，只能拐个弯想和娄垠交好，通过他请师爷和大将军说好话。巡哨回来，顺路请他到家中小酌。几个奴隶牵着马，一行人到了艾莫日根家院子近前，听到里面开心的大笑声。艾莫日根听得清楚，那笑声里有梁雁银铃般的笑声，有素素掺着凄婉心绪的笑声，也有梁潇的开怀大笑，还有儿子稚嫩天真的笑。他们那么开心，那么快活！还有那些奴隶被感染之后的笑声，像给他们的笑声伴奏。艾莫日根也被感染了，哈哈大笑了几声，举起马鞭指着院子：“请娄参事到我家喝酒，披甲人家顶属我家快乐，无论是家奴还是家人，在一起都一样开心。”娄垠冷笑一声：“嘿嘿！那是，那是！那是人家一家人在一起开心。”娄垠明显话里有话，说罢不屑一顾地哼了一声，拨转马头就走。艾莫日根愣了片刻，打马追上：“娄参事，你给我说清楚，什么叫‘人家一家人’？你把话说清楚！”娄垠吹着口哨也不理他，悠然地打马远去。艾莫日根没立马回家，打马去江边好一顿琢磨，才悟出来娄垠话里的意思，心里顿时燃起巨大的怒火。可又一想，儿子乖巧的模样，还有天生与动物沟通的能力，都是披甲人的血统才能具备的。加上素素多次和他说过，娄家和梁家是不共戴天的死对头，娄垠这招不过是“借刀杀人”。艾莫日根想得脑袋疼也不得要领。到了家门口，他装出笑脸进了家门，素素的脸立马阴下来，但还是强装出笑容，连忙小心翼翼地迎过来。平日里没感觉，经娄垠一说他才意识到素素和梁潇，还有他的儿子和梁雁在一起那发自内心的笑，对比见了他之后的笑，这是强挤出来的笑，那是不同的滋味儿。人家在一起是幸福开心的笑，见了他，是强装出笑脸的苦涩。一品味，让他顿时觉得心里凉冰冰的。他可不是城府深的人，他生来除了敬畏萨满和父母，忌惮朝廷要是惹了那些官员会多收贡皮影响他喝酒，剩下的连天都不怕。他难以掩饰心里的愤怒，抢过素素递过来的手巾，胡乱擦过脸，甩手丢在梁潇和梁雁面前。一家人除了大老婆小心地陪着他说笑，那也是没话找话说，剩下的人谁都不吱声，低下头做自己的活计。就连那条大黄狗都趴在门外偷眼看着他，一声不吭。艾莫日根独自喝了几碗闷酒，早早上炕，见儿子被素素先哄睡了，他凑过去搂着素素睡去。半夜里他正在和素素亲热，小鹿来找他儿子玩，把屋门撞得直响。原来那只小鹿和小孩子最好交流，不用语言沟通就能懂得对方的心灵。小鹿和儿子感情甚笃，它听到上屋里有动静，爬起来就要找孩子玩。梁雁一把没扯住，它跳蹦着急忙跑过来。艾莫日根一听动静不乐意了："谁这么大胆？敢搅了老子的好事，我就知道，这一定是你的相好梁潇！你有胆子就进来?!"说罢光着身子跳起来摘下墙上挂着的那把弯刀。素素慌乱间不知所措，她真的担心是梁潇不忍看到她被艾莫日根欺负闯进来了，情急之下，只好急忙抱住艾莫日根光溜溜长满汗毛的粗腿。那只小鹿使劲把门挤个缝儿钻进来，小鹿萌萌地发呆了片刻，不管不顾地跳到炕上用头拱着找孩子。孩子醒了闻到小鹿的气味，坐起身将它搂到怀里。艾莫日根对野性的气味十分敏感，知道是小鹿没什么危险，丢下弯刀一脚把小鹿踢到地下，孩子也被小鹿拖下炕，摔到地上大哭起来。小鹿扰了艾莫日根的好事，气得他将素素也一脚踢开，跳下炕揪起小鹿抛到门外，孩子惨叫一声，黑夜里不知伤得咋样，素素顾不得身上被踢的伤，一骨碌跳下炕去找孩子，手一摸，湿漉漉的，黏黏的，是血，她大吃一惊，连忙叫道："梁潇！梁雁！我的孩子！快来救孩子……"两只手在黑暗中胡乱抓挠，摸到儿子身上，连忙抱在怀里。艾莫日根在昏暗的月光下，隐约看到地上素素裸着的身子，被扰乱的淫心又泛起，揪起素素的肩膀就要抓她上炕。素素担心儿子的伤，坐在地上一只手抱紧孩子，另一只手挣扎着喊着梁潇。艾莫日根透过月光看清楚了，孩子的手臂好像断了，在肘部往上一点的地方似乎有骨头茬子透过皮肉支出来。他心疼儿子连忙抢过孩子想看个仔细。素素以为艾莫日根要伤害孩子，哭喊着叫梁潇快来，一向懦弱的素素，像个母老虎一样撕咬着和他拼命。闹腾声早惊起梁潇、梁雁和那几个奴隶。奴隶们哪敢管披甲人家主的事，都装作睡死了，大声打呼噜。大老婆去将军府打牌还没回来。梁雁拉开房门，站在门外一时不知所措。素素不顾自己赤着身子，嚷着："快叫梁潇来，披甲人疯了！把我儿子的胳膊打断了，还要弄死他！"艾莫日根一听，心里一阵颤动，娄垠不是说，这孩子是汉人的种，是梁潇之前就播好的种。他顿时对儿子的那一点点爱和对孩子的缕缕亲情都化为乌有。无名之火冲上脑门，简直要掀开头盖骨，他猛地甩开素素，将儿子举过头摔向门外。梁雁和梁潇暗道：不好！两人因为夜里来披甲人家的上房，所以梁雁在前面，她迅速将那团东西接住，直觉感到可能是孩子，怕伤了他，急忙向后卸力想化解摔来的巨大推力，被砸得仰面倒下。幸好梁潇在她身后，连忙将她扶住顺势一带，转了半圈儿，两人带孩子一起重重地摔倒在地上。梁潇急忙点上蜡烛一看，那孩子的左胳膊断了，头脸都磕坏了，身上全是血，早疼昏过去，梁潇急忙施救。梁雁连忙将一块单子给素素围上，两人焦急地帮着梁潇抢救孩子。艾莫日根在屋里骂着："死了倒好，我早就知道，这就是个野种，摔死了省得我捏死他，那鹿是萨满派来的杀手，替老子杀了这杂种孽障也好！"梁潇见孩子还在急促地喘息，急忙检查孩子身体有没有内伤。梁雁一边帮素素穿上衣服，一边冲着艾莫日根嚷着："咱们汉人，还有这些奴隶本来都敬仰你是巴图鲁，是个大英雄，如今你让我们刮目相看了，你最擅长的不是骑射，更不是冲锋陷阵，勇猛杀敌，而是给自己戴个绿帽子，愿意当个让人笑话的活王八。你也不睁大眼睛好好看看，这孩子的卷毛，发黄的眼珠，那快长出来的鹰钩鼻子，那大嘴巴，哪一个是汉人的？这大手大脚的坯子，哪个不是你的模子刻出来的？你要是嫌弃素素了就别找借口，让她跟我们走。素素来了，让你四十多岁了才有个儿子没绝了户，你不心存感激，还想怎的？虎毒还不食子呢，亏得你常年和野牲打交道，学得连狗熊的爹都不如，还有脸活在世上。"梁雁一顿夹枪带棒的阴损话，艾莫日根听得哑口无言，也忘了发火。儿子要是真的像梁雁说的那样，弄死了岂不是害了亲生的儿子？想来想去，想得头疼，他只好不想。听着孩子半天总算哭出声来，他多少也有些悔意，又不好意思出去看看。拿过酒坛子举起来喝了几大口，醉了倒头就睡。

一晃三个月过去了，幼鹿长成了半大的小鹿。艾莫日根的儿子经过梁潇的精心治疗，给他断臂绑上柳枝固定，又是敷药又是针灸的，总算是长好了。只是他再也不肯到上房睡，时刻不离地跟着梁雁，那只小鹿跟在他的后面一步不离。素素知道艾莫日根对儿子心存芥蒂，也不再当着他的面抱孩子，他俩的儿子竟然像梁潇和梁雁的孩子。艾莫日根见儿子和小鹿天天玩得十分开心，只是一看到他，儿子立马像是看了魔鬼一般害怕，马上躲进梁雁的破屋里不肯出来。有时梁雁强把他拉到艾莫日根身边，让他们父子亲近，吓得孩子浑身颤抖，尿到裤子里不敢说话。艾莫日根看着他长好的胳膊心里惭愧，只好自我解嘲地走开。这天一个奴隶牵来一匹刚刚驯服的小红马给它套上笼套，牵进院子里请艾莫日根看看决定是不是买下来。梁潇一看想骑上去试试，没想到梁潇就是梁潇，正襟危坐稳稳地骑在马鞍韂上，吆喝着驱马前行。那马跑到树下，梁潇被树枝刮下来，摔到地上，他捂着屁股龇牙咧嘴地叫嚷，看得几个奴隶哈哈大笑。艾莫日根笑他太笨，叹息着，要讲马上功夫和骑射，这些汉人比披甲人差得太多了。梁雁一看那奴隶马倌在奚落梁潇，她十分不服气，上前三下两下卸下鞍子解开缰绳，飞身跃上马背，手抓住马鬃，任马飞跑却似粘到马身上一样。一会儿小红马被制服了，乖乖地让她骑回到院子里，众家奴们看得一阵叫好。艾莫日根儿子见梁雁骑在马上，十分潇洒，觉得好玩儿，也要骑马。梁潇连忙拦着，怕他摔下来。梁雁不理，策马上前弯腰将孩子抱上马，没想到孩子身手机灵，抓着梁雁的靴子一纵身，倒着骑到马屁股上。那灵活劲让艾莫日根心里惊叹：只有我披甲人家的孩子才能有这般本事！晚上吃饭时，艾莫日根命素素把孩子领到上房来一起吃。他看这孩子骑马的身手更像自己小时候，举手投足间似乎都有他当年的影子，怜子之情让他想和儿子亲近。素素去了，半晌自己回来了，低着头告诉艾莫日根，孩子不愿过来。艾莫日根火了："孽畜，不认爹和外人亲，看我不打死他！"一想这是自己的亲骨肉，叹了口气又坐下了，挥手让素素给他送去一大碗狍子蹄筋。晚上，梁潇和梁雁教孩子背诵唐诗，琅琅读书声传到上屋，艾莫日根虽然听得不太明白，可是，孩子稚嫩的童声非常好听，一时兴起和素素道："汉人奴隶都传，说你曾经是什么'樊素口'？和当年唐朝的一个名媛有一比，最会唱曲儿了，今天也给我唱一个？"素素推辞道："人们常说，拳不离手，曲不离口，我这都几年不唱了，再唱还不得把狼招来？"艾莫日根不高兴了："娄参事告诉我，你当年就愿意唱给梁潇一个人听，咋了？看不起我？怕我听不懂？咱应差事到吉林乌拉看那唱戏的，虽然不懂词儿说的是什么，可咋也能看得懂戏文的意思，像什么《捉放曹》《斩华雄》《虎牢关》什么的，那个大白脸是个坏蛋，那个红脸关公是汉人的巴图鲁，对不对？"素素不敢不唱，艾莫日根已经挥拳砸炕坯了，他一到不高兴时，这是发火揍人的"前奏"，八九不离十，他马上就要怒火冲天揍人了。素素连忙唱起来，慌不择曲，一下子顺嘴唱出来最熟悉、梁潇最喜欢听的那首《钗头凤·红酥手》。“红酥手，黄滕酒，满城春色宫墙柳……”才唱两句，把她自己吓了一跳，声音咋会这么难听。艾莫日根勉强听了几句，一掌打去，素素被打得倒在炕上，嘴角流出血：“这么难听？倒像那破瓷碗碴子磨石头的动静，你是不是压着嗓子唱的？省着好嗓留着给相好的听呢？”素素泣不成声。倒不全是被打得疼痛哭泣，更是怕心上人梁潇听了当年苏州最有名的“樊素口”咋就唱成这样，他会难过死的。悲从心起，泪如泉涌。早上，艾莫日根让大老婆叫他儿子到上房吃饭，大老婆赌气道：“放着奴隶不用，倒支使起老娘来了？”见艾莫日根眼睛血红的，显然是昨晚和素素生气了，吃早饭也在处处找碴儿，不敢惹他，连忙去喊儿子。没等儿子来，牛角号响了，艾莫日根听了片刻，举碗喝干了酒，命两个奴隶备马，又有了新的任务。

原来押送的人抢了大部分黄金跑了，只得临时招来披甲人护送剩余的黄金到吉林乌拉。押送黄金的一行人向南走了五十多里，当晚在一个只有几户鄂伦春人的小屯里宿营。按照惯例，每晚都需要将每一匹马驮的金沙当场点验封存，明天一早再分装。披甲人都围着看收包点验，拿着剔肉的刀子撕扯着吃着肉骨头，喝着酒。娄垠被将军府安排到这队人中负责记账和监管黄金。点过的金沙堆在桌上，金光闪闪。艾莫日根坐在娄垠侧后面的被摞上，坐得高看得清。粗糙木桌上面的金沙，每倒上一袋，金子又增加了一些。点到第七袋时，艾莫日根发现倾倒下的金沙满满的一小布口袋，桌上的一堆金沙不但没多，反而像又少了一些。他揉揉眼睛，以为自己喝醉了，再看下去，第八袋、第九袋倒在桌上，仿佛桌上的金沙更少了。他在路上就和披甲人兄弟们议论过了，用这些金子买酒，足够他们喝一辈子的。兄弟们都盯着这些金子，在他们眼中这就是酒。披甲人虽然鲁莽，可也有他的另类智慧。艾莫日根悄然不动，大笑着用他们民族的语言，叽里咕噜地告诉其他披甲人兄弟，不动声色地盯着那堆金子。娄垠听他们乱哄哄地吵闹，以为不过是一群酒蒙子在闹酒，也不以为意。共计二十七袋，随着一个个披甲人将自己马上驮的金袋交给柜上，倾倒在桌上金沙增加的数量有限。那个年轻的披甲人——呼斯楞的儿子用他们的话告诉艾莫日根，娄垠在木桌下面铺了一片包袱皮，金子顺着缝儿全都流到桌子下面。艾莫日根嘴里嘟囔着装成醉倒了，悄悄躺在被摞上，身子低了正好斜眼看着，娄垠将金沙倒在桌上缝隙里，故意将铺在缝隙上的绸布移开，将金子漏到下面的一片麻花布上，那上面已经堆了一小堆了。艾莫日根的酒一下子醒了，他想起来了，白天路过一片沼泽时，一个奴隶陷进去，大家好不容易丢根绳子用马拉他上来，他牵的那一匹驮马却陷进泥沼里，娄垠请他们做证，陷进去的那匹马驮的三袋黄金丢了。艾莫日根从前队赶来，听到这个情况，披甲人为人实在，他负责带队押送不敢丢了金子，连忙将绳子捆在腰上，非要去捞那些金子。折腾了半天，陷进沼泽里死去的马背上并没有装金子的口袋，现在他想明白了，这是娄垠想借机贪了金子，好借口说是陷到泥沼里了。出发时佐领命令他，一路上安全由他负责，娄垠协助他管理黄金和账目。如今要是黄金对不上账，那他们披甲人岂不是丢了诚信的声誉？他一声号令，几个披甲人上前，推翻了桌案，一切都暴露在眼前。艾莫日根命兄弟们将娄垠捆起来，不由分说地将他吊到外面的大树上，明天一早再说。黄金没丢，艾莫日根高兴，命兄弟们除了值更的，都尽情喝酒，一醉方休。娄垠被吊到后半夜，胳膊疼得受不了，一声声惨叫和着远处山里的狼嚎，十分瘆人。娄垠害怕极了，不敢叫嚷，他怕真的把狼招来了，不等喝醉的披甲人起来，狼早就把他啃得只剩下骨头。他叫嚷着哀求披甲人饶了他，承认沼泽里没有陷进金袋，那三袋金子在他的绑腿里面。艾莫日根起身抓起酒篓猛喝了几大口，冷笑一声躺下接着睡。娄垠声嘶力竭地嚷着："艾莫日根，你个大傻瓜，你敢不敢放开我？放开我，我告诉你一个天大的秘密！"艾莫日根冷笑一声，并不理他。心想，这小子知道求饶不管用，开始用激将法了。艾莫日根埋头装睡，心里却犯嘀咕，想知道他要说的秘密是什么，是不是和素素、梁潇有关，也许和儿子有关，越是想听，娄垠声音越是往耳朵里钻。"我告诉你，你家里那个小崽子就是梁潇和素素的种，你要是不信，我告诉你如何验出那孩子到底是不是你的种。"艾莫日根一骨碌爬起来，嚷道："兄弟们，点起火来，把那个贪婪的浑蛋烤熟了，祭山神，然后丢给狼吃了。"众兄弟们强睁开醉眼答应着，迅速将娄垠捆到一棵树上绑紧，在他前面堆上干枯的树枝和柴草，呼斯楞的儿子举着火把，见艾莫日根一挥手，将火把丢到柴堆上，"轰"的一声，大火着了起来。娄垠吓得尿了裤子，哭喊着："披甲人爷爷饶命！我就是贪了金子，也该将军府处置，你们没有权力烧死我。"一看艾莫日根理着胡子怒了，连忙改口："披甲人兄弟，披甲人大爷饶了我，我告诉你如何辨别那孩子到底是不是你的。"艾莫日根一听，见娄垠被烟火烤得直咳说不出话，见他衣服早已被大火燎着了，头发眉毛上都是火。

这才冷笑几声，命人将他先放下来。娄垠从阎王殿里走了一遭，侥幸逃回来，知道这些披甲人从来不讲什么大清律法，烧死他不过像踩死一只蚂蚁，更何况自己贪占黄金罪不容诛。他用手抹着眼睛上被披甲人灭火时浇上的水珠，结结巴巴地说："披甲人大老爷你答应不杀我，我就告诉你一个办法，叫作'滴血认父'，你只要不杀我，瞒了我偷金子这件事，让我平安回去，我一定告诉你一个让人满意的办法……"娄垠再坐到桌前的地上，眼看着披甲人大块吃肉大碗喝酒，却只让他坐在那儿看着，他又饿又渴，看得他直流口水。呼斯楞的儿子抽了他一鞭子嚷道："快说你的'滴血认父'办法，你没资格和我们大哥讲条件！"娄垠还想得到不杀他的承诺，艾莫日根咕哝了一句什么，那些人立即将他推出去，还要烧死他，吓得他魂都没了，只好和披甲人说，要辨别是不是亲人，只消将两人的两滴血滴到一个碗里，如果能迅速融为一体，那就是两人有血缘关系，要是两人没有血缘关系，两滴血就会相互排斥，不会融为一体。

艾莫日根押送黄金回来，还顺手打了一只狍子。进了院子丢给几个奴隶，命他们收拾好烀上。儿子和梁潇坐在石磩上，正在开心地背诵一首唐诗。儿子已经背得娴熟了："林暗草惊风，将军夜引弓。平明寻白羽，没在石棱中。"儿子见他回来，怯生生地过来叫了一声："爹。"他心里一热，知道这是梁潇和梁雁认真调教的，看着梁雁在柱子后面比画着，教儿子和他亲近，刚热起来的心又迅速凉了。艾莫日根家的种一说读书就脑袋瓜子生疼，这小子三岁就会背诗，真是"道南的兔子——隔路"。他能是我披甲人的后代？艾莫日根冷笑一声，刚想发作，一下子想起娄垠的提醒：回家千万别动声色，让他们猜不到咱们的意图，猝不及防使出"滴血认父"的招法，那才能"准成"！早饭后，娄垠领着娄禾来了。娄禾自从那次梁潇和梁雁被披甲人买去，他几经波折，又和娄垠混到一起。梁雁和梁潇认为他天性使然，也不觉得奇怪。艾莫日根一口喝干一大碗酒，冷笑一声大喊："梁潇，你不是说这孩子和你没有血缘关系吗？敢不敢试试？"梁潇和梁雁在鹿棚子后面马架子里早就瞧见娄垠来了，知道他一来准没好事。两人眼色一对，拉着不肯见他的孩子出了破马架子，来到上房。梁潇对娄垠阴险的笑脸不屑一顾，眼睛瞅着房笆。梁雁笑道："娄参事，你到我们家来准没什么好事，说吧，今天你又准备倒什么坏水？"娄垠也不正面回答梁雁，只是冷笑道："你从来不过是给梁潇垫褥子、拉皮条的主，你心里最明白这孩子到底是谁的。"贼咬一口，入骨三分！梁潇从艾莫日根的眼睛里看到了杀气。娄垠进来时就听到孩子在背诵唐诗，他不会放过这个发现。“披甲人的孩子三岁就会骑马，五岁就能猎狐，二三十岁也不会什么诗啊词的。”艾莫日根杀气腾腾地抽出弯刀，大老婆趁大家不注意，突然从梁雁身旁将孩子抢到怀里，丢到艾莫日根身旁。孩子自从上次被弄断了胳膊，将凶神恶煞的艾莫日根视同魔鬼，这个时候吓得泪如泉涌，却哭不出声来。娄垠得意地笑了：“梁潇，你让披甲人帮你养儿子，你缺不缺德？今天你敢不敢和这小畜生，这个贼种滴血认父？你敢吗？”话音未落，艾莫日根早抓过孩子的右手中指，弯刀一划，挑个口子，血流出来。大老婆连忙拿过一个瓷碗，里面有少许清水。鲜红的血滴进去，一汪血红色的液体凝在一处。梁雁脑子里飞速转着，和梁潇对视片刻，知道互相都在猜娄垠想出的是什么坏招，来保证他一定会赢。梁潇使眼色暗示梁雁，这只碗肯定不是披甲人家的，而是娄垠带来的。披甲人家平日只用桦木碗，仅有的两只粗瓷大碗，还都放在神龛前面，用于祭祀神灵。梁潇曾听道长师父说过，滴血认亲根本就是无稽之谈，再说两个人的血滴在一块能不能融为一体，那是需要很多方面的条件的，可不是这般简单。梁潇平静地说：“滴血认父，得先认他生父，如果不是才能换上可疑人的血。”娄垠抢白道：“你就是这孩子的亲爹，你敢不敢滴一滴血？”大老婆跟着吵嚷：“你心里要是没鬼，为什么不敢来验？你要不是他亲爹，验了不正好能证明你的清白？”梁雁笑道：“既然娄垠要验，梁潇要是不验怕是解不开艾莫日根的疑心，梁潇这几天总是流鼻血，不能用宰杀过野牲、剐过肉的刀子刺他的手，容易感染得病。”“咋样？怕了吧？这是找借口。”梁雁平静地说：“我们问心无愧，你们稍等便是。”她转身跑回鹿棚后面的那座马架子房。没等艾莫日根一碗酒喝完，梁雁回来了，手握着一把精巧极了的小银刀，这是将军府管家问她走时要点什么，她说只要这把刀，才送给她的。她握着梁潇的手指用银刀一挑，一滴血滴入大老婆端过来的碗里，众人都目不转睛地看着碗里，只见两滴血迅速融合为一团，艾莫日根一脚踢翻了桌子，叫嚷着命人把梁潇捆了，他更是怒向胆边生，扯起孩子举过头就要摔死。梁潇急忙嚷着：“且慢！要是娄垠施了诡计，你误杀了自己的儿子，岂不是遗憾终生？到那时可没有后悔药。”娄垠得意极了，咧着大嘴嘲笑道：“这还有什么可说的？血证在此，还想抵赖？”大老婆命人把素素从哈什屋里推出来，素素早就被捆成大粽子，嘴里堵着破布，泪流满面。梁雁大笑几声，笑得娄垠心生凉意，笑得艾莫日根疑惑惊诧。梁雁道：“娄垠，你说这血融合为一体就是父子?!”娄埌心有顾忌，怕梁雁话里有什么圈套，可事到如今只能点头：“这还用说？宫廷御医都用这方法验证皇亲庶子的真伪，梁潇的血和这孩子的血融为一体，梁潇就是他亲爹。血证在此，你们还想抵赖?!”梁雁拍拍手，那只小鹿走过来，梁雁拍拍它的腰，它乖巧地趴下，梁雁抚着鹿耳朵上的伤口道：“那滴血是这只鹿的，不是梁潇的。”说着亮开手掌，她手心里有一片桦树皮纸，被血染得通红。她又拉过梁潇伸开手让大家看，梁潇擦去手指上的血，并没有刀伤。艾莫日根黄眼珠转着，凶狠地盯着娄埌。娄埌万万没想到，他精心策划好的陷阱会是这样的结局，他呆若木鸡，无话可说。艾莫日根一脚将娄埌踢倒：“你这狗奴才，我和你到底有什么仇？几次三番想让老子害死我儿子。”几个家奴早上前，将娄埌五花大绑，娄禾本想跟着来拿赏银，此时见势不好，吓得早跑得没影了。那个哑巴奴隶，平日里梁潇、梁雁总照顾他，这时知道娄埌想置他俩于死地，见娄埌歇斯底里地狂叫，早将一团马粪塞进他嘴里，呛得他直瞪眼睛再也叫不出声了。艾莫日根不顾一切地拉过儿子搂到怀里，孩子木然地任他搂抱，艾莫日根以他特有的粗犷方式和儿子亲热着，他的胡须扎得孩子直咧嘴却不敢哭叫，眼睛瞅着梁雁不敢和他对视。梁雁嗔怪艾莫日根：“就算你们披甲人剽悍勇敢，也不能太冲动了，这会儿知道心疼儿子了？那会儿差点没把自己的亲生儿子剁了，要是真那样，岂不是悔之不及，凡事为什么不动脑子想想？娄埌和梁潇在苏州就是仇人，他无时无刻不想陷害梁潇，想借刀杀人……”说着一边给素素解开绳索，素素百感交集，既高兴今后艾莫日根打心眼儿里认了他的儿子，儿子的生命安全总算有了保证；更是感激梁雁和梁潇机智地识破了娄埌的诡计，大老婆见艾莫日根搂着孩子，知道他会爱屋及乌更加宠爱素素，心里有些酸楚：“就算你们说得对，娄埌使的什么坏招，能让一滴鹿血和孩子的血融合在一起，要是梁潇真的割出血相融了，既害了梁潇，更要了我儿的命！可我就不明白了，披甲人家的孩子，一个个天生的不用教就会骑马狩猎，就是不懂什么‘子曰’‘诗云’的，可这孩子咋就能三岁背诗?”梁潇笑道：“其实无论是汉人家还是披甲人家的孩子都一样，只要假以时日，认真教化都能成才。”娄埌策划的一场闹剧就此收场，艾莫日根开心地大笑，震得棚上灰土都落下来。他命人把狍子肉端上来，请梁潇和梁雁上坐，素素也和大老婆一样被安排到他的左右。他拿出一柄鲨鱼皮鞘的精致小刀送给儿子，舐犊之情溢于言表，儿子却被他突如其来的宠爱弄得局促不安。艾莫日根看着可爱的儿子想起了娄垠，险些让他上当杀了亲儿子，顿时怒火中烧：“割了娄垠那杂种的命根子喂狗，再把他丢进熊瞎子沟……”娄垠跪地叩头不住地求饶，早被几个奴隶按在地上用刀子割开裤带，娄垠惨叫着求饶。见他不理，转而求梁潇和梁雁。“梁兄救救我，是我不对，我不是人，是我想害你，你大人不计小人过，帮帮我，我一定痛改前非，我还有金子，藏在娄禾那儿，全都给你和梁雁……哎呀！我的命根子……饶了……”梁雁笑着问他：“那你说，这孩子到底是谁的?”娄垠忙不迭地嚷着：“是素素生的，是素素和披甲人生的！你看那黄毛儿，那大手，只有披甲人后代才长得出来，我是嫉妒你们日子过得好才出此下策，饶命啊……”艾莫日根见梁潇不动声色，素素深恶痛绝不肯为他说一句好话，一挥手几个奴隶将雪亮的弯刀举起，理着娄垠的尘根就要下手。“住手!”几个清兵进来，一个伍长上前道：“披甲人艾莫日根听令，将军府参事娄垠无端搬弄是非，想用移花接木的手段嫁祸于人，罪该受死。鉴于他可能是朝廷追索‘金佛铁誓’要案线索有关嫌疑人，特命将其带回将军府查处……”梁潇知道，这是娄禾跑出去报告将军府管家，才有人来救他。娄垠离开艾莫日根家，回头狠狠地瞪着梁潇和梁雁，那眼神分明在说：等着，君子报仇十年不晚……

# 第二十五章　孽子冤魂

秋天到了，兵部来人点验披甲人兵马。艾莫日根带着两个奴隶去参加点验，十几天后回来，还受到将军府的奖励。艾莫日根心里高兴，天天领着儿子学习鞍马上的功夫。只有几天工夫，儿子就能在马背上站着，任凭骏马飞奔颠簸，跳上跃下游刃有余。艾莫日根这才真的相信，只有他们披甲人才能有这般本事。梁雁只要有工夫就会给孩子讲披甲人猎熊的智慧，打狼的勇敢，儿子渐渐地和艾莫日根在情感上融合了许多，至少和艾莫日根多少有了亲昵的举动，让艾莫日根感受到了些许天伦之乐。梁潇真心实意地给艾莫日根泡制美酒，还把将军府因为他泡制的酒好，赏他的美酒全部送给艾莫日根。渐渐地艾莫日根被梁潇感动了，一家人过着平和快乐的日子，令那些天天打得鸡飞狗跳的披甲人家羡慕不已。梁雁细心，每天从上房侍候艾莫日根回到马架子房，总是看到披甲人家那个一只眼睛的奴隶，躲在暗中监视着他俩。她提醒梁潇注意，梁潇却说，哪个奴隶不想着立功赎罪，早点脱离这人间地狱？他想找咱毛病，咱们谨慎点就是了。那个哑巴奴隶天天给艾莫日根当上马石，弓着腰任由艾莫日根踩着上马，每天都和大黄狗在一起吃喝。梁雁每到晚上装作倒脏水，顺手给他碗里倒上些肉汤，哑巴不住地点头感谢。梁潇最关心后院栅栏墙草堆里住的那个有病的老奴隶，头发蓬乱着，每天缩在草堆里取暖，要不是一双眼睛在动，还让人以为是具尸体，虽然年事已高，双脚还是被锁着镣铐。梁雁私下里问一个女奴，这个老奴隶是什么来头，那女奴告诉梁雁，千万别管他，他曾经被将军府重用，后来却暗算前来的刑部侍郎，将军府让披甲人看牢了他，别让他跑了。梁潇却不管这些，总是拿着一碗肉端过去和他一起吃，有时还一起吟着唐诗宋词。艾莫日根听到好事的奴隶报告，冷冷地笑笑不以为意。转眼到了初冬，这天晚上梁雁用野猪肉炖蘑菇，狍子蹄筋炖猴头菇，烤鹿排，炖林蛙，丰盛的菜肴摆满木头桌子，奴隶们只有梁雁和梁潇在正房里和主人一起享受这些美味。那孩子乖巧地给艾莫日根倒上酒，乐得艾莫日根连干了四五碗酒。素素又给他斟满酒，他高兴地抚摸着儿子的小脑袋，学着梁潇的话说："将来出将入相，非我儿莫属！"一桌人开怀大笑。一个奴隶领着艾莫日根的弟弟进来，艾莫日根不等他说话，让他先喝上几大碗酒。那汉子喝完抹了抹胡须上沾的酒滴说："大哥，将军命你家的奴隶梁潇立即去府上制酒，准备迎接理藩院官员来视察。"梁潇嚼着肉，答应着。梁雁道："泡制好酒得好些工夫了，不差一时，等梁潇吃了饭再去。"艾莫日根也说："你也喝几碗酒，一起吃饱了再去。"那人说不是不给大哥面子，而是将军府上催得紧，军令难违。艾莫日根骂道："我兄弟这般手艺，为什么不让他在宁古塔开个酒庄，到时候官家来买酒，我兄弟不就有钱赎身，早就回家了？"梁雁和素素心道，虽说艾莫日根愚笨，可也有明白之时。梁潇随艾莫日根弟弟出了门，突然被一张网罩住，他不及防备被按倒在地上，几个清兵七手八脚地将他捆了起来。艾莫日根憨厚的脸上顿时充满了杀气："梁潇那天你骗了老子，你和梁雁将刀子上涂了明矾，用它割谁的血，无论狗血猪血没有不相融合的。你们骗了老子，还装好人，你的儿子聪颖过人，学什么都会，硬说是我披甲人的后代，天生会骑射，其实是你和梁雁趁着我不在家教他练的，然后等我回来应付我开心。"梁雁见这些人早有准备，梁潇在他们手里不敢轻举妄动。她知道，她和梁潇都被艾莫日根装出来的好意和善良给蒙住了。素素曾提醒他们，艾莫日根性情反复无常，不如趁他心情还好，不曾防备，天气也暖和，赶快逃走。危急时刻，梁雁心里盘算着逃命的办法，嘴上却争辩："你光听娄垠贼喊捉贼不行，明明是娄垠拿给你的碗被他先涂上明矾，被我们识破，才用鹿血告诉你真相，咋能说我们做了手脚？"梁潇从来都觉得艾莫日根城府不深，情绪都在脸上，不会玩阴的。如今，一定是娄垠找机会天天给他灌迷魂汤，他心底的仇恨已经根深蒂固了，不是简单几句话就能改变的。娄垠上前，得意极了，想揍梁潇一顿出气。梁雁借机急忙悄悄将小银刀递给素素，希望她能想办法递给梁潇，凭梁潇的本事一定能脱身。哑巴奴隶在柱子后面暗地里看着，露出阴森的笑。艾莫日根冷笑一声："今天我就让你死个明白，咱用桦树皮碗滴上这孽种的血和咱的血，根本就不相融，他咋能是我的儿子？哑巴能证明，这孽种就是你梁潇的种，他以前是涿州城里的秀才，因为'文字狱'被割掉舌头，可他什么都能听到，他还能写得一手好字，这是他在桦树皮纸上写的东西，你要不要看一看？”说着将一片桦树皮纸递给梁潇，只见那桦树皮纸上写道：“……当晚，黑云遮月，伸手不见五指，家主喝了梁潇加了迷药的酒，上炕不一会儿就睡着了，女奴素素从炕上溜下来，悄悄来到了梁潇的屋里，梁雁在外面放哨，素素许久才掩着衣襟出来……”梁雁看到这儿，“哧”地一笑，对艾莫日根道：“娄垠又给你灌了什么迷魂汤？让你信了他的鬼话，要知道滴血认亲本来就是无稽之谈，更何况梁潇那天晚上根本没在屋里，后院老奴能做证。那天晚上他急着翻墙出去，因为杨姑娘被娄垠花言巧语献给了大将军的三福晋，三福晋想娶杨姑娘为儿媳。梁潇急了，慌忙跑出去想要带着杨姑娘逃跑。没想到梁潇去了，见到了大将军家的老奴，劝他回来从长计议。哑巴你说，梁潇是不是那天后半夜回来的？还给你一块马肉干。”哑巴不敢点头，艾莫日根却说：“咱披甲人还算厚道，这哑巴写的东西里面还有你俩暗地里和‘金佛铁誓’盟主相约，想救出官庄里的王嫱夫妇，再图谋反叛的大事，这件事我还没报告给将军府！”这时有奴隶来报告：“主人，那老奴昨晚病重，梁潇给他喝了药酒，不到五更就死了，大娘子怕尸体传染家人，阴魂再留在宅里害人，命奴才们天没亮就拖出去丢到西山沟了。”艾莫日根冷笑道：“梁潇，你想死无对证？”梁雁嚷着：“艾莫日根你就不怕上了小人的当，弄错了将来再后悔？你不能杀了梁潇，要是信不着梁潇，留着他慢慢弄清真相还不成吗？娄垠，你这恶鬼，你既然唆使艾莫日根信了你的鬼话，为什么不敢出来对质？哑巴，你说实话，那天晚上是不是看到梁潇翻墙走了？”沉默半天的梁潇突然说话：“艾莫日根不得鲁莽，你想杀我？哼！量你再精于骑射，勇猛剽悍，你还没那杀我的本事，你千万别轻信恶人的谎言，不可害了你的儿子，一切总会弄清楚的。梁雁！快逃……”说着人已经奔出几丈远，绑他的绳子早已被割断，一段段丢在地上。艾莫日根冷笑一声：“在我艾莫日根手底下跑出去的猎物还没托生呢！”素素见梁潇朝后院墙跑去，连忙丢下儿子，一边追一边嚷着：“梁潇，后院早安下了猎虎用的铁夹子！”梁雁抱起孩子，一脚将哑巴踢倒，挡着披甲人和几个奴隶追赶梁潇的窄道，两边是披甲人家准备过冬的木柈子垛，众人急切间推开梁雁还是耽误了片刻时间。素素跟着梁潇跑到后院，梁潇从不显露的身手这时大展神威。一个虎跳纵身跃起，上了后院紧锁着的门顶上，回头一笑，就要跃下去。素素追过来急忙叫嚷道：“危险！”梁潇犹豫之间，艾莫日根在众人的簇拥下耀武扬威地过来了，火把照得小院里如同白昼。娄垠递给艾莫日根硬弓，娄禾递过来箭镞，艾莫日根嘴里不知道吆喝些什么，搭箭到弓弦，只听“嗖”的一声响，梁雁急得一声惊叫！梁潇弯腰躲过一箭，劈手折断一根木栅栏，丢到院外地上，埋在土里的虎夹子“啪”的一声迅速合上，将那根断木紧紧夹住，几乎要夹断，要是贸然跳下去，腿非得被夹折了不可。梁潇暗暗心惊，再飞身跃起从栅栏顶上飞跑，沿栅栏顶跑到院子转角处，纵身跃起想跳到墙外。关键时刻艾莫日根利落地拉开强弓，箭早发出，“嗖”的一声射向梁潇，他在空中无法转身躲避。素素急忙拿起一块儿子练习射箭的木靶子，挥手掷去，刚好顶在箭杆上，箭射得偏了，从梁潇头皮上飞过，梁潇惊出一身冷汗，飞身跃下落到一片空地上。梁潇平日里总到这儿来和那个老奴一起闲聊，对这里地形熟悉，一纵身几个箭步穿进杨树林。披甲人肥胖的身躯无法跳过栅栏，一行人打开门绕过栅栏墙追出来，夜幕下只听到树林里微风吹过的阵阵声响，哪还有梁潇的踪影？艾莫日根冷笑一声：“蠢货！你要是往城里跑，咱披甲人也许不好下杀手；往山林里跑，你就是猛虎，咱披甲人也能猎杀你，剥了你的虎皮！”他召唤家奴，“来人！把那个放荡娘们也带上，让那几条猎狗带路，今天一定让梁潇死无葬身之地！”梁雁抱着孩子身子不灵活，被几个奴隶持刀围住。正在危急关头，那个平日里总和他俩作对的独眼奴隶突然发威，三拳两脚打翻了几个奴隶，抢过一只火把丢到柴草上，“腾”的一声火焰迅速燃起来，惊得众奴隶四顾不暇。梁雁惊呆了，那人两眼睁圆，嚷道：“快逃！”梁雁知道机会难得，一个扫堂腿踢倒哑巴，灵活地左闪右躲，避开奴隶们的抓捕逃进马棚。抱着孩子跃上光背的小红马，急切间解不开缰绳，那独眼奴隶喊一声：“接着！”随即掷来一柄小刀，正是她悄悄递给梁潇的那把小银刀。梁雁挥刀割断缰绳，黑暗中，小红马迎着几个拦截的奴隶踹去，趁他们慌忙躲避跑得远了。追赶的人们再聚拢追出院子，黑暗中只听到马蹄声不见踪影。

天近晌午，大黄狗狺狺地朝着山腰处一块岩石狂叫。艾莫日根挥鞭猛抽一鞭素素，打得她一声惨叫。艾莫日根得意地骂道：“臭娘们！我们几次追到近前了，你都故意哭叫提醒梁潇，让他一连三次从容逃走，你以为我不知道，我故意没让人把你的嘴塞上，就是让你告诉他逃，逼他一步步逃上这座山峰，四下都是乱石嶙峋的绝壁，只有一条路能通山顶，我们靠你才将梁潇赶到这儿，让他上天无路，入地无门，你看着我是咋抓住他……”哑巴上前边哇哇叫着边用手比画，艾莫日根看明白了，大黄狗一定是平日里被梁潇喂熟了，不再叫也不再引导他们追击梁潇的具体位置，还站在路口挡住那几条猎狗狂叫，不让它们追过去。艾莫日根冷笑一声："这有何难?"只见他下马在岩石平缓些的地方仔细看看，山坡上巨石的缝隙里长着荒草，他辨风识味，环顾左右之后，指着山坳荒草茂密处说："往这儿追，这小子靴子坏了一只，只能一只脚吃力，那一只赤着脚用皮子包着，顶多支撑半个时辰就得磨破，他还是一个人，梁雁并没有和他在一起……"素素被捆着双手骑在一匹马上，她的心迅速提到嗓子眼儿，要真的是这样，梁潇的处境可就危险了。娄垠骑马跑过来报告艾莫日根："将军府得知流放要犯梁潇杀人潜逃，当值佐领急忙派一队清兵来帮助追捕。"原来娄垠早就悄悄命娄禾去报告将军府，谎称梁潇杀了老奴逃走了。艾莫日根一听心里高兴，虽然抓一个梁潇用不了这么多人，可这些人来了，还说了是抓杀人逃犯，他捉梁潇就不但是披甲人抓家奴，更是捉拿罪犯的大事了。一行人按照艾莫日根的部署行动。素素见他们故意声东击西，把梁潇往绝路上赶，十分揪心。这些披甲人围捕，还有清兵埋伏，上山下山只有一条险路，梁潇再有本事，如何能逃？艾莫日根见清兵都按他的要求，四下埋伏好了，将所有的道路都封锁了，他不怕梁潇再逃出去。他不慌不忙地率众人从杂草丛生的险路攀上，叫嚷着向山上追去。没走多远，怪石间小路十分狭窄，一行人只好弃马步行。艾莫日根不得不命人给素素解开绑绳，有的路还得奴隶们用绳子拉她上去。不一会儿，这些人就走出一身汗，抬头突然看见头顶怪石上立着一个人，众人被巨大的乱石所限制，只能一字排开迎敌。素素暗暗佩服梁潇的机智，在这里袭击披甲人，任披甲人人多，也只能一对一地决斗，凭梁潇的本事，更是稳操胜券。披甲人慌乱了半晌，上面没有动静，再细看上去，那是人们踩动了一根木头，翘起那头拉紧了绳索，扯起岩石上面一个穿着梁潇衣服的假人，气得艾莫日根胡须直抖。见没有危险，众人以为梁潇身单力薄，一个个争着上前。刚刚转过巨石，一棵大树突然倒下，将四五个兵卒压倒在地上。虽然没被砸伤，可也被枝枝杈杈压着爬不起来，树杈挡着众人无法绕过，众人只好将断树绑上绳子用马拉到一边，才能勉强通过。众人顾不上休息再向上爬，几条猎狗在左面山头上狂叫着。众人抬头看去，原来梁潇早就攀上峰顶，离他们虽然只有十几丈远，可是要循着路绕过巨石，攀上峭岩，怎么也得半个时辰。艾莫日根看梁潇，只见他得意扬扬丢下几段树枝，吓得众人纷纷躲藏。他以从容夸张的动作，在巨石上跳跃腾挪，寻找下山的路。艾莫日根笑了："天堂有路你不走，地狱无门你自来！”原来这里是绝路，前面是万丈深渊，只能循着原路才能下山。众人见梁潇走上绝路，纷纷叫嚷着往前冲。登上峰顶在一个不到两丈宽的小平台上站稳了，向上看去，只见梁潇早已发现这是绝路，将一段绳索投到对面悬崖上的一棵树杈上套住，用手拉拉试试牢不牢固，将绳套穿过胯下拉紧，想荡过深渊飞跃到对面峭岩上逃脱。艾莫日根见梁潇在太阳方向，自己向上看阳光正好刺眼睛。他顾不得这么多，连忙张弓搭箭，凭着感觉射去，“嗖”的一箭，那绳索早断了，不一会儿崖下传来隆隆的声响，再向上看，梁潇早不见了踪影。艾莫日根叹道：“当年咱追鹿群到这儿，那些畜生护着鹿茸不肯让人活捉，竟然全都投到崖下摔死了，如今这梁潇掉下去了，便宜他了……”素素顿时号啕大哭，哭罢推开众人，就要跳下崖去。艾莫日根笑了：“想死个痛快？没那么容易！”他环顾左右，见娄垠还在下面不远处喘着粗气向上爬，他鄙夷地摇了摇头：“把这淫荡的女人挂到悬崖上，等狼和鹰吃够了，把骨头架子扔下去，再让她和那个姓梁的相聚……”话音未落，他的腿弯被人重重一击，不由自主地跪倒在地，他料到危险，急忙奋力跃起，后脑却又遭到一记重击，脑袋“嗡”的一声，眼前一黑，趴在地上。艾莫日根明白过来时，胳膊肘被梁潇反关节扣着，任他有多大的力气，却无法挣扎。梁潇命令道：“快些把素素放开，让她先下山。”艾莫日根冷笑一声：“哼！偷袭算不上好汉，有本事咱单独决斗，我要是输了，我报告将军府，给你自由身。”素素提醒道：“梁潇别管我，更不能信他的鬼话，这人外表憨厚，内心狡猾，你现在就杀了他，就是不杀他，你也得拿他当人质。快跑！”梁潇笑道：“我让他输得心服口服。”说罢几乎没有征兆地飞起一脚，艾莫日根猝不及防，被踢得肋骨几乎折断，痛得他龇牙咧嘴地惨叫。梁潇放开他让他放马过来，那些兵卒都围过来，站在四周。娄垠嚷着：“公平搏斗，不可暗箭伤人。”实则暗中安排清兵，一旦艾莫日根落败，就乱箭射死梁潇。艾莫日根头发散乱，龇着黄牙，凶狠地踏着步子试探虚实。他不敢轻敌，窥视着梁潇的命门和要害。梁潇轻松一笑，迎面一拳，不等艾莫日根接招，早将艾莫日根的右臂顺势一带，一翻腕从他腋下钻过去，反关节锁住他的手臂，艾莫日根被扭得直叫。梁潇放开手笑他：“这次不算？怪梁潇的手法太快？招法太阴？”艾莫日根此时顾着输赢不再要脸面，点头称是。这一次艾莫日根那簸箕般大小的手紧紧攥成铁拳，挥拳砸向梁潇。梁潇左手捏成剑诀虚点，右脚早踢中他的膝盖，艾莫日根骨硬筋壮，皮糙肉厚，可膝盖扛不住梁潇重重的反关节一脚，“扑”的一声栽倒在地。梁潇上前骑在他身上，反关节拿住他的手腕，没工夫再和他斗着玩。几个回合下来，艾莫日根知道自己和梁潇差得太远了，吐着嘴里的泥土求饶："梁潇，娄垠告诉宁古塔将军，说'金佛铁誓'的盟主临死前告诉你金佛里的密码，只等你逃出去取那些金银时，就将你人赃俱获。"梁潇料他跑不了，让他起来说话。艾莫日根十分谦恭，点头哈腰的像侍候他们的头人一样对待梁潇。他一声令下，几个奴隶抓住娄垠，捆得他哇哇直叫。那些来抓梁潇的清兵一时不知所措，愣在那儿。素素和梁潇手拉着手，控制着艾莫日根一起往山下走。转过一块巨石，石缝狭窄只能侧身走过一个人。艾莫日根用披甲人的语言嚷了一句，梁潇一惊："不好！"梁潇急忙拉住素素，他随着艾莫日根抢先挤过去，艾莫日根想动手但已来不及，那些披甲人的家奴举着刀枪却不敢动手僵在那里。小路狭窄，那些清兵被险路隔成长长一队，只能跟在后面。艾莫日根被梁潇掐着脖子按在石头上，他立马堆笑道："我让他们联系一下追捕梁雁的那些人，问一问下落。"梁潇惦记梁雁，问："他们咋说的?"艾莫日根指着前面他的那个兄弟，梁潇关切地上前问他，艾莫日根瞅准机会突然发难，从靴筒里抽出匕首，猛然刺向梁潇。素素早挤过石缝，来不及喊梁潇躲避，只能拼死挡在梁潇前面，艾莫日根的匕首直接刺进了素素的小腹，顿时血流如注。梁潇怒了，一脚将艾莫日根踢倒，抱起素素用手掩着伤口。无奈匕首刺得太深，血不断外流，两手已经无法按住。素素脸色苍白，拼力拉着梁潇的手，颤抖着说："梁潇，今天能死在你怀里，我没什么可遗憾的，只是那孩子……"梁潇只顾着素素，不防身后艾莫日根和其他披甲人张网罩过来，素素使尽最后的力气，一脚踹开梁潇，梁潇被踹倒向陡坡下滚去，网罩下来，只罩到浑身是血的素素。梁潇顺势滑下去，两手死死抓住悬崖边缘，顾不上尖石刺破手指，悬吊在崖畔看着渐渐死去的素素。凝视间失去了先机，没法再偷袭，只好攀着悬崖，从崖壁长出的松树上一步步跳下。艾莫日根和众人急忙围过来，看着梁潇在险峻的绝壁上跳跃，如同猿猴般灵巧，没人敢去追，只能望而兴叹。娄垠过来见梁潇如同猿猴般敏捷，借着树枝飞快跳下，急忙嚷道："快！用石头砸死他！"清兵和披甲人匆匆找来十几块石头投下，梁潇不知藏在哪个峭壁的凹处躲着，下面松枝摇晃，滚滚尘埃过后不见人掉下去。艾莫日根无奈地摆摆手，众人只好作罢。

梁雁抱着孩子，纵马一路狂奔，傍晚才到了宁古塔城西南的献寿山脚下。这座山峰顶上有一尊巨大的岩石，似仙女捧着寿桃，因而得名。小红马狂奔了一天，早已累得气喘吁吁，梁雁不忍心再催它赶路，只好任由它沿着林木稀少些的地方慢慢走着，捋着路旁的草，边走边吃。孩子虽然饿得肚子咕咕直叫，但在梁雁怀里瞪着大眼睛一声不吭。梁雁一时心急，逃出来时没考虑奔向哪儿，凭着梁潇的本事逃出去不是问题，他能往哪儿逃呢？跑出来一整天了，眼下孩子又饿又渴，当务之急必须得先找到吃的。天色渐渐黑了下来，梁雁左右顾盼见远处山脚下的林中有一个撮罗子，屋后面的烟囱升起袅袅炊烟。梁雁左右看看，这里离宁古塔城很远了，只能隐约看到城池的一点模糊轮廓。四下里静悄悄的，只有晚风吹起四周树叶发出沙沙的声音。她小心地牵着马，抱着孩子走近撮罗子，轻轻地敲门，一对披甲人打扮的中年猎人夫妇开门出来，男人显得面容苍老，女人慈祥温柔，热情地迎接她。梁雁按照他们的礼节手抚在胸前施礼，骗他们说娘俩要去吉林乌拉找孩子舅舅，迷路了，带的东西吃光了，需要一点吃的，不知道那两人听没听懂，可她伸手要吃的，孩子眼巴巴地盯着锅里煮的肉，他们却看懂了。女主人热情地端来炖好的狍子肉，小家伙用手抓着几口就吃光了，女主人爱怜地又盛满一大碗，孩子才缩到梁雁身后，端着碗慢慢吃起来。梁雁一天水米未进，加上一路奔波，稍一松懈立马感到又累又饿，又困又乏。她拿过木勺喝了几大口肉汤，抓起一块骨头吃了起来，一辈子从来没吃过这么香的肉。她一边大口吃肉一边和女主人致谢。梁雁费力地使劲吞下一大块肉，才想起孩子。再看看炕桌边上身后都没有，暗暗自责：自己太饿了，大意了，万一孩子有个三长两短，这可咋和素素交代？她向来机警，这个时候更是沉着不动声色。想着，怎么会这样？她扫视着撮罗子，泥墙上挂着十几张貂皮和狐皮，柱子上用皮绳挂着一只鹿角。她猛然想起半个时辰前，在林中隐约听到几声牛角号响，这对披甲人夫妇是不是早就接到牛角号令，四下里围捕她和梁潇呢？如果是这样，一定是她们趁自己只顾着吃肉时，把孩子藏起来了，然后以孩子为人质威胁她，再捉住她。她不动声色继续吃着手里的肉，屋里静极了，除了她咀嚼肉的声音，只能听得到女主人的气息。男主人掀开桦树皮门帘子进来，笑容可掬地比画着手势，似乎在让女主人问她吃没吃饱。不等她说话，那男人突然从背后抽出弯刀，寒光闪闪地指向梁雁的面门。那女人不等她反抗，却说起汉话："不要动！你喝的汤水里有猎狐药，不动还能挺一时半会，动了立马就会昏死，你要是老老实实让我们捆上，至少眼下还有救，然后把你送到艾莫日根家。"梁雁指着他俩骂道："你们两个人面兽心的畜生，还我孩子，要不然我让你们……”男人冷笑一声：“孩子？艾莫日根让我们将这个孩子就地……”“咚”，话音未落，梁雁瘫倒在桌旁，口吐白沫，一双大眼睛瞪着门外。男人笑道：“艾莫日根的牛角号，要咱们活捉这女人，没想到这女人这么好骗，那个孩子咋处理？”女人道：“抓这两人不是将军府的军令，是咱披甲人的私事，把这女人捆了交给艾莫日根，他还不赏你酒喝？孩子剁了脚丫留作物证，人丢到后面沟里喂狼就是了。”男人却淫笑着：“不如我今天尝尝鲜。”说着凑到炕沿边上，手抚摸着梁雁光滑细嫩的脸蛋。女人急了：“你这蠢货，艾莫日根不惜传紧急召集令，下这般力气抓这女人，她要不是他的爱妾，就是官家跑出来的要犯，你碰了她就不怕她再得宠会害死你？”那男人根本听不进女人的话，正在得意，突然手腕一紧，被梁雁反关节拿住。这是梁潇教了她几十回的手法，三根手指一捏，对方纵有千钧之力也动弹不得。梁雁劈手夺过弯刀架到男人脖子上：“孩子，我的孩子呢？”女人面露狰狞，张弓搭箭对着梁雁，手法迅速令人惊叹。梁雁一个侧身将男人推到前面对着女人的箭镞，怒道：“孩子呢？还我孩子，饶你们不死。”女人无奈转身出门，片刻之后，拿回来一只硕大的皮口袋，外面露出孩子的小脚还在挣扎。梁雁知道，他们怕她发觉，把孩子藏到皮口袋里，时间长了，大不了闷死了省事。女人趁梁雁一手执刀逼着男人，另一手解开皮口袋，急着看孩子时，想用绳套套住梁雁脖颈。男人看出女人意图，不停地挣扎吸引梁雁注意力。她没料到梁雁仿佛脑后有眼一样，皮绳套到了头顶上，梁雁猛地一低头，拉住绳套。等那女人使足了劲，突然一松手，女人“咚”的一声摔晕过去。梁雁顺势将绳套兜到男人脖颈上，吓得他跪地求饶。梁雁将他捆得紧了，急忙挥刀划开皮口袋，一看孩子憋得脸通红。梁雁来不及施救，慌忙将这对男女捆得结实，把嘴塞上。想放把火烧死这对披甲人，又一想，他们也是奉命行事，没忍心烧死他们。牵上他俩的马，骑上自己的小红马，抱着孩子辨着小路，奔牡丹江边走去。她怕披甲人再追来，会辨风识味，想蹚过江水掩了气味。出了门犹豫着想回屋再找点吃的带上，隐约听到林中传来披甲人互相联系的口哨声，她连忙驱马就走。黎明时分，来到了一个三岔路口。梁雁将男女的两匹马分别扯紧缰绳在鞍上系紧，在两条路上分别放它们走，见它们还想转头回家，抽出刀子往两匹马屁股上猛插几刀，马吃痛快速沿路疯跑，她策马奔向通往江畔苇塘的岔路。她希望披甲人到了三岔路口，至少能分出两部分人分头追去，减轻她的压力。孩子似乎察觉到危险，在她胸前紧紧搂着她，心怦怦地猛烈跳着。突然，孩子死死地抓着她的肩膀，像要揪下一块肉，紧张得浑身发抖。梁雁勒住小红马，仔细一听，后面有急促的马蹄声传来，越来越近，还有披甲人的叫嚷声。“梁雁，你逃不了了……”梁雁听出身后是娄垠在叫，“把那杂种扔下来，饶你不死！前面就是松花江，你插翅难逃！”艾莫日根也叫喊着：“你把梁潇的杂种杀了，老子饶你一命。”梁雁知道遇到了劲敌，这次怕是凶多吉少。要是梁潇在跟前就好了，面对危险他总有办法。她努力使自己冷静下来，判断着和追兵的距离。她急忙下马，从马鞍下扯下几根皮绳套儿，就地在杂草稀少的地方，寻几棵树在根盘上系紧，再将皮绳掩在草丛里。她断定这些人不会想到，她也会像披甲人一样设置绊马索，然后打马向江边飞奔。转过一片白桦林，她才发现前面是江水转弯处，江水将河岸冲成陡峭的悬崖，从峭崖到江面至少有二十几丈，如何跳得下去？就是冒险跳下，不知江水多深，也没有胜算。回头看那些人飞马追来，在不远处被绊马索绊倒，摔得乱骂乱叫。娄垠怕梁雁再有别的什么招数，一边骂着一边小心地四下搜索前行。几条猎狗狺狺地狂叫，要追过来还得一会儿。想了片刻，梁雁脑子一转，想起梁潇在苏州逃跑时的办法，她急忙找了一小段枯树，扯下衣衫捆得结实了，投进江水里。把孩子小心地放到马背上的褡裢里，附到他耳边说：“别怕，梁潇爸爸一会儿就会找到我们的。”她拍拍小红马，将它隐在石崖边上一兜藤蔓深处，自己飞身跃到一棵松树顶上，藏在枝叶后面。“快看！这女人怕逃不掉，害怕被咱披甲人捉住，投江了！”梁雁听出来那个山下撮罗子里男人的声音。艾莫日根倚着梁雁攀上的那棵松树朝下看去，只见梁雁穿的那件皮袍子还有孩子穿的绿绸布面棉袄在江水里上下起浮着，顺着波涛向下游流去。他对孩子有一丝莫名的留恋，万一是自己的儿子，就这样漂走了？娄垠凑过来仔细看了看，水上漂着的衣服渐渐远去。“不对！梁雁极为聪明，就是几十个男人都不是她的对手，她不可能就这样轻易跳江。”几条猎狗似乎发现了什么，朝着那些藤蔓狂叫。艾莫日根和清兵都警觉起来，执着兵器往林草茂密的地方又捅又砍。艾莫日根冷笑一声：“这鬼女子要和咱玩金蝉脱壳。”他手捏着嘴唇吹起尖锐的哨音，震得四下里发出巨大的回声。那些猎狗得到了鼓励，从荒草深处用鼻子嗅着，奔向崖壁前的藤蔓。梁雁见他们搜向小红马和孩子，她虽然身处险境，可是，她十分自信地想着，这些人想抓住她？还不那么容易。怕的是被披甲人缠住难以脱身，万一失手再贻害孩子。眼下怕是披甲人已经发现了孩子的踪迹，想了片刻，为了保护孩子，只能先将这些人引开。她趁乱折下几根枯枝，投向艾莫日根和娄垠，吓得他们一跳！娄垠慌忙躲闪差点摔下峭崖掉进江里，胡乱扯着蒿草又抓住艾莫日根的靴子，还好艾莫日根紧张的时候条件反射地迅速抓紧了松树，要不然几乎被娄垠扯下悬崖。梁雁趁机纵身跃下，奔到崖下拨开藤蔓，将孩子抱到怀里，跃身骑上小红马，策马朝着来时的小路飞奔。那些人猝不及防，慌乱躲开怕被马撞到，然后打起精神再追，哪还来得及？只见前面树枝晃动，片刻间隐在林草中不见了。艾莫日根轻蔑地看了一眼狼狈不堪的娄垠，恶狠狠地骂道："吹围猎令！让附近的披甲人来围猎，杀了她和那个杂种！"梁雁策马跑过密林，见右边有一片洼地，残枝败叶上面有一汪清水。梁雁急忙驱马蹚过水，穿过一片白桦林，只见一块巨石上长满了苔藓，石头后面有一个浅浅的小洞穴。梁雁下马捡起一根树棍向里面捅了几下，几只野兔惊慌地跑出来。没有猛兽，梁雁放心了，将孩子藏进了洞穴里。嘴里叨咕着："别怕，一会儿我和梁潇爸爸就来找你，千万不可出声，别让那些坏人找到。"那孩子出奇地乖巧，梁雁十分吃力地搬过来一块大石头，堵在洞穴口，又扯了一些藤蔓掩上石头，看看左边有一棵斜着长的松树，树冠像是撕去一半的破雨伞。她牢牢记住了这个位置，心里祈祷着萨满保佑这可怜的孩子。梁雁再打马折回来，冲过水洼，跑向树林深处的小路。她盼着这些披甲人的猎犬能像梁潇说的那样，追踪时遇到水嗅不出猎物的气味。梁雁策马慢慢沿着林间小道走，故意弄得树枝晃动，遇到坡路，还将路边石头踢下，想把追踪的人引来避开孩子。她渐渐听到后面有追赶的马蹄声和狗的叫声，确信这些人没发现孩子，这才催马飞奔，奔向镜泊湖边上的地下森林。她记得梁潇说过，在那里烧石灰时，发现有很多洞穴可以藏身。她相信梁潇应该在那个地方接应她，找到梁潇，他会有办法引开披甲人去救孩子。小红马扬蹄飞奔，一会儿就跑出几十里远，那些披甲人的声音渐渐被风声代替。梁雁拍拍小红马的脖子，小红马脚步放慢了些。梁雁担心孩子被发现了危险，又无法折回去再看。犹豫之际，听到附近几处有披甲人互相联络的牛角号声。她判断一定是披甲人召集近处散居的猎户，在四下埋伏捉她，她既高兴又忧心。高兴的是披甲人真的暂时放下孩子追她，忧心的是这些有经验的猎户一旦追过来，要想脱身，那可就难了。森林像他们的家一样，他们在这里纵横驰骋所向无敌。想到这里，梁雁脸上豆大的汗珠滚落下来。密林中窸窣的声音在不远处响起来，梁雁顾不上再想，警觉起来。她左顾右盼没有发现什么，双脚急忙猛磕小红马的肚腹，在它跃起向前跑的瞬间，突然从鞍上纵身跃起来，抓住头上悬下来的树干，翻身骑上树杈。小红马向前跑了几十步，脚步慢了下来，打着响鼻吃起草来。那窸窣的声音是动物穿过林间草丛的声音，越来越响，黑暗中一个硕大的身影越来越近了，梁雁怕是狗熊，狗熊会爬树，要是遇上了可就凶多吉少了。一紧张手指僵硬得几乎扯不住树杈，一动树杈晃得厉害险些掉下去。那东西走到近处，扬起脸向上喷着鼻子，透过树影射下来的淡淡月光，梁雁冷静一看，竟然是那只梅花鹿！昨天晚上艾莫日根要杀鹿取鹿心血，他的酒断顿了，梁潇给人泡制药酒的工钱折合的酒，早让他预支喝光了。一个皮货商要当年出生幼鹿的鹿心血配药，答应出高价。艾莫日根后悔一时高兴将几只小鹿都送人了，只剩下这只和孩子一起长大的小鹿在送人时逃跑了。他心里明白这是梁潇和梁雁帮助藏起来的，当时碍着他们是为了他的儿子有个玩伴，也没说穿。如今没酒喝，他后悔总惦记着梁潇会泡制药酒，能挣来足够他喝的酒，放开量喝没了算计，没等到猎貂的季节到来，没了换酒的值钱东西，人家酒商就是要新杀的小鹿，要鹿心血做药，他为了解酒瘾，杀鹿绝不会含糊的。更何况他把那皮货商作为定金的酒早就喝光了。他支开梁潇和梁雁，命几个奴隶拿盐来诱惑那只小鹿过来，几个人按住，说是要锯鹿茸，实则是杀了鹿取鹿心血。那小鹿冥冥中感觉到要杀它，拼命挣扎，蹄子踢得几个奴隶吃痛放开手，艾莫日根急了，换酒的贩子等着呢，他带来的这点酒还不够那些披甲人抢着买的，要不是他说有活鹿取血，人家才不等他，早就卖光了。艾莫日根怕买不到酒，无奈只得命人喊梁潇回来，声色俱厉地命他把鹿捆了。梁潇却假装被鹿撞倒，疼痛难忍躺在地上挣扎，满地乱滚挡着追赶鹿的人，借机把它放跑了。梁雁没想到会在这儿遇到它，绝望中看到了一丝希望。小鹿是和孩子一起长大的，孩子和它心灵相通，艾莫日根讲起动物和小孩子的那些事，总是遗憾地说：动物对得起人，它们简单纯真，以为对你好你也会对它好。可是人往往在关键的时候害了它们。如今，没法回头去找孩子，怕再给追捕的人领路，只得死马当成活马医，将孩子托给它，要不然，等到她和梁潇再回去找，孩子就是不被发现，在深山老林里饿也饿死了，就是不饿死，也可能被野兽吃掉。梁雁跃下树杈骑上小鹿，小红马早闻声转回来了，梁雁将马背上褡裢里孩子肚子上围的小兜兜拿过来，让小鹿嗅嗅，拍拍它的脑门，指了指身后向森林深处延伸的小路，小鹿恋着她不肯沿那条小路走，跟着梁雁跑了几十步，梁雁只好下马抱着它的头，安抚它半晌，附着它的耳朵说了半天孩子的乳名，它瞪着大眼睛瞅着梁雁，一会儿，它才头也不回地跑了。梁雁双手合十，祈祷着：萨满保佑，希望小鹿能找到孩子。她相信，只要小鹿和孩子在一起，就能躲开危险，活到她回来。没等她上马，四下里披甲人围了上来，他们呐喊着，跑远了的小鹿似乎听到危险，迅速冲过他们的包围，跑回来了。梁雁拍了拍小鹿的屁股，搂着它的头喊着孩子的乳名，一连说了十几遍，直到她急得流出了眼泪，小鹿才恋恋不舍地伸出舌头舔舔梁雁脸颊上的泪珠，慢慢跑远了。夜幕中那些鼓噪声越来越近，突然一支响箭射向空中，四下里点燃了火把，照得近处如同白昼。森林里露出一张张披甲人的脸，头上插的雉鸡翎在晃动，他们像出征时一样，脸上涂抹着树的汁液绘成的条纹状的色彩，在黑暗中发出荧光，黑夜里十分瘆人。梁雁吓坏了，望空喊着："梁潇啊，你再不来，我真的就成了披甲人刀下的肉酱了。"喊了十几声，四下里除了披甲人围过来的呐喊声，什么动静都没有。梁雁急了："该死的梁潇，我要是死了做鬼也要缠着你！"那些披甲人迅速围上来，从前后将她围住。左边是密林，右边是陡坡，让她插翅难逃。她急忙解下腰带一甩拧成绳鞭，虽然舞得虎虎生风，但披甲人似乎并不害怕，渐渐围上来，披甲人根本不把她放在眼里，将她逼到密林中间的包围圈。披甲人放肆地用他们的话纵情说笑，梁雁判断他们大概是在说，捉到了这女人去找艾莫日根领赏银换酒喝。梁雁嚷着："放我走，我是将军府的酿酒师，要是我被捉了，宁古塔将军是不会善罢甘休的。"但是没有人害怕，更没有人理睬她。前面一个披甲人长鞭猛抽过来，她将腰带挥去隔挡，鞭子力道极大，被腰带减缓了劲力，但还是抽过来，梁雁迅速侧身躲过，鞭梢却打在小红马的脑门上，小红马一愣，"咕咚"一声倒在地上。梁雁被摔下来才看明白，小红马的四蹄早被披甲人设的绊马索绊住，四下里扯得紧了，不然的话咋能一鞭子就打倒了。没容她细想，一双大手按住她的腰，让她无法动弹，无奈，她只能示弱，待那人感觉到她的腰肢嫩滑，稍微松开些的瞬间，她翻身就是一个"二龙戏珠"，两只手指迅疾插向那人双眼。那人似乎十分熟悉她的招数，脑袋一晃躲过，顺势抓住她的手腕悄声说："你不想做鬼缠着我了……"梁雁又爱又恨，狠狠地在他手腕上咬了一口，浑身瘫软下来，委屈和着幸福的眼泪涌了出来。原来梁潇赶来救她，半路上遇到两个披甲人，正在赶去包围梁雁。梁潇悄悄跟了他俩半天才听明白，他们是逃出来的流犯，被艾莫日根捉了，为了活命只好拿出身上藏的金条送给艾莫日根，就在这儿顶着艾莫日根战死的弟弟和族人的名头生活，寻机再逃回关里谋生。其中一个身材矮些的，正是给梁雁施毒抢孩子的那个男人。梁潇突然下手，轻松地制服了两人，将他们藏在密林里，然后穿上那矮个男人的装束，用树汁画上他脸上的纹络，会合其他披甲人之后，跟着披甲人大队来救她。梁雁被梁潇抱起来，横搭在马鞍上，那些披甲人大笑着过来看了看，似乎对这个传说中难对付的女人竟然如此好捉，都有些惊奇。梁潇在披甲人家住得久了，那些话也能说个大概，他扮的那个汉人装成的披甲人平日里就不愿意和披甲人接触，何况就是披甲人之间，除了集体狩猎和秋季点验兵马，平时也很少聚在一起，没有人怀疑他是假的披甲人。梁潇从容地将梁雁驮在马上，告诉他们，要送她先回艾莫日根家。自己记住了出力的披甲人兄弟，会告诉艾莫日根赏他们酒喝。那些披甲人听了很高兴，就这样，他俩在一队披甲人眼皮底下从容地逃走了。事后梁雁叹道：自己太低估披甲人的智慧和他们在森林中搜索踪迹的能力了。披甲人追到一片洼地时，从水边的马蹄印断定，梁雁一定曾经从水洼中穿过，艾莫日根当即决定：由披甲人道拉奥特带路，领着清兵沿路去追，他从直觉上判断，这洼地里面一定隐着梁雁藏起来的秘密。艾莫日根常年在附近的山林里狩猎，对这一带十分熟悉。他纵马率先冲过二十几丈宽的水洼，凭着他闻味寻迹、观痕知踪的能耐，左右一看，立马率众人朝山坡上追过去。上去不远来到了藏着孩子的那块巨石前，他撮起嘴唇吹起口哨，四五条猎狗朝着巨石嚎叫，艾莫日根下马冷笑着过去一看，孩子被猎狗扯出来，那条领头的黑狗伸着长长的舌头，淌着黏黏的口水，利齿凶狠地对着孩子的脖颈。那孩子早吓傻了，看到艾莫日根才流出几滴眼泪，在狗吠声中传出来稚嫩的声音："爹……"艾莫日根一震，心里疑惑，万一要真的是我的儿子，死了自己会不会后悔？"这杂种临死还抱着他狗爹的东西不放，还不快宰了他喂狼？"艾莫日根听娄垠在身后一说，这才注意到，孩子身上灰白色衣衫上面，有梁潇画的老虎，虽然只用黑墨一种颜色，可那深浅浓淡的巧妙运用却将老虎身上的花纹画得十分逼真。记得他当时还惊叹不已，如今见孩子还贴身穿在身上，一股怒火将刚才那丝丝疑惑全部烧光："来人！把这杂种吊起来，让狼扯碎了吃了，方解我心头之恨！"孩子被剥去衣衫吊起来，两只小脚丫离地只有四五尺高，狼一跳起来就能咬到。孩子绝望地哭叫了几声，艾莫日根听得明白，那是在叫："梁雁亲娘！"后几声是在叫喊着，"梁潇爹爹快来救我！"气得他七窍生烟，要是叫他，向他呼救，他那怜悯之心、舐犊之情似乎还可能被唤醒，这杂种死到临头还在喊梁潇爹爹，他怒不可遏，命人扯起绳子，孩子早吓得昏死了，没了动静，在绳子上随着微风荡来荡去。艾莫日根见孩子插翅难逃，吓也吓死了，才余恨未消地骂道："四下里设好陷阱，要是梁潇来救他，就让他葬身陷阱，临死看着自己的杂种却救不了，让他俩永世不得超生！"披甲人设置陷阱十分在行，几个人相看着地形，判断要是来人救他，山势险峻，三面都无法立足，只有西面才能攀上吊着孩子的大树。四五个披甲人只一会儿工夫就在大树旁边设置好陷阱，坑底还栽上些削尖的树棍，人一旦摔下去，就会被扎上几十个透明的窟窿。艾莫日根看他们在陷阱上面铺上树枝，洒上浮土，弄得和附近的草地一样了，又凝神看着孩子，心里有些许不舍，心情复杂地拿出酒来让大家喝了，准备回去。艾莫日根心情不好，几大口酒下肚，酒劲直往头上涌，他百感交集地上马率众人往回走，命人联络围捕梁雁的披甲人。其他披甲人看着艾莫日根阴沉的脸色，都不出声，默默地随他驱马往回走。寂静的山林里，一阵微风刮来，树林里发出窸窣声响。猫头鹰在树上发出骇人的叫声，就是久在森林里狩猎的披甲人也都毛骨悚然。突然，一只野兽"嗖"的一声从他们身边冲过去，艾莫日根心里还在纠结，要不要解开绳索，将孩子抱回来，他年过四旬没有子嗣，好不容易有个孩子都会叫爹了，还那么聪明可爱。越往回走，孩子稚嫩可爱的笑脸就越是从心底不断地涌出来。那野牲冲过去，飞速奔向来的路上，片刻，他突然警觉，这是自己养的那只鹿跑过去了。他急忙策马回转，那些披甲人都和他十分默契，不用多说，一个手势，大家心领神会，都打马跟着艾莫日根迅速返回吊着孩子的地方。追了一会儿，来到吊着孩子的大松树下。月光下只见小鹿上前警觉地四下里嗅了嗅，躲开陷阱，身子紧贴着石壁扬起头，等孩子随着绳子荡过来，它头一晃就将绳子缠到鹿角上，身子往后坐扯着绳索不动，只几口就咬断了绳子，孩子身子僵硬地摔落在地，沿着坡顺势滚向陷阱，被小鹿的后脚挡住。它低下头用嘴、用舌头舔孩子的脸，孩子醒来本能地抱住鹿角。小鹿一甩头，像他们平日里在家玩的那样，孩子在空中翻个跟头稳稳地坐在鹿背上，这般默契，看得披甲人都目瞪口呆。艾莫日根"嘚嘚嘚"地叫着小鹿，想让它放下孩子。小鹿左右看看，路口被披甲人堵得严实，它前脚焦急不安地刨着草地，突然跃起，飞奔着向迎面的披甲人撞去，披甲人猝不及防，下意识地连忙勒马躲过，小鹿头向后飞跑，片刻就隐在黑暗的夜幕中。艾莫日根冷笑一声："你梁雁要小聪明，让野牲来救小杂种，可是，你忘了一样，野牲再有灵性，哪个能斗得过猎手?”他用手捏着嘴唇吹起口哨，远处黑暗中有数声口哨回应。片刻之后，远处传来一声响，艾莫日根不慌不忙地策马过去，只见那只鹿被猎人设下的绳索突然扯起，将它兜着脖子勒倒，孩子摔出七八丈远，趴在那里似乎没气了。艾莫日根气极了，自己养的鹿竟然敢和自己作对，他一挥手，那些披甲人明白：将鹿杀了，喝血吃肉，再将那孩子丢到山崖里喂狼。两个披甲人过去查看孩子的死活。几个披甲人上前打量着躺在地上，瞪大眼睛喘着粗气的小鹿，抚摸着鹿角，谈论着鹿茸的质量，抽出刀子对着小鹿的脖颈就要下手杀了它，小鹿瞅着孩子，眼睛里流出泪水，几个披甲人抚着它的头暗暗称奇，竟生出恻隐之心，一时间不忍心下手。突然，小鹿一跃而起，奔到孩子身边，撞开披甲人，站在孩子身上用身体护着他，不让披甲人搬动，头上的鹿角对着近处的披甲人，激烈地顶撞，四个蹄子始终在孩子身边，却踩不到孩子。艾莫日根赶过来，冷笑一声趁着小鹿迎击披甲人的瞬间，顺手抛出一根套索，正好套到孩子腿脚上，用力一扯，孩子被他倒着提到手里。小鹿冲过来抢孩子，艾莫日根想逗逗它，提着孩子纵马就跑，瞬间跑到陷阱旁边，他驱马向旁边一跳，避开了陷阱，将孩子放到陷阱这边，诱那小鹿掉入陷阱，小鹿跑过来，似乎记得这里的危险，徘徊着不敢冲过去，犹豫间那些披甲人围过来，一根套索投过来，小鹿一甩头躲过，一箭射来直奔它的面门，它正好不安地来回走动被草墩子绊了一下，前腿跪地，刚好躲过。它似乎觉得为了救孩子没有选择，只好后退了几步，正要飞身跳过陷坑抢回孩子，这时候孩子突然醒了，见它过来十分危险，挣着绳套迎着小鹿高声嚷着：“鹿娃！别过来!”艾莫日根恨他在这个生死攸关的时刻，刚刚苏醒还帮着野牲，一抖松开手，孩子没了绳子牵扯，惯性使他一头栽下陷坑。艾莫日根下马扯着大树枝向下看去，只见六七根树扦插透了孩子幼小的身子，血汩汩地涌出来，眼见孩子快没命了。艾莫日根仰天长叹，不知是高兴，还是悲伤。小鹿听到孩子叫它，兴奋得直跳脚，艾莫日根趁机抛出绳套将它的角套牢了，扯住。艾莫日根把孩子掉进陷坑迁怒于小鹿，狠狠地抽了它几鞭子，它不顾疼痛，看着陷坑里的孩子，前蹄刨着发出极度悲伤的叫声。艾莫日根恨它只听梁雁和梁潇的话，挥拳向它的头砸去，小鹿恨极了艾莫日根，是他杀了它的朋友，低下头一撞，那根套在脖子上的绳索被它扯断，一头将艾莫日根顶入陷坑，它自己也随着栽下去，撞到坑壁脖颈折断，倒在树扦上，死了。艾莫日根快要死了，那些树扦插入他胸腹，坑底下的土都被血染红了，艾莫日根的手脚都被树扦插住无法再动，他感觉到死神的手抓着他，像他平日里抓住那些猎物要杀掉一样，他无力逆转。弥留之际，他想起在孩子掉下的瞬间，让他挥之不去的那个念头：孩子掉下陷阱瞬间的眼神，向一旁斜着一撇，这是他们家族人特有的眼神，这孩子到底是不是自己的？这个念头让他死不瞑目。他听着陷坑上面，他的披甲人兄弟们在准备抛下绳索救他，他没有力气和他们说话，拼尽最后的力气，拔出被树扦插住的右手，翻看孩子的小脚趾头，他家族人的脚趾都有一个小脚趾盖是两半的，他后悔之前没有细看。去年看时还没有，那时候素素见他动了杀机，劝他："儿子还小，至少得到十二岁才看得出来。"他几乎要将孩子的小腿掰断了，才翻过小脚看到了孩子的小脚趾盖竟然是两半的。他看着天上飘过的黑云，他看见梁潇来了，梁潇要劈死他，向他要素素。一向羸弱的素素，披头散发地过来抓他，要将他拉进地狱。还有他的儿子，穿着那件梁潇画的老虎衣衫，稚嫩的声音在读着："平明寻白羽，没在石棱中。"他后悔死了，要是留着梁潇，儿子也活着，也许以后总会有机会弄清楚。黑云飘散，他隐约看到小鹿驮着素素，素素怀里抱着孩子，没有人理他，都走了，走向遥远的天际。

# 第二十六章　比赋救命

清晨，一抹霞光染红了山峦上空的云彩，森林里各种动物和鸟儿的声音在合奏，呈现出生机勃勃的景象。梁雁早就醒了，却故意装睡。昨晚他俩逃出来之后，并没有向远处狂奔，而是按照梁雁说的方向，去那个假冒的披甲人家。梁潇断定，那家只剩下女人，他俩是冒名顶替的披甲人，遇事必定不敢声张。眼下只有折回去才能出乎那些披甲人的意料，那里才是最安全的地方。半夜到了披甲人家，果然只见女人一人在家，听到叫门也不敢点灯，缩在墙角战战兢兢地看着他们，不敢说话。梁潇也不难为她："帮我们煮肉，别忘了放上猎狐药，那是你家的特色，要不然就没滋没味了。"那女人垂头冷着脸也不答话，悄悄去给他们做饭。梁潇将梁雁抱到炕上休息，他却仰头瞅着窗外，半晌也不说话。梁雁起来拉着他的手，见他背着脸用手背抹去泪水，喃喃道："咱们还是大意了，以为能慢慢哄得巴虎将军的管家开心，再招咱们去，就有机会将素素赎出来，没想到，娄垠这般恶毒……"梁雁又道，"娄垠见不得素素姐姐心里总恋着你，他认为你一定能斗过披甲人，重新得到素素。娄垠最容不得你和素素生了儿子，不管是真是假，他整日寻思着要是他处在你的位置，他一定会偷偷和素素生个孩子，不论那孩子是不是你的，他都会心生妒忌，事情闹到这个地步，始作俑者都是娄垠。"梁雁见梁潇表情痛苦，连忙把话题岔开，"眼下咱们咋办？亡命天涯，咋逃能躲得过披甲人的追捕？就是你梁潇本事再强，恐怕也难以逃出这茫茫林海。"梁潇抹去泪水，紧紧拉住梁雁的手："梁雁，咱们再也不能分开……"说着把梁雁紧紧搂在怀里。这时，那女人进来，端着一个桦树皮托盘，上面摆着两大木碗肉和一些吃食。梁雁推开梁潇，梁潇对女人说："你再帮我一个忙，马上去宁古塔将军府告发我们，我不怪你。"女人低头并不答话。"那好，你不去告发我们，那就骑上我们的马，立即向北，向卜奎城方向走三天，然后回来去将军府报告。”那女人站在那儿一动不动，垂着眉眼一声不吭。两人吃完饭，女人被梁雁强逼着喝下一碗酒，梁雁告诉她，酒里已经下了毒药。如果三天之后再回来，就一定会有解药；如果提前回来，不会给她解药。酒里面掺的是苗家的腐骨断肠散，要是不及时解毒就会骨断肠烂。女人怨恨的眼睛瞪得大大的，死死地盯着梁雁像要吃了她。梁雁却不以为意地笑笑：“本姑娘是流人梁雁，看好了，有本事你来找姑奶奶算账就是了。”那女人尽管心里有一百个不乐意，也只好黑着脸儿骑上马，夜色中牵着一匹马向北面走了。他俩从容地将他家的一大块狍子肉煮个八分熟，然后装到袋子里，留着在路上吃时再烤熟。两人就在撮罗子近处攀上树，像猴子一样，从一棵树跳到另一棵树上，尽量不在地上留下痕迹。攀爬到半山坡，在离这间撮罗子六七里远的山岗上，寻个视线极佳的位置，隐在树丛里等了一天。第二天中午，那女人果然领着一队披甲人来了，一行人急急地向吉林乌拉方向追去。梁潇和梁雁商量，最保险的办法就是跟在这些人的后面，他们再有本事在林中辨别痕迹，也没法发现。就是他们万一回头再辨别，他俩的足迹和披甲人的混在一起，也不怕他们追踪。跟着披甲人一连走了三天，梁雁逗着梁潇开心，怕他因为素素的事难过伤了身子。可是，两人萦绕在心里头的总是素素和孩子，要想刻意不提，反倒时时都在谈着素素和孩子，还有那只通人气的小鹿。梁雁为了让梁潇放下心里的素素，逗他道：“咱们要是能躲过这场劫难，如愿逃走了，杨姑娘可咋办?”一下又让梁潇陷入了沉思，两匹马一边悠闲地吃草，一边沿着茂密的林间小路漫步。梁潇突然觉得前面有什么不对，指着密林前面的路径道：“这草，虽然很鲜嫩，可是没有根。”梁雁以为他在开玩笑吓她，梁潇突然惊叫：“不好！前面有大黄的呜咽声!”梁雁朝梁潇指的前方一看，那些草虽然相互依着都立着，可是细看都是割下来摆在那儿的。梁潇竖起食指放在嘴边，让梁雁不要出声，比画着手势：打马向前，人向后。梁雁十分机灵，用靴子猛磕马肚子，迅速从鞍上跃起跳下马，梁潇拉起她向后面没跑几步，两人连忙钻进草丛，没等他俩用蒿草掩上身子，就听到来路的方向有人吹响了牛角号。那低沉的声响震得两人心惊肉跳：有人抄后路了，梁潇抓住梁雁的手，让她别动，可梁雁感觉到梁潇的手在颤抖。梁雁悄声道：“咱俩分头逃，到吉林乌拉会合。”梁潇说：“不行！我不能让你一个人冒险，就是死我们也要死在一起。”说着，梁潇四下打量，见后面包抄来的人还没追上来，立马起身抓起一截断木朝前面那队披甲人布置过的草地掷去，只听“啪”的一声响，一个虎夹子翻起来，将那断木头紧紧夹住，紧接着几根套索迅速绷起来，七八条猎狗狂吠着飞奔过来，梁潇拉起梁雁，朝着地下森林的方向飞奔。没跑多远，只听到两路人马会合在一起，其中还有那个假冒披甲人的女人。梁雁暗暗后悔，当初为什么不真的给她下毒药。梁潇细细听着，他在披甲人家这两年多，对他们的话都能听个差不多，只听艾莫日林嚷着：“他们往吉林乌拉的路都被咱披甲人封住了，他们插翅难逃，眼下他们就在这附近，咱们放狗去找，他们没了马，一路狂追，他们一定跑不掉。”梁潇愣神想着，这些人能辨踪识迹，还有猎犬，要想不被他们发现几乎不可能。如今之计，只能攀着石头上崖顶，那里狗没法上去，然后再想办法。两人迅速起身，丢下身上的狍子肉和路上用的东西，顺着一条水沟向山顶上光秃秃的崖上石头攀去。没跑出几步，还没等接触到岩石，梁潇感觉到小腿肚子旁边有异动，迅速反应，突然一个旱地拔葱跃起，脚下早触动了机关，一根细细的铁丝套儿迅速扯紧，幸好他反应快没被套住，手攀着树杈不敢落地。梁潇明白了，这些人是故意让他们听到，把他俩挤兑到这儿好活捉。没等他提醒梁雁，她早被倒着吊了起来，悬在半空中尖叫。梁潇虽然这几天没和梁雁说什么，可心里想的是，宁可舍命，再也不能和梁雁分开。梁雁惊恐万分，在半空中荡了一下，被山风一吹，早理智了，叫嚷着：“梁潇，别管我，快跑……”梁潇悬在空中不敢落地，扯着一根树杈悠着荡一下，没等他抓住面前的另一根树枝，那些披甲人早从四下里围过来。梁潇悠回来急忙脚点树干，飞身到梁雁跟前。一只手攀着大树，另一只手抓紧铁丝用力扭了几下，那铁丝岂是轻易就能拧得断的？他不敢落地，只好翻身骑在树上嚷着：“放我老婆下来，我跟你们走！”梁雁头朝下骂道：“梁潇，你怎么这么傻，你要是心里有我，就自己跑，逃一个是一个，干吗非得……”一根回旋镖打过来，梁雁一声惨叫。梁潇瞅准一处榛子棵灌木丛，飞身跃下脚尖轻点，再借力跳起来，一纵身跳到一个披甲人马头前面。他两手按着马头，那马受不了他突然发力，前腿跪在地上。马上那个冒充披甲人的女人不及防备被掀翻在马下，顺坡向前翻滚，被几条套索兜脚扯起，倒着拎在半空。梁潇知道手里没有利器无法割断铁丝，只好踏着那女人踩过的地方，飞速奔去。“梁雁，放心等着，我来救你。”披甲人只见前面树梢晃动，人早不见了踪影。披甲人艾莫日林冷笑几声：“不用去追，听哥哥说这小子和这女子片刻不离，有这女的在，不愁他不回来。”娄垠说：“你们可不知道梁潇的厉害，他要是算计上谁，就是再聪明的人也会上当。”一个披甲人道：“要是他不重情，自己跑了咋办？”艾莫日林笑了：“有这女子在还管什么梁潇李潇……”一行披甲人狂放地淫笑着，将梁雁解下来。梁雁一落地，见梁潇走远了，她心无牵挂，迎着艾莫日林的弯刀一头撞去，艾莫日林急忙向怀里收刀不及，艾莫日根家的大黄狗“嗷”的一声蹿出来，扑向弯刀，将刀扑到地上，它的爪子被砍断，带着毛在草地上直颤。梁雁顾不上再寻死，扯下衣襟给狗缠上伤口，那狗在她怀里疼得抖动着流泪，看得披甲人个个心痛。夜半里，梁雁搂着黄狗，缩在撮罗子旁边的一堆柴草里。艾莫日林见识过梁潇的功夫，知道他无法弄断铁丝，梁雁被铁丝系着双脚，铁丝两头拴在大树上。梁雁看着天上飞过的黑云，一会儿遮住月亮，一会儿月亮又钻出黑云，发出皎洁的光亮。她太累了，一会儿就沉沉睡去。大黄狗睡梦里还疼得不时颤抖。突然，大黄狗精神了，低声呜咽着用头拱着梁雁。见梁雁沉睡不醒，黄狗急了，不停地用舌头舔她的脸。梁雁醒来抚着它的脑袋，拿过它的断腿，哄它：“梁潇来了，也许能帮你接上，我们到哪儿都会带着你。”黄狗吃力地用三条腿站起来，扯着梁雁往身后看着，撮罗子窗前的壁上，挂着猎人剥下的兽皮。梁雁看了看，艾莫日林听到动静出来了，打着酒嗝到梁雁跟前，拖起那条大黄狗摔到一旁，摸着梁雁的脸儿淫笑道：“我大哥打从一见到你，就一直想得到你，没想到今天你归我了，哈哈哈！”说着手搂过来，梁雁倒也不反抗，竟然骗着艾莫日林给她去除了脚上的铁丝，艾莫日林还想进一步，突然，他淫笑的脸僵住了，一柄银刀抵着他的咽喉，甚至颤巍巍地刺进了他的皮肤，流出些许鲜血。在他愣神的瞬间，腿弯处被人一脚踹下，他“扑通”一声跪倒在地，脑袋被重重地一击，“嗡”的一声响，不省人事。梁潇丢下手里的兽皮，和梁雁紧紧地抱在一起。一会儿，梁雁推开梁潇说：“咱们还不快逃？”梁潇将艾莫日林翻过来，剥下衣服，又仔细查看他的内衣内裤，摇了摇头叫梁雁看看。背过脸儿的梁雁不知道梁潇要鼓捣什么古怪的事，听到叫她，偏过脸儿嗔怪道：“剥皮了的蠢猪，脏了我的眼。”“这人的腋下有狐臭，不像披甲人。”梁雁被梁潇提醒，顿时悟了，这些人身上的气味和遇到的鄂温克、达斡尔披甲人都不一样，他们人身上的体味和狩猎生活有关，一股子山林里动物混合着奶香和酒的味道。这些人的身上有一股子狐臭混着一种冲鼻子的汗泥味。“假的?!”梁雁问梁潇。梁潇告诉梁雁，这些人也不一定全都是假的，在这深山老林里，披甲人之间除了亲戚，只有伍长、队长认得下属。再往上骁骑校、佐领的，他们只能认得披甲人的头目。秋季点兵合练时，也不过是伍长和队长能靠上前，那些朝廷来的官高高在上的，根本看不起这些“没开化的猎人”，也不屑和他们交往，有时还会想坏招利用他们的纯朴性格骗他们。“这些人极有可能就是雅克萨战役被俘之后，押到京城半路逃跑被打散了，藏在这里的几个布里亚特人。”梁潇想起在将军府听到的消息，猜测着告诉梁雁。“咋办?”梁雁问，“要是我们帮着朝廷捉住这些假冒的披甲人，为保卫大清的疆土立下不世之功，是不是能给我们自由身?”梁潇苦笑一声：“哈!你想得容易，没有证据谁会相信流放人犯，却怀疑质朴的披甲人?何况我们现在自身难保，能不能逃得出去还是个大难题呢。”

早上，鸟儿叫声吵醒了披甲人，他们抓过装酒的皮口袋灌下几大口，然后去生火热昨晚剩下的肉汤。一切都弄好了，见艾莫日林睡的那个哈什屋里还没有动静，披甲人相视而笑，又等了一会儿，阳光已经越过窗棂，大家吃过早饭还不见艾莫日林出来，众人寻思还得赶路，乌力斯·凯力过去推开哈什屋的柴门，只见艾莫日林赤着身子，肚皮和胯下被胡乱盖上一块貂皮，昏昏地睡在地上，梁雁早已不知去向。乌力斯·凯力急忙命人看那几匹马，那女人跑过来说：“少了两匹马，剩下的全倒在地上不知死活，那五条猎狗也全都被药杀了。”乌力斯·凯力连忙扶起艾莫日林，拿过酒囊给他咕咚咕咚灌下几大口。一会儿，艾莫日林醒了，没想到自己被一个弱不禁风的女人给耍了，羞愧不已，一时也不说话。乌力斯·凯力道：“队长，咱刚才看了，这两人是奔吉林乌拉去了，咱们是不是分成两路：一路跟着追，虚张声势，追得他们惶惶不可终日，慌乱间只能抄近路奔小孤岭。另一路取捷径走小孤岭，同时联系住在通往吉林乌拉要道的巴特尔桑兄弟，让他们在要道上设下陷阱，不信不能捉住他们。”艾莫日林这才强打精神，不顾披甲人们的偷偷耻笑，命这些人分为两部。一路由乌力斯·凯力率领在后面追赶，尽力造势让他们惊慌失措，将他们逼向小孤岭，自己则带领另一路取捷径到小孤岭。

梁潇和梁雁不舍那只断腿的黄狗，抱着它骑马狂奔了半夜，黎明时分才敢稍歇，生火烤了些狍子肉吃，两人十分困倦，倚着大树沉沉睡去。一觉醒来，月亮都升起来了，梁潇后悔睡的时间太长，怕披甲人追上来，起身发现梁雁早醒了，在一旁看着他。两人连忙起身上马，打马在夜色里飞驰。一口气跑了几十里路，梁雁勒住马示意梁潇细听。梁潇屏住呼吸听了听，只有微风扫过林间的声响。梁雁却说，她仿佛听到了披甲人联络的牛角号声。梁潇也觉得这些人一旦发现他们逃了，第一选择就是吹牛角号召集近处的披甲人围追堵截。梁潇一摆手示意梁雁跟在后面，他跳下马背，驱马前行，他谨慎地跟在马后防着陷阱和圈套。又走了六七里地，山路荒草丛生十分难行，累得梁潇直喘粗气。梁雁心疼梁潇叫他和自己乘一匹马，让前面那一匹马探路。梁潇只好跃上马背，搂着梁雁。前面那匹马似乎明白了他们的用意，奋蹄跑起来。转过一道弯，梁潇记得，这条道路的左面有温泉，冬夏都有清泉流淌还冒着热气。他喝住前面那匹马，驱赶它靠着右面慢慢前行。梁潇紧张地看着前面，突然发现，似乎树木间有些许绊索，他急忙抱起梁雁从马背上跃起来，马奔向前面，“轰隆”一声掉进陷坑，梁潇抱着梁雁，轻点一根断木，飞身跃起，再落地的瞬间，踩着一块岩石。没想到那石头只是虚摆在陷坑上面，梁潇一脚踩翻，两人跌入深深的陷阱，梁潇落地还不忘擎着梁雁，让她摔在自己的身上，砸得他疼得直叫：“都怪我小瞧披甲人了，他们把咱们谨慎的想法全都算计到了，硬是挤兑得咱们往圈套里钻。”一会儿，两人眼睛适应了陷坑里的黑暗，活动一下身子没什么大碍，再看这陷阱深达三四丈，凭着梁潇的功夫也没法纵身上去。陷坑依着地形设计得十分巧妙，四下里是天然的光滑石壁，梁潇试着使出龙游功只攀到半腰，壁上湿滑无处着力还是滑落下来。陷坑只有三尺多宽，没法助跑借力向上冲。梁雁苦笑道：“人家没在坑底给你插上扦子，算是厚道，要不然咱们不得被扎成刺猬。”说话间听到上面有动静，梁雁听出来是艾莫日林的声音：“好你个小狐狸精，敢对上咱披甲人，你们逃不出咱的手心，哈哈！”那个女人问：“搭他们上来？”艾莫日林冷笑道：“上来？上来了再使坏咋办？那不是让咱防不胜防？拿大石头压上，饿他们五六天再说。”上面纷纷落下尘土，隆隆响着。梁潇知道，这是披甲人用巨石压在坑顶的石板上。一会儿没了动静，梁雁不让梁潇再自责，搂着他的脸贴到胸前，抚着他的头发慢慢说：“别不开心，这辈子能和你死在一起，没什么放不下的事。就是一样，没能帮着你把杨姑娘救出来。”梁潇听着梁雁说话没有反应，脑子里盘算着如何才能逃出去，不到最后关头他才不会绝望。

凌晨时分，一缕淡淡的光从缝隙里照下来。一个声音悄声说：“下面的人可是梁兄？”梁潇高兴了：“吴若愚，你是若愚兄弟！”劫难之后重生，梁雁感叹：“真是差点去阴间会樊素素了！”在被押送来宁古塔的路上梁雁还看不上吴若愚，对梁潇和他结拜为兄弟嗤之以鼻，如今得救，心里佩服梁潇识人的本事。进了撮罗子，吴若愚招呼他的老婆，披甲人索多尔凯的女儿近前相见。

姑娘高高的颧骨，两眼深深地凹在眼窝儿里面，两颊泛着红晕，低着头还有几分羞涩。“梁兄，这是小弟的老婆，也是小弟的救命恩人。”吴若愚介绍着。梁潇心里叹道：清水出芙蓉，天然去雕饰，真像山里的杜鹃花儿一样美。梁雁过去拉着她的手亲热地喊着妹妹，看她丢在炕上的那枚铜质的九连环，那玩意儿早被玩弄得光滑圆润。知道她没事时总在玩，一个个套在一起精巧高难度的玩法，就连聪明伶俐的梁雁都得费尽心思。吴若愚端上来一个桦树皮盘子，里面盛的是熟狍子肉。他老婆拿来一陶罐子酒，他知道梁潇不喜欢皮酒囊的那股味道。梁潇开心地笑道：“你设的陷阱？抓住了梁潇大哥？”不等他答话，梁雁抢着问：“你是披甲人的倒插门女婿？还是真的成了披甲人？”梁潇和梁雁再起来时，太阳都快要落山了，到吴若愚家后，他俩悬着的心终于完全落下，两人睡了一天一夜。吴若愚请梁潇、梁雁坐在炕上，一边喝酒吃肉，一边聊着一路上这些流人的故事。梁潇感慨，世事造化弄人，这个汉族兄弟竟然为了活命，也成了地地道道的披甲人。“艾莫日林咋也不像是披甲人，他们的做派既不像鄂温克人那般厚道善良，也不像达斡尔人那般豪放，更不像蒙古族兄弟那样耿直大方。”梁潇喝了一大碗酒问吴若愚，“难不成他们也像你一样，也是假的披甲人？”吴若愚见梁雁也一脸疑惑，笑了：“这艾莫日根家族可不是什么善茬儿，什么事也瞒不了你聪明的梁兄，真的让你说着了，他们是被俘的布里亚特人，共有五个人留在这里，他们用酒控制了原来的头人，冒充鄂温克披甲人。”吴若愚告诉梁潇和梁雁，这些人在被押送京城的途中，趁着披甲人醉酒杀了真正领头的艾莫日根，然后冒充他。知道这些的唯一证人，就是艾莫日根的汉族流人老婆，她是流放的犯人，被真的艾莫日根强占了身子，父母和丈夫都被艾莫日根虐待死了，她恨极了披甲人，帮助那个雅克萨战俘杀了真的艾莫日根，那个布里亚特人本来长得就和艾莫日根十分相像，只是脸上的胡须不同，一个是连鬓胡子，另一个是络腮胡子，那些知情的披甲人都死了。梁潇道：“吴兄为何不将此事报告宁古塔将军？立下如此大功岂不是能脱离这个身份？也好回家再图个儿孙兴旺……”可一想，吴若愚一家人都死了，如今，只有这个鄂温克族披甲人的女儿和他相依为命，他是性情中人，无论如何也不会舍了这个纯情的女子自己回京城。梁雁道：“带上这个美丽的妻子立功回家去就是了。”吴若愚的老婆听他们聊着，一句话也不说，只是在一旁微笑。吴若愚道：“小弟在这里学着当披甲人，开始还不想涂泥自污，不想当个没开化的披甲人，当初为了生存不得不潜下心来学着当披甲人，学了几年到如今才明白，咱们表面上有学问有智慧，可实在点说，真的是白活！你想，人生一世为了什么？像披甲人这般生活又简单又快乐，大碗喝酒大块吃肉，岂不快哉？”梁潇笑道：“在这里夫妻相携，神仙伴侣终老天年，人生足矣！可就是一样，这四五个假冒的披甲人终究是个祸害，要是在用兵的关键时刻，他们突然在我大军的后面插刀子，在攻城略地时突然倒戈，岂不是会威胁到我大清的安危？”梁雁冷笑道：“要我说不如找到杨姑娘，咱们仨也和吴兄弟一样，隐入深山老林当隐士，既不当披甲人给朝廷卖命，也不回苏州城，那里的繁华哪些是咱家的？再热闹也不如在这里和野兽相伴，过着简单的生活顺心。至于朝廷，这大清朝什么时候拿咱们当臣民了？凭什么保着朝廷？”梁潇正色道：“国者，民之根基也，我等保不保皇帝是一码事，保卫江山不被外夷掠夺，匹夫有责。”吴若愚道：“梁兄教训得是，兄弟服气。可是即便你想揭穿他们，那个被艾莫日根强占过的女人，如今铁了心跟了假艾莫日根，尽管艾莫日根死了，可是她要是不出面做证，哪来的证据？宁古塔将军岂能不信那些假冒的披甲人勇士，转而信任我们这些流犯？”窗外猎狗狺狺狂吠，姑娘出门看看，回来说：“有一伙披甲人从北面过来了，是不是来捉大哥和嫂子的？”吴若愚眨眼笑道：“哥哥嫂子是从吉林乌拉来的皮货商，到后面储藏皮张的山洞里面休息就是了。”说着让他俩换上关东皮货商的衣服，安排他俩去屋后石洞里休息。梁潇不肯去，怕连累他俩，吴若愚大笑道：“梁兄放心，兄弟现如今是披甲人的伍长，岳丈曾经是他们的头儿，即便他们有疑心，也不敢擅自搜捕。”吴若愚命那条猎狗叼起他俩的衣服丢到崖边，制造他俩投崖的假象。告诉姑娘：“披甲人来了，告诉他们这两人从陷坑里逃出来，看看没有活路跳崖自尽了。”那姑娘气定神闲地出门应付，并不害怕。牛角号声又响了，不一会儿吴若愚的老婆脚步轻盈地跑进洞来，告诉他们：“将军府召你们回去，有重要的事情让你们做。”这一小会儿就发生了天翻地覆的变化，让梁潇将信将疑，梁雁更是担心回去会自投罗网。吴若愚告诉他，五天前，朝鲜公使一行人从山前的大路上过去，肯定是去宁古塔拜见将军，是不是宁古塔没人压得住朝鲜来的大学士的风头，才紧急召唤梁兄？四人想了一会儿，犹豫不决。吴若愚老婆听到森林里不远处姐妹们的叫喊声，连忙出去迎接。她的姐妹们告诉她这是真的，那个参事娄垠的本事虽然足以蒙住巴虎和师爷，可是和人家朝鲜公使带来的大学士一比，就被人家比下来了。将军府的众文官这时才想起只有梁潇才能将来使的气势压住，巴虎命师爷必须尽快把梁潇找回来。师爷十分懊悔当初听了娄埌的谗言没让梁潇留在将军府里，听娄埌说梁潇欺骗了披甲人，被披甲人追杀，以为梁潇必死无疑。后来听说梁潇可能落在披甲人手里，他为了不被巴虎责怪，不惜重金让人找回梁潇。吴若愚老婆见梁雁还是心有余悸，帮梁雁穿好披甲人的衣服，告诉她："嫂子放心，万一有危险，我们帮你们逃跑。"梁潇和梁雁被吴若愚领着一队披甲人"请"回了将军府。

三年前朝鲜公使带着几个枢密院文人来宁古塔炫耀文采，那几个文人是前明的朝廷官员，明末清初为了避难逃到朝鲜去当大学士，那时的朝鲜十分崇尚汉学，朝廷上下都十分佩服这几个明朝文人的文采，如今有了这几个前明文人想来给大清皇帝露一手，但不敢直接带他们去京城，就先到宁古塔来初试锋芒，结果没想到遇到了吴兆骞，几个前明文人自然不是吴兆骞的对手，只好灰头土脸认输，匆匆打道回府。如今，朝廷又有几个文人流放时逃到朝鲜并受到器重，朝鲜官员想着要是带着这些人再去宁古塔，必能报当年被吴兆骞羞辱之仇。那朝鲜官员也怕宁古塔流放之人中再有奇才出现，经多方打听，朝鲜官员得知宁古塔将军重用的参事是一个叫娄埌的人，这人诗词歌赋的本事是三流的，嫉贤妒能。朝鲜官员这次信心满满，让枢密院新纳入的四个清朝文人随他出使宁古塔。大将军府接待朝鲜公使一行，尽管在塞外，礼数却十分周全。双方酒过三巡，朝鲜公使的随员，大学士盖中州上前说："三年前我们公使曾来过宁古塔将军府，得吴兆骞先生指教，受益匪浅，今日我公使招贤纳士，有大学士四人前来领教宁古塔塞北文豪的风采。我先抛砖引玉，就堂上吟写一赋，咱就写你等所辖的名胜宝地——镜泊湖，此文为《镜泊湖赋》，请各位指教。"从前京城枢密院官员王有栋，因鳌拜余党牵连被流放到宁古塔，因文采出众被师爷选中，在府中为负责文案方面的参事。在一旁悄声对大将军巴虎介绍："此人原为我中原人士，曾在国子监任教习，后又在吏部行走，前年科考时被圣上派到江南督学，因为科考时为子侄通报试题被发现，流放去卜奎城，半路上被他家人截去，逃到朝鲜避难，如今改名为李渊州，他自称为盖中州是为了压住我们的气势。"巴虎一边听盖中州吟诵，一边听王有栋介绍。皱着眉头问他："你们这些人中谁能就此间也吟写一赋，杀杀那厮的威风，也好为本将军争光？"王有栋和娄埌等人个个面面相觑，羞惭万分不敢答话。"噫吁兮！鸭绿蜂腰断，螺青燕尾滩。一规月漾参差浪，千叠云横碧管弦。一条虹起银汉落，百丈瀑飞雪白练！溅珠如雨穿云泻，星梳激浪素垂烟！银箭云外飞玉峡，琼珠崖前水晶帘……”那李渊州抑扬顿挫，一板一眼的，读得琅琅动听，直读得将军府里个个心惊，那些师爷参事人人惊叹。巴虎理着胡须看着师爷和那几个号称流人中最有文采的高手，一个个低头装作沉思品味的样子，怕他点名应对，不敢与他对视，更不敢大声说话。半晌，一篇《镜泊湖赋》吟诵完毕，余音尚绕梁不绝。少顷，公使得意万分地说："咱比丘之国，弹丸之地的学士难免才疏学浅有管窥之嫌，让大将军府的各位见笑了，还请各位不吝赐教，如果有文采飞扬的词赋请现场一诵，既助酒兴也让咱长长见识。"偌大的将军府宴会厅，四五十人半晌无人应对。巴虎望着朝鲜公使小人得志内心更加生气，他的师爷还在装作回味那篇赋低头不语，气得将酒杯"咚"的一声摔到桌案上。师爷无奈，只好理着山羊胡子讪笑了几声上前说："这篇《镜泊湖赋》写得真是字字珠玑，弹毫珠零，机文喻海，岳藻如江，对仗平仄工整律定，真是让人十分钦佩。只是这写赋之人的渊源，我也晓得，他原本是咱中原人士，虽然改了李姓，不知那是取自'离'开的离字谐音，还是傍着朝鲜的李家大姓？他乃是我大清的江南督学，一个犯罪之身，何况他犯下的是考场舞弊之罪。让他代表贵国来写赋，先不说这赋咋样，就说这厮的罪犯之身，敢来这儿，是露脸儿，还是丢人现眼?!哈哈哈！"将军府的那些文人参事似乎找到了出气的由头，跟着哄笑起来。公使并不慌张，笑道："以犯罪之身撰写诗文并不是我们开创的先河，吴兆骞不也是个流放人犯?"说到这儿，一副舍我其谁的傲慢劲儿溢于言表，他的副使连忙打手势劝他收敛些，防止人外有人天外有天，再有闪失。那公使顿时警觉了，连忙说："当然，本使这是醉话，醉话，咱是来求教心切，各位大人自然不必当真。"师爷说："我堂堂大清，礼仪之邦，岂肯与作弊之徒同场比试?"朝鲜公使知道自己已经赢了，不想再逞口舌之利得罪宁古塔官员，谦和地笑笑："天朝上国不屑一用的人到我朝能痛改前非，还能将中华文明特别是诗词歌赋发扬光大，岂不是说明我们学天朝上国也能重用贤良，让这些才子发挥才干？何况中原酒文化丰富多彩，从古至今，席上射覆猜枚，灯谜诗对流传甚广，宁古塔人才济济，酒宴上比试诗词歌赋，猜谜射覆还用我等先下战书不成?"巴虎大将军场面上虽败不惊，平和大度地笑道："酒宴上比兴诗文，皆添乐趣，只是宁古塔乃边荒之地，此前没有文人雅士，文人稀少成不得诗酒风流，只是以射覆猜枚、投壶角力为主，既然公使有此雅兴，本将军也有此意，至于输赢，咱们的诗文同宗同源，谁赢了，都是发扬我中华文化。

今日公使随员盖中州先生的《镜泊湖赋》虽然让在下叹为观止，与先前吴兆骞尚有一比，姑且就算你们赢了这一场，也只是与之前吴兆骞持平罢了，至于孰上孰下，评价尚需时日。”盖中州冷笑一声，又觉得有些失礼不妥，连忙又笑道：“大将军大人大量，小人之作岂敢与吴兆骞先生相提并论？大将军的雅量小可谢过了，小人有一建议，不知是否妥当，请大将军和公使定夺。”盖中州委婉地提出，三天之后，公使答谢宴会上再来比试。巴虎明白他表面上谦恭，实则在公然挑衅。他见众人都瞪大眼睛看着他，气得他虎须倒竖，早不在乎什么接待礼仪的约束，将酒杯一掷，正中盖中州面前的酒壶，将酒壶砸得粉碎。“好！本将军今天就答应你，三天之后当场比试。”

梁潇一行人回到将军府后被管家盛情接待。分手时吴若愚嘱咐他，到了宁古塔，千万不要提及他吴若愚是流人，误打误撞冒名顶替成了披甲人，梁潇和梁雁自然心领神会。管家府里，师爷讪笑着举杯，杯子里面盛的是梁潇从前为府里做的蚂蚁酒。“原本让你两人留在我府上，只是老夫不该误听娄垠的挑唆，虽然没按他的意愿将你二人置于死地，却也吃了不少苦，老夫深感惭愧。”梁雁笑道：“谢谢师爷在关键时刻派人寻我们，命披甲人不再追杀我们，要不然……”她要说的众人自然心领神会。管家见梁雁没怨他，忙命几名流犯文人都来给梁潇和梁雁敬酒，大家开心畅饮。酒过三巡，师爷才慢慢说起朝鲜公使此行带来了几个从清朝逃到朝鲜避难的文人，明天就要在宴会上比试文章，想请梁潇出面应试，如能为将军府争得荣誉，一定在圣上大赦天下之前，资助银子让他们在宁古塔自主谋生，还他们自由之身。梁雁笑道：“这次将军不会还是卸磨杀驴吧？等朝鲜公使走了，管家和师爷还不得像上次一样，再寻个借口将我们置于死地？”师爷发誓：“这次找你们回来是大将军的意思，岂能反悔？”见梁潇笑着喝酒并不答话，他急了，“你们有什么条件只管说出来就是了，咱一定办到。”梁雁笑道：“不知苏州来的杨姑娘如今下落何处，只要杨姑娘在场，凭梁潇的才能，那几个朝鲜文人自然不在话下。要是不知道杨姑娘的下落，梁潇还不如没上过私塾的山野顽童呢，哪能出面为你们吟诗作赋，为将军府争光？”师爷等的就是这句话。“梁潇的学识在宁古塔自然是无人不晓，就连朝鲜公使也是事先打听到梁公子下落不明，才斗胆敢来。至于杨姑娘嘛，她只要还在宁古塔将军管辖的范围内，我保证立马给你找到。不过，这梁潇以流放之身出席宴会自不必说，就是眼下梁潇涉嫌杀害披甲人艾莫日根，是重案在身的通缉要犯，这可如何是好？”管家假装冥思苦想半天说："请梁潇先写一篇《牡丹江赋》，让师爷先背得滚瓜烂熟，到时候临场发挥就是了，咱们把名头都给师爷，师爷要是赢了，就是咱们宁古塔赢了。"师爷理着胡须沉思片刻道："大将军昨天说到时候再命题，当场作赋，事先写了，怎能准应上出的题目？"管家道："说是临场命题，谁来命？还不是咱大将军做个样子，实际上咱家说了算，咱事先定好就是了。"一个参事讨好说："如果在宴席上比即兴作诗，就让梁潇在屏风后听到题目先写好，由梁雁扮成丫鬟，随时将梁潇写好的诗句传过去，由师爷应答，这可谓兵不厌诈，他们不是打听到梁潇已经逃跑，他们轻视咱们，不是正好赢他个出其不意吗？"梁雁道："梁潇才不在乎他的诗词歌赋被谁顶了名头，可是要让他正常发挥，甚至发挥到极致，必须得让他看到杨姑娘。"秋夜明月高挂，天近子时，师爷家大厅众人酒兴正酣。几个从流放人中选出来的文人，与梁潇一边喝酒一边谈论边塞诗。梁潇好几年没和人论诗了，可有了知音，涨红了脸，滔滔不绝地说着，十分高兴。管家一边应付，一边瞅着门口。天近丑时，只见几个管家府里的人拥着一个蒙着脸的年轻女人进来，梁潇一看那窈窕的身姿，酒全醒了："馨儿！是馨儿！"梁潇刚冲到门口没等近前，那女人就被一个壮汉将明晃晃的钢刀搭在脖颈上。管家笑了："明天午时，那公使借将军府举行答谢宴会，届时你隐在屏风后面，随时写出应对诗句，由梁雁扮成女佣交给师爷。杨姑娘嘛，她就在你的身边，给你倒茶磨墨。当然，为了让你听话，我这里会给她服上毒药，只要你听我们的，那你的杨姑娘就有解药，你们三人都会有自由之身。如果到时赢不了那帮朝鲜文人，结果就不用我说了。"梁潇面对着朝思暮想的心上人，却不敢轻举妄动。不觉间手上用劲，将那个银杯捏得扁扁的。那个蒙面女人轻声叹息着，被几个婢女拥着走了。梁雁火了："押来个人还不让看脸儿，谁知道这女子是不是杨姑娘。再说了，梁潇上场必能斗得那厮服气，为什么不让他上前露脸？我们不干了！"师爷怒了："你以为和你们商量是在求你们？实则是咱怕弄得不愉快影响梁潇明天发挥。要是不听老夫的安排……"师爷眼里充满杀气，斜着眼看梁潇和梁雁。管家劝道："梁潇，你们喝的酒就是娄垠帮着配制的毒酒，你要是不去，信不信你们到不了明天晚上就得肝肠寸断，七窍流血而死！""卑鄙小人，我们宁死不从，你不怕我们把你们的阴谋报告大将军巴虎，定你们欺诈之罪？"师爷阴险地笑了："你们以为巴虎能知道这里发生的一切？要是不听话，咱告诉你们，巴虎明天一早知道的'真实消息'就是，你夫妇二人杀害十几个兵卒后跳牡丹江自尽!”“哈哈哈……”梁潇一口喝下一大碗酒，狂笑几声，师爷见他不服，顿时面露杀机，眼睛血红地瞪着他。四五个府里的清兵手持刀斧站在梁潇身后，怒气冲冲地看着梁潇等着师爷下令。“我按你说的去做。不过，我可不是怕你们施毒，因为你们的毒酒早被我识破，还趁机换给你们了，你们自己好自为之吧。”师爷一听胆战心惊，不由自主地一阵子深呼吸，不知是心理作用还是真的中毒了，似乎真的感觉到五脏六腑都像有虫子在咬噬般难受。“因为这毒药已经被梁潇换了，你的解药不好使了，你们威胁咱没用了。为什么咱还同意去?”师爷和管家眼巴巴地瞅着梁潇不知所措，那几个流放文人都吓傻了，他们来的目的就是哄梁潇高兴替他们上场应差，梁潇要是不去，谁能斗得过朝鲜公使带来的文人?又如何和巴虎将军交代?梁潇又喝下一碗酒才缓缓说：“毕竟，这不是你师爷一个人的事，这关系到宁古塔和朝廷的脸面，我以国家利益为重，不会计较个人的名利。当然，希望大将军能言而有信，到时候把杨姑娘还给咱。”

早上，梁潇被使女和梁雁使劲叫了几次才叫醒，起来一看，天近午时，他不喝师爷家女佣递来的醒酒汤，要过来一瓢烧酒，一口喝下，和梁雁一起匆匆换上师爷家仆人的衣裳。心急如焚的师爷虽然心里骂梁潇起得太晚，却只能冷眼看着不敢说什么，怕惹了他一不高兴再不去可就坏事了。四五个仆人服侍梁潇穿戴好了，急忙随着师爷来到将军府。那边主宴会厅上宴席刚刚开始，热菜冷盘，山珍美味，十分丰盛。大厅通向后堂的边上，有一扇屏风，上面画着一幅宁古塔城鸟瞰图，是一幅兼工带写的国画，远近虚实，很有层次，近景是一棵硕果累累的柿子树。梁雁在背面一看乐了：“梁潇，这是你的画，还是我裱糊的，今天你一定能如愿以偿，柿柿（事事）顺心如意!”一个蒙面女子过来拿过端砚放到案几上，滴上一些清水为梁潇磨墨。梁潇看她的手指，朝梁雁摇头，这女子不是杨姑娘。一会儿，听到大厅里面嘈杂的声音传过来。一个女佣急匆匆跑过来，梁潇认识，这是他在管家府上做酒时见过的婢女，那婢女道：“前面宴会上定了，还是昨晚师爷说过的题目，咱们和公使带来的副使还有几个文人都各写一篇《地下森林赋》，师爷现在故意和那些朝鲜来的文人东拉西扯，拖延时间，请梁潇尽快写出来，再择时机听令拿到前面，就说是师爷写好后你帮助誊写的。”梁潇听了，看着磨墨蒙面女子沉思着，并不动笔。师爷在前面听了梁潇不肯写暗暗着急，连忙叫过管家耳语。不一会儿，管家领来一个蒙着面纱的年轻女子，替下了给梁潇磨墨的那个婢女。新来的女子左手提着右衣袖，右手研磨，无名指弯着合不拢，伸着翘起来。梁潇一看乐了，正是杨姑娘来了。梁雁连忙铺开宣纸，两边用乌木镇尺压好。梁潇心里高兴，才思顿时如同泉涌，也不用思索，下笔挥毫所写行草如走龙蛇，似有神助，几页纸片刻间就写完了。看得几个流人出身的参事目瞪口呆。前面宴会厅里，巴虎见朝鲜公使带来的两个人都在侧席用草书撰写着《地下森林赋》。一会儿就将写好的一页页纸递上来给众人传着看，两人都写了三四页了，师爷在那里忽而沉思，忽而随手写着画着喝着酒。侍女不时将他胡乱涂鸦的宣纸递到后堂，没有一页手稿呈上。朝鲜公使喝了一杯酒之后，两手一摊，指画着师爷暗暗得意。巴虎见己方确实没动静，瞪着师爷和管家，捋着胡子生气。师爷听侍女过来悄声报告几声，心里有底了不再胡写乱画，高声嚷着："昨晚喝多了，夜里如厕滑倒手崴了，写字快了不好辨认，故而将写成的稿子交人替我誊写清楚。"屏风后梁潇一听，一边接着往下写，一边让梁雁把写好的四张宣纸先送过去。梁雁不知是计，看到杨姑娘梁潇高兴她也高兴，脚步轻盈，捧着四五页写好的宣纸，就要送到大厅上。绕过屏风被一个婆子挡住："师爷命将他的稿子必须从正门呈进去。"梁雁有些生气，脚步不再轻快，捧着墨迹未干的稿子看着近在咫尺的宴会厅，只好舍近求远从院里转个弯奔正门。绕过浇花的井台时遇到一个家丁打扮的人，在梁雁经过他身旁时突然劈手抢下稿子，顺手丢入井里。梁雁措手不及，抓住那个家丁将他打倒。急忙再看，宣纸还在井水上面漂着。梁雁脑海里迅速翻腾着，这人到底是谁指使的？不知是师爷，还是管家在暗中指使人下手？是想害梁潇欲说他浪得虚名没能写得出来才毁了稿子，还是要出师爷的洋相让他下不来台？梁雁一时没了主意，只好不顾一切地高喊："梁潇不好了，你的稿子被坏人丢进井里了！"梁潇急忙跑过来，早惊动了宴会厅里的人众，四五个家丁七手八脚将那四五张宣纸捞上来，虽然梁潇的字迹力透纸背，却早被井水浸湿贴在一起。梁雁气极了，再想找那个抢稿子的人，那人早趁乱逃跑。师爷早跑出来，一看这局面，气急败坏地揪着梁潇到宴席桌前，见了怒气冲天的宁古塔将军巴虎，吓得语不成句。带着哭腔和大将军道："我托将军的洪福，今天下笔如有神助，瞬间已成赋一篇，让梁潇誊写好了先送来，我想洗去手上墨迹就来，不承想，这小子竟然让他老婆将已写好的几页《地下森林赋》投入井里！让我有失将军重托，惭愧，惭愧！……特别是这事发生得突然，让我惊慌失措，刚刚写过的赋稿也无从想起，如何才能恢复得了？"朝鲜副使对师爷的文采十分了解，知道他的诗文功底充其量也只够得上三流水平，而溜须拍马的水平却是超一流的。冷笑几声道："师爷既然已下笔千言，字字珠玑，瞬间草成如有神助，自己刚刚写过，又如何能全忘得了？何不再复述下来，让这些参事们重新录出来，也好一展宁古塔师爷的风采！"师爷一身冷汗无言以对，片刻间，汗水透过夹袄长袍，前胸后背都是汗渍。巴虎看着心急得火烧火燎的，拔出佩刀挥刀砍着桌儿。副将军急忙道："既然师爷一时着急记不得了，看看帮着誊写的梁潇是不是还记得？"管家推着梁潇上前，副将军扫视了一下梁潇和师爷，厉声问："师爷让梁潇先誊写几页？"师爷嗫嚅着："三页，三页。不！五页，五页……"娄垠在屏风后面冷笑着和管家耳语，梁潇断断续续听到些他们说的，这时他全明白了。师爷早上突然听娄垠说，梁潇外表憨厚，实则极富心机，师爷出主意弄走了他心爱的杨姑娘，他要在关键时刻报复师爷，替师爷写到一半时，再突然撂挑子不写。听了娄垠的话，师爷当时就吓坏了，急忙问这可咋办？娄垠临时出主意：与其关键时刻被他撂在那儿，还不如将梁潇写的稿子命人抢下毁了，诬蔑他故意将师爷写的文稿丢到水里，想让师爷丢脸。府里佣人穿着都是一样的，梁雁根本无法辨认谁抢的稿子，即便梁潇浑身是嘴，也说不清楚，这样做不仅师爷能有退路，至少不过是和朝鲜公使带来的文人没比成，在气势上没输给公使带来的人，也没给将军府丢了面子，而且能嫁祸于梁潇。更重要的是，不能让大将军通过这事知道梁潇比师爷的文采更胜一筹。梁潇听明白更生气了，娄垠竟然不以大局为重，关键时刻只想着害人。有一参事上前来报："报副将军，在梁潇的案儿上没找到师爷写的草稿，只有信笔涂鸦的三两页纸。"说着递上师爷乱画的三张宣纸，众人看了皆哂笑不止。梁潇上前故意朗声说："师爷既然已写出千言，年事已高恐难以记得全文，那开头四五句总该记得吧？"梁潇说的是常理，众人都把眼光投向师爷，师爷顿时汗颜，手上沾的墨抹得额头上都是黑迹。梁雁和磨墨的姑娘都过来紧紧拉着梁潇的衣角，提醒他不该得罪师爷，千万得给他留个面子，不然的话，这人太阴险，会后患无穷。梁潇笑道："第一句可是'金井双阙千岩阴积，玉渊三宫万壑萦回'？"师爷脸涨得通红，眼睛瞪得像发情的公牛，尴尬万分的他可抓到了救命的稻草，连忙点头称是。见梁潇嘿嘿地冷笑，连忙摇头不敢承认，却又无法否认。"那也可能是咱梁潇记错了，那开头几句应当是'玉填崔崒洞窥地脉，金台巍峨树隐天经'？啊！不对不对，是'绝谷镇地阴冰夏结，烧丹配天炎树冬荣'？"师爷脸色一阵红

一阵青，脸上挤出讪讪的傻笑，心里骂着："等着！老夫找个机会把你杀了剁碎了，方解心头之恨！"梁潇还在逗他："师爷只消记得这几句哪个是开头？小可一定能记起你所写的赋，一字不落地写下来可好？"师爷只好用手背抹着汗水，结结巴巴地说："第三，第三个是吧……"梁潇不等公使和众人暗笑出声，提笔潇洒地写下《地下森林赋》。副使连忙端着酒过来，附在一旁观看，小声吟诵起来："癸亥年冬月，有朝鲜公使来访。众皆开怀畅饮，酒酣耳热之际，相约以"地下森林"为题，互赠一赋以为乐事。聊助酒兴，故草撰之。赋云：断壁岩枫老，疏林峻榛香。螺鬓千崖秀，蛾眉一径芳。鬼谷青壁俯视雷雨，仙堂丹梯幽翠点苍。天井无底兰岩鹤唳，云门为陵金华叱羊。宝洞仙宇瑶草翕艴，石囷灵台玉树葱黄。嗟呼！千丈立壁削成青玉，万仞横峰截断碧账！地下森林碧瘦清高，天上云霞五色九煌！……"梁潇挥洒自如，朝鲜副使突然不再吟诵，高声道："公子能否暂时搁笔，听咱家一言？"梁潇见杨姑娘还活着，笔下如有神助，思绪如同洪水一泻千里，哪里收得住？副使过来轻轻将笔杆提住："这位兄台，这赋是不是你撰写的？隐在后堂为师爷捉刀代笔？如果不是，那下面的正文能否让师爷先说个大概呢？就算记不得，也能说说下一段是说地下森林的神韵，还是说渊势？是说像龙潭，还是凤窟？如果是他所写，这些总该知道个大概吧，总不成写作之人一字不记得了，抄写的人能瞬间一字不落地记住了？"众人"轰"的一声大笑起来，有一个女子爽朗无忌地开怀大笑，银铃般的声音十分出众："呵！呵！呵！想捉刀代笔又怕人家上房抽梯，先自断梯子再嫁祸于人？姐夫，别让蹩脚师爷丢人现眼了，还是让梁潇直接写了算了。都是这些人嫉贤妒能，不让有真才实学的人露头，才弄巧成拙，贻笑大方。"众人看去，只见侧席坐着一个蒙古族装束的女子，有二十七八岁年纪。巴虎威严地哼了一声，巴虎的三福晋指着那蒙古族装束的女子："格格！不可参与政事。"众人笑罢半晌，都心领神会知道了端的，没有人再理师爷，都赞叹梁潇："这小子要么就是过目不忘，要么就是天下奇才。"巴虎早看出端倪，再打量师爷，再看管家和那些文员参事，一个个低着头不敢看他，气得他抽出身旁护卫的佩刀就要发作。副将军随机应变，举起一觥酒站到凳上高声说："各位，我宁古塔虽远离京畿，地处蛮荒之地，可也不乏人才，今天宴会上，如果大将军巴虎直接就命苏州才子梁潇来写赋，恐怕就没有人敢来对阵了，师爷无非是奉将军之命，来演个滑稽答宾戏，给大家助兴罢了，现在有大将军挥刀击节，众人以酒为歌助兴，请梁潇继续将他撰写的《地下森林赋》诵来，由他的夫人梁雁执笔录下可好?”众人一片叫好。蒙古格格十分兴奋，起身要去给梁潇斟酒，被三福晋拦下。梁潇也不推辞，接过副将军命人递过来的大酒碗，边饮边从容吟道：“演络载物僧眼碧，绝维承天佛头青；石窍峡束蜂腰断，泉痕峰涩谷鸟从；苍分极浦壶中醮绿，翠人高楼镜藏螺形……”梁潇抑扬顿挫，一板一眼的如同读稿，端着酒碗越念越快。起初那副使和他带来的两个文人还匆匆地继续誊写他们的赋，好有一拼。到了后来，觉得无论如何也比不得梁潇的文采，倒不如不写，免得蒙羞。“噫吁兮！霞壁万笏玉垒熊耳，云峰千鬟铜壁虎形；紫帽青辟石竟红阁，绿萝丹梯玉台青城！地下森林俯视雷雨，岩花着色上为莲峰……”梁潇吟诵完毕，静了片刻，一片叫好声。

# 第二十七章　胭脂虎情

梁潇一夜成名，宁古塔城里无人不知，无人不晓。一连三天，梁潇和梁雁被留在将军府里，天天酒肉伺候着，文房四宝摆在书案上，任凭梁潇酒足饭饱后挥毫抒发多年的愤懑之情。梁潇多年没见过如此可心的文房四宝，高兴得一会儿画虎，一会儿画鹰，一会儿画山壑江水，一会儿画仕女将士。画着画着，那山、那石、那水，那些用披麻皴和斧劈皴手法画出来的石头、水波，细细地品味，那里面都隐着一个姑娘的神韵，分明就是杨姑娘，举手投足仙气飘飘，令人神往。就连画上的将士一个个都是杨柳细腰，婀娜多姿，个个都长得像杨姑娘的姐妹。梁雁暗暗叹气，她和梁潇既像姐弟，又是恋人，她从来不嫉妒梁潇爱着杨姑娘，甚至跟着梁潇一起着急。眼下却帮不上忙，无法让梁潇释怀，只能陪着梁潇叹气。梁潇盯着画上水波里隐着的女子瞅了半天，那女子也不理他，气得他将那张画团成一团丢到地上。又拿过一张宣纸，疾笔草书：香沾屐齿随流水，红腻廊腰逐晚风。谢娥堕翠肌削玉，西子遗芳脸销红。飘零蕙径谪仙女……一个使女进来报："副将军鄂尔玉瑱来看望梁公子！"一撩门帘，一个身材魁梧的将军进来。"哈哈哈！你梁潇深藏不露，流放三年，那些有点能耐的都来将军府打杂几次，管文案的参事都换了四五批了，你都不露面，前天晚上却一鸣惊人，为大将军增光了，咱就佩服你这样有大学问的大才子！"梁潇和梁雁一看，这是前晚出面帮助巴虎打圆场，让梁潇直接吟写《地下森林赋》的副将军。"咋样？想好了没有？你当大将军的第一参事，因为你是流放的罪人身份，不能直接当师爷，可是将军府里所有文案都交给你负责，咋样？"梁潇对他心存感激，也不怠慢，憨厚地笑笑和他碰一下酒碗一口喝下。鄂尔玉瑱以为他答应了，爽朗大笑道："我就说嘛，哪有放着官不做，甘心还当流放犯人的？"梁雁给他倒满酒说："梁雁感激前日将军成全，梁潇当晚就看出来那姑娘不是杨姑娘，可他靠着对杨姑娘的思恋和将军府答应事成后一定会给杨姑娘自由的承诺，这才如同倒倾三峡水，写就《地下森林赋》。如今，要让梁潇当参事掌管将军府文案，不是我们不识抬举，还请将军转告大将军，希望巴虎大将军言而有信，不然的话，我们大不了还去披甲人家为奴就是了，好在如今披甲人都知道梁潇的本事，也不会再虐待我们。”鄂尔玉瑱笑了：“大家都说，梁潇没有梁雁什么事都干不了，我就奇了怪了，人家女人都嫉妒成性，你咋还帮他找杨姑娘？我告诉你们，本将军拖到第三天才来，就是在四下里打听杨姑娘的下落，你还真别说，这杨姑娘还真是值得梁潇痴心，她在嫁给大将军公子的前一天晚上，被新郎的姨娘帮忙掉包了。”鄂尔玉瑱坐下，喝着酒细细道来。杨姑娘那天晚上被娄垠献给师爷，师爷一听是个绝色美人，怕她逃了，连忙派人将杨姑娘接来。他灯下一看杨姑娘脸蛋抹得黑乎乎的，腰粗得像中年女人，他知道这些流放女人为了保住贞节都采取障眼法。他命小妾强行帮她洗过，再领来一看果然是个美女。师爷虽然好色，可是听说巴虎的儿子在寻找这一批流人中最美的杨姑娘。他是识时务的人，好姑娘有的是，流放的人一年几茬，何必和大将军的公子争杨姑娘？实则是他怕得罪了狂放的将军公子，不敢留下杨姑娘，当晚将她送到将军府。三福晋一看，以她当年的经历，从杨姑娘那紧蹙的眉头，一大一小的眼睛，看得出来她是刻意装出来的丑态。又看了一会儿，见这姑娘心里不高兴，可无论家教礼仪，举手投足都让她十分中意。老家还是苏州，也是她的老家，让她更是觉得这是天意。当即替儿子做主，三天之后娶杨姑娘为妾。至于儿子的正妻，那还要等着门当户对的姑娘才行。杨姑娘虽然没流入披甲人家为奴，可是为了梁潇守身如玉却不容易，一连几天以泪洗面。巴虎的儿子是个纨绔子弟，他打猎回来听说额娘给他找了一个美妾，急忙进屋一看，杨姑娘哭得眼睛肿得像一大一小的烂桃子，总揉右眼，所以右眼睛肿得更厉害，并没有像人家说的那样绝色无双。那些婢女嫉妒杨姑娘，也不好好照顾她，再加上这几天杨姑娘胃病犯了，一路上饮食不好，现在一下子顿顿吃肉，又拉又吐，俏脸瘦得像一片刀条儿，还蜡黄蜡黄的，又故意不洗头脸，头发像毡子一样黏在一起，又脏又黄，像被猎狗咬得半死的雉鸡尾巴。巴虎儿子不屑地哼了一声转身摔门而出，回房间去找那个姓郝的流放人家女人鬼混去了。娄垠不等他关上门，凑过来神秘地告诉他，这姑娘是绝色美女，一定是被苗女梁雁施了什么蛊毒，故意做出污秽的样子。巴虎儿子一听，觉得十分有道理，想必这女人是为了心上人故意捯饬成这样，咋也不能让美若天仙似的女人从自己眼皮子底下溜了。他平日里霸道惯了，急匆匆地把那些家人撵出屋，上坑搂过杨姑娘撕扯她的衣服，更想看个究竟，看到底是不是美女。杨姑娘柔弱的身子经不起他粗鲁的撕扯，一阵折腾，一股酸水从嘴里喷涌出来，全都喷到巴虎儿子脸上嘴里，顿时一股酸臭味扑进口鼻，恶心得巴虎儿子差点没把肚子里的酒肉全都吐出来，气急败坏地将杨姑娘摔到炕上，嘴里骂道："一只眼睛的参事还能看得出来美人？真恶心！"扭身就走了。晚上，巴虎儿子的小姨去劝巴虎儿子娶杨姑娘。这格格尽管是二福晋的妹妹，却和三福晋感情最好。巴虎儿子正好也要求小姨帮忙说服额娘，别让他娶杨姑娘为妾。热心肠的格格心里没底，想先看看杨姑娘长相到底怎么样。一进屋见杨姑娘哭得一塌糊涂，满脸都是鼻涕眼泪的，衣服上都是呕吐物的污渍，满屋散发着一股酸烘烘的臭味，一根脏兮兮的丝条悬在梁上，杨姑娘脚踩着凳子正要上吊。格格连忙命人将她扶下来放到炕上，杨姑娘一听丫鬟介绍，偷眼看去，见这年轻女人笑靥动人，慈眉善目。她知道这是最后的机会，连忙爬起来跪在炕上和格格说："公子他不喜欢我，请你成全我，我没有别的奢望，让我死了就是了，要是怕我死在这儿不吉利，就让我走，我不逃，我言而有信，决不逃走。我只要求见我夫君梁潇一面，然后我一准儿死了就是了。"格格见她对恋人如此忠诚，为保持贞节故意把自己弄成这样，心里不免有些同情。她告诉杨姑娘，洗漱了换件干净衣服吃点饭再说，如果听话这事好商量。杨姑娘洗漱之后，换上干净的仆人衣服，也不吃饭来见格格。她盈盈拜下，格格命她抬起头来说话。格格一看她的脸，知道这是一个绝色美人，只不过故意弄脏脸和身子，一只眼睛故意眯着，像一大一小还斜视。杨姑娘见格格面露同情，知道这个机会难得，连忙起身从腋下取出一个小小的布包，打开拿出来一小块只有手指盖大小月牙形的玉，举着献上："格格如果能成全我不嫁人，小女宁愿当牛做马来报答格格救命之恩。"说着将玉递给格格。格格在灯下瞧着那块玉，只有拇指般大小，做工十分精巧，呈月牙形，雪白冰清，温润潜光。她早年随征战的父亲到过苏州，听人说过，相传苏州城里有一块月牙状的玉，虽然只是很小的一块，却是稀世之宝，后来不知道这块玉流落到哪里，那可是块无价之宝，这流放的杨姑娘如何有机缘得到如此珍贵的玉？"这玉名为月玦，端的是结绿悬藜，延喜辟邪。"格格强作镇静道："你是如何得到这么小的玉石，你咋就知道这是宝贝？要把这宝贝献给咱家不成?”心里暗想，当年父亲的汉人师爷曾经说过，苏州城里只有两块玉最为珍贵，一曰月玦，一曰日虹，两片合拢，枯枝也荣，逢凶化吉，死能复生。如今这杨姑娘手里有一块，那一块十有八九在她情人手里。格格不觉心里一阵悸动，就想帮她，倒不是格格见她弱不禁风，楚楚可怜，而是她有自己的打算。格格曾有过三次婚姻，都有头无尾的没等出嫁就草草完事。第一次是进京城，嫁给鳌拜的侄子，这算高攀。大家族娶亲，一切繁文缛节好不容易都忙活完了，等着来接亲时，鳌拜被康熙扳倒，还诛灭九族，那个没当上新郎的侄子也被斩杀了。父亲急着撇开和鳌拜的关系，连忙又给她找个婆家，是个吉林乌拉的佐领，该着那人倒霉，定下亲没等成亲就有紧急公务，押着火器营的火药去雅克萨前线，结果半路上宿营的时候突然失火，佐领舍命救火，被火药炸死了。第三次要嫁的是一个汉人八旗的副指挥使，接亲回婆家的路上，新郎不慎从马上摔下来，掉进地下森林的悬崖底下。三次婚姻让她成了出了名的望门寡，“妨夫”的名声传遍了塞北各地，那些王公贵族的公子再也没有人来提亲。一晃四五年过去了，格格小三十岁了，自己心里也十分着急。如今，要是这玉真的能帮人改变命运，也未可知。不论咋样，也得死马当成活马医，先想办法将这块玉拿到手，对应的那块再想办法。于是，她按照巴虎儿子的心意，将流人姑娘郝清艳打扮一新，顶杨姑娘的名出嫁。将杨姑娘装扮成她的婢女跟在自己左右。大福晋、三福晋和外甥都十分满意，格格借故王爷要召她本人去相亲，匆匆忙忙带着杨姑娘走了。一晃两年过去了，大将军的三福晋自然知道了内情，儿子喜欢郝清艳她也不埋怨，何况郝姑娘也是莱州府的美人，只是格格总来将军府上，不为别的，她惦记着那块日虹玉。她得了月玦之后，虽然还没成亲，但没有人再说她是白虎星妨夫，不像前几年那样提亲的一个都不上门，虽然保媒提亲的没有相互看中的，但总算是有人来提亲了。格格心里急，是不是缺少那块玉，要是配对了，月玦、日虹嵌到一起了，就会给自己带来好运，所以，她比杨姑娘还急着找到梁潇。这次来，她早在将军府住了半个多月了，那天梁潇在将军府上吟写《地下森林赋》，让她对梁潇有了特殊的好感，金钱地位她都有了，只差一个如意郎君，梁潇让她心里荡起异样的涟漪。鄂尔玉瑱说完杨姑娘的下落，端着酒碗看着梁潇和梁雁。梁潇道：“格格是不是想要那片‘日虹’？如果这样，请格格让杨姑娘来取就是了。”“痛快！我早就和格格拍胸脯打了包票，有杨姑娘在，玉不是什么难事。”说着，伸手要玉。梁雁给他递上酒樽，足有三碗大小，笑道："拿别人装成杨姑娘，梁潇虽觉察到了还是以大局为重，写了那篇赋。如今又要价值连城的宝玉，总得杨姑娘来了，一手交玉，一手交人吧？""呵呵呵！你梁雁不愧是机灵过人，真是名不虚传啊，我来了，宝玉交给我总该行了吧？"话音未落，一个蒙古族打扮，身上都是珍贵皮装，戴着水獭皮帽的年轻格格来了。那女人肆无忌惮地打量着梁潇，嘿嘿一笑："你小子也不呆呀?!模样也挺俊的，当初在苏州是不是也是个不学无术的纨绔子弟啊？"梁潇见这蒙古族女子，一双丹凤眼似笑非笑，高高的颧骨反倒显得脸更加娇俏艳丽。梁雁一听生气了："梁潇是才子，可不是塞外能找得到的'文曲星'，他可不是那些穷酸文人能比得了的。"那格格气势逼人："哟！我知道，你的梁潇有真才实学，那篇赋写得更是了不得，但今日一见，也不过是个披甲人的奴隶罢了！"梁雁斗嘴从来没输过谁，嘴一撇嚷着："哎！倒是我们拿着猪头找不着庙门了？我家梁潇有没有月玦一样过日子，不像有的人，要是没了日虹，谁敢舍命娶格格？哪怕你美若天仙，家财万贯，出身权贵，再过几年你就得徐娘半老，膝下无子和王爷一起凄凉度日，唉！白瞎了万贯家财无人继承。是你来求梁潇，想换换运气找个人家好赶紧嫁了，就别装模作样了。"格格脸上挂不住，张口结舌地想不出来解恨的话，只好问梁潇："呔！梁潇，你家你说了算，还是这小蹄子说了算？"梁潇装傻不说话，气得格格牙根都痒痒，恨不得立马杀了他俩。"咱只认死理儿，一手玉一手人，杨姑娘呢？"梁潇说。格格冷笑一声："你家穷得连狍子皮上的毛都数得过来，哪有地方藏那么珍贵的玉？你不放心我，我还不放心你有没有那块日虹宝玉呢？"梁潇说："一笑倾人国，二笑倾人城。没有杨姑娘，休想拿到日虹。"格格气得鼻尖上冒汗，娄垠昨晚给她出的主意，怕梁潇手里根本就没有那块玉，她昨晚就派人把梁潇的行囊翻了个遍，还美其名曰：住在将军府里，不能带着刀具凶器。梁潇当时就说，他们在找那块玉，如今梁雁才明白了。"如果没有玉，梁潇甘愿受罚。可是，要是见不到杨姑娘，咱们也就只是听说过什么玉。"副将军气得骂道："大胆！一个流放人犯胆敢这样和格格说话？你是不想活了？"梁潇说："不是说好的不再当流犯，是将军府的第一参事，咋还提这茬儿？"立马装成害怕极了的样子，夸张地两手抱着头，倒在炕上，任谁来拉扯都不起来。格格心里笑他装傻充愣像个孩子倒也有趣，脸上却冷得能冻硬了山梨。格格不再犹豫，一摆手让门外那些下人撤开手，杨姑娘穿着婢女衣衫，娉娉袅袅地进来了。见到梁潇，杨姑娘脸上露出笑容，她的美艳让众人惊呆了，就连副将军和格格都觉得这女子简直就是仙女下凡。梁潇“腾”地跃起，跑过去抓着杨姑娘不撒手。杨姑娘羞涩地躲着梁潇贴过来的脸，梁雁跑过来搂着杨姑娘，两人喜极而泣。格格脸色青紫怒吼道：“姑奶奶是来看你们在这儿秀恩爱呢？我要的玉呢？”梁潇笑了：“格格息怒，梁潇谢过格格照顾杨姑娘，让她毫发无损，那两块玉可是玉中绝品，相传春秋时吴国的美姬名叫绿萼，肌白如雪，细腰如柳，可惜她殉情而死，血滴成玉。”梁潇偷眼一看，格格恨得牙根都要咬碎了，厌烦他滔滔不绝的说辞，却故意不说玉的下落。连忙改口说：“玦连地府，虹达天庭。两片相嵌，福寿双星。”说着，拿过杨姑娘随身带着的一个脏兮兮的麻花布包袱皮，从里面拿出一本《词林正韵》，从那硬纸板书盒的象牙别签上轻轻取下一根短短的银针，拿出书放在一边，挑开书盒里面糊的衬里绢布，在一角拿出来一枚玉片，只有大拇指大小，像一枚铜钱的模样，呈在梁潇手心上，温润黾采，泛着绿光，让人眼前一亮，顿时觉得这东西如同雪白魄夺冰清，滴翠映波，珍贵无比。“一枚‘视月而得’，一块‘映日以观’，您救杨姑娘有功有德，这片玉择善而栖，早就随着您两年了。”格格万万没想到，这价值连城的东西竟然一直藏在她的眼皮子底下。此前，她猜想也许两枚玉都在杨姑娘这里，梁潇和梁雁都是披甲人家的奴隶，如何藏得了贵重财物，翻了几次，都只看到这本破书，杨姑娘拿它当成宝似的，以为是她俩的信物，没想到竟然近在咫尺，就在身旁。真是地不爱宝，土无藏珍，让她感叹不已。梁潇想这个法子藏宝，更是机智过人，让她刮目相看。她心里翻腾着瞅着梁潇，内心一阵悸动，脸上羞红却装作不在意的样子，小心翼翼地接过那片玉。梁雁上前帮她将那一块玉往月玦上一嵌，竟然天衣无缝地合在一起，那纹络亦雕亦琢，不磷不缁，众人一看，顿时觉得上半截青光透石，下半截紫气如虹。格格小心翼翼地将两片玉收入那本《词林正韵》书盒中，深情地看了一眼梁潇，梁潇似乎也在看她，又像漫无边际地在屋里游荡，那里面藏的智慧，不正是她所追求的理想情郎？只是不知道这人的武功胆略如何，不如就此试他一试。副将军哈哈大笑几声道：“梁潇，本将军给你三天假期，三日之后到将军府当差……”突然，几个披甲人打扮的兵卒冲进来，高声嚷着：“杨姑娘是我家公子定下的媳妇，岂能容你等随便用什么破石头交换？一个流人罪犯，有什么资格和我家公子争抢女人，岂不是找死?!”三两步抢到杨姑娘身旁，一个壮汉将杨姑娘扛起来就走，几个人刀剑护在一旁。梁雁迅速跃向格格，想控制住她再换杨姑娘。可是格格早有准备，没等梁雁近前，刀剑迎着她无法近身。梁潇岂能让杨姑娘再被抓走？突然跃起劈手抢过格格手里的《词林正韵》丢过去，砸得那个扛着杨姑娘的兵卒腿弯一软，跌倒在地上。梁潇一跃到了副将军跟前，劈手扯下他腰间的佩刀，挽一个刀花挥出去，那三个兵卒顿时刀剑落地，两手空空，手背被抽得肿了起来。梁潇冲过去搂过杨姑娘，回头一扬手将那把刀掷飞过去，"嗖"的一声插进副将军的刀鞘。格格一摆手，那几个兵卒瞪着不服输的眼睛，揉着红肿的手背气哼哼地出去了。格格开心地笑了："梁潇真是文武双全的奇才，别怕，刚才不过是本格格和你开个玩笑，要是真的像刚才发生的那样，形势所迫，你要是娶不成杨姑娘，你咋办？杨姑娘除了貌美，还有什么好？"梁潇和梁雁、杨姑娘这才明白，这是格格安排的人来试探梁潇的功力。梁雁不等梁潇说话，嚷道："梁潇没了杨姑娘，就是天天吃肉也味同嚼蜡，喝了美酒还不如醋有味，酸溜溜的，还不如杀了他。""不杀他，要是他自己不愿意娶了呢？世事难料，就不兴有个变化？"格格意味深长地说了一句，扭头走了。

将军府管家安排梁潇和杨姑娘、梁雁去城东面，用梁潇和梁雁从前住过的那个空着的敌楼当成新房。三人历经磨难这个时候才称心如意地在一起了，劫后余生还能如此称心，似乎只要这样过一辈子，哪怕不回苏州了，这里就是天堂了。杨姑娘看着梁雁精心布置的婚床，有几分羞涩，脸儿红红的。梁潇看着两个最心爱的人，一时不敢和杨姑娘亲近，怕最知心的梁雁不开心，他不想伤害她俩当中的任何一个。梁雁见他不去亲近杨姑娘，拉过杨姑娘推到梁潇怀里："馨儿，是我先当上的梁夫人，你是妹妹了，我是过来人了，春宵一刻值千金，你还等什么？"杨姑娘扭捏着不好意思，梁雁知道梁潇在替她着想，只好激他："梁潇！你傻乎乎的，还不快早点休息，难道还在想着素素不成？"话一出口，梁雁后悔了，这个高兴的时候咋能提起伤心的事？三人都不再说话，几碗酒下肚，梁潇虽然海量，可是酒不醉人人自醉，傻傻地看着她俩。烛光跳着最后一亮，彻底熄灭了。梁潇搂过杨姑娘和梁雁，梁雁低头从他怀里挣出去，跑到楼下。月光下看着楼上漆黑的窗户，眼里都是泪水，不知是为他俩高兴的泪，还是伤心的泪。突然，窗外响起了乱哄哄的叫喊声。"发大水了！"梁潇急忙披上衣服跑到灶间，拿过松明子打火点燃。推开窗一看，城里灯笼火把纷纷亮起，远处城里面河水泛滥，波涛汹涌，顺着街路冲过来。街道上人声鼎沸，清兵们筛响锣，叫嚷着救人。梁潇急忙招呼杨姑娘和梁雁，弃了本来就不多的破烂东西，出门奔后山坡躲避洪水。没走几步，洪水冲过来，混浊的激流瞬间没过腰际，杨姑娘险些被冲倒。梁潇急忙背起杨姑娘，扯着梁雁，踉跄着跑向山坡。大雨冲得山路湿滑，梁潇摔倒了几次还不忘抱紧杨姑娘不松手。三人连滚带爬地攀上高处，浑身都是泥水。梁雁早钻到梁潇的怀里，拉着杨姑娘冻得一起发抖。三人在暴雨中相拥着，梁雁和杨姑娘大声讲着梁潇从前的糗事，却不容梁潇解释。梁潇看着两个爱人只有摇头苦笑的份儿，三人慢慢忘了湿冷。远处山顶上渐渐泛出红色的曙光，天快亮了，三人又累又乏地倚着一棵大树沉沉睡去。"哎！那边山上的人，可是梁潇?"梁潇揉着眼睛一看，几个清兵在山下叫喊。原来是让梁潇速去将军府，撰写水灾之后赈济和宁古塔城迁址的奏折。梁潇看着杨姑娘有点不舍，梁雁打趣道："洞房被水淹，花烛暗星繁。梁潇空欢喜，闻花未得沾。"说得杨姑娘羞涩地低下头，深情地看着梁潇。那伍长见梁潇不舍杨姑娘和梁雁，高声嚷道："两位梁夫人下来拿狍子肉和稷子米，还有一坛烧刀子。"梁雁一边扶着杨姑娘慢慢往下走，一边道："梁潇，你别急着跟他去，哪次到将军府都是我陪你去，今天却只让你一人去，是不是有些蹊跷？我不放心。"梁潇虽然觉得有些怪异，可是三人都去，万一巴虎儿子再骚扰杨姑娘咋办？梁雁要是跟着去，留下杨姑娘一个人他更不放心。只好说："你俩的丈夫本事大，这宁古塔城总受海浪河水的气，从长远看也不是城兴之地，将军府多次上奏折，总是说服不了朝廷和圣上，看来还得我亲自走一趟。放心，咱梁潇的本事酒中下笔，马上占辞，一夕五制，日赋十题。你们等着，咱梁潇去去就回。"梁雁和杨姑娘一直等到第二天早晨，也没有梁潇音信，两人正在商量要不要去将军府找他时，有一个人来送信，梁雁认识，这人是梁潇在府里酿酒时的那个帮手。不等那人离开，梁雁和杨姑娘急忙打开一看，梁潇在信里告诉她俩要和理藩院来的人说明迁城的理由，不能马上回来，让她俩放心。那人瞪着死鱼般的眼睛，看了梁雁和杨姑娘半天，才淫笑着道："真是傻人有傻福，家里有两个如花似玉的媳妇，还被格格看中了……"杨姑娘和梁雁反复看着那信函，一时举棋不定，正在拿不定主意要不要去找梁潇时，将军府来了一个差人，送来那本《词林正韵》，也不说话丢下就走。梁雁急忙打开一看，扉页上夹一张纸，上面写着：梁雁、馨儿吾妻：将书收好，我不日就回，我在这儿虽然烦劳，却很舒心，发挥我的才学说明宁古塔城重新选择地址的原因，为民兴利除弊，造福百姓我之所愿……正文冠冕堂皇的一段之后，后面却是写意画法的三个硕大的桃子衬着绿叶。杨姑娘和梁雁猜想着，这是在提示要让她俩准备好，三人一起“桃之夭夭”。梁雁急忙拆了书盒的布面，撕开衬里，只见里面有半块玉，是那块真的日虹。她四下看了看，连忙撕开鞋帮，将玉藏进鞋帮的衬里。杨姑娘疑惑地问她：梁潇咋了？梁雁道：“梁潇大智若愚，聪明着呢，这字不是梁潇写的，梁潇和咱有约定，他的书信只有画上李子才是真的。他取瓜田李下句的联想，由李子想到傻瓜，那才是梁潇。”“那咋办？”杨姑娘话音未落，楼下传来杂乱的脚步声，十几个人重重地踩踏着梯子上来，几个兵卒冲进屋里，一个骁骑校气势汹汹地告诉杨姑娘，梁潇要入赘王爷家娶格格，不回来了。说着，命从人给她们俩十两黄金。告诉她们留在宁古塔城生活怕多有不便，恐怕大将军的公子再谋划着占有杨姑娘，特派清兵护送她俩去卜奎城流放地生活，等皇上大赦天下时，就可回籍。当然了，格格听说梁潇习惯和梁雁在一起，如果梁雁愿意，可以去服侍格格和梁潇。梁雁似笑非笑地看着那骁骑校，看得他心里发毛。“我俩不见梁潇是不会走的，梁潇如果真的让我们走，为什么不当面告诉我们？这里离将军府不足四里路，骑上快马须臾间就可相见，为什么他自己不来，又不让我们去？”骁骑校见两人不肯去，一定得见到梁潇，也不发火，丢下那个金元宝，带着兵卒走了。杨姑娘想立即去将军府找梁潇，梁雁拉着她隐在窗后朝下一看，敌楼下面有四五个兵卒。杨姑娘愁道：“看来，咱俩是被人家软禁了。”

姐俩一夜没睡，既担心梁潇，又怕巴虎儿子再来抢杨姑娘。那浪荡公子一旦听说了杨姑娘美貌的真相，要是再有娄垠一样的人从中撺掇，杨姑娘岂不是危险了？两人一夜担惊受怕，好不容易挨到早上才迷迷糊糊睡了。早有一队披甲人来了，那披甲人头领告诉她，格格查明，梁潇把一块玉偷偷送回来了，想和她俩逃跑，那本书就是证据。众披甲人和将军府里来的兵卒，再找到那本书，将书的套盒连同那本书全拆得稀烂，没翻到玉，早没了那张画着三个桃子的夹页。没有证据，那头领并不罢休。朗声宣布：“虽然没拿到证据，也不能脱开嫌疑，你二人不得继续留在宁古塔，今天就由披甲人立即押送到卜奎城继续流放。”杨姑娘抓着门框不肯去，宁可死在这儿也得和梁潇在一起。梁雁推开披甲人，不让他们粗鲁拉扯杨姑娘，她悄悄告诉杨姑娘，披甲人的头领是咱们的好朋友，跟他们走才好商量。杨姑娘偷眼细看，那是来时在路上遇到的流人吴若愚。一行人出了东门，沿着逶迤的山路向北，奔向卜奎城。一路上披甲人并不难为她俩，为了快些完成押送差事，披甲人牵来两匹马让她俩骑上。出了城门杨姑娘和梁雁鞍马并行时，梁雁告诉杨姑娘，她判断，一定是格格看中了梁潇，想强行带走梁潇。咱们的男人岂能让人夺了去，必须把梁潇抢回来。吴若愚驱马从后面奔过来，他也不看梁雁和杨姑娘，举起马鞭指着天上和那些披甲人说："这几天是下弦月，前半夜黑得厉害，伸手不见五指，必须严加防范，防止……"梁雁明白，吴若愚在暗示她俩后半夜会帮她们逃走。凌晨时分，天最黑的时刻，两人打马飞快逃回宁古塔城。到了城门口，吴若愚帮她们叫门，城门上当差的清兵一听是披甲人首领索多尔凯的大名，也不细问什么紧急公务，连忙开门。梁雁怕连累吴若愚，连忙叫他回避。吴若愚也不客气，纵马穿过东街就不见了。两人将马藏到城墙下面阴影处，悄悄地来到将军府，避开打更巡视的兵卒，翻墙进院绕到梁潇和梁雁在府里住的那几间房的阴影处。等了片刻，梁雁将一个出来解手的丫鬟控制住，拖到暗处。那个丫鬟是协助梁潇酿酒的流放女人，不用费事就告诉她俩将军府发生的事。梁潇被格格派人来告知，你们俩偷了格格价值连城的宝玉，必须得严惩，最轻也得交给披甲人为奴。梁潇丢下公务想去找你们，副将军不允许，命他必须得等着接待完理藩院的官员，说明白了宁古塔城迁新址的利弊才能离开。梁潇熬到夜里想逃出去救你俩时又被人捉住。梁潇反抗根本没用，他没想到格格命人暗中在茶酒里面施了软筋散，手脚像煮熟的面条，软得无法动弹。格格过来了，她笑嘻嘻地告诉梁潇："凭你的聪明劲，还能中了软筋散，还不是救她俩心切。你梁潇心地善良，对她俩依依不舍，你要想救她们俩，唯一的条件就是跟我走，入赘王爷家，那样我会下令饶了那两个贱人。你的本事加上我父亲的背景，你一定会平步青云，前程似锦。至于她俩今后咋办？那就看她们的造化了。你答应我了，才能救得了那两个人，别耍小聪明，本格格脾气不好是出了名的，要不是真心看上你，早把你拉出去砍了！"一个婆子过来，示意丫鬟们劝走愠怒的格格。她告诉梁潇，大将军和他的福晋都不同意格格招你入赘。福晋劝格格，要是真的从流放的人当中选女婿，只有招娄垠入赘最可心，虽然他没什么能耐，但是很听话。虽然文采比你略差，一只眼睛有疤痕还斜视，相貌丑陋和你也没法比，可最重要的，他是刑部派来做卧底的细作，要是弄清楚了"金佛铁誓"的情况，还不回京城当大官儿？可是格格觉得娄垠为人奸诈，不像你这般幽默有趣，更没有你的帅气和文韬武略，你梁潇得珍惜格格的一片真情才是。婆子说了半天，梁潇一声不吭，呆呆地看着天上飘过的白云。格格见婆子劝不动他，怒了。几个丫鬟进来，递上一碗酒给梁潇："格格说了，你不入赘，就得死，这是毒酒，你敢喝吗?”梁潇料定这酒不会是要命的酒，昂头喝下一大碗。格格冲进来狠狠地抽他一鞭子，半道上又收回劲力，鞭子打在梁潇的靴子上：“我就那么让你讨厌？你宁可死都不肯娶我?”格格见梁潇瞅着窗外，一摆手丫鬟又递给他一碗酒，见他又一饮而尽，格格冷笑一声：“哼！叫你不说话，你还想留着情话和那两个小蹄子说？我让你一句也别想说出来!”

婆子进来悄声告诉梁潇，他已经喝下药酒，喊不出声了，咱们马上就回四子王旗。路上会给他穿上婢女的衣服，在这些女人堆里跟着走。如果答应了就点头，那两女人就不会有危险。如果不答应，就把那两个女人先卖给披甲人为奴，以后是不是处以极刑，得看咱家格格的心情了。梁潇没办法，就当是权宜之计也得答应。格格命人帮他穿上婢女的衣服，他踹着脚憨憨地张大嘴叫不出声，躺在地上打滚，挣扎着不肯穿。格格见他傻傻的可爱，心里痒痒恨不得立马就把他吞下。嬉笑着在他脸上狠狠地掐了一把，疼得他直咧嘴，这才命人扶他上车，梁潇一边胡闹着装傻充愣，一边脑子里想着脱身的办法。心急如焚，却不动声色。格格见他傻傻的样子，正是她理想的丈夫。命一队人立即启程，快速赶到四子王旗的领地再说。梁潇似乎想通了，得从长计议，为了梁雁和杨姑娘的安危，这时才连连点头。格格笑得粲然：“这才是我的好丈夫。”亲手将一根银发簪给他戴到头上，命令启程。姐夫并不赞成她真的嫁给流人，还派人暗地里监视着，她要悄悄地把梁潇拉走。

# 第二十八章　熊洞结缡

一行人沿着山路，向西北方向行进。黎明时分，转过山弯，前面是火山岩上生长的一片榛子林，依着山势长得像巨人头上密密麻麻的毛发，被朝阳染成一片橙红的色彩。梁潇惊叹：真的是金光冠岭，文锦凝台，要不是被格格劫持绑到这儿，哪有机会欣赏如此美丽的景色？山路太陡，坐车太颠簸，梁潇下车随着大队人马一起走。那个曾和梁潇一同酿酒的丫鬟过来，和一个男人装成的婢女贴身跟在梁潇左右，他们怕梁潇再突然出怪招儿。一会儿，那个丫鬟和那个汉子装成的婢女打个手势让他小心看着，她匆匆跑到前面和格格说了些什么。格格打马跑过来，命梁潇脱下里面他自己的衣服。梁潇也不言语，按她的吩咐脱下外面女仆的衣服，再把自己的衣裳也脱下来。格格吩咐一个和梁潇身材差不多的男仆穿上他的衣服，他讨好格格，学着梁潇迈了几脚鹅行四方步，逗得格格和丫鬟们一阵大笑。笑罢，格格觉得这人和梁潇气质差得太多了，摇摇头，只好命那人必须把脸蒙上，跟在她左右。梁潇心里暗叹，这格格也粗中有细，她想让这男人明面上装成他的模样，替他挡住暗算的风险。一个卫士来报："后面一队人马，有三十几人追过来。"格格从小在马背上长大，鞍马娴熟，一个纵身跳到马鞍上站立着向后面眺望，晨曦中只见远处一队人马追过来，想着是姐夫巴虎派人来追她回去，她命人马继续前行，由她带四五人在大队后面等着。不一会儿一队人马追上来，佐领和娄垠驱马上前，格格一看十分不悦，马鞭子抽打着靴镫怒道："谁派你等来追我？谁敢追我回去？"娄垠连忙马上打躬施礼："将军府参事娄垠奉大将军之命给格格送新婚贺礼，还有给王爷的礼物。"格格将信将疑地问："不是追我们回去？""巴虎大将军和福晋都说了，既然劝不动格格，这梁潇也是一表人才，不如就这样依了格格。格格走得急，没来得及备新婚贺礼，恐怕王爷怪罪，格格不高兴，所以命下官追过来将礼物拜上。”说着，娄垠命人拿过厚重的礼物。几个清兵牵着驮马过来，卸下七八个箱笼。格格心性，虽然着急要走，也急着想看看。娄垠命兵卒挑几个大的箱笼打开，一看，无非是些贵重的山里珍贵之物。其中，那一条火红的雪狐围脖，连一个枪眼儿箭伤都没有，毛茸茸的十分珍贵。还有一件贡貂大衣，一桦皮桶鹿胎膏，两支千年老人参和一张虎皮，让格格顿时心里暖了起来。佐领向格格祝福之后，打躬道："末将还要去吉林乌拉护送本季向朝廷交付的贡貂，将军说格格出嫁之后就是客人了，按照宁古塔的最高礼仪，由娄参事代大将军一路护送格格。”不顾格格百般推辞，娄垠以将军命令为由，一定要送格格出了宁古塔将军管辖的境域。那时宁古塔将军管辖的地域十分辽阔，东至大海三千余里，西至柳条边五百九十余里，南至长白山南图们江、鸭绿江一千三百余里，与朝鲜分界，北逾黑龙江至外兴安岭的广袤地域。格格急着和梁潇在一起，这些人要是送到宁古塔辖区的境外到四子王旗最快也得十几天，一路上当着众人都得守着礼仪，无法和梁潇亲近让她十分气恼，却无法赶走他们。一行人再启程多了几十个兵卒，队伍浩浩荡荡向东北方向进发。格格一脸不快，纵马在队伍前后往来穿梭，对娄垠一行没有好脸色。娄垠一行人谁敢惹格格？只好赔着小心想着法儿让格格高兴。一路上晓行夜宿的十几天过去，好在梁潇装扮成的婢女还时不时地跟在格格左右，晚上也被格格召唤到身边侍候。她在行进间想梁潇时随时可以见到，让她多少有些安慰。那个穿着梁潇衣服的蒙面汉子并不理娄垠，无论娄垠说些什么，他都一笑了之。格格时刻护着“梁潇”，见到娄垠非要和“梁潇”说话时，就飞马抢到“梁潇”前面：“我的丈夫，没经我允许不得和别人讲话！”“梁潇”也不言语，这倒让娄垠觉得这个处处和他过不去的梁潇，以前总是伶牙俐齿地挖苦他，如今倒是性格变化极大，城府极深了。这天中午时分，大队人马上了一个高坡，眼前是一片绿草如茵、沃野千里的大草原。梁潇看着茫茫草原，心里感慨，不由得泛起诗情画意，看着不远处神采飞扬的格格，想着梁雁和杨姑娘，不禁吟出：诗人梦断青节瘦，离客魂销陋三花。轻裁锦绣广寒女，悲思鸾钗映绛纱。牵牛一心奔织女，不攀富贵赖荣华……“格格殿下，再往前走就是蒙古王爷的领地，前面不远处的壕沟就是宁古塔将军管辖的界壕，下官在此设宴就此别过，也好让格格早日回到王爷府。”格格高兴极了，欣然同意，这些人可快走了。清兵和格格带来的人一齐动手，不一会儿席地铺就盛宴。虽然简单却不缺草原宴会必备的野味和烈酒，野性自然，更显得别具一格。娄垠举起银杯先敬格格，说不尽的鸣雁佳偶，玉带银鞍，秣马月路，结缡星津。河汉双星喜结连理，天成佳偶百年好合。格格听着心里舒服。娄垠再换上大碗，举起来向格格旁边坐着的那个蒙面人“梁潇”敬酒：“祝贺梁兄攀高结贵，喜登高枝，入赘王爷府，咱敬你一大碗，日后飞黄腾达了，别忘了提携咱们曾经一起流放来的兄弟。这里没有外人，梁兄不妨摘下蒙面，也好喝个痛快。”说着就要上前去扯“梁潇”脸上的蒙布。“梁潇”机灵地闪过，不等“梁潇”说话，格格起身拦在前面：“我的夫君被刁钻精怪的梁雁责怪，说他变心了，还将他的脸抓破了，岂能在众人面前露出血印儿，让人看笑话不成?”“梁潇”也不说话，只是站在格格身后憨厚地笑笑。娄垠虽然解除了一些疑心，可还是不托底。一旁扮成婢女的梁潇几乎要笑出声。娄垠笑道：“哈哈哈！这我就信了！要不然梁雁和梁潇形影不离，这十几天我都没见过她的影。不过，梁兄弟，给咱娄参事一点薄面，就喝一杯如何?”格格火了，劈手夺过那碗酒泼到草地上：“我夫君脸上被梁雁抓破了，涂的生肌无痕膏药，最是忌酒。”“哈哈哈!”娄垠肆无忌惮地一阵狂笑道，“梁潇有什么好？你还不如嫁我娄垠，将来也好夫唱妇随……”娄垠越说越过分。“白日做梦！你处心积虑地假冒大将军令，一路装模作样地跟我来到这里，是不是欲行不轨？来人，把这浑蛋就地碎尸万段!”娄垠夸张地狂笑：“哈哈哈！格格，我好害怕呀!”又面露狰狞，“全给老子趴下别动，否则弓箭伺候!”格格抽出护卫的腰刀，奋力砍去，头重脚轻，一头栽倒在草地上。娄垠怕梁潇武功高强，早在袖间抽出暗藏的短剑将那个蒙面的“梁潇”一剑刺中腹部，那“梁潇”手握着剑刃，血涌出来，痛苦叫着却说不成句。几个王爷府的家丁冲过来保护格格，四五柄刀剑向娄垠劈来，娄垠急于招架，来不及将“梁潇”脸上蒙的布扯下来，没法看明白那人到底是不是梁潇。他叫嚷着命手下人快过来解围，二十几个清兵从四处跑过来护住他，和格格的人对峙。格格看了一眼腹上插着剑将要死去的“梁潇”，恨娄垠恨得牙根直痒痒。格格被人扶起来，虽然头昏脑涨，还是强打精神抢过一柄弯刀杀向娄垠。家丁连忙前后护住她，凶悍的蒙古族家丁身高力大，武功高超，顿时杀得娄垠身边的人险象环生。娄垠急忙命手下人高声叫喊：“有人要掠走格格，再胁迫王爷谋反，我奉大将军令保护格格到安全的地方。”一时间那些格格手下的人惊愕了，不知该不该下杀手。犹豫间误了先机，娄垠一摆手，他的三十几人迅速围上来，格格四面受敌十分危急。那些家丁遇险不慌，四五人抵住娄垠和他手下清兵，两人护着格格向拴着马匹的桦树林逃去。没走几步，却都因在饮酒时着了道，酒中迷药发作，一个个东倒西歪的，瞪着不甘心的眼睛躺在草地上。那些守着车仗的卫士以为到了四子王旗地界，已经派人去联络王爷，马上就会有王爷派来的人接应，都放开量喝酒。如今眼见格格倒地被娄垠的人控制住，急忙起身，没等抽出兵刃，早就头重脚轻，一个个栽倒在地上，心里明白却手脚无力。娄垠暗中命人："这些人都是格格的亲兵，不得杀害，放这儿让他们自生自灭，我还要娶格格呢，且不可与王爷成了冤家。"那个和梁潇一起酿酒的婢女瞅了一眼装成女仆的梁潇，梁潇眼光漠然地跟着三个婢女，比那三个婢女更稳当。不知道是害怕，还是恨格格将他强行掠来，没能和心上人在一起，只是隔岸观火，反正他就是不动声色。娄垠的兵马劫持了格格和那些婢女，丢下头昏脑涨、四肢无力的家丁和护卫，急不择路，朝着西南纵马急行。

不知过了多久，格格虽然清醒了，手脚还是没法动。这是在哪儿？只能眯着眼睛四下看着寻找答案。昏暗的光线，潮湿的气味让她感觉到这是在一个山洞里。洞口的帘子被掀开，一股冷风吹进来，格格顿时浑身泛起鸡皮疙瘩。这时她才感觉到，她全身赤裸地躺在那张娄垠送来的老虎皮上。一个丫鬟低头端着桦树皮托盘进来，也不言语，将酒和杯子放到墙壁旁边的石头台子上。格格盼着她是梁潇装扮的婢女，可是，那婢女就是不抬头，更不瞧她一眼，匆匆地走了。娄垠拿起银酒壶也不倒进碗里，直接对着酒壶一阵狂饮。洞帘外面有人报告："报娄参事，进山的大道上有一队驿丁往吉林乌拉送金沙，没注意咱们就走了，一队披甲人寻着踪迹来到这儿询问，我们送了他们几袋子酒，然后告诉他们，宁古塔大将军派我们来这一带为秋猎选场子，这队披甲人听了也不再问，奔鹰咀砬子方向去了。"娄垠笑了："好！你们谨慎防备王爷派来接应的人，更要紧盯着宁古塔方向的动静，看好了三天，我要在这儿和格格把生米煮成熟饭，等到那时，你们个个重赏。"危急时刻，梁潇装成的婢女过来了，他飞起一脚将娄垠踢到一边儿，扯下那根捆格格的皮绳将他捆得结实了，拿过一张皮子丢到格格身上，盖住她裸着的身子。四下里找格格的衣服想让她穿好了再救她。格格羞惭气恼极了，她扫视一眼，看着光着身子躺在那儿的娄垠，恨得咬牙切齿，命梁潇先杀了他。梁潇搓着手告诉她："咱可没亲手杀过人，这些年就连杀鸡都是梁雁替我动手。"格格又气又妒，踹着脚说："尽是梁雁，你要不忘了她我一定替你杀了她！"一想自己这个狼狈相，不敢得罪梁潇，她知道此时不杀了娄垠，还会后患无穷："梁潇，娄垠心狠手辣，你不杀他，必遭其害……"梁潇不听她的，从怀里拿出一个精巧的皮酒囊扶起格格往她嘴里灌酒，格格被他一抱后肩浑身酥软了，顺从地喝了几大口，烈酒里仿佛有些药味儿，半口袋酒下肚，顿时觉得胸口一热，手脚有了些力气，也不顾忌梁潇在跟前，起身拿过一块皮子盖在娄垠的脸上，让他看不见眼前洞里的事。并不急着穿上衣服，拉着梁潇脱他的衣服，羞红的脸滚烫滚烫的，不说一句感激的话，通红的嘴吻过去，梁潇吓了一跳，知道这是娄垠给格格喝下的烈性春药仍在起作用，他只给她解了迷药。梁潇看了一眼娄垠，发现他根本没晕，悄悄地解开了鹿皮绳索，掀开熊皮正偷偷看得仔细。梁潇飞起一脚踢中了他的晕厥穴道，他惨叫一声闭上了眼睛。梁潇推着格格搂过来的滚烫的手臂，努力用那片熊皮隔在他俩中间，虽然有浑身功夫，格格赤裸着黏着，他却无法施展，只好央求着："格格，你听我说，你哪样都好，你有男人般的豪爽性格，你有哪个男人都喜欢的直率劲儿，你像草原上的格桑花一般美丽，你家境又好，王爷的格格，有的是金银财宝，享不尽的荣华富贵，可是我和杨姑娘早有婚约，我和梁雁已有三年的夫妻之实，不是你不好不如她们，而是我梁潇不能见异思迁负了她们。"春药唤醒了格格心底对梁潇的热恋之情，她也不答话，拚死揪着梁潇，撕着他的衣衫，亲着他的脸颊。两人纠缠着撕扯着，梁潇无奈，只好说："您先穿上衣服，咱们把这浑蛋处置了，我再听你的还不行吗?"突然，洞外有人呐喊着杀进来，两人停下手脚细听片刻，只听到洞外叫嚷着："还我梁兄!"原来这些人是要抢回梁潇！格格粲然笑了："一定是梁雁找上来了。"格格略一思索，慢慢穿着衣衫，只遮着羞处，袒胸露背的，似乎故意想让人们看见。梁雁手执弯刀冲进来了！娄垠在洞壁的一角像猫头鹰一般笑着。梁潇一惊，不好！这小子如此大胆坏笑，一定是另有玄机。"小……"梁潇"心"字还没说出口，突然脚下一翻，和格格掉进了深深的二层洞里。原来娄垠趁他俩一心挂记着上面的梁雁和杨姑娘，突然启动机关，将他俩翻下洞底。"咚"的一声，两人摔下去了，翻着跟头顺着洞里的斜坡迅速滑到底。梁潇怕梁雁急着闯进来危险，不再顾忌格格没穿好衣服，高声喊着："梁雁！杨姑娘！千万别进来！"娄垠冷笑几声跟着嚷："梁雁，你快进来，我替你捉住了梁潇和格格……"梁雁一听，妒火"腾"地瞬间燃起，烧昏了她那颗机灵的心。不顾杨姑娘的劝说和吴若愚的阻拦，一个燕子穿帘飞身进来，不敢在洞里的地面上落脚，只好踩在那片凸起的石板上，正好被娄垠算计在先，那是启动翻板的机关，“轰隆”一声响，她也被翻落在二层洞底层。杨姑娘惦记着梁潇和梁雁，急忙跟进来，见翻板启动，下意识地去拉梁雁想救她，也被扯到洞底。梁潇听到翻板响动，急忙出手接住梁雁，被巨大的冲力砸得倒在地上，石头硌得肋骨几乎要折断了，疼痛难忍，尖叫不迭，又慌忙起身再去接杨姑娘，再也无法承受巨大的冲力，被杨姑娘砸倒在地上。梁雁顾不上摔得疼痛，一反她对梁潇平日的温柔，劈手给梁潇一掌：“梁潇，你海誓山盟的都是糊弄俺姐俩？你到底还是私下里攀上格格！”一阵滚落，格格身上套着一半的袍子早已不知掉到哪儿了，裸露着胸，下半身缠着一片透明的丝裙，似笑非笑地看着梁雁和杨姑娘。梁潇连忙往格格身上扯着鹿皮掩饰，尴尬地解释：“我当时要是不跟着格格走，怕她难为你俩再遭磨难，是娄垠下药迷了格格的心智，趁格格昏迷脱下她的衣裳，我也刚刚来救她，撞到她时就是这个样子。”娄垠在上面嘲笑：“梁雁，别信梁潇说的，这事跟我无关。”梁潇解释着：“娄垠施毒药翻了格格，我救格格见她裸着，怕你俩来了误会，才帮她……”梁雁气极了，上前搡开梁潇，扯下格格身上披的鹿皮，嚷着：“怕我俩？你怕我俩不死是不是？我俩没马上死在那儿，你的良心就安了？就顺理成章地攀上高枝当额驸了？”杨姑娘柔声道：“梁潇什么样？你跟他这么多年还不知道？娄垠不是还光着身子呢……”梁雁顿时语塞，后悔光顾着惦记梁潇，急着救梁潇翻下来之前没来得及细看娄垠的模样，似乎躺在一张皮子下面，露着光光的肩膀和胸脯。格格笑了，推开梁雁：“娄垠说的真对！梁潇是我的人了，和我入过洞房了，是他识破了娄垠的阴谋，将那厮制服了，和我成了好事。你俩照顾过我丈夫，也算是我的好姐妹，你俩要什么条件才能走得远远的？”梁雁气极了，一拳打得梁潇胸膛直响，打得自己拳头疼又有些心疼，明白他不躲才能打得着。杨姑娘细声细气地劝梁雁：“姐姐跟梁潇比我时间长，还不了解他？娄垠的话你也信？”梁潇道：“梁雁，你别闹了，眼下先不说这些，咱们被娄垠算计了，无论如何也得先想办法脱身才是。”梁雁这才急了起来，杨姑娘和格格并不慌张，有梁潇在身边，她们俩什么都不怕。梁雁四下打量一下，石壁湿滑，没有能攀着向上的抓手，更何况上面还有娄垠。她顾不上再责怪梁潇：“这可咋办？你快想个办法……”不等梁雁说完，上面娄垠笑道：“下面的人听着，你们今天没有活路了，你们给老子一个一个爬上来，想拖延时间盼着有人来救你们，别做那美梦，告诉你们，那些装成披甲人的布里亚特人都是老子召唤来的，格格你还天真地以为披甲人最可靠，让他们当你的贴身卫队，真是可笑至极。这些曾经被俘的布里亚特鬼人都听我的，我和他们藏在这通津要道上，瞅准机会劫了送往雅克萨的粮草辎重，就去投靠北边的统帅托尔布津，他们有的是美女和金子。”格格和梁雁早没了敌意，格格骂道：“四五个布里亚特人能成什么气候？你为虎作伥，沟通沙俄犯我大清必遭天谴！”梁雁嘲笑他：“娄垠，我告诉你，你那是‘蒋干盗书’，是梁潇献计给大将军，故意让你和布里亚特的线人在一起，好让你送出假情报。如今，朝廷正利用你传出去的暂且不会出兵征讨的假情报，趁敌不备迅速会集四路大军去征讨雅克萨，你敢逃到雅克萨？那托尔布津要是侥幸还活着，还不得拿你的人头祭旗？”娄垠一听，虽然难辨真假，却也让他心焦如焚，气急败坏地一摆手：“梁潇你敢暗算我让我死？我先让你们不得好死!!”娄垠手下一个布里亚特人扮成的披甲人启动机关，黑暗中左边洞壁发出沉闷的声响，一丝光亮从左侧洞壁透进来——墙壁上有一个暗洞，紧跟着一头硕大的狗熊从洞里吼叫着冲出来了！“嗷!”的一声扑向离它最近的梁雁。梁潇慌忙将格格掩在身上的鹿皮扯下投向那头狗熊，那狗熊站起来竟然比梁潇还高半头，张着前爪抓住鹿皮，扯个粉碎，大吼一声扑向梁雁和杨姑娘。梁潇身边没有趁手的武器，只好就近顺手扯下一根碗口粗细的棍棒去抵挡。没想到这棍子是用来支撑陷阱顶棚的，上面棚盖没了顶柱稀里哗啦地塌下来，木板、石板和其他散乱的东西一股脑儿地全砸下来，吓了狗熊一跳，把梁潇四人全都砸倒在地。梁潇一个鲤鱼打挺跳起来，顾不上揉眼睛，急忙凭着感觉的方位扯起梁雁和杨姑娘。那头狗熊被激怒了，嚎叫着冲过来扑向梁潇，看似笨拙却迅捷无比。梁潇连忙推开梁雁姐俩，就地一滚，没滚多远就被洞壁挡住，身子蜷曲，被靴子筒里的硬物硌得肋骨几乎折断，疼得他直冒冷汗。他想起这东西是格格送他的那把镶着宝石的宝刀，这宝刀虽然只有七寸多长，却锋利无比，当时梁潇还不想要，没想到这个时候派上了用场。梁潇抽出宝刀将刀鞘掷向狗熊，被它一掌打到一旁，它张着双臂扑向梁潇。梁潇听吴若愚说过，狗熊的胸口有一撮白毛，这是心脏要害，要是能刺中就能立马杀死狗熊，这个念头一冒出来，电光火石间他来不及细想，拼尽全力一刀捅过去，连着刀柄都刺进去。狗熊被伤到痛处疼痛难耐，怒吼着扑向梁潇，梁潇无处可退，只好躺缩在洞壁墙角处，狗熊扑过去，铁一般的巨掌拍到墙壁上，墙上碎石散落，狗熊见重击不中，蹲下身子寻找梁潇再打，梁潇趁机一个“游龙戏水”，紧贴着地面迅速爬到它的右侧。狗熊十分机警，踩着落下的碎石块追过来，梁潇无处可逃，顾不得狗熊钻出来的那个洞里还有没有野兽，一个“燕子穿帘”钻进洞里，狗熊凶狠地叫着追过去，头撞到石壁上咚咚响，疼得它更加狂躁，熊掌拍得石壁啪啪响，急切间直立着没法从它刚钻出来的洞口追进去，盛怒之下听到后面声响，回过头来寻找格格三人。杨姑娘吓得脚都软了，被梁雁推进侧旁的小洞里，格格被狗熊张着双臂拦在那里，急切间没法过来，梁雁捡起一块石头砸向狗熊，趁它转头的工夫，格格连滚带爬地到了小洞跟前，被梁潇一把扯进去，梁雁却被狗熊拦在洞外。格格急忙从靴筒里抽出一把金刀，这和送给梁潇那把是雄雌双刀的一对，这是那把雄刀，当时她留下这把，没想到在今天起了大作用。梁潇接过来，左手拿着刀鞘，右手持刀，见狗熊背对着小洞，咆哮着要对梁雁发起攻击，急忙两只手同时向狗熊后背刺去，利刃刺进的瞬间猛地向下一划，将狗熊的后背划出一道尺把长的口子，鲜血直流，狗熊疼得嚎叫着转身冲着洞里的梁潇狂叫，暴怒使它直立着没法爬进洞，堵在那里梁雁也无法进来，梁潇顾不得危险，抓起杨姑娘背的包袱皮掷向狗熊，趁它昂头拍打的瞬间，伏身一滚，躲开熊掌的胡乱拍打逃出小洞，右手一挥，快刀从狗熊肋上划过，痛得它惨叫一声回过头来追梁潇。梁潇在棚顶落下的杂乱碎石和残木上左转右拐拼命逃跑，几次被熊掌扫到肩膀痛彻骨髓，脚步一乱顿时险象环生。梁雁不肯进小洞躲避，捡起石块、树棍想拦住狗熊。梁潇焦急地叫嚷：“梁雁，别管我，快进洞！”梁雁见梁潇说话间被地上的木头一绊，脚步慢了，被狗熊追上去推倒在地，被狗熊压在身下不知死活，梁雁撕心裂肺地哭叫着：“梁潇，你死了我也不活了！”捡起梁潇刺中狗熊前胸被它抖落的那把金刀，冲上前去挥刀在狗熊的后背上一阵乱刺，杨姑娘也钻出来，拿起一块尖锐的石头砸向狗熊，格格也不甘示弱地钻出来，捡起刀鞘猛刺狗熊的眼睛。一会儿，那狗熊血流尽了，呼哧呼哧喘着气，吐着血水渐渐一动不动了。梁雁扯不动狗熊，带着哭腔叫着：“梁潇，梁潇，你还活着吗？”梁潇在狗熊尸体下探出头：“梁雁……我的……手臂快被这畜生压断了……”上面娄垠冷笑一声，拍掌道：“真是让人羡慕啊，梁潇你死到临头还有三个红颜知己舍命相救，让我好感动啊，我再给你们一次机会，梁雁和杨姑娘，只要你们俩答应嫁给我，就顺着这根绳子爬上来，留在洞里的只有死路一条！”梁雁用刀削好一段木头给梁潇固定好断了的左臂，把那两把金刀在熊皮上拭去血迹，一把递给格格，另一把拿在手里把玩。梁潇说：“娄垠一定还有坏招在后，咱们快进小洞再说。”四人依次入洞，上面娄垠恶狠狠地一挥手，一个披甲人挥刀砍断了一根棕绳，右边一侧石壁又开了一个小洞，露出几缕亮光，里面几声低沉的狗熊嚎叫传来。“还有狗熊！”吓得梁潇四人几乎要昏厥，慌忙向洞里面逃去。梁雁扶着梁潇，格格拉扯着杨姑娘，四人慌乱间借着昏暗的光线没走多远，闻到前面有一股野兽窝里才有的腥臭味。梁潇连忙提醒大家：“不好！前面一定是狗熊窝！”没等他们转过身，只听到前面传来几声狗熊的嚎叫，还有沉重的脚步声，似乎是几只狗熊冲过来了。梁雁哭道：“这回真的要完了，和梁潇死在一起我不怕，可我怕被熊吃掉……”梁潇将金刀拔出鞘告诉她们：“我去吸引这些畜生，你们三个趁机从它旁边逃出去！”说着持刀迎面冲向那几只狗熊，梁雁凄厉地尖叫着，那声音在洞里发出震颤的回音：“梁潇，我跟你一起去！”格格被感动了，这才是人世间的生死绝恋！梁雁手疾眼快，上前扯着梁潇的袖子和他站在一起，挺起胸脯迎击狗熊。杨姑娘也奔过去，抓着梁潇的衣襟，半个身子抢在梁潇前面。三人绝望中激昂地向前，没走出几步，黑暗中传来一个低沉苍老的声音：“来人可是梁潇，梁三公子？”梁潇遇乱不惊，说：“在下正是梁潇！”那人道：“老夫看得没错，别怕，披甲人捉的这几头狗熊是要留着活熊取胆换酒，设陷阱捉住了熊还没来得及取胆，自然有办法隔断了它们的走向。”他瓮声瓮气的话音有一种让人不得不听的威严。突然他从黑暗的洞中站起来，足足比梁潇高出一头。微弱的光线下四人一看，那老者满脸胡须，几乎看不到脸，更看不清楚眼睛。他挥手命梁潇一行人往后，就在洞里的熊嚎叫着奔过来的瞬间，抬手从洞顶缝隙里理出一股绳索，向右边用力一拉，“轰”的一声响，一片厚厚的木板将洞前面隔断了，几只狗熊爪子狂躁地拍打着那扇木板，震得小洞顶上碎石滚落。梁潇高兴地嚷道：“老前辈，是您?!”梁潇早就觉得卫队里有一个满脸胡须的骁骑校，他那锐利的眼神让梁潇觉得十分熟悉，没想到真的是在娄垠家被困时救起的那位“金佛铁誓”的盟主。一行人出了小洞，回到已经露天的陷坑里。另一侧小洞里的狗熊还在咆哮，娄垠把握着机关，随时都有再放出狗熊的危险。上面几十人拿着长短兵器对着坑底，娄垠冷笑道：“你梁潇没白在披甲人家当了两年奴隶，还学会摆弄狗熊了，来人，我奉大将军密令，前来捉拿梁潇等人，如有不从，乱箭射死！”格格冷笑一声向上面喊道：“娄垠叛贼，想强娶我不成就要置我于死地，谁杀了他官升三级！”娄垠身后几个清兵立即冲过来，将刀架在娄垠脖子上，娄垠顿时吓得说不出话。几个披甲人投下绳索要拉格格先上去，梁潇推开格格，他要抢先上。“格格不觉得哪儿不太对？这些人如此变化，让人难以置信，刚刚危急的时候他们在哪儿？你的三个婢女呢？还有……”格格十分自信：“放心，这些人是姐姐派来护送我的清兵，那个执刀的是披甲人伊格吉日家族的老大。”上面一个骁骑校嚷道：“梁潇放手！你咋敢抢在格格前爬上来！”梁潇摇了摇头只好放手。梁雁凑到格格跟前悄声道：“格格小心，娄垠诡计多端，岂能这么简单就被制服？”格格点头，犹豫间一条腿跨进绳套儿，上面猛拽绳子拉得格格身体向后仰，她只好急忙两手抓紧，很快被几个清兵拉出坑。格格笑着向下招手：“梁潇快上来！”话音未落，娄垠挺直了脖子，那几把雪亮的钢刀突然架在了格格脖颈上。娄垠狂笑：“梁潇，算你聪明，能猜出我的诡计，让这格格先上来了。来人，将下面的这些叛贼全部乱箭射死，梁潇勾结沙俄烧了大军粮草……”格格挺直脖子迎着利刃：“我大清的勇士们，别听这叛贼造谣，是他先劫了本格格，又要杀了梁潇嫁祸于他，你们个个都是我大清的忠诚勇士，岂可听他造谣惑众？”娄垠凶相毕露，恶狠狠地说：“老子就是要劫持你，不过可不是真心为了拿你当老婆，老子早和托尔布津派来的布里亚特线人谋划好了，把你弄到雅克萨城下，逼那些围城的索伦铁骑就地撤围。”梁潇在下面嚷道：“娄垠，你真是愚蠢，你叛变投敌也得挑一个有能耐的人当靠山，你也不想想，那几个布里亚特俘虏自己都不敢逃回去，还敢带你去？你做什么春秋大梦？你会死无葬身之地！”娄垠冷笑道：“梁潇，你就别再想拖延时间了，老子投沙俄靠的是用格格帮着托尔布津解围，立下不世之功，到那时沙俄的金钱美女还不是随我所需？”说着，使劲掐着格格的脸，痛得格格失声惨叫。“呔！上面的人听着，我是骁骑校尉狮子太岁吴像鍪，娄垠暗中投敌，假传军令，图谋劫掠我征讨大军辎重粮草，大将军巴虎早有察觉，利用他传递假消息愚弄敌人，他却劫持格格想逼着围困雅克萨的蒙古铁骑退兵，实乃我朝廷罪人，兄弟们听命：立即救下格格，斩了娄垠为朝廷立功！”那些兵卒听了，迅速掉转兵器逼向那六七个抓着格格的假冒披甲人。梁潇趁机拉住绳子，纵身跃上坑顶。那几个披甲人和娄垠一起，转过身来拿格格当人质，几把钢刀架到她脖颈上，迎着梁潇和清兵。梁潇就近抢过一个兵士的腰刀，朝娄垠隔空劈去，趁他们急忙后退躲避的时机，急忙叫嚷着让梁雁和杨姑娘一起扯紧绳子上来。梁雁急忙把绳子给杨姑娘系在腰上，她等不及了抓紧绳子就喊梁潇向上拉。虬髯老者在下面使劲托举梁雁姐俩，娄垠借着梁潇往上拉梁雁和杨姑娘的时机，拿格格当盾牌快速退向拴马匹的桦树林。梁潇喘息未定，拿过绳索当成兵器，挥着就地卷向娄垠和布里亚特俘虏兵的腿脚。娄垠无法躲避只好来个攻其必救，手里的短剑猛地捅向格格的后腰，疼得格格惨叫一声，梁潇怕格格受伤害，只好收紧绳索。突然，虬髯老者大吼一声，狮子吼的威力连远处山林都发出震撼的回声，令娄垠胆寒。“你这逆贼，快放开格格饶你不死。”娄垠坏笑道：“你不是反清盟主吗？我帮着沙俄攻打朝廷，不正是帮着你们反清复明吗？”老者发威：“胡说八道，卖国求荣是哪门子反清复明？”话音未落，他早如霹雳闪电般迅捷抢到娄垠一伙前面，一柄开山大斧贴着地面一抡，三四个假冒的披甲人脚骨被砍断，倒地惨叫不已。娄垠一剑刺进格格腰腹，疼得格格惨叫一声：“梁潇……快救我！”老者天神般站到娄垠面前举着开山大斧，斧刃不断往下滴血：“娄垠，快放了格格，我饶你一条狗命。”娄垠虽心里害怕嘴上却还硬气地叫嚷：“老子帮你反抗朝廷，你还不知好歹，别人怕，咱娄家人从来不怕你。你敢不敢放下大斧和咱过招？要是真的敢空手较量，咱输了任你处置。不过，我料你不敢，你的本事全在一柄破斧头上……”老者虽然知道娄垠是在激将自己，可他视娄垠如蝼蚁般不堪一击，哈哈冷笑：“咱知道你鬼心眼子多，可咱不怕！”说着丢了巨斧，将袍子下摆系到腰带上，向前每走一步似乎地都跟着颤抖，令人胆寒。手捏剑诀指着娄垠和他身旁还站着的三个人：“你们一起来吧！咱不怕你说话不算，擒住你等不怕你还嘴硬。”梁潇急了：“前辈不可上前，危险……”一阵嘘嘘的响声从天而降，一片绳网从树上落下，那老者听声还以为要踏上陷阱，冷笑一声腾地跃起，正好顶在绳网里，越挣扎越是被勒得紧，高大的身子被捆成一团，怒目圆睁，骂声不绝，声音仍然是那么震耳欲聋。娄垠上前一口黄乎乎的唾沫唾到他的胡须上，使足了力气猛踹他几脚才觉得解恨。梁潇趁机和梁雁抢上前去救格格，一个布里亚特人吃力地拖着格格往桦树林边走，刀刃横担在格格雪白的脖颈上，梁潇几个虎跳追得布里亚特人心惊胆战，慌忙朝格格脖子上猛勒一刀，丢下弯刀就往桦树林里跑。格格后脖颈上流着血，见梁潇不顾一切过来救她，心里高兴：“梁潇……”她眼角的余光发现娄垠正在张弓搭箭射向梁潇，梁潇跃在空中无法换位十分危险，她慌忙向右面跳起来护在梁潇前面，被那支箭射中肩膀，“扑通”一声倒地不起。梁雁悄悄绕到娄垠身后，娄垠听到后面有动静，知道危险刚要回头看，虬髯老者裹在绳网里就地一滚，虽然被树丛阻挡没能滚出几步，却逼着娄垠来不及回头，被梁雁一脚踢中腿弯，“扑通”一声跪倒在地。梁雁将娄垠两手背过来脚踏到他腰上，随后抢下娄垠手里的短剑，急忙给老者割开绳网。梁潇发现格格中的是一支毒箭，一只手搂着格格帮她止住后脖颈的血，使劲用嘴从格格雪白的肩窝里吸出毒血。梁雁见状内心有些醋意，踏在娄垠身上的脚有些颤抖。娄垠躺在草地上看得真切，岂能放过这个稍纵即逝的求生机会，迅速从袖中抽出利刃，斜着一刀从下向上刺向梁雁，梁潇虽正在用嘴为格格吸毒，眼睛却不忘观察梁雁这边的情况，见状急忙想大喊，嘴里含有毒血怕来不及，千钧一发的紧急时刻，将一口毒血喷向娄垠，娄垠眼睛里被喷入毒血，瞬间模糊了，只能蒙着刺过去。梁雁听到梁潇的喊声，下意识地一闪身，娄垠的短剑直刺中她的右胳膊，她没法使力，被娄垠翻身将她按在地上。娄垠冷笑一声："梁潇，我知道梁雁是你的患难之交，你让我们带上梁雁，走出这地界就放她回来，要不然大家玉石俱焚，你就等着给她收尸吧！"说着，手中锋利的短剑划过，梁雁的衣裳被割开，细嫩的皮肤被拉开一道长长的口子。梁潇说："娄垠，你赢了，放了梁雁，我跟你们走。"梁雁挣扎着嚷着："梁潇，别管我，快飞刀杀了他！"娄垠恨极了梁雁，叫嚣道："梁潇，你要不答应，信不信我现在就杀了她。"梁潇将格格交给杨姑娘，扔下刀缓缓向娄垠走去。"你赢了，放了她，我护送你离开。"娄垠狂笑道："梁潇，我可不上你的当，我就要梁雁跟我们一起走！"梁潇哀求道："我把那块稀世宝玉给你，你回关里就能换来万两黄金，你要是扣着梁雁不放，我一定让你生不如死！"娄垠搂着梁雁，将她没伤的左手背在后面拖向桦树林，想上马再说，边走边四下谨慎地看着："黄金万两不如好好活着，只要梁雁在我手里，你梁潇就别想使什么花招。"杨姑娘和披甲人在格格脖子伤口上涂抹刀伤药止血，毒血大部分被梁潇吸出，痛苦也减轻了不少，格格扶着杨姑娘站起来道："娄垠，你放了梁雁，我随你去雅克萨前线，帮你当投名状，你降了沙俄还立了功，还怕找不到美女？"说着，她推开杨姑娘，命几个护卫退后，让她的两个婢女扶着她取捷径奔向娄垠身后的桦树林。娄垠心想，梁雁除了当人质，再没什么用处，况且清兵也不在乎梁雁的死活，但她既然对梁潇这么重要，也不能轻易就便宜了梁潇，他鼠目一转，嚷着："格格要是送我，当然最好。"骁骑校率队围过来，见格格自投罗网不知如何是好，请梁潇拿主意。梁潇拿过一个兵士的硬弓搭上箭，想一箭解决了娄垠，被他发现，蹲在梁雁身后嚷着："梁潇！你要是不放下弓箭，老子现在就杀了梁雁。"梁潇只好扔下弓箭。格格早到近前，拦在娄垠往桦树林边拴马的路上。"放了梁雁，我和你去。”娄垠看着不到丈八远的几匹马，绊着马腿甩着尾巴在吃草。他一边假笑一边搂着梁雁向一匹黄骠马凑过去，突然，他丢下梁雁翻滚着狂奔到黄骠马身下，挥刀割断绊马腿的绳索，飞身跃上黄骠马，纵马飞向格格，将她提到鞍前横担到马背上。梁潇既想立即给梁雁止血，又想快去救格格，犹豫间失了先机。娄垠从马鞍上解下绳套，抡成一个圈套向梁雁：“哈哈哈！梁潇，梁雁我也要带走。”梁雁被套住腰肢，黄骠马被娄垠猛抽一下，飞快跃起奔跑，梁雁被拖在草地上滑行。梁潇始料不及，眨眼间梁雁被拖出十几丈远。梁潇飞身纵上一匹黑马，双脚猛磕马肚子，那马儿跃起飞跑，马腿被绊着一头栽倒在地，将梁潇摔出几丈开外，他坐起来还在绝望地叫着：“梁雁……”格格趴在马背上挥起短刀一刀扎进娄垠的手背，痛得他惨叫一声险些摔到马下。格格趁机翻身滚落马下，落地瞬间挥刀将拖着梁雁的绳索割断。格格卫队长骂道：“娄垠！咱命你立即下马自缚了，不然乱箭射死！”四五十人张弓搭上箭，等着号令，娄垠的那四五个假披甲人早不知去向了，娄垠慌了，手里没了格格，清兵没了忌惮，急忙策马回头去抓格格。格格中了毒箭，加上脖子后面的刀伤，虽然马上功夫娴熟，却也无力控制落地翻滚的巨大惯性，来不及起身就被马蹄踏中，惨叫数声，鲜血染红了草地。骁骑校一挥手，箭弩齐发，娄垠身上瞬间中了几十支箭，被射成一只刺猬，他一只眼睛瞪着，露出哀怨的神情。梁潇和杨姑娘抱起格格，格格血已流尽。弥留之际，她睁开眼，缓缓地说：“梁潇……我……我为你救了梁雁，别忘了我，我真的……好想和……”话没说完，脑袋一歪死去了。她的眼睛不闭，瞳仁里映着蓝天和白云。

# 第二十九章　浪迹天涯

鄂尔玉瑱打马率先冲过来，蒙古王爷率领蒙古铁骑冲过来了。大队人马打着几十面大红的旗帜，是来接新郎新娘子的。王爷宝马金鞍在众人的簇拥下疾速奔过来，见格格躺在梁潇怀里，偏身下马，推开梁潇将格格搂在怀里。格格已经说不出话了，手死死抓着梁潇，眼睛瞅着梁潇久久不肯闭上。王爷迁怒梁潇，一下子将他搡个跟头。“把这个害人的浑蛋碎尸万段!”几个蒙古族壮汉上前将梁潇按倒，梁潇还沉浸在格格死后的痛楚中，精神恍惚来不及防备，他更不想和格格家的人动手，瞬间被制服按在地上。梁雁急了：“王爷你讲不讲道理？是叛贼娄垠害死了格格。”鄂尔玉瑱上前和王爷说：“梁潇是格格选的丈夫，那个娄垠才是想强占格格不成又杀害格格的凶手。”王爷搂着格格老泪纵横，泣不成声，少顷，摆摆手命那几个壮汉：“格格非要嫁他才出的这事，格格都没了，他还敢独自活在世上？他必须得和格格死在一起，也好了却格格的心愿，让格格在九泉之下有个伴儿。”梁潇这时才想起挣脱，可是被那四个壮汉扯牢了四肢无法动弹。梁雁和杨姑娘嚷着：“为了救格格，梁潇不惜中毒救她，你贵为王爷更得讲理。”那些蒙古族卫队的兵卒平素和格格最好，这个时候个个义愤填膺，不等王爷下令早凶狠地将梁雁和杨姑娘拦在一边。梁潇被扯得几乎分成四段，他练的功夫都是反关节巧劲，被人用蛮力扯牢了如何能使得出来？鄂尔玉瑱喊着：“王爷！巴虎将军命我等必须带他回府，是他出的主意让这些布里亚特人假传消息，才使得萨布素将军能突袭成功，大破敌军，还请王爷饶过这个功臣。”王爷抹去眼泪，将格格交给丫鬟们，厉声说：“格格亲自选中的夫君必须得给格格陪葬，了却格格的心愿，也不枉我女儿真心喜欢他一回。”梁雁高声嚷着：“格格临死时说了，她就当梁潇的妹妹，绝不嫁他，你为什么把她和不愿意嫁的人葬在一起？”王爷疑惑地询问格格贴身的三个女仆，一声大吼传来："呔！那蒙古好汉不可乘人之危下手偷袭，有本事将人放开了打，输了任你处置。"众人回头看时，那人早奔到抓着梁潇的大汉近前，站在那里，竟然比蒙古族大汉还高出大半个头。梁雁一看正是吴像鍪。吴像鍪双拳虚打，两个蒙古族壮汉一只手扯着梁潇，只有一只手招架，没想到这是虚招，吴像鍪一个扫堂腿，将这两人扫倒，铁拳击下，他俩吃痛松开梁潇，梁潇半边身子还被扯着。吴像鍪扯起一个蒙古族大汉，没能扯动，却将他的半片蒙古袍扯下来。吴像鍪将袍子挽成绳鞭抽向那两个还没放手的人，那两人下意识地两手护着头脸，梁潇趁机挺身跃起，两手抓住两个大汉的臂膀，迅速拧到他们后背，倒着拖了几步，将他们拖倒。捡起一把宝剑一抖寸断成十几段，他顺手捞到几段抬手打出，那几个和吴像鍪撕扯的壮汉都被伤到，惊慌叫嚷着松开手。梁潇不但不逃，反而步伐诡异、七扭八拐地躲开兵卒飞身跃到王爷身旁。鄂尔玉瑱惊叫："梁潇！不可伤了王爷！"王爷慌忙抽宝刀还没等出鞘，梁潇翻个跟头落地，跪在王爷面前。"王爷，格格被害死之前，认我为哥哥，您是我妹妹的父王，我给您叩头了。没经您允许我不能冒昧地叫您父王，我，我没保护好妹妹，我甘愿受罚。只是，请您把和我相濡以沫的梁雁和杨姑娘妥为安顿，我愿意听您的，任凭您处罚。为了倾心的妹妹，殉葬我也没什么可说的。"梁雁大老远地嚷着："梁潇！你舍了老婆为妹妹殉葬，我饶不了你。"王爷按着刀把，泪如雨下。

副将军鄂尔玉瑱一行人和梁潇、梁雁、杨姑娘，还有骁骑校吴像鍪一起向南进发，直奔宁古塔新城。一路上惊心动魄的场面还萦绕在众人心中。天近午时来到了海浪河边，渡了河再走四五里就是新的宁古塔城了。鄂尔玉瑱挥手命一队人停下来，清兵点燃篝火烤着狍子肉，大家围着篝火坐下来小憩。梁潇独自坐在石头上看着天上飘过的白云，喝酒长叹。吴像鍪摇了摇头示意梁雁，杨姑娘插起一大块肉跑过去递给梁潇。梁雁逗他开心："新城可是你梁潇的《宁古塔赋》成就的选址，鄂尔玉瑱将军在这儿，你不赋诗一首能说得过去吗?"鄂尔玉瑱及时赶来救他们，梁潇不好拂了面子，只得吟诗一首："花水锦流海浪河，怀山镶陵九曲波。鱼鳞紫贝佑新城，荣光四塞清泉歌。浩穰新城会商贾，接岭连崖……"正吟着，他看着梁雁抽出帮他割肉的银饰短刀呆住了，王爷把格格留下的雄雌双刀送给了杨姑娘和梁雁，他悲痛之极，伤悲万分之后认了梁潇当干儿子，将双刀送给了两个儿媳，梁潇睹物思人吟不下去了。吴像鍪过来将一把蒙古金刀给梁潇挎到腰间："那天王爷将这把刀传给你，见你昏头昏脑的他只好让我代你收下，他收你为义子，又给你金刀，不但帮你改变了命运，没人再敢欺负你这个流人，更是要告诉人们，金刀的主人是王爷的继承人，在他的领地你有无限的权力，可惜你还是听副将军的话非要回来，王爷思女之痛难以释怀，本来有你在还能缓解，可你……”鄂尔玉琪道，“他还不是想着，王爷只要看到了杨姑娘和梁雁跟梁潇亲热，还能不想起格格？梁潇的心思缜密过人，尽替别人想了。”杨姑娘叫过梁雁，两人一边一个拉起梁潇的手，慢慢来到河边。三人看着河水淙淙流过，杨姑娘道：“梁潇，你要是放不下格格，咱们三个就立马回去陪王爷，伴着格格的坟过一辈子，你要是能斩断愁思，把格格对咱夫妻的好永远装进心里，过了河就必须振作起来。”梁潇接过梁雁递过来的一碗酒，将酒洒到河水里，冥冥中那波影里似乎有格格、素素，还有素素孩子的脸，还有那头漂亮可爱的小鹿。

过了海浪河又向前走了三四里，站在高处远远看去，宁古塔新城建得颇具规模。城东城北城西都是平坦的草原，南面环绕着江水，真的是山雄西北，水绕东南，比旧城大了许多。鄂尔玉琪扬鞭一指城垣笑了：“梁潇，你的一篇赋为新城迁址助力不小，厥功甚伟。”进了城里，商街足有四五里长，两边商铺挂着幌儿，正是皮张山货交易的旺季，街上客商云集，十分热闹。到了将军府前，梁潇在马上向鄂尔玉琪施礼：“副将军一路照顾梁潇，如今已到城中，不知将军有何见教？且请明言。”鄂尔玉琪命他们和吴像鳌一起到府里说话。进了府衙，副将军笑道：“你一路没问，咱也没告诉你，实则护你回宁古塔城是刑部督办，那‘金佛铁誓’到底是什么结果？娄垠暗藏心机，匆忙去追赶格格，带兵出去冠冕堂皇的理由是追查‘金佛铁誓’秘密的下落，他报告大将军说金佛里的秘密被你破解，藏在梁雁的腰带里，他带兵追你要回。”说着，递给梁潇一沓子宣纸文案。梁潇一目十行草草翻阅，娄垠不过是老调重弹，说金佛被持有者暗中通过去吉林乌拉运输辎重的车马转移给梁潇，梁潇破解秘密之后，怕有闪失将这个秘密缝到梁雁的腰带里，准备相机号令被欺辱的流放人家起事，他是通过和梁潇一起制酒的流放女知晓。鄂尔玉琪高深莫测地笑道：“咱这虽然不是审讯，可也得有个证人。”一摆手一个女仆打扮的人进来。梁潇一看，是钱家的那个小女子。她低着头听鄂尔玉琪吩咐之后说：“娄垠那天命婢女太史纤纤趁着帮梁潇泡制药酒时，将一组写有神奇数字的绢布塞进梁潇那本《词林正韵》的封盒布套里，被我暗中听到了，悄悄注意她的行踪。那天我正在替将军府师爷换案几上绘画衬底的毡子，正好看到太史纤纤拿着一丝绢布去梁潇的偏屋里，我找借口说师爷让天天搜看梁潇的泡酒秘籍进去，正好撞见太史纤纤在往书的套封里塞这绢布，如果那片布就是什么‘金佛铁誓’的秘籍，那也不是梁潇的，是娄垠命人放在里面的。”鄂尔玉瑱命人带太史纤纤来，一个侍从上前道：“报副将军，太史纤纤和娄垠一起去追格格一行人，在柳条边被乱箭射死。”杨姑娘把梁潇的那本《词林正韵》拿出来递给侍从，鄂尔玉瑱命人将书的套封扯开，里面真的有一片绢布。杨姑娘大吃一惊，鄂尔玉瑱将那片绢布打开，上面是一片白。鄂尔玉瑱意味深长地笑道：“梁夫人休怕，大将军说了，梁潇为迁城新址有功，出妙计巧利用娄垠通过布里亚特俘虏传递假消息给雅克萨城的鬼子，使我大军攻其不备，为我大清胜利立下了功绩，就是真的参与了‘金佛铁誓’的事，也赦他无罪，如今太史疑犯和嫌犯娄垠都已做鬼，死无对证，你们三人先在将军府住下，待一切能证明了梁潇无大罪，结案了给刑部一个交代，你们就在宁古塔新城里自主谋生，如果愿意还可在将军府里高就。”梁潇这才从迷惘眼神中摆脱出来：“梁潇当时没答应留在王爷那儿，早就知道想留下大将军也不会允许，还不如这样免得副将军不好强行带人。就是一样，我夫妻三人是王爷的义子儿媳，不能分开。”梁雁十分机灵，立马说：“我俩可都成了蒙古王爷的格格，有宝刀为证。”鄂尔玉瑱脸色一凛：“在查清梁潇与‘金佛铁誓’嫌疑之前，你三人必须得分别看押，免得串供，当然也不必真的入监，你梁潇只要不出府衙，还可以帮着师爷做些事，日后要是解除疑犯之身，也好在府里任要职。杨姑娘和梁雁分别看起来，蒙古格格嘛，不可难为她们。”他一摆手，早有清兵冲上前将杨姑娘和梁雁围上，吴像鳌道：“副将军有所不知，‘金佛铁誓’从来就是那些早些年降了大清的官员，怕鳌拜之辈怀疑他们降清的忠诚，由辽东太守带头编造出来的谎言，主动揭发以为立功之资，那金佛谁见过真的？光是内务府搜到的‘铁誓金佛’就有七八尊之多，有黄铜镀金的，有白银镀金的，有真金浇铸的，谁知道哪尊是真的？就连谎造的秘密数字都怕是……”鄂尔玉瑱不容他再说，怒道：“那尊真正的金佛娄垠早已献出，就藏在地下森林的秘密洞窟里，我已派人不日取回，岂能容你等欲盖弥彰？”梁潇冷笑几声：“就是真的找出金佛，与我三人何干？还不是你将军府假公济私，借机抓人？”杨姑娘和梁雁不肯跟那些清兵走，撕扯间一披甲人伍长怒道：“你等是大将军家三公子强要的流犯！想造反吗?!”鄂尔玉瑱大怒，骂那披甲人没长脑子竟敢暴露底牌。梁潇笑了：“大将军家公子要抓人就直说，何必这般拐弯

抹角?”披甲人伍长带着四五个披甲人拦着杨姑娘和梁雁却不动手捆绑，梁潇看出来那是吴若愚才心里稍安。“哈哈!”随着笑声，一个身穿豹皮袄、鹿皮裤、鹿皮靴的青年趾高气扬地进来。“梁潇你倒聪明，早猜到了咱押你回来是别有目的?”鄂尔玉瑱道：“三公子亲自来了？那还不如……”三公子道：“巴云谢过叔父，既然这样咱不妨打开天窗说亮话，宁古塔城里都传遍了，你梁潇瞒天过海，蒙过了咱家，让那流人中最美的苏州姑娘从咱眼皮子底下溜了，让你一个该死的流人娶了杨姑娘，还在宁古塔冠冕堂皇地入洞房，人们都笑话我巴云不但是个不学无术的纨绔子弟，还让你给骗了，你说人家不得在心里骂我有多傻？是我请鄂尔玉瑱叔叔把你们带回来的，我就是要抢你的杨姑娘。”杨姑娘吓得泪如雨下，梁雁却满不在乎，既然梁潇事先都猜到了，一定会有招法化解。三公子不顾众人在场，厚颜无耻地道：“梁潇，你既然和我三娘的妹妹认了兄妹，咱也给你点面子，我和我爹说，让你去官庄当总管，还可以从流人中另选老婆，这两个女人就归我了。”到了此时，梁潇宁可和梁雁、杨姑娘一起赴死，也决不会再和她俩分开。他像是无奈地抓着头发，眼睛瞅着梁雁示意，突然发难抢下一个兵士的刀猛地向鄂尔玉瑱掷去，鄂尔玉瑱见利刃飞来吓得急忙躲闪，狼狈不堪地滚到梁雁近处，梁雁趁机将他右臂折到后背，杨姑娘不再那般懦弱，从头上拔下发簪，银光闪闪对着鄂尔玉瑱的咽喉。三公子嚷着：“反了！反了!”不防梁潇早出手将他捉个正着，反关节按着趴在地上。那些披甲人看着吴若愚的眼色并不上前，三公子哪受过这般屈，叫嚷间门外涌进七八个壮卒，推开披甲人去救副将军鄂尔玉瑱。杨姑娘毕竟没经过这阵势，听到梁雁被刀剑刺得疼痛叫嚷，挥着发簪刺向那个撕扯梁雁的壮汉，鄂尔玉瑱没了利器封喉，顿时来了威风。趁梁雁被刺，反腕化拳猛击梁雁，他力大无穷，一拳打得梁雁几乎飞起来，惨叫一声倒在地上。那些壮卒扯倒杨姑娘按住梁雁，也不管三公子在梁潇手里控制着。鄂尔玉瑱被梁雁当众制服，丢了面子十分气恼，不再对梁潇客气，命那些兵卒和披甲人：“这梁潇只要死的不要活的，免得再出坏主意。”梁潇手上用力，提着三公子挡在前面，让那些人无法上前。巴云惨叫：“哎哟！疼死了！你们要梁潇死也得顾本少爷的活啊?”梁潇心里盘算着，就是以三公子为人质，三人也难以逃脱。僵持中，鄂尔玉瑱只好让兵卒放开梁雁和杨姑娘，命梁潇放开三公子。梁潇明白，鄂尔玉瑱不怕先放了杨姑娘和梁雁，就算让他们三个在一起，在将军府里也是插翅难逃。迟疑间梁雁已走到近前，将她右手小拇指指甲往梁潇刀上一碰，硬是切下一小段，迅速塞进三公子嘴里。三公子紧闭着嘴不肯吃下，梁雁将他的鼻子捏住，片刻他憋不住张大嘴吸气时，梁雁将那段指甲恰好塞进他的嘴里，捂了一会儿才容他吐出来，得意地说："你不是喜欢本姑娘吗？咱没工夫给你洗脚水喝，先来点青烟五毒散尝尝。"梁潇这才放开手，狠狠地踢他一脚，三公子连滚带爬地到了鄂尔玉瑱和众清兵身边。梁潇理着头发，示意站在鄂尔玉瑱身后的吴像鍪不可轻举妄动。吴若愚见众侍卫暗地里箭搭弓弦，等着鄂尔玉瑱下令，梁潇三人十分危险，他突然惊叫着："副将军，且不可伤了这三人，公子已经中了梁雁指甲里的青烟五毒散，走不出十步就得肠肚溃烂，无药可医。伤了这些人上哪儿讨解药？"梁潇和杨姑娘给梁雁包扎伤口，冷眼看着鄂尔玉瑱和那些兵卒。鄂尔玉瑱怒道："把他们捆起来吊到望星崖上，饿死他们，让饿狼把他们分尸……"鄂尔玉瑱话还没说完，三公子倒地打滚，捂着头惨叫着，两手乱抓乱挠，撕扯着身上衣裳，还不停地抓挠肚腹上的肉，瞬间血肉模糊，惨不忍睹："啊！痛死啦！救救我！我什么姑娘都不要了……"一阵脚步声之后，巴虎将军在众人簇拥下来了，三福晋也来了。"谁吃了熊心豹子胆，敢在将军府里给公子下毒，你就不怕被碎尸万段？"三福晋厉声叫嚷。梁雁冷笑一声道："怪只怪你教子无方，还能怪谁？"三福晋怒了："来人，给我把这小蹄子给绑了……""娘啊！不可得罪她，快让她拿出解药，疼死了……"三福晋恨得牙根都要咬碎了："把这三个流人乱刃分尸，方解吾恨！"梁潇慢条斯理地说："你的威风还没发够？再发一会儿，就只能给你的儿子收尸了。"鄂尔玉瑱和吴若愚急忙告诉大将军和三福晋，三公子吃了梁雁的青烟指甲，里面一定有蛊毒。一个披甲人把三公子吐出来的那一小段指甲捡起来，递给三福晋，三福晋不敢用手接。一个丫鬟用裙袖托起，三福晋看着那段指甲，青葱般颜色，还用凤仙花瓣儿染过，泛着点点血红色。她见多识广，知道蛊毒噬身就是施毒的人死了，也会如同附骨蛆虫挥之不去，痛不欲生，尽管心里恨不得把梁雁和梁潇三人斩为肉酱，可为了儿子脸上顿时强装出丝丝笑意，比哭还难看："这咋说的，咋会这样？冲着梁潇和二姐家格格的关系，怎的咱也是亲戚，论起辈分你还是孩儿的舅舅呢，咋好让你的女人对外甥下这般狠毒的死手？还不快点拿出解药？还要等着大将军求你不成？"巴虎威严地哼了一声："梁潇，本将军赏罚分明，严明律令，人尽其用，咱不欠你梁潇的，你夫妻害得我儿寻死觅活的，痛不欲生，危在旦夕，你总得给本将军一个交代吧？"管家在一旁急忙道："大将军家说是三公子，那两个儿子早就夭折了，大将军只有这一个独生子，你梁潇还不想办法救人？难道真想玉石俱焚不成？况且大将军对你多有照顾恩德，岂可这般当着人家父母的面折磨公子？难道还非得大将军求你不成？”梁潇不卑不亢地说：“梁潇本来被王爷认为义子，可还是愿意报恩随同鄂尔玉瑱副将军回到宁古塔，谁料刚回来三公子竟想强行霸占梁潇的妻子，梁雁的蛊毒指甲长在手上，要不是三公子强要抢去为妻，又咋能吃得到蛊毒？个中恩怨自不必细说，眼下救命要紧。要想救得了三公子，梁雁指间苗蛊属阴属水，必须得阳气极盛属相为过山黄虎的人才能暂时克住，因黄虎之人为土命，且为城墙土，十分坚实，取其中指血才能救得了一时，日后，唉……”梁潇摇摇头，“日后每逢初一、十五都会犯病，除非我夫妻能安全了，才能有心思寻到彻底去根儿的解药。”巴虎冷笑道：“梁潇，没想你还留着后手?！害得我儿如此惨痛还想全身而退?”三福晋急了，嚷着：“事急先救命，哪个人是属过山黄虎的？快快来救我儿一命。”将军府的四个医官被叫来给三公子把脉，都说脉象混乱，忽强忽弱，一个个摇头束手无策。吴像鳌嚷着：“咱是属虎，可咱是甲寅年的立定之虎，想救公子却没缘分。”人们相互询问着属相，巴虎虽然不信这些，认为这是梁潇故弄玄虚，可碍着夫人的面也没法说什么。梁雁笑道：“鄂尔玉瑱副将军，你不是和梁潇说了，你才是真正的属过山黄虎！”鄂尔玉瑱想起在路上喝酒时，梁潇像是无意间和他聊到属相，却不知他早在这儿等着呢。不容他拒绝，几个侍卫将他推到三公子面前，就要刺血。梁雁道：“你等刀剑早沾过死鬼的血，阴魂必激起蛊毒复活缠绕三公子，折磨九九八十一天不得消停，他会全身溃烂只剩下骨头。必须得用银刀才能引来血流治病除去蛊毒。”说着，抽出一把精致极了的小银刀，亮闪闪的，就要割鄂尔玉瑱的手指。鄂尔玉瑱吓了一跳，三福晋早过来凶狠地抓住他的手腕，抢过梁雁的银刀，一刀划下，鲜血流出。丫鬟早拿来银碗接着，滴了几滴。三福晋急忙给儿子喂下，巴云瞬间好了许多，能喘上气来。三福晋一看有救，不顾鄂尔玉瑱躲闪，抓住他的手腕又是一刀，鄂尔玉瑱腕上血管被割破，血流如注，他顾不得大将军满不满意，叫骂着梁潇害他不浅，却不得不任凭血流到碗里。一碗血喝下，三公子被人扶起来，气喘得匀了。他指着梁雁骂道：“你敢施蛊毒害本少爷，来人，把这魔女和梁潇绑了，酷刑伺候让她说出解蛊秘密！”鄂尔玉瑱早对梁潇算计他的血气冲斗牛，更对梁潇明知道将他们押回来不是好事，还城府极深地跟他回来，弄得他没了面子，杀了他都不足以解心底的仇恨。叫嚷着命披甲人和将军府侍卫动手，他自己更是抽出宝剑跃身上前，就近率先砍向杨姑娘。三公子得意忘形之际，给兵卒们下令："给我砍了梁潇，别砍死他，我非得把他折磨个够，让他生不如死，让他像狗一样趴在这儿求饶……啊……妈呀！疼死了！快救我……"鄂尔玉瑱早将杨姑娘捉了，扯着头发任凭杨姑娘惨叫。他恨极了梁潇，更怕梁潇身手了得，见他不顾一切冲过来，连忙一剑刺得杨姑娘腰上流血。鄂尔玉瑱命令梁潇："梁潇你别耍花招，快让披甲人绑了你过来换你的杨姑娘，不然，你知道本将军最会快剑剐活人，保证不伤着骨头架子，还你杨姑娘一具完整的人骨骷髅。"三福晋急了，搂着三公子狂叫："放了杨姑娘！她要是死了，我儿岂不是完了！你想造反吗！巴虎，快命他撒手。"三公子这次发作，不比上次，只抽噎了几声，就倒地两脚搓几下，不省人事了。鄂尔玉瑱被迫割血救一个纨绔公子早就让他恼火万分，眼瞅着三公子又在垂死挣扎，还不得再让他割腕取血救三公子，如此大辱他岂能唯命是从？他不顾大将军巴虎和三福晋的叫嚷，挥剑刺向杨姑娘的眉心，嘴里叫喊着："待下官杀了这女子，震慑那魔女才好拿出解药！"梁潇忙将怀里的那本《词林正韵》劈手打出，那剑刺得歪了，将杨姑娘头上的秀发割去一缕露出头皮，片刻间渗出血丝来。巴虎吼道："都住手！放了杨姑娘！先救人命！"鄂尔玉瑱料定救三公子还得割他的血。他失去了理智，扯着杨姑娘头发，死死掐住她细嫩的脖子，杨姑娘立马窒息，两只手无力地垂下来。梁潇哭叫着求他放人，梁雁咬牙切齿地恨道："大将军，不放杨姑娘，信不信你的儿子一会儿变成僵尸，那尸虫会辨味追踪，蛊毒噬咽了你全家。"说得巴虎和在场众人皆毛骨悚然，不知所措。只有鄂尔玉瑱还在歇斯底里地叫嚷着，掐着杨姑娘脖颈不肯放手。梁潇鞭长莫及，慌乱间痛下杀手，抓起将军府侍卫胡乱丢到一边，打得那些人哇哇乱叫，渐渐逼近三福晋，三福晋护着儿子吓得失声惨叫，杨姑娘已经快被掐死了，梁潇却还得闯过六七个侍卫才能得手。危急时刻，吴像鏊在鄂尔玉瑱身后突然出手，只一剑就斩断了鄂尔玉瑱一只手，那只断腕和杨姑娘一起落地，杨姑娘才长长出了一口气。巴虎手按剑把强作镇静："吴壮士身为大清骁骑校，难道也要造反吗?！还不快把剑放下?"吴像鏊用剑尖抵着鄂尔玉瑱的咽喉，鄂尔玉瑱说："吴叛贼，咱早就知道你是'金佛铁誓'盟约要犯，刑部早有密文要对你等放长线钓大鱼，才容你活到今日，你敢杀朝廷命官?"巴虎急道："梁潇快救我儿一命，剩下的事好商量，吴壮士不得杀害副将军，我饶你不死，放下剑，你，你走吧……”说话间几个侍卫趁机从吴像鳌身后下手，吴像鳌挥剑如闪电，剁翻了身后几个壮卒，剑尖回刺还是不离鄂尔玉瑱咽喉。“哈！哈！哈！”吴像鳌朗声大笑，“到了这个地步，咱家根本没想活，对咱来说人之将死，不是其言也善，老子对恶人从来没善良过！不过是告诉你们转告朝廷，那‘金佛铁誓’确有其事，老子就是曾经的盟主。不过，那里面藏的不是财宝，而是告诫人们，拢起人心，汉人要是齐心一起造反，几万万人同仇敌忾，还怕你几十万满清鞑子不成？鄂尔玉瑱是当年扬州十日屠城的罪人，怕我等复仇追杀才买通关节到这千里关外任职，几万人索命，他岂能逃掉？就是他不在这一路上迫害梁潇，想法子栽赃陷害梁潇，帮着三公子抢人家老婆，我也不会饶他！”说罢，他将鄂尔玉瑱一脚踹倒在地，一剑刺穿他的心。巴虎叫嚷着命清兵抓他，吴像鳌惨笑道：“大将军别急，先用这厮的血救你的儿子。眼下这朝廷渐施仁政，人们图眼下平安，谁还会跟着造反？我已完成使命，那么多反清义士早已热血洒遍山河，我岂能独自惜命再图生计？非我等不行，岂非天意使然？梁潇公子，老夫谢过你当年救命之恩……”言罢，不等清兵近前，就挥剑自刎了。三福晋和女眷吓得狂叫着四下乱窜，管家命披甲人胡乱收集地上鄂尔玉瑱的血，去灌三公子，这次可不灵光了，三公子只是长出气，似乎是垂死的捯气，有出气没了进气。急得巴虎手足无措，恨恨地命兵卒刀剑侍候。那些清兵迅速将梁潇三人围在中间，刀枪弓箭杀气腾腾地对着他们。梁雁嬉笑着说：“咱早就说了，我夫妻三个不活了，带着你的畜生儿子，黄泉路上把他当狗玩也不寂寞。”巴虎圆睁着眼睛瞪着梁潇，高举着的手分明是想挥下，令那些侍卫动手。管家提醒，杀了他们再找不到解药，三公子就真的没命了！他一时拿不定主意，大厅里的人们僵在那里。“大将军别来无恙！”四子王旗的蒙古族王爷来了。从巴虎的二福晋这儿论起，他还是巴虎的岳父。王爷性情粗犷却粗中有细，朗声嚷着：“管着成千上万兵马的大将军，就用这样宏大的仪式来欢迎我的义子？大将军是不是官做大了，这点面子也不给？是不是还不知道这梁潇是我新认的义子。”梁雁早抢过去抱着王爷：“王爷您可来了，您的儿媳在这儿被人欺负，您管不管？不管，你那义子梁潇就要死了！您那女婿连您老的面子都不给？”王爷理着胡子笑道：“你古灵精怪，把别人都玩于股掌之间，不欺负人就不错了，还不快救人家的儿子？看着人家儿子躺地上挣命，我哪有面子管你们？”

王爷在将军府一连住了三个多月，天天让梁雁给他换着花样做好吃的，巴虎的二福晋也听父命和梁潇论起了姐弟之情。梁潇尽显平生才学，给二福晋画了几十幅风格不同的《披甲人狩猎图》。二福晋托人在京城卖了个好价钱，她把梁潇当成了摇钱树。有了钱心里喜欢当然处处向着梁潇，常在巴虎跟前吹枕旁风，巴虎也渐渐对梁潇有了些好感。三公子虽然身体无碍却不敢离了梁潇和梁雁，一有头疼脑热，先来找梁雁。这一日他要到京城相亲，大福晋请梁雁随着侍候。此时三公子的娘，那位三福晋已经成了大福晋。巴虎的大娘子死后，本来应当由二福晋升格，可是，三福晋是当朝王爷明珠的远房侄女儿，还生了儿子，只能由她当大福晋。梁雁盈盈笑道："大福晋不知道我们夫妻的为人？咱说解了蛊毒就真的解了，绝不会留一手，不过……"大福晋火了："不过什么？还不是什么时候动了歪心思，想让我儿子遭罪？我大将军家还不敢惹你们了？真是的，大不了我剐了你，儿子不要了，鱼死网破，同归于尽。"梁雁笑道："大福晋别急，三公子的毒眼下虽然没能根除，但这毒随人心境，要是没有害人之心，不会发作。要是还有害人之心，那蛊毒还得发作，就是咱跟着也无方可解。"大福晋将信将疑，只好为儿子亲事干着急却不敢冒风险让三公子进京。

这一日送走了王爷，梁潇一家主动搬出将军府，到吴若愚在商街上的铺面去住。管家听了巴虎暗中吩咐也不管他三人，任凭他们搬出。将军府里新的文案参事，流人司马像管送梁潇去新家，二福晋派人给他们送来一应家具，帮助他们三人自立门户度日。梁潇三人画画、卖点心兼着经营吴若愚披甲人兄弟猎来的皮货山珍，又经营起内地买来的盐粮，日子过得从容自在。一晃入冬了，一日三公子来告诉他们，他终于娶了个扬州女子，虽然不是苏州人，但也十分可人。三公子告诉梁潇，大福晋请他们去将军府喝喜酒。三人不好推辞，拿了几幅画作为贺礼，跟他来到将军府。进了内宅一看，大福晋已病入膏肓半卧在炕上，靠着被摞撑着坐起来，她推开丫鬟，和梁雁道："梁姑娘，别怪我一直对你不好，我老家也是苏州城里虎跑泉边上的。唉，先不说这些了，我要告诉你，我现在一点都不恨你，相反，我打心眼里感谢你那蛊毒，让他不敢胡闹害人，虽然还没见成大器，可这半年多这小子心存忌惮，不敢胡作非为……"梁雁连忙解释："大福晋，咱早给他全解了。""不！"大福晋挺着病体强吼着，"根本没解，他的毒没有南方五丑毒物做解药，根本没法彻底解除，他必须得像梁潇说的那样，行一件好事心中泰然，行一件歹事衾影抱愧，善恶报应，福祸相承。一日不行善事，必遭蛊毒侵体，五毒噬身蚀骨。过了而立之年，如果再学无所成，过不了清明，身子里的蛊毒就会苏醒，噬他于无形的极度痛苦，必将万劫不复。”梁潇明白了，拉住梁雁，不让她解释蛊毒已解，拱手说：“大福晋句句说到正根儿上了，蛊毒虽然暂时没发作，可它会和人一起长，要是让它不再发作，只有一法，求人不如求己，自己的慧根强壮了，善心扎根，必然能逐步克制那蛊的邪祟之苗。”三公子过来正好听了，吓得跪地叩头，忙不迭地叫着娘亲但请放心。大福晋脸泛潮红，一阵欣慰笑了。二福晋过来才发现，大福晋早已死去多时了。梁雁叹息：蛊毒原来还有克制恶念，助人向善的功效。二福晋顺理成章地成了大福晋，人们都知道梁潇是将军府大福晋的干兄弟，三人从人人欺负的流人，变成了争相攀附的权贵人家，日子过得更是轻松快乐。

春天来了，宁古塔百姓去年收获的谷子还没有播下的种子多，农事一时成了将军府的大事。参事司马像管来请梁潇喝酒，大将军命他起草向户部提出赈济种子钱粮的呈折，关键是必须得有长远之计，朝廷拨下钱粮务必能生息得利，不能年年向朝廷要钱。他一介书生，只会丹青文墨，翻了几天《齐民要术》，也没发现在北方寒地垦荒种植的良方。思来想去，只好找梁潇讨个主意。三人和司马像管一起来到宁古塔最有名的杨记菜馆，点了最有名的红焖羊肉、炭烤鹿脯。几杯之后，杨姑娘笑道：“酿酒做美食，梁潇是宁古塔的行家，这种地……就凭他?”司马像管急了：“嫂夫人不可阻拦，小可全凭梁兄救命，谁不知道梁兄当年诗词歌赋、医算农经无书不读，无业不精，兄弟要是拿不出来赈济方案，那就死定了。”梁潇饮下一大杯酒道：“宁古塔农耕已初具实力，官庄和农户各族人都十分勤劳。只是不得精法。”梁潇出招，司马像管报告户部得到了可观的钱粮支持，又调集流人中真正懂得农耕的人员示范，不再平地直播，起垄犁开黑土，铲耥及时，到了秋收时节，谷子、稷子、高粱尽获丰收。又一个春天来了。城里城外开满了达子香花，一朵朵，一枝枝，一片片，似一层层红云坠地，又似一团团火焰在燃烧。吴惹愚一家四口捧着四束达子香花来了，梁潇和杨姑娘、梁雁一看，吴若愚的女儿像他，儿子却像那个披甲人姑娘，深深的眼窝，黑黑的大眼睛十分机灵可爱。梁潇的女儿过来，和吴若愚的儿子、女儿一起玩，杨姑娘抱着襁褓中的儿子，梁雁拿出两个黄铜的九连环送给吴惹愚的儿子、女儿，鄂温克姑娘十分高兴。吴若愚从马背上解下褡裢，从里面拿出一只剥好的狍子。“梁兄，小弟今天来是和你告别的，小弟连披甲人也不当了，到密林中自己谋生，不再纳什么贡貂狐皮的，远离尘世，可不是出家。小弟劝你也及早谋划生路，想那前辈流人吴兆骞比我辈名气还大，朝廷还是不容他回祖籍，直到快病死了才让回京城。吾兄深知人心险恶，何不早做安排？如果大将军高就，再来人找碴儿，那该如何是好？”梁潇道：“兄弟说的是，我也早有此意，只是最近在教流人酿酒，力争出些不负高寒之地、黑土风情的美酒佳酿，不日即可完成全部流程，造一批琬液琼浆，也给宁古塔留下些许念想。”说罢，给吴若愚画了两幅画。一幅上面画着一棵杉树，一株蜡梅，四个鸟儿飞向高处。一幅上大写意画着四个桃子，上面还有青青的叶子。吴若愚道：“桃之夭夭，灼灼其华。梁兄非要等明年春天才走？为什么要拖到那么晚，须知夜长梦多，怕有变化，兄嫂可有去处？”梁雁早做好了丰盛的菜肴，请大家边吃边聊。杨姑娘愁道：“孩子还小，就是开春了也怕天寒地冻的，才不到一岁得病可折腾不起。梁潇和那些流人指导的春耕夏耨还没等到秋熟，南方的精耕细作怕他们学不会，似乎也有些可惜了。”梁雁却看得开：“嘿！馨儿妹子，是按梁潇的办法，三十六计，走为上！”吴若愚的妻子也说：“梁兄，你们必须走，等着大赦？流人几乎每年都来两批，什么时候见过回去的人？”晚上，梁潇伏案看着司马像管派人送来请自己润色的呈报刑部公文。梁潇看到流人管理部分，呈文上记载四年前和他们一起流放来宁古塔的七十六个流人，到如今只活下来七个人，让他嗟叹不已。梁雁怕夜里冷来给他披上衣服。剪去烛芯，蜡烛火光更亮了，这是梁潇最喜欢的红袖添香的温馨时光，两人眼神交流着也不说话。不知过了多久，一阵急促的敲门声传来。梁雁开门一看，一个将军府侍女来了，梁雁认得，她是大福晋的婢女。她急匆匆送来驿路给将军府急文的抄件，梁潇展开一看：“查流人梁潇系反叛朝廷‘金佛铁誓’盟约要犯之首，流放至宁古塔不曾有悔改之心，更无感激圣上宽宥之意，经常利用其书画盛名广交人脉，极善经商，获利颇多，得银广结流人，甚得民心声望，企图拉拢流放人员伺机反出宁古塔。着宁古塔将军秘密捉拿，即刻处死不得有误……”梁潇并不慌张，让梁雁急忙叫醒吴若愚夫妇一起商议。吴若愚道：“梁兄的这位格格义姐还真的义气，不枉蒙古王爷认你为义子一回。如今，不能再犹豫，必须快逃！”鄂温克姑娘道：“我刚刚去喂马，发现前后街上都有清兵，街口也都被封死了。”梁雁道：“从隔壁卖酒的张烧锅家后院穿过去，那里都是酒缸，十分隐秘，他家尽得梁潇酿酒真传，总要送银子感谢呢，一定能帮我们。”鄂温克姑娘道：“不可！几条街都封死了，守得铁桶般严实，即便穿过去几条街也出不了城门，如今只能瞒天过海……”梁雁似有所悟：“妹子，我们怎么能让你们夫妻和孩子为我们冒生命的危险……”吴若愚笑道：“为救梁兄嫂子，我吴若愚夫妇舍得一切！何况谁能把披甲人‘索多尔凯’咋样？咱喝多了，就醉成这个熊样！谁敢惹披甲人伍长？”早上，司马像管领着一队清兵闯进梁潇的店铺。众兵卒叫开门进去一看，后面屋里热炕上四个人还在酣睡。那佐领令四人穿戴齐整了说话，这才看明白是披甲人索多尔凯一家。索多尔凯拿出一沓子文稿：“梁潇一家将这一应东西家伙全部交给我家，抵顶租我索多尔凯家店铺的租金，他一家早在五天前就走了，说是奉大将军将令，去吉林乌拉帮助那里的大将军家泡制药酒，这是他给大将军的文稿。”巴虎看着梁潇留下的文稿，这是一篇《宁古塔赋》。大福晋摇着头叹息：“‘赋’者，‘负’也，你手下的参事司马像管妒他才能，向朝廷报告他企图谋反，我想这一定是有你的默许，朝廷才会相信，你辜负了梁潇对你的信任，虽得一赋，日后再有文章相托，可要失去臂膀了，再说走漏了风声，让要犯逃了，你也难辞其咎。可是，司马之类的小人，你可要远离，不然必受其祸……”

2023 年 6 月，笔者为创作长篇小说《宁古塔》去黑龙江省宁安市采风，这里是当年迁城之后的宁古塔。笔者寻着三百多年前的宁古塔风情，觅着当年流人的足迹，来到城西。刚好赶上一座建了三百多年的石桥要维修，桥下清凉的泼雪泉水潺潺流过。工人们打开石拱处一大块断石，发现里面有一个深深的石洞，用手电筒照亮，发现里面有几片木片，上面用魏碑体刻着一篇文字，依稀可见标题的大字是反着写的《×××赋》。因年代久远，木板已经朽得一碰便成褐色的粉末，只好先拍照再移动。经过几个月的努力，笔者从这些几近腐烂的印刷刻板中整理出一篇文章，那是三百多年前梁潇写的《宁古塔赋》。那赋写得荡气回肠，横锦散珠；掷地金声，参天凌云，可惜有一大部分文字已经无法看清。长篇小说《宁古塔》完稿后，笔者将古人梁潇的《宁古塔赋》看不清的地方补上，尽管有狗尾续貂之嫌，总是让原文能完整呈现。附在后面，作为小说的结尾。当然，最后一段说眼下的宁安市，是笔者仿着梁潇的风格撰写的。

# 宁古塔赋

何为“宁古”？满语“六公”。言“塔”为个，垒石建城。海浪河水径津途，龙头山密绿疏红。鱼钥濯龙东门定鼎，兽环画虎西户望钟[1]。城高丈余周一里，被山带河丸泥封。锦城天险锁钥路，固围地雄阨龙城。辽东极北八千里，马迹鹿蹊四衢通。置将军府第，虎账神雀降，设兰堂松寺，凤池白马腾。满清时“三边”之首[2]，康乾年四望繁荣。旧街故地六辅三河，新城觉罗四极八纮。辖区广阔，蛟浪贯胸[3]。东濒大海三千里，西接柳边六百屏。南达图门鸭绿，濯锦萦带，北逾外兴安岭，霞碧云峰。嗟乎！宁古塔名传清史，宁安城更负盛名！

昔日宁古塔，水镜玉岚屏。瑶草翕色，玉树葱青。螺髻林密阴冰夏结，蛾眉石横炎树冬荣。中秋雪降，五月草生。严冬白雪三千鹅毛银世界，寒天冻地九万蝶粉夸玉琼。金井云叶缟带亘野，银峰排玉散花从风。北陆八月松秀寒姿，南郊九重水落冰凝。冰寒折骨霜凝结涧，风冷截耳气出为凌。冷月冰箸，风御熊席貂皮白，严霜雪花，云寒狐裘兽炭红。隐之披絮姜被薄，鹅毛御腊晏裘轻。檐冰垂柱炭腾红颜，瓦霜折绵毡拥紫茸。黄醅绿醑长松点雪，绛帐红炉古树号风。噫吁兮！怜夏蹠耒朝疲夕倦，望秋穑事雨耨风耕。饮黄麃雪雕弓明月，射狼获鹿劲箭流星。镩冰挂鲤，牡丹江上寒弄月，撒网钓鲈，镜泊湖里披辰星。嗟乎！日连雪白雾埋高垒，江畔柳青月照连营。嗟乎！雁塞宁古尽虎将，铜梁熊罴守狼烽。八旗兵云翼铁林扬黄钺，披甲人爪士牙兵赐彤弓！铁甲霜罢折枯汤雪，朱旗绛天拉朽摧冰！烈霜委草衅鼓染锷，猛虎驱羊带剑挟弓。嗟乎！宁古塔一障援戈挥日，边塞城三垂奔马流星。偃月遏水葱岭控鹤，浇沙飞山榆溪驭龙！

当年宁古塔，流放人恶梦！远离京畿三千里，遥望故乡五万重！折柳结念山牵别恨，牵衣凄心水带离声。鸟道千盘接岭陷马，羊肠九折沿崖断藤。幽寂掩骼失路蛩吟，萦纡除骴迷途月冷[4]。悲怆掩噎饮恨茹叹，酸辛唏嘘吊影惭形。峰涩圭塘十溢七竭，水腥砚沼九纵三横。金石劲节湘妃[5]化石，冰霜英魂玉碎贞情。横峰碍水潜逃匿爪，斜岸通川披甲砮翎[6]。饥餐杂谷砂砾多半，渴饮冰雪草系残生。十雪九岭千里路，五风三雨到旧城。靡痁九疾七分六分，残命一息十之三成。乱絮烂衫八重七色，瘦骨嶙峋十影九形。官庄苦役，窑炭猎樵耕耘昼作，府衙婢奴，炊黍涤器织绵夜佣。书取柿叶折蒲当纸，衣得羊裘映月代灯。地无立锥鼠穴无依，野花不弃室如悬磬。噫吁兮！恐怖至极为奴披甲，水穷天尽地狱九层?！三旬九食马磨棘庭泪下承睫，二日一餐牛衣蓬室悲来填膺。妻女遭强掠，男奴饮恨，家妇成性奴，婢佣哀嘤！百人唯一垂露杜稿，千株仅二鼓箧训蒙[7]。噫吁兮！青山看旧街，千百流人光浮草木年年来，碧水映新城，役徒影落江湖无归程！沱若沫袖慨息饮恨，啜其染裳懊咿填膺。嗟乎！无数流人惨登鬼录，侥剩徒役股战惴惊。

曾经宁古塔，锁钥蓝关拥。旧街江水绕，新邑群山雄。竹符铜虎攀辕叱驭，威加北狄气摄西零。如山压卵雅克萨御敌，似雪投汤细柳城屯兵[8]。得天独厚矫翮绣翼，枕石漱流石雪爪呼鹰[9]。南来流人传穑事，土牛秧马，北往役徒教商贾，是等粗精。塞北阜南盐粮绵缎，购东卖西山珍鹿熊。流人施教萤囊雪案，文圃纸田设塾训蒙。开创文阵熏香摘艳，启蒙墨兵倚马雕龙。嗟乎！三百年风雅宋风谢月，两千余流人尽瘁建功！

今朝宁安市，秀美更繁荣。牡丹江曳练拖蓝清晖漾，镜泊湖飞岩挂壁溅月星。绣岭青帐洞窥地脉，烟溪画屏树隐天经。大石桥长虹饮涧藏古韵，泼雪泉漱玉跳珠味甘清！糯润细滑响水贡米，玉粲芬香露稻霜粳。纵兽御禽戏狐取兽，泛月赏花养鹿格熊。改革红雨桃花生浪，开放绿波鹊岸云鸿！浴日得月杰栋百尺，栖霞倚虹香阑九层。传统产业技术升级，引进外资花娇新红。嗟乎！工业园高端制造，登峰造极，开发区筑巢引凤，炉火纯青。翠峰如簇芳草凝绿，紫云似锦得月风清。嗟乎！承宁古塔神韵，继觉罗城遗风。千帆竞发长风破浪，万马奔腾锦绣前程！

**注释：**

[1] 当年宁古塔旧城只设东西两门。

[2] 清代“三边”指宁古塔、三姓、珲春。宁古塔为首。

[3] 贯胸：传说中的古国名，后泛指海外诸国，这里指宁古塔辖区南至边疆。

[4] 掩骼：掩埋暴露的尸骨。胔：肉未烂尽的骸骨。这两句指流人沿途冻饿而死，其尸骨来不及掩埋，惨不忍睹。

[5] 湘妃：指娥皇、女英，二人是中国古代神话人物，尧帝二女，娥皇为长女，女英为次女，都嫁予尧选定的继任者舜。舜外出巡视死于苍梧，娥皇、女英痛不欲生，跳入湘江殉情。这里指流人的女人在被押送途中为了保住贞节，被迫害致死。

［6］指流人借险路逃跑，被披甲人捉回来后大多被处死。

［7］垂露杜稿：指为将军府代书文稿或作画。千株仅二：一千株大树仅存两棵，形容只有极少数流人能获得这个机会。

［8］雅克萨御敌：宁古塔将军所辖军兵和披甲人曾参加雅克萨战役。细柳城屯兵：泛指宁古塔将军所辖兵马戍边的功绩。

［9］指宁古塔有无数的飞禽走兽，狩猎资源丰富。

全书完。

2022 年 9 月 27 日　第一稿于天津复地温莎堡

2023 年 4 月 17 日　第二稿于哈尔滨世纪花园

2024 年 11 月 11 日　第三稿于三亚和泓假日阳光